唐传奇
分册
叶开 王琦主编

这才是
我想要的
语文书

天地出版社 | TIANDI PRESS

序
唐代想象力创造的多维世界

一

中国传统文学中，历代都有杰出作品。

王国维先生概括说："凡一代有一代之文学。"由此，"唐诗、宋词、元曲、明清小说"，成为人们朗朗上口的关于文学发展进程的口语化归纳。

唐朝不只有诗，也有词，更有大量的散文、笔记和"唐传奇"。"唐传奇"是文言小说中无法超越的顶峰，其中所创造的丰富的幻想世界，一千多年来滋养了历代文学艺术的生长，是后来各类文学形式的创造力源头之一。

"诗言志""文以载道"是儒家正统，因此唐诗、散文得到最高的肯定，而常常表达"怪力乱神"世界的唐传奇，则不入主流。《汉书·艺文志》载："小说家者流，盖出于稗官。街谈巷语，道听途说者之所造也。"小说是稗官从民间搜集来的，与采诗官从民间搜集诗歌汇集成《诗经》是同样的途径，但是小说的内容决定了小说的地位——因为是街谈巷语，道听途说的故事、笑话、无稽之谈等，而不会成为重要的、需要记入史籍的言论。孔子又说"虽小道，必有可观者焉"，意思是这些"小说"虽然荒诞无稽，但是好看，也存在一些可读的作品。"可观"的潜台词是所采集的"小说"有艺术性、社会性、政治性、历史性。宋代李昉等撰集《太平广记》，上书皇帝《表》中言："臣先奉敕撰集《太平广记》

五百卷者，伏以六籍既分，九流并起。皆得圣人之道，以尽万物之情。足以启迪聪明，鉴照今古。……其书五百卷。"《太平广记》是奉旨编撰辑录的，目的是借小说以达民情，成为历史的镜子。明代谈恺校订《太平广记》，详细介绍了此书在宋代辑录的来龙去脉："宋太平兴国间，既得诸国图籍，而降王诸臣，皆海内名士。或宣怨言，尽收用之，置之馆阁，厚其廪饩，使修群书。以修文御览、艺文类聚、文思博要、经史子集一千六百九十余种，编成一千卷，赐名'太平御览'。又以野史传记小说诸家，编成五百卷，分五十五部，赐名'太平广记'，诏镂板颁行。言者以广记非后学所急，收板藏太清楼。于是御览盛传，而广记之传鲜矣。"大宋立国之初，广搜群书，汇集坟典；经史子集之外的野史传记小说则不能辑入正统大典，只能另册辑录，汇集了五百卷的野史杂录，撰成《太平广记》。宋代的编辑家很重视故事，所以《太平广记》是按照故事的主题分类编辑的，同一类主题故事大致按照成书年代的先后排列，故事的题目多以小说主要人物命名，改变了小说原有的标题，打散了小说家原有的作品集。唐传奇作品绝大部分借《太平广记》得以保存，但其后的传抄、刻印中，更混入了很多讹误和篡改，而导致唐传奇失去了原有样貌。唐传奇的流传是民间的、暗流式的，如《红楼梦》里林黛玉和贾宝玉偷偷看《西厢记》一样，属于"不务正业"的行为。唐传奇的保存和流传，离不开历代学识精湛的文学家、编辑家、出版家的辑录、点评、推荐。

二

　　唐代文人相聚，喜欢讲故事。这些故事可能来源于道听途说，也可能来源于家族内部。故事本身或多或少都有真实的影子。在唐代以前的汉、三国、魏晋、南北朝时代，文人喜欢用记录历史的语气讲述各种神仙鬼怪事迹，诸如张华《博物志》、王嘉《王子年拾遗记》、葛洪《神仙传》、郭宪《汉武洞冥记》、干宝《搜神记》、陶渊明《搜神后记》、刘义庆《幽明录》等,其中干宝就是一位很著名的史家,被称为"鬼之董狐"。这些小说或者以神仙鬼怪为主角,或者以人的或神奇或诡异的事件为记述主体,在文学上称"志怪小说"。到了唐代,读书人已不再满足于单纯的神异故事,他们要更详细、更生动地讲述以人为主体的传奇故事,在文学上称之为"唐传奇"。但是在唐代,并没有一种叫"唐传奇"的文体。元稹的《莺莺传》,据北宋学者王铚考证这篇小说可能当时叫《传奇》。晚唐小说家裴铏撰写了一部小说集名叫《传奇》;明代学者胡应麟把小说分成六类,其中之一就命名为"传奇",并列举了小说如《飞燕》《太真》《崔莺》《霍玉》,用以专指爱情主题的小说。根据宋人辑录的唐传奇作品,在唐代时多以"传""记""录""志"命名小说,如《长恨歌传》《柳氏传》《东城老父传》《枕中记》《秦梦记》等。中唐的文人兼政治家牛僧孺,亲自撰写了一本故事集《玄怪录》,不仅故事广泛流传,还深深影响了其他小说家的写作:他的外孙张读撰写小说《宣室志》,以显示家族兴趣和讲述能力的传承;落第的读书人李复言撰写小说集《续玄怪录》,以此向偶像致敬;晚唐薛渔思撰写小说集《河东记》,在自序中明言"续牛僧孺之书"。唐传奇这种小说文体,到了宋代开始走下坡路,故事大多以讲述女子身世或与女子身世相关的故事,尤其喜欢讲述帝王、诸侯、大人、公子身边的女子故事,更多地满足市民阶层窥探帝王、贵族阶层的私密生活的欲望。

三

宋初整理的《太平广记》,使唐传奇作品得以保存下来。明清文人本着个人喜好,或抄写或刊刻或辑录,也对保存唐传奇文本贡献了力量,如明代王世贞编撰《艳异编》、清代陈世熙编撰《唐人说荟》等。民国时期是重新发现、审视、整理、研究传统文学的时期,胡适、鲁迅、汪辟疆等学者不约而同地开始关注传统小说。鲁迅在《中国小说史略》中提出"唐人始有意为小说",即唐代是真正小说写作的开端。鲁迅还整理了《唐宋传奇集》，汪辟疆也几乎在同一时期辑录了小说集《唐人小说》，为当代研究者和广大读者提供了宝贵的文本解读范式。

唐传奇作为一种极其丰富的文言作品，若只停留于专业研究者发掘整理，实在令人遗憾。新一代学生在网上读到的修仙、修真、仙侠、穿越类小说，很多原型、结构的源头都在唐传奇。唐传奇作为华夏文明最富想象力的文学作品，渐渐滋养了互联时代贫瘠的日常生活。人的世界越出疆界，会神思缥缈，以至于辽远。唐传奇是想象力丰富的宝藏：有《张佐》那种随意可以穿越时空的平行宇宙，有《任氏传》那种狐狸与人跨物种情感的奇异世界，也有《崔书生》那种遇仙不珍惜而遗恨终生的恍惚世界，更有《板桥三娘子》那种与世界各民族神话相通的奇异的变形叙事结构。

2015年，台湾导演侯孝贤执导的影片《刺客聂隐娘》，就改编自唐传奇《聂隐娘》。一时间女侠聂隐娘遍及大小影院，唐传奇故事也随之普及给广大观众。可惜，电影改编过于注重藩镇割据的历史现实，过于纠缠在聂隐娘和节度使的情感关系中，而削弱了"仙侠世界"所塑造出来的那种特殊的、超越凡俗的世界观。聂隐娘出于武将之家，十岁时被神尼盗走，训练五年的仙侠之术，成了一名武艺高超的仙侠，行侠仗义，取贪官污吏头颅于千里之外，又能超越凡俗情感和亲情纠结，当断即断，当去便去，而不为世俗羁绊。与电影《刺客聂隐娘》过多纠缠于藩镇割据的历史相比，传奇本文更加轻逸有趣，令人读之悠然神往。唐传奇中的聂隐娘不羁绊于藩镇之倾轧反复，悄然离开，云游仙山。多年后有人在蜀中道上偶遇聂隐娘，发现她仍然青春不老，风姿超凡。出于尘世，超越世俗，快意恩仇，自由自在，或许这才是唐传奇《聂隐娘》作者追求心灵自由和意志自由的本意吧。

当代著名作家王小波一度沉迷于唐传奇故事中。他的短篇小说《立新街甲一号与昆仑奴》与唐传奇名篇《昆仑奴》有直接关联，中篇小说《红拂夜奔》取材于名篇《虬髯客》,《寻找无双》取材于名篇《无双传》，长篇小说《万寿寺》取材于名篇《红线》。在王小波的创作中,唐传奇构筑了他的小说世界里最迷人的秘境。

民国时期最有名的仙侠小说,是武侠小说名家还珠楼主的长篇名作《蜀山剑侠传》,其大量的故事情节源自唐传奇。例如,峨眉山少年剑侠的道友"仙猿"在不断的修炼、成长和寻找中,最终寻找到了自我,发现自己最早为宋代苏州东山莫厘峰附近修道的某一位仙人所养,因俗心过炽,历劫不断,一直无法飞升。后来,"仙猿"回到东山,弄清了身世,也顿悟了,并顺利越过了修仙障碍。"仙猿"这个角色,又与唐传奇名篇《补江总白猿传》有着密切的关联。

明代戏曲大家汤显祖的不朽名作"临川四梦"中,最有名的《牡丹亭》(又称《还魂记》)灵感部分取材于唐传奇《离魂记》,《邯郸记》取材自唐传奇《枕中记》,《紫钗记》取材自唐传奇《霍小玉传》,而情节最有趣的《南柯梦》则取材于唐传奇《南柯太守传》。可以说,没有唐传奇,则没有"临川四梦"。

一部唐传奇《莺莺传》,后人有多部续作:宋代赵令畤作鼓子词《商调蝶恋花》,金朝董解元作《西厢记诸宫调》(又名《弦索西厢》),元代王实甫作杂剧《西厢记》,明代李日华作《南西厢记》等,后人对唐传奇的特殊喜爱和大量借鉴可见一斑。

著名学者汪辟疆先生在编选《唐人小说》时,有意把有关唐传奇的篇目关系梳理了一遍,而让后来的读者可以更清晰地看到唐传奇之后元、明、清戏曲和话本小说的传承关系。

四

中国文化传统历来"文史哲不分家",但实际上"史"一直被看得更高一些。"信史"是对一部历史著作的最高评价,即该作品中提到的、引证的历史皆有记载。就连"演义"之类的明清作品,也一直无法跳脱"讲史"的限囿,难以摆脱

"史"与"实"的限制。

而"小说"从一开始就意味着"道听途说"的小道之言以及夸张不实、荒诞不经的表达方式，唐传奇作家跳出"史"与"实"的羁绊，着重展现对不同世界的创造，并由此反思人事，从而更注重自我的提升和超脱。一个"黄粱梦"故事，作者可以穿越到唐朝与吐蕃的战争中，把虚构的主人公嫁接到力战而死的节度使王君㚟的身上，完成一次叙事学上的精神胜利。

唐代文明是文化融合创新的典范，也是异质同构文明体系，因此社会包容性强，开放程度高，在历史上是最国际化的时代。那时候，不同种族、不同宗教信仰的人，都可以在百万人口的长安大城找到自己的容身之地。来自日本的遣唐使和来自大食的商人，来自东南亚的昆仑奴和来自西域的歌舞伎，各有自己的声音，正如荷兰汉学家高罗佩的小说集《大唐狄公案》中所描述的那样，唐代混杂的社会生活环境中，也暗藏着丰富的生存状态。在这座中世纪最繁华的大都市里，居住着来自当时已知世界的不同种族的人类，胡人和汉人杂居，外来音乐和本土音乐混合，佛家、道家并行，打破了儒家文化统治下"子不语怪力乱神"的文化限制。很多文人，包括牛僧孺这种宰相级高官，都喜欢谈神论鬼，并亲历小说写作。裴铏创作的优秀小说集《传奇》则在想象力和创造力的各个层面，都达到了中国古代文学的最高峰，也因此让唐代同类文言小说获得了"传奇"之名。

在中国文学的漫长历史中，唐传奇的存在是一个令人惊讶的奇迹。

五

唐传奇一直是其后历代创作的灵感源泉与想象力的渊薮，千百年来源源不断地滋养着我们的文学艺术创作。可惜因传统社会儒家正统思想的贬抑，人们普遍重文而轻小说，喜世俗而恶想象，文学观念保守而拘泥。明清时期有各种诗文选本，如《千家诗》《唐诗三百首》《古文观止》等，都能郑重地保存文本原来的面貌，而唐传奇的文本却遭到肆意改窜。进入20世纪，再度力推唐传奇的第一人是鲁迅先生。他以"五四"新文化运动之后全新的人道主义态度重新梳理传统文化遗产。在《唐宋传奇集》里，鲁迅先生精准选择、抄录了很多唐传奇名篇，如《莺莺传》《离魂记》《枕中记》《南柯太守传》等，按年代顺序编次在册。在《中国小说史略》里，鲁迅先生极力推崇唐传奇的成就，于第八、第九、第十篇专门论述"唐之传奇文""唐之传奇集及杂俎"，遂使这特别的文学瑰宝，重新进入普通读者和专业人士的视野中，在正统文学史中才占有一席之地。继之，又有著名学者汪辟疆作《唐人小说》，继续加以搜集、整理、阐发，而形成了一定的规模。到了当代，李剑国先生编撰了《唐五代志怪传奇叙录》和《宋代传奇集》，基本规范了唐传奇篇目范围。李时人教授整理出版了《全唐五代小说》五卷本全集，第一版由陕西人民出版社出版，做了精细校勘，成为一套很方便的"唐传奇总集"；后改由中华书局出版，再加补订，而拓展为八卷本，可谓居功至伟。中华书局印行的这套八卷本的《全唐五代小说》收罗备至，印刷精良，值得收藏。中华书局又曾组织专家学者编辑出版过"古体小说丛刊"十四册，其中收入《玄怪录·续玄怪录》《游仙窟校注》《异闻集校证》《纪闻辑校》四册唐传奇珍贵版本。

六

现有的中小学教材中，除了按照特定主题选入的《捕蛇者说》《童区寄传》这类"反映民间疾苦""控诉统治阶级"的文言小品之外，唐传奇作为优秀的中华传统文学样式，一篇也没被选入，甚至在知识拓展内容中也没有被提及。很少看到语文教师在教授文言文时，能够有意识地拓展出一点儿唐传奇的知识。涓流至此，渐渐枯竭，而无半滴可以惠及求学者。

文言之雅正，在先秦诸子；性情之纯朴，在唐宋散文；文学想象之绮丽丰富，在唐传奇。唐传奇想象力及创造力汪洋恣肆，前无古人，后无来者。

在基础教育阶段，接触和接受传统文学样式是十分必要的。目前中小学部编教材中缺乏唐传奇内容，中小学生对唐传奇这一重要文体缺乏了解。我们十分迫切地编了这本适合中小学生阅读的唐传奇选本，是为了填补教材的空白，激发青少年对阅读传统小说的兴趣。让孩子们知道，除了《聊斋志异》以外，我们还有出现时间更早、想象力更丰富、情感上更真挚、对人性的认识更积极、艺术上更优秀的各种唐传奇文本。

在中小学语文教材中，文言文的比重越来越大，各级考试也非常注重。而实际上，学生们学习文言文时非常痛苦。老师教得痛苦，学生学得无趣，其主要原因之一是文学观念过分保守，选入教材的文言文篇目过于强调"批判现实"而无趣无味。孩子们很难理解，也很难读进去。要让学生真正学好文言文，就要根据青少年的特点，从趣味性、故事性入手，当他们的阅读积累到一定的量之后，养成基本的文言文语感，才有可能产生阅读理解能力的质变。

唐传奇算得上是最好读、最有趣的文言文小说，也最可能获得中小学生的好感，用来做文言文学习教材是最合适不过了。唐传奇中有文言叙事、有论赞、有诗歌，被称为"文备众体"的独特小说文体，阅读一篇唐传奇文，你就同时学习了文言叙事、议论以及诗歌，一举三得。

这本《这才是我想要的语文书：唐传奇分册》以中小学生的独特成长经验和兴趣模式为基础，分主题精选故事曲折、人物生动、想象力丰富的名篇，逐一加以分析导读，让阅读者更有兴趣。

学好文言文需要大量、完整的原文阅读，培养良好的语感和整体意识，而不能零碎、散乱、片段地阅读。有一定语感后再深入阅读，才能真正分析字词句段，拓展阅读，加深理解。如此逐步推进的深阅读，才能更高效率地学习文言文。经过这样的积累，拥有一定的文言文基础，拓宽自己的视野，再延伸开去，学习其他文言文作品，就会容易得多。

这本《这才是我想要的语文书：唐传奇分册》，是面向普通读者，尤其是中小学生、家长和语文教师的普及本，重在导读。因此在编辑过程中，尽量采用已有的专家考证成果进行扼要介绍，加以分析，以期读者阅读之后，或有举一反三的"滚雪球"效果。

唐传奇用文言写作，每个字都十分精准，我们思之再三，放弃了白话文翻译这一项"规定动作"，不愿译成白话破坏其美感，希望阅读者保持对原文的准确感受，通过阅读长文，领会文言表达的神韵，掌握语法规律，直观体会鲁迅所评价的唐传奇"篇幅漫长""叙述宛转""文辞华艳"等特点。

对这些选文，我们主要做难字僻词的注音和解释，而不做全文翻译。基础薄弱的同学可先略观其意，稍知故事线索和人物状态，再加积累，慢慢会意，这才是更好的深阅读。

叶开　王琦

二〇二〇年一月十七日

第一编　修仙

002 编首语
005 杜子春
013 萧洞玄
017 韦自东
021 元柳二公
027 陶尹二君
030 樊夫人
035 裴航
041 张老
047 崔书生
051 杨敬真
056 编末后记

第二编　仙侠

060 编首语
063 聂隐娘
072 辛公平
082 昆仑奴
091 红线
097 郭代公
104 虬髯客
112 谢小娥传
125 义激
129 稠禅师
133 宋令文
136 柴绍弟
139 编末后记

第三编　灵物

142　编首语
144　古镜记
157　曹惠
163　补江总白猿传
171　孙恪
178　任氏传
188　柳毅传
201　刘贯词
207　编末后记

第四编　幻梦

210　编首语
215　枕中记
222　南柯太守传
231　巴邛人
235　张佐
241　岑顺
247　薛伟
253　王坤
258　江南吴生
261　三梦记
266　陈严恭
270　圆观
274　编末后记

第五编　变形

278 编首语

282 板桥三娘子

289 胡媚儿

295 元无有

298 来君绰

301 滕庭俊

304 周静帝

308 申屠澄

313 虎妇

316 张逢

320 稽胡

323 编末后记

第六编　爱情

326 编首语

329 莺莺传

343 长恨歌传

355 霍小玉传

367 无双传

378 柳氏传

386 离魂记

389 崔护

394 编末后记

397 **后记**

第一编 修仙

编首语

杜子春

萧洞玄

韦自东

元柳二公

陶尹二君

樊夫人

裴航

张老

崔书生

杨敬真

编末后记

编首语

修仙成道，成为脱离生死轮回的梦想

修仙成道，是中国传统文化一个重要的组成部分：从日常生活到想象世界，从肉身到灵魂，涉及人生的方方面面。

战国时期的《庄子》里写道："藐姑射之山，有神人居焉；肌肤若冰雪，淖约若处子，不食五谷，吸风饮露，乘云气，御飞龙，而游乎四海之外；其神凝，使物不疵疠而年谷熟。"这是写超乎地球之上的大神。不过，这种大神是先天而生的，不是凡人修炼的仙人。

秦始皇遣徐福往东海访仙，是著名修仙故事之一。其后各种修道成仙故事层出不穷，汉代有刘向所作的《列仙传》，记载赤松子、老子等人成仙的过程和事迹。托名东方朔作的《神异经》，记载了东王公等仙人的事迹。东晋道士葛洪作《神仙传》，写到了老子等人的事迹。这些书籍里写到历史名人的种种由人成神的事迹，他们炼丹或服食奇异食品而使肉身飞升。这些神奇的故事历代流传，而进山、炼丹、辟谷等修行方法，也成了修仙得道的典型途径。

记于淮南王刘安名下、由他和门下诸儒合作的《淮南子》，广泛引用了《老子》《庄子》等道家名作，论述了"阴阳"等华夏文明传统的自然观与世界观，是对"修仙"类世界的广泛论述，其中也记载了一些上古时代仙人的事迹。《神仙传》写到了刘安修仙成功的故事：淮南王安，好神仙之道，门客众多，后来有八位仙人来他府上拜谒。第一次八仙以老人面目出现，被门卫拒绝，嫌他们太老了，不肯入府禀报。接着八老摇身一变成了八个美少年，门卫前倨后恭，惊而奔告刘安。刘安也急忙"足不履，跣而迎"，八仙遂为上宾。后刘安门臣伍被因犯错误怕遭刘安惩罚，去长安诬告刘安造反。汉武帝"使宗正持节治之"[1]。这件事情传到八仙耳朵里，他们劝刘安说，人间的事情太麻烦，你还是吃药飞升吧[2]。这个故事使得一个成语"一人得道，鸡犬升天"流传下来。

《神仙传》："汉史秘之，不言安得神仙之道，恐后世人主，当废万机而竞求于安道，乃言安得罪后自杀，非得仙也。"意思是史官为了不诱惑帝王求仙问道，竟然隐瞒了刘安飞升得道的事实，而在史书上记载为"畏罪自杀"。其实正是小说家刻意隐瞒了刘安死亡的真相。

修仙故事背后，有时是一种特殊的历史解读，其中掩藏着历史中不为人知的真相。

东晋易学家郭璞最早注解的《山海经》里也记载了大量的神与仙的故事。黄帝、西王母、炎帝、蚩尤、女魃、玄鸟、羿、颛顼、帝喾、帝俊等上古大神，各类巨人、奇人、怪人、异兽以及一些仙人，如赤松子、柏高等，是中国神话与仙话的早期源头之一。但古代并没有对神话与仙话进行严格的区分，很多故事被混杂在一起。

直到唐传奇出现，才凝聚了丰富的文学宝藏。

《西游记》里石猴漂洋过海拜师修仙，是典型的修仙故事的延续。《封神演义》《三遂平妖传》《镜花缘》等，也都是修仙小说。

唐传奇里有很多修仙篇目，《杜子春》是代表性的杰作。这篇作品写的是修仙失败而非成功，非常奇特。主人公杜子春因不能断绝人性中的"骨肉情"，导致他和一位资深道士炼丹失败。其他如《张老》《裴航》《杨敬真》《樊夫人》等，从深山回到日常，生活与现实写得很细致，让人惊讶地发现：居家亦可修仙。

---

[1] 见中华书局《神仙传》之《刘安》，P152。
[2] 见中华书局《神仙传》之《刘安》："八公使安登山，大祭，埋金地中，即白日升天。八公与安所踏山上石，皆陷成迹，至今人马迹犹存。"（P152）"时人传八公、安临去时，余药器置在中庭，鸡犬舐啄之，尽得升天，故鸡鸣天上，犬吠云中也。"（P155）

《杨敬真》写一个普通农妇杨敬真生长于农夫之家，养儿育女，劳动生产，并没有专门修仙炼丹，只是平时不和普通农妇一起闲谈，而喜欢独自静处屋内。就这样，她不知不觉就成仙了，连她自己都说不出什么原因，这是"闷骚修仙"的典型例子。

《樊夫人》里，上虞令刘纲与其妻樊夫人一起修仙，十分和谐。而夫妻斗法时，樊夫人总是技高一筹，让这个故事显得非常有日常烟火味和人情味。

网络修仙小说兴起后，相应的各类改编电视连续剧持续热播，使得这些古代文学作品又重新受到重视。因此，我们从修仙故事开始，是很合适的。

杜子春①

杜子春者,盖周隋间人。少落拓,不事家产,然以志气闲旷,纵酒闲游,资产荡尽,投于亲故,皆以不事事见弃。方冬,衣破腹空,徒行长安中,日晚未食,彷徨不知所往,于东市西门,饥寒之色可掬,仰天长吁。有一老人策杖于前,问曰:"君子何叹?"春言其心,且愤其亲戚之疏薄也,感激②之气,发于颜色。老人曰:"几缗(mín)③则丰用?"子春曰:"三五万则可以活矣。"老人曰:"未也。"更言之:"十万。"曰:"未也。"乃言百万。亦曰:"未也。"曰:"三百万。"乃曰:"可矣。"于是袖出一缗曰:"给子今夕。明日午时,候子于西市波斯邸。慎无后期。"及时子春往,老人果与钱三百万,不告姓名而去。

子春既富,荡心复炽,自以为终身不复羁旅也。乘肥衣轻,会酒徒,征丝管,歌舞于倡楼,不复以治生为意。一二年间,稍稍而尽。衣服车马,易贵从贱,去马而驴,去驴而徒,倏忽如初。既而复无计,自叹于市门。发声而老人到,握其手曰:"君复如此,奇哉!吾将复济子,几缗方可?"子春惭不应,老人因逼之,子春愧谢而已。老人曰:"明日午时,来前期处。"子春忍愧

---

① 据中华书局版《太平广记》校对,注出《续玄怪录》。本篇是出自牛僧孺《玄怪录》还是出自李复言《续玄怪录》,是有争议的。本书采用程毅中先生以《类说》为底本校注的《玄怪录·续玄怪录》(中华书局2006年版)之说,为牛僧孺《玄怪录》中的一篇。

② 感激:感慨与激愤。

③ 缗:唐代通行货币,将一千文钱穿起来,称"一贯"钱,即"一缗"。《旧唐书》卷一百六十五·列传第一百一十五:"时回纥请和亲,朝廷计费五百万缗。朝廷方用兵伐叛,费用百端,欲缓其期。"事在宪宗元和年间,公主和亲所需的五百万缗,朝廷都拿不出,要缓一缓,而小说中的老翁从三百万到一千万再到三千万的大力度资助,乃小说家言。

而往，得钱一千万。未受之初，愤发，以为从此谋身治生，石季伦、猗顿小竖耳。钱既入手，心又翻然，纵适之情，又却如故。不一二年间，贫过旧日。复遇老人于故处，子春不胜其愧，掩面而走。老人牵裾止之，又曰："嗟乎拙谋也。"因与三千万，曰："此而不痊，则子贫在膏肓矣。"子春曰："吾落拓邪游，生涯罄尽。亲戚豪族，无相顾者，独此叟三给我，我何以当之？"因谓老人曰："吾得此，人间之事可以立，孤孀可以衣食，于名教复圆矣。感叟深惠。立事之后，唯叟所使。"老人曰："吾心也。子治生毕，来岁中元，见我于老君双桧下。"子春以孤孀多寓淮南，遂转资扬州，买良田百顷，郭中起甲第，要路置邸百余间，悉召孤孀，分居第中；婚嫁甥侄，迁袝族亲；恩者煦之，仇者复之。既毕事，及期而往。

老人者方啸于二桧之阴，遂与登华山云台峰。入四十里余，见一处，室屋严洁，非常人居。彩云遥覆，惊鹤飞翔其上。有正堂，中有药炉，高九尺余，紫焰光发，灼焕窗户。玉女九人，环炉而立，青龙白虎，分据前后。其时日将暮，老人者，不复俗衣，乃黄冠缝帔（pèi）士也。持白石三丸、酒一卮（zhī），遗（wèi）①子春，令速食之讫。取一虎皮，铺于内西壁，东向而坐，戒曰："慎勿语，虽尊神恶鬼夜叉，猛兽地狱，及君之亲属，为所困缚万苦，皆非真实，但当不动不语，宜安心莫惧，终无所苦。当一心念吾所言。"言讫而去。子春视庭，唯一巨瓮，满中贮水而已。

道士适去，旌旗戈甲，千乘万骑，遍满崖谷，呵叱之声，震动天地。有一人称大将军，身长丈余，人马皆着金甲，光芒射人。亲卫数百人，皆杖剑张弓，直入堂前，呵曰："汝是何人？敢不避大将军！"左右竦剑而前，逼问姓名，又问作何物，皆不对。问者大怒，摧斩争射之声如雷，竟不应。将军者极怒而去。俄而猛虎毒龙，狻（suān）猊（ní）狮子，蝮（fù）蝎万计，哮吼拿攫（jué）而争前欲搏噬，或跳过其上。子春神色不动，有顷而散。既而大雨滂澍（shù），雷

---

① 遗：赠送，给予。

电晦暝，火轮走其左右，电光掣其前后，目不得开。须臾，庭际水深丈余，流电吼雷，势若山川开破，不可制止。瞬息之间，波及坐下。子春端坐不顾。未顷而将军者复来，引牛头狱卒，奇貌鬼神，将大镬（huò）①汤而置子春前，长枪两叉，四面周匝。传命曰："肯言姓名即放。不肯言，即当心取叉置之镬中。"又不应。因执其妻来，拽于阶下，指曰："言姓名免之。"又不应。及鞭捶流血，或射或斫，或煮或烧，苦不可忍。其妻号哭曰："诚为陋拙，有辱君子。然幸得执巾栉（zhì），奉事十余年矣。今为尊鬼所执，不胜其苦。不敢望君匍匐拜乞，但得公一言，即全性命矣。人谁无情，君乃忍惜一言。"雨泪庭中，且咒且骂。春终不顾。将军且曰："吾不能毒汝妻耶？"令取锉碓，从脚寸寸锉之。妻叫哭愈急，竟不顾之。将军曰："此贼妖术已成，不可使久在世间。"敕左右斩之。

斩讫，魂魄被领见阎罗王。曰："此乃云台峰妖民乎？"捉付狱中。于是镕铜铁杖，碓（duì）②捣磑（wèi）③磨，火坑镬汤，刀山剑树之苦，无不备尝。然心念道士之言，亦似可忍，竟不呻吟。狱卒告受罪毕。王曰："此人阴贼，不合得作男，宜令作女人。"

配生宋州单父县丞王劝家，生而多病，针灸医药，略无停日。亦尝坠火堕床，痛苦不齐，终不失声。俄而长大，容色绝代，而口无声，其家目为哑女。亲戚狎者，侮之万端，终不能对。同乡有进士卢珪者，闻其容而慕之，因媒氏求焉。其家以哑辞之。卢曰："苟为妻而贤，何用言矣！亦足以戒长舌之妇。"乃许之。卢生备六礼，亲迎为妻。数年，恩情甚笃，生一男，仅二岁，聪慧无敌。卢抱儿与之言，不应。多方引之，终无辞。卢大怒曰："昔贾大夫之妻鄙其夫，才不笑。然观其射雉，尚释其憾。今吾陋不及贾，而文艺非徒射雉也，而竟不言。

---

① 镬：烹煮食物的大锅，也指烹人的刑具。唐传奇中经常出现描写地狱里用镬烹的酷刑，以惩罚生前有大罪恶的人。
② 碓：杵臼，舂米的工具。
③ 磑：石磨，碾米用的工具。

大丈夫为妻所鄙，安用其子！"乃持两足，以头扑于石上，应手而碎，血溅数步。子春爱生于心，忽忘其约，不觉失声云："噫！"

噫声未息，身坐故处，道士者亦在其前，初五更矣。见其紫焰穿屋上，大火起四合，屋室俱焚。道士叹曰："错大误余乃如是！"因提其发，投水瓮中。未顷火息，道士前曰："吾子之心，喜怒哀惧恶欲皆忘矣。所未臻者爱而已。向使子无噫声，吾之药成，子亦上仙矣。嗟乎！仙才之难得也！吾药可重炼，而子之身犹为世界所容矣。勉之哉！"遥指路使归。子春强登基观焉，其炉已坏。中有铁柱，大如臂，长数尺。道士脱衣，以刀子削之。

子春既归，愧其忘誓，复自效以谢其过。行至云台峰，绝无人迹，叹恨而归。

人类真爱，是修仙的最大障碍

《杜子春》选自唐代宰相、传奇作家牛僧孺的《玄怪录》，也有人认为出自李复言的《续玄怪录》[1]。在唐传奇的"修仙"类作品中，《杜子春》非常著名，影响很大。

唐太宗朝，著名僧人玄奘回国后潜心翻译佛经，并把西行路上所见所闻纂集为《大唐西域记》，其中记录了"婆罗痆斯国"的"烈士池"故事[2]：

施鹿林东行二三里，至窣堵波，傍有涸池，周八十余步，一名救命，又谓烈士。闻诸先志曰：数百年前有一隐士，于此池侧结庐屏

---

[1] 《太平广记》注出《续玄怪录》，《类说》引自《幽怪录》（即《玄怪录》）。汪辟疆先生采用《太平广记》之说，将《杜子春》辑入《续玄怪录》；而程毅中、李时人则采用《类说》，将《杜子春》辑入《玄怪录》。
[2] 见玄奘口述、辩机整理的《大唐西域记》卷七。

迹，博习伎术，究极神理，能使瓦砾为宝，人畜易形，但未能驭风云，陪仙驾。阅图考古，更求仙术。其方曰："夫神仙者，长生之术也。将欲求学，先定其志，筑建坛场，周一丈余。命一烈士，信勇昭著，执长刀，立坛隅，屏息绝言，自昏达旦。求仙者中坛而坐，手按长刀，口诵神咒，收视反听，迟明登仙。所执铦刀变为宝剑，凌虚履空，王诸仙侣，执剑指麾，所欲皆从。无衰无老，不病不死。"是人既得仙方，行访烈士，营求旷岁，未谐心愿。后于城中遇见一人，悲号逐路。隐士睹其相，心甚庆悦，即而慰问："何至怨伤？"曰："我以贫窭，佣力自济。其主见知，特深信用，期满五岁，当酬重赏。于是忍勤苦，忘艰辛，五年将周，一旦违失，既蒙笞辱，又无所得，以此为心，悲悼谁恤？"隐士命与同游，来至草庐，以术力故，化具肴馔。已而令入池浴，肥以新衣。又以五百金钱遗之，曰："尽当来求，幸无外也。"自时厥后，数加重赂，潜行阴德，感激其心。烈士屡求效命，以报知己。隐士曰："我求烈士，弥历岁时，幸而会遇，奇貌应图，非有他故，愿一夕不声耳。"烈士曰："死尚不辞，岂徒屏息？"于是设坛场，受仙法，依方行事，坐持日曛。曛暮之后，各司其务，隐士诵神咒，烈士按铦刀。殆将晓矣，忽发声叫。是时空中火下，烟焰云蒸，隐士疾引此人，入池避难。已而问曰："诫子无声，何以惊叫？"烈士曰："受命后，至夜分，昏然若梦，变异更起。见昔事主躬来慰谢，感荷厚恩，忍不报语；彼人震怒，遂见杀害。受中阴身，顾尸叹惜，犹愿历世不言，以报厚德。遂见托生南印度大婆罗门家，乃至受胎出胎，备经苦厄，荷恩荷德，尝不出声。洎乎受业、冠婚、丧亲、生子，每念前恩，忍而不语，宗亲戚属咸见怪异。年过六十有五，我妻谓曰：'汝可言矣！若不语者，当杀汝子。'我时惟念，已隔生世，自顾衰老，唯此稚子。因止其妻，令无杀害，遂发此声耳。"隐士曰："我之过也！此魔娆耳。"烈士感恩，悲事不成，愤恚而死。免火灾难，故曰救命；感恩而死，又谓烈士池。

"烈士池"及传说，正是《杜子春》一类的修仙故事的原型，可与唐代其他传奇如薛渔思《河东记》里的《萧洞玄》，裴铏《传奇》里的《韦自东》等作品相互参看。

《杜子春》是一篇很高妙的传奇文，极简中又极复杂。与"烈士池"同样的故事结构——寻找勇士帮助道士炼丹药，但相比"烈士池"的故事，《杜子春》更戏剧性地增加了对勇士杜子春的塑造，写出了一个浪荡子是如何被寻找助手的道士耐心地培养成虔诚的炼丹炉卫士的。作者通过对杜子春的耐心描述，十分有说服力地展示了人性在修仙路上的无奈和不可抗拒。

小说前半段集中写杜子春是"败家子"，花钱如流水，连续两次短时间内花光了巨款，并且体会到了世态炎凉、人情冷漠，最终醒悟过来。杜子春从老人那里接受了三次点醒，即三次金钱赠予，前两次都没能醒悟，直到第三次得到了三千万巨款，才幡然醒悟。他用这笔巨资在淮扬一带做善事，安置流离失所的妇孺。这些善事是杜子春对老人点醒的回应，他因此具备了守护丹炉的品质。

杜子春依约去华山老君祠见资助他的老翁，这时才发现老翁原来是一名修仙人。老修仙人要找一个意志力坚定，已经弃绝了七情六欲的人来帮自己看守炼丹炉，以便成功地炼成仙药。之前的三次赠予，消除了杜子春的浮躁性格；来到修炼处，老道士以仙酒和丹药的效力，清除了杜子春身体中的俗气。当老道士完成了对杜子春的身心改造之后，他们才能开始充满挑战的炼丹之路。修仙，或炼丹，先要心静，摒除一切杂念，把看到的一切都视为幻象——不回应，不说话，不作为，忍耐过去，就会到达光明。老翁让杜子春对着一缸水坐着，并对他说：无论碰到什么事情，你都不要出声，那些都只是幻象而已。挺过这一夜，丹药就炼好了。

如老翁所言，杜子春一进入守护状态，就开始经历各种幻象的考验。故事从实入虚，一点儿都不拖泥带水，非常紧凑，他先后经住了恶鬼、猛兽、电光雷掣、地狱捶挞、转世为女身且喑哑不能言的痛苦考验。这已经是很高的修为了。但杜子春最终仍然没有经受住亲生孩子被当面摔死的考验，一声不由自主的"噫"，立刻毁坏了一炉即将炼成的丹药。小说家借由老道士的喟叹告诫听故事的人，在修仙的过程中，人的"喜怒哀惧恶欲"是可以通过修行战胜的，但唯独放弃不了人的本性——"爱"。人类要放弃爱的本性，尤其是爱子女的本性，几乎是不可能的。人要修炼成仙，必须超越人的本性。

有趣的是，小说花费大量篇幅来描述道士和杜子春之间培养与被培养的细节，而结局却是炼丹失败。唐传奇作家讲述故事，不限于一个光明的结局，更重视传达故事出人意料之处。炼丹的失败，是给普罗大众的警钟，更是对人类本性的思考。

明代小说家冯梦龙也很喜欢这个故事，但不满于失败的结局，他在白话小说《杜子春三进长安》[①]中给了杜子春一个好的出路——让他一心向善、修道，最终得到了好的结果。杜子春夫妇伴随老君左右，一道升天而去。这是话本里"劝世"类作品的典型结尾。

原作中，老翁第一次赠钱三百万，杜子春很快挥霍殆尽，冯梦龙改为赠白银三万两，是五十两一锭的大银子六百锭，要雇三十多人才能"搬回"扬州；第二次赠钱一千万，杜子春又很快挥霍掉了，冯梦龙改为赠十万两银子；第三次赠钱三千万，冯梦龙改为赠三十万两银子。并且，冯梦龙还注意到了原文言文的简略之处可以做文章，专门渲染了杜子春由富入贫再去长安求告之际的各种困窘状态，连酒楼里的伙计都欺负他，而且让他毫无办法。这种细节上的铺陈渲染，是话本小说在艺术上的独到之处。

日本现代文学名家芥川龙之介也有一部同名短篇小说《杜子春》，但写得很拘泥。他写到杜子春幻梦中，看到母亲化成的马被折磨，就屈服了。这个复杂的修仙故事，被他改编成了"孝"的故事，破坏了原作的丰富意味。

[①]《杜子春三进长安》：载于冯梦龙《醒世恒言》。

> 知识

西市波斯邸

　　隋唐时代，波斯人在长安西市开设波斯馆，进行珠宝交易，称"波斯邸"。唐代的长安城，有东西两市，提供商品交易。传奇《李娃传》写到东西两市举办赛歌会，引来整个长安城市民的围观。东市靠近皇宫及贵族居住区，西市靠近平民居住区，而外国商人大多居住在西市附近，故而西市交易的舶来品比较多。西市波斯邸不仅仅是波斯人交易珠宝的地方，更是"舶来品""神秘""无价之宝"的代名词。唐传奇中，神秘宝物的交易往往在波斯邸进行。如裴铏《传奇》之《崔炜》，崔炜在赵佗墓中发现的宝珠，就是拿到波斯邸去交易的[1]。唐代段成式《酉阳杂俎》多处记载外来商人、胡人、胡姬在长安的生活史料。唐代长安是世界第一大都市，有三十多万户，近百万人口，可谓近悦远来，熙熙攘攘。远自欧洲、非洲的各国商贾，云集于此，且不用说印度、马来亚[2]这些于先秦时期就已经通商通路的地方了。今伊朗一带古称"波斯"，今印度和巴基斯坦一带古称"天竺"，都是文明古国，各种稀奇珍宝往来于商旅之间。唐代的外来文明各呈异态，兼容并包，非常丰富，印度来的"胡僧"多神奇异能，耍把戏，弄法术，以此获得人们的注意。东南亚一带的"昆仑奴"也是神奇之人，他们通常都有过人的能力和武功，唐传奇名篇《昆仑奴》的主人公"昆仑奴"轻功卓绝，一跃能飞跃数重院墙，一品大官派了几十个人捉拿他，射箭如雨，结果他一飞冲天，转眼就消失了。这里写的"昆仑奴"就是来自东南亚的、皮肤黝黑的外国人。这些"异人"，多给唐代传奇作家一种特殊的印象。

---

[1] 见裴铏《传奇·崔炜》："乃抵波斯邸，潜鬻（yù）是珠。有老胡人一见，遂匍匐礼拜曰：'郎君的（确实）入南越王赵佗墓中来；不然者，不合得斯宝。'盖赵佗以珠为殉故也。"

[2] 马来亚：全称英属马来亚（British Malaya），今称马来西亚半岛，是马来西亚的一部分。——编者注

萧洞玄[①]

王屋灵都观道士萧洞玄，志心学炼神丹，积数年，卒无所就。无何，遇神人授以大还秘诀曰："法尽此耳。然更须得一同心者，相为表里，然后可成，盍（hé）求诸乎？"洞玄遂周游天下，历五岳四渎，名山异境，都城聚落，人迹所辏（còu），罔不毕至。经十余年，不得其人。至贞元中，洞玄自浙东抵扬州，至氶（chéng）亭埭，维舟于逆旅主人。于时舳（zhú）舻（lú）[②]万艘，隘于河次，堰开争路。上下众船，相轧者移时。舟人尽力挤之，见一人船顿，蹙其右臂且折，观者为之寒栗。其人颜色不变，亦无呻吟之声，徐归船中，饮食自若。洞玄深嗟异之，私喜曰："此岂非天佑我乎？"问其姓名，则曰终无为。因与交结，话道欣然，遂不相舍，即俱之王屋。洞玄出还丹秘诀示之，无为相与揣摩，更终二三年，修行备至。洞玄谓无为曰："将行道之夕，我当作法护持，君当谨守丹灶。但至五更无言，则携手上升矣。"无为曰："我虽无他术，至于忍断不言，君所知也。"遂十日设坛场，焚金炉，饰丹灶。洞玄绕坛行道步虚，无为于药灶前，端拱而坐，心誓死不言。一更后，忽见两道士自天而降，谓无为曰："上帝使问尔，要成道否？"无为不应。须臾，又见群仙，自称王乔、安期等，谓曰："适来上帝使左右问尔所谓，何得不对？"无为亦不言。有顷，见一女人，年可二八，容华端丽，音韵幽闲，绮罗缤纷，薰灼动地，盘旋良久，调戏无为，无为亦不顾。俄然有虎狼猛兽十余种类，哮叫腾掷，张口向无为，无为亦不动。有顷，见其祖考父母先亡眷属等，并在其前，谓曰："汝见我，何得无言？"无

[①] 《太平广记》注出《河东记》。本文据中华书局《太平广记》校录（《太平广记》卷四十四）。
[②] 舳舻：指船。

为涕泪交下,而终不言。俄见一夜叉,身长三丈,目如电赩(xì),口赤如血,朱发植竿,锯牙钩爪,直冲无为,无为不动。既而有黄衫人,领二手力至,谓无为曰:"大王追,不愿行,但言其故即免。"无为不言。黄衫人即叱二手力可拽去。无为不得已而随之。须臾至一府署,云是平等王,南面凭几,威仪甚严。厉声谓无为曰:"尔未合至此,若能一言自辨,即放尔回。"无为不对。平等王又令引向狱中,看诸受罪者,惨毒痛楚,万状千名。既回,仍谓之曰:"尔若不言,便入此中矣。"无为心虽恐惧,终亦不言。平等王曰:"即令别受生,不得放归本处。"无为自此心迷,寂无所知。俄然复觉,其身托生于长安贵人王氏家。初在母胎,犹记宿誓不言。既生,相貌具足,唯不解啼。三日满月,其家大会亲宾,广张声乐,乳母抱儿出,众中递相怜抚。父母相谓曰:"我儿他日必是贵人。"因名曰贵郎。聪慧日甚,只不解啼。才及三岁便行,弱不好弄。至五六岁,虽不能言,所为雅有高致。十岁操笔,即成文章,动静嬉游,必盈纸墨。既及弱冠,仪形甚都,举止雍雍,可为人表。然自以喑哑,不肯入仕。其家富比王室,金玉满堂,婢妾歌钟,极于奢侈。年二十六,父母为之娶妻,妻亦豪家,又绝代姿容,工巧伎乐,无不妙绝。贵郎官名慎微,一生自矜快乐。娶妻一年,生一男,端敏惠黠,略无伦比。慎微爱念,复过常情。一旦妻及慎微,俱在春庭游戏。庭中有盘石,可为十人之坐,妻抱其子在上,忽谓慎微曰:"观君于我,恩爱甚深。今日若不为我发言,便当扑杀君儿。"慎微争其子不胜,妻举手向石扑之,脑髓迸出,慎微痛惜抚膺,不觉失声惊骇。恍然而寤,则在丹灶之前。而向之盘石,乃丹灶也。时洞玄坛上法事方毕,天欲晓矣,俄闻无为叹息之声,忽失丹灶所在。二人相与恸(tòng)哭。即更炼心修行,后亦不知所终。

于心不忍始为人

《萧洞玄》这篇传奇文,内容与《杜子春》大同小异。相比之下,《杜子春》

的表现更加奇特。杜子春是一个浪荡子、败家子，几千万一两年花光，然后体会了人情淡薄、世态炎凉。而"终无为"这个名字，本身就带有明显的"道家"含义，王屋山道士萧洞玄得到炼丹秘籍，然后周游全国，走遍各种市镇，来到了隋唐时代最为繁华的大城扬州，在万船争流中，找到了一个连手臂被折断了都不吭声的壮士。这么能忍，正是萧洞玄要找的人选。于是，两人会合在一起修炼，"无为相与揣摩，更终二三年，修行备至"。这一个细节在《杜子春》那里没有。由此可见，《杜子春》的传奇性更浓，而《萧洞玄》则更加注意人与人之间关系的合理性。

在《萧洞玄》这篇作品里，终无为和萧洞玄是修仙合作伙伴的关系。在王屋山修仙，更是天造地设。王屋山为中原名山，自古以来，因为山势复杂、森林茂密、生态完备，而成为隐居、修道之圣地，传说中的"愚公移山"要移的两座山之一就是这座山。道教兴起，王屋山为道教十大洞天之首，宋元时期著名的全真教，所在地也是王屋山。唐代，王屋山就成为最繁盛的道教修炼的圣地，道观、庙宇众多。萧洞玄和终无为在王屋山修道，跟杜子春和神秘老人在华山炼丹相比，又更为现实，而不像杜子春他们那么传奇。

终无为经历了各种幻觉的考验：道家同门尊长的迷惑，美女的诱惑，父母亲情的牵挂，武士的恐吓，地狱的历练，再投胎托生于长安贵人王氏之家，成为一个受宠爱长大的贵家公子贵郎，这些都是修道信徒必须经历的考验。最终，贵郎"不言"的努力，还是溃于目睹妻子把幼儿砸在石头上，脑浆迸裂时发出的本能惊呼。这个对于"后代死亡"的不忍，跟杜子春一样。对比两篇作品可见，经历了人生中那么多的欺骗、诱惑、恐吓、迷惑，七情六欲几经历练，而最终破于"不忍"。这是唐代两篇传奇对于人心玄微的深刻思考。

萧洞玄和杜子春一样，都面临炼丹失败的结局，这是承认了人力所不能为，承认了人性的弱点不容易克服，而不是要求人具有超凡脱俗的能力。杜子春败在没有超脱"爱"的情感，终无为经受了各种非一般人所能经受的考验，已经是非常厉害了，最终败于"不忍"，这是人之所以为人的底线。从修道炼丹的绝对要求来说，连"不忍"也要摈弃，这才能做到真正的"绝情"。如此这般的顶级要求，确实是要"非人"的意志才能做到。也由此可见，要真正修仙成功，是非常不容易的。

韦自东①

贞元中,有韦自东者,义烈之士也。尝游太白山,栖止段将军庄。段亦素知其壮勇者。一日,与自东眺望山谷,见一径甚微,若旧有行迹。自东问主人曰:"此何诣也?"段将军曰:"昔有二僧,居此山顶,殿宇宏壮,林泉甚佳,盖唐开元中,万回②师弟子之所建也。似驱役鬼工,非人力所能及。或问樵者说,其僧为怪物所食,今绝踪二三年矣。又闻人说,有二夜叉于此山。亦无人敢窥焉。"自东怒曰:"余操心在平侵暴,夜叉何类,而敢噬(shì)人!今夕,必挈(qiè)③夜叉首,至于门下。"将军止曰:"暴虎凭河,死而无悔。"自东不顾,仗剑奋衣而往,势不可遏。将军悄然曰:"韦生当其咎耳。"

自东扪(mén)萝蹑石,至精舍,悄寂无人。睹二僧房,大敞其户,履锡俱全,衾枕俨然,而尘埃凝积其上。又见佛堂内,细草茸茸,似有巨物偃寝之处。四壁多挂野彘(zhì)玄熊之类,或庖炙之余,亦有锅镬薪。自东乃知是樵者之言不谬耳。度其夜叉未至,遂拔柏树,径大如碗,去枝叶,为大杖,扃(jiōng)其户,以石佛拒之。

是夜,月白如昼。夜未分,夜叉挈鹿而至,怒其扃镢(jué),大叫,以首触户,折其石佛,而踣(bó)于地。自东以柏树挝(zhuā)④其脑,再举而死之。拽之入室,又阖(hé)其扉。顷之,复有夜叉继至,似怒前归者不接己,亦哮吼,

---

① 《太平广记》注出《传奇》。本文据中华书局《太平广记》校录(《太平广记》卷三百五十六)。
② 万回:唐朝僧人,俗姓张氏,虢州阌乡人。
③ 挈:携带。
④ 挝:抓住。

触其扉，复踏于户阈（yù），又挝之，亦死。自东知雌雄已殒，应无侪（chái）类，遂掩关烹鹿而食。及明，断二夜叉首，挈余鹿而示段。段大骇曰："真周处之俦（chóu）矣！"乃烹鹿饮酒尽欢，远近观者如堵。

有道士出于稠人中，揖自东曰："某有衷恳，欲披告于长者，可乎？"自东曰："某一生济人之急，何为不可？"道士曰："某栖心道门，恳志灵药，非一朝一夕耳。三二年前，神仙为吾配合龙虎丹一炉，据其洞而修之，有日矣。今灵药将成，而数有妖魔入洞，就炉击触，药几废散。思得刚烈之士，仗剑卫之。灵药倘成，当有分惠。未知能一行否？"自东踊跃曰："乃生平所愿也。"遂仗剑从道士而去。

济险蹑峻，当太白之高峰。将半，有一石洞，可百余步，即道士烧丹之室。唯弟子一人。道士约曰："明晨五更初，请君仗剑，当洞门而立，见有怪物，但以剑击之。"自东曰："谨奉教！"久立烛于洞门外，以伺之。

俄顷，果有巨虺（huǐ）①长数丈，金目雪牙，毒气氤郁，将欲入洞。自东以剑击之，似中其首。俄顷若轻雾而化去。食顷，有一女子，颜色绝丽，执芰（jì）荷之花，缓步而至，自东又以剑拂之，若云气而灭。食顷，将欲曙，有道士，乘云驾鹤，导从甚严，劳自东曰："妖魔已尽，吾弟子丹将成矣，吾当来为证也。"盘旋候明而入，语自东曰："喜汝道士丹成，今有诗一首，汝可继和。诗曰：'三秋稽（qǐ）颡（sǎng）②叩真灵，龙虎交时金液成。绛雪既凝身可度，蓬壶顶上彩云生。'"自东详诗意曰："此道士之师。"遂释剑而礼之。俄而突入，药鼎爆裂，更无遗在。道士恸哭，自东悔恨自咎而已。二人因以泉涤其鼎器而饮之。自东后更有少容，而适南岳，莫知所止。

今段将军庄尚有夜叉骷髅见在，道士亦莫知所之。

---

① 虺：毒蛇。
② 稽颡：屈膝跪拜，以额触地。

壮士难过诡诈关

本文的结构与《杜子春》相似，都是用一半的篇幅讲述主人公突出的个性化事迹。韦自东是一位能独自斗夜叉的勇猛之士，也正是这一点，才被选为丹炉的守护者；但另一方面，勇士的单纯也恰恰是他之所以中了妖魔的骗局的弱点。

妖魔化身为道士，伪装成炼丹师的师父，前来祝贺炼丹已成，而韦自东浑然不觉这是一个骗局。他陶醉于自己的勇武和成功，而无法摆脱"功名"的利诱，听到假道士作诗以贺，就乐观判断是道士的师父，"遂释剑而礼之"，结果妖魔"俄而突入，药鼎爆裂，更无遗在"。这样沉迷于"功名"的态度，也是炼丹世界所警惕的"七情六欲"之一，有这样的功名利禄心之者，也不够纯洁，因而照样遭到邪魔入侵，功败垂成。

段将军无法阻止韦自东独自前往山顶庙宇去行侠仗义时，说了一句"暴虎凭河，死而无悔"。这里引用了《论语·述而》里的典故。原话如此："子谓颜渊曰：'用之则行，舍之则藏，惟我与尔有是夫！'子路曰：'子行三军，则谁与？'子曰：'暴虎冯①河，死而无悔者，吾不与也。必也临事而惧，好谋而成者也。'"孔子赞美颜回能进能退，表示只有自己与颜回能做到进退自如；有杰出的将才而且勇冠三军的子路问起：那么夫子您如果统率三军去作战时，会选择什么人跟你一起共事呢？孔子说，有勇无谋的人至死都不懂得悔改，我是不会跟他们共事的。孔子更看重的是"临事而惧，好谋而成"这样有勇有谋、知道进退的人。韦自东勇武绝伦，独挡凶恶的夜叉毫无惧色，是比杜子春、终无为更厉害的大无畏勇士，但他的唯一缺点，就是"死而无悔"，死了都不懂得反思自己身上的弱点。他是足够勇武了，也足够能抵挡可怕的巨型毒蛇和妖媚的魔女，却缺乏反思自己

---

① 冯：同"凭"。——编者注

缺点的能力，被妖魔以"功名"破之。

以上三篇"炼丹"故事，从不同的构思和叙述角度来表达类似的主题：炼丹与修仙（失败）。杜子春受到神仙道士的特别培养和点拨，才具备守护丹炉的资格，却因为不能克制人性的"爱"而守炉失败。道士萧洞玄得到神授秘方，周游全国寻找合适的人选来和自己一起炼丹，最后在扬州港口找到了极具忍耐力的终无为，一起回到山里合作炼丹，而终无为也败给了人性的弱点——不忍。韦自东以他胆大包天的勇气——一个人独自登顶太白山之荒废庙宇，拔下碗口粗的柏树作为武器挝杀雌雄夜叉，被暗中寻找丹炉守护卫士的一位道士相中，邀请担当炼丹守卫，抵御妖魔的破坏，但最终却败于对幻象的轻信。杜子春、终无为和韦自东，各自面对了人生中最激烈的诱惑，却无一能抗拒成功，这就是所谓"人性的弱点"。

通过对比阅读以上三篇故事，我们可以大致了解唐代文化中对于个人修养与出世修仙的观点和态度。

元柳二公①

　　元和初,有元彻、柳实者,居于衡山。二公俱有从父为官浙右。李庶人连累,各窜②于驩(huān)、爱州③。二公共结行李而往省焉。至于廉州合浦县,登舟而欲越海。将抵交趾,舣舟于合浦岸。夜有村人飨④神,箫鼓喧哗。舟人与二公仆吏齐往看焉。夜将午。俄飓风欻(chuā)起。断缆漂舟,入于大海,莫知所适。罥(juàn)⑤长鲸之鬐(qí),抢巨鳌之背,浪浮雪峤,日涌火轮。触蛟室而梭停,撞蜃楼而瓦解。摆簸数四,几欲倾沉,然后抵孤岛而风止。二公愁闷而陟(zhì)焉,见天王尊像,莹然于岭所,有金炉香烬,而别无一物。二公周览之次。忽睹海面上有巨兽。出首四顾,若有察听。牙森剑戟,目闪电光,良久而没。逡巡,复有紫云自海面涌出,漫衍数百步。中有五色大芙蓉,高百余尺,叶叶而绽。内有帐幄,若绣绮错杂,耀夺人眼。又见虹桥忽展,直抵于岛上。俄有双鬟(huán)侍女,捧玉合,持金炉,自莲叶而来天尊所,易其残烬,炷以异香。二公见之,前告叩头,辞理哀酸,求返人世。双鬟不答。二公请益良久。女曰:"子是何人,而遽(jù)⑥至此?"二公具以实白之。女曰:"少顷有玉虚尊师当降此岛,与南溟夫人⑦会约。子但坚请之,

---

① 《太平广记》注出《续仙传》。据李时人先生辑录《全唐五代小说》录入本书,署裴铏《传奇》。全文据中华书局《太平广记》校录。
② 窜:逃亡。
③ 驩州、爱州:今在越南境内,属义安县。唐代在此置郡县。
④ 飨:献祭品。
⑤ 罥:挂。
⑥ 遽:急忙。
⑦ 南溟夫人:唐五代杜光庭《墉城集仙录》载:"南溟夫人者,居南海之中,不知品秩之等降,盖神仙得道者也。"

将有所遂。"言讫，有道士乘白鹿，驭彩霞，直降于岛上。二公并拜而泣告。尊师悯之曰："子可随此女而谒南溟夫人，当有归期，可无碍矣。"尊师语双鬟曰："余暂修真毕，当诣彼。"二子受教，至帐前行拜谒之礼。见一女未笄，衣五色文彩，皓玉凝肌，红流腻艳，神澄沆（hàng）瀣（xiè），气肃沧溟。二子告以姓字。夫人哂之曰："昔时天台有刘晨，今有柳实；昔有阮肇，今有元彻。昔时有刘、阮，今有元、柳。莫非天也！"设二榻而坐。俄顷尊师至，夫人迎拜，遂还坐。有仙娥数辈，奏笙簧箫笛；旁列鸾凤之歌舞，雅合节奏。二子恍惚，若梦于钧天，即人世罕闻见矣。遂命飞觞。忽有玄鹤，衔彩笺自空而至曰："安期生①知尊师赴南溟会，暂请枉驾。"尊师读之，谓玄鹤曰："寻当至彼。"尊师语夫人曰："与安期生间阔千年，不值南游，无因访话。"夫人遂促侍女进馔，玉器光洁。夫人对食，而二子不得饷。尊师曰："二子虽未合饷，然为求人间之食而饷之。"夫人曰："然。"即别进馔，乃人间味也。尊师食毕，怀中出丹篆一卷而授夫人。夫人拜而受之，遂告去。回顾二子曰："子有道骨，归乃不难；然邂逅相遇，合有灵药相貺（kuàng）②。子但宿分自有师，吾不当为子师耳。"二子拜。尊师遂去。俄海上有武夫，长数丈，衣金甲，仗剑而进曰："奉使天真清道不谨，法当显戮，今已行刑。"遂趋而没。夫人命侍女紫衣凤冠者曰："可送客去。而所乘者何？"侍女曰："有百花桥可驭二子。"二子感谢拜别。夫人赠以玉壶一枚，高尺余。夫人命笔题玉壶诗赠曰："来从一叶舟中来，去向百花桥上去。若到人间扣玉壶，鸳鸯自解分明语。"俄有桥长数百步，栏槛之上，皆有异花。二子于花间潜窥，见千龙万蛇，邅相交绕为桥之柱。又见昔海上兽，已身首异处，浮于波上。二子因诘使者。使者曰："此兽为不知二君故也。"使者曰："我不当为使而送子，盖有深意欲奉托，强为此行。"遂襟带间解一琥珀合子，中有物隐隐若蜘蛛形状，谓二子曰："吾辈水仙也。水仙阴也，而无男子。吾昔遇番禺少年，情之至而有

---

① 安期生：传说中的隐士，老子传业与安期生，是道家长生之仙人。
② 貺：赠。

子，未三岁，合弃之。夫人命与南岳神为子，其来久矣。闻南岳回雁使者，有事于水府。返日，凭寄吾子所弄玉环往，而使者隐之，吾颇为恨。望二君子为持此合子至回雁峰下，访使者庙而投之，当有异变。倘得玉环，为送吾子。吾子亦自当有报效耳。慎勿启之。"二子受之，谓使者曰："夫人诗云：'若到人间扣玉壶，鸳鸯自解分明语。'何也？"曰："子归有事，但扣玉壶，当有鸳鸯应之，事无不从矣。"又曰："玉虚尊师云，吾辈自有师。师复是谁？"曰："南岳太极先生耳。当自遇之。"遂与使者告别。桥之尽所，即昔日合浦之维舟处，回视已无桥矣。二子询之，时已一十二年。驩、爱二州亲属，已殒谢矣。问道将归衡山，中途因馁而扣壶，遂有鸳鸯语曰："若欲饮食，前行自遇耳。"俄而道左有盘馔丰备，二子食之，而数日不思他味。寻即达家。昔日童稚，已弱冠矣。然二子妻各谢世已三昼。家人辈悲喜不胜，曰："人云郎君亡没大海，服阕①已九秋矣。"二子厌人世，体以清虚。睹妻子丧，不甚悲感。遂相与直抵回雁峰。访使者庙，以合子投之。倏有黑龙长数丈，激风喷电，折树揭屋，霹雳一声而庙立碎。二子战栗，不敢熟视。空中乃有掷玉环者。二子取之而送南岳庙。及归，有黄衣少年，持二金合子，各到二子家曰："郎君令持此药，曰还魂膏，而报二君子。家有毙者，虽一甲子，犹能涂顶而活。"受之而使者不见。二子遂以活妻室，后共寻云水，访太极先生，而曾无影响。闷却归。因大雪，见大叟负樵而鬻（yù）。二子哀其衰迈，饮之以酒。睹樵担上有"太极"字，遂礼之为师，以玉壶告之。叟曰："吾贮玉液者，亡来数十甲子。甚喜再见。"二子因随诣祝融峰。自此而得道，不重见耳。

人间刘阮的仙缘奇遇

　　这是一个发生在岭南偏远之地的故事。元柳二公受朝廷高层政治斗争的无辜

---

① 服阕：守丧期满。

牵连，远赴岭南投亲，不巧遇船难搁浅。但因祸得福，仙缘突现——巧遇神仙聚会，见识神仙生活，与仙结缘，获赠玉壶、玉环、还魂膏等种种意外神迹。因亲历、见识了神仙真面目而真心离开俗世去修道。

元柳二公比前三篇的杜子春、终无为、韦自东都要幸运，两人在逃亡境遇下偶获仙缘，这是神仙给予的特殊眷顾，因此两人才能不费吹灰之力就享受到仙人的生活，得到仙人的馈赠，并延长了寿命，这比刻意修行的道士们幸运多了。元柳二公在修行的道路上走了捷径，对于修仙的信念也就更加坚定无疑了。结局"自此而得道，不重见耳"，自然成仙去了。

这里有"刘、阮"的典故，为南朝刘义庆《幽明录》里刘晨、阮肇合称。两人俱为东汉剡县人，永平年间同入天台山采药，遇二女子留居半岁后辞归。及还乡，子孙已历七世。后又离乡，不知所终。《元柳二公》这一篇唐传奇，当有传承。

与南溟夫人会面的情节，在唐五代时期的杜光庭撰《墉城集仙录》中有转录。此故事后来成为南溟夫人的重要仙迹。

▶ 知识

交　趾

安南都督府　隋交趾郡。武德①五年，改为交州总管府，管交、峰、爱、仙、鸢、宋、慈、险、道、龙十州。其交州领交趾、怀德、南定、宋平四县。六年，澄、慈、道、宋并加"南"字。七年，又置玉州，隶交府。贞观元年，省南宋州以宋平县，省隆州以陆平县，省鸢州以朱鸢县，省龙州以龙编县，并隶交府。仍省怀德县及南慈州。二年，废玉州入钦州。六年，改南道州为仙州。十一年，废仙

---

① 武德：唐高祖李渊年号，公元618—626年。

州，以平道县来属。今督交、峰、爱、驩四州。调（diào）露①元年八月，改交州都督府为安南都护府。大足元年四月，置武安州、南登州，并隶安南府。至德二年九月，改为镇南都护府，后为安南府。刺史充都护，管兵四千二百。旧领县八，户一万七千五百二十三，口八万八千七百八十八。天宝领县七，户二万四千二百三十，口九万九千六百五十二。至京师七千二百五十三里，至东都七千二百二十五里。西至爱州界小黄江口，水路四百一十六里，西南至长州界文阳县靖江镇一百五十里，西北至峰州嘉宁县论江口水路一百五十里，东至朱鸢县界小黄江口水路五百里，北至朱鸢州阿劳江口水路五百四十九里，北至武平县界武定江二百五十二里，东北至交趾县界福生去十里也。（《旧唐书》卷四十一·志第二十一·地理四）

驩　州

驩州　陈日南郡。武德五年，置南德州总管府，领德、明、智、驩、林、源、景、海八州。南德州领六县。八年，改为德州。贞观②初，改为驩州，以旧驩州为演州。二年，置驩州都督府，领驩、演、明、智、林、源、景、海八州。十二年，废明、源、海三州。天宝③元年，改为日南郡。乾元④元年，复为驩州也。旧领县六，户六千五百七十九，口一万六千六百八十九。天宝领县四，户九千六百一十九，口五万八百一十八。至京师陆路一万二千四百五十二里，水路一万七千里，至东都一万一千五百九十五里，水路一万六千二百二十里。东至大海一百五十里，南至林州一百五十里，西至环王国界八百里，北至爱州界六百三里，南至尽当郡界四百里，西北到灵跋江四百七十里，东北至辩州五百二里。（《旧唐书》卷四十一·志第二十一·地理四）

---

① 调露：唐高宗李治年号，公元679—680年。
② 贞观：唐太宗李世民年号，公元627—649年。
③ 天宝：唐玄宗李隆基年号，公元742—756年。
④ 乾元：唐肃宗李亨年号，公元758—760年。

爱 州

爱州 隋九真郡。武德五年，置爱州，领九真、松源、杨山、安顺四县。又于州界分置积、顺、安、永、胥、前真、山七州。改永州为都州。九年，改积州为南陵州。贞观初，废都州入前真州。其年，废前真、胥二州入南陵州。又废安州以隆安县，废山州以建初县，并属州。又废杨山、安顺二县入九真县。改南陵州复为真州。八年，废建初入隆安。九年，废松源入九真。十年，废真州，以胥浦、军安、日南、移风四县属爱州。天宝元年，改为九真郡。乾元元年，复为爱州。九真南与日南接界，西接牂柯界，北与巴蜀接，东北与郁林州接，山险溪洞所居。旧领县七，户九千八十，口三万六千五百一十九。天宝领县六，户一万四千七百。至京师八千八百里，至东都八千一百里。在交州西，不详道里远近。其南即骧州界。（《旧唐书》卷四十一·志第二十一·地理四）

安期生

安期生者，琅琊人也，受学河上丈人，卖药海边，老而不仕，时人谓之千岁公。秦始皇东游，请与语三日三夜，赐金璧直数千万。出置阜乡亭而去，留赤玉舄（xì）为报，留书与始皇曰："后数十年求我于蓬莱山下。"及秦败，安期生与其友蒯（kuǎi）通交往，项羽欲封之，卒不肯受。（晋·皇甫谧《高士传》）

陶尹二君①

唐大中②初，有陶太白、尹子虚二老人，相契为友，多游嵩华二峰，采松脂茯苓为业。二人因携酿酝，陟芙蓉峰。寻异境，憩于大松林下。因倾壶饮，闻松稍有二人抚掌笑声。二公起而问曰："莫非神仙乎？岂不能下降而饮斯一爵？"笑者曰："吾二人非山精木魅，仆是秦之役夫，彼即秦宫女子。闻君酒馨，颇思一醉。但形体改易，毛发怪异，恐子悸栗，未能便降。子但安心徐待，吾当返穴易衣而至，幸无遽舍我去。"二公曰："敬闻命矣。"遂久伺之。忽松下见一丈夫，古服俨雅；一女子，鬓髻彩衣。俱至。二公拜谒，忻然还坐。顷之，陶君启曰："神仙何代人，何以至此？既获拜侍，愿怯未悟。"古丈夫曰："余秦之役夫也。家本秦人，及稍成童，值始皇帝好神仙术，求不死药，因为徐福所惑，搜童男童女千人，将之海岛。余为童子，乃在其选。但见鲸涛蹙雪，蜃阁排空，石桥之柱欹危，蓬岫之烟杳渺，恐葬鱼腹，犹贪雀生。于难厄之中，遂出奇计，因脱斯祸。归而易姓业儒，不数年中，又遭始皇煨烬典坟，坑杀儒士，搢绅泣血，簪绂悲号。余当此时，复是其数。时于危惧之中，又出奇计，乃脱斯苦。又改姓氏为板筑夫，又遭秦皇欻信妖妄，遂筑长城，西起临洮，东之海曲。陇雁悲昼，塞云咽空。乡关之思魂飘，砂碛之劳力竭，堕趾伤骨，陷雪触冰。余为役夫，复在其数。遂于辛勤之中，又出奇计，得脱斯难。又改姓氏而业工，乃属秦皇帝崩，穿凿骊山，大修茔域，玉堰金砌，珠树琼枝，绮殿锦宫，云楼霞阁。工人匠石，尽闭幽隧。念为工匠，复在数中，又出奇谋，得脱斯苦。凡四设权奇之计，俱

---

① 《太平广记》注出《传奇》，即裴铏《传奇》。全文据中华书局《太平广记》校录。
② 大中：唐宣宗李忱年号，公元847—860年。

脱大祸。知不遇世，遂逃此山，食松脂木实，乃得延龄耳。此毛女者，乃秦之宫人，同为殉者。余乃同与脱骊山之祸，共匿于此。不知于今经几甲子耶？"二子曰："秦于今世，继正统者九代千余年。兴亡之事，不可历数。"二公遂俱稽颡曰："余二小子，幸遇大仙。多劫因依，使今谐遇。金丹大药，可得闻乎？朽骨腐肌，实翼庥（xiū）①荫。"古丈夫曰："余本凡人，但能绝其世虑，因食木实，乃得凌虚。岁久日深，毛发绀绿，不觉生之与死，俗之与仙。鸟兽为邻，猱狄同乐，飞腾自在，云气相随，亡形得形，无性无情。不知金丹大药，为何物也。"二公曰："大仙食木实之法，可得闻乎？"曰："余初饵柏子，后食松脂，遍体疮痍，肠中痛楚。不及旬朔，肌肤莹滑，毛发泽润。未经数年，凌虚若有梯，步险如履地，飘飘然顺风而翔，皓皓然随云而升。渐混合虚无，潜孚造化。彼之与我，视无二物。凝神而神爽，养气而气清。保守胎根，含藏命带。天地尚能覆载，云气尚能欝（yù）②蒸，日月尚能晦明，川岳尚能融结。即余之体，莫能败坏矣。"二公拜曰："敬闻命矣。"饮将尽，古丈夫折松枝，叩玉壶而吟曰："饵柏身轻叠嶂间，是非无意到尘寰。冠裳暂备论浮世，一饷云游碧落间。"毛女继和曰："谁知古是与今非，闲蹑青霞远翠微。箫管秦楼应寂寂，彩云空惹薜萝衣。"古丈夫曰："吾与子邂逅相遇，那无恋恋耶？吾有万岁松脂、千秋柏子少许，汝可各分饵之，亦应出世。"二公捧授拜荷，以酒吞之。二仙曰："吾当去矣。善自道养，无令漏泄伐性，使神气暴露于窟舍耳。"二公拜别，但觉超然，莫知其踪去矣。旋见所衣之衣，因风化为花片蝶翅，而扬空中。陶尹二公，今巢居莲花峰上，颜脸微红，毛发尽绿，言语而芳馨满口，履步而尘埃去身。云台观道士，往往遇之，亦时细话得道之来由尔。

---

① 庥：庇荫，保护。
② 欝：同"郁"，积聚，凝滞。

避世成仙，天人合一

与前文一样，此篇传奇也是两人一起遇仙、修仙的故事。陶尹二君比元柳二公更幸运，他们不是因祸出逃，而是刻意进山采药服食以求长生，他们偶遇自然成仙的一对"野人"，与山林、时间、大自然共生，融为天地自然的一部分。这或许是道家所追求的自然而然、得道长生。陶尹二君采药修仙的故事中嵌进的古丈夫和毛女成仙经过，具体讲述了凡人修仙成仙的经历，把仙话故事化。加入秦朝历史以及始皇暴政，使故事氛围与人的情感更近。其中四度"又出奇计，得脱斯难"，简约地写尽秦代的疾苦民生，也可以看成是唐代文人对暴秦的批判。在那样一个时代，一个凡夫俗子能够四度逃脱劫难，最终于深山老林中得以服食松子柏实而凌虚御空，长生不老，是古人思想中保命长生的最美好向往。

两篇故事都不是通过炼丹药而成仙，元柳二公直接服用了神仙的仙馔，而陶尹二君则是在古丈夫和毛女的指导下食用大自然中最天然的食物。人汲取天地精华，在自然中长生，是道家修为的重要途径。终于，陶尹二君"颜脸微红，毛发尽绿，言语而芳馨满口，履步而尘埃去身"，修炼成仙了。

这篇唐传奇具有强烈的语言艺术特色，常用韵文，诗化表达明显。

樊夫人①

樊夫人者,刘纲妻也。纲仕为上虞令,有道术,能檄(xí)召鬼神,禁制变化之事,亦潜修密证,人莫能知。为理尚清静简易,而政令宣行,民受其惠,无水旱疫毒鸷(zhì)暴之伤,岁岁大丰。暇日,常与夫人较其术用。俱坐堂上,纲作火烧客碓屋,从东起,夫人禁之即灭。庭中两株桃,夫妻各咒一株,使相斗击。良久,纲所咒者不如,数走出篱外。纲唾盘中,即成鲤鱼;夫人唾盘中成獭(tǎ),食鱼。

纲与夫人入四明山,路阻虎,纲禁之,虎伏不敢动,适欲往,虎即灭之。夫人径前,虎即面向地,不敢仰视,夫人以绳系虎于床脚下。

纲每共试术,事事不胜。

将升天,县厅侧先有大皂荚树,纲升树数丈,方能飞举;夫人平坐,冉冉如云气之升,同升天而去。

后至唐贞元中,湘潭有一媪(ǎo),不云姓字,但称湘媪,常居止人舍,十有余载矣。尝以丹篆(zhuàn)文字救疾于闾(lǚ)里,莫不响应。乡人敬之,为结构华屋数间而奉媪。媪曰:"不然。但土木其宇,是所愿也。"媪鬓翠如云,肥洁如雪,策杖曳履,日可数百里。忽遇里人女,名曰逍遥,年二八,艳美,携筐采菊,遇媪瞪视,足不能移。媪目之曰:"汝乃爱我,可同之所止否?"逍遥欣然掷筐,敛(liǎn)衽(rèn)称弟子,从媪归室。父母奔追及,以杖击之,叱而返舍;逍遥操益坚,窃索自缢。亲党敦喻其父母,请纵之;度不可制,遂舍之。复诣媪,但帚尘易水、焚香读道经而已。

---

① 《太平广记》注出《女仙传》。周楞伽先生辑录《裴铏传奇》收录此篇。

后月余,媪白乡人曰:"某暂之罗浮,扃其户,慎勿开也。"乡人问逍遥何之,曰:"前往。"如是三稔(rěn)①,人但于户外窥见,小松迸笋而丛生阶砌。及媪归,召乡人同开锁,见逍遥憺坐于室,貌若平日,唯蒲履为竹稍串于栋宇间。媪遂以杖叩地曰:"吾至,汝可觉。"逍遥如寐醒。方起,将欲拜,忽遗左足,如刖(yuè)②于地。媪遽(jù)令无动,拾足勘膝,噀(xùn)之以水,乃如故。乡人大骇,敬之如神,相率数百里皆归之。

　　媪貌甚闲暇,不喜人之多相识。忽告乡人曰:"吾欲往洞庭救百余人性命,谁有心为我设船一只?一两日可同观之。"有里人张拱家富,请具舟楫,自驾而送。欲至洞庭前一日,有大风涛,蹙一巨舟,没于君山岛上而碎,载数十家,近百余人,然不至损,未有舟楫来救,各星居于岛上。忽有一白鼍(tuó)③,长丈余,游于沙上,数十人拦之挝杀,分食其肉。

　　明日,有城如雪,围绕岛上,人家莫能辨。其城渐窄狭束,岛上人忙怖号叫,囊(náng)橐(tuó)皆为齑(jī)粉,束其人为簇,其广不三数丈,又不可攀援,势已紧急。岳阳之人,亦遥睹雪城,莫能晓也。时媪舟已至岸,媪遂登岛,攘剑步罡(gāng),噀水飞剑而刺之,白城一声如霹雳,城遂崩。乃一大白鼍,长十余丈,婉蜒而毙,剑立其胸,遂救百余人之性命。不然,顷刻即拘束为血肉矣。岛上之人,咸号泣礼谢。命拱之舟返湘潭,拱不忍便去。

　　忽有道士与媪相遇曰:"樊姑尔许时何处来?"甚相慰悦。拱诘之,道士曰:"刘纲真君之妻,樊夫人也。"后人方知媪即樊夫人也。拱遂归湘潭。后媪与逍遥一时返真。

---

① 稔:一年。
② 刖:砍断双脚。
③ 鼍:扬子鳄。

修仙不用在远山，隐居闹市也能霞举飞升

《樊夫人》是《裴铏传奇》中非常特别而又流传深广的一篇杰作。

通常来说，人们对于道士炼丹修仙的认识，大多是一些志向坚定、性格独特的高人，离开世俗生活，抛妻弃子，隔绝人欲，独自进入深山老林之中，危岩高崖之上，与世隔绝，餐风饮露，采摘松子灵芝为食，如此辟谷养生，并炼丹服食。之前几篇《杜子春》《萧洞玄》和《韦自东》写的道士，也都是在名山峻崖之上、人迹罕至之处炼丹、修仙的。

关于山中道士的日常生活，以及他们的行迹行状，唐代大诗人韦应物有一首名作《寄全椒山中道士》：

今朝郡斋冷，忽念山中客。涧底束荆薪，归来煮白石。
欲持一瓢酒，远慰风雨夕。落叶满空山，何处寻行迹。

这首诗写到的"归来煮白石"，是炼丹师的日常生活状态。

东晋葛洪《神仙传·白石先生》中提到白石先生"常煮白石为粮，因就白石山居"。

对修仙者来说，煮白石相当于煮米饭。不过既然修仙辟谷，估计也不必煮饭，而是俗人的附会。真正的修仙者到了一定的境界，大概可以不吃饭而是餐风饮露的，最多三五天吃几粒松子就可以了。

道教史上著名的道人葛洪，著有《神仙传》《抱朴子》等作品流传至今。葛洪原为东晋将军，后离职南行，到广州后避入博罗名山罗浮山中，修行炼丹，最终得以肉身飞升，位列仙班。这也使得罗浮山成为道教三十六洞天中的南洞天，在唐代已享有盛名。

与唐玄宗有关的几则故事中,来自罗浮山的著名道士罗公远深得信任。一年中秋,玄宗举头望明月,内心有惆怅。罗公远问:皇上想去月亮上耍耍吗?玄宗自然愿意。罗公远于是作法,用一条白绫化作天桥,带领玄宗步上天桥,缓缓步入月亮。回首,看遍人间万家灯火,万事万物历历在目。

然而,除了出世、断绝尘世凡俗避入深山老林修身养性炼丹吐纳,唐代的知识界也给出另外一种更为方便的修仙出路:在家行善,夫妻同修,日常烟火不断,一样能够霞举飞升。

这种思想或许最早能追溯到葛洪《神仙传》里行为奇特的白石先生。白石先生修仙得道,却不愿意上天,而一直在人间混。当时著名的长寿人物彭祖不解地问他,为何不上天呢?白石先生说,天上神仙很多,生活单调寂寞,而且地位尊隆的大仙无数。我们小仙事事都要听命他们、服侍他们,甚至动辄得咎,哪里比得上人间好玩?于是,白石先生几千年都不肯上天做有"执照"的仙人,而是继续在人间大地做着自由自在的散仙。白石先生,可能是中国传统文化中最早的自由主义者吧。他的主要粮食,就是"煮白石"。

据《山海经》记载,上古神皇黄帝也常常服用一种白色的玉髓,因此长生不老。有专家考证说,这种神仙之药是一种石盐。

本文中,上虞令刘纲先生和他的妻子樊夫人在家修仙的故事,就充满了日常生活中的鲜活气息,与遁入深山老林修仙的模式迥然不同,从而开启了一种崭新的修仙时代——既不耽误日常生活的繁华美妙之趣,又不妨碍修仙得道,霞举飞升。

刘纲因修仙故而有超于常人的理解力,懂得抓大放小、纲举目张,"为理尚清静简易,而政令宣行,民受其惠,无水旱疫毒鸷暴之伤,岁岁大丰"。作为浙江上虞县令,他干得很好,一点儿都不忙碌,主要是因为常给政事做减法,而不是横征暴敛,伤害百姓。另外,也跟他有道术密切相关,"有道术,能檄召鬼神,禁制变化之事,亦潜修密证"。不仅如此,刘纲的妻子樊夫人也是修道中人,并且更是高手中的高手,"纲每共试术,事事不胜"。小说描述夫妻俩修仙的细节,竟是用夫妻斗法的形式,生动有趣,充满家庭生活的谐趣。最有意思的是夫妻两人成仙要飞升了，刘纲也显得比妻子樊夫人弱一等："将升天，县厅侧先有大皂荚树，纲升树数丈，方能飞举；夫人平坐，冉冉如云气之升，同升天而去。"这个细节令人忍俊不禁：这不是菩提老祖第一次看了孙悟空表演腾云驾雾时评价说的"爬云"吗？刘纲仙长虽然很强，却总比不过妻子樊夫人，这是本文的趣味所在。

后面写樊夫人的济世故事。

修仙者行善事是一种必要的经历和修养，而已经修仙成功上天享受了的樊夫人，后来不知道为何竟然悄悄地又出现在了湖南湘潭，为周边数百里的民众写篆符救济苍生。她招收女徒逍遥的故事，写得最有趣。尤其是她去罗浮山访问老友，让徒弟逍遥在净室中入定，一动不动地等待了三年，等樊夫人回来后，人们发现逍遥脚上的鞋子已经被穿过地底生出来的竹子串带着升到屋顶了，其他倒是没什么变化。然后，逍遥一动，左脚就脱落了，犹如泥塑的娃娃，不小心被弄掉一只脚。这个细节十分惊人，而又栩栩如生。樊夫人预知了洞庭湖里有数百人因为船难后杀死一条小扬子鳄而将遭到母鳄的进攻，故而雇船去营救。文中对已经修炼有了法术的母鳄变成白色城墙围匝众人的描写，也令人记忆深刻。

救人于难，是对修仙人的本质要求之一。如果不救人，反而是害人，那就是堕入了魔道。这是仙与魔的本质区别：仙，救人；魔，害人。

乡里少女逍遥，从她的立场看，简直称得上是交了神仙运。那么巧，就路遇神仙樊夫人；那么巧，就当了神仙樊夫人的弟子，终与樊夫人"一时返真"。逍遥的幸运，近似元柳二公和陶尹二君了。

裴航①

唐长庆②中，有裴航秀才，因下第游于鄂渚，谒故旧友人崔相国。值相国赠钱二十万，远挈归于京。因佣巨舟，载于湘汉。

同载有樊夫人，乃国色也。言词问接，帷帐昵洽。航虽亲切，无计道达而会面焉。因赂侍妾袅烟，而求达诗一章曰："同为胡越犹怀想，况遇天仙隔锦屏。倘若玉京朝会去，愿随鸾鹤入青云。"诗往，久而无答。航数诘袅烟，烟曰："娘子见诗若不闻，如何？"航无计，因在道求名酝珍果而献之。夫人乃使袅烟召航相识。及褰（qiān）帷，而玉莹光寒，花明丽景，云低鬟鬓，月淡修眉，举止烟霞外人，肯与尘俗为偶。航再拜揖，愕眙（chì）③良久之。夫人曰："妾有夫在汉南，将欲弃官而幽栖岩谷，召某一诀耳。深哀草扰，虑不及期，岂更有情留盼他人，的不然耶？但喜与郎君同舟共济，无以谐谑为意耳。"航曰："不敢。"饮讫而归。操比冰霜，不可干冒。夫人后使袅烟持诗一章曰："一饮琼浆百感生，玄霜捣尽见云英。蓝桥便是神仙窟，何必崎岖上玉清。"航览之，空愧佩而已，然亦不能洞达诗之旨趣。后更不复见，但使袅烟达寒暄而已。遂抵襄汉，与使婢挈妆奁，不告辞而去。人不能知其所造。航遍求访之，灭迹匿形，意④无踪兆。遂饰妆归辇下。

经蓝桥驿侧近，因渴甚，遂下道求浆而饮。见茅屋三四间，低而复隘。有老

---

① 《太平广记》注出《传奇》，即裴铏《传奇》。本文据中华书局《太平广记》校录。
② 长庆：唐穆宗李恒年号，公元821—824年。
③ 眙：盯着看。
④ 意：李时人辑录《全唐五代小说》，据文渊阁《四库全书》本《太平广记》改为"竟"。

妪（yù）缉麻苎（zhù）。航揖之求浆。妪咄曰："云英擎一瓯（ōu）浆来，郎君要饮。"航讶之，忆樊夫人诗有云英之句，深不自会。俄于苇箔之下，出双玉手捧瓷。航接饮之，真玉液也。但觉异香氤郁，透于户外。因还瓯，遽揭箔，睹一女子，露襄（yì）①琼英，春融雪彩，脸欺腻玉，鬓若浓云，娇而掩面蔽身，虽红兰之隐幽谷，不足比其芳丽也。航惊怛（dá）②，植足③而不能去。因白妪曰："某仆马甚饥，愿憩于此，当厚答谢，幸无见阻。"妪曰："任郎君自便。"且遂饭仆秣马。良久谓妪曰："向睹小娘子，艳丽惊人，姿容擢世，所以踌躇而不能适，愿纳厚礼而娶之，可乎？"妪曰："渠已许嫁一人，但时未就耳。我今老病，只有此女孙。昨有神仙，遗灵丹一刀圭，但须玉杵臼捣之百日，方可就吞，当得后天而老。君约取此女者，得玉杵臼，吾当与之也。其余金帛，吾无用处耳。"航拜谢曰："愿以百日为期，必携杵臼而至，更无许他人。"妪曰："然。"航恨恨而去。

及至京国，殊不以举事④为意。但于坊曲闹市喧衢（qú），而高声访其玉杵臼，曾无影响。或遇朋友，若不相识，众言为狂人。数月余日，或遇一货玉老翁曰："近得虢（guó）州药铺卞老书，云有玉杵臼货之。郎君恳求如此，此君吾当为书导达。"航愧荷珍重，果获杵臼。卞老曰："非二百缗不可得。"航乃泻囊，兼货仆货马，方及其数。

遂步骤独挈而抵蓝桥。昔日妪大笑曰："有如是信士乎？吾岂爱惜女子，而不酬其劳哉！"女亦微笑曰："虽然，更为吾捣药百日，方议姻好。"妪于襟带间解药，航即捣之。昼为而夜息。夜则妪收药臼于内室。航又闻捣药声，因窥之，有玉兔持杵臼，而雪光辉室，可鉴毫芒。于是航之意愈坚。

---

① 襄：香气熏衣。
② 怛：惊恐，畏惧。
③ 植足：形容好似脚底生根。
④ 举事：科举。

如此日足，妪持而吞之曰："吾当入洞而告姻戚，为裴郎具帐帏（wéi）。"遂挈女入山，谓航曰："但少留此。"逡巡车马仆隶，迎航而往。别见一大第连云，珠扉晃日，内有帐幄屏帏，珠翠珍玩，莫不臻至。愈如贵戚家焉。仙童侍女，引航入帐就礼讫。航拜妪，悲泣感荷。妪曰："裴郎自是清冷裴真人子孙，业当出世，不足深愧老妪也。"及引见诸宾，多神仙中人也。后有仙女，鬟髻霓衣，云是妻之姊耳。航拜讫，女曰："裴郎不相识耶？"航曰："昔非姻好，不醒拜侍。"女曰："不忆鄂渚同舟回而抵襄汉乎？"航深惊悒，恳悃①陈谢。后问左右，曰："是小娘子之姊云翘夫人，刘纲仙君之妻也，已是高真，为玉皇之女吏。"妪遂遣航将妻入玉峰洞中，琼楼殊室而居之，饵以绛雪琼英之丹，体性清虚，毛发绀绿，神化自在，超为上仙。

至太和②中，友人卢颢（hào），遇之于蓝桥驿之西，因说得道之事。遂赠蓝田美玉十斤，紫府云丹一粒，叙话永日，使达书于亲爱。卢颢稽颡曰："兄既得道，如何乞一言而教授？"航曰："老子曰，虚其心，实其腹。今之人，心愈实，何由得道之理！"卢子憪然，而语之曰："心多妄想，腹漏精溢，即虚实可知矣。凡人自有不死之术，还丹之方，但子未便可教，异日言之。"卢子知不可请，但终宴而去。后世人莫有遇者。

得遇仙眷的童话

修真成仙有各种各样的模式和机会，关键是遇到了机会，能不能抓住，放不放得下"功名利禄"。

裴航作为一个典型的书生，在游历湘鄂拜访故友崔相国后，蒙崔相国赠钱

---

① 悃：诚恳。
② 太和：唐文宗李昂年号，公元827—835年，又称"大和"。

二十万，而雇巨船载钱于湘汉水面。

这里一开头就有些奇特：什么好友如此慷慨，见面就送二十万钱的巨款呢？唐代币制有新的改革，高祖武德年间（公元621年）铸行"开元通宝"，结束了秦汉以来以重量铢两定名的钱币体系，而开创了唐宋以后以"文"为单位的年号宝文体系铜铸币。"开元通宝"有金、银、铜三种，都以十位进制，即铜币一个称为一文，一百个铜币为一钱，十钱为一两银子，十两银子为一金。一千个铜板（一千文）为一缗，约等值于一两银子；十两银子，等于一两金子。崔相国赠钱二十万，相当于两千两银子，二百两黄金。这是很大一笔钱。不知崔相国为何如此出手豪爽呢？

唐代有清河崔氏、范阳卢氏、荥阳郑氏、陇西李氏、太原王氏五大望族，其中清河崔氏居首。崔姓由清河、博陵二郡分出十房崔氏，累计出了二十九位宰相。崔姓被公认为"天下第一高门，北方豪族之首"。著名诗人崔颢、崔护，都是崔氏家族的名人。小说中赠钱二十万的"崔相国"大概暗指一位有钱有势的贵族。除了五姓，还有京兆韦氏、河东裴氏、兰陵萧氏、京兆杜氏、弘农杨氏、河东柳氏、河东薛氏等名门望族。由此可以猜测，河东裴氏裴航和博陵崔氏的崔相国可能是世交，这样落第秀才裴航能够从容地拜见相国，并获赠巨资，就十分可能了。

那么问题就来了：有钱、有地位的裴秀才，在大船上忽然遇见一位天仙般的美女，他会怎么想、怎么做呢？裴航大概也会有一两个随从，不会是独自行走。且不说不安全，就是那动辄几千两的银子，带起来就是非常沉重的，体面点儿的甚至可能带七八个随从。假设崔秀才基本是独自出行，只带了一名书童，然后运了二十万钱巨款，在这里最爱闹河贼、河寇的湘汉水路，即便他很低调，也难免"霸气侧漏"啊。这样，写首诗给美女，托丫鬟送去，总是不算恶霸行径，而是文人雅士吧。

读过前文《樊夫人》之后再看到这里的"樊夫人"，就知道两人是同一个得道成仙的人。可以想象，这位国色天香的樊夫人敢于独自出游，自有其厉害之处。裴航只能写诗，不敢干冒，也就是冒冒失失地去冒犯仙人。然后，因为举止得体，樊夫人才会回赠一首诗来点化他。

"云英"这个角色，在裴航后面的故事里出现，代表着修仙界最高、最美好的梦想的存在。读到后面我们还会看到类似《柳毅传》那样的，一个凡人因为内心善良、信守诺言而得到龙女的青睐，从而得以服食仙丹修炼成仙的故事，与裴航所遇，同出一辙。还有一篇与仙女遇合的故事《崔书生》，但崔书生没有仙缘福分，被无知、霸道的母亲赶走了仙女妻子，失去了全家超拔升仙的大好机会。

书生大有与神女遇合的机会，就看书生有没有仙缘，有没有善良正直、信守承诺的品质。

而裴航在这方面做得比较地道。他因为口渴，在蓝桥驿碰到老太太讨水喝，遇见了樊夫人在诗中写到的仙女"云英"。这真是"喝浆遇到爱"啊。"浆"到底是什么，玉液琼浆？可以指美酒，不过在这里大概是一种米汤。古代给口渴的商旅、陌生人喝的，很可能是米汤。米汤不仅解渴，还有一定的营养，可以快速地缓解旅行者的疲惫。而云英所赐予的"浆"，说不定还调配了松子、薏仁、芡实、莲子之类的珍果，其功效又不可同日而语——"航接饮之，真玉液也。但觉异香氤郁，透于户外"。可见不是当时一般行善人家的普通米汤，而是精心调配了其他材料的特制的米汤。

裴航的特点是，他不放过任何一个机会，直接向老太太提亲，要求娶云英为妻。如此突兀，无父母的约定，无媒妁沟通，就这么直截了当、开门见山地提出来了。这就是小说家的利落。而老太太（老仙人）的回复也一点儿都不扭捏，直接考察未来的孙女婿，说自己有一个神仙丹方，要炮制什么神丹，请他去找一种"玉杵臼"来。裴航于是荒废了自己的考试事业，再也不管读书考试升学做官的事情，而是整天到处打听哪里有这种特殊的"玉杵臼"卖。打听到虢州的市场有卖，立即赶往，不管对方"二百缗"的高价，直接买了回来。这也是富家公子才有的豪爽性情。难怪连老婆婆都交口称赞"有如是信士乎"。"守信"就是裴航这个书生除了有钱还具有的最优秀的品质。

虢州为汉代弘农地界，后于隋代改为虢州，为现在河南省灵宝县一带。弘农也是一个出高门望族的地方，弘农杨氏，就是汉代、魏晋南北朝直至隋唐时期绵绵不绝的一个大家族，其势力影响也非常深远。

读到后面我们会知道，原来，书生裴航不是凡人，是修炼成仙的裴真人之后，也到了"业当出世"的时候，樊夫人、老太太和云英，都是来"点化"他的。这么看来，不是一个普普通通的秀才，就一定能遇到仙人的，出身要好，家门要正，先祖要有仙人，这一切都落在了裴航身上。他到了山中仙府，发现之前在湘汉泛舟时碰到的樊夫人也在其中，蔚然为姻亲。

这样看来，在唐朝，不仅高门大姓氏族之间会缔结姻缘，就连高门中出来的神仙，也是姻亲世家关系。

那么，普通人呢，有没有机会？实际上，也是有的。唐代小说家或者知识分子的观念比较包容，不管名门望族还是平民百姓，只要虔诚守信，都会得到当神仙的机会，就像《樊夫人》中偶遇仙人的少女逍遥以及下文《杨敬真》中的田家女，都是"平民逆袭"，普通人修仙成功的例子。而且并不需要特殊条件，只需要虔诚，只需要节制欲望，控制饮食，一心修善，一心求真，就能达到修仙成真的大道。

张老①

张老者,扬州六合县园叟也。其邻有韦恕者,梁天监中,自扬州曹掾秩满而来,有长女既笄(jī),召里中媒媪,令访良婿。张老闻之喜,而候媒于韦门。媪出。张老固延入,且备酒食。酒阑,谓媪曰:"闻韦氏有女将适人,求良才于媪,有之乎?"曰:"然。"曰:"某诚衰迈,灌园之业,亦可衣食,幸为求之,事成厚谢。"媪大骂而去。他日又邀媪,媪曰:"叟何不自度,岂有衣冠子女,肯嫁园叟耶?此家诚贫,士大夫家之敌者不少。顾叟非匹,吾安能为叟一杯酒,乃取辱于韦氏!"叟固曰:"强为吾一言之。言不从,即吾命也。"媪不得已,冒责而人言之。韦氏大怒曰:"媪以我贫,轻我乃如是!且韦家焉有此事?况园叟何人,敢发此议!叟固不足责,媪何无别之甚耶?"媪曰:"诚非所宜言,为叟所逼,不得不达其意。"韦怒曰:"为吾报之,今日内得五百缗则可!"媪出,以告张老,乃曰:"诺!"未几,车载纳于韦氏。诸韦大惊曰:"前言戏之耳!且此翁为园,何以致此?吾度其必无而言之,今不移时而钱到,当如之何?"乃使人潜候其女,女亦不恨,乃曰:"此固命乎!"遂许焉。

张老既娶韦氏,园业不废,负秽钁地,鬻蔬不辍。其妻躬执爨(cuàn)②濯(zhuó)③,了无怍(zuò)④色,亲戚恶之,亦不能止。数年,中外之有识者责恕曰:"居家诚贫,乡里岂无贫子弟,奈何以女妻园叟?既弃之,何不令远去也!"他

---

① 《太平广记》注出《续玄怪录》。汪辟疆辑录《唐人小说》也收录在《续玄怪录》。本文据中华书局《太平广记》校录。最后一段据李时人《全唐五代小说》补录。
② 爨:炊具,代指做饭。
③ 濯:指浆洗衣物。
④ 怍:惭愧。

日恕致酒,召女及张老。酒酣,微露其意。张老起曰:"所以不即去者,恐有留念。今既相厌,去亦何难。某王屋山下有一小庄,明旦且归耳。"天将曙,来别韦氏:"他岁相思,可令大兄往天坛山南相访。"遂令妻骑驴戴笠,张老策杖相随而去。绝无消息。

后数年,恕念其女,以为蓬头垢面,不可识也,令其男义方访之。到天坛南,适遇一昆仑奴,驾黄牛耕田。问曰:"此有张老家庄否?"昆仑投杖拜曰:"大郎子何久不来?庄去此甚近,某当前引。"遂与俱东去。初上一山,山下有水,过水连绵凡十余处,景色渐异,不与人间同。忽下一山,其水北朱户甲第,楼阁参差,花木繁荣,烟云鲜媚,鸾鹤孔雀,徊翔其间,歌管嘹亮耳目。昆仑指曰:"此张家庄也。"韦惊骇莫测。俄而及门,门有紫衣人吏,拜引入厅中。铺陈之华,目所未睹。异香氤氲,遍满崖谷。忽闻珠佩之声渐近,二青衣出曰:"阿郎来此。"次见十数青衣,容色绝代,相对而行,若有所引。俄见一人,戴远游冠,衣朱绡,曳朱履,徐出门。一青衣引韦前拜,仪状伟然,容色芳嫩,细视之,乃张老也,言曰:"人世劳苦,若在火中。身未清凉,愁焰又炽,固无斯须泰时。兄久客寄,何以自娱?贤妹略梳头,即当奉见。"因揖令坐。未几,一青衣来曰:"娘子已梳头毕。"遂引入,见妹于堂前。其堂沉香为梁,玳瑁帖门,碧玉窗,珍珠箔,阶砌皆冷滑碧色,不辨其物。其妹服饰之盛,世间未见。略序寒暄,问尊长而已,意甚卤莽。有顷进馔,精美芳馨,不可名状。食讫,馆韦于内厅。

明日方曙,张老与韦生坐,忽有一青衣,附耳而语。张老笑曰:"宅中有客,安得暮归。"因曰:"小妹暂欲游蓬莱山,贤妹亦当去,然未暮即归。兄但憩此。"

张老揖而入。俄而五云起于庭中,鸾凤飞翔,丝竹并作。张老及妹,各乘一凤,余从乘鹤者十数人,渐上空中,正东而去,望之已没,犹隐隐闻音乐之声。韦君在后,小青衣供侍甚谨。追暮,稍闻笙篁之音,倏忽复到,及下于庭。张老与妻见韦曰:"独居太寂寞。然此地神仙之府,非俗人得游,以兄宿命,合得到此。然亦不可久居,明日当奉别耳。"及时,妹复出别兄,殷勤传语父母而已。

张老曰："人世遐远,不及作书。"奉金二十镒,并与一故席帽曰："兄若无钱,可于扬州北邸卖药王老家,取一千万,持此为信。"遂别。复令昆仑奴送出。却到天坛,昆仑奴拜别而去。

韦自荷金而归,其家惊讶。问之,或以为神仙,或以为妖妄,不知所谓。五六年间金尽,欲取王老钱,复疑其妄。或曰:"取尔许钱,不持一字,此帽安足信?"既而困极,其家强逼之曰:"必不得钱,亦何伤?"乃往扬州,入北邸,而王老者方当肆陈药。韦前曰:"叟何姓?"曰:"姓王。"韦曰:"张老令取钱一千万,持此帽为信。"王曰:"钱即实有,席帽是乎?"韦曰:"叟可验之,岂不识耶?"王老未语,有小女出青布帏中曰:"张老尝过,令缝帽顶,其时无皂线,以红线缝之。线色手踪,皆可自验。"因取看之,果是也。遂得载钱而归,乃信真神仙也。其家又思女,复遣义方往天坛南寻之。到即千山万水,不复有路。时逢樵人,亦无知张老庄者。悲思浩然而归。举家以为仙俗路殊,无相见期。又寻王老,亦去矣。

后数年,义方偶游扬州,闲行北邸前。忽见张家昆仑奴前曰:"大郎家中何如?娘子虽不得归,如日侍左右。家中事无巨细,莫不知之。"因出怀金十斤以奉曰:"娘子令送与大郎君。阿郎与王老会饮于此酒家。大郎且坐,昆仑当入报。"义方坐于酒旗下,日暮不见出,乃入观之。饮者满坐,坐上并无二老,亦无昆仑。取金视之,乃真金也。惊叹而归,又以供数年之食。后不复知张老所在。

贞元进士李公者,知盐铁院,闻从事韩准大和初与甥侄语怪,命余纂而录之。

人不可貌相,仙人不可以等闲估量

《张老》这个故事行文奇特,但是又在情理之中。

综观前面几篇妙文,修仙的要诀是断绝七情六欲,不能有怜悯之心,不能有功名之心,而张老这位神仙,却隐居在凡人堆里,甘愿忍受世俗的人情世故,甚至亲身体验贫贱低下的人生。大仙"张老"本尊,伪装成一个灌园叟(就是种菜老农),其貌不扬。在唐朝那个讲究高门大姓、门当户对的时代里,士族跟下民的等级鸿沟,是难以跨越的。因此,张老请求媒婆为他向韦氏求婚时,连媒婆都知难而退,恼怒地拒绝了。然而,张老不是一般的难缠,媒婆受不住张老三番五次的请求,只好试探着去韦家说亲。可想而知,韦氏父亲也因此感受到了极大的屈辱,并把媒婆痛骂一番,然后在盛怒之下,做出了草率的举动。

关于求婚的那一部分,是小说家极力渲染的,铺陈出不明真相的俗人与上仙之间的不对等游戏。那几段对话,非常有意思,算得上是唐传奇中写细节的典范。韦家要为及笄女儿"令访良婿",张老请托媒婆,对方"大骂而去";第二次请托,媒婆说:"叟何不自度,岂有衣冠子女,肯嫁园叟耶?此家诚贫,士大夫家之敌者不少。"意思是说,阶层的差别太大了,你这不是自讨没趣吗?哪有士大夫家族的女子会嫁给一个种菜的老农民呢?韦氏穷是穷了,但门第相当的人家还是有的。张老固请,媒婆不得已"冒责"前去。果然,"韦氏大怒"。大怒的原因很自然,竟然有下等人、一个老农民想要讨自己的女儿为妻,这个侮辱确实太大了。虽然韦恕仅仅是一个曹掾(县衙门里的文书等)那样的小官,毕竟是出身于官宦之家,与百姓阶层不同。更何况,在唐朝的氏族大家里,京兆韦氏是一个盛名尊隆的大姓,整个唐朝韦姓竟有十八位宰相,韦氏为唐代皇族争相婚配的对象,在唐代可谓盛极一时。而祖先擅长经学的韦氏,后来旁支迭出人才,文学俊才也不少,著名者如大诗人韦应物、韦庄等,都有千古流传的名作。连传奇《霍小玉传》中的韦夏卿在《唐书》里都是一位十分有名的厚道的大好人。韦恕虽然家贫,也不能落得被族人看笑话。因此,韦恕听到媒婆传话,立即大怒说:"媪以我贫,轻我乃如是!且韦家焉有此事?况园叟何人,敢发此议!叟固不足责,媪何无别之甚耶?"媒婆解释自己迫不得已之后,韦恕又大怒说:"为吾报之,今日内得五百缗则可!"一段话里两次大怒,可见这门第深沟是难以消除的。假设特别有钱,例如一天之内就能送来五百缗,还有机会。

人不可貌相,海水不可斗量,人不可盛怒之下发狂。谁知张老是深藏不露的神仙，他竟然随随便便就"车载"送来了五百缗呢？也就是五百两银子而已，韦恕虽然也姓韦，确实是太穷了点儿。如果他知道前面几篇妙文里，裴航被崔相国随随便便赠送二十万钱，而杜子春被一个神秘老头随随便便赠送三千万缗，不知道会怎么想？或许，张老作为一个种菜老农民，确实其貌不扬，地位卑微，拿出五百缗对这样的一个老农民来说，大概是不可逾越的困难。谁也想不到，张老立即就送来了五百缗。

韦恕为难了。好在韦恕有一个诚信、大度的女儿。这个故事的发展开始落入了张老设定的框架中，他牢牢地掌握了人生发展的主动权。当他和年轻的太太继续灌园种菜，被邻里当笑话传时，韦恕的面子再也挂不住了，叫人传话给张老，请他们夫妻前来见面，言下之意是请他赶紧带着太太离开，免得在眼前丢人现眼。张老轻松地回答："所以不即去者，恐有留念。今既相厌，去亦何难。"于是第二天就骑着毛驴，带着太太轻松地去了，说自己在王屋山上还有一个庄园。又过了几年，韦恕毕竟想念女儿，觉得他们一家肯定穷得过不下去了，派儿子去王屋山寻访张老和女儿。没想到，这次是一个令人惊叹的"寻妹遇仙记"的疯狂体验。在一个凡人哥哥面前，这个故事的作者肆意地展现了仙境令人震惊的风景，以及仙人动辄骑鹤或驾云飞天，日行数千里的盛况。至于钱财，更是不在话下。一次就给他带走黄金二十镒。按唐代计量单位，一镒黄金大概是二十两，二十两黄金相当于二百两银子，二十镒黄金，相当于四百两黄金，四千两银子。这又比五百缗数额大多了。后面更加阔绰，给大舅子一顶帽子，说实在是穷得揭不开锅了，可以拿这顶帽子去扬州北邸找一个卖药的王老，可以兑换一千万贯，按唐代币制，就是一千万两银子。这才是真正的巨款啊！

小说的后半部分通过韦氏女长兄的眼睛，见证了妹妹、妹夫的神仙生活，不仅让韦恕和周围亲族邻里信服，也让读者信服，实力证明凡人的眼睛是何等的愚昧。韦恕碍于面子，竟忍心驱赶女儿和女婿，当得知其仙人身份时，却又多次"想念"起女儿来了，金钱与亲情，实在是联系紧密。女儿、女婿报答了父母的养育之恩，与人间的联系也就疏远了，甚至韦氏父子凡俗的肉眼已经看不见神仙的真容了。

　　张老这位隐居在俗世的仙人显得神秘莫测，为人处世的行径十分奇特，似乎是专门来搅乱社会道德秩序的。与《杜子春》相比，本文中"亲情"受到了挑战。因此，这个故事具有了特殊的社会意味。这样的思考，给后世的话本小说留下了充分的演绎空间。

崔书生①

唐开元天宝中,有崔书生,于东州逻谷口居。好植名花。暮春之中,英蕊芬郁,远闻百步。书生每初晨,必盥漱看之。忽有一女,自西乘马而来,青衣老少数人随后。女有殊色,所乘骏马极佳。崔生未及细视,则已过矣。明日又过。崔生乃于花下,先致酒茗樽杓,铺陈茵席,乃迎马首拜曰:"某性好花木,此园无非手植。今正值香茂,颇堪流眄。女郎频日而过,计仆驭当疲,敢具箪(dān)醪(láo),以俟憩息。"女不顾而过。其后青衣曰:"但具酒馔,何忧不至?"女顾叱曰:"何故轻与人言!"

崔生明日又先及,鞭马随之,到别墅之前,又下马,拜请良久。一老青衣谓女曰:"马大疲,暂歇无爽。"因自控马,至当寝下。老青衣谓崔生曰:"君既未婚,予为媒妁可乎?"崔生大悦,再拜跪请。青衣曰:"事亦必定,后十五六日,大是吉辰,君于此时,但具婚礼所要,并于此备酒肴。今小娘子阿姊在逻谷中,有小疾,故自往看省。向某去后,便当咨启,期到皆至此矣。"于是俱行。崔生在后,即依言营备吉日所要。至期,女及姊皆到。其姊亦仪质极丽。遂留女归于崔生。

崔生母在故居,殊不知崔生纳室。崔生以不告而娶,但启以婢媵(yìng)。母见新妇之姿甚美。经月余,忽有人送食于女,甘香殊异。后崔生觉母慈颜衰瘁,因伏问几下。母曰:"有汝一子,冀得求全。今汝所纳新妇,妖媚无双。吾于土塑图画之中,未曾见此,必是狐魅之辈,伤害于汝,故致吾忧。"崔生入室,见女泪涕交下曰:"本侍箕帚,望以终天。不知尊夫人待以狐魅辈,明晨即别。"崔

---

① 《太平广记》注出《玄怪录》,即牛僧孺所撰小说集。本文据中华书局《太平广记》校录。

生亦挥涕不能言。

明日,女车骑复至。女乘一马,崔生亦乘一马从送之。入逻谷三十里,山间有一川,川中有异花珍果,不可言纪。馆宇屋室,侈于王者。青衣百许迎拜曰:"无行崔郎,何必将来!"于是捧入,留崔生于门外。未几,一青衣女传姊言曰:"崔郎遗行,太夫人疑阻,事宜便绝,不合相见。然小妹曾奉周旋,亦当奉屈。"俄而召崔生入,责诮再三,辞辩清婉,崔生但拜伏受谴而已。后遂坐于中寝对食,食讫命酒,召女乐洽奏,铿锵万变。乐阕,其姊谓女曰:"须令崔郎却回,汝有何物赠送?"女遂袖中取白玉盒子遗崔生,生亦留别。

于是各呜咽而出门。至逻谷口回望,千岩万壑,无有远路。因恸哭归家。常持玉盒子,郁郁不乐。

忽有胡僧扣门求食曰:"君有至宝,乞相示也。"崔生曰:"某贫士,何有是请?"僧曰:"君岂不有异人奉赠乎?贫道望气知之。"崔生试出玉盒子示僧。僧起,请以百万市之。遂往。崔生问僧曰:"女郎谁耶?"曰:"君所纳妻,西王母第三女,玉卮娘子也。姊亦负美名于仙都,况复人间!所惜君纳之不得久远。若住得一年,君举家不死矣。"

最大的悲伤莫过有眼不识仙人

关于崔生这个令他悲伤又令读者不齿的故事,我们能说什么呢?

读唐传奇前,了解唐代十分重视的氏族地位,会更容易理解这些故事背后的潜在文化含义。

崔氏是绵远悠长的氏族大家,有清河崔氏和博陵崔氏两支,各有达官贵人、名人将相。"崔生"这个名号是一个普通的叫法,小说没写名字,或者是因为避讳,或者是因为家族不够显达。比如《莺莺传》里的张生,是没有名字的;而戏曲《西厢记》里则有了具体的名字:张珙字君瑞。唐传奇人物可有姓名,也可有姓无名,张生、李生、卢生、郑生、崔生,比比皆是,完全不影响叙事,不像话本小说一定要赋予人物名和字,才能使读者信服故事的真实性。唐传奇的人物常常使用著名的五姓或七姓,而不需要对其身世做详尽的解释。唐传奇另有一个崔生,便是名作《昆仑奴》里的崔生。两位崔生的共同特点是都有桃花运,但两人的姻缘结局各不相同。

本文的崔生因为爱好园艺而获得女神的好感。崔生在自家周边花园里,种满了各种花草,勤于照顾,爱护有加,每天清晨起床,洗漱后第一件事就是看望自己的花花草草。崔生与女神的仙缘,便是由花结下的。

仙女为王母的第三女玉卮娘子,应该是很有地位的仙子,怎么她的随从青衣就可以擅自决定跟崔生谈婚论嫁呢?而且还很不严肃。崔生娶了仙子娇妻,不仅不大摆宴席,不周告亲族,反而藏在别室不让人知道。这不是对待妻子的态度,而是一种不负责任的纳妾的态度。所以,当崔生母亲问起时,他因为"不告而娶",意思就是没有禀报自己的父母,擅自娶妻,所以撒了一个谎,"但启以婢媵",说自己娶了一个小妾。事实上,媵比妾的地位还要低。这就留下了婆婆挑三拣四的祸端。一般来说,婆婆挑媳妇的种种缺点和弱点,不是懒惰便是花钱,不是丑陋便是臃肿,而这些,玉卮娘子全都没有。她不仅长得漂亮,而且长得太完美了;性格又好,礼貌温顺识大体,简直不像是人间的女子。崔母找到了这个令人震惊的"缺点",先自己忧虑得憔悴了,让崔生得了个不孝之名,然后命他休妻:"今汝所纳新妇,妖媚无双。吾于土塑图画之中,未曾见此,必是狐魅之辈,伤害于汝。"

这样不合逻辑的猜测,竟然成了崔生休妻的理由——问题在于,"狐魅之辈"的仙妻,有没有"伤害于汝"呢?尚未出现的问题,因为猜测而成了理由,这样的做法,不仅缺乏理性思考,还缺乏合理性。而类似的非逻辑思维,不仅唐代传奇里有,在我们现实生活中也比比皆是。

老太太为何从未想过这个长得天仙一般的儿媳可能是仙人呢?因为偏见,因为人类更善于以恶意猜测他人。崔生在母亲大人面前是个缺乏主见的人,他不仅遭到了妻子娘家人的嫌弃，还遭到了命运的狠狠打击。妻子临别赠送的白玉盒子引得胡僧上门求购："君岂不有异人奉赠乎？贫道望气知之。"

在这里，与胡僧的见识对比凸显出了崔生的愚昧。

这个故事的最大悲伤不仅在于崔生的不识货，崔母的无理取闹，还在于崔生的不懂得自我反省。假设他能把白玉盒子留在身边，保留了和玉卮娘子之间的一个特殊的"神物"的联系呢？在仙界，这样的神物很显然是能够互通某种特殊信息，带来某种特殊好处的。不然，见多识广的胡僧不会万里迢迢前来叩门讨见，并高价买走。如此高价，怎么也应该引起崔生的警觉，保留这个信物才好。崔生愚昧、贪财的人性弱点，彻底断掉了他和仙界的联系。

可见，崔生就是《红楼梦》里贾宝玉所说的一个"浊物"，实在是顽石一块，不可教也，而且死不悔改。做人到了这种愚蠢之境，也是极品了——明明是到了仙境，看到了妻子的族人何等不同凡响，却毫无察觉，而只能是在把白玉盒子卖掉之后，才问胡僧自己的妻子是谁。下面这段对话令人心碎——

> 崔生问僧曰："女郎谁耶？"曰："君所纳妻，西王母第三女，玉卮娘子也。姊亦负美名于仙都，况复人间！所惜君纳之不得久远。若住得一年，君举家不死矣。"

——愚昧蠢笨至此，怎能不到死都在怅恨呢！

这个故事，实在太有现实教育意义了。

杨敬真①

杨敬真，虢州阌（wén）乡县长寿乡天仙村田家女也。年十八，嫁同村王清。其夫家贫力田，杨氏妇道甚谨，夫族目之勤力新妇。性沉静，不好戏笑，有暇必洒扫静室，闭门闲居，虽邻妇狎之，终不相往来。生三男一女，年二十四岁。

元和十二年，五月十二日夜，告其夫曰："妾神识颇不安，恶闻人言，当于静室宁之。请君与儿女暂居异室。"夫许之。杨氏遂沐浴，着新衣，焚香闭户而坐。及明，讶其起迟，开门视之，衣服委地床上，若蝉蜕然，身已去矣，但觉异香满室。其夫惊以告其父母，共叹之。数人来曰："昨夜方半，有天乐从西而来，似若云中，下于君家，奏乐久之，稍稍上去。合村皆听之。君家闻否？"而异香酷烈，遍数十里。村吏以告县令李邯，遣吏民远近寻逐，皆无踪迹。因令不动其衣，闭其户，以棘环之，冀其或来也。

至十八日夜五更，村人复闻云中仙乐异香从东来，复下王氏宅，作乐久之而去。王氏亦无闻者。及明来视，其门棘封如故，房中仿佛若有人声。遽走告县令李邯。亲率僧道官吏，共开其门，则妇宛在床矣。但觉面目光芒，有非常之色。

邯问曰："向何所去？今何所来？"对曰："昨十五日夜初，有仙骑来曰：'夫人当上仙，云鹤即到，宜静室以伺之。'至三更，有仙乐彩仗，霓旌绛节，鸾鹤纷纭，五云来降，入于房中。报者前曰：'夫人准籍合仙，仙师使使者来迎，将会于西岳。'于是彩童二人，捧玉箱，箱中有奇服，非绮非罗，制若道人之衣，珍华香洁，不可名状。遂衣之毕，乐作三阕，青衣引白鹤曰：'宜乘此。'初尚惧其危，试乘之，稳不可言。飞起而五云捧出，彩仗前引，至于华山云台峰。峰上

---

① 《太平广记》注出《续玄怪录》，李复言撰。本文据中华书局《太平广记》校录。

有盘石，已有四女先在彼焉。一人云姓马，宋州人；一人姓徐，幽州人；一人姓郭，荆州人；一人姓夏，青州人。皆其夜成仙，同会于此。旁一小仙曰：'并舍虚幻，得证真仙。今当定名，宜有真字。'于是马曰信真，徐曰湛真，郭曰修真，夏曰守真。其时五云参差，遍覆崖谷，妙乐罗列，间作于前。五人相庆曰：'同生浊界，并是凡身。一旦倏（shū）然，遂与尘隔。今夕何夕，欢会于斯！宜各赋诗，以道其意。'信真诗曰：'几劫澄烦虑，思今身仅成。誓将云外隐，不向世间存。'湛真诗曰：'绰约离尘世，从容上太清。云衣无绽日，鹤驾没遥程。'修真诗曰：'华岳无三尺，东瀛仅一杯。入云骑彩凤，歌舞上蓬莱。'守真诗曰：'共作云山侣，俱辞世界尘。静思前日事，抛却几年身。'敬真亦诗曰：'人世徒纷扰，其生似梦华。谁言今夕里，俯首视云霞。'既而雕盘珍果，名不可知。妙乐锵锽，响动崖谷。俄而执节者曰：'宜往蓬莱，谒大仙伯。'五真曰：'大仙伯为谁？'曰：'茅君也。'妓乐鸾鹤，复前引东去。倏然间已到蓬莱。其宫皆金银，花木楼殿，皆非人间之制作。大仙伯居金阙玉堂中，侍卫甚严，见五真喜曰：'来何晚耶？'饮以玉杯，赐以金简，凤文之衣，玉华之冠，配居蓬莱华院。四人者出，敬真独前曰：'王父年高，无人侍养，请回侍其残年。王父去世，然后从命，诚不忍得乐而忘王父也。惟仙伯哀之。'仙伯曰：'汝村一千年方出一仙人，汝当其会，无自坠其道。'因敕四真送至其家，故得还也。"

邯问昔何修习，曰："村妇何以知？但性本虚静，闲即凝神而坐，不复俗虑得入胸中耳。此性也，非学也。"又问要去可否，曰："本无道术，何以能去。云鹤来迎即去；不来亦无术可召。"

于是遂谢绝其夫，服黄冠。邯以状闻州，州闻廉使。时崔从按察陕辅，延之，舍于陕州紫极宫。请王父于别室，人不得升其阶，惟廉使从事及夫人得之，瞻拜者才及阶而已，亦不得升。廉使以闻，唐宪宗召见，舍于内殿，试道而无以对，罢之。今在陕州，终岁不食，食时啖果实，或饮酒二三杯，绝无所食，但容色转芳嫩耳。

天性唯静有仙缘，人间哪得几回见

前面几篇作品各有特点，不管是努力修炼还是依靠仙缘，不管成功升仙还是炼丹失败，他们都是有所作为的。

然而，像本文杨敬真女士那样，什么也不用干——既不上山入林，辟谷吐纳炼丹，又不行侠仗义、广结善缘，更没有跟半路上遇见的仙人攀上关系，得到什么指点——在家坐着就升了仙境。

杨敬真只是"虢州阌乡县长寿乡天仙村田家女也"，跟普通乡间女孩子的人生一样，十八岁嫁给同村乡民。夫家是个贫穷的农民家庭，杨敬真像普通农妇一样侍奉公婆、洗衣做饭、操持家务，二十四岁就生育了三男一女。她的世俗生活，完全符合儒家道德理想。

杨敬真的品行又是与普通乡村妇女不同的。她好静不好动，内向不喜言语、不爱结交村妇，"不好戏笑，有暇必洒扫静室，闭门闲居，虽邻妇狎之，终不相往来"。就品行而言，算是有点儿修炼心性之意。所以，她是自然的、天生的，不需要修炼，自然而然就成仙了。某天夜里，不知不觉地，杨敬真这位普通农妇，就在仙乐中飞升了。这大概是修仙中的极品，无人能模仿。前面几篇作品中那些侠士、壮士、勇士、隐士、炼丹术士如果见到杨敬真如此简单、顺利地就成仙了，估计要羡慕不已。

杨敬真的飞升，奥妙大概就出在"虢州阌乡县长寿乡天仙村"这个特殊的地名上。阌乡县地处黄河中游、秦岭以南、函谷关以西、潼关以东，自古就是兵家必争之地。同时，这里也是上古神话传说中"黄帝骑龙升天""女娲炼石补天、抟土造人"的所在地。因此，从地点上来说，是自带修仙气息的一个特殊地方。因此，杨敬真大概是天然地自带仙气，就像石猴孙悟空那样，吸取天地之精华，自然而然地修炼。写修仙小说，找个历史传统中带仙气、有仙缘的地点，也是一种通用手法。

后文杨敬真和其他四位同时成仙的女子一同飞往蓬莱仙山拜见大仙伯茅君，杨敬真禀告说，公公大人尚在，不能遽然离家为仙，要返乡侍奉，待老人家终老之后，再来成仙。这是修仙中由道家进入儒家孝敬的主题。而唐代，也是儒、道、释传统三教融合的时期，虽然谈不上相安无事，但还是各自有发展空间的。

茅君提醒她说，你们村一千年才出一位仙人，你千万别辜负了这个好意。

茅君是一个著名的老仙人，具有悬壶济世的能力，常以仙方医药救济民间疾苦。《太平广记》卷十三·神仙十三《茅君》，曰："茅君者，幽州人。学道于齐，二十年道成归家。"

杨敬真突然飞仙，又突然返回人间，这么神秘莫测的事情，惊动了县令李邯率领"僧道官吏"前来探问，杨敬真这才以第一人称叙事，讲了自己一天夜里突然接到通知，仙人要派鸾鹤前来搭载她去华山云台峰顶上去成仙聚会，她和其他四位同日成仙而被接来一起前去朝拜大仙伯茅君的女仙，形成了信真、湛真、修真、守真、敬真五仙，其中的核心是"真"字，一切唯真。可见如果要成仙，必须要求真。天下万物，唯真不破。如果五仙不真，而是五假，大概就会坠入地狱了。

这个故事最有意思的是，杨敬真后来就留在了凡间，一直没有飞升。她也没有显示出什么厉害的飞天技能，被县令李邯问起能不能飞时，就老实地回答说，不能，要去哪里就需要搭乘鸾鹤才行。这确实是"真"，十分老实，一点儿不打诳语。

杨敬真在凡间，被县令李邯十分恭敬地侍奉，后来县令又写了公文递交州府，州府再写公文递交廉访使。这位廉访使崔相国，不知道跟裴航认识的是不是同一个人，反正是对杨敬真非常尊重，邀请来住在陕州的紫极宫里，再接着禀报皇上。一层层推荐，一层层"高升"，也不见杨敬真怎么玄乎，怎么炫技，怎么修炼，而是"今在陕州，终岁不食，食时啖果实，或饮酒二三杯，绝无所食，但容色转芳嫩耳"。

唐传奇作家中，名不见经传的李复言所作的传奇相对朴实，往往在日常生活中铺开，写实功力很高；与裴铏的传奇相比，一点儿也不"传奇"。《杨敬真》这篇奇特的传奇，写出了一种质朴的修仙方式，看起来简单，但是一想到"一千年方出一仙人"这个说法，也就只能默然了。

编末后记

"修仙"是中国传统中一种独特的文化现象。

从上古大神的遥不可及,人神分隔,到后世的人间修仙,普通人亦可以成仙,关于人的自我完善和自我升级,经过长期的发展和变化,形成了一个丰富的文化宝藏。又因中国文化发展过程中融合与分裂共存的多元性,对于修仙的观念、态度和法则,历史上不断发展变化,修仙观念一直有着微妙的调整。

《杜子春》《萧洞玄》《韦自东》这三篇内容近似的修仙失败者故事中,纠葛着一个"情"的大问题。修仙炼丹要成功,必须隔断一切情感。只要有一丝的怜爱、虚荣和同情心,就会导致"邪魔"入侵,功亏一篑。

与这三篇中的个人奋斗失败相比,崔书生的失败令人惋惜。他因莳花弄草的爱好而得以亲近仙缘,甚至跟王母娘娘第三个女儿玉卮娘子结婚了。只要稍微耐心一点儿,真心一点儿,勇敢一点儿,他就有机会成仙,脱离凡尘的轮回。可惜的是,因为愚孝和无知,崔书生把这次好机会白白浪费了,落得个长吁短叹、郁郁而终的结局。崔书生是一个失败者的典型,值得好好反思:作为一个无名小卒,想要提升自己,最忌讳的是视野和胸襟太狭隘——无见识,缺乏勇气,不能判断事情的轻重,也不懂得取舍选择。尤其糟糕的是,他没有学会独立思考,对母亲毫无逻辑的霸道要求唯命是从。反之,属于贵族阶层的裴航,则有见识,有勇气,有独立思考能力,并能为自己的追求而付诸行动。裴航是仙界裴真人的直系子嗣,本来就有"仙缘"传统,跟凡人子弟相比已经领先一步。他又有自己的主见,碰到美好的人与事,心中向往,并能为这种向往而放弃"举业",一心去寻找玉杵白,乃至到了让凡人嘲笑的程度。他能够摆脱凡俗之心,向往美好,最终达到了目标:与仙子云英共结连理,跟一班仙人成了亲戚,自己也腾龙飞升。

"举业"这类事情，自古以来人人难免，个个寒窗十年，拼命读经作文，削尖脑袋要进入官场，在这种历经千年不倒的尘网中成为食物链中更高的一环，至死无悔。而其结果，无非唐太宗所说的："天下英雄尽入吾彀中矣。"自古以来，没有人能看破，能逃脱，皆因独特的皇权政治占据了天下所有的财富分配权，剥夺了普通人的财富支配权和生存空间。在这个制度下，要想自由、自主、有尊严地生存，只能出世、修仙，脱离凡尘。

东晋大诗人陶渊明最早表达了对于"举业"及"官场人事"的厌恶之情，他在名作《归园田居·其一》里写道："少无适俗韵，性本爱丘山。误落尘网中，一去三十年。羁鸟恋旧林，池鱼思故渊。"唐传奇更深入地探讨了俗事和个人修养的问题。著名作品《南柯太守传》《枕中记》都写到了一个人的"幻梦人生"，从而提出了相对时空的人生大问题，并对人生中什么事情更重要做出了判断：个人自由、个人尊严更重要。

《樊夫人》中，上虞令刘纲并不钻营于"事业"，不想升官发财，而是做着一个小小的县官，自得其乐。于政事从简，富民乐民，于个人则潜心修炼，与夫人室内斗法，频繁探讨，其乐融融，最后一起飞升。而成仙之后的樊夫人，并不是不食人间烟火，不管人间疾苦，而是在世间继续帮助普通人，救苦救难，行善做好事。樊夫人和白石先生有点儿相似，她不追求飞升到天上去做闲仙，而是在人间做散仙，自由自在地做好事。

由此推知：行善，是修仙的一个重要条件之一。

然而，命好也能善结仙缘，突然成仙。这种好事很少，只存在于元柳二公和陶尹二君身上。更令人不可思议的是，还有像杨敬真那样无声无息，突然就被仙人派鸾凤来接走，去山顶上加入仙人行列的例子。不过这种好事，一千年才有一次，比中彩票还难，不是常规的修仙模式。对普通人来说，《樊夫人》里写到的刘纲和樊夫人举案齐眉、白头偕老的修仙方式，是最佳偶像。

仙人也是林林总总、性格各异、不一而足的。《张老》里这位仙人就很调皮，不知为何非要扮演"灌园叟"来娶韦恕女，而招致媒婆责骂和丈人的一通贬低。

总结下来，修仙必备的条件有很多，除了非常态成仙的杨敬真、元柳二公和陶尹二君之外，通常的方式是：断欲、绝情、避世、上山、吐纳、炼丹。有一些关键的名山，是炼丹修仙的好地方，如终南山、华山、王屋山等。

现在写修仙小说，也可以把大山、名山以超空间的方式，搬入大城市中来，搬进公寓和办公室里来，但是，基本的修仙过程是不可省略的。一旦省略，就缺乏足够的趣味了。

假设在办公室修仙，或者在家里修仙，一定要闹出一点儿匪夷所思，让周围邻居和同事们目瞪口呆的奇事怪事才好。不能突然成仙，一步登天，因为那不是小说，而是神话。

第二编 仙侠

编首语

聂隐娘

辛公平

昆仑奴

红线

郭代公

虬髯客

谢小娥传

义激

稠禅师

宋令文

柴绍弟

编末后记

编首语

仙侠世界超越认识局限

唐代大诗人李白有一首名诗《侠客行》：

赵客缦胡缨，吴钩霜雪明。银鞍照白马，飒沓如流星。
十步杀一人，千里不留行。事了拂衣去，深藏身与名。
闲过信陵饮，脱剑膝前横。将炙啖朱亥，持觞劝侯嬴。
三杯吐然诺，五岳倒为轻。眼花耳热后，意气素霓生。
救赵挥金槌，邯郸先震惊。千秋二壮士，烜赫大梁城。
纵死侠骨香，不惭世上英。谁能书阁下，白首太玄经。

《侠客行》再度创造性地运用了司马迁《史记·魏公子列传》里的名篇《信陵君窃符救赵》的故事，塑造了一个"十步杀一人，千里不留行。事了拂衣去，深藏身与名"的顶级剑客的特殊形象。另外，老年谋士侯嬴、大力士朱亥和敢想敢干的信陵君魏无忌，都跃然纸上。那种酣畅淋漓、敢生敢死的人生，大概也是李白自己的梦想。

《侠客行》这首诗，精练地概括了唐传奇豪侠小说中侠客的主要特点：

一、装备精良独特，有攻击力而又不失浪漫之美。如"胡缨""银鞍""金槌"。

二、凶猛果断，气若等闲。如"十步杀一人，千里不留行""闲过信陵饮"。

三、不计名利，不求报恩。如"事了拂衣去，深藏身与名"。这与古希腊史诗《奥德赛》的那种为了美人而历尽艰辛的故事，有极大的反差。

四、不惧死亡。如"纵死侠骨香，不惭世上英"。

五、积极参与政治，不止于做皓首穷经的读书人。如"谁能书阁下，白首太玄经"。

唐传奇中的仙侠故事，如《聂隐娘》等，作为流传深广的作品，千百年来对中国传统故事的叙述模式有着巨大的影响。可以说，《聂隐娘》《昆仑奴》《红线》等，就是后世各类仙侠故事的鼻祖。民国时期著名仙侠小说《蜀山剑侠传》，其大量的内容就来自唐传奇，作者还珠楼主虽然把故事的核心发生地放在了自己的家乡——四川的峨眉山，塑造了一个"峨眉山仙侠少年"的群体英雄形象，然而，这些故事中的女侠形象，大多都有类似聂隐娘这样的少女仙侠的影子。聂隐娘御剑千里之外、来去自如的惊人形象，在《蜀山剑侠传》里被广泛地发展为"御剑飞行术"。还有面对几十个一流弓箭手齐射利箭依然毫发无损、飘然而去的昆仑奴磨勒，以及潜伏在军中的超级刺客红线等，都是令人难忘的仙侠角色。来自东南亚的飞天大侠磨勒，更是神秘中透着异域文化的迷人色彩，也意味着唐代文化的兼容与博大。当代小说名家王小波先生的《立新街甲一号与昆仑奴》，就直接取材于这部作品。

还有少年英雄如郭代公、豪侠英雄如虬髯客的艺高胆大，豪情万丈，拿得起放得下的气概；复仇女英雄如谢小娥、义激等心思缜密、耐心等待时机的智慧；大力士稠禅师令人震惊的神力，似乎开启了后人对"力量"的崇拜；宋令文以一当百的勇气……这些都令人悠然神往。至于柴绍弟的踏雪无痕、身轻如燕的无敌轻功，更令人想起新派武侠中那些典型的继承，例如古龙名作《楚留香传奇》里轻功天下第一的香帅楚留香。

唐代以后几乎所有有趣的故事，其源头都能回溯到唐传奇。深入阅读这些精妙的唐传奇作品，我们也可以对网络流行的仙侠类作品，有更加清晰的鉴赏和反思能力。

本编选入作品比较多，或长或短，有难有易，读者不一定要按照顺序读，也可以挑选自己喜欢的篇目先读。例如，我自己特别喜欢大力士，看过很多有关爱吃菠菜的大力水手的故事，那我就可以先看《稠禅师》，对这个原本瘦弱、后经高人培养而练就超级神力的主人公，会有更多的亲近感。读者一开始可以泛读，先大致了解故事的内容，然后感兴趣了，第二遍、第三遍再细读。有些实在不能理解的内容，也可以跳过。在不同的年龄段，确实可以随机调整，"不求甚解"，而先有趣味。不要像在语文课堂学文言文那样，务必对每个字词孜孜求解，而成为一个"寻章摘句老雕虫"。这些作品读进去了，可以作为浓缩营养储存起来，随着年龄增长，不断"反刍"，而不断有所得。这也是阅读经典名篇的好处。

聂隐娘①

聂隐娘者，唐贞元②中，魏博③大将聂锋之女也。年方十岁，有尼乞食于锋舍，见隐娘悦之，云："问押衙④乞取此女教。"锋大怒，叱尼。尼曰："任押衙铁柜中盛，亦须偷去矣。"及夜，果失隐娘所向。锋大惊骇，令人搜寻，曾无影响。父母每思之，相对涕泣而已。

后五年，尼送隐娘归，告锋曰："教已成矣，子却领取。"尼欻（xū）⑤亦不见。一家悲喜。问其所学，曰："初但读经念咒，余无他也。"锋不信，恳诘（jié）⑥。隐娘曰："真说又恐不信，如何？"锋曰："但真说之。"曰："隐娘初被尼挈（qiè），不知行几里。及明，至大石穴之嵌⑦空数十步，寂无居人，猿狖（yòu）极多，松萝益邃（suì）。已有二女，亦各十岁，皆聪明婉丽不食，能于峭壁上飞走，若捷猱（náo）登木，无有蹶（jué）⑧失。尼与我药一粒，兼令长执宝剑一口，长二尺许，锋利，吹毛令劐（tuán）⑨。逐二女攀缘，渐觉身轻如风。一年后，刺猿狖，百无一失。后刺虎豹，皆决其首而归。三年后能飞，使刺鹰隼，无不中。剑之刃渐减五寸，飞禽遇之，不知其来也。至四年，留二女守穴，挈我

---

① 《太平广记》卷一百九十四·豪侠二，注出裴铏《传奇》。本文据中华书局《太平广记》校录。
② 贞元：唐德宗年号，公元785—805年。
③ 魏博：唐代河北和山东境内的藩镇。
④ 押衙：唐代武官名。
⑤ 欻：忽然，突然。
⑥ 诘：追问。
⑦ 嵌：指险峻岩石间的空隙。
⑧ 蹶：跌倒。
⑨ 劐：割断。

于都市，不知何处也。指其人者，一一数其过曰：'为我刺其首来，无使知觉。定其胆，若飞鸟之容易也。'受以羊角匕首，刀广三寸，遂白日刺其人于都市，人莫能见。以首入囊，返主人舍，以药化之为水。五年，又曰：'某大僚有罪，无故害人若干。夜可入其室，决其首来。'又携匕首入室，度其门隙，无有障碍。伏之梁上，至瞑，持得其首而归。尼大怒曰：'何太晚如是？'某云：'见前人戏弄一儿可爱，未忍便下手。'尼叱曰：'已后遇此辈，先断其所爱，然后决之。'某拜谢。尼曰：'吾为汝开脑后藏匕首，而无所伤，用即抽之。'曰：'汝术已成，可归家。'遂送还，云后二十年，方可一见。"锋闻语甚惧。后遇夜即失踪，及明而返。锋已不敢诘之。因兹亦不甚怜爱。

忽值磨镜少年及门，女曰："此人可与我为夫。"白父，父不敢不从，遂嫁之。其夫但能淬镜，余无他能。父乃给衣食甚丰，外室而居。数年后，父卒。魏帅稍知其异，遂以金帛署为左右吏。如此又数年。

至元和①间，魏帅与陈许节度使②刘昌裔不协，使隐娘贼其首。隐娘辞帅之③许。刘能神算，已知其来。召衙将，令来日早至城北，候一丈夫一女子，各跨白黑卫④。至门，遇有鹊前噪夫，夫以弓弹之，不中，妻夺夫弹，一丸而毙鹊者，揖之云："吾欲相见，故远相祇⑤迎也。"衙将受约束，遇之。隐娘夫妻曰："刘仆（pú）射（yè）⑥果神人。不然者，何以洞吾也。愿见刘公。"刘劳⑦之。隐娘夫妻拜曰："合⑧负仆射万死。"刘曰："不然。各亲其主，人之常事。魏今与许何异？愿请留此，勿相疑也。"隐娘谢曰："仆射左右无人，愿舍彼而就此，服公神明

---

① 元和：唐宪宗李纯年号，公元806—820年。
② 陈许节度使：唐五代在河南省中部设立的节度使。
③ 之：去。
④ 卫：指所骑乘驴。
⑤ 祇：恭敬。
⑥ 仆射：官名，唐代左右仆射分领尚书诸曹。左仆射又有纠弹百官之权，权力大于右仆射。
⑦ 劳：慰劳，指好好招待。
⑧ 合：应当。

也。"知魏帅之不及刘。刘问其所须，曰："每日只要钱二百文足矣。"乃依所请。忽不见二卫所之。刘使人寻之，不知所向。后潜收布囊中，见二纸卫，一黑一白。

后月余，白刘曰："彼未知住①，必使人继至。今宵请剪发，系之以红绡，送于魏帅枕前，以表不回。"刘听之，至四更却返曰："送其信了。后夜必使精精儿来杀某，及贼仆射之首。此时亦方计杀之，乞不忧耳。"刘豁达大度，亦无畏色。是夜明烛，半宵之后，果有二幡子一红一白，飘飘然如相击于床四隅（yú）。良久，见一人自空而踣（bó），身首异处。隐娘亦出曰："精精儿已毙。"拽出于堂之下，以药化为水，毛发不存矣。隐娘曰："后夜当使妙手空空儿继至。空空儿之神术，人莫能窥其用，鬼莫能蹑（niè）其踪。能从空虚之入冥，善无形而灭影。隐娘之艺，故不能造其境。此即系仆射之福耳。但以于阗玉周其颈，拥以衾（qīn），隐娘当化为蠛（miè）蠓（měng），潜入仆射肠中听伺，其余无逃避处。"刘如言。至三更，瞑目未熟，果闻项上铿（kēng）然，声甚厉。隐娘自刘口中跃出，贺曰："仆射无患矣。此人如俊鹘（hú），一搏不中，即翩然远逝，耻其不中，才未逾一更，已千里矣。"后视其玉，果有匕首划处，痕逾数分。自此刘转厚礼之。

自元和八年，刘自许入觐（jìn）②，隐娘不愿从焉，云："自此寻山水，访至人。"但乞一虚给与其夫。刘如约，后渐不知所之。及刘薨（hōng）于统军，隐娘亦鞭驴而一至京师，柩（jiù）前恸哭而去。开成年，昌裔子纵除③陵州刺史，至蜀栈道，遇隐娘，貌若当时。甚喜相见，依前跨白卫如故。语纵曰："郎君大灾，不合适此。"出药一粒，令纵吞之。云："来年火急抛官归洛，方脱此祸，吾药力只保一年患耳。"纵亦不甚信。遗（wèi）其缯（zèng）彩，隐娘一无所受，但沉醉而去。后一年，纵不休官，果卒于陵州。自此无复有人见隐娘矣。

---

① 彼未知住：指魏博帅没有停止刺杀陈许节度使刘昌裔的计划，还将会派杀手前来。住：停手。
② 觐：朝见天子。
③ 除：就任官职。

仙侠不绝的传说

《聂隐娘》可能是唐传奇中最有名的篇目之一，与《红线》一样是专写女侠的传奇作品，开后代女侠小说之先河。

《聂隐娘》作品中暗含着强烈的"行侠仗义"情怀，是中国文化中重要的侠义传统。这篇传奇的主人公虽然是一位女侠，但她的游侠生涯与时代背景中的藩镇割据、群雄争霸的历史有很深的关系。

台湾著名导演侯孝贤2012年开始投拍电影《刺客聂隐娘》，剧本由与他长期合作的朱天文撰写，文学顾问有著名作家阿城等人。电影故事发生在"安史之乱"四十年后，聂隐娘和魏博节度使田季安两人是小时候的玩伴，一起长大。然而，在藩镇割据的各方利益之下，隐娘成了成人世界中的牺牲者，被迫由道姑带走，训练成一个武功绝伦的杀手，日复一日地刺杀危害天下的藩镇节度使与统帅等。然而，她却在一次刺杀任务中动了恻隐之心而无法再杀人。为此，道姑将她送回魏博，命她刺杀田季安……

侯孝贤导演可能更喜欢在中国传统文化的大框架下讨论传统文化与人性、国家与个人选择、侠义与道义的取舍等种种传统文化问题。然而，这就把唐传奇里的《聂隐娘》中轻逸的部分沉重化了。

家国情仇这些问题并不新鲜，似乎永远会是问题，而且是解决不了的大问题。而这类国家与个人、大义与小节的冲突，也常常是新派武侠小说尤其是金庸作品里的主要叙事动力之一。

我们再来看看《聂隐娘》。这个传奇的故事发生在唐德宗贞元年间，经历"安史之乱"后，唐朝中央政府对地方势力已经不能有效节制，只能默认各地藩镇的割据，并试图通过以不同藩镇相互克制的方式来管控各地藩镇，避免某一藩镇坐大，危害中央政府和朝廷的威严。魏博节度使就是各藩镇中势力比较庞大的一支，有十万雄兵，管辖五个州，中央政府无法有效节制；而《聂隐娘》里提到的陈许节度使刘昌裔势力比较弱小，辖下只有两个州，与中央政府关系较为密切，也时常受到邻近的魏博节度使的威胁。故事里，这种威胁变成暗地里的谋杀——魏博节度使派剑道高手、能取敌人首级于无形的聂隐娘去刺杀刘昌裔。而势力较弱的刘昌裔也不是凡人，他善于"先知"，算出了聂隐娘的行踪，并派手下前去"迎接"，从而化解了一场性命危机。但纵然如此，刘昌裔和他的手下仍然不清楚原来聂隐娘和其夫君骑乘的黑白双驴只是剪纸。类似的"纸驴"或者"纸鬼"故事，在《聊斋》里也有，各位读者可以比较着阅读。"卫"代指驴子，据说是因为春秋战国时期的卫国人特别喜欢驯养驴子，因此后来人们也用"卫"来代指驴子。

聂隐娘的父亲聂锋是魏博节度使田季安麾下将领，不过级别似乎不太高，只是"押衙"，类似近卫部队的校尉。聂隐娘十岁时，一位尼姑忽然出现在他们家门前乞食，一眼瞥见了聂隐娘，知道她天赋很高，于是向聂锋讨聂隐娘带走，说要教她练习武功。聂锋自然不允许，但这位神龙见首不见尾的尼姑岂是等闲之辈，她说，您就是把她藏在铁柜里，我也要偷走的。果然，晚上聂隐娘就丢了。

这个开头确实不同凡响，让聂隐娘的师父——神秘的尼姑一出场就震慑四方。聂隐娘的修炼过程，作者并不直接写，而是让聂隐娘在回答聂锋的盘问时，间接地说出来。接下来的对话非常有意思。

> 问其所学。曰："初但读经念咒，余无他也。"锋不信，恳诘。隐娘曰："真说又恐不信，如何？"锋曰："但真说之。"

"但"是"不妨"，而不是"跪求"，因为这是父亲和女儿的说话，要有点儿父亲的尊严——虽然聂隐娘的剑技已经远超父亲，然而父女之间的基本关系还不能混乱。只是因为女儿的剑艺太高，而且杀人太简单，父亲觉得自己已经无法像疼爱十岁小女儿那样疼爱这位十五岁的高手女儿了。我们可以想见十五岁的聂隐娘，不再是天真烂漫的少女，而是一位眼神凌厉、千里之外取人首级如探囊取物的顶级杀手。

上面这段对话很简单。父亲问聂隐娘学到了什么，她一开始回答就是读经念咒而已。父亲不信，继续追问，聂隐娘说，真说了恐怕你不信呢。接着，聂隐娘就说出一番让人听了确实难以置信的话来。因为有了之前"真说又恐不信"的铺垫，她怎么说都合理了。这也是叙事上的一种典型的说服力技巧。

这段自述练功习艺过程，其中有一处内容非常重要，那就是聂隐娘受命去刺杀一位有罪的"大僚"，却因看到此人逗弄小孩子而于心不忍，没有直接刺杀，而是等到孩子走开后才下手。记得很多描写杀手的香港和好莱坞大片，都有类似的"不忍"镜头，而暗示了这位顶级杀手的"人性"。可见"于心不忍"这一层，天下人内心大抵相同。这样的"善心"，使得聂隐娘这个人物有了特殊的"人道主义"精神，但这种"同情心"又是冷血"刺客界"不能容忍的缺点。

读到这里，我们会发现聂隐娘的人物形象进一步丰满起来了。聂隐娘不是六亲不认的冷血杀手，她有人性、同情心和是非观，也因此，她才会是超越普通冷血杀手的超级女剑侠。侠之所以为侠，是因为有是非观，有大义，有同情心，她的爱与恨，都是有拿捏、有分寸的。

魏博节度使的势力范围很大，大约在河北魏州（今大名县）、山东博州（今聊城市）一带，由"安史之乱"头目史思明的部将田承嗣为首任节度使，节制五州。魏博与邻近的各藩镇之间长年互有攻伐，也有连横，在中央政府无法有效统治的情况下，藩镇间的关系和形势非常复杂。文中写到，魏博节度使与陈许节度使刘昌裔不和，派聂隐娘去"贼其首"。这个细节暗示了当时藩镇之间复杂而诡异的关系。那个时代，各藩镇之间分分合合，为利益而血腥斗争，各统帅都着力搜求民间武林高人，以刺杀敌手，其中的混乱可想而知。有学者认为，聂隐娘这个"刺客"人物形象，正是基于这种历史背景诞生的。

普通读者不必太执着于"读透",也不必像专业学者那样就一个细节深挖到底。《聂隐娘》这种传奇作品,可以当作精彩故事来读,而不必去想时代背景,不必去想到藩镇割据等事情。短短一千字的传奇作品中,故事情节复杂多变,达到了唐传奇中的顶级水平。这个故事作为一个精彩的叙事范例,也达到了最高的叙事水平——起承转合都非常精妙、合理。如聂隐娘的学艺过程及她学艺成功之后回到父亲身边的种种奇异行状,都条理清晰。而她奉命与"淬镜"的丈夫一起去陈许刺杀刘昌裔的过程,也表现出了刘昌裔的不同凡响。到故事的最高潮,聂隐娘为保护陈许节度使刘昌裔,与魏博节度使派来的两大高手精精儿、空空儿对决的情节精彩激烈,令人读之屏住呼吸。两名顶尖高手,精精儿被武功更高的聂隐娘所杀,而比聂隐娘厉害的空空儿,则因为聂隐娘的精心布置,一击不中而飘然离去,"才未逾一更,已千里矣",可见这位看不见摸不着的空空儿跑得有多快。而作者对他刺杀刘昌裔的描写,更是紧张到令人窒息,"至三更,瞑目未熟,果闻项上铿然,声甚厉。隐娘自刘口中跃出……后视其玉,果有匕首划处,痕逾数分"。前后铺垫,拿捏都极妙。可见,无论是精、空二人还是聂隐娘,都已经不是普通的武林高手,而是仙侠了。

传奇结尾写到她多年不老,这也是仙侠的特征之一。这篇传奇写聂隐娘并不写到尽头,而是"留有余味"。她不愿随刘昌裔去朝廷觐见皇上,而只愿意行走在自己的江湖世界。这是跟正统官方不相容的广阔天地,在中国传统文化中,江湖和朝廷,一直是很有趣的矛盾关系,各有自己的独特存在空间。而这种独特的关系,给游侠小说、武侠小说、仙侠小说等以丰富的想象空间。

《聂隐娘》这篇作品非常有名,清初戏曲家尤侗曾改编为戏曲曲目《黑白卫》,清咸丰年间著名版画家任渭长刻《三十三剑客图》,第九幅即为《聂隐娘》,图左上方题文"精、空,宜淬镜终",主要写的是聂隐娘和精精儿、空空儿的巅峰对决,也表明这个高潮情节最扣人心弦。

新派武侠小说名家金庸也很喜欢《聂隐娘》这篇作品,他在为清代咸丰年间版画家任渭长所作的《三十三剑客图》写介绍时,专门谈到了这些作品的来龙去脉。金庸还写过一部篇幅较短的武侠小说《越女剑》，以古籍《吴越春秋》里提到过曾跟白猿斗剑的世外女剑侠为蓝本，写女侠的高超剑艺和"功成名遂身退"的高明修养。也可见金庸先生是熟读唐传奇等文言文经典的，这让他的新派武侠名作，大多有着深厚的传统文化气息。

▶ 知识

魏博节度使

唐朝在今河北地区设置的节度使，唐末到五代割据河北魏博（今邯郸）一带。在公元8世纪末是"河北三镇"（魏博、成德、幽州）的首领，9世纪衰落。首任节度使田承嗣原为史朝义旧将，广德元年（公元763年）投降唐朝，唐朝为了笼络河北旧部，任命田承嗣为魏博德沧瀛五州都防御使（同年六月改为魏博节度使），统率魏、博、德、沧、瀛五州（今河北到山东一带），驻魏州（今河北大名），拥兵十万，形同割据，与成德节度使李宝臣、幽州节度使李怀仙齐名。贞元年间魏博节度使为田承嗣之孙田季安（公元796—812年在职），元和七年（公元812年）田季安死后，田承嗣堂侄田弘正（公元812—820年在职）接任。本篇故事里元和八年（公元813年）陈许节度使刘昌裔"自许入觐"去了长安，可以推测故事中指使聂隐娘去刺杀刘昌裔的魏博节度使可能为田季安。史载田季安长期沉溺酒色，患风病，杀戮无度。

陈许节度使

唐朝、五代在今河南省中部设立忠武军节度使。公元759年四月，设立陈郑亳节度使，九月，改为陈颍亳申节度使。公元786年七月，设立陈许节度使，治许州（今河南许昌）。

刘昌裔

公元803—813年任陈许节度使。公元804年四月建号忠武军，下辖许州、陈州（今河南淮阳县）。故事中魏博节度使派聂隐娘刺杀陈许节度使刘昌裔，以时间推测，当在元和初（公元806年）至元和七年（公元812年）之间。元和八年，刘昌裔就调长安任职了。陈许实力较弱，东为魏博，南为淮西，都是强藩，刘昌裔与淮西节度使吴少诚结好，维持了势力的平衡，又遵奉唐朝中央政府，因此他得到了较高的评价。

辛公平①

洪州高安县尉辛公平，吉州卢陵县尉成士廉，同居泗州下邳县，于元和②末偕赴调集，乘雨入洛西榆林店。掌店人甚贫，待宾之具，莫不尘秽，独一床似洁，而有一步客先憩于上矣。主人率皆重车马而轻徒步，辛、成之来也，乃逐步客于他床。客倦起于床而回顾，公平谓主人曰："客之贤不肖，不在车徒，安知步客非长者，以吾有一仆一马而烦动乎？"因谓步客曰："请公不起，仆就此憩矣。"客曰："不敢。"遂复就寝。

深夜，二人饮酒食肉，私曰："我钦之之言，彼固德我，今或召之，未恶也。"公平高声曰："有少酒肉，能相从否？"一召而来，乃绿衣吏也。问其姓名，曰："王臻。"言辞亮达，辩不可及。二人益狎之。酒阑，公平曰："人皆曰天生万物，唯我最灵。儒书亦谓人为生灵。来日所食，便不能知，此安得为灵乎？"臻曰："步走能知之。夫人生一言一憩之会，无非前定。来日必食于磁涧王氏，致饭蔬而多品。宿于新安赵氏，得肝羹耳。臻以徒步不可昼随，而夜可会耳。君或不弃，敢附末光。"未明，步客前去。二人及磁涧逆旅③，问其姓，曰："王。"中堂方馔僧，得僧之余悉奉客，故蔬而多品。到新安，店叟召之者十数，意皆不往，试入一家，问其姓，曰："赵。"将食，果有肝羹。二人相顾方笑，而臻适入，执其手曰："圣人矣！"礼钦甚笃。宵会晨分，期将来之事，莫不中的。

---

① 《逸史搜奇》卷四载。本文据中华书局出版、程毅中校注《玄怪录·续玄怪录》校录，标点亦采用程毅中先生校本。程毅中先生将此篇传奇列入李复言《续玄怪录》。
② 元和：唐宪宗李纯年号，公元806—820年。元和末，指820年，唐宪宗逝于本年。
③ 逆旅：指旅途休息的客栈。

行次阌乡，臻曰："二君固明智之士，识臻何为者？"曰："博文多艺，隐遁之客也。"曰："非也。固不识我，乃阴吏之迎驾者。"曰："天子上仙，可单使迎乎？"曰："是何言欤？甲马五百，将军一人，臻乃军之籍吏耳。"曰："其徒安在？"曰："左右前后。今臻何所以奉白者，来日金天①置宴，谋少酒肉奉遗，请华阴相待。"黄昏，臻乘马引仆，携羊豕各半，酒数斗来，曰："此人间之物，幸无疑也。"言讫而去。其酒肉肥浓之极，过于华阴②。聚散如初，宿灞上，臻曰："此行乃人世不测者也，辛君能一观。"成公曰："何独弃我？"曰："神祇尚侮人之衰也，君命稍薄，故不可耳，非敢不均其分也。入城当舍于开化坊西门北壁上第二板门王家，可直造焉。辛君于初更立灞西古槐下。"

　　及期，辛步往灞西，见旋风卷尘，迤逦而去，到古槐，立未定，忽有风来扑林，转盼间，一旗甲马立于其前，王臻者乘且牵，呼辛速登。既乘，观马前后，戈甲塞路。臻引辛谒③大将军，将军长丈余，貌甚伟，揖公平曰："闻君有广钦④之心，诚推此心于天下，鬼神者且不敢侮，况人乎？"谓臻曰："君既召来，宜尽主人之分。"遂同行入通化门，及诸街铺，各有吏士迎拜。次天门街，有紫吏若供顿者，曰："人多并下不得，请逐近配分。"将军许之。于是分兵五处，独将军与亲卫馆于颜鲁公⑤庙。既入坊，颜氏之先，簪裾而来若迎者，遂入舍。臻与公平止西廊幕次，肴馔馨香，味穷海陆，其有令公平食之者，有令不食者。臻曰："阳司授官，皆禀阴命。臻感二君，已检选事据籍，诚当驳放，君仅得一官耳。臻求名加等，吏曹见许矣。"居数日，将军曰："时限向尽，在于道场，万神护跸（bì），无计奉迎，如何？"臻曰："牒府请夜宴，宴时腥膻，众神自远，即

---

① 金天：秋天。
② 华阴：另一本写作"华阳"。若"华阴"，则句子不通。
③ 谒：拜见。
④ 钦：敬重。
⑤ 颜鲁公：唐代书法大师颜真卿。兴元元年（公元784年）以七十五岁高龄赴叛将李希烈军中晓谕，被叛将缢杀。

可矣。"遂行牒。牒去,逡巡得报,曰:"已敕备夜宴。"于是部管兵马,戌时齐进入光范及诸门。门吏皆立拜宣政殿下,马兵三百,余人步,将军金甲仗钺来,立于所宴殿下,五十人从卒环殿露兵,若备非常者。殿上歌舞方欢,俳优赞咏,灯烛荧煌,丝竹并作。俄而三更四点,有一人多髯而长,碧衫皂裤,以红为襟,又以紫縠(hú)①画虹霓为帔,结于两肩右腋之间,垂两端于背,冠皮冠,非虎非豹,饰以红罽(jì)②,其状可畏,忽不知其所来,执金匕首长尺余,拱于将军之前,延声曰:"时到矣!"将军凭几揖之,唯而走,自西厢历阶而上,当御座后,跪以献上。既而左右纷纭,上头眩,音乐骤散,扶入西阁,久之未出。将军曰:"升云之期,难违顷刻。上既命驾,何不遂行?"对曰:"上澡身,不然,可即路。"遽闻具浴之声。三更,上御碧玉舆,青衣士六,衣上皆画龙凤,肩舁(yú)③下殿。将军揖曰:"介胄之士无拜。"因慰问以:"人间纷挐(rú)④,万机劳苦,淫声荡耳,妖色惑心,清真之怀,得复存否"?上曰:"心非金石,见之能无少乱。今已舍离,固亦释然。"将军笑之,遂步从环殿引翼而出,自内阁(gé)⑤及诸门吏,莫不呜咽群辞,或收血捧舆,不忍去者。过宣政殿,二百骑引,三百骑从,如风如雷,飒然东去,出望仙门。

将军乃敕臻送公平,遂勒马离队,不觉足已到一板门前。臻曰:"此开化王家宅,成君所止也。仙驭已远,不能从容,为臻多谢⑥成君。"牵辔扬鞭,忽不复见。公平扣门一声,有人应者,果成君也。秘不敢泄。更数月,方有攀髯⑦之泣。

---

① 縠:绉纱。
② 罽:兽毛织品。
③ 肩舁:指轿子。
④ 纷挐:混乱貌。挐:现为"拿"的异体字。
⑤ 阁:宫殿侧门。
⑥ 谢:问候。
⑦ 攀髯:典出《史记·封禅书》,黄帝升仙,有神龙下迎。众臣攀附龙背者七十余人。余下小臣不得上,遂攀龙髯,而龙髯脱落坠地,不得升仙。

来年，公平授扬州江都县簿，士廉授兖州瑕丘县丞，皆如其言。元和初①，李生畴昔宰彭城，而公平之子参徐州军事，得以详闻，故书其实，以警道途之傲者。

一桩事先张扬的谋杀案

《辛公平》这篇传奇，单就曲折的故事情节、生动的人物描写来看，就是杰作。故事中人鬼交融，行为怪异，情节跌宕，前后呼应，神秘莫测，阅读起来很有愉快之感。

唐传奇中写修仙、弄神、出鬼、崇狐者多，但如本篇这样结合了多重因素并综聚到一起的很少见。唐传奇写仙、写神、写鬼、写狐，都是以写人的方法来类推，并不特别渲染这些"非人"与人类有多少的不同。也可以说，表现这些奇特的角色，是为了写出人世间的种种奇特人物。有时因某些事情过于恐怖、诡秘、隐晦，不能明白讲出来，只能曲折道出，采用谈神说鬼的方式隐喻表达，是极有时代色彩的艺术手法。

读唐传奇和其他文言小说，要查一下文中提到的纪年，例如本篇里的"元和"，这样，知道故事的时代背景，知道发生什么事情，对理解作品会有很大帮助。

自"安史之乱"后，唐代短暂的"盛世图景"瞬间崩溃，而进入长达近两百年的中唐、晚唐"藩镇割据"的混乱中。唐代被视为中国历史上少有的盛世，尚且如此不稳定，可见依靠圣王个人的高尚道德搞"垂衣之治"，并不是可靠的政

---

① 元和初：故事发生在元和末，可结尾却说元和初听到这个事件，前后时间矛盾。若是事件发生于元和末，则讲述的是唐宪宗李纯的死亡。若事件发生在元和初，则讲述的是唐顺宗的死亡。贞元二十一年（公元805年）唐德宗去世，顺宗李诵继位，年号永贞。同年八月顺宗禅让给宪宗李纯，年号元和。第二年初，顺宗死亡。史载顺宗朝李谅撰《辛公平上仙》（一说作者为李复言），暗示此事。以此推测，故事开端始于元和初，结尾记于元和末。

治制度。一旦换了个昏庸胡混、好大喜功的后辈做皇帝，就会把先辈辛苦积累的家业败尽，而且弄得朝野崩溃，民不聊生。隋炀帝在演义小说里被写得淫荡昏聩，实际上他还是太子杨广时，就曾带兵作战，统率三军，东征西讨，平复江南，算得上是英雄少年。然而他继位之后，却因权力过大，纵情享乐，耗尽国家财富，激起民乱，最后倾覆了隋朝的大好世界。

大诗人白居易在《长恨歌》里极力描写过的唐玄宗，其实跟隋炀帝很相似，也是一个风流天子，似乎是有情有义的好男儿。唐代笔记《开元天宝遗事》里，也写到了唐玄宗宫廷生活的奢靡景象，有兴趣的读者朋友可以找来看看，从中也会知道那时杂技表演就很先进了。唐玄宗少年英武，继位后又肃清武则天的余党，整治国家，从而让唐代达到了鼎盛的高峰。不过历史学家也指出，武则天当政几十年，虽然大兴刑名，但是她酷烈的统治手段主要是对付政敌及李唐家余党的，于平民百姓而言受到直接波及之处不多。武周时期的社会生产比较平稳，人民相对富足安定。武则天的杀戮、残暴、荒淫无道之类，有些是后世腐儒、无聊文人对"妇人干政"的憎恨以至于杜撰诽谤。事实上，武则天任用贤相狄仁杰辅佐朝政，外政内事并不都离谱。武则天还多次下令减赋，黎民负担为之一轻。武则天退位也类乎尧舜禹"三代"时的禅让，基本算是两代领导人的和平交班，没有太多刀光剑影和恐怖杀伐，更没有因分裂国家而导致的内乱和长期征战。唐玄宗恢复李唐王朝并继位天子时，武则天朝及之前的财富、国力积累达到了顶峰，因此政治上只要不出现大昏招，就不会即刻出现大乱。然而，政治制度如果缺乏有效的自愈或自我调整能力，那么，这种貌似平静的社会底下，实际是暗流涌动的。

著名历史学家黄仁宇先生在其名作《万历十五年》里写到，万历年间天下太平，没有什么可以写的大事情。但在平静的表面之下，这个社会却埋藏着很多动荡的祸根。至于祸根在哪里，暗地里是怎么酝酿的？就要去读黄仁宇先生的这本书，看他的详细分析了。

中央集权政治的危险性是很大的：皇上英明神武，则国家平安幸福；皇上昏聩、荒淫无道，则百姓遭殃。唐玄宗一朝，表面上国力鼎盛，内外无事，一片歌舞升平，整天在宫内吟诗作赋，寻欢作乐。然而翻查史籍就会发现，即便在那时，唐人与吐蕃、回鹘的冲突也是连绵不绝的，后来还跟南方的南诏发生了两次大战，都遭惨败，几十万将士埋骨洱海，而唐玄宗听到的都是大捷。这还是在"开元盛世"时期发生的事，大唐盛世看起来一片祥和，而政治、外交其实都已经出现了难以根除的恶疾。在这种文征武伐貌似国力宏大的历史事件背后，埋藏着巅峰国家的恶性祸根。

更不幸的是，唐玄宗花天酒地享乐了一辈子，感觉国内外太平无事，天下安宁，对国家和政治失去了判断，导致晚年昏庸，信任奸佞。唐玄宗宠爱杨玉环，又偏听杨国忠、李林甫，并几乎毫无理由地溺爱肥胖奸诈的胡人安禄山。唐玄宗在华清池等地游玩，乐不思蜀，根本就无法得知国家真相——如唐大将鲜于仲通率领二十万大军远征南诏，却遭到阁罗凤率领部族进行顽强抵抗，又遭到南诏请来的吐蕃骑军的夹击，而惨遭全军覆没，死伤惨重。当权的宰相李林甫们却把这件惨败的噩耗改成了喜讯，作为内参送到唐玄宗面前。又后来，李林甫和安禄山之间不断出现矛盾，李林甫谓安禄山必反而处处刁难安禄山，安禄山也确实暗藏祸心，在安阳暗地里锻造和私藏大量兵器，又训练机动性极强的亲兵。这样，各种合力导致安禄山仓皇而秘密地逃离长安，回到安阳，发动叛乱。安禄山是有名的大胖子，穿衣服要侍从李猪儿托着肚腩才能塞进去，他在疾驰赶回安阳的途中，据说累死了好几匹骏马。也有一说，安禄山是被李林甫活活"逼反"的。在那样的一种"安宁"的社会环境下，一旦"渔阳鼙鼓动地来"，大唐境内那些和平日久、刀枪入库的州县都几无抵挡能力，从而纷纷沦陷。有些州官县令匆忙间打开武器库，才发现刀枪都生锈朽坏了，根本无法使用。

"安史之乱"给唐朝造成了毁灭性的打击。之后虽然大体平定，但军民死伤太重，财物毁坏太多，各地藩镇拥兵自重，从而成为事实上割据的局面。唐天子名义上仍统治天下，但内廷被有势力的宦官集团把持，外面受到各个割据藩镇势力的钳制，以至于政令不通，法度不行，皇皇天下归一只是表面错觉。除此之外，还不断地出现血腥的"宫斗"。

在唐朝，宦官集团过多介入"宫斗"，使得唐代宫廷血雨腥风不止。所谓"大唐盛世"，其实有很大程度、很长时期属于"黑暗时期"。日本讲谈社出版的《中国的历史》的唐代分册里，就特意把这点指出来，认为唐代大部分时间处于分崩离析状态，真正的"盛世时期"只有几十年——而即便在那个"盛世时期"，也还一直在与回鹘、吐蕃、南诏、高丽等周边民族或国家发生冲突，战争不断。

现在我们回到《辛公平》这篇传奇上来，可以看到中唐时期唐代社会政治的险恶与混乱。传奇里说，唐宪宗元和末年，两个江西人，一个是现在江西西部宜春市的辛公平，一个是现在江西吉安市的成士廉，故事发生时，他们住在现江苏北部徐州的泗州下邳县（今江苏睢宁县）地域，大概是候选中，两人结伴进京去候选新的官职。旅行途中下雨，他们在洛阳西边的榆林店投宿。客栈老板很穷，家具陈设老旧污秽，只有一张看起来还干净的床，却被一名徒步旅行者先占了。古今中外，天底下的老板，总是嫌贫爱富的，所谓重车马轻徒步，因此要去赶那位"步客"让给"贵客"住。但辛公平是一个厚道人，他阻止了店老板，说，人好不好，跟徒步还是骑马无关，你怎么知道那人就不是一位值得尊重的长者呢？不要因为我有马有仆人就去烦扰那人。然后他又对"步客"说，先生莫动，我们自己在这里休息即可。"步客"于是应了一声，又躺下了。

"元和"这个年号在故事里很重要，文中还专门提到"末年"——怎么就到了末年呢？因为传奇后面点明了，就在这次辛公平亲眼看到的"上仙行动"中，唐宪宗被蓄意谋杀了。因此，也有版本把这个故事称为《辛公平上仙》。具体的指挥者是一位将军，随行成员有使者王臻——也就是在辛公平和成士廉两个小官（县尉）赶赴京城等候另外派任（调集）的路途中偶遇的怪人。他不是人使，是鬼使。鬼有鬼路，人有人道，王臻先生为何竟要在人开的客栈住店呢？竟然还是没车没马只能步行的白丁，像现在的"三无青年"。这个也没有交代，只能说是一种传奇了。使者王臻非富非贵，很被老板看不起，要赶他离开最干净的那张床，让给辛公平、成士廉。作者不解释为什么一位阴间使者竟然要住在人间的店里，还要睡觉，还要跟人打交道，不辞辛苦地跟他们聊天、做预言，还带辛公平去看大热闹。既然人类万事都是前定的，那么，王臻在客栈里碰见辛公平和成士廉，也是可以被预知的，因此，他是有目的有预谋的。又或者，这是本文作者没考虑到的一个破绽。

辛公平和成士廉都是忠厚和善之人，到了深夜开始吃宵夜，摆上了酒肉，辛公平还想到邀请"步客"一起来吃喝。吃着喝着，发现"步客"王臻谈吐不俗，对其心生敬爱。谈吐间，官场不太得意的辛公平感叹人生无常，说：都讲人是万物之灵，可是我们下一顿吃什么，住在哪里，都不知道。

王臻说，非也，万事皆有前定。于是还轻描淡写地预言了辛公平和成士廉第二天吃喝和住宿的具体地方。第二天，经过旅途劳顿之后，辛公平两人故意多找了几十家客栈才敲开某一家，而发现这竟然就是王臻预言过的赵家。他们刚住下，王臻也赶到了。王臻这才说，他是阴间专门迎接皇帝的，这次是为了迎接本朝皇帝"上仙"（就是驾崩），并邀请辛公平一起去"观看"。

历朝历代，皇帝驾崩都是件大事，有时还要求全国百姓哀悼三年。汉文帝曾下诏要求下臣们注意，他驾崩后一切从简，不要骚扰百姓的日常生活。但元和末年的皇帝突然被王臻等迎接而去"上仙"了，却如此诡秘，无人知晓。如果不参阅历史事件，大概读不出这部传奇背后藏着的惊人历史事件，以及其背后的谋杀真相。

公元820年是唐宪宗李纯元和末年。这一年，笃信神仙之道、胡乱服药祈求不死的唐宪宗因为长年服丹药而性格暴躁易怒，被宦官陈弘正等派高手秘密刺杀，然后太子李恒被拥立继位，是为唐穆宗。而这场惨烈的"宫斗"，因为过于诡秘，不合道义，在当时没有大事宣扬，而是秘而不宣。

唐宪宗李纯上位时也有些疑点：他父皇唐顺宗"因病"退位，被封为太上皇，不久就突然死了，然后宪宗正式即位，有了九五之尊的权势。那时藩镇割据已成型，朝廷势力已不能畅达各地。宪宗即位初期，被称为英武。他利用藩镇之间的嫌隙，拉一派打一派，让川西节度使、魏博节度使、淮西节度使等不同藩镇之间矛盾激化，借力打力，从而顺利地平定了一些不服中央管制的藩镇。

在当时，各个藩镇为了战胜对方，是不惜手段的，什么阴招损招都用上了。例如，在唐宪宗决定对淮西用兵时，淄青节度使李师道感到自己的利益受损，就声称要支持淮西节度使吴元济抵抗朝廷军队，并派高手潜入淮阴漕院（囤藏税赋物资之仓库），放火烧毁钱帛三十万缗匹，谷物三万余斛，导致江淮一带粮赋化为泡影。李师道还派高手潜入京城，暗杀力主对淮西用兵的宰相武元衡，制造恐慌气氛。这种高手往来刺杀的秘闻，在历史书里看不到，因此要借助唐传奇中的一些作品来研究，如《聂隐娘》《红线》等。

唐朝"宫斗"中的暗杀之惨烈，已经超越了基本人伦。唐太宗李世民率部劫杀兄弟，让其父唐高祖李渊黯然退休，大概是开了一个坏头。后来武则天甚至亲手杀掉亲生儿子。而唐宪宗对父亲唐顺宗的手法，也不能说是光明正大——虽然有人喜欢把这些事情推给掌握了禁军势力的宦官集团，但唐宪宗终是道德有污点。因此，他的即位，以及他被宦官刺杀，是悲剧始，悲剧终。在当时，禁军是朝廷直属的精锐部队，高手能人云集，战斗力很强。而宦官控制了禁军，就意味着控制了朝廷。

历史书上对唐宪宗被刺杀的事件记载得不清不楚，因此，有人——可能就是《辛公平》的作者李复言，把自己从某些渠道听来的秘闻以特殊方式写出来。谁也不知道王臻的真实身份，他可能就是刺杀唐宪宗的高手之一（在传奇里被伪装成阴吏），另一位就是"多髯而长"的面容狰狞恐怖的刺客。这些人，估计也是聂隐娘一类的杀手角色。而那位做事有条有理的迎驾"将军"，则可能是当时禁军的头领。

可能是为了让这篇传奇显得更加合理，文中还写到王臻去查了地府档案，给辛公平和成士廉作弊修改未来的细节。辛公平还有点儿小的升迁机会，成士廉命薄，几乎没戏。后来，果然如王臻所言，辛公平和成士廉都无所事成，归于碌碌。

关于唐宪宗这位"元和中兴"的名主，苏辙在《历代论之五》里有极为深入的论述。他说："唐玄宗、宪宗，皆中兴之主也。玄宗继中、睿之乱，政紊于内，而外无藩镇分裂之患，约己任贤，而贞观之治可复也。宪宗承代、德之弊，政偾于朝，而畿甸之外皆为畔国，将以求治，则其势尤难。虽然，二君皆善其始，而不善其终，所以失之者一道也。"

苏辙是宋代人，更加讲究儒法之礼义廉耻之类的伦理道德，也更加强调"道"。玄宗和宪宗皆是强人，也都是有了好的开头，却不得善终。如同香港影视巨星周星驰主演的《大话西游》里，紫霞仙子说的名言：我猜中了开头，却没猜中结局！

昆仑奴①

　　唐大历中，有崔生者，其父为显僚，与盖代之勋臣一品者熟。生是时为千牛②，其父使往省一品疾。生少年，容貌如玉，性禀孤介③，举止安详，发言清雅。一品命妓轴帘④，召生入室。生拜传父命，一品忻⑤然爱慕，命坐与语。时三妓人艳皆绝代，居前，以金瓯（ōu）贮含桃⑥而擘（bò）⑦之，沃以甘酪而进。一品遂命衣红绡妓者，擘一瓯与生食。生少年赧（nǎn）⑧妓辈，终不食。一品命红绡妓以匙而进之，生不得已而食。妓哂（shěn）⑨之，遂告辞而去。一品曰："郎君闲暇，必须一相访，无间老夫也。"命红绡送出院，时生回顾，妓立三指，又反三掌者，然后指胸前小镜子云："记取！"余更无言。

　　生归，达一品意。返学院，神迷意夺，语减容沮（jǔ），恍然凝思，日不暇食，但吟诗曰："误到蓬山顶上游，明珰（dāng）⑩玉女动星眸。朱扉（fēi）半掩深宫月，应照琼芝雪艳愁。"左右莫能究其意。时家中有昆仑奴磨勒，顾瞻郎君曰："心中有何事，如此抱恨不已？何不报老奴？"生曰："汝辈何知，

---

① 《太平广记》卷一百九十四·豪侠二，注出裴铏《传奇》。本文据中华书局《太平广记》校录。
② 千牛：宫廷警卫官。
③ 孤介：正直，不流于世俗。
④ 轴帘：把帘子卷起来。
⑤ 忻：愉悦。
⑥ 桃：指樱桃。
⑦ 擘：掰开。
⑧ 赧：害羞。
⑨ 哂：嘲笑。
⑩ 珰：耳环。

而问我襟怀间事!"磨勒曰:"但言,当为郎君解释。远近必能成之。"生骇其言异,遂具告知。磨勒曰:"此小事耳,何不早言之,而自苦耶?"生又白其隐语。勒曰:"有何难会?立三指者,一品宅中有十院歌姬,此乃第三院耳。返掌三者,数十五指,以应十五日之数。胸前小镜子,十五夜月圆如镜,令郎来耶?"生大喜不自胜,谓磨勒曰:"何计而能导达我郁结?"磨勒笑曰:"后夜乃十五夜,请深青绢两匹,为郎君制束身之衣。一品宅有猛犬,守歌妓院门,非常人不得辄(zhé)①入,入必噬(shì)②杀之。其警如神,其猛如虎,即曹州孟海之犬也,世间非老奴不能毙此犬耳。今夕当为郎君挝(zhuā)杀之。"遂宴犒(kào)以酒肉,至三更,携链椎(zhuī)而往,食顷③而回曰:"犬已毙讫,固无障塞耳。"

是夜三更,与生衣青衣,遂负而逾十重垣(yuán)④,乃入歌妓院内,止第三门。绣户不扃⑤,金釭(gāng)⑥微明,惟闻妓长叹而坐,若有所俟(sì)⑦,翠环初坠,红脸才舒,玉恨无妍,珠愁转莹,但吟诗曰:"深洞莺啼恨阮郎⑧,偷来花下解珠珰。碧云飘断音书绝,空倚玉箫愁凤凰。"侍卫皆寝,邻近阒(qù)⑨然。生遂缓搴(qiān)帘而入。良久,验是生,姬跃下榻,执生手曰:"知郎君颖悟,必能默识,所以手语耳。又不知郎君有何神术,而能至此?"生具告磨勒之谋,负荷而至。姬曰:"磨勒何在?"曰:"帘外耳。"遂召入,以金瓯酌酒

---

① 辄:贸然。
② 噬:咬。
③ 食顷:一顿饭的工夫。
④ 垣:墙。
⑤ 扃:门闩。此处用作动词,指锁门。
⑥ 釭:油灯。
⑦ 俟:等待。
⑧ 阮郎:指传说中入天台山遇见仙女的阮肇。
⑨ 阒:寂静。

而饮之。姬白生曰:"某家本富,居在朔(shuò)方。主人拥旄(máo)①,逼为姬仆,不能自死,尚且偷生,脸虽铅华,心颇郁结,纵玉箸举馔,金炉泛香,云屏而每进绮罗,绣被而常眠珠翠,皆非所愿,如在桎(zhì)梏(gù)②。贤爪牙既有神术,何妨为脱狴(bì)③牢!所愿既申,虽死不悔。请为仆隶,愿侍光容。又不知郎君高意如何?"生愀(qiǎo)④然不语。磨勒曰:"娘子既坚确如是,此亦小事耳。"姬甚喜。磨勒请先为姬负其囊橐(tuó)⑤妆奁(lián)⑥,如此三复焉,然后曰:"恐迟明⑦。"遂负生与姬,而飞出峻垣十余重。一品家之守御,无有警者。遂归学院而匿之。及旦,一品家方觉,又见犬已毙,一品大骇曰:"我家门垣,从来邃密,扃锁甚严,势似飞腾,寂无形迹,此必侠士而挈之。无更声闻,徒为患祸耳。"

姬隐崔生家二岁。因花时,驾小车而游曲江,为一品家人潜志认,遂白一品。一品异之。召崔生而诘之事,惧而不敢隐,遂细言端由:皆因奴磨勒负荷而去。一品曰:"是姬大罪过!但郎君驱使逾年,即不能问是非,某须为天下人除害。"命甲士五十人,严持兵仗围崔生院,使擒磨勒。磨勒遂持匕首,飞出高垣,瞥若翅翎,疾同鹰隼,攒矢如雨,莫能中之;顷刻之间,不知所向。然崔家大惊愕。后一品悔惧,每夕,多以家童持剑戟自卫。如此周岁方止。

后十余年,崔家有人,见磨勒卖药于洛阳市,容颜如旧耳。

---

① 旄:饰有牛尾的旗帜。"拥旄"指拥有权力。
② 桎梏:囚禁。
③ 狴:狴犴(àn),龙之九子之一,守狱门。
④ 愀:悲伤。
⑤ 囊橐:袋子。《诗·大雅·公刘》:"乃裹糇粮,于橐于囊。"毛传:"小曰橐,大曰囊。"
⑥ 奁:首饰盒。
⑦ 恐迟明:怕太晚,天亮了。

自古仙侠出异域

《昆仑奴》写武艺高强的磨勒,在为崔生解决爱情难题时展现了种种神妙武功,现在看来也算是中国较早写武林高手的篇章之一。

《昆仑奴》这个故事流传深远,明代梁伯龙作《红绡杂剧》,与《红线女》并称《双红剧》。另梅禹金作有《昆仑奴杂剧》。这个故事最有意思的部分是引入了"异域风情"的元素,"昆仑奴"是来自东南亚地区的棕色皮肤的马来人。在唐代有很多外国人来到长安,充当各种杂役、仆人,甚至武士。唐代国力强盛,风气开明,陆路海路都对外敞开,商旅贸易往来密切,丝绸之路上各种商队频繁进出,宗教人士如印度僧人等大量来到长安,基督教、伊斯兰教也都传入中土,路途遥远的有罗马帝国、东非,不远不近的有中东、印度及南亚,近的有越南、泰国、菲律宾、日本、韩国等,一时都城长安成为世界上第一人口大城,各色人等悠然杂处。阅读唐传奇,是了解这个特殊时代各种生活、习俗和习惯的重要途径。

1994年,新加坡广播局与中国广东合作,改编拍摄了二十集电视连续剧《昆仑奴》,后在中国播出时改名为《大唐传奇》,故事大意是:"代代以采药为生的昆仑族人,为应付连年进贡,以致民不聊生,在中原道长无观的策划与鼓动下,群举反攻长安,却不幸败亡。少年磨勒从此流落中原……"原文中的"崔生"和"一品",都被删掉了,而"红绡"则被改成了磨勒的师姐。

《昆仑奴》写身为"千牛"的崔生受父命去探望生病的高官"一品"——据考证,可能是为唐代复国有功的大将军郭子仪。崔生长得漂亮,性情温和,言谈举止又优雅,因此郭子仪很喜欢他。那时,有三位穿着色彩缤纷的衣服的侍女正在剥樱桃,剥好之后还"沃以甘酪",穿红衣服的女子端了一碗做好的樱桃甘酪请崔生品尝。可见当时食物之讲究,看起来很像现在的西餐甜食。不过,当时的

"甘酪"跟现在的"干酪"不完全相同，恐怕是像炼乳一样浓稠的奶制品。然而，崔生年轻，见到异性有些羞怯，还不好意思吃。"一品"又命红衣女子用调羹舀了喂他吃。之后，故事的最重要部分开始浮现了：红衣女子送崔生出门，并且给他发了"密码"："妓立三指，又反三掌者，然后指胸前小镜子……"这里包含了三种信息，可是崔生一种也不明白。崔生回到家后，因为思念红衣女子，又破解不了女子发出的"密码"，而怏怏不乐，每天形容憔悴、无精打采的。这时，故事的真正主人公磨勒才出场。

大家阅读文言小说，也可以感受到叙事中各种技巧所展现出来的魅力。通常，我们说到一个主人公如磨勒时，不是急匆匆地立即把他写出来，而是先写一个次要的人物和次要的事情，再慢慢地带出故事的核心人物。这样，有轻重缓急，也有逐步推进。在这里我们可以看到，崔生已经是一个风姿绰约的美少年了，看起来也很聪明，可是他根本破解不了红衣女子的"密码"，只能发愁哀叹。而磨勒不仅武艺高强，还智慧超人，他一听崔生说了缘由，就说，嗨，小事一桩！公子怎么不早说呢？早说我就帮你解决了，省得你在这里愁肠百结，胡思乱想。听完磨勒的一番解释后，崔生恍然大悟。磨勒又说，"一品府"有猛犬看守，一般人根本无法靠近——"其警如神，其猛如虎，即曹州孟海之犬也"，这样的凶恶猛犬，"世间非老奴不能毙此犬耳"。吃完喝好，磨勒携链椎出门，一顿饭工夫就回来了，说已经把"曹州孟海之犬"击毙了。

接着，是对磨勒展现本事的简洁描写："是夜三更，与生衣青衣，遂负而逾十重垣，乃入歌妓院内，止第三门。"

在这里可以看到，磨勒的轻功多么高，他背着一个成年男子崔生翻越十重高墙，轻松地找到"歌妓院"内，停在第三院门外……等崔生、红衣女子说过话后，磨勒把红衣女子的各种衣物细软背出去，往返三趟，看看天要亮了，又把两人背在身上，"飞出峻垣十余重"。从此，红衣女子藏在崔生家里，过着幸福的日子。两年后，红衣女子去曲江看花，被"一品"家人发现并记认回报，"一品"把崔生找来责问，崔生害怕，把事情从头到尾招认出来，还说这都是磨勒干的。

"一品"虽然认为红衣女子有大过错，但很大度地说，既然跟了崔生很久了，就不再追问，但对于磨勒，却要"为天下人除害"。于是"一品"派了五十名甲士，前去崔生府上围捕磨勒。这时候，磨勒显示出更加高妙的轻功，他手执匕首"飞出高垣，瞥若翅翎，疾同鹰隼"，其轻盈敏捷程度，如同猛禽鹰隼一样。

故事写到这里是最紧张的部分，昆仑奴为成全崔生和红衣女子而遭到"一品"的追杀，不得不逃离长安，而"一品"得知五十甲士都无法捉住磨勒，也感到害怕，每天派很多卫兵守护自己，不敢懈怠。后来过了很久，人们在洛阳又看到了磨勒。这位异域奇人正在卖药，但他一点儿都没有衰老，还跟以前一样。

《昆仑奴》是唐传奇中写"剑侠"类最生动的作品之一，现在细细读来，仍觉得生动异常，而"昆仑奴"磨勒的形象真是呼之欲出。当时人们对来自异域的各种奇人珍物都十分好奇，各种植物、矿物的神奇药用功能，各种珍宝包括神奇的武器、仙草和骏马等，在唐代各种典籍上多有记载，在唐传奇里写得更多。美国著名汉学大家薛爱华写了一部研究唐朝物质文明的杰作《撒马尔罕的金桃：唐代舶来品研究》，专门写出现在中国唐代的各种神奇物品，其研究角度之特别、之新奇，令人敬仰。而"侠客"也是唐传奇中重要的题材。

最早的侠客故事，大概要算司马迁《史记》里的《游侠列传》了。其中写到的朱家、剧孟、郭解，都是一时侠士豪杰。而郭解后来"以德报怨"，又成为新派武侠小说中的经典台词。由此可见中国武侠源流的绵长与传承的久远。

大诗人杜甫的名篇《观公孙大娘弟子舞剑器行》写道："昔有佳人公孙氏，一舞剑器动四方。观者如山色沮丧，天地为之久低昂。"诗里写"一舞剑器动四方"的公孙大娘，形神兼备，气盖八方，后来新派武侠小说里剑气纵横的武林高手们的老前辈其实就在此。杜甫还在诗歌的"序"里说，有一位草书名家张旭，在邺县学习时，常看到公孙大娘舞"西河剑器"而有所感悟，书艺因此大长，遂为一代草书圣手。而张旭又是颜鲁公颜真卿曾经学习的前辈之一。这种不同技艺的相互影响，在中国古代文化中常常能看到。如观看高山流水有所感悟而作琴曲，观察鸟兽搏击而发展出各种武术招数。金庸在《笑傲江湖》里就写过江南四友中排名第三的秃笔翁，是用书法来演习武功的高手——他的书法武功虽然高明，却被令狐冲用更高超的独孤九剑所败。

从《史记·游侠列传》中记载的先秦各种侠士开始，"武侠"成为中国传奇、小说中的一个重要的题材，到明代以后的章回小说中，很多作品都写到了拥有高超武功的各类英雄好汉。《说唐全传》里手舞八百斤大锤的李元霸力气最大；《水浒传》里的神行太保戴宗跑得最快，浪里白条张顺水性最好；《三侠五义》里的锦毛鼠白玉堂轻功卓绝……如算上新派武侠小说，轻功第一名是古龙武侠小说《楚留香传奇》里的楚留香，他武功不算最高强，但跑得最快。但在唐传奇里轻功最好、跳得最高的，还是《昆仑奴》里的磨勒。

"昆仑奴"是来自东南亚的棕色皮肤的马来人，不是非洲黑人。著名小说家王小波在小说《立新街甲一号与昆仑奴》里，把磨勒误认为非洲黑奴，因此才有"一直跑回非洲去了"的句子。不过，王小波是一种黑色幽默的笔调，借古讽今，相互映衬，也似乎不必深究。

《昆仑奴》中写到磨勒背着崔生"而逾十重垣"，确实轻功厉害非常。这是表现磨勒轻功厉害的第一个细节。第二个细节是磨勒背负着崔生与红绡女两人（就算两人都很瘦，加起来怎么也得一百四五十斤）照样是"飞出峻垣十余重"。第三个细节描写磨勒轻功之高妙，是五十甲士围着崔生家要擒拿磨勒，而磨勒手执匕首飞出高墙，"瞥若翅翎，疾同鹰隼，攒矢如雨，莫能中之；顷刻之间，不知所向"。各种新派武侠小说中，也很少有人能与《昆仑奴》中磨勒的轻功相比。弓箭手"攒矢如雨"发箭射击，磨勒竟能毫发无损地飞走了——他不是"一直跑回非洲去了"，住在面包树上养儿育女，而是隐居在东都洛阳，混迹于街头卖艺人之间。这也是"大隐隐于市"吧。

王小波在《立新街甲一号与昆仑奴》里写了一今一古两个男人和两个女人，还有一个昆仑奴（黑人）。这个昆仑奴与唐传奇中的《昆仑奴》不完全相同——王小波小说里黑先生跑回非洲去了。在《昆仑奴》中，大帅郭子仪派几十个人来捉拿昆仑奴磨勒，磨勒怀着一把匕首，腾空而去，官兵射出的密集利箭都沾不到他衣服的边。郭子仪为此很后悔派人抓捕磨勒，得罪了这位会飞来飞去的高人，自己性命就很危险了。他听说捉拿磨勒失败，吓得在自己的宅院里多加护卫，整日惶惶不安——"后十余年，崔家有人，见磨勒卖药于洛阳市，容颜如旧耳"。这是唐传奇的结尾，那位飞檐走壁的磨勒，仍然优哉游哉地在中国洛阳卖药，而且"容颜如旧耳"。

王小波有自己的理想，他要把这样的现实当成一个有趣的叙事背景，故意淡化处理"文革"，王二和小胡这两个"文革"幸存者凑在一起为了继续生存而努力。王二梦中有一个"绝代佳人"计划，小胡则有一个"白马王子"计划。王小波不打算受历史大事件的羁绊，不愿跟那个时代的虚假道德伦理沾边，不愿意跟现实世界发生直接关系，于是他就跟唐代历史发生了关系——也不是什么"正经"历史，而是虚构出来的冬天卖狗肉汤、夏天卖阳春面的小摊贩王二和一个来自东非大草原的昆仑奴，他们的友情，最终导致小摊贩王二跟一个绝代佳人有机会"夜奔"到外乡去做豆腐。

"夜奔"，是古代传奇故事里的经典母题。《史记·司马相如列传》里的司马相如和卓文君大概是"夜奔"的鼻祖——富二代卓文君寡居在家，有一次听到落魄文人司马相如演奏古琴，而相互知音，一天夜里相约一起跑了——从邛崃跑到成都去摆摊当小贩，这件雅事后来又被称为"当垆卖酒"。

古人的故事，还是要比当今生活有趣得多、浪漫得多。司马相如这样的大才子，为了心中佳人，不惜做无证摊贩，在成都街头摆小摊。司马相如光着上身，只穿着一条布条短裤（裩裤）做烧酒，而美艳的富家女卓文君，则亲自做老板娘卖酒切肉，这才是真正的浪漫的事嘛。

后来又有唐传奇《虬髯客》中巨眼英雄红拂女一眼看出青年俊才李靖未来将成为大人物，而漏夜前来找他一起夜奔的惊人故事。李靖果然成为唐太宗手下的开国功臣，位极人臣，被载入凌烟阁之列。而慧眼识人又具有行动力的红拂女，在各种演义中，也变成了令人钦佩的智慧与美貌共存的奇女子。香港新派武侠大师黄易先生在《大唐双龙传》里，还把红拂女写成了绝代高手。

在王小波的小说里，现实中的王二和小胡为了得到一间遮风避雨的房子，放弃了各自绝密的"白马王子"与"绝代佳人"计划，而凑合到一起，竟然觉得也不错。可怕而诡秘的现实，总让人内心崩溃。

把历史事件、传奇小说和现代事件糅合在一起，这是王小波小说的魅力之一。如果缺乏王小波那种特殊的自嘲、谐趣、幽默，把这些事情放在一起，就可能适得其反了。

读唐传奇，能有王小波这样的成果，倒也不错。

红线①

唐潞州节度使薛嵩家青衣红线者善弹阮咸②，又通经史，嵩乃俾（bǐ）③掌其笺表，号曰内记室。时军中大宴，红线谓嵩曰："羯（jié）鼓之声，颇甚悲切，其击者必有事也。"嵩素晓音律，曰："如汝所言。"乃召而问之，云："某妻昨夜身亡，不敢求假。"嵩遽放归。

是时至德④之后，两河⑤未宁，以洺（gàn）阳为镇，命嵩固守，控压山东。杀伤之余，军府草创。朝廷命嵩遣女嫁魏博节度使田承嗣男，又遣嵩男娶滑毫（bó）节度使令狐章女，三镇交为姻娅，使使日浃⑥往来。而田承嗣常患肺气，遇热增剧。每曰："我若移镇山东，纳其凉冷，可以延数年之命。"乃募军中武勇十倍者，得三千人，号"外宅男"，而厚其恤养，常令三百人夜直州宅。卜选良日，将并潞州。嵩闻之，日夜忧闷，咄咄自语，计无所出。

时夜漏将传，辕门已闭。杖策庭际，唯红线从焉。红线曰："主自一月，不遑（huáng）寝食，意有所属，岂非邻境乎？"嵩曰："事系安危，非尔能料。"红线曰："某诚贱品，亦能解主忧者。"嵩闻其语异，乃曰："我知汝是异人，我暗昧⑦也。"遂具告其事曰："我承祖父遗业，受国家重恩，一旦失其疆土，即数

---

① 《太平广记》卷一百九十五·豪侠三，注出袁郊《甘泽谣》。本文据中华书局《太平广记》校录。
② 阮咸：原指西晋"竹林七贤"之一，著名诗人阮籍的侄子，擅长演奏一种拨弦乐器。后来，这种乐器也被称为"阮咸"。
③ 俾：使。
④ 至德：唐肃宗李亨年号，公元756—758年。此间正值"安史之乱"。
⑤ 两河："安史之乱"后，"两河"指河南、河北二道。
⑥ 浃：天干地支组合的时间循环一周。"日浃往来"，意思是定期往来。
⑦ 暗昧：愚昧，无知。

百年勋伐尽矣。"红线曰："此易与尔，不足劳主忧焉。暂放某一到魏城，观其形势，觇（chān）①其有无。今一更首途，三更可以复命。请先定一走马使，具寒暄书，其他即待某却回也。"嵩曰："然事或不济，反速其祸，又如之何？"红线曰："某之此行，无不济也。"乃入闱（wéi）②房，饬（chì）③其行具。乃梳乌蛮髻④，贯金雀钗，衣紫绣短袍，系青丝轻履，胸前佩龙文匕首，额上书"太一"⑤神名，再拜而行，倏忽不见。

嵩乃返身闭户，背烛危坐⑥。常时饮酒，不过数合，是夕举觞，十余不醉。忽闻晓角吟风，一叶坠露，惊而起问，即红线回矣。嵩喜而慰劳曰："事谐否？"红线曰："不敢辱命。"又问曰："无伤杀否？"曰："不至是，但取床头金合为信耳。"红线曰："某子夜前二刻，即达魏城，凡历数门，遂及寝所。闻外宅儿止于房廊，睡声雷动；见中军士卒，徒步于庭，传叫风生。乃发其左扉，抵其寝帐，见亲家翁止于帐内，鼓跃酣眠，头枕文犀，髻包黄縠，枕前露一星剑，剑前仰开一金合，合内书生身甲子，与北斗神名，复以名香美珠，散覆其上。然则扬威玉帐，坦其心豁于生前；熟寝兰堂，不觉命悬于手下。宁劳擒纵，只益伤嗟。时则蜡炬烟微，炉香烬委，侍人四布，兵器交罗：或头触屏风，鼾而軃（duǒ）⑦者；或手持巾拂，寝而伸者。某乃拔其簪珥，縻其襦裳，如病如昏，皆不能寤。遂持金合以归。出魏城西门，将行二百里，见铜台高揭，漳水东流，晨鸡动野，斜月在林。忿往喜还，顿忘于行役；感知酬德，聊副于依归。所以当夜漏三时，往返七百里；入危邦一道，经过

---

① 觇：窥视。
② 闱：闺闱。
③ 饬：整顿。
④ 乌蛮髻：《苗俗纪闻》记载："妇人髻高一尺，婀娜及额，类叠而锐，倘所谓乌蛮耶。"
⑤ 太一：天神名。汉代朝廷崇拜的主神、天帝。起初由汉武帝开始祭祀。
⑥ 危坐：端坐。
⑦ 軃：下垂的样子。

五六城；冀减主忧，敢言其苦！"

嵩乃发使入魏，遗田承嗣书曰："昨夜有客从魏中来云，自元帅床头获一金合，不敢留驻，谨却封纳。"专使星驰，夜半方到。见搜捕金合，一军忧疑。使者以马箠（chuí）①挝扣门，非时请见。承嗣遽出，使者乃以金合授之。捧承之时，惊怛绝倒。遂留使者，止于宅中，狎以宴私，多其赐赉（lài）②。明日，专遣使赍（jī）帛三万匹，名马二百匹，杂珍异等，以献于嵩曰："某之首领，系在恩私。便宜知过自新，不复更贻伊戚。专膺指使，敢议亲姻。彼当奉毂后车，来在麾鞭前马。所置纪纲外宅儿者，本防他盗，亦非异图。今并脱其甲裳，放归田亩矣。"由是一两月内，河北河南信使交至。

忽一日，红线辞去。嵩曰："汝生我家，今欲安往？又方赖于汝，岂可议行？"红线曰："某前世本男子，游学江湖间，读神农药书，而救世人灾患。时里有孕妇，忽患蛊症，某以芫花酒下之，妇人与腹中二子俱毙，是某一举杀其三人。阴力见诛，降为女子，使身居贱隶，气禀凡俚。幸生于公家，今十九年矣，身厌罗绮，口穷甘鲜，宠待有加，荣亦甚矣。况国家建极，庆且无疆，此即违天，理当尽殛。昨往魏邦，以是报恩。今两地保其城池，万人全其性命，使乱臣知惧，烈士谋安，在某一妇人，功亦不小。固可赎其前罪，还其本形，便当遁迹尘中，栖心物外，澄清一气，生死长存。"嵩曰："不然，以千金为居山之所。"红线曰："事关来世，安可预谋。"嵩知不可留，乃广为饯别，悉集宾友，夜宴中堂。嵩以歌送红线酒，请座客冷朝阳为词。词曰："采菱歌怨木兰舟，送客魂消百尺楼。还似洛妃乘雾去，碧天无际水空流。"歌竟，嵩不胜其悲。红线拜且泣，因伪醉离席，遂亡所在。

---

① 箠：马鞭。
② 赉：赠送，赐予。

神奇女侠，来去无踪

《红线》也是唐传奇中的著名作品，塑造了一个奇女子"红线"的生动形象，她以一己之力，消弭了一场藩镇之间即将爆发的大战，数万人的生命得以保全。

"红线"是一个虚构的人物。她前生是一个医生，因为用药不当，"时里有孕妇，忽患蛊症，某以芫花酒下之，妇人与腹中二子俱毙，是某一举杀其三人"。因"阴力见诛，降为女子，使身居贱隶，气禀凡俚"，转世投生作为潞州节度使薛嵩的"青衣"。红线自己对潞州节度使薛嵩说："幸生于公家，今十九年矣，身厌罗绮，口穷甘鲜，宠待有加，荣亦甚矣。"红线精通音律，但不知道什么时候练成绝世轻功的，这跟一个神秘女尼掳走聂隐娘，潜心训练了五年之久的情形不同。因为前世有罪，转世为女身的历史，红线并不嗜好杀戮，而是一个和平主义者。她虽然轻功绝妙，武功高超，能够随随便便潜入势力炎天、数百亲兵重重保卫的魏博节度使田承嗣的密室，却不动杀机，不下杀手。这是红线与聂隐娘的不同之处——后者是千里之外取人首级如探囊取物的高手，而且神色不为所动。

红线精通音律，善于演奏阮咸——一种拨弦乐器。薛嵩军中大宴，她听一个老兵敲鼓，就对薛嵩说："羯鼓之声，颇甚悲切，其击者必有事也。"以音乐的表现来识读演奏者的内心，这是古代对精通音律者的褒奖。不过作者并没有在后面再运用"音乐"这个线索，而是一带而过。

红线不仅精通音律，轻功也十分了得，不下于磨勒，也可能跟聂隐娘一样，懂得御剑飞行，"所以当夜漏三时，往返七百里；入危邦一道，经过五六城"。其行走速度之快，令人难以想象。在这篇作品里，作者袁郊非常细致地描写了红线的样子："乃梳乌蛮髻，贯金雀钗，衣紫绣短袍，系青丝轻履，胸前佩龙文匕首，额上书'太一'神名,再拜而行,倏忽不见。"这是文学作品中对唐代英姿飒爽女子的细致描写,一想而可见的穿戴。在这样精致穿戴之后,红线"再拜而行,倏忽不见"。

传奇中的潞州节度使薛嵩的形象不是很高大,看着姻亲联结的强大的魏博节度使田承嗣在军中招募三千勇士准备吞并山东时,薛嵩日夜忧惧,却无计可施。然而,历史上的薛嵩却大大有名,他不是庸庸碌碌之辈,更不是患得患失、进退失据的废物。薛嵩是山西绛州万泉人,祖父右威卫大将军薛仁贵是唐太宗征辽东时投军的勇将,也是高宗十分倚重的大将,其父薛怀玉是玄宗时期的范阳节度使。《旧唐书》卷一百二十四·列传第七十四说他:"少以门荫,落拓不事家产,有膂力,善骑射,不知书。"可见是个典型的官二代、将二代。薛嵩不仅不学好,还学了坏,在"安史之乱"时投贼,曾为史朝义守相州。唐大将仆固怀恩进攻河朔,薛嵩开城出降,得到仆固怀恩的宽待,令他继续守卫相州。

《旧唐书》卷一百二十四·列传第七十四又说:"时怀恩二心已萌。怀恩平河朔旋,乃奏嵩及田承嗣、张忠志、李怀仙分理河北道;诏遂以嵩为相州刺史,充相、卫、洺、邢等州节度观察使,承嗣镇魏州,忠志镇恒州,怀仙镇幽州,各据数州之地。时多事之后,姑欲安人,遂以重寄委嵩。嵩感恩奉职,数年间,管内粗理,累迁检校右仆射。大历八年正月卒。"

由以上所载,可以看到薛嵩虽然不爱读书,却是一个能人,"感恩奉职,数年间,管内粗理"。同时,他的命运也非常好。作为一个"反贼",他不仅没有惹上满门抄斩之祸,却被拜为节度使,并且被载入有大功勋的"凌烟阁"中。他的祖父薛仁贵是唐朝名将,一生戎马倥偬,南征北战,却不过是一个右威卫大将军而已,最终也没能进入凌烟阁。

著名的说书作品《薛家将》三部曲中最后一部《薛刚反唐》里的"薛刚",就是以薛嵩为原型的。

而在这篇传奇中,薛嵩虽然是潞州节度使,还跟魏博节度使田承嗣联姻了,却对田承嗣和他的强大军力无计可施。当时军力最强盛的藩镇是魏博。魏博节度使田承嗣素有野心，不顾姻亲之谊，而以自己患肺病、遇热就会恶化为借口，强横表示"我若移镇山东，纳其凉冷，可以延数年之命"。如果薛嵩策略不当，强行起兵抗衡，曾被战火焚烧、刚刚和平不久的"河北道"，可能又要陷入无情的战乱之中。在这种时候，怎样才能四两拨千斤，巧妙地扭转乾坤，就是摆在薛嵩面前的一个主要问题了。

好在，薛嵩家里有红线这样杰出的仙侠人才。

这篇传奇，在写法上很巧妙，人物视角的转换也非常合理。红线"再拜而行，倏忽不见"后，所发生的那一切惊心动魄的事情，作者都是通过红线之口向薛嵩说出来的，而非采用全知全能的视角，跟着红线到处跑。既然红线"当夜漏三时，往返七百里；入危邦一道，经过五六城"，要用语言跟着她跑，确实非常累，而且效果不一定好。通过红线的"倒叙"方式，重新放映，这样就简明扼要、纲举目张地把这个故事"放大"了，形象地呈现在读者面前。在田承嗣严防死守的重重守卫中，红线却可以轻而易举地进入田承嗣熟睡的内室，仔细观察他的睡态，"见亲家翁止于帐内，鼓跌酣眠，头枕文犀，髻包黄縠，枕前露一星剑，剑前仰开一金合，合内书生身甲子，与北斗神名，复以名香美珠，散覆其上"。然后，红线把田承嗣枕旁的"金合"带回来，交给了薛嵩。薛嵩也非常机智，立即派特使带着这个"金合"星夜驰往魏都，把这件事情前因后果合上了，从而造成了惊人的震慑效果："使者以马箠挝扣门，非时请见。承嗣遽出，使者乃以金合授之。捧承之时，惊怛绝倒。"这让田承嗣明白，薛嵩手下有高人可以夜行千里，取中军头颅如探囊取物。然而，薛嵩并不下杀戮令，而是宽大为怀。这种和平的策略，反而具有相当大的"怀柔"效果，一场惊天动地的大战，轻松地消弭于高手的一往一来之中。

当代著名小说家王小波据唐传奇《红线》创作了长篇小说《万寿寺》，其中有很多非常有意思的新思考。

郭代公①

代国公郭元振，开元中下第②，自晋之汾，夜行阴晦失道，久而绝远有灯火之光，以为人居也，迳（jìng）往投之。八九里有宅，门宇甚峻。既入门，廊下及堂下灯烛辉煌，牢馔罗列，若嫁女之家，而悄无人。公系马西廊前，历阶而升，徘徊堂上，不知其何处也。俄闻堂中东阁有女子哭声，呜咽不已。公问曰："堂中泣者，人耶，鬼耶？何陈设如此，无人而独泣？"曰："妾此乡之祠，有乌将军者，能祸福③人，每岁求偶于乡人，乡人必择处女之美者而嫁焉。妾虽陋拙，父利乡人之五百缗，潜以应选。今夕，乡人之女并为游宴者，到是，醉妾此室，共锁而去，以适于将军者也。今父母弃之，就死而已，惴惴哀惧。君诚人耶，能相救免，毕身为除扫之妇，以奉指使。"公大愤曰："其来当何时？"曰："二更。"公曰："吾忝（tiǎn）为大丈夫也，必力救之。如不得，当杀身以徇汝，终不使汝枉死于淫鬼之手也。"女泣少止。于是坐于西阶上，移其马于堂北，令一仆侍立于前，若为宾而待之。

未几，火光照耀，车马骈（pián）阗（tián）④，二紫衣吏入而复走出，曰："相公在此。"逡巡，二黄衣吏入而出，亦曰："相公在此。"公私心独喜："吾当为宰相，必胜此鬼矣。"既而将军渐下，导吏复告之。将军曰："入。"有戈剑弓矢翼

---

① 《太平广记》未收录。《逸史搜奇》题作《郭元振》，《说郛》题作《郭代公》，《艳异编》题作《乌将军记》。本文据程毅中先生中华书局版《玄怪录·续玄怪录》校录。程毅中先生收入《玄怪录》，作者牛僧孺。
② 下第：落榜。
③ 祸福：为祸赐福。
④ 骈阗：聚集。

引①以入,即东阶下,公使仆前曰:"郭秀才见。"遂行揖。将军曰:"秀才安得到此?"曰:"闻将军今夕嘉礼,愿为小相耳。"将军者喜而延坐,与对食,言笑极欢。公囊中有利刀,思取刺之,乃问曰:"将军曾食鹿腊乎?"曰:"此地难遇。"公曰:"某有少须珍者,得自御厨,愿削以献。"将军者大悦。公乃起,取鹿腊并小刀,因削之,置一小器,令自取。将军喜,引手取之,不疑其他。公伺其无机,乃投其脯,捉其腕而断之。将军失声而走,导从之吏,一时惊散。公执其手,脱衣缠之,令仆夫出望之,寂无所见,乃启门谓泣者曰:"将军之腕已在于此矣。寻其血踪,死亦不久。汝既获免,可出就食。"泣者乃出,年可十七八,而甚佳丽,拜于公前,曰:"誓为仆妾。"公勉谕焉。天方曙,开视其手,则猪蹄也。

俄闻哭泣之声渐近,乃女之父母兄弟及乡中耆老,相与舁②榇(chèn)③而来,将收其尸以备殡殓。见公及女,乃生人也。咸惊以问之,公具告焉。乡老共怒残其神,曰:"乌将军,此乡镇神,乡人奉之久矣,岁配以女,才无他虞。此礼少迟,即风雨雷雹为虐。奈何失路之客,而伤我明神,致暴于人,此乡何负?当杀公以祭乌将军,不尔,亦缚送本县。"挥少年将令执公。公谕④之曰:"尔徒老于年,未老于事⑤。我天下之达理者,尔众听吾言。夫神,承天而为镇也,不若诸侯受命于天子而疆理⑥天下乎?"曰:"然。"公曰:"使诸侯渔色于中国,天子不怒乎?残虐于人,天子不伐乎?诚使尔呼将军者,真神明也,神固无猪蹄,天岂使淫妖之兽乎?且淫妖之兽,天地之罪畜也,吾执正以诛之,岂不可乎!尔曹⑦无正人,使尔少女年年横死于妖畜,积罪动天。安知天不使吾雪焉?从吾言,当为

---

① 翼引:两列如翼状。
② 舁:抬。
③ 榇:棺材。
④ 谕:劝谕。
⑤ 徒老于年,未老于事:年老,却不懂事。
⑥ 疆理:管理。
⑦ 尔曹:你们。

尔除之，永无聘礼之患，如何？"乡人悟而喜曰："愿从命。"

乃令数百人，执弓矢刀枪锹（qiāo）钁（jué）①之属，环而自随，寻血而行。才二十里，血入大冢穴中，因围而斸（zhǔ）②之，应手渐大如瓮口，公令束薪燃火投入照之。其中若大室，见一大猪，无前左蹄，血卧其地，突烟走出，毙于围中。

乡人翻共相庆，会钱以酬公。公不受，曰："吾为人除害，非鬻猎者。"得免之女辞其父母亲族曰："多幸为人，托质血属，闺闱未出，固无可杀之罪。今者贪钱五十万，以嫁妖兽，忍锁而去，岂人所宜！若非郭公之仁勇，宁有今日？是妾死于父母而生于郭公也。请从郭公，不复以旧乡为念矣。"泣拜而从公，公多歧援谕止之，不获，遂纳为侧室，生子数人。

公之贵也，皆任大官之位。事已前定，虽生远地而弃焉，鬼神终不能害，明矣。

自古英雄出少年

《郭代公》是著名的英雄传奇，但该故事与真实的唐代大将郭代公本人并没有直接关系。据学者考证，《西游记》中的猪八戒形象可追溯到本文里的野猪精"乌将军"。

唐传奇是元明清很多戏曲或章回小说的母本，如《南柯太守传》等被明代大戏曲家汤显祖改成《南柯梦》等著名的"临川四梦"。章回小说如《西游记》等也取用或改写自唐传奇，再加敷衍，遂繁播于后世。

猪八戒这个人物形象，已大大增编了本传奇的原有故事，加上了更多的有趣

---

① 锹钁：铁锹、锄头。
② 斸：砍。

细节。天蓬元帅因醉酒对嫦娥说了几句疯话，得罪了玉皇大帝，被罚堕落人间。天蓬元帅是大路痴，投胎这等大事都会因走错路而托生于猪圈。后来他长成了猪妖，凭法力和妖术硬当上了高老庄庄主的女婿，一时好不惬意。猪八戒本心却比乌将军善良，对高小姐也情真意切，他在护送唐僧西去的路途中，动辄就说要散伙回高老庄去找高小姐。本传奇里的乌将军却是一个害人精，他每年都要村民贡献一个美貌处女来"成亲"，但少女最终总是被他残害致死。害人的就是真妖精，必须有英雄好汉出现来除暴安良，英雄救美。

少侠郭元振的英雄侠义行为，也如同护送唐僧西行的孙悟空收服猪八戒一样。孙悟空设计变成高小姐而收服猪妖，猪八戒不得已遂拜唐僧为师，尊孙悟空为师兄，含泪拜别高小姐挑担西去。虽然猪八戒好吃懒做，形象不佳，但他算得上是一个有情有义之人，即使是西去取经途中，也常常想开小差回高老庄去和高小姐聚会。

郭元振在开元中考试落榜，从晋州去汾州途中，夜行迷路，偶尔见到一处灯火通明，以为是人居，进去一看，发现空无一人，气氛古怪：灯火辉煌，菜肴琳琅，像是村民嫁女情景。正疑惑不解，他听到东边的房里有少女哭泣声。我们看，深夜、空宅、哭声，这气氛很古怪了，是讲鬼故事的好题目，但这里不是讲鬼故事，而是讲英雄传奇。少年英雄郭元振听到古怪哭声一点儿都不怕，可见很胆大，还问哭泣者是人是鬼。哭泣少女答道，本乡祠祭祀的乌将军法术高明，能让人得福或遭灾。他每年都要求偶，命村人选美丽的处女献出来，在每年的这一天夜里成亲。她的父亲贪图村人的五百缗（五十万）钱，就悄悄把女儿卖了。今晚村中女伴假装和她一起游玩到这里，把她灌醉并锁进房里。她酒醒之后，发现自己被关在祠庙了，知道自己被出卖了。这真是令人震惊的背叛和出卖！少女一人独处，面临可怕处境，又惊又怕又绝望。她的父亲因贪财而无情地置她于死地，此时此刻她无依无靠只能等死。少女惊惧哭泣时遇到了郭元振，她说，如果英雄您救我，今后我一生都服侍你。

郭元振是少年英雄，行侠仗义，不为个人利益而为大义救人，他根本不会要少女报恩。郭元振说，我堂堂男儿，一定设法救你。如救不了你，我会以死殉你，绝不独自一人逃生，让你枉死淫鬼之手！如此的英雄侠气，令人想望之下，悠然崇拜。

唐传奇众多作品中，《郭代公》这篇以生动的笔墨写出鲜活的少年英雄形象，对后世具有深远的影响。郭元振不仅胆略过人，智慧超群，还具有极其敏锐的思辨能力，在遭到愚昧村民围攻时，能够冷静应对，以绵密的推理说服了愚顽的村人，并带领这些幡然醒悟的村人一起去寻找野猪精，把已经负了重伤的野猪精剿灭。

代国公郭元振在史上确有其人，是唐代名将。《旧唐书》里说他十八岁即举进士，授通泉尉。年轻时的郭元振"任侠使气，不以细务介意，前后掠卖所部千余人，以遗宾客，百姓苦之"。郭元振贩卖人口，干了不少坏事，让百姓憎恨。但他又确实有雄才大略，对敌战争胜多败少。武则天听到他的事迹，特意召见，交谈之下大为赞赏。那时吐蕃正好前来议和，武则天派他做特使去吐蕃进行外交活动，也取得了很大的成功。《旧唐书》又说："大足元年，迁凉州都督、陇右诸军州大使。……元振风神伟壮，而善于抚御，在凉州五年，夷夏畏慕，令行禁止，牛羊被野，路不拾遗。"能做到令行禁止、路不拾遗，可见郭元振当时就是一个传奇人物。《广卓异记》《册府元龟》《尧山堂外纪》等都写过有关他的传说，大诗人杜甫还写过一首五言古体诗《过郭代公故宅》，吟咏郭元振的事迹。诗云："迥出名臣上，丹青照台阁。"郭元振有大功勋并配飨玄宗庙，享受了非常尊贵的待遇。

借用著名人物之名来演绎一个神怪故事，是唐传奇的惯用手法，以表示这些事情都是真实发生的，试图让传奇故事和现实对接起来，具有更大的说服力。

这个故事有几个重要的细节需要好好理解。第一个是少女的父亲贪图钱财把女儿出卖送死，这让少女感到绝望。第二个是愚昧村人得知郭元振杀伤乌将军后，不仅不表示感谢，反而硬说乌将军是村里的"明神"，而郭元振伤害了"上神"，罪该万死。村人敬奉乌将军，每年都需以美少女牺牲侍奉，稍有迟缓即会刮风下冰雹。可见村民长期被野猪精的暴虐行为所慑服，不敢稍有违抗，只会顺其恶旨助纣为虐，并将此当成了习惯和荣耀。心理学有个术语"斯德哥尔摩综合征"，指的是人质被劫匪劫持后在恐惧中生存，丧失了一切的权利，失去了基本的判断力；劫匪剥夺了人质的任何正当权利，动辄杀戮，万一对哪一个人"不伤害"，这个人质还会产生感激之情。这里的村民因害怕邪魔刮风下雨，而把一个残暴的妖怪奉为神明，每年都心甘情愿送上一个无辜少女去牺牲，其所有的目的只是祈求不遭到更多的迫害，却从来没有想到要反思，要反抗这种暴政。这是愚民被暴政洗脑之后常有的奴才行为，真正的英雄还会遭到愚民的戕害。这在历史上屡见不鲜。第三个细节是郭元振对村民的晓之以理，告诉他们天神是只会造福人类，而不会残害少女的；那些只会伤害黎民百姓的所谓乌将军只可能是妖怪。这样反复说理，村民们才恍然大悟，摆脱了原有思维习惯的控制，抄起各种农具当武器，一起去寻找并剿灭野猪精。其实，他们所害怕的、敬奉的乌将军，只是一个被郭元振断了一只蹄子的野猪精，躺在血泊里奄奄一息，根本没有什么可怕的。第四个细节是少女获救之后，决心离开父母追随少年英雄。她痛斥父亲：你贪图五十万钱，把我嫁给妖兽，还狠心锁门离去。这种行为，是人能做出来的吗？！作为一个父亲，不是要保护自己的孩子，让自己的孩子不受伤害的吗？你这样做，早已经断绝了我们的父女情分，对我毫无恩义了。如果不是郭英雄仁慈勇敢智斗野猪精，我还能活下来吗？我，作为一个人，早已死于父母之手，后来只是被郭先生救活了。我决心已定，今生今世跟随郭英雄，再也不回来了！一席话掷地有声，应该让天下所有父母好好地听听。

这里没有写少女父母的反应，他们应该感到惭愧羞赧。一个父亲为了五百缗而卖掉女儿，这已经是邪恶了。即使是亲生父母，也无法获得少女的原谅。如此爱憎分明的情节，是唐传奇的伟大特色，是宋代以降程朱理学占据主流，臣死忠、子死孝的僵化思想下的作品所无法具有的独特气质。明代和清代的文言作品，也大多缺乏这种宽厚恢宏的气度。向往唐朝，就要向往这种大度的胸襟、自由的精神。

这篇作品用词精练简约，故事复杂多变，论说合情合理，值得我们反复阅读，细细体味其中的妙处。

问题

1. 郭代公为何拒绝少女追随的要求？

2. 你怎么看待少女对父母的怒斥？这其中暗含着怎样的道德观念？

虬髯客①

　　隋炀帝之幸江都也，命司空杨素守西京。素骄贵，又以时乱，天下之权重望崇者，莫我若也，奢贵自奉，礼异人臣。每公卿入言，宾客上谒，未尝不踞（jù）②床而见，令美人捧出。侍婢罗列，颇僭于上。末年益甚，无复知所负荷，有扶危持颠之心。

　　一日，卫公李靖以布衣来谒，献奇策，素亦踞见之。靖前揖曰："天下方乱，英雄竞起。公为帝室重臣，须以收罗豪杰为心，不宜踞见宾客。"素敛容而起，与语大悦，收其策而退。当靖之骋辩也，一妓有殊色，执红拂，立于前，独目靖。靖既去，而拂妓临轩，指吏问曰："去者处士第几？住何处？"吏具以对。妓颔（hàn）③而去。靖④归逆旅⑤，其夜五更初，忽闻叩门而声低者，靖起问焉。乃紫衣戴帽人，杖揭一囊。靖问谁。曰："妾杨家之红拂妓也。"靖遽延入。脱衣去帽，乃十八九佳丽人也，素面华衣而拜。靖惊，答曰："妾侍杨司空久，阅天下之人多矣，未有如公者。丝萝非独生，愿托乔木，故来奔耳。"靖曰："杨司空权重京师，如何？"曰："彼尸居余气，不足畏也。诸妓知其无成，去者众矣，

---

① 《太平广记》卷一百九十三·豪侠一，注出《虬髯传》。宋代洪迈《容斋随笔》称有唐杜光庭《虬须客》，道家典籍《道藏》收录杜光庭《神仙感遇传》，其中有《虬须客》，但文本不同，今天看到的传奇《虬髯客》，应该是在杜光庭《虬须客》基础上修饰过了的文本。汪辟疆先生《唐人小说》中选入的《虬髯客传》，是据明代《顾氏文房小说》辑录的，与《太平广记》辑录的文本，文字略有不同。本文据中华书局《太平广记》校录。
② 踞：伸开腿坐。这种坐姿十分傲慢、随便。
③ 颔：点头。
④ 靖：《太平广记》本均使用"靖"，而明代《顾氏文房小说》本均作"公"，概明代用尊称称呼李靖。
⑤ 逆旅：旅店。

彼亦不甚逐也。计之详矣，幸无疑焉。"问其姓，曰："张。"问伯仲之次，曰："最长。"观其肌肤仪状，言词气性，真天人也。靖不自意获之，愈喜惧，瞬息万虑不安，而窥户者足无停屦（jù）①。既数日，闻追访之声，意亦非峻，乃雄服乘马，排闼（tà）②而去，将归太原。

行次灵石旅舍，既设床③，炉中烹肉且熟，张氏以发长委地，立梳床前，靖方刷马。忽有一人，中形，赤髯而虬，乘蹇（jiǎn）④驴而来，投革囊于炉前，取枕欹卧，看张氏梳头。靖怒甚，未决，犹刷马。张氏熟视其面，一手握发，一手映身摇示，令勿怒。急急梳头毕，敛袂（mèi）⑤前问其姓。卧客曰："姓张。"对曰："妾亦姓张，合是妹。"遽拜之。问第几。曰："第三。"问妹第几。曰："最长。"遂喜曰："今日多幸，遇一妹。"张氏遥呼曰："李郎且来拜三兄！"公骤拜，遂环坐，曰："煮者何肉？"曰："羊肉，计已熟矣。"客曰："饥甚。"靖出市买胡饼，客抽匕首，切肉共食。食竟，余肉乱切炉⑥前食之，甚速。客曰："观李郎之行，贫士也，何以致斯异人？"曰："靖虽贫，亦有心者焉。他人见问，故不言。兄之问，则无隐矣。"具言其由。曰："然则何之？"曰："将避地太原耳。"客曰："然吾故非君所能致也。"曰："有酒乎？"靖曰："主人西则酒肆也。"靖取酒一斗。酒既巡，客曰："吾有少下酒物，李郎能同之乎？"靖曰："不敢。"于是开华囊，取出一人头并心肝，却收头囊中，以匕首切心肝共食之。曰："此人乃天下负心者心也。衔之十年，今始获，吾憾释矣。"又曰："观李郎仪形器宇，真丈夫，亦知太原之异人乎？"曰："尝见一人，愚谓之真人，其余将相而已。""其人何姓？"曰："同姓。"曰："年几？"曰："近二十。""今何为？"

---

① 屦：鞋子。《说文解字》："屦，履也。"
② 排闼：推门。闼：门。
③ 设床：设宴。
④ 蹇：跛足。
⑤ 敛袂：整理衣袖，表示敬服。敛：收起。袂：衣袖。
⑥ 炉：汪辟疆先生《唐人小说》，据明代《顾氏文房小说》写作"驴"。

曰："州将之爱子也。"曰："似矣，亦须见之。李郎能致吾一见否？"曰："靖之友刘文静者与之狎，因文静见之可也。兄欲何为？"曰："望气者言太原有奇气，使吾访之。李郎明发①，何日到太原？"靖计之，某日当到。曰："达之明日②方曙③，我于汾阳桥待耳。"讫，乘驴而其行若飞，回顾已远。靖与张氏且惊惧，久之曰："烈士④不欺人，固无畏。"但速鞭而行。

及期，入太原。候之相见，大喜，偕诣刘氏。诈谓文静曰："有善相者思见郎君，请迎之。"⑤文静素奇其人，方议论匡辅，一旦闻客有知人者，其心可知，遽致酒延焉。既而太宗至，不衫不履，裼裘而来，神气扬扬，貌与常异。虬髯默居坐末，见之心死。饮数巡，起招靖曰："真天子也！"靖以告刘，刘益喜自负。既出，而虬髯曰："吾见之，十八九定矣，亦须道兄见之。李郎宜与一妹复入京。某日午时，访我于'马行东'酒楼下。下有此驴及一瘦骡，即我与道兄俱在其所也。"

公到，即见二乘，揽衣登楼，即虬髯与一道士方对饮，见靖惊喜，召坐。环饮十数巡，曰："楼下柜中有钱十万，择一深隐处，驻一妹毕，某日复会我于汾阳桥。"如期登楼，道士虬髯已先坐矣。共谒文静。时方弈棋，揖起而语心焉。文静飞书迎文皇看棋。道士对弈，虬髯与靖傍立为侍者。俄而文皇来，长揖而坐，神清气朗，满坐风生，顾盼炜如也。道士一见惨然，下棋子曰："此局输矣！输矣！于此失却局，奇哉！救无路矣，知复奚言！"罢弈请去。既出，谓虬髯曰："此世界非公世界也，他方可图。勉之，勿以为念。"因共入京。虬髯曰："计李郎之程，某日方到。到之明日，可与一妹同诣某坊曲小宅，媿

---

① 发：出发。
② 明日：第二天。
③ 方曙：天刚亮的时候，指"一早"。曙：曙光。
④ 烈士：英雄，有胆识的人。
⑤ 此句《太平广记》本作"以善相思见郎君，迎之"。本文采用汪辟疆《唐人小说》，即明代《顾氏文房小说》本的句子，以便使读者更容易理解。

（kuì）^①李郎往复相从，一妹悬然如磬，欲令新妇祗谒^②，略议从容，无令前却。"言毕，吁嗟而去。靖亦策马遄（chuán）^③征。

俄即到京，与张氏同往，乃一小板门，叩之，有应者拜曰："三郎令候一娘子李郎久矣。"延入重门，门益壮丽，奴婢三十余人罗列于前，奴二十人引靖入东厅，非人间之物。巾妆梳栉毕，请更衣，衣又珍奇。既毕，传云三郎来。乃虬髯者，纱帽褐裘，有龙虎之姿。相见欢然。催其妻出拜，盖天人也。遂延中堂，陈设盘筵之盛，虽王公家不侔（móu）^④也。四人对坐，牢馔毕，陈女乐二十人，列奏于前，似从天降，非人间之曲度。食毕行酒，而家人自西堂舁出二十床，各以锦绣帕覆之。既呈，尽去其帕，乃文簿钥匙耳。虬髯谓曰："尽是珍宝货泉之数。吾之所有，悉以充赠。何者？某本欲于此世界求事，或当龙战三二年，建少功业。今既有主，住亦何为？太原李氏真英主也，三五年内，即当太平。李郎以英特之才，辅清平之主，竭心尽善，必极人臣。一妹以天人之姿，蕴不世之略，从夫之贵，荣极轩裳。非一妹不能识李郎，非李郎不能遇一妹。圣贤起陆之渐，际会如期，虎啸风生，龙腾云萃，固当然也。将余之赠，以奉真主，赞功业，勉之哉！此后十余年，东南数千里外有异事，是吾得志之秋也，妹与李郎可沥酒相贺。"顾谓左右曰："李郎一妹，是汝主也！"言毕，与其妻戎装乘马，一奴乘马从后，数步不见。

靖据其宅，遂为豪家，得以助文皇缔构之资，遂匡大业。贞观中，靖位至仆射。东南蛮奏曰："有海贼以千艘，积甲十万人，入扶余国，杀其主自立，国内已定。"靖知虬髯成功也。归告张氏，具礼相贺，沥酒东南祝拜之。

乃知真人之兴，非英雄所冀，况非英雄乎？人臣之谬思乱，乃螳螂之拒走轮

---

① 愧：惭愧。
② 祗谒：恭敬拜谒。
③ 遄：疾速。
④ 侔：相等。

耳。或曰，卫公之兵法，半是虬髯所传也。

是真英雄，能审时度势，知进退之机

《虬髯客》也是唐传奇中的名篇，讲的是由虬髯客、李靖、红拂女构成的铁三角"风尘三侠"的故事，历代皆有传颂，最终也成了绵绵不绝的英雄传奇的源头之一。

《虬髯客》写人写事都精于铺垫，从而令人过目不忘、印象深刻。

这个故事的背景选在短命朝代隋朝的末年。

北周权臣杨坚天生异禀、深谋熟虑，兼得杨氏英雄杨素、杨雄等人的襄助，并有命定之数的冥冥之力，兼有壮阔豪迈之天下，为千百年来的杰出领袖，兵不血刃就得到了小皇帝的"禅让"帝位，是为隋文帝。虽然宇文家族中数员边关大将起兵讨伐，但是都被隋文帝派遣杨素等讨灭了。

杨素出身弘农杨氏，为杨坚族弟，因东征西讨，身经百战并吞江南陈朝而名冠天下。杨坚帝崩后，杨素又因审时度势，助晋王隋炀帝杨广阴胜其兄——故太子杨勇，而深得隋炀帝的器重，位列三公，兼任司空而权倾天下，真可谓一人之下，万人之上。历代名将图谱中，杨素与贺若弼、韩擒虎、史万岁等四人被视为隋朝名将。

然而，隋炀帝杨广虽然天纵奇才，雄才大略，却是一个花天酒地、不顾人民死活的官二代，短短十数年间就把隋文帝以毕生奋斗得来的大隋朝功业丧尽了。

隋炀帝在谋夺帝位、略定纷乱之后，沉迷享乐，大兴土木，耗费民财，又广选美女，充盈后宫，为一己之淫乐。为了方便去江都娱乐看琼花，他又诏令征民夫百万开凿大运河，以阴毒之士麻叔谋为开河总管，其中惨绝人寰之事罄竹难书。大运河开通后，隋炀帝从京城出发，乘龙船，挈巨舟，舳舻相继百里，巍巍壮观哉。他又吟诗作赋，别出心裁地以文弱佳丽美女排列起来，挽着绢帛充当纤夫，于两岸拉船，风景十分奇特。人到江都正风花雪月之际，四境就叛乱纷起，各路义军揭竿，在隋末掀起百般战端。各路英雄豪杰因时应势，趁乱而起，逐鹿中原。以隋末唐初的争战和英雄为题材的演义小说有二十多部，其中水平最高者为《隋炀帝艳史》《隋史遗文》，而《隋唐演义》《说唐全传》流传最广。另有《大唐秦王词话》《隋唐两朝志传》等长篇演义小说，都各有侧重。唐传奇《虬髯客》中写到的"风尘三侠"，则被写入众多演义中。李靖作为隋末著名英雄人物之一，又因辅佐唐王李世民南征北战建立不朽功勋，其与红拂女的故事广为人知。这篇传奇里身份更为神秘、行事作风十分奇特的虬髯客，却鲜为人知，不知实有其人，还是小说家演绎。

虬髯客姓张，排行第三，可能是中原某地的世袭豪族之一，因此自小受到良好的文化和武艺教育，能够广积财物，结纳英雄豪杰。在隋末纷乱之时，他有待机而起、推翻隋朝、取而代之的雄伟之心。而不幸的是，他通过李靖结识了秦王李世民的书记官刘文静，又因此亲眼见到了李世民的"神气扬扬，貌与常异"，知道真龙天子早已有定，自己无论如何努力奋斗，都无法抗拒这种命数。于是，他立即见机转圜，在自己豪华府邸的一次盛大宴请中，散尽己财给李靖，让他辅助秦王李世民，在"十八路反王，六十四路烟尘"中脱颖而出，扫平天下，封王拜相，为天下黎民谋福利。而虬髯客自己则带着美貌的妻子，骑着蹇驴翩然而去。临行前，他仍然不忘留下一句豪言壮语："此后十余年，东南数千里外有异事，是吾得志之秋也，妹与李郎可沥酒相贺。"也即是说，中原事不成，虬髯客却毫不气馁，转换了战场，多年以后，"贞观中，靖位至仆射。东南蛮奏曰：'有海贼以千艘，积甲十万人，入扶余国，杀其主自立，国内已定。'靖知虬髯成功也。归告张氏，具礼相贺，沥酒东南祝拜之"。这里说的"扶余国"历史上真实存在，在现东北吉林境内，又叫"夫余国"。《虬髯客》里做了一个地理上的乾坤大挪移，搬到了南海。

奇男子虬髯客，武功盖世，疾恶如仇，千里之外诛杀奸人，可谓豪迈得吓人。本文开头，权倾天下的上柱国、大司空杨素在都城广筑大厦，搜罗珍玩，簇拥美女，而且在他生辰之时，全国各地的谄媚之臣纷纷派人送来贺礼，其收受的来自海内外的奇珍异宝不计其数，而充于普通门客之列者也有不少是江南杰出之士，无数奴婢中更有独具识人眼光的巨眼英雄红拂女这样的奇女子，能在芸芸众生中，一眼就把少年英雄李靖识别出来，端的是超级人脸识别系统的古代现实化版本。

历史上，像卓文君和红拂女这样一旦慧眼识英雄，立即不顾礼俗登门拜谒，说服对方一起私奔的奇女子，历历可数。在乱世中，人人为求自保，但是大多数郁郁而终，甚或死于非命。奇女子们却能脱身于红尘，为自己的命运而奋斗，最终夫荣妻贵，成为后世传颂的佳话。她们所做的这种选择，在当时，甚至在现在，都不为世俗凡夫所能理解，也不能见容于腐儒陈规，因此她们所勇敢采取的卓越行为，更为后人所景仰。

"红拂夜奔"这个故事，也被写入《隋史遗文》《隋唐演义》等演义小说中。当代小说名家王小波热爱唐传奇，他也把《虬髯客》里的内容，写成了《红拂夜奔》。王小波写了两个人：一个是现代的数学家王二，毕生的梦想是证明费马大定理，然后成为领导面前的红人，后来他果然成功了，成了无趣至极的红人；第二个人物是大唐李卫公李靖，他年轻时是洛阳城里体制外一个不被人重视的数学家、哲学家、军事家，是世界上最聪明的人，过着十分贫穷却又十分有趣的生活，从而吸引了过着无趣生活的红拂女。后来功成名就之后，李靖奉命营建长安城，成为一个体制内知识分子，官封卫公，变得唯唯诺诺并且无趣起来了。这部作品，王小波同样以"王二"入戏，写现实生活中的种种限制、不如意，以及人生中的可能性，充满了欢快的戏谑，是很特别的创作。

《虬髯客》是唐传奇中叙事艺术走向高峰的标志之一。整个故事虚实结合，线索清晰，成功地塑造了"虬髯客"这个生动而丰富的人物形象。虽然以杨素开头，以李靖和红拂女引出，其主人公却是神龙见首不见尾，为人豪迈不拘小节、行事风格独特的虬髯客。

虬髯客与红拂女、李靖第一次偶遇，是在灵石旅舍中。在李靖刷马、红拂女梳理自己的及地长发时，虬髯客骑着一匹蹇驴从外而来，大大咧咧地把行囊一扔，就弄个枕头斜倚着看红拂女梳头，显得非常唐突无礼。这让李靖感到很生气，他正在思考怎么应对，要不要发火，红拂女又显示出自己慧眼识人的才能，立即梳头完毕，前去打交道，敛衽询问虬髯客尊姓大名。在一个陌生的旅舍与一个陌生人搭讪，在古代是女子大忌，然而红拂女就这么自然而然地做了，可见她不是一般人，虬髯客也立即知道她与众不同。

我们读一部杰出的唐传奇，可以知道这里面的人物个个都是与众不同的：李靖一出场就与众不同，以微末之身份直接讽劝权倾天下的上柱国杨素。红拂一出场也与众不同，她一见李靖气度不凡，立即打听他的情况，晚上就收拾包裹前来敲门。在他们这两位红尘英雄的铺垫下，虬髯客的出场也与众不同。他不拘小节，欣赏梳头的红拂女，行事作风十分惊人，处处出人意料。尤其是最后告别的场面，真正是潇洒至极。

谢小娥传①

  小娥姓谢氏,豫章②人,估客③女也。生八岁丧母,嫁历阳侠士段居贞。居贞负气重义④,交游豪俊。小娥父畜巨产,隐名商贾间,常与段婿同舟货,往来江湖。时小娥年十四,始及笄,父与夫俱为盗所杀,尽掠金帛。段之弟兄,谢之生侄,与童仆辈数十悉沉于江。小娥亦伤胸折足,漂流水中,为他船所获,经夕而活。因流转乞食至上元县⑤,依妙果寺尼⑥净悟之室。初父之死也,小娥梦父谓曰:"杀我者,车中猴,门东草⑦。"又数日,复梦其夫谓曰:"杀我者,禾中走,一日夫。"小娥不自解悟,常书此语,广求智者辨之,历年不能得。

  至元和八年⑧春,余罢⑨江西从事⑩,扁舟东下,淹泊⑪建业⑫,登瓦官寺阁,有

---

① 《太平广记》卷四百九十一·杂传记八《谢小娥传》,李公佐撰。本文据中华书局《太平广记》校录。
② 豫章:汉高帝时在江西建制"豫章郡",管辖南昌县;从三国至南北朝,豫章郡管辖江西北部;唐宝应元年(公元762年)因避讳代宗李豫,豫章县改名"钟陵县","豫章"不再是行政区划名称,而成为南昌的别称。根据小说中的时间推测,谢小娥"豫章人"当是南昌人。
③ 估客:行商。他们经常因生意而到处旅行。
④ 负气重义:意思是"是个讲义气的豪侠"。
⑤ 上元县:唐代上元二年(公元761年)改江宁县为上元县,是南京下辖的一个县。唐代时"上元"也是"南京"的称呼之一。
⑥ 尼:女尼。
⑦ 车中猴,门东草:繁体写作"車中猴,門東草"。
⑧ 元和八年:公元813年。元和,公元806—820年。
⑨ 罢:任职结束。
⑩ 江西从事:官职名称。
⑪ 淹泊:停留。
⑫ 建业:指南京。

僧齐物①者，重贤好学，与余善，因告余曰："有孀妇②名小娥者，每来寺中，示我十二字谜语，某不能辨。"余遂请齐公书于纸，乃凭槛书空③，凝思默虑，坐客未倦，了悟其文。令寺童疾召小娥前至，询访其由。小娥呜咽良久，乃曰："我父及夫，皆为贼所杀。迩后尝梦父告曰：'杀我者车中猴，门东草。'又梦夫告曰：'杀我者，禾中走，一日夫。'岁久无人悟之。"余曰："若然者，吾审详矣。杀汝父是申兰④，杀汝夫是申春。且'车中猴'，'车'字，去上下各一画，是'申'字，又申属猴，故曰'车中猴'；'草'下有'门'，'门'中有'东'，乃'兰'字也；又'禾中走'，是穿田过，亦是'申'字也；'一日夫'者，'夫'上更一画，下有日，是'春'字也。杀汝父是申兰，杀汝夫是申春，足可明矣。"小娥恸哭再拜，书"申兰""申春"四字于衣中，誓将访杀二贼，以复其冤。娥因问余姓氏官族，垂涕而去。

尔后小娥便为男子服，佣保于江湖间。岁余，至浔阳郡⑤，见竹户上有纸榜子⑥，云召佣者。小娥乃应召诣门，问其主，乃申兰也。兰引归，娥心愤貌顺⑦，在兰左右，甚见亲爱⑧。金帛出入之数，无不委娥。已二岁余，竟不知娥之女人也。先是谢氏之金宝锦绣，衣物器具，悉掠在兰家。小娥每执旧物，未尝不暗泣移时。兰与春，宗昆弟⑨也，时春一家住大江北独树浦，与兰往来密洽。兰与春同去经月⑩，多获财帛而归。每留娥与兰妻兰氏同守家室，酒肉衣服，给

---

① 齐物：僧人的名字。
② 孀妇：寡妇。
③ 书空：在空中写字。意思是没用纸笔，只用手比画着猜测是什么字。
④ 兰：繁体写作"蘭"。
⑤ 浔阳郡：唐代浔阳郡即今江西九江，辖德安、都昌二县。
⑥ 纸榜子：广告榜，贴广告的地方。
⑦ 心愤貌顺：心里很愤怒，表面很恭顺。意思是"把愤怒隐藏在心里，做出恭顺的样子"。
⑧ 亲爱：亲近，喜爱。
⑨ 宗昆弟：同族兄弟。
⑩ 经月：几个月。

娥甚丰。或一日，春携文鲤兼酒诣兰，娥私叹曰："李君精悟玄鉴，皆符梦言，此乃天启其心，志将就矣。"是夕，兰与春会，群贼毕至，酣饮。暨诸凶既去，春沉醉，卧于内室，兰亦露寝于庭。小娥潜锁春于内，抽佩刀，先断兰首，呼号邻人并至。春擒于内，兰死于外，获赃收货，数至千万。初，兰、春有党数十，暗记其名，悉擒就戮。时浔阳太守张公，善娥节行，为具其事上旌表①，乃得免死。时元和十二年②夏岁也。

复父夫之仇毕，归本里，见亲属。里中豪族争求聘，娥誓心不嫁，遂剪发披褐，访道于牛头山，师事大士尼蒋律师。娥志坚行苦，霜舂雨薪，不倦筋力。十三年③四月，始受具戒于泗州④开元寺，竟以小娥为法号，不忘本也。

其年夏月，余始归长安，途经泗滨，过善义寺，谒大德尼令操，见新戒见者数十，净发鲜帔，威仪雍容，列侍师之左右。中有一尼问师曰："此官岂非洪州李判官二十三郎者乎？"师曰："然。"曰："使我获报家仇，得雪冤耻，是判官恩德也。"顾余悲泣。余不之识，询访其由。娥对曰："某名小娥，顷乞食孀妇也。判官时为辨申兰、申春二贼名字，岂不忆念乎？"余曰："初不相记，今即悟也。"娥因泣。具写记申兰、申春，复父夫之仇，志愿粗毕，经营终始艰苦之状。小娥又谓余曰："报判官恩，当有日矣，岂徒然哉。"

嗟乎！余能辨二盗之姓名，小娥又能竟复父夫之仇冤，神道不昧，昭然可知。小娥厚貌深辞，聪敏端特，炼指跛足，誓求真如。爰自入道，衣无絮帛，斋无盐酪；非律仪禅理，口无所言。后数日，告我归牛头山。扁舟泛淮⑤，云游南国，不复再遇。

君子曰："誓志不舍，复父夫之仇，节也；佣保杂处，不知女人，贞也。女

---

① 旌表：请求表彰的公文。
② 元和十二年：公元817年。
③ 十三年：指元和十三年，即公元818年。
④ 泗州：州城在今安徽省泗县。唐代时辖泗洪、盱眙、天长、五河。
⑤ 淮：淮河。

子之行，唯贞与节，能终始全之而已。如小娥，足以儆①天下逆道乱常之心，足以观天下贞夫孝妇之节。余备详前事，发明隐文②，暗与冥会，符于人心。知善不录，非《春秋》之义也，故作传以旌③美之。

▶ 附

尼妙寂④

尼妙寂，姓叶氏，江州浔阳人也。初嫁任华，浔阳之贾也。父昇，与华往复长沙、广陵⑤间。唐贞元十一年⑥春，之潭州⑦不复。过期数月，妙寂忽梦父，被发裸形，流血满身，泣曰："吾与汝夫，湖中遇盗，皆已死矣。以汝心似有志者，天许复仇，但幽冥之意，不欲显言，故吾隐语报汝，诚能思而复之，吾亦何恨！"

妙寂曰："隐语云何？"

昇曰："杀我者，车中猴，门东草。"

俄而见其夫，形状若父，泣曰："杀我者，禾中走，一日夫。"

妙寂抚膺而哭，遂为女弟所呼觉，泣告其母，阖门大骇。念其隐语，杳不可知。访于邻叟及乡闾之有知者，皆不能解。

秋诣上元县，舟楫之所交处，四方士大夫多憩焉，而又邑有瓦棺寺，寺上有阁，倚山瞰江，万里在目，亦江湖之极境。游人弭棹，莫不登眺。妙寂曰⑧："吾将

---

① 儆：通"警"，警告，惩戒。
② 发明隐文：发现、解悟了谜语。
③ 旌：表彰。
④ 《太平广记》卷一百二十八·报应二十七，题《尼妙寂》，注出《续幽怪录》。李复言《续玄怪录》在宋代为避皇帝名讳，改称《续幽怪录》。本文据中华书局《太平广记》校录。
⑤ 广陵：扬州下辖主城区。
⑥ 贞元十一年：公元795年。贞元，公元785—805年。
⑦ 潭州：今长沙。唐代长沙中都督府管辖潭州、郴州、永州、连州、道州、邵州，共有三十四个县。
⑧ 妙寂曰：中华书局《太平广记》无"妙寂曰"，此处据汪辟疆先生《唐人小说》补。

缁服其间，伺可问者，必有醒吾惑者。"

于是褐衣上元，舍力瓦棺寺。日持箕帚，洒扫阁下，闲则徙倚栏槛，以伺识者，见高冠博带，吟啸而来者，必拜而问。居数年，无能辨者。

十七年，岁在辛巳，有李公佐者，罢岭南从事而来，揽衣登阁，神采隽逸，颇异常伦。妙寂前拜泣，且以前事问之。公佐曰："吾平生好为人解疑，况子之冤恳，而神告如此，当为子思之。"默行数步，喜招妙寂曰："吾得之矣！杀汝父者申兰，杀汝夫者申春耳。"

妙寂悲喜呜咽，拜问其说。公佐曰："夫猴申生也。车①去两头而言猴，故申字耳。草而门，门而东，非兰②字耶？禾中走者，穿田过也，此亦申字也。一日又加夫，盖春字耳。鬼神欲惑人，故交错其言。"

妙寂悲喜，若不自胜，久而掩涕拜谢曰："贼名既彰，雪冤有路，苟或释惑，誓报深恩。妇人无他，唯洁诚奉佛，祈增福海。"

初③，泗州普光王寺有梵氏戒坛，人之为僧者必由之。四方辐辏，僧尼繁会，观者如市焉。公佐自楚之秦，维舟而往观之。有一尼，眉目朗秀，若旧识者，每过必凝视公佐，若有意而未言者。久之，公佐将去，其尼遽呼曰："侍御贞元中不为南海从事乎？"

公佐曰："然。"

"然则记小师乎？"

公佐曰："不记也。"

妙寂曰："昔瓦棺寺阁求解车中猴者也。"

公佐悟曰："竟获贼否？"

对曰："自悟梦言，乃男服，易名士寂，泛佣于江湖之间。数年，闻蕲（qí）黄

---

① 车：繁体写作"車"。
② 兰：繁体写作"蘭"。
③ 初：汪辟疆先生《唐人小说》作"元和初"。

之间有申村，因往焉。流转周星，乃闻其村西北隅有名兰者，默往求佣，辄贱其价。兰喜召之。俄又闻其从父①弟有名春者。于是勤恭执事，昼夜不离，见其可为者，不顾轻重而为之，未尝待命。兰家器之。昼与群佣苦作，夜寝他席，无知其非丈夫者。逾年，益自勤干，兰逾敬念，视士寂，即目视其子不若也。兰或农或商，或畜货于武昌，关锁启闭悉委焉。因验其柜中，半是己物，亦见其父及夫常所服者，垂涕而记之。而兰春叔出季处，未尝偕出，虑其擒一而惊逸也，衔之数年。永贞②年重阳，二盗饮既醉，士寂奔告于州，乘醉而获。一问而辞伏就法。得其所丧以归，尽奉母而请从释教。师洪州天宫寺尼洞微，即昔时受教者也。妙寂一女子也，血诚复仇，天亦不夺，遂以梦寐之言，获悟于君子，与其仇者，得不同天。碎此微躯，岂酬明哲。梵宇无他，唯虔诚法象，以报效耳。"公佐大异之，遂为作传。

　　大和③庚戌岁④，陇西李复言游巴南，与进士沈田会于蓬州。田因话奇事，持以相示，一览而复之。录怪之日，遂纂于此焉。

　　尼妙寂的复仇之路：

　　贞元十一年（公元795年），父夫遇害，托梦妙寂；

　　贞元十七年（公元801年），遇李公佐解梦，得仇人姓名"申兰""申春"；

　　永贞年（公元805年），妙寂复仇；

　　元和初（公元806年），再遇李公佐，讲述复仇经历；

　　大和四年（公元830年），李复言写下传记《尼妙寂》；

　　叶氏即尼妙寂用了十年时间寻找仇人，然后假扮仇人的帮佣，最终报官捕获仇人。

---

① 从父：同族父辈。可指伯父、叔父。
② 永贞：唐顺宗年号，公元805年。
③ 大和：唐文宗李昂的年号，公元827—835年。
④ 大和庚戌岁：大和四年，公元830年。

千年不息的复仇世界

中国最早、最有名的复仇故事，可能是记载于《吴越春秋》《搜神记》《列士传》等典籍里的"眉间尺为父干将复仇"的故事。这个故事曾被鲁迅改写为现代小说《铸剑》，收录于《故事新编》里。小说中，眉间尺和黑衣人的头颅在沸腾的汤锅里追咬楚王头颅的情节极其惊人。

而春秋末期楚国贵族世家之子伍子胥在父兄遭戮之后，发誓报仇，历尽千辛万苦来到了吴国，与军事家孙武一起为吴王训练吴国军队，攻入楚境，占领郢都并鞭尸楚王的故事，则是一个个人不畏艰险，排除万难，最终竟然以一人敌一国而复仇成功的最令人震惊的伟大事迹。因为臣子复仇君王，是以下犯上的反儒家道德的行为，伍子胥的惊人复仇，在两千六百年来，成为华夏文明中一个独特的现象。

《谢小娥传》里写到的复仇故事，延续了这种一个人击破残酷命运，决不放弃，最终复仇成功的模式。一个弱女子，父亲与丈夫在经商途中被盗贼抢劫并杀死，而兄弟、侄子和仆人数十人都被残忍杀害沉江，谢小娥本人则身负重伤被扔进江里，所幸得到其他船只的救助，侥幸存活。如此血海深仇，却因江洋大盗的缜密作案而毫无线索，对于谢小娥这个年仅十四岁就亲历如此残酷事件的女子来说，复仇简直是一座难以翻越的大山。然而，作者给了一个条件：父亲和丈夫托梦，并各说了一个隐语。解开这两个隐语，成为谢小娥复仇之路的开端。

谢小娥辗转乞食，流落江湖，却从不放弃追寻凶手下落，决意复仇，这才是整部作品最令人印象深刻之处。

在古代社会，信息极不发达，几个逃逸的凶手，很难被真正捉拿归案。好在，她凭"车中猴""禾中走"这两个渺茫的托梦，而不懈追寻，最后找到了破解谜语者，得到帮忙，又继续前行，找到盗贼申兰家，为其家仆三年，最终掌握了盗贼的线索，告官抓捕，最终雪恨。然后，这位英雄的女子出家为尼。

对比莎士比亚的《哈姆雷特》这个故事，可以看到复仇故事的一个经典的母题：为报杀父之仇而卧薪尝胆，最终报仇雪恨。

《谢小娥传》为唐代传奇作家李公佐的名作，曾收入《太平广记》《新唐书》，归为"烈女传"类的道德故事。晚唐李复言改为《尼妙寂》收入《续玄怪录》——因作家关注点、侧重点不同，而做了很大的改造。《谢小娥传》对后世影响很大，明代作家凌濛初据此作《李公佐巧解梦中言，谢小娥智擒船上盗》，王夫之据此作杂剧《龙舟会》。

这篇传奇说起来有点儿复杂，但故事线索很清晰。

我们先说《谢小娥传》，然后再拿《尼妙寂》来加以对比，这样就可以看到不同作家的不同思考角度所带来的差异性结果。

在《谢小娥传》里，作者李公佐以第一人称叙事的角度来写。他写自己在江西任判官之职几年后，辞官返回长安，途中淹留建业（今南京），拜访友人、游览名胜。有一天，李公佐登上南京瓦官寺的楼阁眺望风景时，寺中僧人齐物对他说，有个叫谢小娥的寡妇，每次来瓦官寺时，都会出示一张字条，上面写着的是十二个字组成的谜语，但齐物却解不出来。李公佐请齐物僧把字谜写下来，他一边凭栏当空比画着书写，一边默读思考。齐物僧坐不多久，李公佐就把谜语解出来了。

这个故事的特别之处在于，李公佐的叙事角度略微复杂，他先以第三人称角度写谢小娥的身世：几年前她和父亲、丈夫行船经商时遭到河匪打劫，全家惨遭杀害，只有她自己"伤胸折足，漂流水中，为他船所获，经夕而活"。这段里写她受伤很重，极其惨痛——伤胸折足地漂浮在水中，被其他船只救起后，过了一整夜才活过来。后来，孤苦一人的谢小娥依靠乞食流浪而生存——可想而知肯定受尽各种难言的艰辛——这才来到"上元县，依妙果寺尼净悟之室"。在佛寺里，谢小娥得到了安身之所。这里屡次提到僧人、尼姑、佛寺，可见唐朝佛教之兴盛。

谢小娥的父亲和丈夫被杀害后，他们曾在梦中告诉她凶手的名字——用隐语的方式——谢小娥的父亲说:"杀我者,车中猴,门东草。"丈夫说:"杀我者,禾中走,一日夫。"至于为什么不能直接说出来,李公佐并没有说出理由,而是后来改写这篇传奇的李复言想到了要找一个理由,于是在《尼妙寂》里这么解释说:"幽冥之意,不欲显言,故吾隐语报汝。"也就是说,幽冥之中有自己的规则,不能直接把真相告诉世人,而需要你以自己的毅力和智慧去探求,去寻找答案。所以,谢小娥/尼妙寂要报杀父杀夫的大仇,必须分两步进行。第一步,先解谜,弄清楚两个恶贼的名字;第二步,踏上漫漫江湖路,一路细细地寻访,决意踏破铁鞋也要找到这两个贼人。

在《尼妙寂》里,李复言并没有让尼妙寂与父亲、丈夫一起行商一起遭难,而是与母亲在老家生活。父亲、丈夫去了几个月都毫无音讯,一夜她忽然梦见父亲"被发裸形"前来托梦。从阅读感受来说,这样的"仇怨"不如《谢小娥传》中亲身经历那样"伤胸折足"的惨痛、那样的"深仇大恨",因此《尼妙寂》在人物情节的处理上,反而不如《谢小娥传》更加合理。

仅凭着这十二个字的字谜,谢小娥无法猜出两个凶手的名字,但她没有放弃,而是多方求教能人。瓦官寺的齐物僧很有心,自己解不出来也挂在心上,碰到李公佐这样风流倜傥的人物不忘记讨教。有些偶然地,在李公佐的帮助下,谢小娥终于知道了两个凶手的名字分别叫"申兰"与"申春"。

字谜是中国特有的智力游戏和"侦破"手段。李公佐推理出"申兰"与"申春"这两个贼人名字的过程,是典型的中国汉字猜字谜的桥段,让学拼音文字的西方人来读,就弄不明白是什么意思了。现在的读者,也要知道繁体字的"車"与"蘭"两字的写法才能更加意会。

李公佐猜到答案后,让寺童去找谢小娥来问询,谢小娥再详述因由,李公佐听了很感慨,把自己解出来的结果告诉她。这里谢小娥对谜语的再次复述,被一些研究者认为有些累赘,算是败笔。得知申兰、申春的名字线索后,谢小娥谢过李公佐之后,就离开了南京妙果寺,她决意寻访二凶具体行状,为父亲和丈夫复仇。

谢小娥乔装扮成男子，便于在江湖中更自如地行动，从而可以寻访仇人踪迹。在那个没有电话、手机和网络的年代，要在茫茫人海中寻访只知其名的仇人，可想而知有多么难了。由此又可以看到，李公佐的《谢小娥传》中写谢小娥与父亲、丈夫一起遭难的细节，要比李复言的《尼妙寂》更加合理，因为谢小娥自己身受重伤，不仅有着深仇大恨，还有着切身之惨痛。而且因为亲身经历，她也知道发生惨案的具体地点在哪里。这样在有了姓名的线索之后寻访仇人，就有了基本寻访范围，谢小娥知道应当在惨案发生地周围打听——这点很重要，而《尼妙寂》里，家里的尼妙寂得到父亲和丈夫的托梦，实际是不知道惨案发生地在哪里的，尼妙寂即使知道了两个贼人的名字，探听起来也是大海捞针，无处着落。所以，在写作上，要前后照应，要无懈可击，则需要对各项细节加以揣摩，而使得作品更加合理。

一年多后，谢小娥在浔阳郡某处偶尔看到有人贴榜招佣工，前去应聘时竟然发现主人就是她到处寻访不得的"申兰"。这个细节，后来李复言在《尼妙寂》里加以修改，把谢小娥的偶然性撞上申兰，改为"尼妙寂"听说在"蕲、黄"两地之间有个叫作申村的地方，于是有心地去打听，而且打听到主人名叫申兰。她自己要求去当佣工，并且主动降低薪金。这个改动，让"偶然"撞见申兰的谢小娥变成主动寻访的尼妙寂，塑造更加意志坚定的"侠女"形象。而在《谢小娥传》中有些简略地描写"娥心愤貌顺，在兰左右，甚见亲爱。金帛出入之数，无不委娥"——这里就是说谢小娥内心悲愤，但表面很和顺，让申兰产生信任和依赖感——到了《尼妙寂》中，改成更加主动的隐忍行为："于是勤恭执事，昼夜不离，见其可为者，不顾轻重而为之，未尝待命。兰家器之。昼与群佣苦作，夜寝他席，无知其非丈夫者。"尼妙寂是主动地用自己的恭敬和勤劳打动了申兰，也小心翼翼地隐藏自己的真面目，可谓处心积虑，而使得"兰家器之"。她不计较报酬而且努力劳作，并处处小心不显露自己女子身份而在兰家等待时机，这样的耐心和隐忍，不是一般人能做到的。以塑造人物角色的角度来看，《尼妙寂》中这个细节更加有感染力。在等待了两年多之后，谢小娥终于找到了时机，申春、申兰这对堂兄弟与其他大盗聚会痛饮，谢小娥趁申兰喝得烂醉在庭外露寝的时机，锁住在内室沉醉的申春，并直接抽刀砍杀申兰，呼叫邻人一起捉拿。谢小娥亲手击杀申兰的做法虽然是为复仇，但在当时的律法条件下仍然是违法的。时任太守张公知悉细情后，才上书为她求情脱罪。而在《尼妙寂》里，李复言写女主人公为等待有利的时机而"衔之数年"，更强调"潜伏"的艰辛和困难。只不过，同样在大盗们痛饮沉醉之后，尼妙寂不是亲自动手砍杀申兰，而是"奔告于州"，她自己并没有"违法"的具体行为，可见其更加谨慎，也更加懂得"运用法律武器"。

《谢小娥传》的结尾，谈到谢小娥报仇之后的选择。她的英雄事迹"传遍大江南北"之后，使得她在自己的家乡成了令人崇拜的名人，"里中豪族争求聘"，"求聘"就是要明媒正娶、光明正大地娶她的意思。但作为寡妇身份的谢小娥却因为谨守"贞节"之妇道而"誓心不嫁"。她选择了出家修行，悉心向佛："……遂剪发披褐，访道于牛头山，师事大士尼蒋律师。娥志坚行苦，霜春雨薪，不倦筋力。十三年四月，始受具戒于泗州开元寺，竟以小娥为法号，不忘本也。"这里用很长的一段写谢小娥的人生态度和道德选择，无疑是很符合李公佐的道德趣味的。谢小娥"一女不嫁二夫"，因此出家以割断尘缘，让李公佐感到非常崇敬。

这篇传奇写作的时代，"乡里"人倒也没有那么保守，那么追求"贞节"，而是"争求聘"。因为谢小娥笃志报仇历年不倦的惊人勇气和毅力，使她反而受到了乡里人的尊敬与喜爱，里中豪族不因她的寡妇身份而嫌弃她，只是谢小娥"誓心不嫁"而已。这就反映出唐朝的社会风俗习惯还是比较开放的，宋代以降，尤其是程朱理学之后的那种封闭性的、从一而终的儒家伦理，在当时还不是主潮。也许正因为不是主潮，推崇谢小娥这种"贞节"精神的李公佐才下大力着墨铺陈吧。

《尼妙寂》的结尾相比《谢小娥传》显得过于简单，匆匆忙忙就结束了："得其所丧以归，尽奉母而请从释教。师洪州天宫寺尼洞微，即昔时受教者也。"说她重获父亲、丈夫被劫掠的财物返回家乡之后，全都交给了母亲，自己则一心向佛，拜洪州天宫寺的尼洞微为师，自己努力修炼，不复现身人间。

李公佐行状隐晦，名声不传，鲁迅在《中国小说史略》里说他是"影响亦甚大而名不甚彰者"。其所作传奇存世仅四篇，最有名的是《南柯太守传》，后来明代大戏曲家汤显祖据此创作著名的"临川四梦"中的《南柯梦》。

李公佐当过江西道观察使判官，不久辞官返回长安。在《谢小娥传》里他自己说："至元和八年春，余罢江西从事，扁舟东下，淹泊建业……"

这是《谢小娥传》以第一人称叙述时，作者或者"我"直接出现在故事里，既介绍了自己的生活遭遇，也引入故事中成为某种"故事""属实"的证据。但唐传奇有很多"不属实"的"怪力乱神"之作，观点也很令人惊骇，这些思想到了宋代，都不被儒家主流所容忍，而宋代的话本小说转向对世俗人情的描写，不复谈神说怪矣。所以，清朝初年蒲松龄在淄博摆开小茶铺听人家故事而写下专谈"怪力乱神"的《聊斋志异》，确实是很"反潮流"的举动。

如前所言，《新唐书》等都把谢小娥当成一个真实存在的"烈女"而为她作传，以图树立为典型，让后人学习。不过，仅仅把李公佐的《谢小娥传》看成是道德讽喻故事，未免太无趣了。这个故事的有趣之处，不仅在复仇中，更在谢小娥为报父亲和丈夫被河盗杀害之仇而千辛万苦侦破此案，并隐名埋姓、处心积虑地把罪犯逮住绳之以法的过程中。另外，李公佐在传奇里更是引入了"佛教"的思想，让报仇大业成功之后的谢小娥，看破红尘，出家为尼，笃志修行。在《谢小娥传》中，李公佐写完了谢小娥的复仇故事之后，还说了一番有关女子"贞节"的议论，把故事导向了人物志的方向，为后世树立以谢小娥为学习榜样指出了方向。可见李公佐作此篇传奇，在结构复杂的故事里，可能更看中其中的道德讽喻。也许是对这种过于鲜明的道德指向不太满意，晚唐传奇作家李复言对这个故事做了大幅度的修改，易名为《尼妙寂》，落在"佛"与个人修行上。而且，作为第三人称叙述，李复言也对文中李公佐的个人形象加以改造，如将上面的"余罢江西事"云云，在《尼妙寂》里改成"十七年，岁在辛巳，有李公佐者，罢岭南从事而来。揽衣登阁，神采隽逸，颇异常伦"。这是故事讲述者所选择的角度不同，前一个是"亲历"法，第一人称叙述需要你把事情说得"跟真的一样"；后一个是"间离"法，第三人称叙述，需要保持一个"间隔度"。这是写作者都应该掌握的分寸。而李复言删掉了李公佐的那些"贞节"之类的议论，似乎也表明他对此不太认同，起码是不太感兴趣。

> 问题

1. 谢小娥因父亲和丈夫托梦而得到一组谜语，她要报仇首先要知道仇人是谁。但父亲和丈夫为何不直接告诉她仇人的名字呢？

2. 谢小娥为父亲报仇后为何要出家？

3. 谢小娥和哈姆雷特都是为父亲报仇，他们的报仇方法有什么异同？

义激①

长安里中多空舍，有妇人佣以居者。始来，主人问其姓，则曰："生三岁长于人，及长，闻父母逢岁饥，不能育，弃之涂，故姓不自知。"视其貌，常人也；视其服，又常人也。归主人居佣无有阙，亦常佣居之妇人也。旦暮多闭关，虽居如无人。居且久，又无有称宗族故旧来讯问者。故未自道，终莫有知其实者焉。凡为左右前后邻者，皆疑其为他。且窥见其饮食动息，又与里中无有异。唯是织纴针繲（xiè），妇人当工者，皆不为。罕有得与言语者。其色庄，其气颛（zhuān）②，庄颛之声四驰，虽里中男子狂而少壮者，无敢侮。

居一岁，惧人之大我异也，遂归于同里人。其夫问所自，其云如对主人之词。观其付夫之意，似没身不敢贰者。其夫自谓得妻也，所付亦如妇人付之意。既生一子，谓妇人所付愈固，而不萌异虑。是后则忽有所如往，宵漏半而去，未辨色来归。于再于三。其夫疑有以动其心者，怒愿去之。以有其子，子又乳也，尚依违焉。

妇人前志不衰。他夜既归，色甚喜，若有得者。及诘之，乃举先置人首于囊者，撤其囊，面如生。其夫大恐，恚（huì）且走。妇人即卑下辞气，和貌怡色，言且前曰："我生于蜀，长于蜀，父为蜀小吏，有罪，非死罪也，法当笞。遇在位而酷者，阴以非法绳之，卒弃市。当幼，力不任其心，未果杀。今长矣，果杀之，力符其心者也。愿无骇。"又执其子曰："尔渐长，人心渐贱尔。曰其母杀人，

---

① 《全唐文》卷七百十八，作者崔蠡。《全唐文》"崔蠡"条载："蠡字越卿，元和五年进士。文宗朝拜礼部侍郎，转户部。出为华州刺史镇国军等使，历平卢军节度使，终尚书左丞。"本文据《全唐文》校录。
② 颛：谨慎的样子。

其子必无状。既生之，使其贱之，非勇也，不如杀而绝。"遂杀其子。而谢其夫曰："勉仁与义也，无先已而后人也。异时子遇难，必有以报者。"辞已，与其夫决。既出户，望其疾如翼而飞云。

按：蜀妇人求复父仇有年矣，卒如心，又杀其子，捐其夫，子不得为恩，夫不得为累。推之于孝斯孝已，推之于义斯义已，孝且义已，孝妇人也。自国初到于今，仅二百年，忠义孝烈妇人女子，其事能使千万岁无以过，孝有高愍（mǐn）女、庚义妇、扬烈妇，今蜀妇人宜与三妇人齿①。前以陇西李端言始异之作传，传备，博陵崔蠡又作文。目其题曰《义激》，将与端言共激诸义而感激者。蜀妇人在长安凡三年，来于贞元二十年，嫁于二十一年，去于元和初。

复仇的力量，使女性也强大起来

《太平广记》卷一百九十六所载的《贾人妻》与此篇情节相似，也记述了一位为父母报仇的奇女子。

唐代传奇中记载的奇女子有很多，前面写到的巨眼英雄红拂女是其一，拥有千里之外取人头颅如探囊取物的女侠聂隐娘是其一，以一人之力而挽万人之性命的红线也是其一。至于复仇的故事中，此前的《谢小娥传》是非常精彩的作品，而《义激》的复仇模式，则是一个来自蜀中的奇女子，为了替遭到冤枉惨死的父亲复仇，她放弃了人生中的一切，只是为了最终达到目的。如此惨烈的、牺牲掉一切的复仇行动，全因她幼年时父亲犯了只应受到鞭笞的罪行，却被一个酷吏"阴以非法绳之，卒弃市"。

今天的读者可能很难相信，一个小女孩儿，从小到大，为了给冤枉惨死的父亲报仇，竟然能抛弃一切。这是游侠时代那种令人敬仰的气质所决定的。大家

---

① 齿：并列。

可以看到，唐传奇里写到的谢小娥是江西豫章（今南昌）人，义激是四川成都人，而这种一往无前的复仇精神的鼻祖，是楚国贵族之后伍子胥，他为了给父亲和兄长复仇，可以毁容改装，长途跋涉数千里到吴国，取得吴王的信任，与兵法之祖孙武一起训练吴国士兵，并最终率领这些久经训练的吴国战士攻进了自己的祖国，鞭尸楚王，得报大仇。这样艰苦卓绝的复仇，这样周密忍耐的行动，是现代人难以想象的。现代大诗人冯至先生曾写过一部中篇小说《伍子胥》，详细地写了这位"复仇之神"所经历的出关、白发、漂母之恩等过程。而前文提到的为父亲复仇的少年眉间尺，只要能复仇成功，就连自己的头颅都可以献给一个陌生人刺客。陌生人刺客也决不辜负眉间尺的信任，最终为了刺杀楚王而割下自己的头颅……这种决死精神，来自先秦游侠的不朽勇气和直面死亡的态度。司马迁在《史记》里写到的"荆轲刺秦"，那种"风萧萧兮易水寒，壮士一去兮不复还"的悲壮，同样体现出牺牲自我、"虽千万人吾往矣"的超凡勇气。

相比起这些前辈，本文中来自蜀中的女子，其勇气、耐心、韧性、决绝，可谓"巾帼不让须眉"。为了隐藏自己的行迹，她独自一人来到长安租借房子居住，寻找时机，"视其貌，常人也；视其服，又常人也"。虽然"平凡"如此，但是因为没有跟任何朋友和亲人交往探望，仍然有人对她的情况窃窃私语，各种议论，因此，"居一岁，惧人之大我异也，遂归于同里人"。在这种街坊邻里的庸人世界，一个人太独特是不容易隐藏自己的，因此，她为了让自己更好地隐藏，干脆如《老子》所说的"和其光，同其尘"，把自己跟普通人混同到一起。怎么做呢？就是嫁给这里的一个普通小市民，成为一个小市民的妻子，而且真的生了一个孩子，日常买菜做饭、养儿育女，一切事情跟平常人无异。就这样，她以卓绝的毅力和耐心，在长安隐藏了三年。她的这种做法，跟飞天女侠聂隐娘那种英气逼人不同。她就是一个平凡人，并没有什么超人的神力。一个平凡人要找一个腐败凶残的大官报仇，在当时几乎是不可能实现的事情——她的长处，大概是跑得飞快，轻功无敌："既出户，望其疾如翼而飞云。"功夫不负有心人——而且不是一般的有心人，这位蜀中女子成功地把仇人的首级带了回来，吓坏了平凡的丈夫。

更为决绝的是，蜀中女子完成了复仇大业之后，毅然地跟长安里弄的丈夫分手，又绝情地杀掉了自己的亲生儿子，然后离去。这就是她令人无法理解、无法逼视的气概了。一个人能够做出如此绝情之事，必定经历了绝大的灾难与不幸。这篇作品短小精悍，我们不知道蜀中女子在父亲惨遭冤枉被杀害之后，如何从一个小孩子千辛万苦地长大，又如何能够学会一身刺杀的武艺。像她这样一个女孩子，在当时的条件下长大成人，可想而知是多么艰难了。然而，她为父报仇的壮志不减、不改，而一旦有了能力和实力，就开始着手策划，并最终实现自己的目标。

千百年来，民间传说中有很多反贪污、反腐败的故事，却很少有像《义激》里写的蜀中女子这么令人震惊，这么令人记忆深刻的。

稠禅师①

北齐稠禅师，邺人也。初落发为沙弥，时辈甚众。每休暇，常角力腾趠（zhuó）②为戏，而禅师以劣弱见凌，绐（dài）③侮殴击者相继。禅师羞之，乃入殿中闭户，抱金刚足而誓曰："我以羸（léi）弱，为等类轻负。为辱已甚，不如死也。汝以力闻，当佑我。我捧汝足七日，不与我力，必死于此，无还志。"约既毕，因至心祈之。初一两夕恒尔，念益固。至六日将曙，金刚形见，手执大钵，满中盛筋，谓稠曰："小子欲力乎？"曰："欲。""念至乎？"曰："至。""能食筋乎？"曰："不能。"神曰："何故？"稠曰："出家人断肉故耳。"神因操钵举匕，以筋视之。禅师未敢食，乃怖以金刚杵，稠惧遂食，斯须入口。神曰："汝已多力。然善持教，勉旃（zhān）④！"神去且晓，乃还所居。诸同列问曰："竖子顷何至？"稠不答。须臾，于堂中会食。食毕，诸同列又戏殴。禅师曰："吾有力，恐不堪于汝。"同列试引其臂，筋骨强劲，殆非人也。方惊疑，禅师曰："吾为汝试。"因入殿中，横蹋壁行，自西至东，凡数百步，又跃首至于梁数四。乃引重千钧，其拳捷骁武，动骇物听。先轻侮者，俯伏流汗，莫敢仰视。

禅师后证果，居于林虑山。入山数千里，构精庐殿堂，穷极土木，诸僧从其禅者，常数千人。齐文宣帝怒其聚众，因领骁勇数万骑，躬自往讨，将加白刃

---

① 《太平广记》卷九十一·异僧五《稠禅师》，无撰人，注出牛肃《纪闻》及张鷟《朝野佥载》。《旧唐书》卷四十六·志第二十六·经籍上将此篇列入杂传类，载"《稠禅师传》一卷"。本文据中华书局《太平广记》校录。

② 趠：跳跃。

③ 绐：欺骗、欺诳。

④ 旃：语气词，"之焉"合读，相当于"哉""焉"。

焉。禅师是日，领僧徒谷口迎候。文宣问曰："师何遽此来？"稠曰："陛下将杀贫道，恐山中血污伽（qié）蓝（lán）①，故至谷口受戮。"文宣大惊，降驾礼谒，请许其悔过。禅师亦无言。文宣命设馔，施毕请曰："闻师金刚处祈得力，今欲见师效少力，可乎？"稠曰："昔力者人力耳。今为陛下见神力，欲见之乎？"文宣曰："请与同行寓目。"先是禅师造寺，诸方施木数千根，卧在谷口。禅师咒之，诸木起空中，自相搏击，声若雷霆，斗触摧拆，缤纷如雨。文宣大惧，从官散走，文宣叩头请止之。因敕禅师度人造寺，无得禁止。后于并州营幢子②，未成遘（gòu）③病，临终叹曰："夫生死者，人之大分，如来尚所未免。但功德未成，以此为恨耳。死后愿为大力长者，继成此功。"言终而化。至后三十年，隋帝过并州，见此寺，心中涣然记忆，有似旧修行处，顶礼恭敬，无所不为，处分并州，大兴营葺，其寺遂成。时人谓帝为大力长者云。

力量，使人自信

对"力量"的迷恋，最早可能从《史记·项羽本纪》里来。"力拔山兮气盖世"是"大力士"项羽的自况。大力者胜，自古以来有力者是有能力的象征，一直为人所敬仰。《山海经》里记载颛顼帝的两个孙子"重"和"黎"，能脚踏大地，手撑苍穹，使本来渐渐靠近的天地慢慢地被撑开。他们大概是古神中最有力者。《列子·汤问》里有一个住在王屋山下的老头，每天挖土打算移掉两座大山，说"子子孙孙无穷匮也"就能把山移掉。这个决心感动了天帝，于是天帝派了大力神夸娥氏的两个大力士儿子，来替愚公背走了那两座大山。这些都是十分有力

---

① 伽蓝：指佛寺。
② 幢子：刻着佛号或经咒的石柱。
③ 遘：罹患。

的上神。通常来说，凡人无论多么厉害，力量多么大，都难以跟神族匹敌。

《稠禅师》写南北朝北魏时期的高僧"稠禅师"因为奇遇得到大力金刚喂以"筋"，而得到了超凡大力的故事。他的力量来自金刚以"筋"喂食，然而这还是凡人的力量，只可以飞檐走壁、力举屋柱而已。他后来得道，修成了神力，可以念一个咒语就驱使建筑寺庙用的数千根巨木互相搏击，声震天地，极其震撼，让带领数万猛士前来围捕他的齐文宣帝惊骇异常，从官纷纷逃跑，齐文宣帝为保小命，不得不"叩头请止之"。

唐传奇中很多看起来不经意、不起眼的故事里，很多历史上的人物背后，都大有来头。稠禅师是历史上实有其人的高僧，而齐文宣帝高洋则是北魏权臣高欢之子，公元550年，二十五岁的高洋废黜东魏孝静帝元善见，自立为皇帝，改国号为齐，是为北齐开山皇帝。高洋初即帝位的头几年，还显示出了军容整齐、领导有力的气魄，没过几年就因沉迷酒色、荒淫无道、杀戮太过而损害了身心健康，三十四岁就病逝了。高洋以杀人、淫人为乐，视人命为草芥，即便是如稠禅师这样的大德高僧，他也因疑心对方影响太大，而"领骁勇数万骑"前来围捕，如果不是稠禅师显示出超自然的伟大力量，他不可能对一个平民产生什么怜悯的。那几千根巨木可以像筷子一样相互撞击，凡人的骑兵、步兵如果真的要跟这些巨木作战，想必瞬间就被砸成肉酱了。如此的巨力，才能震慑并击退齐文宣帝的几万名可怕的铁骑。

说到有力，《西游记》里孙悟空的金箍棒重达一万三千五百斤，猪八戒的九齿钉耙也重达五千零四十八斤，都是令人无法想象的重量，而孙悟空和猪八戒挥舞它们就如同普通人挥动棍棒一样自如。这样的武器在手，简直是无法想象的厉害。齐文宣帝固然是一世枭雄，数万铁骑如果用来攻击平民，那真是风卷残云，哀号遍野。然而，假设这种时候碰上了孙悟空，后者使用那根可怕的、能变大变小的、重达一万三千五百斤的如意金箍棒，那么别说数万骑兵，就是数十万骑兵，也不够他擀面杖般碾压的。一个好人，一个战神，也只有具有如此的神力，才能真正地做一番事业。

《说唐全传》也以力量的大小来评估一个壮士的厉害程度，非常"简单粗暴"。隋末李元霸挥舞各重四百斤的两只擂鼓瓮金锤，打遍天下无敌手，一个人就让"十八路反王，六十四路烟尘"烟消云散。隋末十大好汉，李元霸当仁不让地排名第一。他自恃力大无比，举起一只四百斤重的大锤对天咆哮，大肆痛骂，结果被一个巨雷劈下来，倒转铜锤，把他的脑袋砸烂了。排名第二的宇文成都，身长一丈，腰大十围，使一柄凤翅镏金镋，重达四百斤。排名第三的裴元庆，两只大锤各重三百斤，在晋阳宫比武时硬接李元霸三次锤击而名扬天下。这些都是大力士，谁力气大谁就厉害。以力气大小排名，是比较"简单粗暴无厘头"的做法，缺乏艺术性，因此《说唐全传》怎么也比不上《水浒传》有趣味。

而这些后世的演义小说，其中的大力士，他们的祖先大概都是稠禅师吧。

宋令文[①]

唐宋令文者有神力。禅定寺有牛触人，莫之敢近，筑圈以拦之。令文怪其故，遂袒褐而入。牛竦（sǒng）[②]角向前，令文接两角拔之，应手而倒，颈骨皆折而死。又以五指撮（cuō）[③]碓（duì）觜（zuǐ）[④]，壁上书得四十字诗。为太学生以一手挟讲堂柱起，以同房生衣于柱下压之。许重设酒，乃为之出。

令文有三子，长之问有文誉，次之逊善书，次之悌有勇力。之悌后左降朱鸢，会贼破骧州，以之悌为总管击之。募壮士得八人。之悌身长八尺，被重甲，直前大叫曰："獠贼，动即死！"贼七百人，一时俱剉（cuò）[⑤]，大破之。

神力世家的传奇

《宋令文》这篇短文，写的是一个非常有意思的神力世家。不过，这种力气是凡人的力气，虽不能"力拔山兮气盖世"，却能徒手掰牛角，让一头蛮牛"颈骨皆折而死"。牛以力著称，全身有千钧之力，而徒手扳着牛角把牛撂倒，这不是一般人能做到的。

不过这篇传奇不是写宋令文的，而是写他的第三个儿子宋之悌的事迹。

[①]《太平广记》卷一百九十一·骁勇一，注出张鷟《朝野佥载》。本文据中华书局《太平广记》校录。
[②] 竦：直立，竖起。
[③] 撮：抓取。
[④] 碓觜：指牛的嘴。
[⑤] 剉：折伤。

宋令文出身乡间，并非唐朝时期的高门大族，然而他自己十分努力："富文辞，且工书，有力绝人，世称三绝。"他在唐高宗时官至左骁卫郎将和校理图书旧籍的东台详正学士。他的三个儿子都各有才华。大儿子宋之问名声最大，为初唐大诗人之一，他的名作《渡汉江》是小学选入的必背唐诗之一："岭外音书断，经冬复历春。近乡情更怯，不敢问来人。"这首诗与盛唐大诗人王维的名作《相思》可以说是并驾齐驱的："红豆生南国，春来发几枝。愿君多采撷，此物最相思。"宋之问在唐代的律诗发展中，具有重要地位，他的律诗名作《度大庾岭》被诗论家认为是情景交融、章法严谨、对仗工整、音韵和谐的一首成熟的五言律诗，堪称"示后进以准"的佳作。我们也可以趁此机会来学习一下：

度岭方辞国，停轺一望家。
魂随南翥鸟，泪尽北枝花。
山雨初含霁，江云欲变霞。
但令归有日，不敢恨长沙。

其中"山雨初含霁，江云欲变霞"是写景的经典名句，句法一如南朝大诗人谢灵运《登池上楼》中的名句"池塘生春草，园柳变鸣禽"，而境界更加开阔，气魄更加大气。其中因为被贬抑南国，生死未卜，思念故乡亲人的复杂心情，更是让这首诗显得委婉，情真意切而感人深挚。

宋之问的弟弟宋之悌虽然没有那么大的名声，却拥有更加正常的世俗生活，不仅勇力惊人，还最终做到了高官。《新唐书》卷二百二·列传第一百二十七·文艺中载："之悌，长八尺。开元中，历剑南节度使、太原尹。尝坐事流朱鸢，会蛮陷驩州，授总管击之。募壮士八人，被重甲，大呼薄贼曰：'獠动即死！'贼七百人皆伏不能兴，遂平贼。"这段文字，基本被全部引入《宋令文》这篇传奇里。其中"朱鸢"即朱鸢县，今越南海兴省快州附近。唐代流放，一般都是岭南、南越等地，大诗人王勃在担任虢州参军时，因杀死自己藏匿的官奴曹达而连累他的父亲被流放到交趾。交趾、朱鸢、䍐州这些地方都在如今的越南北部靠近广西的地方，历来是被称为"南蛮"的地区，唐代为"交管"所辖，辖地大概在今广西南部和越南北部一带；而广西中部、北部，则归为"桂管"辖地。这些南方各"管"中，以"广管"为最大。在这种山高皇帝远的地方，更是"两军相遇勇者胜"了。出身于"神力世家"的宋之悌天生神力，竟然临危受命间仅以"募壮士八人"的微薄兵力，击败蛮贼七百人，可见真是勇冠三军的人物。宋之悌后来曾担任四川的剑南节度使、太原尹，都是重要的官职。剑南节度使节制益州、蜀州、眉州、泸州等二十五州并领昆明军，辖区为今四川省中部，是交通、物产及军事重镇。太原自古为"控带山河，踞天下之肩背"及"襟四塞之要冲，控五原之都邑"的古城，战国七雄中的赵国就定都晋阳，即后来的太原府。太原的地理位置十分重要，为唐王朝发源地，唐高祖李渊曾镇守太原，并于隋末斩杀太原副留守王威、高君雅后起兵，攻取长安，最终以唐王李世民为统帅东征西讨，平定天下。因此，太原一直是唐代重镇，唐代君王数度扩建晋阳城，并封为"北都"，与"京都"长安、"东都"洛阳并称"三都"，地位极其显赫。太原尹看起来虽是地方行政长官，但是作为正三品官员，可以直接跟皇帝打交道，是"通天"的职位，非常重要。由此可见，以有力为特征的宋之悌在世俗中成就很高，反而是他那位才高八斗的哥哥宋之问，虽然自问风流倜傥，少年成名，却因结交不良，一生坎坷，两度被流放岭南，颠沛流离。最后一次流放之后，宋之问最终被下令处死。

宋家二子宋之逊以书法著名，但跟他哥哥宋之问一样名声不佳。他因出卖对他有恩的驸马王同皎，得到武三思的赏识，被任命为正五品的光禄丞，而参与其事的宋之问被任命为正五品的鸿胪丞。

文名虽著，伴君如虎。兄弟三人，各有定数。

柴绍弟[①]

唐柴绍之弟某,有材力,轻矫迅捷,踊身而上,挺然若飞,十余步乃止。太宗令取赵公长孙无忌鞍鞯(jiān)[②],仍先报无忌,令其守备。其夜,见一物如鸟,飞入宅内,割双镫而去,追之不及。又遣取丹阳公主镂金函枕,飞入内房,以手捻士公主面上,举头,即以他枕易之而去,至晓乃觉。尝着吉莫靴走上砖城,且至女墙,手无攀引。又以足蹈佛殿柱,至檐头,捻掾复上,越百尺楼阁,了无障碍。太宗奇之曰:"此人不可处京邑。"出为外官。时人号为"壁龙"。太宗尝赐长孙无忌七宝带,直千金,时有大盗段师子从屋上椽孔间而下露,拔刀谓曰:"公动即死。"遂于枕函中取带去,以刀拄地,踊身椽孔间出。

轻功高手,如履平地

本文主人公是柴绍的弟弟,具体姓名不详。

柴绍为唐高祖驸马,是开唐功臣,被载入"凌烟阁二十四功臣"之列。

柴绍是武将出身,李渊在晋阳(太原)举事时,他在长安得到密报,与平阳公主分别,各自保命。之后,柴绍独自潜出长安,返回晋阳,在路上偶遇李建成和李元吉,并说服打算就地落草的李建成,三人快马加鞭赶到晋阳,正好赶上李渊发动大事,然后开始整顿军马,从晋阳攻入霍县,击败隋将宋老生,继而迅速

---

① 《太平广记》卷一百九十一·骁勇一,注出张鷟《朝野佥载》。本文据中华书局《太平广记》校录。
② 鞯:鞍下垫子。

进击长安，并最终占领了这个最重要、最具有历史意义的都城。从西周开始，在很长一段时间里，长安都是古代中央集权王朝中最为重要的政治、经济、军事中心，汉、唐两代尤为重要，基本奠定了中华文化中的核心要素。在李唐家族举事，并如此迅捷而成功的行动中，几乎每一次重要的进攻，柴绍都是身先士卒，率先攻城。在李唐奠定基业的最重要的前期战役中，柴绍都建立了极大的功勋。后来唐朝多次向突厥用兵，柴绍也亲自率兵进击突厥，在卫公李靖的统一调度下，大败突厥骑兵，平定了西部、北部的纷乱。可以说，柴绍不仅是唐高祖李渊的驸马、唐王李世民最器重的部将，他还是一个武林高手。可想而知，他的弟弟也是一个厉害的角色。

　　这篇短文写柴绍的弟弟有卓绝轻功，能够跃升到空中走十几步，简直如同飞鸟一样轻盈。唐太宗曾下令让他去长孙无忌家盗取一个鞍鞯，并预先通报了长孙无忌，让长孙家加强防备。可见长孙无忌的府兵府将一定是睁大眼睛，到处巡逻的，但柴绍弟仍然轻松地偷走了鞍鞯——"其夜，见一物如鸟，飞入宅内，割双蹬而去，追之不及"。继而，唐太宗又令他去完成一个更加艰难的任务：盗取丹阳公主的"镂金函枕"。于是，柴绍弟又出发了，他"飞入内房，以手捻土公主面上，举头，即以他枕易之而去，至晓乃觉"。这个"镂金函枕"是丹阳公主枕在脑袋下的，稍有动静，公主可能就会醒来，还会尖叫之类的。然而，柴绍弟却采取了一个巧妙的"以手捻土公主面上"的绝招。可以想见这个动作的生动之处。要表现一个人物的独特之处，两件事情还不够，第三件、第四件事，更表现出柴绍弟飞檐走壁的能力："尝着吉莫靴走上砖城，且至女墙，手无攀引。"这是走壁。"又以足蹈佛殿柱，至檐头，捻橡复上，越百尺楼阁，了无障碍。"这是飞檐。

　　柴绍弟这么厉害，每次都通过了唐太宗的测试，按道理应该得到唐太宗的欣赏，给予他重赏或者委以更好的官职才对。没想到唐太宗忌才，见到柴绍弟如此厉害，竟然说"此人不可处京邑"，然后"出为外官"。这里，难道是暗示唐太宗担心他被人收买之后来刺杀自己吗？联想到位列"凌烟阁二十四功臣"之首的长孙无忌,后来竟然被唐高宗赐死,可以见得在那样一种中央集权的政治体制下,"伴君如伴虎"的现实:一个臣子无论如何忠心耿耿,都有可能被皇帝找各种借口除掉。唐太宗算是非常贤明的千古帝君了,然而,在他袭杀亲兄李建成和亲弟李元吉并逼退亲父李渊之后,他的内心深处,难道真的能够做到非常平静,真的能够平衡道德与政治的诡秘吗?

这个故事的结尾很奇特:唐太宗赐给长孙无忌一个价值千金的七宝带,没想到大盗段师子从屋上椽孔间下来,强行抢走了。在首辅大臣家里,这名大盗竟然敢直接拔刀威胁说:"公动即死。"京师大盗嚣张如此,竟然还不了了之。这是暗示着什么呢?段师子到底是谁?就不得而知了。

编末后记

英雄与侠士，是中国历史上非常重要的形象，也是一种非常宝贵的文化遗产。

朝廷有英雄，江湖有侠士。这两者都是正义的力量，英雄维护了国家的平安，侠士弘扬了江湖正义。在古代社会那种朝廷律法所无法触及的隐蔽之处，江湖的道德，就成为重要的纠错手段。刺杀奸佞和邪恶之人，行侠仗义，惩恶扬善，是侠士的本分。本编选入的作品，如聂隐娘千里之外取奸邪之首级如探囊取物，虬髯客不容恶人而必杀之，都是真正的侠客之大举。见天下不平之事，则平之。官府不能做到惩恶扬善，侠士只好直接处理。而至于复仇，不容邪恶之人做了恶事之后仍然能逍遥法外，哪怕是弱女子，只要有足够的坚毅隐忍，如为父亲、丈夫等亲人复仇的谢小娥，为含冤被杀的父亲报仇雪恨的蜀中女子，都是这样决不放弃的。这样的血性，这样的勇气，虽然不容于朝廷律法，不容于儒家道德观念，但是，这是一种典型的江湖纠错模式，也是律法无效之后民间的第二度纠错。如果权力结构无法有效制裁，则民间自己裁决。这种有仇报仇、有怨报怨的模式，其实不是正常社会所应该提倡的，但是，在不正常的社会，在含冤无法得到有效的法律制度的支持，甚至官官相护、狼狈为奸时，行侠仗义、复仇追杀，就可能是一种必要的手段。

其实，"行侠仗义"的本意是"惩恶扬善"，也是自古以来"写家"的本分。清代名家李渔就认为，"惩恶扬善"是写小说的最主要目的。写小说虽然无法真正达到像笔下的侠士那种以激烈手段达到正义的目的，但是这些写作模式，却可以把这种正义手段强化为道德律令。史官的史笔可以警世，可以谏劝，如孔子编纂《春秋》那样分定正邪善恶，而让帝王将相都悚然心惊，这是史学最美妙的幻想。实际上，在那样的社会条件下，虽有史官直笔如董狐，但是千百年来奸佞邪恶一点儿也不减少，昏君恶帝层出不穷，他们所做的怪事、邪事，只有想不到没有做不到。并不是他们天生邪恶，而是这个儒家核心的中央集权制度缺乏对帝君和权力的有效约束。任何一个人，哪怕是最底层的草民，只要拥有不受监督和制约的权力，都有可能会丧失自我而滥用暴力，更何况是集军政财于一身的帝君呢？

大史学家司马迁忍辱负重作《史记》，专门在其中留了一个章节写"游侠列传"，其中各种"刺客"的行为，令人读之至今犹然感到惊心动魄，油然敬佩。男儿不可以没有血性，女子也不可以没有血性，虽然这种血性在很久之前就已经被遗忘了。

第三编 灵物

编首语
古镜记
曹惠
补江总白猿传
孙恪
任氏传
柳毅传
刘贯词
编末后记

编首语

万物有灵的世界

万物有灵的观念，使人类对其他物种甚至无生命物体都心生敬畏，文学中常常赋予这些物种或物体以思想和灵魂，通过他们的思想和灵魂表达人类自身的情感和欲望。人与异类或异物的情感联系，就建立在这些"物"本身的或他们幻化成"人"的形态之后的形体上。

人的世界太平庸、太实际、太无情、太无奈，当人与异类或异物建立了情感联系，人的情感世界就扩大了，自由了，真诚了，不受礼教尤其是虚伪的教义束缚了，人类可以放开眼界，敞开内心，真诚地表达。

在唐传奇中，"灵物"类作品很多，都是万物有灵观的直接体现。《古镜记》是唐传奇的开山之作，传为黄帝亲手铸造的"古镜"，是典型的"灵物"。"古镜"的映照之下，一切妖魔鬼怪都要现形，都要哀叹，都会被摧毁。这大概是后来《西游记》等作品里写到的"照妖镜"的早期原型吧。

在唐传奇中，"灵物"类作品还包括《元无有》《来君绰》《滕庭俊》《周静帝》等（见第五编），都是非人类甚至非生物拥有了灵性，从而具备了人的形态，有些甚至变成了饱学之士。

《西游记》里的老树精学识广博，但被鲁莽的孙悟空和猪八戒摧毁了。而"石猴"是这类"物形而具人性"的最高版本。我们还要注意到《石头记》（即《红楼梦》）里那块"无才可去补苍天"而沦落尘世的"宝玉"。奇怪的是，"石头"类的非生物变成"人"，大多是善良的"仙"；而"动物"变成人，多是邪恶的"魔"。在明代著名的神魔小说《封神演义》里，作者许仲琳把人和动物做了区分，一般来说，动物变成的就是"魔"，归通天教主管辖，与元始天尊、灵宝天尊和道德天尊所率领的人仙，进行了惊天动地的人魔之战。这一战，奠定了仙界的秩序，也奠定了中国上古文化从英雄时代进入了秩序时代的基础。根据《封神演义》的愿望，从那之后，天下就没有什么妖魔了，也没有什么散仙了，普天之下，莫非玉皇大帝管辖。

所以，后来出现了一块石头，从东胜神洲傲来国花果山成精，着实把整个天上地下、东方西方的仙佛闹了个底朝天。

不过，妖精总是要有的，不然，这个世界就太无趣了。

《古镜记》为唐传奇第一篇，神镜传说为黄帝所造，有辟邪之能，照之，无不立即现形就戮。而对自然形成之瘟疫，不能消去。

《曹惠》则以两个成精木偶轻红与轻素的亲历，陈述了南朝齐代著名诗人谢朓的悲惨遭遇，其中隐含着帝王易代、生灵涂炭的真相。而两个具有神性的木偶，却穿越了几百年时间，成为超越人类生命的奇特精灵。

《补江总白猿传》描写了神力盖世的白猿，是这类作品的起源。深山老林里的白猿修成妖术，力大无穷，喜好掳掠人间女子占为己有。这类"白猿"的形象，最后发展为从九天玄女娘娘处盗来《无字天书》的白猿大仙。而《西游记》里的齐天大圣孙悟空的形象，部分地继承了白猿大仙的故事和特性。

《孙恪》写的则是雌性白猿。她不仅法术高深，对孙恪亦有真情，并育有儿女。最终缘分尽了，抛夫弃子，越山而去。

《任氏传》则把传说中神秘的狐狸精世界，搬到了人类的日常生活中演绎，而形成一种世俗生活状态。这样的生动和动情，是唐朝文明活力的微妙体现。

《柳毅传》中，书生柳毅帮助了龙女，于是获得了龙族的帮助，从而得以长生。这是另外一种"跨物种恋爱"了。

《刘贯词》是凡人与龙的交往，却是一种难得的友情关系。

古镜记①

隋汾阴侯生，天下奇士也。王度常以师礼事之。临终，赠度以古镜曰："持此则百邪远人。"度受而宝之。镜横径八寸，鼻作麒麟蹲伏之象。绕鼻列四方，龟龙凤虎，依方陈布。四方外又设八卦，卦外置十二辰位而具畜焉。辰畜之外，又置二十四字，周绕轮廓，文体似隶，点画无缺，而非字书所有也。

侯生云："二十四气之象形。"承日照之，则背上文画，墨入影内，纤毫无失。举而扣之，清音徐引，竟日方绝。嗟乎，此则非凡镜之所同也。宜其见赏高贤，自称灵物。侯生常云："昔者吾闻黄帝铸十五镜，其第一横径一尺五寸，法满月之数也。以其相差，各校一寸，此第八镜也。"虽岁祀攸远，图书寂寞，而高人所述，不可诬矣。昔杨氏纳环②，累代延庆；张公丧剑③，其身亦终。今度遭世扰攘，居常郁怏，王室如毁，生涯何地？宝镜复去，哀哉！今具其异迹，列之于哀哉后。数千载之下，倘有得者，知其所由耳。

大业七年五月，度自御史罢归河东，适遇侯生卒而得此镜。至其年六月，度归长安。至长乐坡，宿于主人程雄家。雄新受寄一婢，颇甚端丽，名曰鹦鹉。度既税（tuō）驾④，将整冠履，引镜自照。鹦鹉遥见，即便叩首流血云："不敢住。"度因召主人问其故。雄云："两月前，有一客携此婢从东来，时婢病甚，客便寄留，云还日当取。比不复来，不知其婢由也。"度疑精魅，引镜逼之。便云："乞

---

① 《太平广记》卷二百三十·器玩二，题《王度》，无撰者，注出陈瀚《异闻集》。汪辟疆先生《唐人小说》题《古镜记》，作者王度。本文采用《唐人小说》题名，据中华书局《太平广记》校录。
② 杨氏纳环：指汉代杨宝救下一只黄雀而得到报答，并子嗣累代受惠的故事。
③ 张公丧剑：指晋代张华得丰城双剑之一龙泉剑，宝剑失踪后张华也被害身死之事。
④ 税驾：解下驾车的马，意思是停车休息。

命！即变形。"度即掩镜曰："汝先自叙，然后变形，当舍汝命。"婢再拜自陈云："某是华山府君庙前长松下千岁老狸，大形变惑，罪合至死。遂为府君捕逐，逃于河渭之间，为下邽陈思恭义女，蒙养甚厚，嫁鹦鹉与同乡人柴华。鹦鹉与华意不相惬，逃而东出韩城县，为行人李无傲所执。无傲粗暴丈夫也，遂将鹦鹉游行数岁。昨随至此，忽尔见留，不意遭逢天镜，隐形无路。"度又谓曰："汝本老狸，变形为人，岂不害人也？"婢曰："变形事人，非有害也。但逃匿幻惑，神道所恶，自当至死耳。"度又谓曰："欲舍汝可乎？"鹦鹉曰："辱公厚赐，岂敢忘德。然天镜一照，不可逃形。但久为人形，羞复故体。愿缄于匣，许尽醉而终。"度又谓曰："缄镜于匣，汝不逃乎？"鹦鹉笑曰："公适有美言，尚许相舍。缄镜而走，岂不终恩？但天镜一临，窜迹无路。惟希数刻之命，以尽一生之欢耳。"度登时为匣镜，又为致酒，悉召雄家邻里，与宴谑。婢顷大醉，奋衣起舞而歌曰："宝镜宝镜，哀哉予命！自我离形，于今几姓？生虽可乐，死必不伤。何为眷恋？守此一方！"歌讫再拜，化为老狸而死，一座惊叹。

大业八年，四月一日，太阳亏。度时在台直①，昼卧厅阁，觉日渐昏。诸吏告度以日蚀甚。整衣时，引镜出，自觉镜亦昏昧②，无复光色。度以宝镜之作，合于阴阳光景③之妙，不然，岂合以④太阳失曜⑤而宝镜亦无光乎？叹怪未已。俄而光彩出，日亦渐明。比及日复，镜亦精朗如故。自此之后，每日月薄蚀，镜亦昏昧。

其年八月十五日，友人薛侠者获一铜剑长四尺，剑连于靶，靶盘龙凤之状，左文如火焰，右文如水波。光彩灼烁，非常物也。侠持过度曰："此剑侠常试之，每月十五日天地清朗，置之暗室，自然有光，傍照数丈。侠持之有日月矣。明公好奇爱古，如饥如渴，愿与君今夕一试。"度喜甚。其夜果遇天地清霁。密闭一室，无

---

① 台直：官员在衙门值班。
② 昏昧：暗淡无光。
③ 景：同"影"。
④ 合以：为何。"合"同"何"。
⑤ 曜：光芒。

复脱隙，与侠同宿。度亦出宝镜，置于座侧。俄而镜上吐光，明照一室，相视如昼。剑横其侧，无复光彩。侠大惊曰："请内镜于匣。"度从其言，然后剑乃吐光，不过一二尺耳。侠抚剑叹曰："天下神物，亦有相伏之理也。"是后每至月望，则出镜于暗室，光尝照数丈。若月影入室，则无光也。岂太阳太阴之耀，不可敌也乎？

其年冬，兼著作郎，奉诏撰国史，欲为苏绰①立传。度家有奴曰豹生年七十矣，本苏氏部曲②，颇涉史传，略解属（zhǔ）文③。见度传草，因悲不自胜。度问其故。谓度曰："豹生常受苏公厚遇，今见苏公言验，是以悲耳。郎君所有宝镜，是苏公友人河南苗季子所遗苏公者。苏公爱之甚。苏公临亡之岁，戚戚不乐。常召苗生谓曰：'自度（duó）④死日不久，不知此镜当入谁手，今欲以蓍（shī）筮（shì）⑤一卦，先生幸观之也。'便顾豹生取蓍，苏生自揲（shé）⑥布卦。卦讫，苏公曰：'我死十余年，我家当失此镜，不知所在。然天地神物，动静有征。今河沠（pài）之间，往往有宝气与卦兆相合，镜其往彼乎？'季子曰：'亦为人所得乎？'苏公又详其卦云：'先入侯家，复归王氏。过此以往，莫知所之也。'"豹生言讫涕泣。度问苏氏，果云旧有此镜，苏公薨后，亦失所在，如豹生之言。故度为苏公传，亦具言其事于末篇，论苏公蓍筮绝伦，默而独用，谓此也。

大业九年正月朔旦⑦，有一胡僧行乞而至度家，弟勣（jì）出见之，觉其神采不

---

① 苏绰：南北朝时代西魏名臣，辅佐宇文泰进行体制改革，四十九岁积劳成疾，病故。宇文泰建立北周第二年，赐苏绰配享庙庭。隋开皇元年，追赠邳国公。其子苏威，历西魏、北周、隋、唐，娶北周大冢宰宇文护之女，支持杨坚立国，隋开皇九年，拜尚书右仆射，为"四贵"之一。大业三年，封邳国公。入唐，求见唐高祖，未能得见。大业八年，王度为苏绰立传，得知古镜从苏家而来，询问苏家，此时苏威当处于坐罪罢免的时期，苏威本人应还在世。苏威寿八十二岁，一生宠辱起伏，与古镜之气相通。《太平广记》收录了一则苏威持有古镜的故事。《北史》有苏绰、苏威父子列传，但无古镜一说。
② 部曲：所属部队的军士或私家兵，唐代时也指家里的家仆。
③ 属文：撰写文章。
④ 度：推测，估计。
⑤ 蓍筮：用蓍草占卜吉凶。
⑥ 揲：用蓍草占卜时，数蓍抽取，以占卜吉凶。
⑦ 朔旦：旧历每月初一。

俗，更邀入室，而为具食，坐语良久。胡僧谓勔曰："檀越家似有绝世宝镜也，可得见耶？"勔曰："法师何以得知之？"僧曰："贫道受明录秘术，颇识宝气。檀越宅上，每日常有碧光连日，绛气属月，此宝镜气也。贫道见之两年矣。今择良日，故欲一观。"勔出之，僧跪捧欣跃，又谓勔曰："此镜有数种灵相，皆当未见。但以金膏涂之，珠粉拭之，举以照日，必影彻墙壁。"僧又叹息曰："更作法试，应照见腑脏，所恨卒无药耳。但以金烟熏之，玉水洗之，复以金膏珠粉，如法拭之，藏之泥中，亦不晦矣。"遂留金烟玉水等法。行之无不获验，而胡僧遂不复见。

其年秋，度出兼芮城令。令厅前有一枣树围可数丈，不知几百年矣，前后令至，皆祠谒此树，否则殃祸立及也。度以为妖由人兴，淫祀宜绝。县吏皆叩头请度。度不得已，为之以祀。然阴念此树当有精魅所托，人不能除，养成其势。乃密悬此镜于树之间。其夜二鼓许，闻其厅前磊落有声，若雷霆者。遂起视之，则风雨晦暝，缠绕此树，电光晃耀，忽上忽下。至明，有一大蛇，紫鳞赤尾，绿头白角，额上有"王"字，身被①数创②，死于树。度便下收镜，命吏出蛇，焚于县门外。仍掘树，树心有一穴，于地渐大，有巨蛇蟠泊之迹。既而坟之，妖怪遂绝。

其年冬，度以御史带③芮城令，持节河北道，开仓粮，赈给陕东。时天下大饥，百姓疾病，蒲陕之间，疠（lì）④疫尤甚。有河北人张龙驹，为度下小吏，其家良贱数十口，一时遇疾。度悯之，赍此入其家，使龙驹持镜夜照。诸病者见镜，皆惊起云："见龙驹持一月来相照，光阴所及，如冰着体，冷彻腑脏。"即时热定，至晚并愈。以为无害于镜，而所济于众。令密持此镜，遍巡百姓。其夜，镜于匣中泠然自鸣，声甚彻远，良久乃止。度心独怪。明早，龙驹来谓度曰："龙驹昨忽梦一人，龙头蛇身，朱冠紫服，谓龙驹：'我即镜精也，名曰紫珍，常有德于君家，故来相

---

① 被：同"披"。
② 创：伤口。《太平广记》写作"疮"，文本据汪辟疆先生《唐人小说》改为"创"。
③ 带：兼任。
④ 疠：瘟疫。

托。为我谢王公：百姓有罪，天与之疾，奈何使我反天救物？且病至后月，当渐愈，无为我苦。'"度感其灵怪，因此志之。至后月，病果渐愈，如其言也。

大业十年，度弟勣，自六合丞弃官归，又将遍游山水，以为长往之策。度止之曰："今天下向乱，盗贼充斥，欲安之乎？且吾与汝同气，未尝远别。此行也，似将高蹈。昔尚子平游五岳，不知所之。汝若追踵前贤，吾所不堪也。"便涕泣对勣。勣曰："意已决矣，必不可留。兄今之达人①，当无所不体。孔子曰：'匹夫不夺其志矣。'人生百年，忽同过隙。得情则乐，失志则悲，安遂其欲？圣人之义也。"度不得已，与之决别，勣曰："此别也，亦有所求。兄所宝镜，非尘俗物也。勣将抗志云路②，栖踪烟霞，欲兄以此为赠。"度曰："吾何惜于汝也！"即以与之。

勣得镜遂行，不言所适。至大业十三年夏六月，始归长安。以镜归，谓度曰："此镜真宝物也！辞兄之后，先游嵩山少室，降石梁，坐玉坛。属日暮，遇一嵌岩，有一石堂可容三五人，勣栖息止焉。月夜二更后，有两人，一貌胡，须眉皓而瘦，称山公；一面阔，白须眉长，黑而矮，称毛生。谓勣曰：'何人斯居也？'勣曰：'寻幽探穴访奇者。'二人坐，与勣谈久，往往有异义出于言外。勣疑其精怪，引手潜后，开匣取镜，镜光出而二人失声俯伏。矮者化为龟，胡者化为猿。悬镜至晓，二身俱殒，龟身带绿毛，猿身带白毛。即入箕山，渡颍水，历太和，视玉井，井傍有池，水湛然绿色。问樵夫，曰：'此灵湫耳。村间每八节祭之，以祈福佑。若一祭有阙，即池水出黑云大雹，浸堤坏阜。'勣引镜照之，池水沸涌，有雷如震。忽尔池水腾出，池中不遗涓滴。可行二百余步，水落于地。有一鱼，可长丈余，粗细大于臂。首红额白，身作青黄间色。无鳞有涎，蛇形龙角③，嘴尖，状如鲟鱼，动而有光。在于泥水，困而不能远去。勣谓鲛也，失水而无能为耳。刃而为炙，甚膏有味，以充数朝口腹。遂出于宋汴。汴主人张琦家有

---

① 达人：通达事理，看清天下时局的人。
② 抗志云路：指不求仕宦而去远游。"云路"代指"仕途"。
③ 蛇形龙角：《太平广记》写作"龙形蛇角"。本文据汪辟疆先生《唐人小说》改为"蛇形龙角"。

女子患。入夜，哀痛之声，实不堪忍。勣问其故，病来已经年岁。白日即安，夜常如此。勣停一宿，及闻女子声，遂开镜照之。痛者曰：'戴冠郎被杀。'其病者床下，有大雄鸡死矣。乃是主人家七八岁老鸡也。游江南，将渡广陵扬子江，忽暗云覆水，黑风波涌，舟子失容，虑有覆没。勣携镜上舟，照江中数步，明朗彻底，风云四敛，波涛遂息。须臾之间，达济天堑。跻摄山，趋芳岭，或攀绝顶，或入深洞。逢其群鸟环人而噪，数熊当路而蹲，以镜挥之，熊鸟奔骇。是时利涉浙江，遇潮出海，涛声振吼，数百里而闻。舟人曰：'涛既近，未可渡南。若不回舟，吾辈必葬鱼腹。'勣出镜照，江波不进，屹如云立，四面江水豁开五十余步，水渐清浅，鼋鼍散走，举帆翩翩，直入南浦。然后却视，涛波洪涌，高数十丈，而至所渡之所也。遂登天台，周览洞壑。夜行佩之山谷，去身百步，四面光彻，纤微皆见。林间宿鸟，惊而乱飞。还履会稽，逢异人张始鸾，授勣《周髀》《九章》①及明堂六甲②之事。与陈永同归。更游豫章，见道士许藏祕，云是旌阳③七代孙，有咒登刀履火之术。说妖怪之次，更言丰城县仓督李敬慎家有三女遭魅病，人莫能识，藏祕疗之无效。勣故人曰赵丹有才器，任丰城县尉，勣因过之。丹命祗承人指勣停处。勣谓曰：'欲得仓督李敬慎家居止。'丹遽命敬为主礼。勣因问其故。敬曰：'三女同居堂内阁子，每至日晚，即靓妆炫服。黄昏后，即归所居阁子，灭灯烛。听之，窃与人言笑声。及其晓眠，非唤不觉。日日渐瘦，不能下食。制之不令妆梳，即欲自缢投井，无奈之何。'勣谓敬曰：'引示阁子之处。'其阁东有窗。恐其门闭固而难启，遂昼日先刻断窗棂四条，却以物支拄之如旧。至日暮，敬报勣曰：'妆梳入阁矣。'至一更，听之，言笑自然。勣拔窗棂子，持镜入阁照之。三女叫云：'杀我婿也！'初不见一物，悬镜至明，有一鼠狼，首尾长一尺三四寸，身无毛齿；有一老鼠，亦无毛齿，其肥大可重五斤；又

---

① 《周髀》《九章》：即《周髀算经》《九章算术》，前者是天文书，后者是数学书。
② 明堂六甲：道家方术。
③ 旌阳：全名许旌阳，晋代道士，南昌人。

有守宫，大如人手，身披鳞甲，焕烂五色，头上有两角，长可半寸，尾长五寸已上，尾头一寸色白，并于壁孔前死矣。从此疾愈。其后寻真至庐山，婆娑数月。或栖息长林，或露宿草莽。虎豹接尾，豺狼连迹，举镜视之，莫不窜伏。庐山处士苏宾，奇识之士也。洞明《易》道，藏往知来。谓勣曰：'天下神物，必不久居人间。今宇宙丧乱，他乡未必可止。吾子此镜尚在，足下卫，幸速归家乡也。'勣然其言，即时北归。便游河北，夜梦镜谓曰：'我蒙卿兄厚礼，今当舍人间远去，欲得一别，卿请早归长安也。'勣梦中许之。及晓，独居思之，恍恍发悸，即时西首①秦路。今既见兄，勣不负诺矣。终恐此灵物亦非兄所有。"数月，勣还河东。

大业十三年，七月十五日，匣中悲鸣，其声纤远。俄而渐大，若龙咆虎吼，良久乃定。开匣视之，即失镜矣。

着了魔的镜子们

在《王度》之前，《太平广记》还收录了一篇题为《苏威》的短文：

隋仆射苏威有镜殊精好。日月蚀既，镜亦昏黑无所见。威以左右所污，不以为意。他日，月蚀半缺，其镜亦半昏如之。于是始宝藏之。后柜中有声如雷，寻之乃镜声。无何而子夔（kuí）死。后又有声而威败。其后不知所在。（《太平广记》卷二百三十，注出《传记》）

唐代刘悚（sù）《隋唐嘉话》载录此事，文字与此相同。
这篇故事篇幅很长，特点如下：
一、讲故事的套路：作者自己讲，作者听别人讲（鹦鹉、豹生、张龙驹、王勣）。

---

① 西首：把西方作为目标，往西走，意即"返回"。

二、古镜的特别之处：外观奇特（文字、花纹等），能发光，敲击时声音清脆，治病/除妖，代表上天意愿（瘟疫时不可"反天救物"）。

三、古镜与主人的特殊关系。

四、古镜与政治时局的关系。

五、古镜与道家法术的关系。

六、背后主线：天命不可违。

"镜子"是人类生活中最常见的用品，是文学作品中最重要、最迷人的物件之一。

人类的一个最大的困窘，是眼睛无法看到自己。在哲学上，可以把这称为"自我的迷失"。一个幼儿对自我的认识，首先从镜子开始——第一次看见自己的脸是从镜子里，或从妈妈的眼睛（也是镜子）里。但婴儿并不认识"镜中人"，不知道这个人是谁，他/她只是好奇地看着。等他/她终于认识到这活动影像就是自己时，他/她的自我身份认识就开始了，就开始有了"自我"和"自我意识"，知道自己是谁了。

这样的问题，以及相关的哲学、心理学、社会学的问题研究，千年来积累了巨量成果。德国汉学家莫宜佳教授在《中国中短篇叙事文学史》里说："镜子在中西文化中都既是自我认知，同时又是自欺欺人的工具。"

文学作品中有几面很有名的镜子。

最有名的一面镜子出现在希腊神话中。大英雄帕修斯被塞里福斯岛国王波吕得克忒斯设计欺骗，答应把蛇发妖女美杜莎的头送给他当礼物——而任何人看见美杜莎的眼睛都会变成石头。要靠近美杜莎又不能正眼看她以避免被变成石头，这便成了两难问题。智慧女神雅典娜给帕修斯一面闪闪发光的盾（像镜子一样），从这面盾里看美杜莎，就可以避免直视对方而导致石化的命运。依靠这面"镜子"，帕修斯趁美杜莎睡着时杀死了她，砍下了她的蛇发脑袋放在水仙的皮袋里带回了塞里福斯。在这个神话里，"镜子"消除恶魔的力量，并保护帕修斯——美杜莎的蛇发脑袋经过盾镜折射后魔力消失了。当帕修斯回到塞里福斯岛后，国王波吕得克忒斯不相信帕修斯完成了这个"不可能的任务",要求亲眼看看美杜莎的头。帕修斯把美杜莎的头从皮袋里拿出来,波吕得克忒斯一看,就变成了一块石头。

这个著名的神话故事,以"镜子"作为最重要的"辟邪"手段,让帕修斯避免了被伤害,又巧妙地报复了恶毒的国王。

人类文明发展之后,懂得通过镜子去观察外部世界和自我,镜子成了人类观察有害的或者无法企及的事物时,所采用的最重要的也是最常用的手段。

人类还可以通过特殊的镜子来观察太阳,运用大型射电天文望远镜观测宇宙深处,探索遥远尽头的未知秘密。

据说在法国卢浮宫藏着一面"杀人魔镜"。二百多年来,这面镜子被认为已经杀死了三十八个人。无论谁,如果在这面镜子前照一次,就会死亡——脑溢血、心脏病,或莫名猝死。这面镜子具有什么魔力会置人于死地呢?在科学时代,人们不再相信魔咒,科学家认为可能是镜子涂了有毒物质。人们站在镜子前会吸入有毒物质,而导致发病身亡。

但这种解释并不能让人信服——经过了几百年的挥发或者蜕变,镜子含有的有毒物质可能早就失效了。有些人坚持认为有一种符咒被施加在这面镜子上,吸取照镜人的魂魄。

英国数学家刘易斯·卡罗尔撰写的童话小说《爱丽丝镜中奇遇记》[①],一百多年来畅销不衰。

中国最伟大的古典小说《红楼梦》里有一面"风月宝鉴",这是一面能够照见一个人命运的"宝镜"。

而中国古代最有名的镜子故事,可能是收于《太平广记》卷一百六十六里写南朝陈后主妹妹乐昌公主陈贞的"乐昌公主破镜重圆"(即《杨素》一篇)。在这

[①] 《爱丽丝镜中奇遇记》:此为《爱丽丝梦游仙境》(又译《爱丽丝漫游奇境记》)的姊妹篇,出版于1871年。——编者注

个故事里，乐昌公主和丈夫徐德言年轻时彼此恩爱，但在国破家亡、王族被掳北去不得不泪别丈夫之前，她把梳妆台上的铜镜摔成两半，让丈夫珍藏半块铜镜，作为日后重逢时的凭证——这面分成两半的镜子，跟有情人被迫分离的命运联系到一起，成为令人感叹的难忘的爱情故事。

但镜子完全作为故事主角，只在隋末唐初王度所作的《古镜记》里出现。

《古镜记》这篇古文小说的历史地位很高，著名唐代小说研究专家刘开荣先生在《唐代小说研究》里说："《古镜记》可以说是中国真正有小说的最早作品。……王度在这儿用极漂亮流利的'古文'写小说，在唐代小说史中实有不可磨灭的价值。……用这样纯粹齐整而又美丽的'古文'，着意写小说把它作为表现的工具，的确是第一遭。所以《古镜记》应该是在传奇小说史上占了第一页。"①

我们再来看作为唐传奇第一篇的《古镜记》讲的是什么。

很多学者包括刘开荣先生，都用现代的小说叙事和结构理论去评价《古镜记》，认为这篇小说在结构上松散，中心思想不明确，且人物无法评估，因此不算是上佳的作品。确实，与后来的《补江总白猿传》《李娃传》《霍小玉传》等纯熟的故事叙事技巧相比，这篇小说确实乏于谋篇布局，也不在意于讲述一个完整的、前后有强烈伏笔及对照的故事，只用一面神奇的"古镜"来贯穿社会动荡期所经历的"人与事"。

小说一开头就表明"古镜"的来头不凡——所谓先声夺人，也是故事的经典手段之一。

淮阴的侯生为天下之奇士，他临终时，把家里秘藏的宝镜送给了王度，说："持此则百邪远人。"可见这面镜子具有辟邪功能，而且来头不凡，侯生曰："昔者吾闻黄帝铸十五镜……此第八镜也。"在中国传说中，黄帝是"三皇五帝"之首，道教传统里独尊的神仙派老大，上古神人中的神人，历来以法力无边、统摄群神著称。这面排行第八的古镜不仅来头大，而且出身也是名门正派，为黄帝亲

---

① 见《唐代小说研究》，刘开荣著，商务印书馆1955年6月第一版修订本，P46。

手铸造，带着神族正宗血统。

古镜第一个功能开篇就出现了："辟邪"。中国的镜子大多是具有辟邪功能的。而"照镜子"，还能让人认清自我。西方的镜子带有邪魔气，喜欢害人。在西方传说里，照镜子有时不能认识自我，反而迷失自我。

中国传统文化中，更喜欢把镜子看作人类可以信任的事物。

接下来就要讲到这面具有辟邪功能的古镜所经历的种种故事。

大业七年（公元611年）五月，王度去官"罢归河东"，途中遇见了临终的侯生，得到了这面古镜。六月回长安，"至长乐坡，宿于主人程雄家。雄新受寄一婢，颇甚端丽，名曰鹦鹉"。这个名叫"鹦鹉"的婢女，是千年老狐所化。王度无意中掏出古镜梳妆时，鹦鹉瞥见古镜立即"叩首流血"想离开，但被王度拿古镜罩住无法逃脱，于是坦承自己是"华山府君庙前长松下千年老狸"。老狐狸并非明代白话小说《三遂平妖传》里那种害人精，而是在人类中都堪称慷慨激昂之士的老狐狸。

鹦鹉有气节，守信用。王度还担心自己撒镜时她会趁机逃跑，但鹦鹉说："公适有美言，尚许相舍。缄镜而走，岂不终恩？但天镜一临，窜迹无路，惟希数刻之命，以尽一生之欢耳。"所言之大方、大度，令人怦然敬佩。这种通达生死的观念确实有大气象。

鹦鹉喝醉之后，"奋衣起舞"而歌曰："宝镜宝镜，哀哉予命！自我离形，于今几姓？生虽可乐，死必不伤。何为眷恋，守此一方！"歌词大气，语言洒脱，鹦鹉竟然是慷慨悲歌、生死洒脱的高士。同样是写狐狸，王度的气概远高于蒲松龄。

古镜的辟邪功效，还有王度出任芮城令时，以宝镜相照，而杀灭作祟妖蛇等故事。后来，王度之弟王勣弃官，打算远游，来借宝镜护身。三年后返回长安，跟王度说起种种由宝镜引起或平息的怪异之事。这面宝镜映照隋末崩溃、纷乱四起的社会现状。

宝镜的第二项功能：洞察幽微。有个胡僧懂得观察气象，他告诉王度："此镜有数种灵相，皆当未见。但以金膏涂之，珠粉拭之，举以照日，必影彻墙壁。……更作法试，应照见腑脏……"这里说到"照见腑脏"的功能，很像现代医学上的X光或者CT检查。

接着，小说谈论古镜的怪异之事，"合于阴阳光景之妙"，并用日食来做引述。但据日本著名汉学家内山知也教授在《隋唐小说研究》里的说法，已经有人研究过，"大业八年四月一日"这天并没有日食，作者借用这个日子不过是用来讲古镜的神妙之处。

知识

杨氏纳环

弘农杨宝，性慈爱。年九岁，至华阴山，见一黄雀为鸱枭所搏，逐树下，伤瘝甚多，宛转复为蝼蚁所困。宝怀之以归，置诸梁上。夜闻啼声甚切，亲自照视，为蚊所啮，乃移置巾箱中，啖以黄花。逮十余日，毛羽成，飞翔，朝去暮来，宿巾箱中，如此积年。忽与群雀俱来，哀鸣绕堂，数日乃去。是夕，宝三更读书，有黄衣童子曰："我，王母使者。昔使蓬莱，为鸱枭所搏，蒙君之仁爱见救，今当受赐南海。"别以四玉环与之，曰："令君子孙洁白，且从登三公，事如此环矣。"宝之孝大闻天下，名位日隆。子震，震生秉，秉生彪，四世名公。及震葬时，有大鸟降，人皆谓真孝招也。（梁·吴均《续齐谐记》）

张公丧剑

初，赵王伦为镇西将军，挠乱关中，氐羌反叛，乃以梁王肜（róng）代之。或说华曰："赵王贪昧，信用孙秀，所在为乱，而秀变诈，奸人之雄。今可遣梁王斩秀，刘赵之半，以谢关右，不亦可乎！"华从之，肜许诺。秀友人辛冉从西来，言于肜曰："氐羌自反，非秀之为。"故得免死。伦既还，谄事贾后，因求录尚书事，后又求尚书令。华与裴頠（wěi）皆固执不可，由是致怨，伦、秀疾华如仇。武库火，华惧因此变作，列兵固守，然后救之，故累代之宝及汉高斩蛇剑、王莽头、孔子履等尽焚焉。时华见剑穿屋而飞，莫知所向。

……

初，吴之未灭也，斗牛之间常有紫气，道术者皆以吴方强盛，未可图也，惟华以为不然。及吴平之后，紫气愈明。华闻豫章人雷焕妙达纬象，乃要焕宿，屏人曰："可共寻天文，知将来吉凶。"因登楼仰观，焕曰："仆察之久矣，惟斗牛之间颇有异气。"华曰："是何祥也？"焕曰："宝剑之精，上彻于天耳。"华曰："君言得之。吾少时有相者言，吾年出六十，位登三事，当得宝剑佩之。斯言岂效与！"因问曰："在何郡？"焕曰："在豫章丰城。"华曰："欲屈君为宰，密共寻之，可乎？"焕许之。华大喜，即补焕为丰城令。焕到县，掘狱屋基，入地四丈余，得一石函，光气非常，中有双剑，并刻题，一曰龙泉，一曰太阿。其夕，斗牛间气不复见焉。焕以南昌西山北岩下土以拭剑，光芒艳发。大盆盛水，置剑其上，视之者精芒炫目。遣使送一剑并土与华，留一自佩。或谓焕曰："得两送一，张公岂可欺乎？"焕曰："本朝将乱，张公当受其祸。此剑当系徐君墓树①耳。灵异之物，终当化去，不永为人服也。"华得剑，宝爱之，常置坐侧。华以南昌土不如华阴赤土，报焕书曰："详观剑文，乃干将也，莫邪何复不至？虽然，天生神物，终当合耳。"因以华阴土一斤致焕。焕更以拭剑，倍益精明。华诛，失剑所在。焕卒，子华为州从事，持剑行经延平津，剑忽于腰间跃出堕水。使人没水取之，不见剑，但见两龙各长数丈，蟠萦有文章，没者惧而反。须臾光彩照水，波浪惊沸，于是失剑。华叹曰："先君化去之言，张公终合之论，此其验乎！"华之博物多此类，不可详载焉。（《晋书》卷三十六·列传第六）

苏　绰

绰又著佛性论、七经论，并行于世。周明帝二年，以绰配享文帝庙廷。子威嗣。（《北史》卷六十三·列传第五十一）

---

① 此剑当系徐君墓树：典出吴贤公子季札挂剑于徐国国君墓树的故事。

曹惠①

　　武德初,有曹惠者为江州参军。官舍有佛堂,堂中有二木偶人,长尺余,雕饰甚巧妙,丹青剥落。惠因持归与稚儿。后稚儿方食饼,木偶引手请之。儿惊报惠,惠笑曰:"取木偶来。"即言曰:"轻素自有名,何呼木偶!"于是转盼驰走,无异于人。惠问曰:"汝何时物?颇能作怪。"轻素与轻红曰:"是宣城太守谢家②俑偶③,当时天下工巧,皆不及沈隐侯④家老苍头孝忠也。轻素、轻红,即孝忠所造。隐侯哀宣城无常,葬日故有此赠。时素圹中,方持汤与乐夫人濯足,闻外有持兵称敕声,夫人畏惧,跣足化为白螾。少顷,二贼执炬至,尽掠财物,谢郎持舒瑟瑟环,亦为贼敲颐脱之。贼人照见轻红等曰:'二明器不恶,可与小儿为戏具。'遂持出,时天平二年⑤也。自尔流落数家。陈末,麦铁杖犹子将至此。"惠又问曰:"曾闻谢宣城婚王敬则女,尔何遽云乐夫人?"轻素曰:"王氏乃生前之妻,乐氏乃冥婚耳。王氏本屠酤(gū)种,性粗率多力,至冥中,犹与宣城不睦,伺宣城严颜,则磔(zhé)石拄关,以为威胁。宣城自密启于天帝,许逐之。二女一男,悉随母归矣。遂再娶乐彦辅第八女,美资质,善书,好弹琴,尤与殷东阳仲文⑥、谢荆州晦⑦夫人相得,日恣追寻。宣城尝云:'我才方古词人,唯

---

① 《太平广记》卷三百七十一·精怪四,注出牛僧孺《玄怪录》。本文据中华书局《太平广记》校录。
② 谢家:指谢朓家。齐建武二年(公元495年),谢朓出任宣城太守。齐东昏侯永元元年(公元499年)遭诬陷而死,卒年三十六岁。
③ 俑偶:木偶人,一般用于墓葬陪葬品。
④ 沈隐侯:南齐沈约。沈约与谢朓等诗人主张的"永明体"被称为"新体诗"。沈约还写了《伤谢朓》。
⑤ 天平二年:东魏天平二年,公元535年。故事意指这一年谢朓墓被盗。
⑥ 殷东阳仲文:殷仲文,东晋大臣、诗人,因从桓玄乱,后被处死。
⑦ 谢荆州晦:谢晦,南朝大臣,被檀道济擒杀。

不及东阿①耳。其余文士，皆吾杌（wù）②中之肉，可以宰割矣。'见为南曹典铨（quán）郎③，与潘黄门④同列，乘肥衣轻，贵于生前百倍。然十月一朝晋宋齐梁，可以为劳，近闻亦已停矣。"惠又问曰："汝二人灵异若此，吾欲舍汝如何？"即皆言曰："以轻素等变化，虽无不可，君意如不放，终不能逃。庐山山神，欲取轻素为舞姬久矣，今此奉辞，便当受彼荣富。然君能终恩，请命画工，便赐粉黛。"惠即令工人为图之，使摛（chī）⑤锦绣。轻素笑曰："此度非论舞伎，亦当彼夫人。无以奉酬，请以微言留别。百代之中，但以他人会者，无不为忠臣，居大位矣。'鸡角入骨，紫鹤吃黄鼠，申不害，五通泉室，为六代吉昌。'"

后有人祷庐山神，女巫言："神君新纳二妾，要翠钗花簪，汝宜求之，当降大福。"祷者求而焚之，遂如愿焉。

惠亦不能知其微言，访之时贤，皆不悟。或云：中书令岑文本⑥识其三句，亦不为人说。

历史的细节，让木偶来告诉你

轻素、轻红，被赋予生命的冥器，墓穴中忠诚陪伴死去的主人，讲述主人的真实生活，主人在另一世界的情感、仕途，用偶人亲历证实另一个空间的存在。

《搜神记》作者干宝，在晋代就讲述了自家父亲侍妾在墓穴中陪伴死去的父亲十余年，再次发冢，侍妾竟然活着，颜色更加艳丽。这就是人们信奉来世的理

---

① 东阿：指三国时魏国大诗人曹植。南朝大诗人谢灵运对他有"才高八斗"之誉。
② 杌：方凳。
③ 南曹典铨郎：掌管档案文书的官。
④ 潘黄门：西晋潘安，曾任职黄门侍郎。
⑤ 摛：舒展。
⑥ 岑文本：唐初宰相。

由，因为，人在这个世界的死亡，就是在另一个世界的生存；这个世界的不如意，在另一个世界都会好起来，会得到真爱，会仕途顺利，会精神愉悦。

《曹惠》此文更准确的命名似乎应该是《轻红轻素》，因为讲述的主人公实为两位具有人性和神性的木偶所经历的历史神秘故事。从唐代看晋代以及其后的宋、齐、梁、陈各朝，不过是三百年前的往事，各种熙熙攘攘、纷繁复杂，各种英雄豪杰此起彼伏，各领风骚，然而，时间才是一切的主宰，无论多么高贵的高门大院，无论多么厉害的英雄豪杰，最终都是"旧时王谢堂前燕，飞入寻常百姓家"。文中"谢宣城"是南朝大诗人谢朓的名号，即为唐代诗人常常提起并十分敬仰的"大谢小谢"中的"小谢"。李白的名作《宣州谢朓楼饯别校书叔云》里写到"蓬莱文章建安骨，中间小谢又清发"，用"小谢"来比喻自己，可见一向谁也不服的诗仙李白对谢朓是非常敬仰的。他不是一次登临谢朓楼，而是多次。这首诗里另有名句："抽刀断水水更流，举杯消愁愁更愁。"

谢朓楼是谢朓出任宣城太守时修建的，又名"叠嶂楼"。

谢朓出身名门，是陈郡谢氏一支。东晋中期以谢安为首的东山谢氏崛起，主导东晋国防部队北府军八万人，在著名的"淝水之战"中以少胜多，击败前秦皇帝苻坚统率的号称能"投鞭断流"的百万之师，赢得了巨大声誉。以谢安、谢石、谢玄、谢奕为代表的谢氏家族，此后两百年皆为高门望族，历东晋、宋、齐、梁四代。其间著名文学家迭出，谢灵运和谢朓是其中最杰出的代表，更是开创和奠定了"山水田园诗"的鼻祖。晋代著名女诗人谢道韫，为宰相谢安侄女、安西将军谢奕之女，又嫁与大书法家王羲之次子王凝之为妻，其母阮容为西晋著名文学社团"竹林七贤"成员阮籍、阮咸后裔。谢道韫可谓名门之秀，闺中豪杰。《世说新语·咏雪》里写到谢道韫，让她千古留名：

> 谢太傅寒雪日内集，与儿女讲论文义。俄而雪骤，公欣然曰："白雪纷纷何所似？"兄子胡儿曰："撒盐空中差可拟。"兄女曰："未若柳絮因风起。"公大笑乐。即公大兄无奕女，左将军王凝之妻也。

这里展现了谢道韫的敏捷之才，成为千古佳话。

谢朓出任宣城太守时才三十一岁，然而那个时候的他已经历经沧桑了。当时，萧氏皇族相互倾轧，彼此攻伐，十分混乱而凶险。谢朓早年即有极高的文学造诣，曾为竟陵王萧子良的门下宠士，与后来即皇帝位开创梁代的梁武帝萧衍，著名文学家、历史学家沈约等组成文学史上著名的"竟陵八友"文学社团，又与沈约一起反思前代，提倡清雅自然，开创了"永明体"，对后世诗歌的发展影响极大。即便如此，谢朓还是因为卷入了萧氏的皇权之争，最终被谋夺帝位的始安王萧遥光诬陷下狱致死。而在此之前，因"出卖"岳父王敬则的起兵之事，导致南齐开国功臣老将王敬则被族灭，谢朓的身后也背上了"出卖者"的污名。实际上，出身世家，母亲还是公主的谢朓，年纪轻轻就卷入了各种"宫斗"大戏中，虽然战战兢兢、神经紧绷，最终仍然逃不过被毁灭的命运。这就是《曹惠》里通过两个木偶的视角来告诉读者的真正的故事。就像其他很多以历史人物、历史事件为背景的唐传奇一样，要真正读懂和理解这篇看起来短小简洁的作品，对于文中所涉及的相关内容先做一番了解，是必不可少的。顺便要说一下，文中提到的"沈隐侯"，他家里的一个老仆人孝忠心灵手巧，善于制造，而轻红和轻素这两个木偶就出自他的手。隐侯"哀宣城无常，葬日故有此赠"。这个沈隐侯，就是"竟陵八友"中的核心人物沈约。他和谢朓在八人团体中文学造诣和成就最高。后来，文学社团中的萧衍登上皇帝大位，他做出了关键的贡献，成为萧衍身边的红人。然而，"伴君如伴虎"这句话我们又要提一次，那就是在中央集权制度下，哪怕是你从小一起长大，一起办文学社团的好友，一旦其中一个人当上了皇帝，就不能再把他当朋友看待了，只能把他当成天子、神圣，要像其他人一样，朝着这个年轻时的好兄弟磕头跪拜。其中的荒诞感觉，难免滋生。而沈约，也是因为无法控制自己，无法让自己成为一个皇帝手下的真正奴才，说了一些在梁武帝萧衍看来不怎么恭敬的话，于是遭到了梁武帝的厌恶、疏远与排斥，甚至，在沈约生病时还派人去严厉斥责，以至于沈约在过度的担忧惊吓之下病重而亡。要知道，梁武帝萧衍有很高的文学天赋，笃信佛教，在位四十八年，是中国历朝历代中少有的明君和智者，在他治下，南齐的人民安居乐业，生活富足，与北魏之间也基本和平，并无大的冲突和战事。近半个世纪刀枪入库，和平富足，文学事业和佛教事业也迅速发展。萧衍的长子、昭明太子萧统领衔主编的《昭明文选》（又称《文选》），主旨明确、体例严谨，收录自周代至六朝梁以前七八百年间一百三十多位作者的诗文七百余篇，是一部现存最早的"文学总集"。这部《文选》不收入"诸子百家"和历史作品，而严格遴选，仅"事出于沉思，义归乎翰藻"的才能录入。从《文选》开始，"文学"作为一个明确的艺术门类、一个正式的体例，摆脱了"文史哲不分家"的混沌局面而独立出来。而即便如梁武帝萧衍这样堪称贤明的帝君，因为缺乏有效的制度制约，一旦登上九五至尊，掌握黎民百姓和朝廷臣子的生杀予夺大权，他也立即变成了一个"非人性"的人，一个甚至可以说是"暴君"的人。萧衍登基时，作为他年轻时代的文友，谢朓早已经被埋入坟茔，成为另一个世界的人了。只有借助轻红、轻素这两个具有神性的精灵，人们才窥见谢宣城在另一个世界的"风光"。

在那个世界里，谢朓的绝高才能终于得到了合理的承认，而谨慎的谢朓也敢于个性化地自我表达了："我才方古词人，唯不及东阿耳。其余文士，皆吾机中之肉，可以宰割矣。"他仅仅佩服才高八斗的东阿王曹植，连自己的前辈族祖谢灵运似乎也都不放在眼里，就这么豪情万丈。并且，他还被封为"南曹典铨郎"，"与潘黄门同列，乘肥衣轻，贵于生前百倍"。这里的"潘黄门"是西晋的潘安，历史上最著名的美男子之一。据说，潘安乘车出行，他的女粉丝们会围着车在街上狂追狂喊，并且朝车上扔鲜花水果蔬菜等各种东西（大概没有鸡蛋），一路走下来，装满了一车。可见粉丝之疯狂，古今略同。

谢朓写作，情景自然，动静互洽，生动有趣。他在离开南京去宣州上任的途中，写了两首诗，第一首《晚登三山还望京邑》，第五至八句"余霞散成绮，澄江静如练。喧鸟覆春洲，杂英满芳甸"，向为历代诗人所推崇；第二首《之宣城郡出新林浦向板桥》，其中"天际识归舟，云中辨江树"两句为历代赞颂。谢朓的田园诗也极其有趣，动静皆宜：如《游东田》中的"鱼戏新荷动，鸟散余花落",亦为千古名句。

  轻素、轻红的忠诚,换来了神灵的眷顾,预示世间万物,只要有善良、真诚,就会得到回报,获得灵魂的升华。木偶如此,陪葬的冥器如此,人,更加如此。人的灵魂,如果没有善,就会坠入地狱成为不可超拔的恶鬼。《辛公平》里那个被无辜暗杀的皇帝,正因为他无辜,所以地府会派阴间的使节来迎接他的灵魂。

  生死之间,在凡俗之人看来不可逾越,但在佛家或道家的世界,人的灵魂大可超越肉体,在"死亡"的世界重启"生"的生活。

补江总白猿传①

梁大同②末,遣平南将军蔺(lìn)钦南征,至桂林,破李师古、陈彻。别将欧阳纥(hé)③略地至长乐,悉平诸洞,深入险阻。纥妻纤白,甚美。其部人曰:"将军何为挈丽人经此?地有人,善窃少女,而美者尤所难免,宜谨护之。"纥甚疑惧,夜勒兵环其庐,匿妇密室中,谨闭甚固,而以女奴十余伺守之。尔夕,阴雨晦黑,至五更,寂然无闻。守者怠(dài)④而假寐(mèi)⑤,忽若有物惊寤(wù)⑥者,即已失妻矣。门扃如故,莫知所出。出门山险,咫(zhǐ)尺迷闷,不可寻逐。迨(dài)⑦明⑧,绝无其迹。

纥大愤痛,誓不徒还⑨。因辞疾,驻其军,日往四遐(xiá)⑩,即深凌险以索之。既逾月,忽于百里之外丛条上,得其妻绣履一只。虽雨浸濡,犹可辨识。纥尤凄悼,求之益坚。选壮士三十人,持兵负粮,岩栖野食。又旬余,远所舍约

---

① 《太平广记》卷四百四十四·畜兽十一,题《欧阳纥》,不题撰人,注出《续江氏传》。汪辟疆先生《唐人小说》题《补江总白猿传》,无作者。本文据中华书局《太平广记》校录。
② 大同:南朝梁武帝萧衍年号,公元535—546年。
③ 欧阳纥(公元537—570年):出生于南朝梁大同三年,是陈国时的一位将军。父亲任广州刺史。陈太建元年(公元569年),时任广州刺史的欧阳纥反兵朝廷,第二年(公元570年)兵败被俘,死于建康(南京)。他的儿子欧阳询是唐初书法家、文学家。
④ 怠:疲倦,疲劳。
⑤ 假寐:小憩,打个小盹儿。
⑥ 惊寤:惊醒。寤:醒。
⑦ 迨:等到。
⑧ 明:天亮。
⑨ 誓不徒还:发誓不找到妻子绝不回去。
⑩ 遐:远方。

二百里，南望一山，葱秀迥出。至其下，有深溪环之，乃编木以渡。绝岩翠竹之间，时见红彩，闻笑语音。扪（mén）萝引絙（huán）①，而陟（zhì）②其上，则嘉树列植，间以名花，其下绿芜，丰软如毯，清回岑寂，杳然殊境。有东向石门，妇人数十被服鲜泽，嬉游歌笑，出入其中。见人皆漫视迟立。至则问曰："何因来此？"纥具以对。相视叹曰："贤妻至此月余矣。今病在床，宜遣视之。"入其门，以木为扉（fēi）③。中宽辟若堂者三。四壁设床，悉施锦荐④。其妻卧石榻上，重茵累席⑤，珍食盈⑥前。纥就⑦视之。回眸一睇（dì）⑧，即疾挥手令去。

诸妇人曰："我等与公之妻，比来久者十年。此神物所居，力能杀人，虽百夫操兵，不能制也。幸其未返，宜速避之。但求美酒两斛（hú）⑨，食犬十头，麻数十斤，当相与谋杀之。其来必以正午。后慎勿太早，以十日为期。"因促之去。纥亦遽退。遂求醇醪（láo）⑩与麻犬，如期而往。

妇人曰："彼好酒，往往致醉。醉必骋力，俾吾等以彩练缚手足于床，一踊⑪皆断。尝纫（rèn）⑫三幅，则力尽不解，今麻隐帛中束之，度不能矣。遍体皆如铁，唯脐下数寸，常护蔽之，此必不能御兵刃。"指其旁一岩曰："此其食廪

---

① 扪萝引絙：攀着藤蔓，拉着绳子。扪：执。絙：粗绳。
② 陟：登高，爬上。
③ 扉：门扇。
④ 荐：席，指垫被。《说文》："荐，荐席也。"
⑤ 重茵累席：铺了很多层垫被，指铺设豪华。"重""累"都是"多"的意思；"茵""席"，指"垫褥"。
⑥ 盈：满。
⑦ 就：靠近。
⑧ 睇：微微斜视。
⑨ 斛：量词。唐代十斗为一斛，到了明代五斗为一斛。
⑩ 醇醪：酒。醪：浊酒。
⑪ 踊：跳、跃。
⑫ 纫：缀结、佩戴。指"用布帛绑缚"。

(lǐn)①,当隐于是②,静而伺之。酒置花下,犬散林中,待吾计成,招之即出。"如其言,屏气以俟(sì)③。日晡(bū)④,有物如匹练,自他山下,透至若飞,径入洞中。少选⑤,有美髯丈夫长六尺余,白衣曳杖⑥,拥诸妇人而出。见犬惊视,腾身执之,披裂吮咀,食之致饱。妇人竞以玉杯进酒,谐笑甚欢。既饮数斗,则扶之而去,又闻嬉笑之音。良久,妇人出招之,乃持兵⑦而入。见大白猿,缚四足于床头,顾人蹙⑧缩,求脱不得,目光如电。竞兵之,如中铁石。刺其脐下,即饮刃,血射如注。乃大叹咤曰:"此天杀我,岂尔之能?然尔妇已孕,勿杀其子。将逢圣帝,必大其宗⑨。"言绝乃死。

搜其藏,宝器丰积,珍羞盈品,罗列几案,凡人世所珍,靡(mǐ)⑩不充备:名香数斛,宝剑一双,妇人三十辈,皆绝其色,久者至十年。云色衰必被提去,莫知所置。又捕采唯止其身,更无党类。旦盥洗,著帽,加白袷(jiá)⑪,被⑫素罗衣,不知寒暑。遍身白毛,长数寸。所居常读木简,字若符篆,了不可识。已则置若磴(dèng)⑬下。晴昼或舞双剑,环身电飞,光圆若月。其饮食无常,喜啖⑭

---

① 廪:粮仓。
② 当隐于是:应当躲藏在这里,指建议欧阳纥躲在白猿的米仓里。
③ 俟:等待。
④ 晡:申时,下午三至五点。
⑤ 少选:片刻。
⑥ 曳杖:拖着手杖。曳:牵引。
⑦ 兵:兵器。
⑧ 蹙:聚拢,收紧。
⑨ 必大其宗:必然光大宗室。
⑩ 靡:没有。
⑪ 袷:双层的衣服,指外衣。
⑫ 被:同"披"。
⑬ 磴:石阶。
⑭ 啖:吃。

果栗。尤嗜犬，咀而饮其血。日始逾午，即欻①然而逝，半昼往返数千里，及晚必归，此其常也。所须无不立得。夜就诸床嬲（niǎo）戏，一夕皆周，未尝寐。言语淹详，华音会利②。然其状即猳玃（jiā jué）③类也。今岁木落④之初，忽怆（chuàng）然⑤曰："吾为山神所诉，将得死罪。亦求护之于众灵，庶几可免。"前此月生魄⑥，石磴生火，焚其简书，怅然自失曰："吾已千岁而无子。今有子，死期至矣。"因顾诸女，汍（wán）澜（lán）⑦者久，且曰："此山峻绝⑧，未尝有人至。上高而望，绝不见樵（qiáo）者⑨。下多虎狼怪兽。今能至者，非天假⑩之何耶？"

纥取宝玉珍丽及诸妇人以皆归，犹有知其家者。纥妻周岁生一子，厥（jué）⑪状⑫肖⑬焉。后纥为陈武帝⑭所诛。素与江总⑮善，爱其子聪悟绝人，常留养之，故免于难。及长，果文学善书，知名于时。

---

① 欻：忽然。
② 言语淹详，华音会利：话不多，但声音高昂，见识广博。"淹"，滞留、停留。
③ 猳玃：猴。猳：类似猴的动物。玃：大母猴。
④ 木落：指秋季。
⑤ 怆然：悲伤的样子。
⑥ 魄：新月微光。
⑦ 汍澜：流泪、哭泣的样子。
⑧ 峻绝：形容山势险峻，无人能登上来。
⑨ 樵者：山中打柴的樵夫。
⑩ 假：借，意思是"有老天帮忙"。
⑪ 厥：代词，"他的"。
⑫ 状：身形。
⑬ 肖：像。
⑭ 陈武帝：南朝陈开国皇帝陈霸先。
⑮ 江总（公元519—594年）：出生于南朝梁武帝天监十八年，十八岁入仕，深得梁武帝赏识。武帝末年爆发侯景之乱，江总先避地会稽，后率兵征战，江陵陷落，羁留岭南数载。陈国建立后，获得陈世祖的起用，之后深得陈后主的信任和依赖。陈后主亡国后，江总入隋为官，直至隋开皇十四年才去世。

神兽白猿的千古传奇

关于白猿,历史上一直有各种神奇的故事。

《山海经》里记载了好几种类似"伏行人走"的狌狌(猩猩)、白猿之类的神兽,各有奇特的行状。《吴越春秋》里有剑术名家越女的记载,据说在前去越王勾践王宫的路上,她得到过一位神秘的白猿的指点:

> 处女将北见于王,道逢一翁,自称曰袁公,问于处女:"吾闻子善剑,愿一见之。"女曰:"妾不敢有所隐,惟公试之。"于是袁公即拔箖箊竹,竹枝上枯槁,未折堕地,女即捷末。……袁公则飞上树,变为白猿。遂别去。

后来,白猿多被渲染成具有某种特殊的神性和神奇的能力,而且是剑术大师。明代小说《三遂平妖传》则将《吴越春秋》里越女遇见袁公的情节,改写为九天玄女下凡变成越女帮助勾践打败吴国,并顺便收了白猿为徒,点化它成仙上天,天帝令守图书,结果白猿监守自盗,曾盗取无字天书下凡刻在白云洞的石壁上(也不知道有什么意图)。

《补江总白猿传》作者不详,一般认为是唐前期作品,各种选本常常把它排在唐传奇开山之作王度的《古镜记》之后,是唐传奇从开始走向发展的一篇重要作品,被认为有人写来攻击唐初功臣、书法家欧阳询的。据说欧阳询相貌丑陋,像猿猴,他的同僚、太尉长孙无忌曾写诗嘲讽他说:"谁言麟阁上,画此一猕猴。"欧阳询则反击道:"索头连背暖,漫裆畏肚寒。"

《补江总白猿传》故事曲折离奇,白猿形象生动,使这篇传奇超越了讽刺、诬蔑的初衷,成为一篇承前启后的重要作品。《古镜记》还不具备成熟的人物塑造和铺陈故事的结构技法，而《补江总白猿传》在谋篇布局上已很见匠心了。

这是一个"少女—英雄—怪兽"的典型三角人物关系组合。在民间文本叙事分析中，这种结构可以套用到大多数故事里去：美少女被怪兽抢劫，英雄寻找并杀死怪兽，英雄救回美少女，结尾是他们幸福地生活在一起。

但这里主人公不是人类英雄，而是妖怪白猿，这就把"少女—英雄—怪兽"的结构颠倒了——在这里，修炼了千年的白猿更像是嗜血"怪兽"与"英雄"的混合体——白猿兼具怪兽和英雄的双重功能，读者无法简单地把"爱/憎"情感投射给特定人物。

晋代干宝《搜神记》有一篇记述似猴妖物抢占妇女为妻的故事：

> 蜀中西南高山之上，有物，与猴相类，长七尺，能作人行。善走逐人，名曰"猳国"，一名"马化"，或曰"玃猿"。伺道行妇女有美者，辄盗取，将去，人不得知。若有行人经过其旁，皆以长绳相引，犹故不免。此物能别男女气臭，故取女，男不取也。若取得人女，则为家室。其无子者，终身不得还。十年之后，形皆类之。意亦迷惑，不复思归。若有子者，辄抱送还其家，产子，皆如人形。有不养者，其母辄死；故惧怕之，无敢不养。及长，与人不异。皆以杨为姓。故今蜀中西南多诸杨，率皆是"猳国""马化"之子孙也。

这篇故事是《补江总白猿传》的来源，只是故事发生地不在岭南蛮夷聚居区，而在巴蜀高山之地。那里是蜀文化的领域，山多、水多、异物多。

"猳国"或曰"马化"或曰"玃猿"，名称的不确定，是外来人对巴蜀山区方言的误解。它们劫掠有姿色的妇女为妻，生育子女还要求人类抚养。妇女们长时间与异种生活在一起，连心智都逐渐模糊了，这种描述令人感觉惊悚又恐怖。至于子孙为何多杨姓，倒是个谜案，也可能是一种不太善意的讽刺。

《补江总白猿传》大概受到了"猳国"的启发，地点转到岭南权力家族欧阳颁的儿子欧阳纥身上。欧阳家族在南朝梁代掌握着岭南统治权，欧阳颁任广州刺史，征服了岭南蛮夷各洞，统领交州十八个郡县。欧阳父子入陈国之后，依然受到陈世祖的重视，领兵岭南。欧阳颁去世后，其子欧阳纥继任广州刺史。因受到诬陷，皇帝怀疑欧阳纥有谋逆之心，下诏调防。欧阳纥惧怕之下，起兵反叛，第二年被俘，押送建康（南京）处死，卒年三十四岁。小说发生的时间早于事实时间，或把故事架构调整为欧阳颁在梁朝末年征服岭南之时。欧阳纥反叛被俘事件则被白猿掠妻的情节替代。小说中欧阳纥驻兵寻找妻子，在现实中欧阳纥率部下起兵反叛——志怪故事被嫁接在历史人物的经历中。

也有人认为白猿的形象，可能源自印度的神猴哈奴曼。这个神猴在唐代已很受读者欢迎了。但这篇传奇中的白猿形象矛盾而复杂，构成了个性鲜明的怪兽形象。

劫掠妇女的怪兽代表了"恶"的形象，这种形象一般都被认为品行低劣、性情乖张、举止荒诞，而且往往头脑简单、不通文墨。可这里的白猿修炼千年，力大无穷。妇人曾用"彩练"绑住它的四肢，它往上一蹿就断了。白猿的身体硬如钢铁，刀枪不入，只有脐下会受伤。白猿行走如飞，好酒、食犬，有超人的雄性能力。它力量大、武功高，却嗜好读书，"所居常读木简，字若符篆，了不可识"。似是博学鸿儒，谈吐文雅博通——"言语淹详，华音会利"。而它读的木简上"字若符篆"，当时就算是古籍了。

好读且博学，懂得多了的白猿变得有些多愁善感，不断说些悲观丧气的话。

其一："今岁木落之初，忽怆然曰：'吾为山神所诉，将得死罪。亦求护之于众灵，庶几可免。'"说它遭到了山神的控诉，可能被天帝判死罪。希望求其他神灵帮忙后能躲过此劫。

其二："前此月生魄，石磴生火，焚其简书，怅然自失曰：'吾已千岁而无子。今有子，死期至矣。'"前月初白猿居所附近的石阶突然着火烧掉了竹简，让它意识到劫数难逃。"今有子"是暗指欧阳纥的妻子已经怀孕，而这次怀孕却可能导致修行千年的白猿到了生命的尽头。只是不知道为何欧阳纥的妻子怀孕就能导致千年修行崩坏。

其三:"因顾诸女,汍澜者久,且曰:'此山峻绝,未尝有人至。上高而望,绝不见樵者。下多虎狼怪兽。今能至者,非天假之何耶?'"白猿讲了几个恶兆后,对自己的命运有不好的预感,而眼现泪花(汍澜)。铜头铁额、刀枪不入的大力神白猿,从形象上看有点儿像上古时期的战神蚩尤。而它的感慨又如西楚霸王项羽兵败自刎前的仰天长叹:"天亡我,非用兵之罪也。"

英雄末路,是小说中最打动人心的情节。而白猿作为一个道德上的"反角",生发如此感叹,则让读者感情复杂。

《补江总白猿传》这篇传奇后来被明代小说家冯梦龙改编成《陈从善梅岭失浑家》,以儒家道德强加于白猿身上,而把唐传奇中性格复杂的白猿简单化了。

唐传奇的作者因为身处一个文化恢宏、个性开放而视野宽广的时代,往往个性张扬,精神饱满,思想更为开放、更为包容。

在唐传奇中,大多数作者并不持"宜将剩勇追穷寇"的思想,而是给予笔下的那些不同性格的主人公赎罪的机会,给予他们改正错误的态度。这里的白猿虽劫掠妇女,但并非十恶不赦之辈,亦有怜悯之心。智勇而有耐心的欧阳纥将军也并不歧视"失贞"的妻子,更没有抛弃白猿的后代,而是与妻子团圆,并把她和白猿的孩子抚养长大。这就延续了白猿的预言:这个孩子将来大有出息!不过,明代的冯梦龙在改写这篇传奇时,把上面引用那三点回顾,以及白猿的自怜自叹都删掉了,从而使得白猿的形象变得单一,白猿被写成了一个好色的、被欲望所驱使的怪兽。

孙恪①

广德②中,有孙恪(kè)秀才者,因下第,游于洛中。至魏王池③畔,忽有一大第④。土木皆新,路人指云:"斯袁氏之第也。"恪径⑤往叩扉,无有应声。户侧有小房,帘帷颇洁,谓伺客⑥之所。恪遂褰(qiān)帘而入。良久,忽闻启关者,一女子光容鉴物,艳丽惊人:珠初涤其月华,柳乍含其烟媚;兰芬灵濯,玉莹尘清。恪疑主人之处子⑦,但潜窥而已。女摘庭中之萱草,凝思久立,遂吟诗曰:"彼见是忘忧,此看同腐草。青山与白云,方展我怀抱。"吟讽惨容⑧。后因来褰帘,忽睹恪,遂惊惭入户,使青衣诘之曰:"子何人,而夕向于此?"恪乃语以税居之事,曰:"不幸冲突⑨,颇益惭骇,幸望陈达于小娘子。"青衣具以告。女曰:"某之丑拙,况不修容⑩,郎君久盼帘帷,当尽所睹,岂敢更回避耶?愿郎君少伫(zhù)⑪内厅,当暂饰装而出。"恪慕其容美,喜不自胜。诘青衣曰:"谁氏

---

① 《太平广记》卷四百四十五·畜兽十二,题《孙恪》,注出裴铏《传奇》。汪辟疆先生《唐人小说》收录在裴铏《传奇》集中。本文据中华书局《太平广记》校录。
② 广德:唐代宗李豫年号,公元763—764年。
③ 魏王池:唐代洛阳名胜之一。韩愈《东都遇春》诗云:"有船魏王池,往往纵孤泳。"
④ 第:宅院。
⑤ 径:直接。
⑥ 伺客:接待客人。
⑦ 处子:年少的女儿。
⑧ 惨容:忧伤之态。
⑨ 冲突:贸然而来,行为莽撞。
⑩ 修容:修饰容貌。
⑪ 伫:久立。

之子？"曰："故^①袁长官之女，少孤，更无姻戚，唯与妾辈三五人，据此第耳。小娘子见^②求适人^③，但未售^④也。"

良久，乃出见恪，美艳愈于向者^⑤所睹。命侍婢进茶果曰："郎君既无第舍，便可迁囊（náng）橐（tuó）^⑥于此厅院中。"指青衣谓恪曰："少有所须，但告此辈。"恪愧荷^⑦而已。恪未室^⑧，又睹女子之妍丽如是，乃进媒^⑨而请之。女亦欣然相受，遂纳为室。袁氏赡足^⑩，巨有金缯（zēng）^⑪，而恪久贫，忽车马焕若，服玩华丽，颇为亲友之疑讶，多来诘恪，恪竟不实对。

恪因骄倨（jù）^⑫，不求名第，日洽豪贵，纵酒狂歌，如此三四岁，不离洛中。忽遇表兄张闲云处士，恪谓曰："既久暌（kuí）间^⑬，颇思从容，愿携衾绸，一来宵话。"张生如其所约。

及夜半将寝，张生握恪手，密谓之曰："愚兄于道门曾有所授，适观弟词色，妖气颇浓，未审^⑭别有何所遇？事之巨细，必愿见陈，不然者，当受祸耳。"恪曰："未尝有所遇也。"张生又曰："夫^⑮人禀（bǐng）^⑯阳精，妖受阴气；魂掩魄

---

① 故：去世。
② 见：现在。
③ 适人：嫁人。
④ 售：指找到合适的婆家出嫁。
⑤ 向者：前者，之前。
⑥ 囊橐：行李。
⑦ 愧荷：指受惠承情而感愧不安，此为谦虚的说法。愧：羞愧。荷：承受恩惠。
⑧ 室：成家。
⑨ 媒：媒人，媒聘。
⑩ 赡足：资产丰厚。
⑪ 缯：丝帛。
⑫ 骄倨：天性傲慢。
⑬ 暌间：很久不见。暌：分开，离别。
⑭ 未审：不知道。
⑮ 夫：感叹词。
⑯ 禀：受。

尽，人则长生；魄掩魂消，人则立死。故鬼怪无形而全阴也，仙人无影而全阳也。阴阳之盛衰，魂魄之交战，在体而微有失位，莫不表白于气色。向观弟神采，阴夺阳位，邪干正腑，真精已耗，识用渐隳（huī）①，津液倾输，根蒂荡动，骨将化土，颜非渥（wò）丹，必为怪异所铄（shuò）②，何坚隐而不剖其由也？"恪方惊悟，遂陈娶纳之因。张生大骇曰："只此是也！其奈之何？"恪曰："弟忖度之，有何异焉？"张曰："岂有袁氏海内无瓜葛之亲哉！又辨慧多能，足为可异矣。"遂告张曰："某一生遭（zhàn）迍（zhūn）③，久处冻馁，因兹婚娶，颇似苏息。不能负义，何以为计？"张生怒曰："大丈夫未能事人，焉能事鬼？《传》云：妖由人兴。人无衅（xìn）④焉，妖不自作。且义与身孰亲？身受其灾，而顾其鬼怪之恩义，三尺童子，尚以为不可，何况大丈夫乎！"张又曰："吾有宝剑，亦干将之俦（chóu）⑤亚也。凡有魍（wǎng）魉（liǎng）⑥，见者灭没。前后神验，不可备数。诘朝奉借，倘携密室，必睹其狼狈，不下昔日王君携宝镜而照鹦鹉也⑦。不然者，则不断恩爱耳。"

明日，恪遂受剑。张生告去，执手曰："善伺其便⑧。"恪遂携剑，隐于室内，而终有难色。袁氏俄觉，大怒而责恪曰："子之穷愁，我使畅泰，不顾恩义，遂兴非为，如此用心，则犬彘（zhì）不食其余，岂能立节行于人世也！"恪既被责，惭颜惕虑，叩头曰："受教于表兄，非宿心也，愿以饮血为盟，更不敢有他意。"汗落伏地。袁氏遂搜得其剑，寸折之，若断轻藕耳。恪愈惧，似欲奔迸。袁氏乃

---

① 隳：毁坏，损毁。
② 铄：消损，削弱。
③ 遭迍：处境险恶，前进困难，意思是"困顿不得志"。
④ 衅：过失，罪过。
⑤ 俦：匹敌，相比。
⑥ 魍魉：山中木石精灵。
⑦ 此处指《古镜记》所载王度携古镜照鹦鹉现出千岁老狐的原形。
⑧ 善伺其便：随机应变。

笑曰:"张生一小子,不能以道义诲①其表弟,使行其凶险,来当辱之。然观子之心,的应不如是,然吾匹君已数岁也,子何虑哉?"恪方稍安。后数日,因出遇张生,曰:"无何使我撩虎须,几不脱虎口耳!"张生问剑之所在,具以实对。张生大骇曰:"非吾所知也!"深惧而不敢来谒。

后十余年,袁氏已鞠育二子。治家甚严,不喜参杂。后恪之长安,谒旧友人王相国缙②,遂荐于南康张万顷大夫,为经略判官,挈家而往。袁氏每遇青松高山,凝睇久之,若有不快意。到端州,袁氏曰:"去此半程,江壖(ruán)③有峡山寺,我家旧有门徒僧惠幽,居于此寺,别来数十年。僧行夏腊④极高,能别形骸,善出尘垢。倘经彼设食,颇益南行之福。"恪曰:"然。"遂具斋蔬之类。及抵寺,袁氏欣然,易服理妆,携二子,诣老僧院,若熟其径者。恪颇异之。遂将碧玉环子以献僧曰:"此是院中旧物。"僧亦不晓。及斋罢,有野猿数十,连臂下于高松,而食于生台上。后悲啸扪萝而跃。袁氏恻然,俄命笔题僧壁曰:"刚被恩情役此心,无端变化几湮沉。不如逐伴归山去,长啸一声烟雾深。"乃掷笔于地,抚二子咽泣数声,语恪曰:"好住好住,吾当永诀矣!"遂裂衣化为老猿,追啸者跃树而去。将抵深山而复返视。恪乃惊惧,若魂飞神丧。良久,抚二子一恸。

乃询于老僧。僧方悟:"此猿是贫道为沙弥时所养。开元中,有天使高力士经过此,怜其慧黠(xiá),以束帛而易之。闻抵洛京,献于天子。时有天使来往,多说其慧黠过人,长驯扰于上阳宫内。及安史之乱,即不知所之。于戏⑤!不期今日更睹其怪异耳!碧玉环者,本诃陵⑥胡人所施,当时亦随猿颈而往,今方悟

---

① 诲:教诲。
② 王相国缙:王缙(公元702—781年),唐朝宰相,诗人王维的兄弟。
③ 江壖:江边。壖:河边地。
④ 夏腊:指僧人出家之后度过的年岁。唐代贾岛《寄无得头陀》诗:"夏腊今应三十余,不离树下冢间居。"
⑤ 于戏:吁嘘,感叹词。
⑥ 诃陵:南海古国名,今印尼爪哇岛或苏门答腊岛。

矣。"恪遂惆怅，舣（yǐ）①舟六七日，携二子而回棹（zhào）②。不复能之任③也。

猿性本自爱青山，白云缥缈人世间

　　《孙恪》这篇传奇，写一个唐代的穷秀才，"高考"落榜后到处闲逛，到了洛阳魏王池边，忽然看到了一座豪华别墅，看样子是新建的，有人告诉他说：这是袁氏别墅。

　　不知道是因为唐代的风俗很自然，很大方，还是因为刚刚经历了"安史之乱"，人民流乱，不及体统，孙恪也没有递个帖，通报一下，就这么冒失地去叩人家的大门。没有人应，他看到旁边有个小房子，是"伺客之所"，"遂褰帘而入"，看起来十分不注意人际交往的礼节与体统。过了很久，出来一个美女，摘了一根萱草，遂吟诗曰："彼见是忘忧，此看同腐草。青山与白云，方展我怀抱。"这里的"青山与白云，方展我怀抱"暗示着美女后来的特殊身份。于此可见，作者在叙事的铺垫和伏笔上，已经十分注意安排了。

　　这么唐突地，突然看见了孙恪这么一个寒酸的落第秀才，在那里站着傻乎乎地看着自己，很无礼的样子，很像是"癞蛤蟆想吃天鹅肉"的傻样，美女就很生气地进去了，又派了一个少女来责问孙恪。孙恪也不傻，他立即撒谎说是来看看有没有地方可以"税居"，就是租房子住的意思。一来一往，就打听到了袁小姐的身世：原来袁小姐是官二代，有钱有势，独身一人，没任何亲戚，只带着几个使女住在这里，等待有缘人出现就嫁给他。曰："故袁长官之女，少孤，更无姻戚，唯与妾辈三五人，据此第耳。小娘子见求适人，但未售也。"

---

① 舣：停船靠岸。
② 棹：船桨，代指船。
③ 之任：去赴任官职。

看起来，一切都安排好，造了一个新别墅，单等着孙恪这个有缘人上门了。作者和命运安排好了一切，故事的主人公要遇见即将"逆袭"的落第秀才孙恪。

关于落第秀才在荒郊野岭遇见狐仙或鬼仙的种种故事，到了落第秀才蒲松龄的《聊斋志异》这里，也写得非常多。不是落第秀才，就是上京赶考，不是狐狸精，就是恶鬼画皮，有美事，也有坏事。作为这些故事的源头之一，落第秀才孙恪遇见的其实是美事——虽然后来发现袁小姐其实是猿大仙，但这位猿大仙并无害人之意，反而让一个穷小子过上了突然暴富的好日子。

一个落魄失意的穷小子，路途中偶遇了貌若天仙、性格沉静的富家孤女，幸运来得太快；于是道士表哥出现了。突然飞来好事让人嫉妒，比如《白蛇传》里傻乎乎的少年许仙遇见了美丽的蛇精白娘子，本来小日子过得红红火火的，没什么问题，白娘子不害丈夫不吃人，连孩子都生了，而且是人种人样，不是生出一条蛇。可是，这样的飞来幸福就是让高僧法海看不惯，非要来阻挠拆散。就像这位道士表哥张闲云处士一样，平时打死见不到，过上好日子了突然出现，又突然慧眼看出来了孙恪身上有妖气附身，要为他好，要他赶紧招认是不是碰上了什么妖怪。孙恪连忙开脱，尽显自己的"渣男"本质：与姑娘匆忙结婚，不为姑娘的美貌而是迫于贫穷。这个辩解十分无力，又遭到了表哥张生的一番动之以情、晓之以理的痛骂。最后，在表哥的怂恿下，孙恪偷偷携斩妖宝剑回家对付妻子。这件事情让猿大仙大怒：我们都相处这么久了，要害你早就把你做掉啦。然后，她显示出了强悍的实力——"袁氏遂搜得其剑，寸折之，若断轻藕耳"。如此之高强，把孙恪吓得瑟瑟发抖，转身就出卖了表哥。胆怯、懦弱、毫无责任感的"小男人"形象一跃而出。

猿小姐是个有灵性的"妖"，非人者有灵性都被贬称为"妖"，这是人类的自得。但是，人不如妖之处很多。起码，看到猿小姐正义凛然地训斥孙先生，就看得出来妖高人低了。

猿小姐为妖，但没有任何伤害人的动机和事实，只是有妖气，就要被除掉，这算是霸道无情的"人律"了。然而，虽然在人间日久，猿小姐还是不习惯人间的世界，她仍然渴望回到"青山与白云"的怀抱中。

猿小姐还是小猿时，先是被寺院小沙弥收养，后又被玄宗门下红人高力士发现，带去长安，最终荣幸地被天子收养在深宫。"安史之乱"后她才流落凡尘人家，化身女性为人妻子。老猿化身的袁氏女，改猿为袁，貌美、富有，而且孤身无亲友，社会关系极简，不会引起身份的怀疑。她作为妻子，大概会是温顺得体的；作为母亲，也会是慈爱呵护的。唯有身受宝剑威胁，被丈夫出卖的时候才表现出原有的强悍和果断。这里的处理，显得猿小姐的种种高贵，种种决断，确实与人不同。

猿小姐与寺庙的慧缘显示出猿的佛性，而佛性会克制猿的兽性。来自遥远诃陵国的胡僧赠送的玉环，可能是佛家的宝物，类似孙悟空头上被骗戴上的金箍。这个玉环可能压制了猿小姐的兽性，而让她具有更多的佛性，体现出来的是善良和正直。她幻化成人的神异特性，或许正是这个玉环的无上佛法，才使猿小姐能化作异类而生活在人的世界。一旦南归，找到那个和尚，还了玉环之后，被佛性镇住的老猿，就要现出本形，与同类呼啸而去了。回归自然的山林，回归猿的野性，回到东胜神洲傲来国花果山上，呼啸山林，自由自在。

《补江总白猿传》里，那位神猿是雄性的代表。而在本文里，猿变化成妇人，与最普通的普通人生活在一起，这样的婚姻，是独特的，不可思议的。唐传奇所要表达的，正是这种人世间的不可思议，以及浪漫的想象。同时，《孙恪》这里写到的袁氏女，也是"白猿"一类异仙的源头。

任氏传①

任氏,女妖也。

有韦使君者,名崟(yín),第九,信安王祎(yī)之外孙。少落拓,好饮酒。其从父妹婿曰郑六,不记其名。早习武艺,亦好酒色,贫无家,托身于妻族;与崟相得,游处不间。

天宝九年夏六月,崟与郑子偕行于长安陌中,将会饮于新昌里。至宣平②之南,郑子辞有故,请间去,继至饮所。崟乘白马而东。郑子乘驴而南,入升平之北门。偶值三妇人行于道中,中有白衣者,容色姝丽。郑子见之惊悦,策其驴,忽先之,忽后之,将挑而未敢。白衣时时盼睐,意有所受。郑子戏之曰:"美艳若此,而徒行,何也?"白衣笑曰:"有乘不解相假,不徒行何为?"郑子曰:"劣乘不足以代佳人之步,今辄(zhé)③以相奉。某得步从,足矣。"相视大笑。同行者更相眩(xuàn)④诱,稍已狎(xiá)⑤昵(nì)⑥。郑子随之东,至乐游园,已昏黑矣。见一宅,土垣(yuán)⑦车门⑧,室宇甚严。白衣将入,顾曰:"愿少踟

---

① 《太平广记》卷四百五十二·狐六,题《任氏》,无出处,篇末题"沈既济撰"。本文据汪辟疆先生《唐人小说》题为《任氏传》,并据此校录。
② 宣平:城门。
③ 辄:代指车。
④ 眩:迷惑。
⑤ 狎:戏弄,嬉戏。
⑥ 昵:亲近。
⑦ 垣:矮墙。
⑧ 车门:门的宽度可以驶进一辆车,形容门很宽大。

（chí）躕（chú）①。"而入。女奴从者一人，留于门屏间，问其姓第，郑子既告，亦问之。对曰："姓任氏，第二十。"少顷，延入。郑絷（zhí）②驴于门，置帽于鞍。始见妇人年三十余，与之承迎，即任氏姊也。列烛置膳，举酒数觞（shāng）③。任氏更妆而出，酣饮极欢。夜久而寝，其妍姿美质，歌笑态度，举措皆艳，殆非人世所有。将晓，任氏曰："可去矣。某兄弟名系教坊，职属南衙，晨兴将出，不可淹留。"乃约后期而去。

既行，及里门，门扃未发。门旁有胡人鬻④饼之舍，方张灯炽（chì）⑤炉。郑子憩（qì）其帘下，坐以候鼓⑥，因与主人言。郑子指宿所⑦以问之曰："自此东转，有门者，谁氏之宅？"主人曰："此隤（tuí）⑧墉（yōng）⑨弃地，无第宅也。"郑子曰："适过之，曷（hé）⑩以云无？"与之固争。主人适悟，乃曰："吁！我知之矣。此中有一狐，多诱男子偶宿，尝三见矣，今子亦遇乎？"郑子赧（nǎn）⑪而隐曰："无。"质明⑫，复视其所，见土垣车门如故。窥其中，皆榛（zhēn）⑬荒及废圃（pǔ）⑭耳。既归，见崟。崟责以失期。郑子不泄，以他事对。然想其艳冶，愿复一见之心，尝存之不忘。

---

① 踟躕：徘徊不前。
② 絷：系马的缰绳，这里指用缰绳系驴。
③ 觞：酒杯。这里做量词。
④ 鬻：卖。
⑤ 炽：燃烧，指炉子生火。
⑥ 坐以候鼓：唐朝实行宵禁，清晨四更或五更打鼓之后才能开城门进城。
⑦ 宿所：指昨夜所宿之宅地，也就是白衣女子的家。
⑧ 隤：崩坠。
⑨ 墉：城墙。
⑩ 曷：通"何"。
⑪ 赧：羞愧。
⑫ 质明：天亮。
⑬ 榛：丛生的草木。
⑭ 圃：种植蔬菜、花卉或瓜果的园地，即菜园或小花圃。

经十许日，郑子游，入西市衣肆，瞥然见之，曩（nǎng）①女奴从。郑子遽呼之。任氏侧身周旋于稠人中以避焉。郑子连呼前迫，方背立，以扇障其后，曰："公知之，何相近焉？"郑子曰："虽知之，何患？"对曰："事可愧耻，难施面目。"郑子曰："勤想如是，忍相弃乎？"对曰："安敢弃也，惧公之见恶耳。"郑子发誓，词旨益切。任氏乃回眸去扇，光彩艳丽如初。谓郑子曰："人间如某之比者非一，公自不识耳，无独怪也。"郑子请之与叙欢。对曰："凡某之流，为人恶忌者，非他，为其伤人耳。某则不然。若公未见恶，愿终已以奉巾栉②。"郑子许与谋栖止。任氏曰："从此而东，大树出于栋间者，门巷幽静，可税③以居。前时自宣平之南，乘白马而东者，非君妻之昆弟乎？其家多什器，可以假用。"

是时崟伯叔从役于四方，三院什器，皆贮藏之。郑子如言访其舍，而诣崟假什器。问其所用。郑子曰："新获一丽人，已税得其舍，假具以备用。"崟笑曰："观子之貌，必获诡陋。何丽之绝也。"崟乃悉假帷帐榻席之具，使家僮之惠黠④者，随以觇（chān）⑤之。俄而奔走返命，气吁汗洽。崟迎问之："有乎？"曰："有。"又问："容若何？"曰："奇怪也！天下未尝见之矣。"崟姻族广茂，且夙从逸游，多识美丽。乃问曰："孰若某美？"僮曰："非其伦也！"崟遍比其佳者四五人，皆曰："非其伦。"是时吴王之女有第六者，则崟之内妹，秾艳如神仙，中表素推第一。崟问曰："孰与吴王家第六女美？"又曰："非其伦也。"崟抚手大骇曰："天下岂有斯人乎？"遽命汲水澡颈，巾首膏唇而往。

既至，郑子适出。崟入门，见小僮拥篲（huì）⑥方扫，有一女奴在其门，他无所见。征于小僮。小僮笑曰："无之。"崟周视室内，见红裳出于户下。迫而

---

① 曩：以前。
② 以奉巾栉：服侍（您）。栉：梳子。
③ 税：租。
④ 黠：聪明，机灵。
⑤ 觇：窥视，观察。即偷偷地察看。
⑥ 篲：扫把。

察焉,见任氏戢(jí)①身匿于扇间。崟别出就明而观之,殆过于所传矣。崟爱之发狂,乃拥而凌之,不服。崟以力制之,方急,则曰:"服矣,请少回旋。"既从,则捍御如初,如是者数四。崟乃悉力急持之。任氏力竭,汗若濡雨。自度不免,乃纵体不复拒抗,而神色惨变。崟问曰:"何色之不悦?"任氏长叹息曰:"郑六之可哀也!"崟曰:"何谓?"对曰:"郑生有六尺之躯,而不能庇一妇人,岂丈夫哉!且公少豪侈,多获佳丽,遇某之比者众矣。而郑生,穷贱耳。所称惬(qiè)②者,唯某而已。忍以有余之心,而夺人之不足乎?哀其穷馁(něi),不能自立,衣公之衣,食公之食,故为公所系耳。若糠糗可给,不当至是。"崟豪俊有义烈,闻其言,遽置之,敛衽而谢曰:"不敢。"俄而郑子至,与崟相视哈(hāi)③乐。

自是,凡任氏之薪粒牲饩(xì)④,皆崟给焉。任氏时有经过,出入或车马举步,不常所止。崟日与之游,甚欢。每相狎昵,无所不至,唯不及乱而已。是以崟爱之重之,无所吝惜,一食一饮,未尝忘焉。任氏知其爱己,因言以谢曰:"愧公之见爱甚矣。顾以陋质,不足以答厚意。且不能负郑生,故不得遂公欢。某,秦人也,生长秦城;家本伶伦,中表姻族,多为人宠媵⑤,以是长安狭斜,悉与之通。或有姝丽,悦而不得者,为公致之可矣。愿持此以报德。"崟曰:"幸甚!"廛(chán)⑥中有鬻衣之妇曰张十五娘者,肌体凝洁,崟常悦之。因问任氏识之乎。对曰:"是某表姊妹,致之易耳。"旬余,果致之。数月厌罢。任氏曰:"市人易致,不足以展效。或有幽绝之难谋者,试言之,愿得尽智力焉。"崟曰:"昨者寒食,与二三子游于千福寺,见刁将军缅(miǎn)张乐于殿堂。有善吹笙

---

① 戢:收敛。即藏起身子。
② 惬:满意。
③ 哈:喜悦,欢乐。
④ 饩:生肉。
⑤ 媵:姬妾。
⑥ 廛:店铺。

者,年二八,双鬟①垂耳,娇姿艳绝。当识之乎?"任氏曰:"此宠奴也。其母,即妾之内姊也。求之可也。"崟拜于席下。任氏许之。乃出入刁家。月余,崟促问其计。任氏愿得双缣(jiān)②以为赂,崟依给焉。后二日,任氏与崟方食,而缅使苍头③控青骊(lí)④以迓(yà)⑤任氏。任氏闻召,笑谓崟曰:"谐矣。"初任氏加宠奴以病,针饵莫减。其母与缅忧之方甚,将征诸巫。任氏密赂巫者,指其所居,使言从就为吉。及视疾,巫曰:"不利在家,宜出居东南某所,以取生气。"缅与其母详其地,则任氏之第在焉。缅遂请居。任氏谬辞以逼狭,勤请而后许。乃辇服玩,并其母偕送于任氏。至,则疾愈。未数日,任氏密引崟以通之,经月乃孕。其母惧,遽归以就缅,由是遂绝。

他日,任氏谓郑子曰:"公能致钱五六千乎?将为谋利。"郑子曰:"可。"遂假求于人,获钱六千。任氏曰:"鬻马于市者,马之股⑥有疵(cī),可买入居之。"郑子如市,果见一人牵马求售者,眚⑦在左股。郑子买以归。其妻昆弟皆嗤之,曰:"是弃物也。买将何为?"无何,任氏曰:"马可鬻矣,当获三万。"郑子乃卖之。有酬二万,郑子不与。一市尽曰:"彼何苦而贵买,此何爱而不鬻?"郑子乘之以归,买者随至其门,累增其估,至二万五千也。不与,曰:"非三万不鬻。"其妻昆弟聚而诟(gòu)⑧之。郑子不获已,遂卖登三万。既而密伺买者,征其由,乃昭应县之御马疵股者,死三岁矣,斯吏不时除籍。官征其估,计钱六万。设其以半买之,所获尚多矣。若有马以备数,则三年刍粟之估,皆吏得之。且所偿盖寡,是以买耳。任氏又以衣服故弊,乞衣于崟。崟将

---

① 鬟:女子头发挽成中空环形的发髻。
② 缣:精致的丝绢。
③ 苍头:家奴,奴仆。
④ 骊:纯黑色的马。
⑤ 迓:迎接。
⑥ 股:大腿。
⑦ 眚:毛病。
⑧ 诟:批评,指责。

买全彩与之。任氏不欲，曰："愿得成制者。"崟召市人张大为买之，使见任氏，问所欲。张大见之，惊谓崟曰："此必天人贵戚，为郎所窃。且非人间所宜有者，愿速归之，无及于祸。"其容色之动人也如此。竟买衣之成者而不自纫缝也，不晓其意。

后岁余，郑子武调，授槐里府果毅尉，在金城县。时郑子方有妻室，虽昼游于外，而夜寝于内，多恨不得专其夕。将之官，邀与任氏俱去。任氏不欲往，曰："旬月同行，不足以为欢。请计给粮饩，端居以迟归。"郑子恳请，任氏愈不可。郑子乃求崟资助。崟与更劝勉，且诘其故。任氏良久曰："有巫者言某是岁不利西行，故不欲耳。"郑子甚惑也，不思其他，与崟大笑曰："明智若此，而为妖惑，何哉！"固请之。任氏曰："倘巫者言可征，徒为公死，何益？"二子曰："岂有斯理乎？"恳请如初。任氏不得已，遂行。崟以马借之，出祖于临皋，挥袂别去。

信宿，至马嵬（wéi）。任氏乘马居其前，郑子乘驴居其后，女奴别乘，又在其后。是时西门圉（yǔ）①人教猎狗于洛川，已旬日矣。适值于道，苍犬腾出于草间。郑子见任氏欻然坠于地，复本形而南驰。苍犬逐之。郑子随走叫呼，不能止。里余，为犬所获。郑子衔涕出囊中钱，赎以瘗（yì）②之，削木为记。回睹其马，啮草于路隅，衣服悉委于鞍上，履袜犹悬于镫（dèng）③间，若蝉蜕然。唯首饰坠地，余无所见。女奴亦逝矣。

旬余，郑子还城。崟见之喜，迎问曰："任子无恙乎？"郑子泫然对曰："殁矣。"崟闻之亦恸，相持于室，尽哀。徐问疾故。答曰："为犬所害。"崟曰："犬虽猛，安能害人？"答曰："非人。"崟骇曰："非人，何者？"郑子方述本末。崟惊讶叹息不能已。明日，命驾与郑子俱适马嵬，发瘗视之，长恸而归。追思前事，

---

① 圉：牢狱、监牢。圉人，指监狱里的牢头。
② 瘗：埋葬。
③ 镫：马镫。

唯衣不自制，与人颇异焉。其后郑子为总监使，家甚富，有枥（lì）①马十余匹。年六十五卒。

大历中，沈既济居钟陵，尝与裴游，屡言其事，故最详悉。后裴为殿中侍御史，兼陇州刺史，遂殁而不返。嗟乎，异物之情也有人焉！遇暴不失节，狥（xún）②人以至死，虽今妇人，有不如者矣。惜郑生非精人，徒悦其色而不征其情性。向使渊识之士，必能揉变化之理，察神人之际，著文章之美，传要妙之情，不止于赏玩风态而已。惜哉！

建中二年，既济自左拾遗于金吴。将军裴冀、京兆少尹孙成、户部郎中崔需、右拾遗陆淳皆适居东南，自秦徂（cú）吴，水陆同道。时前拾遗朱放因旅游而随焉。浮颍涉淮，方舟沿流，昼宴夜话，各征其异说。众君子闻任氏之事，共深叹骇，因请既济传之，以志异云。沈既济撰。

狐妖侠女真性情

《任氏传》里的这位狐狸精，要称为"妖"是有点儿勉强的。

有两个基本的特点能证明任氏为狐狸精，一个是爱住在"此地有狐狸出没"的废弃宅院或者阴森坟地，另一个是能变化为无人能及的绝色美女。此外，她没有表现出任何"精""怪""妖"的特点，而只是一个正常的有自尊、能自爱的好女子。这种好，尤其是她对落魄的、有点儿无行的浪子郑子的专情和烈性，令人感到狐狸精中大有超越人性的存在。而这点，很可能是作者沈既济的个人"直男癌"般的愿望。

任氏是典型的"狐狸精"，是"妖"，因为她住在一个荒废的宅院里，并且以

---

① 枥：马槽，泛指马房。
② 狥：同"徇"，顺从。

"狐狸精"的典型"装修超能力"把这个荒废的宅院变成了优雅的、金碧辉煌的高档别墅。在蒲松龄的《聊斋志异》里，那些美丽善良的狐狸精，大多住在这种荒废的宅院或阴森的坟茔里。只有这点，才能显示出她们的"非人类"特征。而任氏，虽然也是"狐族"，但是她变为人后，却没有什么狐狸的"施法"和"作祟"行为。如果她真的有那种"作法"能力或者"狐媚术"，那么后来当韦崟前来凌辱时，她完全可以施法脱身，而不至于像一个普通的女子那样挣扎了。所以，作者沈既济在这里虽然似乎是写一个狐狸精，其实是在写一个生逢乱世、在遍地荒宅的世界里艰难生存的弱女子。

郑子这个角色，与之前《孙恪》里的无行浪子，也有相似之处。他"亦好酒色，贫无家，托身于妻族"，爱好不怎么样，还是一个穷光蛋。在路上碰到白衣美女还追着撵着，耍赖皮非要跟着人家，后来与狐狸精共宿一夜却不知道真实情况，自以为抱得美人归，十分得意。然而，任氏是一个"妖"，小说的开端就已用鬻饼的胡人老板的话点明曰："此隤墉弃地，无第宅也。"并且说："吁！我知之矣。此中有一狐，多诱男子偶宿，尝三见矣，今子亦遇乎？"这句话非常有意思，带着隐隐约约其实很明白的嘲讽。这让郑子十分不好意思，死活不肯承认："赧而隐曰：'无。'"不过，他犹自不死心，"质明，复视其所，见土垣车门如故。窥其中，皆蓁荒及废圃耳"。他跑回去看，发现那确实是一个破败长草的荒废土宅，确实没有什么白衣美女所在。

后来，任氏抵死挡住了富家公子或"官二代"韦崟的凌辱企图，虽然是一个狐狸精，却恪守人类的"妇道"，非常贞洁，凛然不可侵犯，而且还有一定的智慧，最终把好色的登徒子韦崟的色心给浇灭了。不仅如此，还以自己的一番说辞，让韦崟讪讪然之后心悦诚服："郑生有六尺之躯，而不能庇一妇人，岂丈夫哉！……而郑生，穷贱耳。所称惬者，唯某而已。……哀其穷馁，不能自立……"对这么一个无能、无力且多少有点儿无行的浪荡子郑子，任氏可算是仁至义尽了，在"官二代"企图凌辱时，也拼力自保，给足了郑子面子。同时，在"官二代"韦崟感到任氏凛然不可侵犯并转而对她十分尊敬之后，任氏也帮他做了一点儿拉郎配的事情。这些事情，在人间可能不怎么上得了台面，不过那些狐媚女子既然都是狐狸精，不服人间律法管，倒也说得通了。这样的人与狐之间的欲望与情感的交融，在这部作品里，竟然没有出现任何的违和感，这也是唐传奇的独特魅力。在这篇唐传奇里，郑子知道任氏是"妖"，然而他却从未质疑人与妖之间到底合适不合适，不认为人与妖之间必须有一条严格的界线，也没有固守"狐狸精一旦出现必定伤人"之类的世俗偏见。郑子虽然浪荡无行，但是知道任氏的真实身份之后，也不嫌弃，不害怕，仍然有真情实感。这点，也是他的过人之处。可是，到后来，为了个人的私欲或者炫耀的原因，郑子和韦崟非要劝说乃至强迫任氏随郑子前往危险的地方，最终碰到命中注定的猎犬，被追杀而亡。任氏的横死，或是命中注定，然而也跟两人的强迫有很大的关系。

任氏是"狐狸精"，她变成美女在世俗中周旋于男子之间，具有一般女性的魅力和操守；任氏由狐修成人，其过程在传奇中并未表现出来，但以一个成熟女子的身份出现的任氏，表明已经修炼到了一定的高度。任氏以女子之身现形，就具有女性的情感，也同时具有女性的缺陷，为情所困，死于情深。这是很奇特的事情。这表明，作者沈既济不是把她当作妖来写的，而是当作人来写的。妖即是人，人即是妖。两者的区别不在于她的身体变化，而在于她的精神取向。

任氏的情意和侠义，通过与两个男子的交往细节表现出来。任氏明知会遇劫，还是不愿违背郑生的愿望，这种献身精神正是作者沈既济这位"直男"心目中的烈女子所能体现出来的凛然大义。

唐传奇到了《任氏传》后，被称为"成熟"作品，在鲁迅先生的《中国小说史略》里得到高度的评价。这篇小说体现出了"著文章之美，传要妙之情"的艺术特色。文字精要，而又不失情节的细腻，其中"买马"与"卖马"，前后细节都非常生动有趣，精准而又含蓄地传达出任氏的侠义人格和郑生、韦生的情感格调。

任氏的美貌无与伦比，她聪慧有智识，能前知，善预言，有一定的魔法，但她爱人而不害人，是一个美好的"妖"。郑生则是一个极其平庸的男人，无行而浪荡，并且是有了正式的妻室却不好好营生，而是到处打秋风，身为穷光蛋还寻花问柳、吃喝玩乐。连作者沈既济都叹息美丽而侠义的任氏为了这个平庸不识趣的男人死得不值。假如任氏跟随的是个有情、有义、有见识的好男人，或者才华横溢、天赋异禀的才子，又或者是武艺高强、侠肝义胆的世外高人，她的命运或许会好一些。

在这里，作者其实是委婉地悲叹了当时女子无法自主选择的悲剧。哪怕是一个妖，她作为女性，也同样受制于这种性别的局限，而最终走向了自身的悲剧命运。

柳毅传①

仪凤②中，有儒生柳毅者，应举下第，将还湘滨。念乡人有客于泾阳③者，遂往告别。至六七里，鸟起马惊，疾逸道左。又六七里，乃止。见有妇人，牧羊于道畔。毅怪视之，乃殊色也。然而蛾脸不舒，巾袖无光，凝听翔立，若有所伺。毅诘之曰："子何苦而自辱如是？"妇始楚④而谢，终泣而对曰："贱妾不幸，今日见辱于长者。然而恨贯肌骨，亦何能愧避，幸一闻焉。妾，洞庭⑤龙君小女也。父母配嫁泾川⑥次子，而夫婿乐逸，为婢仆所惑，日以厌薄。既而将诉于舅姑，舅姑爱其子，不能御。迨诉频切，又得罪舅姑。舅姑毁黜以至此。"言讫，嘘唏流涕，悲不自胜。又曰："洞庭于兹，相远不知其几多也？长天茫茫，信耗莫通。心目断尽，无所知哀。闻君将还吴⑦，密通洞庭。或以尺书，寄托侍者，未卜将以为可乎？"毅曰："吾义夫也。闻子之说，气血俱动，恨无毛羽，不能奋飞。是何可否之谓乎！然而洞庭，深水也。吾行尘间，宁可致意耶？唯恐道途显晦，不相通达，致负诚托，又乖⑧恳愿。子有何术，可导我邪？"女悲泣且谢，曰："负

---

① 《太平广记》卷四百一十九·龙二，注出《异闻集》，题《柳毅》。李时人《全唐五代小说》题《洞庭灵姻传》（又名《柳毅传》）。撰者李朝威。汪辟疆先生《唐人小说》题《柳毅》，李朝威撰。本文据《唐人小说》校录。
② 仪凤：唐高宗年号，公元676—679年。
③ 泾阳：今陕西咸阳境内。
④ 楚：痛苦。
⑤ 洞庭：今湖南洞庭湖。
⑥ 泾川：今甘肃东。
⑦ 吴：江南。
⑧ 乖：违背，辜负。

载珍重,不复言矣。脱获回耗,虽死必谢。君不许,何敢言。既许而问,则洞庭之与京邑,不足为异也。"毅请闻之。女曰:"洞庭之阴,有大橘树焉,乡人谓之社橘。君当解去兹带,束以他物。然后叩树三发,当有应者。因而随之,无有碍矣。幸君子书叙之外,悉以心诚之话倚托,千万无渝①。"毅曰:"敬闻命矣。"女遂于襦(rú)②间解书,再拜以进。东望愁泣,若不自胜。毅深为之戚③。乃置书囊中,因复问曰:"吾不知子之牧羊,何所用哉?神祇(qí)④岂宰杀乎?"女曰:"非羊也,雨工也。""何为雨工?"曰:"雷霆之类也。"数顾视之,则皆矫顾怒步,饮龁(hé)⑤甚异,而大小毛角,则无别羊焉。毅又曰:"吾为使者,他日归洞庭,幸勿相避。"女曰:"宁止不避,当如亲戚耳。"语竟,引别东去。不数十步,回望女与羊,俱亡所见矣。

其夕,至邑而别其友。月余,到乡还家,乃访于洞庭。洞庭之阴,果有社橘。遂易带向树,三击而止。俄有武夫出于波间,再拜请曰:"贵客将自何所至也?"毅不告其实,曰:"走谒大王耳。"武夫揭水指路,引毅以进。谓毅曰:"当闭目,数息可达矣。"毅如其言,遂至其宫。始见台阁相向,门户千万,奇草珍木,无所不有。夫乃止毅,停于大室之隅,曰:"客当居此以伺焉。"毅曰:"此何所也?"夫曰:"此灵虚殿也。"谛视之,则人间珍宝,毕尽于此。柱以白璧,砌以青玉,床以珊瑚,帘以水精,雕琉璃于翠楣,饰琥珀于虹栋。奇秀深杳,不可殚(dān)⑥言。然而王久不至。毅谓夫曰:"洞庭君安在哉?"曰:"吾君方幸玄珠阁,与太阳道士讲《火经》,少选当毕。"毅曰:"何谓《火经》?"夫曰:"吾君,龙也。龙以水为神,举一滴可包陵谷。道士,乃人也。人以火为神圣,发一灯可

---

① 渝:改变。
② 襦:短袄。
③ 戚:悲伤,忧伤。
④ 神祇:地神。
⑤ 龁:用牙齿咬。
⑥ 殚:尽。

燎阿房。然而灵用不同，玄化各异。太阳道士精于人理，吾君邀以听言。"

语毕而宫门辟①，景②从云合，而见一人，披紫衣，执青玉。夫跃曰："此吾君也！"乃至前以告之。君望毅而问曰："岂非人间之人乎？"毅对曰："然。"毅遂设拜，君亦拜，命坐于灵虚之下。谓毅曰："水府幽深，寡人暗昧，夫子不远千里，将有为乎？"毅曰："毅，大王之乡人也。长于楚，游学于秦。昨下第，闲驱泾水右涘（sì）③，见大王爱女牧羊于野，风鬟雨鬓，所不忍视。毅因诘之，谓毅曰：'为夫婿所薄，舅姑不念，以至于此。'悲泗淋漓，诚怛（dá）④人心。遂托书于毅。毅许之。今以至此。"因取书进之。洞庭君览毕，以袖掩面而泣曰："老父之罪，不诊坚听，坐贻聋瞽，使闺窗孺弱，远罹构害。公，乃陌上人也，而能急之。幸被齿发，何敢负德！"词毕，又哀咤良久。左右皆流涕。

时有宦人密侍君者，君以书授之，令达宫中。须臾，宫中皆恸哭。君惊，谓左右曰："疾告宫中，无使有声，恐钱塘所知。"毅曰："钱塘，何人也？"曰："寡人之爱弟。昔为钱塘长，今则致政⑤矣。"毅曰："何故不使知？"曰："以其勇过人耳。昔尧遭洪水九年者，乃此子一怒也。近与天将失意，塞其五山。上帝以寡人有薄德于古今，遂宽其同气之罪。然犹縻（mí）⑥系于此，故钱塘之人，日日候焉。"语未毕，而大声忽发，天拆地裂，宫殿摆簸，云烟沸涌。俄有赤龙长千余尺，电目血舌，朱鳞火鬣，项掣金锁，锁牵玉柱，千雷万霆，激绕其身，霰雪雨雹，一时皆下。乃擘（bò）⑦青天而飞去。毅恐蹶仆地。君亲起持之曰："无惧，固无害。"毅良久稍安，乃获自定。因告辞曰："愿得生归，以避复来。"君

---

① 辟：打开。
② 景：通"影"。
③ 涘：水边。
④ 怛：忧伤。
⑤ 致政：致仕，罢职，不再做官。
⑥ 縻：捆。
⑦ 擘：分开，分裂。

曰:"必不如此。其去则然,其来则不然。幸为少尽缱(qiǎn)绻(quǎn)①。"因命酌互举,以款人事。

俄而祥风庆云,融融怡怡,幢节玲珑,箫韶以随。红妆千万,笑语熙熙,后有一人,自然蛾眉,明珰满身,绡縠参差。迫②而视之,乃前寄辞者。然若喜若悲,零泪如丝。须臾红烟蔽其左,紫气舒其右,香气环旋,入于宫中。君笑谓毅曰:"泾水之囚人至矣。"君乃辞归宫中。须臾,又闻怨苦,久而不已。有顷,君复出,与毅饮食。又有一人,披紫裳,执青玉,貌耸神溢,立于君左。君谓毅曰:"此钱塘也。"毅起,趋拜之。钱塘亦尽礼相接,谓毅曰:"女侄不幸,为顽童所辱。赖明君子信义昭彰,致达远冤。不然者,是为泾陵之土矣。飨德怀恩,词不悉心。"毅挥退③辞谢,俯仰唯唯。然后回告兄曰:"向者辰发灵虚,已至泾阳,午战于彼,未还于此④。中间驰至九天,以告上帝。帝知其冤,而宥其失。前所谴责,因而获免。然而刚肠激发,不遑辞候。惊扰宫中,复忤宾客。愧惕惭惧,不知所失。"因退而再拜。君曰:"所杀几何?"曰:"六十万。""伤稼乎?"曰:"八百里。""无情郎安在?"曰:"食之矣。"君忱然曰:"顽童之为是心也,诚不可忍。然汝亦太草草。赖上帝显圣,谅其至冤。不然者,吾何辞焉。从此已去,勿复如是。"钱塘复再拜。是夕,遂宿毅于凝光殿。

明日,又宴毅于凝碧宫。会友戚,张广乐,具以醪(láo)醴(lǐ)⑤,罗以甘洁。初,笳角鼙(pí)⑥鼓,旌旗剑戟,舞万夫于其右。中有一夫前曰:"此《钱塘破

---

① 缱绻:深厚的情谊。
② 迫:靠近。
③ 挥退:一边摆手一边后退,表示谦虚。相当于现代摇着手说:"哪里哪里!"
④ 辰、巳、午、未:时辰,分别指7—9点、9—11点、11—13点、13—15点。钱塘君在辰、巳、午、未四个时辰里分别完成了出发、到达、战斗、返回,这期间还上达天庭诉讼。钱塘君是小说里脾气最暴躁、性格最直爽,也是最有侠义的龙王。
⑤ 醪醴:美酒。
⑥ 鼙:军队的战鼓。

阵乐》。"旌錍（pí）①杰气，顾骤悍栗，坐客视之，毛发皆竖。复有金石丝竹，罗绮珠翠，舞千女于其左。中有一女前进曰："此《贵主还宫乐》。"清音宛转，如诉如慕，坐客听之，不觉泪下。二舞既毕，龙君大悦，锡以纨绮，颁于舞人。然后密席贯坐，纵酒极娱。酒酣，洞庭君乃击席而歌曰："大天苍苍兮，大地茫茫。人各有志兮，何可思量。狐神鼠圣兮，薄社依墙。雷霆一发兮，其孰敢当。荷真人兮信义长，令骨肉兮还故乡。齐言惭愧兮何时忘！"洞庭君歌罢，钱塘君再拜而歌曰："上天配合兮，生死有途。此不当妇兮，彼不当夫。腹心辛苦兮，泾水之隅。风霜满鬓兮，雨雪罗襦。赖明公兮引素书，令骨肉兮家如初。永言珍重兮无时无。"钱塘君歌阕，洞庭君俱起，奉觞于毅。毅踧（cù）踖（jí）②而受爵，饮讫，复以二觞奉二君。乃歌曰："碧云悠悠兮，泾水东流。伤美人兮，雨泣花愁。尺书远达兮，以解君忧。哀冤果雪兮，还处其休。荷和雅兮感甘羞。山家寂寞兮难久留。欲将辞去兮悲绸缪。"歌罢，皆呼万岁。洞庭君因出碧玉箱，贮以开水犀；钱塘君复出红珀盘，贮以照夜玑，皆起进毅。毅辞谢而受。然后宫中之人，咸以绡彩珠璧，投于毅侧，重叠焕赫，须臾埋没前后。毅笑语四顾，愧揖不暇。洎（jì）③酒阑欢极，毅辞起，复宿于凝光殿。

翌日，又宴毅于清光阁。钱塘因酒，作色，踞谓毅曰："不闻猛石可裂不可卷④，义士可杀不可羞耶？愚有衷曲，欲一陈于公。如可，则俱在云霄；如不可，则皆夷粪壤。足下以为何如哉？"毅曰："请闻之。"钱塘曰："泾阳之妻，则洞庭君之爱女也。淑性茂质，为九姻所重。不幸见辱于匪人，今则绝矣。将欲求托高义，世为亲戚。使受恩者知其所归，怀爱者知其所付，岂不为君子始终之道者？"毅肃然而作，欻然而笑曰："诚不知钱塘君孱（chán）⑤困如是！毅始闻

---

① 錍：箭头较薄而阔、箭杆较长的箭。
② 踧踖：恭敬而不安。
③ 洎：到，及。
④ 卷：弯曲。
⑤ 孱：浅陋，见识短浅。

跨九州，怀五岳，泄其愤怒；复见断锁金，掣玉柱，赴其急难。毅以为刚决明直，无如君者。盖犯之者不避其死，感之者不爱其生，此真丈夫之志。奈何箫管方洽，亲宾正和，不顾其道，以威加人？岂仆之素望哉！若遇公于洪波之中，玄山之间，鼓以鳞须，被以云雨，将迫毅以死，毅则以禽兽视之，亦何恨哉。今体被（pī）①衣冠，坐谈礼义，尽五常之志性，负百行之微旨，虽人世贤杰，有不如者。况江河灵类乎？而欲以蠢然之躯，悍然之性，乘酒假气，将迫于人。岂近直哉！且毅之质，不足以藏王一甲之间。然而敢以不伏之心，胜王不道之气。惟王筹之！"钱塘乃逡巡致谢曰："寡人生长宫房，不闻正论。向者词述疏狂，妄突高明。退自循顾，戾不容责。幸君子不为此乖间可也。"其夕，复欢宴，其乐如旧。毅与钱塘，遂为知心友。

明日，毅辞归。洞庭君夫人别宴毅于潜景殿。男女仆妾等，悉出预会。夫人泣谓毅曰："骨肉受君子深恩，恨不得展愧戴，遂至暌别。"使前泾阳女当席拜毅以致谢。夫人又曰："此别岂有复相遇之日乎？"毅其始虽不诺钱塘之请，然当此席，殊有叹恨之色。宴罢，辞别，满宫凄然。赠遗珍宝，怪不可述。毅于是复循途出江岸，见从者十余人，担囊以随，至其家而辞去。

毅因适广陵宝肆，鬻其所得。百未发一，财以盈兆。故淮右富族，咸以为莫如。遂娶于张氏，亡。又娶韩氏，数月，韩氏又亡。徙家金陵。常以鳏旷多感，或谋新匹。有媒氏告之曰："有卢氏女，范阳人也。父名曰浩，尝为清流宰。晚岁好道，独游云泉，今则不知所在矣。母曰郑氏。前年适清河张氏，不幸而张夫早亡。母怜其少，惜其慧美，欲择德以配焉。不识何如？"毅乃卜日就礼。既而男女二姓，俱为豪族，法用礼物，尽其丰盛。金陵之士，莫不健仰。

居月余，毅因晚入户，视其妻，深觉类于龙女，而逸艳丰厚，则又过之。因与话昔事。妻谓毅曰："人世岂有如是之理乎？然君与余有一子。"毅益重之。既产，逾月，乃秾饰换服，召亲戚。相会之间，笑谓毅曰："君不忆余之于昔也？"

---

① 被：同"披"，穿衣。

毅曰："夙为洞庭君女传书，至今为忆。"妻曰："余即洞庭君之女也。泾川之冤，君使得白。衔君之恩，誓心求报。洎钱塘季父论亲不从，遂至睽违，天各一方，不能相问。父母欲配嫁于濯锦小儿某。惟以心誓难移，亲命难背，既为君子弃绝，分无见期。而当初之冤，虽得以告诸父母，而誓报不得其志，复欲驰白于君子。值君子累娶，当娶于张，已而又娶于韩。洎张、韩继卒，君卜居于兹，故余之父母乃喜余得遂报君之意。今日获奉君子，咸善终世，死无恨矣。"因呜咽，泣涕交下。对毅曰："始不言者，知君无重色之心。今乃言者，知君有感余之意。妇人匪薄，不足以确厚永心，故因君爱子，以托相生。未知君意如何？愁惧兼心，不能自解。君附书之日，笑谓妾曰：'他日归洞庭，慎无相避。'诚不知当此之际，君岂有意于今日之事乎？其后季父请于君，君固不许。君乃诚将不可邪，抑忿然邪？君其话之！"

毅曰："似有命者。仆始见君子长泾之隅，枉抑憔悴，诚有不平之志。然自约其心者，达君之冤，余无及也。以言慎勿相避者，偶然耳，岂有意哉。洎钱塘逼迫之际，唯理有不可直，乃激人之怒耳。夫始以义行为之志，宁有杀其婿而纳其妻者邪？一不可也。善素以操真为志尚，宁有屈于己而伏于心者乎？二不可也。且以率肆胸臆，酬酢纷纶，唯直是图，不遑避害。然而将别之日，见君有依然之容，心甚恨之。终以人事扼束，无由报谢。吁，今日君卢氏也，又家于人间，则吾始心未为惑矣。从此以往，永奉欢好，心无纤虑也。"妻因深感娇泣，良久不已。有顷，谓毅曰："勿以他类，遂为无心，固当知报耳。夫龙寿万岁，今与君同之，水陆无往不适，君不以为妄也。"毅嘉之曰："吾不知国客乃复为神仙之饵。"乃相与觐①洞庭。

既至，而宾主盛礼，不可具纪。后居南海，仅四十年，其邸第、舆马、珍鲜、服玩，虽侯伯之室，无以加也。毅之族咸遂濡泽。以其春秋积序，容状不衰，南海之人，靡不惊异。洎开元中，上方属意于神仙之事，精索道术。毅不得安，

---

① 觐：下级进见上级或君王。

遂相与归洞庭。凡十余岁,莫知其迹。

至开元末,毅之表弟薛嘏(gǔ)为京畿令,谪(zhé)①官东南。经洞庭,晴昼长望,俄见碧山出于远波。舟人皆侧立,曰:"此本无山,恐水怪耳。"指顾之际,山与舟相逼,乃有彩船自山驰来,迎问于嘏。其中有一人呼之曰:"柳公来候耳。"嘏省然记之,乃促至山下,摄衣疾上。山有宫阙如人世,见毅立于宫室之中,前列丝竹,后罗珠翠,物玩之盛,殊倍人间。毅词理益玄,容颜益少。初迎嘏于砌(qì)②,持嘏手曰:"别来瞬息,而发毛已黄。"嘏笑曰:"兄为神仙,弟为枯骨,命也。"毅因出药五十丸遗嘏,曰:"此药一丸,可增一岁耳。岁满复来,无久居人世,以自苦也。"欢宴毕,嘏乃辞行。自是已后,遂绝影响。嘏常以是事告于人世。殆四纪,嘏亦不知所在。陇西李朝威叙而叹曰:五虫之长,必以灵著,别斯见矣。人,裸也,移信鳞虫。洞庭含纳大直,钱塘迅疾磊落,宜有承焉。嘏咏而不载,独可邻其境。愚义之,为斯文。

南方龙王对北方龙子的爱情复仇

《柳毅传》是唐传奇名作,于唐代中后期就已经流传于世,历代为读者所称道,各种改编版本很多,《柳毅传书》也已经成了一个经典曲目。

就这篇文言文作品而言,内容足够长,信息量够大。表面上,这是一个经典爱情故事,不同一般之处是人族与神族的跨物种的爱情。一个英雄救美的故事,传书的书生柳毅并不能真正实践救美的行动,但是他把龙女的信安全地带到了目的地,并交给了洞庭湖龙王,于是就能借助龙王的"爱弟"钱塘龙王之神力,把落难的美女救回来。唐传奇中的救美英雄通常也是道德高尚之士,并不愿意在救

---

① 谪:贬官,官员降级任用。
② 砌:台阶。

美成功之后，与美女结成良缘。

《柳毅传》故事完整，情节前后转折复杂，包含了丰富的内容，这是唐传奇叙事技巧成熟时期的作品。一个落第秀才，或者一个落魄青年，在偶然中遇见了一件特殊的事情，这是很多唐传奇的构思模式之一。连武则天时期赫赫有名的郭代公郭元振，也是"下第"之后，在一个夜晚遇见了被牺牲的女子，于是激于义愤，出于侠义，机智勇敢地面对野猪精，并击败了对方，救出了美女。

从时间上看，江南人士柳毅青年时期在唐高宗仪凤年间（公元676—679年）下第，在返乡前去泾阳看老乡，偶遇牧羊龙女，而听到对方凄苦身世的诉说后，答应带信回到江南交给龙女的父亲洞庭湖龙王。这篇作品的末尾提到开元末（公元741年左右），"毅之表弟薛嘏为京畿令，谪官东南。经洞庭，晴昼长望，俄见碧山出于远波"。这样看时间长度，柳毅在仪凤年间落第还乡偶遇龙女，到在洞庭湖遇见谪官东南的表弟薛嘏，时间已经过了六十多年，柳毅这时应该八十岁左右了；在传奇中，他是越来越年轻，而他的表弟已经白发苍苍了。

这使我们不由得联想到岭南出身而做到宰相的唐代大诗人张九龄。张九龄是广东韶州曲江（今广东韶关）人，为西汉开国功臣张良之后，西晋名臣张华十四世孙，生于公元673年（咸亨四年），逝于公元740年（开元二十八年），享年六十八岁，生活年代大体与柳毅相近。张九龄风度高雅，深受唐玄宗的赏识。他才华横溢，有名诗流传。他政治清廉，颇有令名。张九龄从小聪明颖慧，后来官至左丞相。作为南方士子，他能突破高门士族把持的官场，是非常杰出的人物。张九龄的《感遇十二首·其一》为《唐诗三百首》开篇第一首，优雅大气，而有悠远高洁的气息。其中名句"草木有本心，何求美人折"可以看作他的个人道德修养的体现。他的另一首名作《望月怀远》，有脍炙人口的名句流传："海上生明月，天涯共此时。"

也有考证认为柳毅是苏州人。苏州是江南名城，吴中都会，是吴越文化的中心，地理位置处于长江末。洞庭湖位于现湖南省岳阳市境内，是楚文化的中心地带，位于长江中游。从苏州到洞庭有千里之遥，并不是近邻。而受到丈夫冷落，又遭受舅姑惩罚到泾阳牧羊的龙女,却误以为他家在江南,大概距离故乡洞庭湖不远,因而冒昧托书求救。这是古人对地理上的一种大略认识,而因此造成了一段杰出的故事——在这里,泾川位于甘肃东部,靠近西安,是典型的北方;而苏州与洞庭,同属南方。由此可见,《柳毅传》中,有意无意地暗含着南方(吴)楚文化与北方(秦)文化的对抗。《史记》里有"楚虽三户,亡秦必楚"的名句,说到虽然秦击败楚,统一了中国,建立了一个庞大的帝制天朝,而不到二十年,秦始皇一驾崩,西楚霸王项羽等就顺势而起,"力拔山兮气盖世"地攻灭了秦朝。而在《柳毅传》中同样有一位"力拔山兮气盖世"的脾气暴躁的英雄——钱塘龙王。他听到侄女受到侮辱的消息,立即腾空飞升,现出长达千尺的庞大身躯,雷霆咆哮地杀往秦国旧地,如同西楚霸王那样摧枯拉朽般地解决问题:把负心汉泾川龙吃掉,带回侄女。

不知道这条可怜的泾川小龙跟《西游记》里被魏徵梦斩的"泾河龙"是不是同一个,或者大概是一家子。总之,泾河(泾川)这里的龙,看起来胸襟、气度、格调都不太高。

龙女虽是神族,仍然不能免于"重男轻女"的偏见以及礼教中父母赐命婚姻的风俗,因而可能因联姻的考量被远嫁到了北方泾川。南龙与北龙之间,不仅有着巨大的文化差异,而且在那个时期,北方对南方也有着深刻的地域和文化歧视,即便是苏州、杭州这样的文化名城,也不免受到朝廷文化的歧视,被派到这里当官,通常不是什么好事情。中国的文化中心一直在移动中,到南宋迁移到以太湖为核心的江南。这之后的江南不仅是"日出江花红胜火,春来江水绿如蓝"的风景名胜,更是文人墨客甲天下的文化中心。明清之后,环太湖流域更是占据了进士榜的绝大部分名额,"江南四大才子"的名声,既是对唐伯虎、文徵明等四人的赞誉,也是江南文化鼎盛的象征。

据这篇作品的内容里提及,柳毅从泾阳到洞庭花了一个多月的时间。在唐代的交通条件下,路途遥远、车马劳顿自不待言。根据龙女的指点,柳毅在洞庭湖南岸一棵大橘树下,解带挂上去叩三下,立即出来了一个侍者,稍加盘问,就带他去水底龙宫谒见龙王。这之后,是龙宫闻讯震动的各种描写。最大的震动,就是性子暴躁、疾恶如仇的钱塘龙王。他二话不说,腾空而起,咆哮而去,四个时辰就搞定了:"向者辰发灵虚,巳至泾阳,午战于彼,未还于此。"钱塘龙王说得简单轻松,好像这样的一场大战是小菜一碟。结果,接着洞庭龙王跟他一问一答,就暴露了大战的惨烈:

君曰:"所杀几何?"曰:"六十万。""伤稼乎?"曰:"八百里。""无情郎安在?"曰:"食之矣。"

泾川龙女婿这么一个薄情郎自己作死被吃掉也就算了,然而,为带回受屈的侄女,钱塘龙王却"顺便"杀了六十万人,糟蹋庄稼田地八百里。可见,这样一段感情纠葛的背后,却是以普通小民的庞大死伤为代价。正如唐代诗人曹松名作《己亥岁二首·僖宗广明元年》云:"泽国江山入战图,生民何计乐樵苏。凭君莫话封侯事,一将功成万骨枯。"

含冤受屈的爱女回家,洞庭龙宫里少不得大宴宾客,高朋满座之下,不免各种情感诉说,以及对不远几千里来传书的柳毅的各种感谢,龙后、龙女等各种家属赠给柳毅的奇珍异宝,多得都要把他埋起来了。而钱塘龙王喝得醉醺醺地找到柳毅,勒令他赶紧娶了龙女。没想到,这样的大好事,简直就是天造地设、郎才女貌的组合,柳毅却囿于俗礼和自尊心而一口回绝了,而且说得非常漂亮,逻辑也十分严密,钱塘龙王几乎无法反驳。柳毅这一番话几乎是不过脑子的,可见知识分子的修炼十分严格。最后他义正词严地说:"且毅之质,不足以藏王一甲之间。然而敢以不伏之心,胜王不道之气。惟王筹之!"于是,钱塘龙王就惭愧地道歉了。而说了这么一番气节高亮、正义凛然的违心话之后,柳毅再度看到出来拜谢的龙女,不由得内心无比纠结。

后来柳毅带着龙宫赠予的珍宝,到广陵(今扬州)的典当行稍微出手几件:"毅因适广陵宝肆,鬻其所得。百未发一,财以盈兆。故淮右富族,咸以为莫如。"扬州这里自古以富甲天下、商旅云集著称,之前读到的唐传奇中,也多有提及。柳毅因为自尊违心说了一通冠冕堂皇的话,到了广陵出售一些财宝之后就变成了"暴发户",可见龙宫之富。

此前柳毅在龙宫得到龙王等的厚赠:"洞庭君因出碧玉箱,贮以开水犀;钱塘君复出红珀盘,贮以照夜玑,皆起进毅。毅辞谢而受。然后宫中之人,咸以绡彩珠璧,投于毅侧,重叠焕赫,须臾埋没前后。"辞别时,要雇十几个人挑担才能把这些宝贝带走。

有钱了就是不一样,"遂娶于张氏,亡。又娶韩氏,数月,韩氏又亡。徙家金陵。常以鳏旷多感,或谋新匹"。这个张氏和韩氏都十分冤枉,竟然都是短命,但给后面的"范阳卢氏"腾出了空间。我们之前提起过,读唐传奇,要稍微知道一下当时的七大高门大族,例如"范阳卢氏""清河崔氏"等,基本都是典型的大姓。这里,龙女套用了卢氏,大概是随意为之的。龙族毕竟不是人类,而是神族,并不那么受人类道德约束,所以,龙女惦记柳毅,死活不肯另外改嫁其他小龙。听到柳毅所娶的前后两位妻子张氏与韩氏都夭亡,干脆冒充是范阳卢氏女,而且是嫁过人、为张氏妇的,托媒婆一说合,就在一起了。

柳毅娶龙女,一百个好,除了无比富贵之外,还凭空得了个"万岁"。龙女对他说:"夫龙寿万岁,今与君同之,水陆无往不适,君不以为妄也。"至于为何娶了龙女就可以"万岁",作者没有给出一个合理的解释。

柳毅后来携龙女居"南海",大概是下南洋到了马六甲附近的苏门答腊岛住了四十年,富甲天下:"其邸第、舆马、珍鲜、服玩,虽侯伯之室,无以加也。"最关键的是"不老",以至于修仙有道的传闻上达当地君王,"洎开元中,上方属意于神仙之事,精索道术"。在受到多方的恳求、要挟或骚扰后,"毅不得安,遂相与归洞庭",这样从"南海"迁回湘沅之间的洞庭隐居,"凡十余岁,莫知其迹"。以古代的旅行条件,这样反复搬迁,算得上是很折腾的,更何况柳毅那种富甲天下的做派,不知道有多少的行李财宝,以及多少的仆人随从要带着,没有一两艘大船是不行的。

庄子谈到的楚国南方大泽有八百里，那是战国时代的事情，到了唐代时期的洞庭湖，水面相比也一样壮阔浩渺。其中洞庭湖中的著名岛屿君山，如太湖中的西山一样，历来都是"烟涛微茫信难求"的神仙居地。水深就会出现怪物，此前读到的《樊夫人》里就有巨鼋伤人的情节。在这种神秘大泽里，如果要发生一点儿龙女、龙王、修仙长生的故事，是最适合不过的了。现在湖南岳阳市的洞庭湖君山上，还有后人据故事附会而建的柳毅井和传书亭。这算是把故事坐实了的一种传统手法，倒也有趣。

修仙与长生，是中华文化中源远流长的理想，也是古人今人孜孜以求的梦想。柳毅赠给表弟五十粒养生丸，每粒可以增寿一岁，是所有凡人都梦想得到的灵丹妙药。这样高科技的产品，如果放在今天，生产商会赚到堆满洞庭湖那么多的钱吧。生命科学现在已经是显学，然而对生命的研究和长生的想象，却是自古有之的。

刘贯词①

唐洛阳刘贯词，大历中，求丐于苏州，逢蔡霞秀才者精彩俊爽。一相见，意颇殷勤，以兄呼贯词，既而携羊酒来宴。酒阑曰："兄今泛游江湖间，何为乎？"曰："求丐耳。"霞曰："有所抵耶？泛行郡国耶？"曰："蓬行耳。"霞曰："然则几获而止？"曰："十万。"霞曰："蓬行而望十万，乃无翼而思飞者也。设令必得，亦废数年。霞居洛中左右，亦不贫，以他故避地，音问久绝，意有所恳，祈兄为回，途中之费，蓬游之望，不掷日月而得，如何？"曰："固所愿耳。"霞于是遗钱十万，授书一缄，白曰："逆旅中遽蒙周念，既无形迹，辄露心诚。霞家长鳞虫，宅渭桥下，合眼叩桥柱，当有应者，必邀入宅。娘奉见时，必请与霞少妹相见。既为兄弟，情不合疏，书中亦令渠出拜。渠虽年幼，性颇慧聪，使渠助为主人，百缗之赠，渠当必诺。"贯词遂归。

到渭桥下，一潭泓澄，何计自达。久之，以为龙神不当我欺，试合眼叩之，忽有一人应。因视之，则失桥及潭矣。有朱门甲第，楼阁参差，有紫衣使拱立于前，而问其意。贯词曰："来自吴郡，郎君有书。"问者执书以入，顷而复出曰："太夫人奉屈。"遂入厅中，见太夫人者年四十余，衣服皆紫，容貌可爱。贯词拜之，太夫人答拜，且谢曰："儿子远游，久绝音耗，劳君惠顾，数千里达书。渠少失意上官，其恨未减，一从遁去，三岁寂然。非君特来，愁绪犹积。"言讫命坐。贯词曰："郎君约为兄弟，小妹子即贯词妹也，亦当相见。"夫人曰："儿子书中亦言。渠略梳头，即出奉见。"俄有青衣曰："小娘子来。"年可十五六，

---

① 《太平广记》卷四百二十一·龙四，题《刘贯词》，注出李复言《续玄怪录》。中华书局程毅中先生点校的《玄怪录·续玄怪录》题《苏州客》。本文据中华书局《太平广记》校录。

容色绝代，辨慧过人。既拜，坐于母下，遂命具馔，亦甚精洁。

方对食，太夫人忽眼赤，直视贯词。女急曰："哥哥凭来，宜且礼待，况令消患，不可动摇。"因曰："书中以兄处分，令以百缣奉赠。既难独举，须使轻赍①。今奉一器，其价相当，可乎？"贯词曰："已为兄弟，寄一书札，岂宜受其赐。"太夫人曰："郎君贫游，儿子备述。今副其请，不可推辞。"贯词谢之。因命取镇国碗来。又进食。未几，太夫人复瞪视眼赤，口两角涎②下。女急掩其口曰："哥哥深诚托人，不宜如此。"乃曰："娘年高，风疾发动，祇对不得，兄宜且出。"女若惧者，遣青衣持碗，自随而授贯词曰："此罽（jì）宾国碗，其国以镇灾疠。唐人得之，固无所用，得钱十万，可货之，其下勿鬻。某缘娘疾，须侍左右，不遂从容。"再拜而入。贯词持碗而行，数步回顾，碧潭危桥，宛似初到。视手中器，乃一黄色铜碗也，其价只三五镮（huán）③耳，大以为龙妹之妄也。

执鬻于市，有酬七百八百者，亦酬五百者。念龙神贵信，不当欺人，日日持行于市。及岁余，西市店忽有胡客来，视之大喜，问其价，贯词曰："二百缣。"客曰："物宜所直，何止二百缣！且非中国之宝，有之何益。百缣可乎？"贯词以初约只尔，不复广求，遂许之交受。客曰："此乃罽宾国镇国碗也。在其国，大穰（ráng）④人患厄。此碗失来，其国大荒，兵戈乱起。吾闻为龙子所窃，已近四年。其君方以国中半年之赋召赎，君何以致之？"贯词具告其实。客曰："罽宾守龙上诉，当追寻次，此霞所以避地也。阴冥吏严，不得陈首，借君为由送之耳。殷勤见妹者，非固亲也，虑老龙之馋，或欲相啖，以其妹卫君耳。此碗既出，渠亦当来，亦消患之道也。五十日后，漕洛波腾，瀺（chán）灂（zhuó）⑤晦日，

---

① 赍：赠送。
② 涎：口水。
③ 镮：一百钱。
④ 穰：丰收。
⑤ 瀺灂：拟声词，形容水流声。《文选》卷十九·赋癸，宋玉《高唐赋》："巨石溺溺之瀺灂兮，沫潼潼而高厉。"

是霞归之候也。"曰:"何以五十日然后归?"客曰:"吾携过岭,方敢来复。"贯记之,及期往视,诚然矣。

龙宫从来藏宝地

不知道从什么时候开始,"龙宫"成为一个宝藏的代名词。那些行云施雨的龙族,负责管理天上的雨水和人间的河流湖泊,平时神龙见首不见尾,深藏在水底龙宫里,于海中、湖中、河中,各有职守。他们都有一个富丽堂皇的龙宫,藏着无数的宝贝。

《西游记》里的老猴子都知道海底龙宫是一个大宝藏,里面要什么有什么,珍珠宝石、绫罗绸缎就不用说了,山珍海味也用之不穷,普天之下见所未见、闻所未闻的珍奇兵器,都应有尽有。话说孙悟空在"西牛贺洲灵台三星学院""留学"十年,跟随菩提老祖修仙,学业有成后回到东胜神洲傲来国花果山,先是一刀把占领山头的混世魔王劈成两半,然后重整旗鼓,纠集猴兵猴将,从傲来国摄来一堆兵器,整日管着数万猴子猴孙操练武艺,事业蒸蒸日上。他一方面十分欢喜,另一方面又发愁从混世魔王手里夺来的大刀不好用。这时老猴问道:"不知大王水里可能去得?"孙悟空听此一问,立即天上地下一通乱吹,自称水里、火里、石头里随便去。老猴又提出可以去东海龙宫找老龙王要件兵器,于是孙悟空一头扎进水帘洞下深潭,使一个闭水法,直奔东海龙宫而去。东海龙宫确实壮丽,东海老龙王确实富甲天下。然而富翁都小气,孙悟空问他要一把兵器,他一味推辞,实在不得已了——

……即着鳜都司取出一把大捍刀奉上。悟空道:"老孙不会使刀,乞另赐一件。"龙王又着鲌太尉,领鳝力士,抬出一捍九股叉来。悟空跳下来,接在手中,使了一路,放下道:"轻,轻,轻!又不趁手!

再乞另赐一件。"龙王笑道："上仙，你不曾看这叉，有三千六百斤重哩！"悟空道："不趁手，不趁手！"龙王心中恐惧，又着鳜提督、鲤总兵抬出一柄画杆方天戟。那戟有七千二百斤重。悟空见了，跑近前接在手中，丢几个架子，撒两个解数，插在中间道："也还轻，轻，轻！"老龙王一发害怕道："上仙，我宫中只有这根戟重，再没什么兵器了。"悟空笑道："古人云，愁海龙王没宝哩！你再去寻寻看。若有可意的，一一奉价。"龙王道："委的再无。"（《西游记》第三回）

这一来，把龙宫里的重型武器都摆一个遍。孙悟空不识货，只是说："也还轻，轻，轻！"非要人家再找，老龙王十分无奈地说："委的再无。"孙悟空不是善类，不达目的决不罢休，真是请神容易送神难。这么一个蛮横的力大无穷的妖仙，横在龙宫里吹胡子瞪眼地勒索，还真不容易打发走。这才有了龙婆提起"天河定底的神珍铁"的桥段。孙悟空把人家定海神针都拔起来要了，又勒索了北海龙王敖顺"一双藕丝步云履"，西海龙王敖闰"一副锁子黄金甲"，南海龙王敖钦"一顶凤翅紫金冠"，"使动如意棒，一路打出去"。没想到龙王真是什么都有，什么都能满足。

龙宫有钱这件事情是唐传奇首先发现的。

落第秀才柳毅因替龙女传书而得到龙族的厚赠，各种珠玉、宝贝、绡绫不计其数。辞别龙宫之后，那么多的宝贝要雇用十几个挑夫才能搬走。

《刘贯词》也写到凡人与龙结缘，认识了调皮帅气、"精彩俊爽"的龙子，容貌可爱的龙妈太夫人，美丽聪慧的龙女。

这里没有爱情，只有"寻宝记"。

故事说，洛阳有一个刘贯词，年轻而贫穷，到苏州四处"求丐"时，遇见了长得英俊又有才华的蔡霞。蔡霞与刘贯词一见如故，遂带羊酒来找他吃喝。吃饱喝足了，蔡霞问，老兄来苏州有何贵干？刘贯词答：弄点儿钱。蔡霞问：有目标吗？刘贯词说：到处乱逛。蔡霞问：弄到多少钱才算够呢？刘贯词说：十万。蔡霞听了惊掉下巴：你到处瞎逛还要弄到十万钱，不是没有翅膀却要飞翔吗？就算你非常努力，也得好几年才能成功啊……不如这样吧，我给你十万，你帮我送一封信回洛阳如何？

听了以上对话，你们感觉如何？蔡霞老哥是个骗子吗？

不管你们信不信，刘贯词老弟是信了。蔡霞不仅给了他十万钱，还跟他交了心，坦承自己是龙族，家住在洛阳渭桥下，有一位老母亲龙妈和一位年轻妹妹龙女——但没有交代为何单单缺了龙爸。然后，交给他一封信。

刘贯词信守诺言，带着蔡霞的亲笔信回到洛阳，在渭桥下根据蔡霞的指示"合眼叩之"，龙宫里就来了一个人（龙），带他去见龙妈和龙女。

这个故事中值得回味的情节是龙妈虽然长得俊美，雅韵十足，但有个爱吃人的癖好，见到生人，尤其是刘贯词这种年轻人，忍不住就会垂涎欲滴。她这个毛病，儿子蔡霞深有所知，怕老母亲忍不住馋把自己这个老弟吃掉了，又在信中暗地里托付妹妹龙女照应。龙女"年可十五六，容色绝代，辨慧过人"，对母亲的恶癖深有所知。正招待刘贯词吃饭，"太夫人忽眼赤，直视贯词"，看起来是立马就要吃人，龙女迅速阻止。这细微动作，刘贯词没有注意到，在浑然不觉中已逃过一劫。接着一通乱聊之后，"太夫人复瞪视眼赤，口两角涎下"，好在"女急掩其口"。龙宫里的龙族真是太危险了，这跟柳毅先生在洞庭湖底的龙宫里遇见的那些高尚的龙族，完全不是一回事，难道是南龙和北龙的差异吗？好险，只差一点儿，刘贯词就被龙妈生吞了。相比之下，龙女更有理智，知道对哥哥有恩的凡人，不能随随便便吃掉了。

第二个值得回味的细节是来自西域罽宾国的镇国碗。

在龙宫里吃喝完毕，龙女说百缣太重，你一个人带着不方便，不然我给你一个碗拿去市场上卖了："此罽宾国碗，其国以镇灾疠。唐人得之，固无所用……"来历不凡！为何值那么多钱呢？也是因为能"镇灾疠"的缘故。并且指点刘贯词这只碗怎么叫价："得钱十万，可货之，其下勿鬻。"刘贯词手执这个黄铜碗，感觉有些尴尬。这么个黄铜碗，在唐朝一般市场价是三五镮（一镮为一百钱），龙女却让他卖十万钱,简直是大奸商啊!龙女说的自然不是"人话",而是"龙话"。龙是神族,说话自然有诚信,虽不合人情,但也是可以接受的。

刘贯词在洛阳市场上闲逛,卖了很久,别人都只出几百钱。刘贯词谨记龙女的嘱咐,不出到心中的价钱,绝对不卖。后来,他终于等到了正主——来自西域的胡人——我们都知道,胡人在唐朝是一种特殊人群,主要来自西域、天竺或南海国。胡人一般都非常富有,也有一些胡人拥有异术,懂得治病。这位来见刘贯词的胡人是识货买家,他对刘贯词说:"此乃罽宾国镇国碗也。在其国,大穰人患厄。此碗失来,其国大荒,兵戈乱起。吾闻为龙子所窃,已近四年。其君方以国中半年之赋召赎,君何以致之?"镇国碗在国内,就会连年丰收(大穰),但被龙子蔡霞偷到中土之后,罽宾国则连年灾荒,兵戈乱起。这里并没有说蔡霞为何要去偷人家的镇国碗,似乎是损人不利己——被罽宾国守护镇国碗的龙上告到天上,还落得个潜逃他乡的下场。真的是十分奇怪,而且后面还说,五十天后,等这位胡人国师携镇国碗过了葱岭,蔡霞才敢回到洛阳的渭桥下的老家——"五十日后,漕洛波腾,瀺灂晦日,是霞归之候也"。这家伙回家,动静还很大:漕河、洛河波涛汹涌,水声大作,太阳阴晦,就意味着他回来了。刘贯词问:"何以五十日然后归?"胡人回答说:"吾携过岭,方敢来复。"可见,神族的法规条例还是很严明的。然而,为何蔡霞从洛阳逃到苏州,上天就不"追捕"了呢?难道苏州不归他们管辖?

刘贯词受人之托,忠人之事,是有诚信的人。这番龙宫历险记,让我们看到了一种崭新的龙宫故事。英雄没有救美,也没有"有情人终成眷属"的经典桥段,但有馋嘴龙妈的活灵活现,还有龙女聪慧可爱信守承诺,确实是非常有意思的一部作品。

编末后记

选入本编的八篇唐传奇，冠以"灵物"之名，从器物到白猿，从狐狸精到龙族，内容十分丰富。在"万物有灵"的世界，一切都是可以成精的，一切都是可以成仙的，无论是动物、植物还是人造物。只要时间足够长，只要有耐心，就能成为万物之灵。

唐传奇里，有很多内容都跟前朝有关，尤其是刚刚过去不久的魏晋南北朝时期。这个时期现在并不像唐、宋那么受人关注，然而却是华夏文化中至关重要的一个时期。这个时期有几个显著的文化事件：一、北方民族融合；二、南方文化发展；三、文学从哲学、历史中独立；四、书画艺术都达到了高峰；五、追求个人独立与思想自由的新思潮不断浪涌。

因此，学习唐传奇不仅要学习文言文，而且还要关注到其中的文化元素。在这里，我们主要谈谈第三点：文学从哲学、历史中独立。

唐代大诗人如李白、杜甫、王维等，都集成式地表达了对前朝的学习、继承与发展，深刻地继承了魏晋南北朝文学传统。他们的诗歌中，直接地提到了前代的名家，化用前代的名作，阐发了对这些前代先贤的敬仰。而唐传奇则更进一步地表现了前朝的生活形态和思想变化。

从文学独立的角度来看，南朝梁代昭明太子萧统主编的《文选》是一个明显的标志。他把文学作为一种崭新的形态独立出来，精心挑选符合文学概念的作品汇集到一起，这形成了文化中的一个大事件。这个时期出现的志人小说名著刘义庆的《世说新语》、志怪小说名著干宝的《搜神记》等，为新的文学形态做了明确的示范。传为刘向最早主持整理而东晋时期郭璞注释的《山海经》、东晋时期葛洪撰写的《神仙传》等，也都是这个时期重要的文学文献之一。文学"社团"

中，"建安七子"是影响深远的诗坛先锋，而"竹林七贤"则开启了自我反思、追求个人独立、提倡思想自由的浪潮，此外，在文学社团中尚有此前提到过的"竟陵八友"等。这个时期也出现了对后世影响深远的大诗人曹植、阮籍、陶渊明、谢灵运、谢朓等，他们的创作确立了新一代诗歌的范例，而且开创了山水田园诗的新风，被唐代的王维、孟浩然等大诗人有效地继承，并发扬光大。魏晋南北朝时期，正式地出现了"文学自觉"，而把文学从四书五经、诸子百家及历史著作中独立出来。其鲜明的标志是从人物品评到文学品评，从文体辨析到文学总集编辑，并且有文学理论体系的建立，新的文学思潮的不断涌现。在魏晋南北朝时期，文学理论和文学批评与文学创作一样异常繁荣，三国曹丕《典论·论文》、西晋陆机《文赋》、南朝刘勰《文心雕龙》、南朝钟嵘《诗品》等论著，对后世都有着深远的影响。南朝萧统《文选》、南朝徐陵《玉台新咏》等文学总集的出现，则形成了文学理论和文学批评的高峰。另外，这个时期还有杰出的《古诗十九首》等作品的流传。

文学之外，中国的书法艺术和绘画艺术，在魏晋南北朝也达到了高峰。以王羲之的行书神品《兰亭集序》为标志的书法艺术，形成了后世无法超越的巅峰状态。而大画家顾恺之被人称许为"画绝、才绝、痴绝"，他为江宁瓦官寺所绘制的维摩诘像，"画讫，光彩耀目数日"，轰动了江宁城；其代表作《洛神赋图》《女史箴图》，都是不可超越的代表作。

这样的"前朝"风流，怪不得杜牧作《江南春》会说"南朝四百八十寺，多少楼台烟雨中"，又怪不得刘禹锡在《乌衣巷》里会深刻感慨"旧时王谢堂前燕，飞入寻常百姓家"了。

而本编选入的《曹惠》，以两个木偶精灵轻红与轻素的口述方式，重现了南朝大诗人谢朓天才而短促的一生，还原了那个时代的风云变化和政治险恶，深入分析背后的人物生活情态，都让人有极深的感慨。

阅读唐传奇经典，也是阅读历史和人生。

幻梦

第四编

- 编首语
- 枕中记
- 南柯太守传
- 巴邛人
- 张佐
- 岑顺
- 薛伟
- 王坤
- 江南吴生
- 三梦记
- 陈严恭
- 圆观
- 编末后记

编首语

幻梦与真实的平行宇宙

"梦世界"是人类一直好奇、向往的精神世界,也是文学领域广受关注、宝藏丰富的独特世界。虚构文学作品有两个特性:不仅反映现实,还能创造现实。就其特殊性来说,文学的"创造性"更为重要,这也是文学独一无二的"特异功能"。长期以来,文学以其独特的创造能力,为人类创造了一个特殊的梦世界,为人类文明的发展,为人类文化的丰富,做出了独特而无可替代的贡献。如果没有梦,人类是不完整的;如果没有文学创造的"新现实",人类文明是不完整的。

与人类起源密切相关的神话,是人类最早的梦世界之一。

神话,是人类创造出来的第一批"新现实",创造神话是人类区别于其他灵长类动物的独特标志之一。其他灵长类,例如大猩猩,或许也会做梦,但它们无法把这种梦表达出来,连零星表达都不可能,更不用说完整地、创造性地表达了。从早期原始社会,从狩猎文明时代开始,想象力就成了人类文明发展的最为独特的核心力量。在近几年流行的一本畅销书《人类简史》里,以色列历史学家赫拉利非常有创意地提出:"虚构"是人类祖先战胜其他竞争者的核心能力。在自然现实之上,"虚构"创造新现实,而创造新现实的能力,让人类创造出了神话、民族、家庭、社会、政治、军队、警察、政府、公司、金字塔、长城、大坝、火车、汽车、飞机等自然界无法自然生成也无法以进化方式发展出来的崭新"事物",正是这些"事物",把本来如森林、草原上其他动物一样散落而凌乱的人类凝聚起来,形成一个庞大的社团群体。人类虚构出的宗教,在四千六百多年前让埃及法老能调动几十万人力,耗费几十年、几百年时间建造工程浩大的金字塔。同样，秦始皇以集权国家模式，以御外为理由，调动百万人力来修筑、扩建万里长城。

虚构事物一旦成形，就具有超越个人的力量。德国戴姆勒—奔驰汽车公司是由本茨创立的奔驰发动机公司和由戴姆勒创立的戴姆勒机动车公司合并而成，合并成立早期，奥地利商人耶利内克建议以自己的女儿梅赛德斯的名字命名汽车品牌，于是正式商标就叫"梅赛德斯—奔驰"，这个商标独立存在，超越了梅赛德斯和本茨两位创始人，成了比个人更为持久且庞大的事物——百年来，戴姆勒—奔驰汽车公司换了一批又一批董事长、执行官、工程师、技术员、制造工人，但"梅赛德斯—奔驰"这个商标一直存在，具有自己的生命力，比每一个个人更持久。又比如美国迪士尼公司，由沃尔特·迪士尼先生于1923年成立，开始时专门制作动画片，制作和发行一系列影响深远的动画片名作（如《米老鼠》等），后来发展为一个庞大的媒体加影业公司。遍布全球、深受小孩子喜爱的"迪士尼乐园"，也是迪士尼旗下一个庞大的梦世界，梦的现实版。"迪士尼乐园"是典型的"创造现实"，把梦想从艺术形式转化为物质形态的游乐场。

现代文学已经发展出了更为庞大的分类，诸如科幻、玄幻、魔幻等各类小说，为电影工业奠定了庞大的想象力基础，以此出发而建造的迪士尼乐园等，是这种想象力的新现实版。而建筑设计艺术，更是梦想变成现实的最典型的代表。

因为中小学语文的工具化定位，人们对于母语的认识长期停留在"工具性与人文性相统一"的浅层次理解中，导致语文教材长期排斥"虚构文学"作品，尤其排斥现代主义作品。即便有少数此类文学作品，也被边缘化了，只是作为一种花边和点缀。选文也只盯着"现实主义"作品，被选入的作品充当了"现实主义"观念先行的木偶。中小学语文界对母语学习的理解越来越狭隘，教材编写者和语文教师，对文学本质的理解都仅取其一，不及其二：只强调文学反映现实的一面，而不知道文学还有另一个更重要能力是"创造现实"。因此，中小学的文学教育是不完整的。以这种单一的文学观念去理解文学，就会排斥现代主义作品，使得意识流、表现主义、黑色幽默、荒诞派等都被打入冷宫，只有魔幻现实主义因为带着一点儿"批判现实主义"的意味，才在课本中节录了《百年孤独》的片段。至于那些真正为青少年所喜欢的《魔戒》《纳尼亚传奇》《哈利·波特》《地海巫师》《冰与火之歌》等奇幻小说，就被自然而然地排斥了。只有科幻小说最近几年因为《三体》获得雨果奖，而受到了一点儿关注，刘慈欣六千八百字的短篇小说《带上她的眼睛》被删改到两千五百字选入初中语文课本，而阿西莫夫的科幻名作《基地》，最近被指定为初中课外阅读书目，这已经是一个不容易的"进步"了。不能真正地认识和理解文学的"创造新现实"的独特能力，不能接受"怪力乱神"的作品，就很难真正理解《搜神记》《子不语》《阅微草堂笔记》《聊斋志异》等传统虚构作品经典，也难以真正接受我们在这本书中精心挑选和分析的唐传奇名作。

  第四编主要辑录"幻梦"类的唐传奇。这类作品是唐传奇中的奇葩，真正的精华所在。也唯有在一个开放、包容、多元、庞大的唐代文明中，才可能出现如《枕中记》《南柯太守传》这种影响深远的杰作。明代大戏曲家汤显祖的"临川四梦"中的《邯郸记》和《南柯梦》，就直接取材于这两部唐传奇。

  在唐人的绝妙想象中，梦中的世界跟现实的世界是不一样的，而且存在一个"平行宇宙"的概念。在梦中经历了与现实完全不同的漫长一生，在现实中只是蒸熟一顿黄粱的时间。在梦中世界是一个功成名就，一人之下万人之上，享尽人生中荣华富贵的名臣，做驸马当太守，指挥战士们百战百胜，在现实中只是喝醉酒了被树枝绊倒，睡了一觉的普通人。这种"时间相对论"的认识，是唐传奇中非常独特的思考。至于《西游记》里"天上一日，地上一年"的说法，也是典型的"时间相对论"。事实上，太阳系各个星球因为自转和公转的时间长短不一，假设一个人分别住在不同的星球，其"日月"的长度确实是不同的。乌克兰裔美国古文化学者、少数能识读苏美尔泥板的专家之一西琴先生，因为长期研究上古文明，有了一个奇思妙想，他认为苏美尔文明所记载的那些神话人物是真实存在的，他们是居住在一个叫作尼比努的星球上的高智慧生命。他为此写了一套七卷的作品《第十二个天体》来阐发自己的思想。以地球年计算，这个神秘星球绕太阳公转一圈需要3600地球年。这个星球的一年相当于地球的3600年。这个星球上的生命能活到120岁，相当于地球人类的42万岁。从地球人类的角度来看，尼比努人是不朽之神了。尼比努星的公转轨迹是一个超长椭圆形，近日点和远日点相距十分遥远——远日点可能已经超出奥尔特星云了——运行到太阳系边疆之后为何还能返回，西琴先生并没有解释。那么天神们为何要来地球呢？西琴先生认为是尼比努星球的大气层遇到了问题，黄金作为一种必要元素能够稳定这个大气层。他们发现地球蕴藏着丰富的黄金，于是在42万年前派遣一组宇航员来到地球上开采黄金。因为每次需要3600年才能等到近地点，人工成本高昂，派来进行勘探和工作的尼比努人太少，他们决定"造人"。负责"造人"的尼比努首席女科学家是主神阿努的女儿、苏美尔文明崇拜的生命之神宁呼尔萨格。宁呼尔萨格从尼比努来到地球，建立了造人实验室，改造东非古猿人的DNA，加入了尼比努人的基因，经过漫长的研究，在13万年前试验成功，创造出一种"Human"。实验过程产生一些失败"产品"，包括牛头人身、人头马身等，其形象出现在古埃及和古希腊神话里，被描述为怪物和恶魔。西琴先生说"Human"本义是"工人"。"工人"被创造出来的主要的任务是在南部非洲采矿。这些"工人"作为神创造的第一代，成了我们的祖先。因此，发源于两河流域的苏美尔文明是神授的，早熟于地球上其他文明。他们8000年前就种植了葡萄、小麦，就开始驯养牛羊。尼比努星球3600年公转一周，是苏美尔人发明60进制的起因。在《第十二个天体》这部著作里，西琴先生提出了各种奇妙观点，非常有启发，可以跟唐传奇的"时间相对论"对比阅读。

除了时间长短的不同之外，人类的现实空间和梦空间形态也不一样。"空间相对论"以《巴邛人》（仙人藏在橘子里）和《张佐》（人能从耳朵里进出）这两部作品表现得最为奇特和鲜明。唐传奇作家那种自由自在的心灵和畅达无碍的想象力，实在让我们后辈深感惭愧。

"幻梦"这类题材的小说中，人物大都生活在两个平行的世界，一个是现实世界，另一个是虚构（梦）世界。在那个虚构（梦）世界里，人也是真实地生活着,跟现实中的生活是一样的。那个虚构(梦)世界有时与这个现实世界无关,有时又是互相印证、互相关联,可以彼此穿越的,有如现代科幻小说里常常写的"虫洞",以此可以穿越两个不同的"空间"。在这个世界,人的身体是人,在那个世界,人的身体可能是动物,也可能是另一个灵魂的身体。

另外,写一个人在梦中变成了一条鱼被自己在县衙里的同事吃掉的《薛伟》,则在变形中,加入了佛教"不杀生"的教义,形象而生动。这些都是想象力、创造力无限的体现。

枕中记①

开元七年②，道士有吕翁者，得神仙术，行邯郸道中，息邸舍，摄帽弛带，隐囊而坐。俄见旅中少年，乃卢生也。衣短褐，乘青驹，将适于田，亦止于邸中，与翁共席而坐，言笑殊畅。久之，卢生顾其衣装敝亵（xiè）③，乃长叹息曰："大丈夫生世不谐④，困⑤如是也！"翁曰："观子形体，无苦无恙，谈谐方适，而叹其困者，何也？"生曰："吾此苟生耳，何适之谓？"翁曰："此不谓适，而何谓适？"答曰："士之生世，当建功树名，出将入相，列鼎而食，选声而听，使族益昌而家益肥，然后可以言适乎？吾尝志于学，富于游艺，自惟当年青紫⑥可拾。今已适壮，犹勤畎（quǎn）亩⑦，非困而何？"言讫，而目昏思寐。时主人方蒸黍。翁乃探囊中枕以授之，曰："子枕吾枕，当令子荣适如志。"其枕青瓷，而窍⑧其两端。

生俯首就之，见其窍渐大明朗，乃举身而入，遂至其家。数月，娶清河崔氏女。女容甚丽，生资愈厚。生大悦，由是衣装服驭，日益鲜盛。明年，举进士

---

① 《太平广记》卷八十二·异人二，题《吕翁》，注出《异闻集》，不题撰人。汪辟疆《唐人小说》据《文苑英华》题《枕中记》，沈既济撰。本文据汪辟疆《唐人小说》校录。
② 开元七年：公元719年，唐玄宗朝。
③ 敝亵：又旧又脏。敝：破旧。亵：污秽，不洁净。
④ 生世不谐：生不逢时。谐：调和。
⑤ 困：困顿，落魄。
⑥ 青紫：官服的颜色，八品、九品服青，三品以上服紫。指担任高官，仕途得意。
⑦ 犹勤畎亩：意指还在干农活儿。畎：田间的小沟。
⑧ 窍：孔。窍其两端：枕头的两端有孔。

登第，释褐①秘校②，应制③转渭南尉④。俄迁⑤监察御史，转起居舍人⑥，知制诰⑦。三载，出典同州⑧，迁陕牧。生性好土功，自陕西凿河八十里，以济不通。邦人利之，刻石纪德。移节汴州，领河南道采访使，征为京兆尹。是岁，神武皇帝⑨方事戎狄，恢宏土宇。会吐蕃悉抹逻及烛龙莽布支攻陷瓜沙，而节度使王君㚟（chán）新被杀，河湟震动。帝思将帅之才，遂除生御史中丞，河西道节度。大破戎虏，斩首七千级，开地九百里，筑三大城以遮要害。边人立石于居延山以颂之。归朝册勋，恩礼极盛。

转吏部侍郎，迁户部尚书兼御史大夫。时望清重，群情翕习，大为时宰所忌。以飞语中之，贬为端州刺史。三年，征为常侍。未几，同中书门下平章事。与萧中令嵩⑩、裴侍中光庭⑪同执大政十余年，嘉谟密令，一日三接，献替启沃，号为贤相。同列害之，复诬与边将交接，所图不轨。制下狱。府吏引从至其门而急收之。生惶骇不测，谓妻子曰："吾家山东，有良田五顷，足以御寒馁，何苦求禄，而今及此。思衣短褐，乘青驹，行邯郸道中，不可得也。"引刃自刎。其

---

① 释褐：脱去平民衣服，开始当官，走上仕途。释：摆脱。褐：平民衣服的颜色，代指平民身份。
② 秘校：官职，秘书省校书郎。唐代新登科的进士，选官时一般初任此官职，后来也用"秘校"代指新擢升的进士。这里指卢生通过了科举考试，进士登第。
③ 应制：选拔官员的考试。唐代科举，首先进士登第，两年后需要参加策考，才能被任命官职。卢生进士登第之后，又通过了策考，获得了"渭南尉"官职。
④ 渭南尉：官职。渭南在陕西，古称下邽。唐代的渭南是两京驿路上的重镇，文人名士云集，渭南尉在同一级别的官职中是显赫的职位。
⑤ 迁：升任。
⑥ 起居舍人：官职，掌管记录皇帝日常起居、言行举动、发布旨意，属于秘书兼史官性质职务，是皇帝身边的人。
⑦ 知制诰：官名，负责起草诏令。
⑧ 同州：在陕西渭南大荔县，是重要的经济、军事、政治重镇。
⑨ 神武皇帝：唐玄宗。先天二年（公元713年）唐玄宗李隆基加封"开元神武皇帝"。开元二十七年（公元739年），加封"开元圣文神武皇帝"。
⑩ 萧中令嵩：萧嵩，开元十六年（公元728年）任兵部尚书，同中书门下平章事。
⑪ 裴侍中光庭：裴光庭，开元十七年（公元729年）任中书侍郎兼御史大夫，知政事。

妻救之，获免。其罹者皆死，独生为中官①保之，减罪死，投驩州②。

数年，帝知冤，复追为中书令，封燕国公，恩旨殊异。生五子：曰俭，曰传，曰位，曰倜，曰倚，皆有才器。俭进士登第，为考功员外；传为侍御史；位为太常丞；倜为万年尉；倚最贤，年二十八，为左襄。其姻媾皆天下望族，有孙十余人。两窜荒徼，再登台铉，出入中外，徊翔台阁，五十余年，崇盛赫奕。性颇奢荡，甚好佚乐。后庭声色，皆第一绮丽。前后赐良田、甲第、佳人、名马，不可胜数。后年渐衰迈，屡乞骸骨③，不许。病，中人④候问，相踵（zhǒng）于道⑤，名医上药，无不至焉。

将殁，上疏曰："臣本山东诸生，以田圃为娱。偶逢圣运，得列官叙。过蒙殊奖，特秩鸿私。出拥节旌，入升台辅。周旋中外，绵历岁时。有忝天恩，无裨圣化。负乘贻寇，履薄增忧，日惧一日，不知老至。今年逾八十，位极三事，钟漏并歇，筋骸俱耄，弥留沈顿，待时益尽。顾无成效，上答休明，空负深恩，永辞圣代。无任感恋之至。谨奉表陈谢。"诏曰："卿以俊德，作朕元辅。出拥藩翰，入赞雍熙。升平二纪⑥，实卿所赖。比婴疾疹，日谓痊平。岂斯沉痼，良用悯恻。今令骠骑大将军高力士就第候省。其勉加针石⑦，为予自爱。犹冀无妄，期于有瘳。"是夕，薨。

卢生欠伸而寤，见其身方偃于邸舍，吕翁坐其旁，主人蒸黍未熟，触类如故。生蹶然而兴，曰："岂其梦寐也？"翁谓生曰："人生之适，亦如是矣。"生怃然良久，谢曰："夫宠辱之道，穷达之运，得丧之理，死生之情，尽知之矣。此先生所以窒吾欲也。敢不受教。"稽首再拜而去。

---

① 中官：殿中省长官。唐代殿中省长官是太监，所以中官指太监。
② 投驩州：被贬谪到驩州。
③ 屡乞骸骨：多次请求退休。
④ 中人：太监。指皇帝派宠信的太监去问候病情。
⑤ 相踵于道：一个接着一个，表示派去问候的次数多。踵：脚后跟。
⑥ 升平二纪：指二十多年升平盛世。一纪为十二年，二纪为二十四年。
⑦ 针石：指医药。

读书人的理想：升官发财，光宗耀祖

《枕中记》是唐传奇中最著名的作品之一，历来流传甚广，后世陆续有改编作品：元代马致远改编为《邯郸道省悟黄粱梦》，明代汤显祖改编为《邯郸记》，清代蒲松龄作《续黄粱》，由此并催生了"黄粱一梦"这个被人常常引用的典故。

《枕中记》的作者为沈既济，此前选入的《任氏传》也是他的作品。这两篇作品，标志着唐传奇的最高水平，对后世有极大影响。

《枕中记》里提出了一个问题：现实世界的困扰，能不能在梦世界解决？尘世纷扰，大部分人都在人生的缝隙中不满足而汲汲于营生，这也是得神仙术的"吕翁"曾经历过的世界。他因为成了神仙，看世人的角度就与之前完全不一样了。因为他对时间的长度概念跟普通人不一样，他所理解的生命意义也跟普通人不一样。这样，当他碰见骑着小马的小哥卢生时，就看到了一个人生命的前后所有可能，这个短短几十年的生命长度，在神仙眼里，确实"如梦幻泡影，如露亦如电"。可以说，我们所理解的很多"生命的意义"，跟人生的时间长度密切相关。如果能跳脱这种时间长度的局限，那么，就如同穿越到了一个高维宇宙，看到了原来低维宇宙的种种局限甚至可笑之处。

现实世界里的卢生，身为平民，心怀抱负："士之生世，当建功树名，出将入相，列鼎而食，选声而听，使族益昌而家益肥……"这样的理想，大概当时所有读书人都有。读书人也只有这种出路："学成文武艺，货与帝王家。"如果没有考上进士，未能当官发财，就是没有把自己卖个好价钱，这样的人生，就是失败的人生。这让他在邯郸道上的旅馆遇见一位"吕翁"并聊天时，为自己穿着比较简陋，人生在低层次中还没有进展，而产生了自怜自艾的心理："吾尝志于学，富于游艺，自惟当年青紫可拾。今已适壮，犹勤畎亩，非困而何？"这么看来，书生都以"勤畎亩"为耻辱，理想都是逃脱"面朝黄土背朝天"的困窘，能考试成功，鲤鱼跳龙门，能穿青着紫，进入吃官饷阶层，过人上人的生活。然后，吕翁就在他犯困时，给他一个枕头，说："子枕吾枕，当令子荣适如志。"这个魔法枕头让卢生在飘飘然中进入了"枕中世界"。

从枕头两端的缝隙中进入"梦世界"，是一个很有创意的设定。

在梦世界里的卢生，轻松地实现了理想抱负。

理想很丰富：娶清河崔氏女；举进士登第；授秘书郎著国史；开河通渠，兴修水利；位高权重；家族荣耀，子孙兴旺。

在这里，"数月，娶清河崔氏女"是一个很重要的细节，决定了后面的人生顺畅。

唐代范阳卢氏、清河崔氏，都是典型的高门氏族。这些高门氏族历史悠久，累代都有高官，门生故人遍布朝野，势力广大。而强盛氏族之间的通婚，更是"门当户对"、强强联合。这样，卢生不仅可以依靠卢氏祖荫，还可以借助妻族的力量，因此，"明年，举进士登第"之后，一连串令人眼花缭乱的官场升迁，就是顺理成章的了。

仕途更顺利："释褐秘校，应制转渭南尉。俄迁监察御史，转起居舍人，知制诰。三载，出典同州，迁陕牧。……转吏部侍郎，迁户部尚书兼御史大夫。……征为常侍。……同中书门下平章事。……执大政十余年，……封燕国公，……"

卢生在现实世界是一介平民，而在梦境中却度过了辉煌的一生。这个梦境是道士吕翁提供给他的，意在启示"宠辱之道，穷达之运，得丧之理，死生之情"。小说虽然教化意义明显，但给读者开辟了另一条阅读途径：梦境人生的宠辱跌宕，荣华富贵，家族昌盛。人的一生是有限的，要想扩展人生经历，尝试别样人生，大概只有在梦（阅读）中吧。

文学拥有创造新现实的魔法力量，而道士吕翁也有这种让人在梦中"得遂所望"的能力。这两者结合在一起，可以让一个平凡人拥有不平凡的经历。

梦中那个卢生，并不是作者沈既济凭空杜撰的，他的人物有一个现实原型。

在唐玄宗时代，有一位儒生也经历了同样的显赫人生。他就是张说，著名的政治家。据《旧唐书》玄宗本纪记载，玄宗先天二年，已经继位的李隆基联合属下诛杀了太平公主党羽，全面掌握大权。是年张说任中书令。开元九年，张说任兵部尚书、同中书门下三品。开元十年五月，兵部尚书张说往朔方军巡边；九月，张说擒康愿子于木盘山，把河南朔方千里之地的胡人迁徙分散到各地。开元十五年二月，任尚书右丞相的张说被构陷朋党，罢官。开元十七年，张说重新被任命为尚书左丞相。开元十八年，加开府仪同三司。同年十二月，燕国公张说薨。

张说在晚年位高权重，深受玄宗器重，重病时玄宗派高力士问候并送去亲手抄写的药方——高力士这个人物，经常出没于各种故事，其中最有名的是白居易所作《长恨歌》及后来被陈鸿铺演的《长恨歌传》。高力士作为唐玄宗的红人，侍奉杨贵妃，接引李太白，出没于历史名人之间，也是一个很有意思的历史人物。张说去世后，玄宗亲自举哀。于此可以看到，燕国公张说的一生与梦境中的卢生人生轨迹相同。假设将张说的人生轨迹，原封不动地搬给卢生，虽然享尽荣华富贵，但其中的荣辱落差，生死无常，伴君如伴虎的经历，也够他吓个半死，战战兢兢了。在人生前半段的巅峰时刻，"卢生"仕途顺利，与萧嵩、裴光庭共同执掌朝政，办事得当，奖惩分明，号为"贤相"，可谓人中极品了。然而一旦遭到同僚的嫉妒和中伤，被人在皇帝面前进谗言参了一本，如此的高官立即现出原形：在号为天子、掌握天下人生杀予夺大权的皇帝面前，即便贵为宰相，也可以在片刻间从云端落入垃圾堆里。荣辱两端，贵贱易位，只在皇帝的反复无常中：

> 同列害之，复诬与边将交接，所图不轨。制下狱。府吏引从至其门而急收之。生惶骇不测，谓妻子曰："吾家山东，有良田五顷，足以御寒馁，何苦求禄，而今及此。思衣短褐，乘青驹，行邯郸道中，不可得也。"引刃自刎。其妻救之，获免。其罹者皆死，独生为中官保之，减罪死，投驩州。

这时，卢生有所感悟，对自己的妻子崔氏说：我们家在山东，有五顷良田，好好经营，春种秋收，完全可以吃饱穿暖，何必要追求官场富贵，而落得这种下场呢？这时，我就是想着回到当年穿着短衫，骑着小马，在邯郸道中自在地行走，也不可能了。于是，持刀刎颈自尽。后虽得到妻子的救助，中官的担保，减免死罪，但是活罪不能免（如果直接取消了罪责，不是意味着皇帝判错了吗？皇帝怎么可能有错呢？），被发配到了遥远的巂州去吃点儿苦头，让他更加诚惶诚恐，更加老实效命。本来是毫无罪过的，突然飞来横祸，这是君主独揽大权又缺乏监督和制约的传统帝制的致命弊端。而皇帝也可以通过设置这种反复无常的"命运"，造成下臣们的恐慌，从而让他们患上"斯德哥尔摩综合征"。明明是皇帝胡乱判决而导致你受苦，可是皇帝过两年撤销惩处，收回成命，让你官复原职，你又对皇帝感恩戴德了。在那个茫茫无边的帝制时代，率土之滨，莫非王土，如果沉迷于"荣华富贵，光宗耀祖"，谁能逃过这种无定的命运呢？

除非，像邯郸道上的神仙吕翁那样，跳出三界外，不在五行中，腾云驾雾，自由自在享长生。长生不可得，还可以自由。如陶渊明在《归园田居》里写的那样，一旦离开官场，就如同笼中鸟回到自然一样，"久在樊笼里，复得返自然"。

东晋陶渊明做了三十年官，一直不得其法，一直难以适应，辞官回家，发现这才是自己真爱的世界："方宅十余亩，草屋八九间。榆柳荫后檐，桃李罗堂前。暧暧远人村，依依墟里烟。狗吠深巷中，鸡鸣桑树颠。户庭无尘杂，虚室有余闲。"虽然这是"报喜不报忧"，有点儿理想化，并且隐瞒了他一直贫穷的状况，但是，毕竟，这是自由自在的、不受惊吓和牵绊的。陶渊明写出了很多久经官场沉浮之后的人的痛思。不过，没有经历过这种人生的新一代，在衣短褐、骑青驹过邯郸道时，仍然会畅想升官发财，享受荣华富贵的愉快吧。除非，能碰见一个如神仙吕翁这样的高人，用一个高维化的枕头开导一下。

卢生在梦的世界里的行为也是当时社会的反映，体现了士子追求功名、从政治国的理想。

在这里，我们不妨"翻转思维"。既然卢生的梦境与张说的现实同轨，那么张说在梦境里又有着怎样的人生呢？

南柯太守传①

　　东平淳于棼(fén)，吴楚游侠之士。嗜酒使气，不守细行。累巨产，养豪客。曾以武艺补淮南军裨(pí)将②，因使酒忤帅，斥逐落魄，纵诞饮酒为事。家住广陵郡③东十里，所居宅南有大古槐一株，枝干修密，清阴数亩。淳于生日与群豪大饮其下。唐贞元七年④九月，因沉醉致疾。时二友人于座扶生归家，卧于堂东庑之下。二友谓生曰："子其寝矣，余将秣马濯足，俟子小愈而去。"

　　生解巾就枕，昏然忽忽，仿佛若梦。见二紫衣⑤使者，跪拜生曰："槐安国王遣小臣致命奉邀。"生不觉下榻整衣，随二使至门。见青油小车，驾以四牡⑥，左右从者七八，扶生上车，出大户，指古槐穴而去。使者即驱入穴中。生意颇甚异之，不敢致问。忽见山川风候，草木道路，与人世甚殊。前行数十里，有郛(fú)郭城堞(dié)⑦。车舆人物，不绝于路。生左右传车者⑧传呼甚严，行者亦争辟于左右。又入大城，朱门重楼，楼上有金书，题曰"大槐安国"。执门者趋拜奔走。旋有一骑传呼曰："王以驸马远降，令且息东华馆。"因前导而去。

---

① 《太平广记》卷四百七十五·昆虫三，题《淳于棼》，注出《异闻集》，篇尾有"公佐编录成传"，并附李肇"赞曰"。汪辟疆《唐人小说》据李肇《国史补》题《南柯太守》，李公佐撰。本文据中华书局《太平广记》校录。
② 裨将：副将。裨：副的，偏的。
③ 广陵郡：扬州。
④ 贞元七年：唐德宗年号，公元791年。
⑤ 紫衣：身份级别较高的使者。
⑥ 牡：雄性动物。文中没有指明是何种动物驾车，可能是四匹公马或公驴，也可能是四只公蚂蚁。
⑦ 郛郭：外城。城堞：矮墙。
⑧ 传车者：喝道的侍卫。

俄见一门洞开，生降车而入。彩槛雕楹，华木珍果，列植于庭下；几案茵褥，帘帏肴膳，陈设于庭上。生心甚自悦。复有呼曰："右相且至。"生降阶祗奉。有一人紫衣象简前趋，宾主之仪敬尽焉。右相曰："寡君不以弊国远僻，奉迎君子，托以姻亲。"生曰："某以贱劣之躯，岂敢是望！"右相因请生同诣其所。行可百步，入朱门，矛戟斧钺，布列左右，军吏数百，辟易道侧。

生有平生酒徒周弁者，亦趋其中。生私心悦之，不敢前问。右相引生升广殿，御卫严肃，若至尊之所。见一人长大端严，居正位，衣素练服，簪朱华冠。

生战栗，不敢仰视。左右侍者令生拜。王曰："前奉贤尊命①，不弃小国，许令次女瑶芳奉事君子。"生但俯伏而已，不敢致词。王曰："且就宾宇，续造仪式。"有旨。右相亦与生偕还馆舍。生思念之，意以为父在边将，因没胡中，不知存亡。将谓父北蕃交通，而致兹事。心甚迷惑，不知其由。是夕，羔雁币帛，威容仪度，妓乐丝竹，肴膳灯烛，车骑礼物之用，无不咸备。有群女，或称华阳姑，或称青溪姑，或称上仙子，或称下仙子，若是者数辈，皆侍从数千，冠翠凤冠，衣金霞帔（pèi）②，彩碧金钿，目不可视。遨游戏乐，往来其门，争以淳于郎为戏弄。风态妖丽，言词巧艳，生莫能对。复有一女谓生曰："昨上巳日，吾从灵芝夫人过禅智寺，于天竺院观右延舞《婆罗门》，吾与诸女坐北牖（yǒu）③石榻上，时君少年，亦解骑来看。君独强来亲洽，言调笑谑。吾与穷英妹结绛巾，挂于竹枝上，君独不忆念之乎？又七月十六日，吾于孝感寺侍上真子，听契玄法师讲《观音经》。吾于讲下舍金凤钗两只，上真子舍水犀合子一枚。时君亦讲筵中，于师处请钗合视之，赏叹再三，嗟异良久。顾余辈曰：'人之与物，皆非世间所有。'或问吾民，或访吾里。吾亦不答。情意恋恋，瞩盼不舍。君岂不思念之乎？"生曰："中心藏之，何日忘之！"群女曰："不意今日与君为眷属。"复有三人，

---

① 贤尊命：您父亲大人。
② 帔：披肩。
③ 牖：窗。

冠带甚伟，前拜生曰："奉命为驸马相者。"中一人，与生且故。生指曰："子非冯翊田子华乎？"田曰："然。"生前，执手叙旧久之。生谓曰："子何以居此？"子华曰："吾放游，获受知于右相武成侯段公，因以栖托。"生复问曰："周弁在此，知之乎？"子华曰："周生贵人也，职为司隶，权势甚盛，吾数蒙庇护。"言笑甚欢。俄传声曰："驸马可进矣。"三子取剑佩冕服更衣之。子华曰："不意今日获睹盛礼。无以相忘也。"有仙姬数十，奏诸异乐，婉转清亮，曲调凄悲，非人间之所闻听。有执烛引导者亦数十。左右见金翠步障，彩碧玲珑，不断数里。生端坐车中，心意恍惚，甚不自安。田子华数言笑以解之。向者群女姑姊，各乘凤翼辇，亦往来其间。至一门，号"修仪宫"。群仙姑姊，亦纷然在侧。令生降车辇拜，揖让升降，一如人间。

撤障去扇，见一女子，云号"金枝公主"。年可十四五，俨若神仙。交欢之礼，颇亦明显。生自尔情义日洽，荣曜日盛，出入车服，游宴宾御，次于王者。王命生与群僚备武卫，大猎于国西灵龟山，山阜峻秀，川泽广远，林树丰茂，飞禽走兽，无不蓄之。师徒大获，竟夕而还。生因他日启王曰："臣顷结好之日，大王云奉臣父之命。臣父顷佐边将，用兵失利，陷没胡中，尔来绝书信十七八岁矣。王既知所在，臣请一往拜觐。"王遽谓曰："亲家翁职守北土，信问不绝。卿但具书状知闻，未用便去。"遂命妻致馈贺之礼，一以遣之。数夕还答。生验书本意，皆父平生之迹，书中忆念教诲，情意委曲，皆如昔年。复问生亲戚存亡，闾里兴废。复言路道乖远，风烟阻绝。词意悲苦，言语哀伤。又不令生来觐，云："岁在丁丑，当与汝相见。"生捧书悲咽，情不自堪。

他日，妻谓生曰："子岂不思为政乎？"生曰："我放荡，不习政事。"妻曰："卿但为之，余当奉赞。"妻遂白于王。累日，谓生曰："吾南柯政事不理，太守黜废，欲借卿才，可曲屈之，便与小女同行。"生敦受教命。王遂敕有司备太守行李。因出金玉锦绣，箱奁仆妾车马列于广衢，以饯公主之行。

生少游侠，曾不敢有望，至是甚悦。因上表曰："臣将门余子，素无艺术，猥当大任，必败朝章。自悲负乘，坐致覆悚。今欲广求贤哲，以赞不逮。伏见司隶颖川周弁忠亮刚直，守法不回，有毗佐之器；处士冯翊田子华清慎通变，达政化之源。二人与臣有十年之旧，备知才用，可托政事。周请署南柯司宪，田请署司农。庶使臣政绩有闻，宪章不紊也。"王并依表以遣之。其夕，王与夫人饯于国南。王谓生曰："南柯国之大郡，土地丰壤，人物豪盛，非惠政不能以治之。况有周田二赞。卿其勉之，以副国念。"夫人戒公主曰："淳于郎性刚好酒，加之少年，为妇之道，贵乎柔顺，尔善事之，吾无忧矣。南柯虽封境不遥，晨昏有间。今日暌别，宁不沾巾！"生与妻拜首南去，登车拥骑，言笑甚欢。累夕达郡。郡有官吏僧道耆老，音乐车舆，武卫銮铃，争来迎奉。人物阗咽，钟鼓喧哗不绝。十数里，见雉堞台观，佳气郁郁。入大城门，门亦有大榜，题以金字，曰"南柯郡城"。见朱轩棨户，森然深邃。生下车，省风俗，疗病苦，政事委以周、田，郡中大理。

自守郡二十载，风化广被，百姓歌谣，建功德碑，立生祠宇。王甚重之，赐食邑锡爵，位居台辅。周、田皆以政治著闻，递迁大位。生有五男二女。男以门荫授官，女亦聘于王族，荣耀显赫，一时之盛，代莫比之。是岁，有檀萝国者，来伐是郡。王命生练将训师以征之。乃表周弁将兵三万，以拒贼之众于瑶台城。弁刚勇轻进，师徒败绩，弁单骑裸身潜遁，夜归城。贼亦收辎重铠甲而还。生因囚弁以请罪。王并舍之。

是月，司宪周弁疽发背卒。生妻公主遘（gòu）疾①，旬日又薨（hōng）②。生因请罢郡，护丧赴国。王许之。便以司农田子华行南柯太守事。生哀恸发引，威仪在途，男女叫号，人吏奠馔，攀辕遮道者，不可胜数。遂达于国。王与夫人素衣哭于郊，候灵舆之至。谥公主曰"顺仪公主"。备仪仗羽葆鼓吹，葬于国东十里盘龙冈。是月，故司宪子荣信亦护丧赴国。

生久镇外藩，结好中国，贵门豪族，靡不是洽。自罢郡还国，出入无恒，交

---

① 遘疾：患病。遘：遭遇。
② 薨：诸侯或王公贵族死亡曰"薨"。

游宾从，威福日盛。王意疑惮之。时有国人上表云："玄象谪见①，国有大恐②。都邑迁徙，宗庙崩坏。衅起他族，事在萧墙③。"时议以生侈僭之应④也。遂夺生侍卫，禁生游从，处之私第。生自恃守郡多年，曾无败政，流言怨悖，郁郁不乐。王亦知之，因命生曰："姻亲二十余年，不幸小女夭枉，不得与君子偕老，良用痛伤。"夫人因留孙自鞠育⑤之。又谓生曰："卿离家多时，可暂归本里，一见亲族。诸孙留此，无以为念。后三年，当令迎卿。"生曰："此乃家矣，何更归焉？"王笑曰："卿本人间，家非在此。"生忽若昏睡，瞢然久之，方乃发悟前事，遂流涕请还。王顾左右以送生。生再拜而去，复见前二紫衣使者从焉。至大户外，见所乘车甚劣，左右亲使御仆，遂无一人，心甚叹异。生上车行可数里，复出大城。宛是昔年东来之途，山川原野，依然如旧。所送二使者，甚无威势，生逾怏怏。生问使者曰："广陵郡何时可到？"二使讴歌自若，久之乃答曰："少顷即至。"

俄出一穴，见本里闾巷，不改往日，潸然自悲，不觉流涕。二使者引生下车，入其门，升自阶，已身卧于堂东庑之下。生甚惊畏，不敢前近。二使因大呼生之姓名数声，生遂发寤如初。见家之僮仆，拥篲（huì）⑥于庭，二客濯足于榻，斜日未隐于西垣，余樽尚湛于东牖。梦中倏忽，若度一世矣。生感念嗟叹，遂呼二客而语之。惊骇，因与生出外，寻槐下穴。生指曰："此即梦中所惊入处。"二客将谓狐狸木媚之所为祟。遂命仆夫荷斤斧，断拥肿⑦，折查枿（niè）⑧，寻穴究

---

① 玄象谪见：观测天象，有异样。天象预示国家将有祥瑞或者灾难。玄：玄武，北方七宿。谪：贬官，降级。玄武星宿出现了不好的兆头。

② 恐：恐慌。指灾难。

③ 萧墙：古代宫廷用以将宫廷与宫外隔开的墙，指代宫廷内部。

④ 侈僭之应：指淳于棼奢侈放荡的生活和勾结权贵危害王权的谶应之兆。这句话的本意是用朝臣的议论暗示国王对淳于棼的不信任。

⑤ 鞠育：抚养。

⑥ 篲：扫帚。

⑦ 拥肿：指古槐树周围丛生的枝枝蔓蔓。

⑧ 枿：同"蘖"（bò），树木砍伐后留下的桩子，或由桩子重生的枝条。

源。旁可袤（mào）丈，有大穴，根洞然明朗。可容一榻，上有积土壤，以为城郭台殿之状。有蚁数斛，隐聚其中。中有小台，其色若丹。二大蚁处之，素翼朱首，长可三寸。左右大蚁数十辅之，诸蚁不敢近。此其王矣，即槐安国都也。又穷一穴，直上南枝可四丈，宛转方中，亦有土城小楼，群蚁亦处其中，即生所领南柯郡也。又一穴，西去二丈，磅礴空朽，嵌窞（dàn）①异状。中有一腐龟壳，大如斗，积雨浸润，小草丛生，繁茂翳荟，掩映振壳，即生所猎灵龟山也。又穷一穴，东去丈余，古根盘屈，若龙虺之状。中有小土壤，高尺余，即生所葬妻盘龙冈之墓也。追想前事，感叹于怀；披阅穷迹，皆符所梦。不欲二客坏之，遽令掩塞如旧。是夕，风雨暴发。旦视其穴，遂失群蚁，莫知所去。故先言"国有大恐，都邑迁徙"，此其验矣。复念檀萝征伐之事，又请二客访迹于外。宅东一里，有古涸涧，侧有大檀树一株，藤萝拥织，上不见日。旁有小穴，亦有群蚁隐聚其间。檀萝之国，岂非此耶？

嗟乎！蚁之灵异，犹不可穷，况山藏木伏之大者所变化乎？时生酒徒周弁、田子华，并居六合县，不与生过从旬日矣。生遽遣家僮疾往候之。周生暴疾已逝，田子华亦寝疾于床。生感南柯之浮虚，悟人世之倏忽，遂栖心道门，绝弃酒色。后三年，岁在丁丑，亦终于家。时年四十七，将符宿契之限矣。

公佐贞元十八年秋八月，自吴之洛，暂泊淮浦，偶觌（dí）②淳于生梦，询访遗迹，翻覆再三，事皆摭（zhí）实③，辄编录成传，以资好事。虽稽神语怪，事涉非经，而窃位著生，冀将为戒。后之君子，幸以南柯为偶然，无以名位骄于天壤间云。

前华州参军李肇赞曰：贵极禄位，权倾国都，达人视此，蚁聚何殊。

---

① 窞：深洞。
② 觌：拜访。见。
③ 摭实：真实。摭：摘取。

人生碌碌于富贵，蚁国功名如浮云

　　《南柯太守传》也是唐传奇中流传甚广的名篇，东平俊士淳于棼某天喝酒大醉，被两个死党搀扶着回家，躺在大槐树下醒酒，迷迷糊糊之际，灵魂出窍，被大槐树下的大槐安国国王派来的两个使者迎接去蚁蝼世界做驸马，当南柯太守，不知不觉间经历了二十年的荣荣辱辱、得得失失，登上人生巅峰又功高盖主，遭到国王的嫌弃，陡然而落下凡尘。然后，被两个使者再次送回人间，从大槐树下醒来。

　　这个故事跟《枕中记》可以看成是"梦世界"双璧，对人人都追逐的人间荣华富贵，采用了"梦世界"的方式予以思考和点醒。如果说《枕中记》是道家的故事，由得道成仙的吕翁来点醒卢生，那么《南柯太守传》就是一个佛家故事，由契玄禅师讲经点醒。佛道两家，在思考人生上，有很多相近之处。

　　这两个作品的不同之处在于，《枕中记》里的卢生枕着仙翁给的枕头，悠悠然从洞中穿过到梦世界，娶妻生子，金榜题名，升官发财，享尽荣华富贵和惊吓耻辱，他自己都不知道这是"黄粱一梦"，而是置身其中，以梦为真。梦中人事，也是他自己亲历人事，梦中荣辱，也是他自己的荣辱。突然梦醒之后，才回到现实中。而《南柯太守传》里的淳于棼与其说是进入了"梦世界"，不如说是进入了"异世界"——淳于棼是被大槐安国国王派遣的两位特使迎接而进入"异世界"的，他后面所经历的一生，是在"异世界"中度过的。在这个"异世界"里，淳于棼并不是全然不知不觉，而是总有点儿若有所思，还遇见了两个死党：周弁和田子华。而且，还跟守卫边关多年不通音信的父亲通了信。这些，都跟现实世界发生关系，而不全然是在梦中的证据。因此，淳于棼一直是有所疑虑的，他的这种疑虑，让他在"异世界"里，有一种不真实感：淳于棼当上了驸马，做了南柯太守，周弁担任司宪，田子华担任司农，三个死党闯天下，把南柯郡治理得有模有样，颇有令名，有点儿"刘关张"的气概。然而盛极而衰，好事不长久，"是岁，有檀萝国者，来伐是郡"，而"将兵三万"的司宪周弁，"刚勇轻进，师徒败绩，弁单骑裸身潜遁，夜归城"。经此一战，淳于棼的好事就到了尽头。先是死党周弁病死，继而公主病故，接着受到国王的召唤返回首都，他又因功高盖主遭到了国王的忌惮和排挤，最终被送回老家，梦醒。

从故事的复杂和情节的细致角度来说，《南柯太守传》的艺术成就要高于《枕中记》。淳于棼这个人物的自我反思，也超越了卢生。同时，淳于棼在梦醒之后，还去寻找那个"异世界"，与自己的朋友一起挖开了树下根洞，找到了"大槐安国"的蚂蚁们，连国王和王后都历历宛然，是长到了三寸的巨型蚂蚁。而在"异世界"所经历的其他一切，都能一一对应，包括前来进攻的"檀萝国"，竟然也在一里多外被他们找到。而在"异世界"里一起奋斗的周弁和田子华两个死党，他们已经很久没有和他联系了。淳于棼派人去探望，发现周弁已经病故，田子华也在病榻上奄奄一息："时生酒徒周弁、田子华，并居六合县，不与生过从旬日矣。生遽遣家僮疾往候之。周生暴疾已逝，田子华亦寝疾于床。"如此一来，不仅"南柯梦醒"，淳于棼也看破了红尘，"感南柯之浮虚，悟人世之倏忽，遂栖心道门，绝弃酒色"。这是一个人从迷惘到醒悟的整个求道、探索、悟道的过程。

明代汤显祖改《南柯太守传》为《南柯梦》，以群女听经开头，改为受蚁蟓国国王之托，国嫂灵芝夫人、国王侄女琼英和仙姑上真借着孝感寺中元盂兰大会召开，契玄禅师讲经而四方士子都会前去听经的机会，到人间寻访风流名士，为蚁蟓国公主瑶芳（金枝公主）选婿。主人公淳于棼是一个武艺高强、游侠仗义、风流倜傥的俊士。在经堂里，淳于棼见到三个美貌女子，见她们送给禅师金凤钗一双，通犀小盒一只。

淳于棼的南柯一梦与前文卢生的黄粱一梦，分别是佛道世界的典型寓言，人生如梦，功名利禄都是暂时的、虚幻的。

淳于棼的梦境人生发生在家门前的蚁穴里。他比卢生更悠闲惬意，一入蚁穴之国就娶了公主，做了驸马，当了南柯郡郡守，一生荣华富贵，享乐奢侈，平平安安，这正是贵族阶层现实生活的再现。贵族阶层生于盛世，养尊处优，刀兵入库，毫无准备，一旦遇到战争，完全没有战斗能力，很快就被入侵者击败。南柯郡与檀萝国的战争经历，简直就是"安史之乱"的文艺再现版。淳于棼这个贵族阶层的外来户，靠婚姻混进贵族圈的落魄豪杰，在公主妻子死后，地位不保，必将被逐出贵族圈。

唐传奇所营造的氛围始终是梦境般的不明确，淳于棼在经历各种意想不到的事时，表现出来的都是"惊异"的感叹。紫衣使者、调笑的妙龄女子们、美貌温顺的公主、酒徒老友周弁和田子华，真实而又怪异地纷纷出现。

父亲的书信和约定，暗示父亲葬身地下已经多年。虽然现实中音书隔绝，而冥冥中早有了预兆——这也是梦境般诡异的事件。

文中"蚁之灵异，犹不可穷，况山藏木伏之大者所变化乎？"的感叹，正是作者对万物精灵均可幻化的认识的肯定。万物有灵，万物皆可幻化，也是佛道思想中令人感到人生虚幻的因素。

巴邛人[①]

有巴邛人，不知姓，家有橘园。因霜后，诸橘尽收，余有二大橘，如三四斗盎。巴人异之，即令攀摘，轻重亦如常橘。剖开，每橘有二老叟，须眉皤（pó）[②]然，肌体红润，皆相对象戏[③]，身仅尺余，谈笑自若。剖开后，亦不惊怖，但与决赌。赌讫，叟曰："君输我海龙神第七女发十两，智琼额黄十二枚，紫绡帔一副，绛台山霞实散二庾，瀛洲玉尘九斛，阿母疗髓凝酒四钟，阿母女态盈娘子跻虚龙缟袜八纳，后日于王先生青城草堂还我耳。"又有一叟曰："王先生许来，竟待不得，橘中之乐，不减商山，但不得深根固蒂，为摘下耳。"又一叟曰："仆饥矣，须龙根脯食之。"即于袖中抽出一草根，方圆径寸，形状宛转如龙，毫厘罔不周悉，因削食之，随削随满。食讫，以水噀之，化为一龙，四叟共乘之，足下泄泄云起。须臾风雨晦冥，不知所在。巴人相传云：百五十年已来如此，似在隋唐之间，但不知指的年号耳。

想象力别有洞天

《巴邛人》是写"异世界"的精妙短篇。这篇作品写巴邛这里有一户人家，家里有一个橘园，大部分橘子被摘下后，树上还剩两只大橘子，有三四斗米的盆

[①]《太平广记》卷四十·神仙四十，题同。注出牛僧孺《玄怪录》。本文据中华书局《太平广记》校录。
[②] 皤：白。
[③] 象戏：下棋为乐。

子这么大。斗是一种容器，如装米，三四斗约三四十斤。这两个橘子大得异乎寻常了，跟厨房里的电饭锅一样大。

不寻常事物，例如大得异乎寻常的橘子出现，总喻示着可能会有不寻常的事情发生。那些往来无踪影、可以自由自在出入各种"异度空间"的仙人，并不总是住在云端，不总是建立非人间的豪宅大院。既然他们摆脱了凡人肉身的累赘，进入了某种类似能量生命的境界，可以拥有类似量子变化的超能力，那么他们就可以栖居在任何你想不到的地方，任何"空间"——比如一个巨大的橘子。这个故事告诉我们，事不寻常必有神。当你家后院有几个异乎寻常的大橘子时，千万要小心，好好思考一下，不要冒冒失失地摘下来，更不要随随便便剥开橘子。如果你有足够的悟性、慧根、仙缘，最好的方式是把这两个超大橘子请到净室里供起来，点上最好的香来膜拜。退一万步，即便是要剥开超大橘子，你也要千万小心些，轻轻地剥，别太粗鲁野蛮，不要打扰了神仙的舒适安逸。像文中这个"巴邛人"，过于粗率、无知，竟然错过千载难逢的奇缘，眼睁睁地看着四个仙人在自己面前谈笑自若，点清赌债，然后掏出龙根削了吃饱，再噀水变成龙，一起骑上去飞走了。

今天的四川甘孜藏族地区，有巴邛村，文中的巴邛人或许生活在那里。在那个神秘的地方，橘子树上最大的两颗橘子，或许真的住着老神仙，在那里下棋打赌取乐。老神仙的赌注——阿母的物品，或许就是西王母神的物品。

中小学生都被语文老师教会了所谓记叙文三要素——时间、地点、人物。但要写好一篇作品，光记住这三点还不行，如果你没有好的角度，缺乏想象力，看见张三李四走过来就写下张三李四走过来，那就是记流水账了。好作家的好作品，通常都会在这三要素中着手，让它们产生意想不到的变化，比如人变成驴，堂皇大屋原来是老鼠窝等，这是想办法改变常人看问题的角度，使作品产生艺术的吸引力。

这篇故事谈论的是地点的变化。

一般人都住在房子里，顶多在树荫下摆龙门阵，下下棋、喝喝茶。但在《巴邛人》这里，我们看到了新的景象。

橘子不是珍稀物种，人人都吃过，很多地方农家都有。但巴邛人家的橘子特别大，还古怪得很——重量却跟普通橘子差不多——这就是好故事好开头了——当巴邛人对这两个橘子产生疑问，让人采摘下来并剖开后，他们发现了更奇怪的事情：每一个大橘子里都坐有两位一尺多高的老头，在面对面地下象棋。他们须发皆白，皮肤却红润细嫩，大橘子被剖开了也不惊慌，还是继续下棋，一直下到分出了输赢，这才结束。还有更怪异的事情：他们分处两个大橘子里，却毫无障碍地下棋，那些橘皮、橘肉，对他们毫无阻隔，好像根本不存在一样。这才是仙人可以自由突破各种物质障碍的最美妙想象啊。

这篇传奇里细节很生动。想到四个老头，两人一组，各躲在一只大橘子里面对面下棋，就很有趣了。这里有个细节没有讲，我们可以想象一下，或加以发挥。当巴邛人剖开橘子见到四个老头时，心里到底怎么想，反应是怎么样的？是吓得一下子退得远远的，嘴里大呼小叫，还是兴致勃勃地凑近了看他们下棋？或者还是有其他的反应？

不管怎么说，传奇一写到这里，我们就知道，四位老头不是普通人，而是仙人。

后文解释了，他们原来是在某个仙人王先生那里玩，玩得不过瘾，王先生干脆让他们搬到橘子里继续玩。这是想避开别人，没有任何干扰地下象棋，杀个你死我活，必须分出个高下，还是生性顽皮至老不竭？一个老头还说橘子里比商山还好玩，可惜还没玩够，就遭人采摘，感到很扫兴——"但不得深根固蒂，为摘下耳"。

这四个老头无疑是仙人，还是顽皮老仙，比我们在其他书本上读到的老仙，如太上老君、南极仙翁等好玩多了。根据《巴邛人》的描述，他们可能是秦末隐居而汉初突然出现的"商山四皓"。在传统的山水画中，"商山四皓"也是著名的题材之一。至于"青城草堂"里的王先生，大概是东周时的周灵王太子王子乔，后来是著名的仙人。

"商山四皓"长生不老，整天变着法子玩，藏到了橘子里继续玩——橘子被巴邛人摘下，剖开，他们照样下棋，兴致分毫不减，一直到分出胜负才罢休。一个老神仙高兴地叫道，你输了我这么多东西，后天在王先生青城草堂那里给我。他说的"绛台山霞实散二庚，瀛洲玉尘九斛，阿母疗髓凝酒四钟，阿母女态盈娘子跻虚龙缟袜八緉"之类都是仙人们服食或者使用的珍奇宝贝，反正都是人间没有的东西。"庚"是容积单位，一般相当于二斗四升；"斛"更大，相当于十斗；"緉"是指一双（袜子）。这些说法，相当于现在一些富翁炫耀自己的宝贝，有超级跑车，有豪华游轮，有私人飞机，但富翁不可能有"玉尘"这种吃了能长生不老的有机健康食品，也不可能有西王母才有的"阿母疗髓凝酒"这种神酒——抱歉，我也不知道这是什么东西。

老仙们也是有"私人飞机"的，且他们的"私人飞机"可以先吃了之后再搭乘，什么也不耽误，还具有机械化产品缺乏的生命和灵性。这就是文中写到的"龙根"。这龙根随你怎么削了吃，都还是那么多，不会减少一分一毫。四位老仙吃饱了，拿着龙根含水一喷，大概还念了什么咒语，"龙根"就变成一条真龙，四位老仙坐上去，真龙脚底冒烟，腾云驾雾，变成仙人的"私人专机"，开到云外的虚无缥缈世界去了。

古人们在神仙故事里常常会用到"相对论"。神仙可以变化无常这不用说了，他们去的地方也是变化无常的，是凡人想象不到的，空间的大小是可以变化的。凡人通常理解的空间大小，都是固定的多少平方米，几层楼，明明白白，毫无差错，一点儿趣味都没有。很多孩子在四五岁时喜欢搭帐篷，总想着一个人在客厅里搭帐篷自己睡，觉得很刺激，睡得很香甜。对小孩子来说，小帐篷就是一个大空间。空间的大小，从精神的概念来看，也是可以变化的。大多数成年人不会喜欢在自家的客厅里搭帐篷野营的，总认为席梦思最合适，认为在客厅里野营不成体统。法国儿童文学大师圣·埃克苏佩里在《小王子》里问：为什么成年人世界这么古板无趣？客厅里的帐篷也可能是魔法学校的一个秘密通道，有些小魔法师可以从这里去魔法世界，就像大橘子里的四个老仙。他们到底怎么钻进橘子里去的呢？这个不劳我们担心，他们自己会找到通道的。

张佐①

开元中,前进士张佐尝为叔父言:少年南次鄠(hù)杜②,郊行,见有老父,乘青驴,四足白,腰背鹿革囊,颜甚悦怿,旨趣非凡。始自斜径合路,佐甚异之,试问所从来,叟但笑而不答。至再三,叟忽怒叱曰:"年少子乃敢相逼!吾岂盗贼椎埋者耶?何必知从来!"佐逊谢曰:"向慕先生高躅(zhú)③,愿从事左右耳,何赐深责?"叟曰:"吾无术教子,但寿永者。子当嗤(chī)④我潦倒耳。"遂复乘促走。佐亦扑马趁⑤之。俱至逆旅⑥。叟枕鹿囊,寝未熟,佐乃疲,贳(shì)⑦白酒将饮,试就请曰:"单瓢期先生共之。"叟跳起曰:"此正吾之所好。何子解吾意耶?"饮讫,佐见翁色悦,徐请曰:"小生寡昧⑧,愿先生赐言,以广闻见,他非所敢望也。"叟曰:"吾之所见,梁隋陈唐耳,贤愚治乱,国史已具。然请以身所异者语子。吾宇文周⑨时居岐,扶风⑩人也,姓申

---

① 《太平广记》卷八十三·异人三,题《张佐》。注出牛僧孺《玄怪录》。明代汇编的传奇集《广艳异编》篇名题为《兜玄国记》。本文据中华书局《太平广记》校录。
② 鄠杜:鄠县与杜陵。鄠县在今陕西西安鄠邑区;杜陵是汉宣帝陵,靠近长安。
③ 躅:足迹。比喻前贤的行为、功绩。"向慕先生高躅",意思是"我一向仰慕您"。
④ 嗤:嘲笑。
⑤ 趁:追赶,跟随。
⑥ 逆旅:客舍,旅店。
⑦ 贳:赊欠。这里指赊账买酒。
⑧ 寡昧:见识短浅。
⑨ 宇文周:南北朝时的北周,由宇文泰奠立。
⑩ 扶风:今陕西宝鸡。

名宗，慕齐神武，因改宗为观①。十八，从燕公子谨②征梁元帝于荆州，州陷，大将军旋③，梦青衣二人谓余曰：'吕走天年，人向主，寿不千。'吾乃诣占梦者于江陵市。占梦者谓余曰：'吕走回④字也。人向主住字也。岂子住乃寿也？'时留兵屯江陵，吾遂陈情于校尉拓跋烈，许之。因却诣占梦者曰：'住即可矣，寿有术乎？'占者曰：'汝前生梓潼⑤薛君胄（zhòu）也，好服术蕊散，多寻异书，日诵黄老一百纸，徙居鹤鸣山⑥下，草堂三间，户外骈植花竹，泉石萦绕。八月十五日，长啸独饮，因酣畅，大言曰：薛君胄疏澹若此，岂无异人降止？忽觉两耳中有车马声，因颓然思寝，头才至席，遂有小车，朱轮青盖，驾赤犊，出耳中，各高三二寸，亦不觉出耳之难。车有二童，绿帻（zé）⑦青帔，亦长二三寸，凭轼⑧呼御者，踏轮扶下，而谓君胄曰：吾自兜玄国来，向闻长啸月下，韵甚清激，私心奉慕，愿接清论。君胄大骇曰：君适出吾耳，何谓兜玄国来？二童子曰：兜玄国在吾耳中，君耳安能处我？君胄曰：君长二三寸，岂复耳有国土！倘若有之，国人当尽焦螟⑨耳。二童曰：胡为其然！吾国与汝国无异。不信，请从吾游。或能便留，则君离生死苦矣。一童因倾耳示君胄，君胄觇之，乃别有天地，花卉繁茂，甍栋连接，清泉萦绕，岩岫杳冥。因扪耳

---

① 观：应作"欢"。北齐神武皇帝名"高欢"。老翁仰慕北齐皇帝，改名"宗"为"欢"。
② 燕公子谨：据陈寅恪先生的《顺宗实录与玄怪录》考证，当为"于谨"。于谨先北魏大将，后入西魏为将。西魏大统三年（公元537年），参与沙苑之战，封常山郡公，拜丞相长史、大行台尚书、太子太保。领军灭亡南梁，攻克江陵，杀死梁元帝，扶植萧詧为西梁皇帝，封新野郡公。宇文觉建立北周后，进封其为燕国公，拜大宗伯、太傅，立为三老，参议朝政，领雍州牧。天和三年（公元568年），去世，享年七十六岁，追赠太师、雍州刺史，谥号为文。
③ 大将军旋：程毅中注本的《张佐》作"大军将旋"。旋：收兵凯旋。
④ 回：繁体为"迴"。——编者注
⑤ 梓潼：今属四川省绵阳市。
⑥ 鹤鸣山：位于四川省成都市西部，为道教名山。
⑦ 帻：头巾。
⑧ 轼：古代车前可以凭依的横木扶手。
⑨ 焦螟：传说中一种极小的虫子。

投之，已至一都会，城池楼堞（dié），穷极壮丽。君胄彷徨，未知所之，顾见向之二童，已在其侧，谓君胄曰：此国大小与君国。既至此，盍从吾谒蒙玄真伯。蒙玄真伯居大殿，墙垣阶陛，尽饰以金碧，垂翠帘帷帐，中间独坐。真伯身衣云霞日月之衣，冠通天冠，垂旒（liú）①，皆与身等。玉童四人，立侍左右，一执白拂，一执犀如意。二人既入，拱手不敢仰视。有高冠长裾（jū）②缘绿衣人，宣青纸制曰：肇分太素，国既有亿，尔沦下土，贱卑万品，聿臻于如此，实由冥合。况尔清乃躬诚，叶于真宰，大官厚爵，俾宜享之。可为主录大夫。君胄拜舞出门，即有黄帔三四人，引至一曹署。其中文簿，多所不识，每月亦无请受，但意有所念，左右必先知，当便供给。因暇登楼远望，忽有归思，赋诗曰：风软景和煦，异香馥林塘。登高一长望，信美非吾乡。因以诗示二童子。童子怒曰：吾以君质性冲寂，引至吾国。鄙俗余态，果乃未去。乡有何忆耶！遂疾逐君胄，如陷落地。仰视，乃自童子耳中落，已在旧去处。随视童子，亦不复见。因问诸邻人，云失君胄已七八年矣。君胄在彼如数月。未几而君胄卒，生于君家，即今身也。'占者又云：'吾前生乃出耳中童子，以汝前生好道，以得到兜玄国。然俗态未尽，不可长生。然汝自此寿千年矣。吾授汝符，即归。'因吐朱绢尺余，令吞之。占者遂复童子形而灭。自是不复有疾，周行天下名山，迨兹向二百余岁。然吾所见异事甚多，并记在鹿革中。"因启囊，出二轴书甚大，字颇细。佐不能读，请叟自宣，略述十余事，其半昭然可纪。其夕将佐略寝，及觉已失叟。后数日，有人于灰谷湫见之。叟曰："为我致意于张君。"佐遽寻之，已复不见。

---

① 旒：冠冕上垂悬的珠玉。
② 裾：衣服后襟。

耳朵里的平行世界

关于"空间相对论"的问题，唐传奇《巴邛人》中有奇特的想象——凡人看来就是大一点儿的橘子里，竟然完完整整地住着四个老头，在那里"隔空下棋"。"这里"的空间，跟老仙们的空间本来是不一样的，一个橘子就是一个"宇宙"，然而也只有老仙们才能突破空间的各种屏障，例如橘皮，自由出入于不同的世界中。

因此，在唐传奇里能够自如地穿越不同空间（平行世界）的都是神仙。在《张佐》这篇奇特的作品里，少年张佐碰到了一个骑驴老头，看他背着鹿革囊，骑着四足皆白的青驴，十分仰慕，于是不顾老者的训斥，厚着脸皮尾随着他一直到了旅店，非要听老人家讲故事，这才知道，这位老者是"长寿仙翁"，一生已经历北周、隋、唐（至开元中）三代两百多年，他自己说："吾之所见，梁隋陈唐耳。"一个人活了这么长，而且还正好经历了朝代更迭、南北征战的各种大小事情，不可谓不见闻广博矣。他还跟随西魏大将于谨入侵南梁。魏军在荆州击败并杀死梁元帝之后凯旋，而著名的《颜氏家训》的作者，"生于乱世，长于戎马，流离播越，闻见已多"的颜之推，就是因为荆州陷落被西魏俘虏北上的。本文写的老者，原名申宗后改名申观（欢），前世叫薛君胄。申欢做了一个怪梦，有两个人对他说："吕走天年，人向主，寿不干。"他没明白什么意思，因此去江陵找到了一个占卜者，听从这位占卜者的话，向校尉拓跋烈请求，而留在了江陵。然后，再去请教占卜者，听到了关于自己身世的惊天秘密。原来，他的前世叫薛君胄，喜欢修仙，"好服术蕊散，多寻异书，日诵黄老一百纸，徙居鹤鸣山下，草堂三间，户外骈植花竹，泉石萦绕"。有一天他喝醉了，大言不惭地说：我薛君胄修仙如此厉害，怎么没有什么仙人降临呢？话音刚落，就有两个童子驾车从他耳朵里出来，童子是从仙境兜玄国中来的，邀请薛君胄去仙境逛一逛。怎么去仙境呢？从两个童子中一个人的耳朵里进去，"已至一都会，城池楼堞，穷极壮丽"。这兜玄国有一个"蒙玄真伯"，大概是上仙，封薛君胄为一个啥活儿也不用干，但是想到什么就有什么的"主录大夫"，不知道是管什么的，好像是衣来伸手、饭来张口的闲官："君胄拜舞出门，即有黄帔三四人，引至一曹署。其中文簿，多所不识，每月亦无请受，但意有所念，左右必先知，当便供给。"但即便如此，薛君胄仍然不太满足，有一天登上城楼，竟然产生了思乡之情，不知道是思念梓潼还是鹤鸣山，总之作了一首诗，说什么"登高一长望，信美非吾乡"。他说兜玄国确实很美，但不是我的家乡。这首诗拿给那两个"接引童子"看后，对方勃然大怒。为何？大概是因为薛君胄来到了仙国，得到了凡人难以想象的仙缘而不珍惜，竟然思念平凡的家乡，可见七情六欲都没断，辜负了兜玄国"蒙玄真伯"和两位"童子"的好意，于是就把他从耳朵里扔出去了。回去之后他问邻居，邻居说他已经离开七八年了，而实际上他在兜玄国才几个月而已。这也证明了，他有缘去的兜玄国是上方仙都，而不是一般的"平行世界"。那里的时间跟现实的时间也不一样，真的是"时间相对论"的体现。这个故事最大的特色是给读者一个特殊的"门"，即进入一个特殊的异世界，可以通过"耳朵"。这个世界，不是在耳朵里，而只是通过"耳朵"这个特殊的门，有点儿像英国科幻小说大师亚瑟·克拉克在科幻小说名作《2001：太空漫游》里写的"星之门"。这种"星之门"是让人能在瞬间穿越无垠空间而来到另一个宇宙的特殊装置。古人虽然没有用"星之门"的概念，但其中的核心概念是一样的。这种"时间相对论"，也可以看成是科幻小说名作《海伯利安》里的"时间债"概念——超光速飞行时的时间停顿和时间倒流。参加超光速飞行的宇航员在几十年的飞行中，可能仅仅老了几个月，而在他出发的母星则已经过去了几十年。《海伯利安》第一册里的领事在自己的故事中，就讲述了这样一个特殊的时间差带来的奇特爱情故事。

老人虽然不能成仙，但是有了一点儿仙缘，还是能长寿的，随随便便就经历了梁隋陈唐这些变换复杂的时代，就如同被西魏掳掠到北方，又从黄河渡口逃跑,去了北齐,并被羁留在北齐做官,而当隋统一天下之后,又入隋为官的颜之推。颜之推虽然没有两百多岁那么长寿,但是他也经历了数朝的变换,并且留下了名作《颜氏家训》。

岑顺①

　　汝南岑顺字孝伯，少好学有文，老大尤精武略。旅于陕州②，贫无第宅。其外族吕氏，有山宅，将废之，顺请居焉。人有劝者。顺曰："天命有常，何所惧耳！"卒居之。后岁余，顺常独坐书阁下，虽家人莫得入。夜中闻鼓鼙之声，不知所来，及出户则无闻。而独喜，自负之，以为石勒之祥③也。祝之曰："此必阴兵助我。若然，当示我以富贵期。"

　　数夕后，梦一人被甲胄，前报曰："金象将军使我语岑君，军城夜警，有喧诤者，蒙君见嘉，敢不敬命。君甚有厚禄，幸自爱也。既负壮志，能猥顾小国乎？今敌国犯垒，侧席委贤，钦味芳声，愿执旌钺。"顺谢曰："将军天质英明，师真以律，猥烦德音，屈顾疵贱。然犬马之志，惟欲用之。"使者复命。顺忽然而寤，恍若自失。坐而思梦之征。

　　俄然鼓角四起，声愈振厉。顺整巾下床，再拜祝之。须臾，户牖风生，帷帘

---

① 《太平广记》卷三百六十九·精怪二，同题，注出牛僧孺《玄怪录》。本文据中华书局《太平广记》校录。
② 陕州：今河南省三门峡市陕州区。北魏孝文帝太和十一年（公元487年）置陕州，隋、唐、五代、宋、元、明、清各代陕县均属陕州。
③ 石勒之祥：据《晋书》载："石勒字世龙，初名匐，上党武乡羯人也。其先匈奴别部羌渠之胄。祖耶奕于，父周曷朱，一名乞翼加，并为部落小率。勒生时赤光满室，白气自天属于中庭，见者咸异之。年十四，随邑人行贩洛阳，倚啸上东门，王衍见而异之，顾谓左右曰：'向者胡雏，吾观其声视有奇志，恐将为天下之患。'驰遣收之，会勒已去。长而壮健有胆力，雄武好骑射。曷朱性凶粗，不为群胡所附，每使勒代己督摄，部胡爱信之。所居武乡北原山下草木皆有铁骑之象，家园中生人参，花叶甚茂，悉成人状。父老及相者皆曰：'此胡状貌奇异，志度非常，其终不可量也。'劝邑人厚遇之。时多嗤笑，唯邬人郭敬、阳曲宁驱以为信然，并加资赡。勒亦感其恩，为之力耕。每闻鞞铎之音，归以告其母，母曰：'作劳耳鸣，非不祥也。'"

飞扬。灯下忽有数百铁骑，飞驰左右。悉高数寸，而被坚执锐，星散遍地，倏闪之间，云阵四合。顺惊骇，定神气以观之。须臾，有卒赍书云："将军传檄。"顺受之。云："地连獯（xūn）虏①，戎马不息，向数十年。将老兵穷，姿霜卧甲。天设勍（qíng）②敌，势不可止。明公养素畜德，进业及时，屡承嘉音，愿托神契。然明公阳官，固当享大禄于圣世，今小国安敢望之？缘天那国北山贼合从，克日会战。事图子夜，否灭未期，良用惶骇。"顺谢之，室中益烛，坐观其变。

夜半后，鼓角四发。先是东面壁下有鼠穴，化为城门。垒敌崔嵬，三奏金革，四门出兵，连旗万计，风驰云走，两皆列阵。其东壁下是天那军，西壁下金象军，部后各定。军师进曰："天马斜飞度三止，上将横行系四方。辎车直入无回翔，六甲次第不乖行。"③王曰："善。"于是鼓之，两军俱有一马，斜去三尺止。又鼓之，各有一步卒，横行一尺。又鼓之，车进。④如是鼓渐急而各出，物包矢石乱交。须臾之间，天那军大败奔溃，杀伤涂地。王单马南驰，数百人投西南隅，仅而免焉。先是西南有药，王栖曰中，化为城堡。金象军大振，收其甲卒，舆尸横地。顺俯伏观之。于时一骑至禁，颁曰："阴阳有厝（cuò），得之者昌。亭亭天威，风驱连激，一阵而胜，明公以为何如？"顺曰："将军英贯白日，乘天用时，窃窥神化灵文，不胜庆快。"如是数日会战，胜败不常。王神貌伟然，雄姿罕俦。宴馔珍筵与顺，致宝贝明珠珠玑无限。顺遂荣于其中，所欲皆备焉。

后遂与亲朋稍绝，闲间不出。家人异之，莫究其由，而顺颜色憔悴，为鬼气所中。亲戚共意有异，诘之不言。因饮以醇醪，醉而究泄之。其亲人潜备锹锸，因顺如厕而隔之，荷锸乱作，以掘室内。八九尺忽坎陷，是古墓也。墓有砖堂，

---

① 獯虏：匈奴。
② 勍：强劲，强大。
③ 该诗被后人命名为《吕氏宅妖誓师词》，古代象棋诗，意指战场如棋盘，岑顺目睹的是一个"棋盘世界"的现实化。其中"马""将""车""三止（又作疆）""四方""行"都是象棋术语。
④ 此处皆为下象棋的步骤。

其盟器①悉多，甲胄数百，前有金床戏局，列马满枰，皆金铜成形。其干戈之事备矣。乃悟军师之词，乃象戏行马②之势也。既而焚之，遂平其地。多得宝贝，皆墓内所畜者。顺阅之，恍然而醒，乃大吐，自此充悦，宅亦不复凶矣。时宝应元年也。

棋盘如战场，人生如梦幻

《岑顺》这篇唐传奇，让人不由得想到J. K.罗琳的《哈利·波特与魔法石》里，哈利、赫敏和罗恩三人在地下室闯关，英勇、智慧地合作闯过了巫师棋的险关。虽然隔着一千多年，那些人生与棋、棋盘与战场的比喻，都有着复杂而直接的联系。

像大多数唐传奇里的人物一样，岑顺也是一个有理想、爱学习的好学生，而且文武兼备："少好学有文，老大尤精武略。"问题在于，他还没有得到赏识，只是一个贫穷潦倒的草民，连住的地方都没有。他在北方各地流浪，在陕州有个远亲吕氏的旧宅，早已经荒废了，并且还有点儿"闹鬼"的传闻，有人劝他不要住。然而，一个穷且无畏如岑顺这样的待业青年，还有什么可怕的呢？于是他住进去了，一年多，没啥事。有一天，他独坐书房里，听到隐隐约约的战鼓声，走出书房就听不见了，他以为是前朝后赵皇帝石勒曾听见过的"吉兆"，因而暗暗自喜。

岑顺活动于"安史之乱"末期的宝应元年（公元762年），当时中原战争残酷，十室九空，是非常时期，而处于民居的岑顺，耳濡目染杀伐之气，而成"棋盘梦魇"，是一种时代的微妙象征。

看陕州（今河南三门峡市陕州区）的地理位置，东边靠近东都洛阳不远，西

---

① 盟器：冥器，陪葬品。
② 象戏行马：指象棋。

边过潼关是西安，北边是以太原为中心的并州之地，东北是冀州和幽州。回溯三百多年，正是石勒起于草莽，一度称霸天下的时代。而陕州一带为古豫州，豫州、并州、冀州、幽州正是三国时期曹操与袁绍攻战之地，也是晋末英雄刘琨、段匹䃅等，以及草莽帝王刘曜、石勒相互攻战之野。陕州吕氏旧宅早已经荒废，房子底下掩埋着什么不为人知的秘密，如古代的坟茔或者宝藏，也是在意料之中的事情。但是，万万没有想到，"宝藏"却是一副古代的象棋。在"万物有灵"的观念下，什么都可以成精。于是，历经数百年的修炼，这副象棋的棋盘和棋子也成精了。

在这篇唐传奇中我们可以看到，岑顺崇拜后赵开国君主石勒。石勒是塞外少数民族出身于草莽而最终拥有半个北方的雄主。他天资聪明，心狠手辣；虽然不识字，却对汉文化有浓重兴趣，请读书人给自己读历史、讲故事，很多前朝典故他都了然于胸，并常常有出人意料的评价。他对自己的太子，不仅仅要求读"圣人书"，还要求练武，说光读死书不行，活不下去，必须要有武功。

在西晋末年"八王之乱"后，国家纷乱，北方少数民族实力纷起，中原陷入了割据之战。那时努力拼搏的英雄人物无数，以"闻鸡起舞""中流击楫"出名的刘琨和祖逖，也是类似石勒般的英雄，只不过没有如石勒那样称帝建立后赵政权而已。刘琨和祖逖这两位好兄弟，从小一起读书练武，并有匡扶中原之大志。西晋败亡后，刘琨坚守北方，而祖逖南渡。

祖逖数次北伐，在物资和人员匮乏、东晋新君又不肯鼎力支持的情况下，在豫州、濮阳等前缘地带艰难立足，并联络豪强和坞堡，在与后赵军队不断作战中站稳脚跟，与强大的后赵石勒一度势均力敌。

刘琨在"八王之乱"后的光熙元年（公元306年），受东海王司马越指派，前往并州担任刺史，第二年即永嘉元年春，到达已成一片废墟的晋阳（今山西太原）。刘琨重新修复城墙，吸引流民，各地英豪纷纷前来归附，一年多时间就让晋阳恢复了元气，随后坚守晋阳九年。建兴元年（公元313年），刘琨被晋愍帝拜为大将军，都督并州军事；第三年加封为司空，都督并、冀、幽州军事。刘琨辞去司空，只保留都督之职。刘琨有大才，有风度，有领袖魅力。然而他又不太能容人，导致投奔他的豪杰又纷纷离去。在强敌环伺，左前赵、右后赵夹攻的险恶环境下，他坚守的晋阳被刘曜率部攻破。建兴四年（公元316年），刘琨又在并州中了石勒的埋伏而大败，最终不得不投奔幽州刺史段匹磾并结为兄弟。同年，前赵刘曜攻陷长安，杀晋愍帝，终结了西晋。刘琨派遣自己的长史温峤渡过长江，力劝早前已经渡江的琅琊王司马睿即帝位，是为东晋元帝。温峤有大才，后为东晋中兴名臣，在刘琨被段匹磾杀害之后，他多次上书要求为刘琨正名，于是晋元帝追封刘琨为侍中、太尉。

岑顺于"梦中"听到金象国将军传言曰："地连獯虏，戎马不息，向数十年。"这个情势确实很像晋末北方大乱、各个势力集团彼此攻占而民生涂炭的情形。而金象国为城守，天那国为山贼，则象征着正邪的区分。在传统史书中，总是以华夏为正统，以边夷为异族，因此，刘琨就成了西晋末和东晋初维护汉人政权和儒家正统的象征，而被当时东晋朝廷和后世树为英雄。岑顺则不然，竟然崇拜"逆贼"后赵皇帝石勒，这是很有意思的暗示。甚至，你也可以从以幽州为活动基地的石勒这里，联想到天宝末年范阳节度使安禄山首先发难，最终形成类似晋末"八王之乱"的那种混乱局势的"安史之乱"。本文中的"宝应元年"，祸乱中原，两京颓圮，生灵涂炭的幽州反兵，与勤王朝廷的大军彼此攻杀，百姓早已逃亡一空。幽州铁骑叛乱，即如一枚棋子的突然乱入，十多万幽州铁骑突入冀州，攻城略地，一度所向无敌，一举而摧毁大唐盛世的幻象。

这篇传奇带着浓厚的志怪格调：岑顺昏昏沉睡中，地下墓穴的陪葬品——一副象棋的棋盘和棋子复活了，组成了一个两国对垒的战场，而本来的旁观者岑顺也被拉进战争之中，在幻象中体会到了战胜者的各种喜悦。

异界空间发生在梦境，梦境中的战争却是真实地进行着。

人已分不清梦境还是现实。

不过，还是有好事者，看到岑顺脸色憔悴，面容怪异，觉得可能邪祟上身，于是设下酒局灌醉他，让他酒后吐真言。得知这个奇特的故事后，"其亲人潜备锹锸，因顺如厕而隔之，荷锸乱作，以掘室内"。这么挖了八九尺深之后，"忽坎陷，是古墓也"。一个旧宅建在古墓之上，确实非常怪异，难怪有鬼怪作祟。"墓有砖堂，其盟器悉多，甲胄数百，前有金床戏局，列马满枰，皆金铜成形。其干戈之事备矣。"这些摆设，再对应岑顺的酒后真言，就明白了是这些棋盘精和棋子精（将、马、车、卒）在乘夜演练战争场面，满足了醉心于功名的岑顺的梦想。也可以说是：日有所思，夜有所梦。

关于下棋，古代有各种各样的棋如人生、棋如命运的思考。元代苍雪大师有一首题写在画上的名诗《题画》，最为后世称颂：

松下无人一局残，空山松子落棋盘。
神仙更有神仙着，千古输赢下不完。

这里写的虽然是围棋，不过，棋如人生，有胜有负，如果跳不出胜负执念，那是千年输赢也下不完的。

薛伟①

薛伟者，唐乾元元年，任蜀州青城县主簿，与丞②邹滂、尉③雷济、裴寮同时。其秋，伟病七日，忽奄然若往者，连呼不应，而心头微暖。家人不忍即殓，环而伺之。经二十日，忽长吁起坐，谓家人曰："吾不知人间几日矣？"曰："二十日矣。"曰："即与我觑（qù）④群官，方食鲙（kuài）⑤否？言吾已苏矣，甚有奇事，请诸公罢箸来听也。"

仆人走视群官，实欲食鲙。遂以告，皆停餐而来。伟曰："诸公敕司户仆张弼（bì）求鱼乎？"曰："然。"又问弼曰："鱼人赵干藏巨鲤，以小者应命，汝于苇间得藏者，携之而来。方入县也，司户吏坐门东，纠曹吏坐门西，方弈棋。入及阶，邹、雷方博，裴啖桃实。弼言干之藏巨鱼也，裴五令鞭之。既付食工王士良者，喜而杀乎？"递相问，诚然。众曰："子何以知之？"曰："向杀之鲤，我也。"众骇曰："愿闻其说。"

曰："吾初疾困，为热所逼，殆不可堪。忽闷忘其疾，恶热求凉，策杖而去，不知其梦也。既出郭⑥，其心欣欣然，若笼禽槛兽⑦之得逸，莫我如也。渐入山，山行益闷，遂下游于江畔。见江潭深净，秋色可爱，轻涟不动，镜涵远虚，忽有

---

① 《太平广记》卷四百七十一·水族八·人化水族，同题，注出李复言《续玄怪录》。本文据中华书局《太平广记》校录。
② 丞：县丞。
③ 尉：县尉。
④ 觑：看。
⑤ 鲙：细切的生鱼肉。
⑥ 郭：古代城市的外墙。
⑦ 笼禽槛兽：被关在笼子里的家禽动物。

思浴意,遂脱衣于岸,跳身便入。自幼狎水,成人已来,绝不复戏,遇此纵适,实契宿心①。且曰:'人浮不如鱼快也,安得摄鱼而健游乎?'傍有一鱼曰:'顾足下不愿耳,正授亦易,何况求摄。当为足下图之。'决然而去。未顷,有鱼头人长数尺,骑鲵(ní)②来,导从数十鱼,宣河伯诏曰:'城居水游,浮沉异道,苟非其好,则昧通波。薛主簿意尚浮深,迹思闲旷。乐浩汗之域,放怀清江;厌巘崿(yǎn)崿(è)③之情,投簪幻世。暂从鳞化,非遽成身。可权充东潭赤鲤。呜呼!恃长波而倾舟,得罪于晦;昧纤钩而贪饵,见伤于明。无惑失身,以羞其党。尔其勉之!'听而自顾,即已鱼服矣。于是放身而游,意往斯到。波上潭底,莫不从容。三江五湖,腾跃将遍。然配留东潭,每暮必复。

"俄而饥甚,求食不得,循舟而行,忽见赵干垂钩,其饵芳香,心亦知戒,不觉近口。曰:'我人也,暂时为鱼,不能求食,乃吞其钩乎!'舍之而去。有顷,饥益甚,思曰:'我是官人,戏而鱼服,纵吞其钩,赵干岂杀我?固当送我归县耳。'遂吞之。赵干收纶以出。干手之将及也,伟连呼之,干不听,而以绳贯我腮,乃系于苇间。既而张弼来曰:'裴少府买鱼,须大者。'干曰:'未得大鱼,有小者十余斤。'弼曰:'奉命取大鱼,安用小者!'乃自于苇间寻得伟而提之。又谓弼曰:'我是汝县主簿,化形为鱼游江,何得不拜我?'弼不听,提之而行,骂亦不已。弼终不顾。入县门,见县吏坐者弈棋,皆大声呼之,略无应者,唯笑曰:'可畏鱼,直三四斤余。'既而入阶,邹、雷方博,裴啖桃实,皆喜鱼大,促命付厨。弼言干之藏巨鱼,以小者应命,裴怒,鞭之。我叫诸公曰:'我是公同官,今而见杀,竟不相舍,促杀之,仁乎哉!'大叫而泣。三君不顾,而付鲙手王士良者,方砺刃,喜而投我于几上,我又叫曰:'王士良,汝是我之常使鲙手也,因何杀我,何不执我白于官人?'士良若不闻者,按吾颈于砧上而斩

---

① 实契宿心:太符合心愿了。意思是"心满意足"。
② 鲵:今俗名娃娃鱼。
③ 巘崿:山崖,峰峦。巘:山峰,山顶。崿:山崖。

之。彼头适落，此亦醒悟，遂奉召尔。"

诸公莫不大惊，心生爱忍。然赵干之获，张弼之提，县司之弈吏，三君之临阶，王士良之将杀，皆见其口动，实无闻焉。于是三君并投鲙，终身不食。伟自此平愈，后累迁华阳丞，乃卒。

一朝化鱼悠游去，贪饵失身羞其党

唐传奇很注重写时代背景，因此年号的查证很有必要，也会因此发现隐藏于"传奇"中的历史惊奇。我们读书，虽然未必定要"诗史相证"，不一定坐实传奇于历史，但在唐代传奇的作者写作的习惯中，以大历史中的小细节切入，而写人生的风云变幻，或人生如梦的感慨，是很常见的。

唐肃宗乾元元年（公元758年），为天宝十四年（公元755年）爆发的"安史之乱"之后的第四年。在"安史之乱"爆发前，盛唐名主唐玄宗李隆基和太子李亨即后来的唐肃宗的关系，已经势若水火——忍辱负重、多次死里逃生的太子李亨，本是唐玄宗第三子，在前太子被唐玄宗赐死、二哥病故之后，他才被立为太子。李亨的太子历程十分艰险，不仅要看着父皇的脸色战战兢兢、如履薄冰地讨生活，朝中还要面对政敌、宰相李林甫处心积虑的各种攻击。同时，唐玄宗的暧昧心态，也对李亨的精神有着致命打击，不仅导致他两次离婚，心力交瘁，而且也让他对自己未来的命运感到难以捉摸。李林甫死后，继任宰相的杨国忠与贵妃杨玉环内外勾结，一边清算李林甫的余党势力，一边继续攻击太子李亨。而唐玄宗依然态度暧昧地敲打太子，让李亨如惊弓之鸟。公元755年，三镇节度使安禄山打着讨伐杨国忠的旗号叛乱，本来风平浪静的大唐盛世，突然间"渔阳鼙鼓动地来"，天翻地覆了。太子李亨得到了神策军首领陈玄礼和实力太监李辅国的支持，在马嵬坡杀掉死敌宰相杨国忠及贵妃杨玉环，后与唐玄宗分道扬镳——唐玄宗继续入川，做那"在天愿作比翼鸟，在地愿为连理枝"的幻梦；而李亨则北上登基称帝，改年号为至德元载。他重整旗鼓，以大将郭子仪等击败安禄山和史思明，而收复河曲等地。至德三载（公元758年）改载为年，为乾元元年。

唐传奇中，大量的故事发生在东南扬州、中部荆州、南方交州、西南益州这些非中原地带，非儒家正统的世界。前文《张佐》写到老翁前世"薛君胄"是在四川成都西边的鹤鸣山修道，本文《薛伟》中的主人公则是蜀州（今四川崇州）青城县的主簿。青城县（今四川成都都江堰市）附近有一座青城山，为道教四大名山之一、十大洞天之一，东汉汉安二年（公元143年），道教开山之祖张道陵前来青城山结茅传道，创立中国本土宗教道教。青城山同时又与湖北武当山、江西龙虎山、安徽齐云山、陕西景福山合称五大仙山。其地位与名气，远在鹤鸣山之上。武侠小说中常提到的青城派，就在这里。而青城县主簿薛伟，也生活在这个道教气息极其浓厚的世界里，在县衙门做点儿文书工作，跟县丞邹滂以及县尉雷济、裴寮等同僚，表面上关系相处得还不错。

在唐代的职官设置中，县令之下设县丞、县尉两个主要佐官，县丞邹滂主管具体文书、生产等事务工作，主簿算是县丞的辅佐；县尉则主管治安、捕盗，大县二，小县一，文中青城县两个县尉中，雷济级别高于裴寮，而级别最低的是主簿薛伟。因此，从县衙的四位佐官级别排列中，主簿薛伟居末位，属于被前三位吃掉的角色。薛伟在这个大鱼吃小鱼的官场文化中，虽然跟其他上级同僚相处得还不错，但总是被吃的角色，不得不战战兢兢、如履薄冰地应对，因此精神上是很难得到自由的。他生病后，恍恍惚惚进入河中，河伯的传令官鱼头人骑着一条娃娃鱼过来通知他变成赤鲤驻守东潭。这意味着他企图以变鱼的方法达到身心自由——"自幼狎水，成人已来，绝不复戏，遇此纵适，实契宿心"。这也是陶渊明在《归园田居》中写到的"羁鸟恋旧林，池鱼思故渊"的感受。等他听命于河伯，摇身一变成了赤鲤，在河中遨游，果然自由自在，无拘无束，十分快活——"于是放身而游，意往斯到。波上潭底，莫不从容。三江五湖，腾跃将遍"。这是典型的身心自由的写照。

后来，赤鲤鱼薛伟在东潭挨饿，不知道怎么"捕食"，于是被渔夫赵干设下的香喷喷的鱼饵吸引了。其实他内心知道这是一条诱饵，必须拒绝，不然，吞吃鱼饵被钓上去离开了水，他的自由就失去了。用河伯对这条新来的赤鲤鱼的告诫，就是"恃长波而倾舟，得罪于晦；昧纤钩而贪饵，见伤于明。无惑失身，以羞其党"，意思是在水里乘波驭浪很愉快，但是别高兴过头失去理智了，把船弄翻了固然不好，被鱼钩上的鱼饵所诱惑，则更加糟糕。一旦贪嘴失身，那就是万劫不复了。

然而，忍不住诱惑和饥饿的新鱼，还是在一番思忖之下，一口吞下了渔夫赵干设下的诱饵，随即，这条新来的赤鲤，就被钓上岸，送到官僚系统里去做成美味的生鱼片（鲙），供那些上级"大快朵颐"了。当这尾赤鲤被司户邹滂的仆人张弼带回县衙门时，赤鲤鱼眼中同僚们的情况是这样的："方入县也，司户吏坐门东，纠曹吏坐门西，方弈棋。入及阶，邹、雷方博，裴啖桃实。"这里，虽然是小小的县衙门，但是等级森严，各有秩序。一入门，司户吏"坐门东"（尊座），纠曹吏"坐门西"（末座），面对面下棋。又到了里面，看到了县丞邹滂和县尉雷济在赌博，而旁观的第二县尉裴寮则在吃桃子。大家可以看到，这是对唐代县衙门的非常生动的描写。这些县里的各级官员，人数其实不多，各司其职，此时也很悠闲，并没有忙得团团转。至于更悠闲的主簿薛伟，则变成了一条赤鲤鱼，正被穿着腮帮子拎进来，要找片鱼高手"鲙手王士良"来加工。

变成大鲤鱼的薛伟，无论怎样怒骂、哀求，人类都听不到。大鲤鱼薛伟被带到厨房，在人们对美味的期待中被砍去了鱼头。作为鱼的薛伟死了，作为人的薛伟复活了。这是一次惊心动魄的经历，复活，意味着从快乐的自由自在中，回到了县衙官僚制度的"尘网中"，继续漫长的人生。

薛伟生动地讲述了这次血腥而无助的亲身经历，吓得同僚们再也不敢吃鱼了。看起来，很像是一个"向死而生"的寓言故事，而非一个劝谕世人不杀生的故事。

这个作品的特点是，虽然变成了鱼，但是人的意识还是存在的，而且强烈存在。自由自在的精神，就被这种人类意识的存在破坏了。

薛伟心里一闪念，变成鱼该多快活！于是就变成了鱼。心想事成的愉快感持续了一会儿，就遇到了大麻烦。在鱼的身体里，人的思维意识还始终保持着，薛伟能思考，能判断，但就是不能像人一样说话，不能像人一样表达意见。人与鱼世界的属性不同，快乐不同，危险也不同。

所以，给你的告诫是，不要动不动就说："我多想变成一条快乐的鱼啊！"唐人早已想到了变成一条快乐的鱼有多危险。唐人的想象是丰富的，是不拘泥于陈词滥调的。这一点，特别了不起，值得今人学习。

王坤①

　　太原王坤，大中四年春为国子博士。有婢轻云，卒数年矣。一夕，忽梦轻云至榻前，坤甚惧，起而讯之。轻云曰："某自不为人数年矣，尝念平生时，若系而不忘解也。今夕得奉左右，亦幸会耳。"坤憞然若醉，不寤②为鬼也。轻云即引坤出门，门已扃钥③，隙中导坤而过，曾无碍。行至衢④中，步月徘徊，久之。坤忽饥，语于轻云，轻云曰："里中人有与郎善者乎？可以诣而求食也。"坤素与太学博士石贯善，又同里居，坤因与偕行，至贯门，而门已键闭。轻云叩之，有顷，阍（hūn）者启扉曰："向闻扣门，今寂无睹，何也？"因阖扉。轻云又扣之。如是者三。阍者怒曰："厉鬼安得辄扣吾门！"且唾且骂之。轻白坤云："石生已寝，固不可诣矣。愿郎更诣他所。"时有国子监小吏，亦同里，每出，常经其门，吏与主月俸及条报除授，坤甚委信之。因与俱至其家，方见启扉，有一人持水缶，注于衢中。轻云曰："可偕人。"既入，见小吏与数人会食。初，坤立于庭，以为小吏必降阶迎拜，既而小吏不礼。俄见一婢捧汤饼登阶，轻云即殴婢背，遽仆于阶，汤饼尽覆。小吏与妻孥⑤俱起，惊曰："中恶⑥。"即急召巫者。巫曰："有一人朱绂⑦银印⑧，立于庭前。"因祭之。坤与轻云俱就坐，食已而偕去。

---

① 《太平广记》卷三百五十一·鬼三十六，注出张读《宣室志》。本文据中华书局《太平广记》校录。
② 寤：同"悟"，觉察。
③ 钥：门直曰，上穿横曰下插地上的直木。
④ 衢：大街。
⑤ 妻孥：妻子和子女。
⑥ 中恶：病名，又称客忤、卒忤。患者受秽毒或不正之气，突然厥逆，不省人事。
⑦ 朱绂：古代礼服上的红色蔽膝，后多借指官服。
⑧ 银印：银质官印。

女巫送至门，焚纸钱于门侧。轻云谓坤曰："郎可偕某而行。"坤即随出里中，望启夏①而去。至郊野数十里，见一墓，轻云曰："此妾所居，郎可随而入焉。"坤即俯首曲躬而入，墓口曛黑不可辨。忽悸然惊寤，背汗股怵。时天已晓，心恶其梦，不敢语于人。是日，因召石贯，既坐，贯曰："昨夕有鬼扣吾门者三，遣视之，寂无所睹。"至晓，过小吏，则有焚纸钱迹，即立召小吏，讯其事。小吏曰："某昨夕方会食，忽有婢中恶，巫云'鬼为祟'。由是设祭于庭，焚纸于此！"尽与坤梦同。坤益惧，因告妻孥。是岁冬，果卒。

人鬼殊途未了情

　　一天夜里，国子博士王坤正在床上睡觉，忽然一个死去了好几年的婢女轻云来到了床边，说感激主人在自己活着时的善意，因此专门来带领他去逛逛。王坤并没有醒悟是在梦中，于是欣然而起，随轻云逛到了"衢中"。然后，王坤博士感到肚子饿，轻云指点他说，你有什么好友，可以去他家弄点儿吃的。王坤博士想起了好友、太学博士石贯，结果去敲门，阍者（看门人）没好气理会。王坤接着想起国子监有个小官，家也住在同一个里弄，又去敲门。这次轻云敲一个婢女背，让婢女和汤饼全都倒地，把那个小官一家大小吓着了，并找来巫师祷告，祭祀献食。王坤饱食，随轻云朝着启夏门而去，离开长安内城，到了荒郊野外轻云的墓葬处，轻云邀请王坤进去溜达。这时，王坤忽然醒了，想到了轻云带自己到墓地的梦境，吓得背上出汗，腿部颤抖。这本来只是一个梦而已，假设没有"梦征"，也就过去了。没想到，王坤博士请石贯博士见面时，石贯博士说起了昨晚闹鬼之事。接着，王坤博士路过国子监小官的家，见他家有焚烧纸钱的痕迹，问起来小官说，是晚上闹鬼，请巫师前来祭祀献食。这样，两个梦都得到验证，王

---

① 启夏：指启夏门，唐长安城郭城南面偏东门。

坤博士十分恐惧，到冬天，真的病逝了。

这是一篇简短的"鬼故事"，或者说是梦与现实缠绕的传奇，比《聊斋》中的那些鬼故事，更让人印象深刻。

这篇传奇情节清晰，人物类型明确，故事也不复杂，因此读起来很方便。如果对涉及的历史背景知识稍加了解，读起来会更有意思。

王坤是国子博士，石贯是太学博士，身份都不低。

唐代设有"国子监"，可以比作现在的"教育部"，沿袭隋制。下设有：国子学、太学、四门学、律学、书学、算学，相当于六所大学，比隋代多了一门"律学"。这六所大学收入学生各有不同：国子学、太学、四门学分别面向三品、五品、七品以上官僚子弟；律学、书学、算学则面向八品以下子弟及庶人。国子生、太学生、四门生习经，律学、书学、算学学生则习技术。国子学三百人，太学五百人，四门学一千三百人；而律学五十人，书学、算学三十人。

从官僚选拔制度看，国子和太学两监学生最受重视。唐代前期的进士及第而享文名者，大多由这两监生徒出身。主考官在取舍中，也有意偏重生徒。进士不由两监出身，则深以为耻。

国子监长官为国子祭酒（类似于教育部长），主持政务。但在官僚体制结构里，名声大于品位，以清代的官职为"从四品"。国子监下设司业为副，以及司丞（掌判监事）、主簿（掌印）、录事。诸学有博士、助教、典学、直讲等学官，掌教学。根据隋制，国子、太学、四门学设博士五人，助教五人，而律学、书学、算学，则各设二人。

国子生、太学生、四门生入学后，要根据将来考进士科还是考明经科而分科学习。所习经典分为大、中、小三种：《礼记》《左传》为大经，《诗经》《周礼》《仪礼》为中经，《易经》《尚书》《公羊传》《穀梁传》为小经。从这些典籍篇目可以看到，唐代十分重视"历史"，因此《左传》《公羊传》《穀梁传》赫然在大、中、小经之列。

国子博士和太学博士一样，都是各大学的"任课老师"。因此，王坤博士和石贯博士都是有一定地位的人，也是真正博学通经的人。因此，他们能住在长安不错的地段里，有各种仆人、婢女、看门人，其身份地位比现在的"博士"要高得多。

王坤博士作为国子学老师，自然是深通经学，应该是"春秋三传"《诗经》《礼记》《尚书》了然于胸，而"不语怪力乱神"才对。没想到这样一个儒学通人，却被一个"鬼"给吓死了。对比之下，王坤博士读书虽多，却不如一个前朝的小少年有胆气。东晋干宝《搜神记》里有一个"宋定伯"，不仅不怕鬼，反而机智勇敢地把鬼骗到市场里卖了。

盛唐时代的长安是一个世界级的繁华大都会，文明、开放、包容，市场上充满了来自世界各地的新奇事物，珠宝首饰等各种贵重物品琳琅满目，本国常住市民达到百万以上，而外国常住人口也达数十万人。同时，这也是大唐广阔疆域的中心，为全国各地的青年士子所向往之繁华地、梦中世界。而这里来自世界各地，尤其是南海、天竺、大食等遥远世界的奇珍异宝，来自日本、朝鲜、南诏、吐蕃、西域等地的各种贡品，再加上形形色色的各种外国胡人，可谓是日夜欢歌，绮靡非常。

在长安，禁宫内居住的皇帝及其数目庞大的眷属以及服务人员，和各级各品大大小小、高高低低的官员，组成了一个纵横交错的人生罗网。能进入这个"罗网"的人，从最基层开始，就是人生赢家。要成为"人生赢家"，最直接的方式就是参加科举：进士科或明经科。明经科考经学和时务策，进士科除考经学和时务策外还要加考诗赋。但是到了明清两代，制度上废除了明经科，只剩下进士科，而且只要求死读经典，训练八股文；不提倡有文采，排斥诗赋。

然而进士科在唐代特别受重视，李肇《唐国史补》云："进士科，始于隋大业中，盛于贞观永徽之际，缙绅虽位极人臣，不由进士者，终不为美。"因此，进士及第者，皆有文才。

进士科每榜仅取二三十人，不及明经科十分之一，可谓考试中的考试。有些人一生考试数次，直到年老才进士及第，都会喜极而泣，不敢相信是真的。所以唐代人有一句谚语说:"三十老明经,五十少进士"。唐代大诗人孟郊一生参加三次进士科考试,到四十六岁才进士及第,一时懵了,突然醒悟过来之后又狂喜,写了一首《登科后》:"昔日龌龊不足夸,今朝放荡思无涯。春风得意马蹄疾,一日看尽长安花。"

不过,孟郊虽然曾经"一日看尽长安花",却只有一日的快乐。他后来的官宦生涯很不如意,并没有能留在首都做官,而是被外放到偏僻小县做县尉,终生贫困潦倒。最后,他又得到了一个小职而不得不全家搬迁。走到河南阌县时,病逝在调任的路上。

他这么一个手无缚鸡之力的老文人,竟然要去当主管治安的县尉,可谓才非所用矣。

在一个庞大的朝廷官僚体系中,无论是后来诗名远播的孟郊,还是当时在首都做着轻松文化官员的王坤博士,都不过是芸芸众生吧。跟孟郊一样,王坤博士大概也是手无缚鸡之力的文人。被一个梦吓死了,总是令人感到唏嘘的。

江南吴生①

有吴生者，江南人，尝游会稽，娶一刘氏女为妾。后数年，吴生宰县于雁门郡②，与刘氏偕之官。刘氏初以柔婉闻，凡数年，其后忽旷烈自恃不可禁。往往有逆意者，即发怒。殴其婢仆，或啮其肌血且甚，而怒不可解。吴生始知刘氏悍戾，心稍外之。尝一日，吴与雁门部将数辈，猎于野，获狐兔甚多，致庖舍下。明日，吴生出，刘氏即潜入庖舍，取狐兔生啖之，且尽。吴生归，因诘狐兔所在，而刘氏俯然③不语。吴生怒，讯其婢，婢曰："刘氏食之尽矣。"生始疑刘氏为他怪。旬余，有县吏，以一鹿献，吴生命致于庭。已而吴生始言将远适。既出门，即匿身潜伺之。见刘氏散发袒肱④，目眦尽裂，状貌顿异。立庭中，左手执鹿，右手拔其髀⑤而食之。吴生大惧，仆地不能起。久之，乃召吏卒十数辈，持兵仗而入。刘氏见吴生来，尽去襦袖，挺然立庭，乃一夜叉耳。目若电光，齿如戟刃，筋骨盘蹙，身尽青色。吏卒俱战栗不敢近。而夜叉四顾，若有所惧。仅食顷，忽东向而走，其势甚疾，竟不知所在。

---

① 《太平广记》卷三百五十六·夜叉一，注出张读《宣室志》。本文据中华书局《太平广记》校录。
② 宰县于雁门郡：去雁门郡做县令（宰）。
③ 俯然：颓丧貌。
④ 肱：胳膊上从肩到肘的部分，泛指胳膊。
⑤ 髀：大腿。

娶个老婆是母夜叉

《江南吴生》这篇传奇，确实也足够传奇的。我在校对和注释的过程中全程憋笑。就如导读题目所说，娶个老婆是母夜叉，这是一种什么体验？

刘氏女一开始并不是母夜叉，而是江南名城会稽的一个美好女子——不然，吴生也不会纳为妾了。

自西晋末年"衣冠南渡"以来，古越都城会稽就一直是来自山东巨族的扎根和繁衍之名城。最为中国人熟悉的书圣王羲之，就在会稽长期生活，还担任过会稽太守。不朽的书法长卷《兰亭集序》，就是王羲之在自己别墅里召集几十个高官、名士相聚之后，吟诗作赋，结集成册，而乘着美妙酒兴一挥而就的杰作。这个高端聚会不是什么人都能参加的，能入王氏家族中以风度和才华著称的"东床快婿"王右军之眼，定非凡俗之辈。王右军自己做官不行，但是吃喝玩乐样样精通，且有识人之明。他十分看重又极力推崇的座中青年俊才，就有后来成为东晋辅国巨臣，率领谢家军精锐在淝水之战一举击溃前秦大帝苻坚，统率号称百万虎狼之师的谢安谢太傅，这次战役使得东晋又获得了几十年的相对平静。

淝水之战击溃前秦，让整个北方陷入一片混乱之中，散成了好几个其兴也忽的政权，其中就包括慕容垂，他就是金庸名作《天龙八部》里那个绣花枕头般疯疯癫癫的"南慕容"慕容复的祖先。慕容垂有真正的雄才大略，十分能忍，先被迫出走前燕归附前秦，后游说前秦国君苻坚贸然进击东晋而导致前秦溃败，并趁机聚众重整旗鼓建立了后燕政权。这是题外话。

总而言之，会稽是当时的天下名城，文艺鼎盛的风水宝地。吴生娶刘氏女为妾，自然是刘氏女有姿色，性格又温顺的缘故。

在唐代，凡是有点儿身份地位的读书人，在婚姻上都很讲究"门当户对"，不仅要算各种生辰八字，还要分析家庭背景、家族渊源，稍微有点儿不合适都不一定能顺利缔结婚姻。而这门正式婚姻，主要是为壮大家族势力，为人生未来更好地发展提供帮助。因此，正妻是不是美貌，是不是性格合适，都是次要因素。主要因素是"联姻"，巩固家族势力，扩大家庭关系，而如果最终能形成"高门大族"，如清河崔氏、范阳卢氏、弘农杨氏等那样的超级氏族势力，就最美妙不过了。

联姻为主的婚姻，感情基础不需要牢固，家族背景稳定即可。纳妾就不一样了。纳妾，主要就是看女子的相貌、脾气，要漂亮，要温顺，如能顺便生下几个儿子，就上上大吉了。

然而，身处江南而性格温顺的刘氏女，随吴生到雁门郡后，不数年间，就脾气大变了。这是"橘生淮南则为橘，生于淮北则为枳"吗？水土气候变了，人的性格脾气也可能会随着改变。本来性格温顺、知书达理的刘氏女，"初以柔婉闻"，可见是以温柔委婉而为人所知的，"凡数年，其后忽旷烈自恃不可禁"。后来就变得脾气暴躁，难以控制了。最终发展到了殴打婢女仆人，并且动牙狠咬，鲜血淋漓的程度，把吴生吓得对她再也没有什么兴趣了，就到了外面去"花心"。而刘氏女因此更加脾性暴烈，不可遏制，甚至生吃起了吴生和部将在城外打猎带回来的猎物狐兔。吴生于是怀疑自己的小太太是怪物。正好有县里的下级送了一只鹿，他就假装说自己外出，然后藏起来侦察。他一转身，刘氏女果然披头散发，精赤着胳膊，狰狞着面孔，抓起鹿，就开始啃起了鹿腿。这副狰狞可怕的模样，把吴生吓得倒在地上，久久不能爬起来。等他回过神来之后，召集了十几个兵士拿着武器来捉刘氏女。刘氏女见到这些人围过来，知道既然如此也就不再伪装，于是脱去衣服，挺立在院中："目若电光，齿如戟刃，筋骨盘蹙，身尽青色。"如此恐怖吓人的样子，让那些士兵根本不敢靠近。不过，母夜叉倒也不吃人，不伤人，似乎也有什么顾忌。过了一顿饭的工夫，就向东边飞一样地消失了。

刘氏女可能本来就是母夜叉，也可能是后来变成母夜叉的。

本来好好的一个柔媚江南女子，温柔委婉，美丽动人，没想到随着夫君来到晋北寒苦之地，被朔风吹拂，被风沙刷面，不几年就变成了"母夜叉"。这都是谁的过错呢？

三梦记①

人之梦，异于常者有之：或彼梦有所往而此遇之者；或此有所为而彼梦之者；或两相通梦者。

天后②时，刘幽求③为朝邑丞。尝奉使夜归，未及家十余里，适有佛堂院，路出其侧。闻寺中歌笑欢洽。寺垣短缺，尽得睹其中。刘俯身窥之，见十数人，儿女杂坐，罗列盘馔，环绕之而共食，见其妻在坐中语笑。刘初愕然，不测其故久之。且思其不当至此，复不能舍之，又熟视容止言笑，无异。将就察之，寺门闭不得入。刘掷瓦击之，中其罍（léi）④洗，破迸走散⑤，因忽不见。刘逾垣直入，与从者同视，殿庑（wǔ）⑥皆无人，寺扃如故。刘讶益甚，遂驰归。比至其家，妻方寝，闻刘至，乃叙寒暄讫，妻笑曰："向梦中与数十人游一寺，皆不相识，会食于殿庭。有人自外以瓦砾投之，杯盘狼藉，因而遂觉。"刘亦具陈其见。盖所谓彼梦有所往而此遇之也。

元和四年，河南元微之⑦为监察御史，奉使剑外⑧。去逾旬，予与仲兄乐天⑨、

---

① 汪辟疆《唐人小说》据明抄原本《说郛》校录，题《三梦记》，白行简撰。本文选自《唐人小说》。
② 天后：指武则天建立武周时期。
③ 刘幽求：唐代著名的政治家，《旧唐书》列传有传。
④ 罍：一种盛酒或水的容器。
⑤ 破迸走散：指宴会说笑的人被惊散了。
⑥ 庑：古代正房对面和两侧的屋子。
⑦ 元微之：元稹，唐代著名的诗人、政治家，因其是河南人，故称河南元微之。
⑧ 奉使剑外：御史出巡。
⑨ 乐天：白居易。

陇西李杓直①同游曲江②。诣慈恩③佛舍，遍历僧院，淹留移时。日已晚，同诣杓直修行里第④，命酒对酬，甚欢畅。兄停杯久之，曰："微之当达梁矣。"命题一篇于屋壁。其词曰："春来无计破春愁，醉折花枝作酒筹。忽忆故人天际去，计程今日到梁州。"实二十一日也。十许日，会梁州使适至，获微之书一函，后寄《纪梦诗》一篇，其词曰："梦君兄弟曲江头，也入慈恩院里游。属吏唤人排马去，觉来身在古梁州。"日月与游寺题诗日月率同。盖所谓此有所为而彼梦之者矣。

贞元中，扶风窦质与京兆韦旬同自亳⑤入秦，宿潼关逆旅。窦梦至华岳⑥祠，见一女巫，黑而长。青裙素襦，迎路拜揖，请为之祝神。窦不获已⑦，遂听之。问其姓，自称赵氏。及觉，具告于韦。明日，至祠下，有巫迎客，容质妆服，皆所梦也。顾谓韦曰："梦有征也。"乃命从者视囊中，得钱二环，与之。巫抚掌大笑，谓同辈曰："如所梦矣！"韦惊问之，对曰："昨梦二人从东来，一髯而短者祝醑（xǔ）⑧，获钱二环焉。及旦，乃遍述于同辈。今则验矣。"窦因问巫之姓氏。同辈曰："赵氏。"自始及末，若合符契。盖所谓两相通梦者矣。

行简曰：《春秋》及子史，言梦者多，然未有载此三梦者也。世人之梦亦众矣，亦未有此三梦。岂偶然也，抑亦必前定也？予不能知。今备记其事，以存录焉。

（以下"行简云"段落与此无关，从略。）

---

① 李杓直：李建，唐德宗朝翰林学士。与元稹、白居易是好友，经常同游。
② 曲江：唐朝长安城士子们宴游娱乐之处。新登科的进士每年都会在曲江池举行盛大的庆祝活动。
③ 慈恩：大慈恩寺，是唐长安城内最著名、最宏伟的佛寺。唐太宗贞观二十二年（公元648年），太子李治为了追念母亲文德皇后长孙氏创建慈恩寺。名僧玄奘曾在这里主持寺务，领佛经译场，寺内大雁塔由玄奘亲自督造，为今西安市著名古迹。
④ 修行里第：居所。
⑤ 亳：安徽亳州。
⑥ 华岳：华山。
⑦ 不获已：不得已。
⑧ 醑：美酒。

奇异的梦境照进现实

　　本文作者白行简是中唐大诗人白居易的弟弟，也是有成就的文学家。不过由于白居易太出色，这个弟弟相形之下就暗淡多了。而他所作的传奇《李娃传》却流传深远。白行简和兄长白居易两人兄弟情深，以及他们和唐代大诗人、与白居易并称"元白"的元稹之间的深挚友情，都是流传至今的佳话。

　　白行简写的《三梦记》，可谓令人惊奇。他认为，人的奇梦有三种类型：一、他人做梦而遇见；二、做梦而被他人遇见；三、彼此双方在梦中遇见。

　　文中这三个梦，以现实中实有的三个人为主角，记述了发生在他们身上的三件怪异之事，都是现实与梦境的重合与折叠，类乎平行宇宙，突然出现了开口，然后"两个不同宇宙"的人碰见了。

　　刘幽求是唐代名臣，曾任唐睿宗朝宰相兼尚书右丞、唐玄宗朝下尚书右仆射。这里写他在武则天做皇帝时担任朝邑丞，一天夜里从外回家，在离家十几里地的一个佛堂院外，听到了有人聚会喧闹，于是他去窥探，发现男男女女十几个人在一起吃吃喝喝，非常快活，其中有一个人很像是他的妻子。这让他感到非常惊愕，怎么想妻子都不应该出现在这里。可是定神仔细看，长相、举止、说话、笑声，真是他的妻子。刘幽求急了，恼怒之下扔出一块瓦片，击中了聚会中人的酒罐。随着一声哗啦响，院子里曲终人散，忽然不见一个人了。等他搜寻一番后拍马疾驰回到家里，发现妻子正要就寝，二人一通"叙寒暄"之后，妻子说起自己做了一个梦，在一个寺院里跟人聚会吃喝，正高兴间，不料被什么人从院墙外面扔进来一块瓦片击中桌面，以至杯盘狼藉，突然梦醒了。

　　这个故事里，刘幽求在自己的现实世界的夜晚疾驰回家途中，可能从佛堂院的矮墙中进入了妻子梦境的边缘——他没能进入那个梦，但是从矮墙中可以看到妻子参与外人的聚会。这个聚会因为没有他本人的存在，就使他产生了某种强烈的嫉妒心理。这种嫉妒心理的表达，就是扔瓦片。而后面通过交谈发现，妻子在梦中的确梦见了与外人饮酒聚会。刘幽求恼怒间掷出的瓦片击碎了妻子的梦，同时也让两个世界的"联通"消失了。那堵本来是梦境边界的矮墙，是现实与梦境的边境，中间有一点点破绽，让刘幽求得以窥探妻子的内心世界。然而，当这个梦境被入侵，被一块飞来的瓦片破坏之后，"矮墙"这个超时空的"星之门"消失了，那边梦的世界也不见了。刘幽求和随从翻墙而入，看到的不过是现实的佛堂院，没有任何人聚会的痕迹，连佛堂院的门闩都是闩着的——那个梦的世界，向他关闭了。

相比刘幽求与妻子的"隔膜"，唐代大诗人白居易与元稹却是真正的知心好友，他们彼此给对方写了很多首诗不用说了，例如元稹的《得乐天书》《闻乐天授江州司马》《酬乐天频梦微之》《酬乐天劝醉》等，反之，白乐天也写了《赠元稹》等多达九首以上的诗回应。至于两个人诗歌美学有巨大的共鸣，一起以自己的勤奋创作推动"新乐府运动"，不断地挂念对方就更不用说了。不仅如此，竟然还心有灵犀到在同一时刻想到了对方，并在同一时刻为对方写了一首诗，不仅写成的时间一致，连韵脚都是一样的。白居易和元稹的深厚友谊，被后来很多人加以演绎，有了各种版本，读来都颇为有趣。

白居易为唐代三大诗坛巨星之一，他的诗广为传颂，他的事迹也广为人知。他的"新乐府"长诗《长恨歌》《琵琶行》，都是独此一份的名作，无出其右者。这些诗歌在他活跃的时代，就传到了日本，并深受日本文化人的喜爱。对小读者来说，元稹的名气和诗歌成就虽略逊于白居易，然而其"新乐府"名作《连昌宫词》可以跟白居易的《长恨歌》合称为"新乐府双璧"。这首诗同样以唐玄宗与杨贵妃的往事为题材，相比白居易比较集中于爱情的"同款"作品，元稹的长诗的时代性更强，视野更大，拓展到整个社会的动荡变化，叙事敏感、细微，而耐人寻味。元稹却又有传世的唐传奇杰作《莺莺传》（又称《会真记》），对后世影响巨大，元代王实甫改为《西厢记》后，这个故事更是广为流传，连《红楼梦》里的贾宝玉和林黛玉都瞒着大人偷看偷乐。

第三个"奇梦"中，扶风窦氏之后的窦质，与京兆韦氏之后的韦旬，都是历史上非常有名的高门巨族，在两汉时期就已经拥有了非常庞大的家族势力，每朝都有达官贵人。窦氏出了四朝皇后，两汉时期窦氏名望之盛，无出其右者；而京兆韦氏在西汉父子丞相，四世封侯，已成为关内著名大族，到了唐朝（中经武周）韦氏竟然出了十七位宰相。而唐代大诗人韦应物，更是因为《滁州西涧》《寄全椒山中道士》《长安遇冯著》《夕次盱眙县》《郡斋雨中与诸文士燕集》等名诗作被选入《千家诗》《唐诗三百首》等而为小读者所知。

这两位，扶风窦质和京兆韦旬结伴而行，从亳州经官道去关中。这条路，必经之道是潼关，因此某夜住宿在潼关旅馆（逆旅），窦质梦见了华山的女巫来邀请他在华岳祠祭祀山神。而第二天赶路，在华岳祠与女巫相遇，印证了他梦中的情景。最神奇的是，女巫也预先梦见了这件事情。梦与现实的彼此融合，在这里得到了非常奇妙的印证。

唐传奇关注梦境与现实的关系，隐隐地开始了对人类意识的研究，远远早于现代心理学对人的内心思维意识、恐惧、忧虑、压力等的研究，因而这些也是非常值得重视的资料。

陈严恭①

　　扬州严恭者，本泉州人。家富于财，而无兄弟。父母爱恭，言无所违。陈太建初，恭年弱冠②，请于父母，愿得钱五万，往扬州市物，父母从之。恭乘船载钱而下，去扬州数十里，江中逢一船载鼋，将诣市卖之。恭问知其故，念鼋当死，请赎之。鼋主曰："我鼋大，头千钱乃可。"恭问有几头，答有五十。恭曰："我正有钱五万，愿以赎之。"鼋主喜，取钱付鼋而去。恭尽以鼋放江中，空船诣扬州。其鼋主别恭，行十余里，船没而死。是日，恭父母在家，昏时，有乌衣客五十人，诣门寄宿，并送钱五万付恭父曰："君儿在扬州市附此钱皈（guī）③，愿依数受也。"恭父怪愕，疑谓恭死，因审之。客曰："儿无恙，但不须钱，故附皈耳。"恭父受之，记是本钱，而皆水湿。留客为设食，客止，明旦辞去。

　　后月余日，恭还，父母大喜。既而问附钱所由，恭答无之。父母说客形状，及附钱月日，乃赎鼋之日，于是知五十客，皆所赎鼋也。父子惊叹，因共往扬州，起精舍，专写《法华经》。遂徙家扬州。家转富，大起房廊，为写经之室。庄严清净，供给丰厚，书生常数十人。扬州道俗，共相崇敬，号曰"严法华"。

　　尝有知亲从贷经钱一万，恭不获已，与之。贷者受钱，以船载皈，中路船倾，所贷之钱落水，而船人不溺。是日，恭入钱库，见有万湿钱，如新出水，恭甚怪之。后见前贷钱人，乃知湿钱是所贷者。又有商人，至宫亭湖，于神所祭酒

---

① 据李时人先生《全唐五代小说》校录。《太平广记》卷一百一十八·报应十七收录《严泰》，与此故事大致相同，但只有简略几语，不似本文故事曲折有致，注出李亢《独异志》。
② 弱冠：古代男子二十岁称弱冠。
③ 皈：同"归"。

食，并上物。其夜，梦神送物还之，谓曰："倩①君为我持此奉'严法华'，以供经用也。"且而所上神物皆在其前，于是商人叹异，送达恭处，而倍加厚施。其后，恭至市买经纸，适遇少钱，忽见一人持钱三千授恭曰："助君买纸。"言毕不见，而钱在其前。怪异如此非一。

隋开皇末，恭死，子孙传其业。隋季盗贼至江都者，皆相与约："勿入'严法华'里。"里人赖之获全。其家至今，写经不已。

州邑共见，京师人士亦多知之，驸马宋国公萧锐②最所详审也。

生逢乱世时，为善而长生

泉州人陈严恭，家庭富裕，自小娇生惯养。在陈太建初年，他刚满二十岁，就请求家里给五万钱，去扬州购买物品。他是从家乡往北，到扬州做生意。原文说"恭乘船载钱而下"，估计是从上游的鄱阳湖壶口入长江，顺流而下去往扬州。在距离扬州数十里外时，陈严恭碰见了一艘船，船里装了五十只巨鼋。见这五十只巨鼋将要被卖掉、杀死、吃掉，陈严恭于心不忍，就用父母给的五万钱，买下了五十只巨鼋，然后在长江中放生了，"空船诣扬州"。卖鼋者得到钱离开，走出十数里就遭遇翻船被淹死了，从陈严恭手上得到的五万钱也沉入江底。后来有五十个乌衣人来到了泉州，找到了陈严恭家（不知道他们怎么如此厉害就找到了），交给了陈严恭父母五万钱。这么突然的事件，让陈严恭父母非常震惊，认为陈严恭遇到意外死了。五十个乌衣客解释说，您家公子没事，就是不需要钱了，所以托我们帮忙运钱归还家里。陈严恭父母将信将疑，留他们吃饭。一个多

---

① 倩：同"请"。
② 萧锐：据《旧唐书》载，萧瑀封宋国公；其子萧锐，尚太宗女襄城公主。唐代男子娶皇帝家的公主称为"尚"。

月后，陈严恭回到家里，大家一聊就明白了，原来这五万钱是被陈严恭赎下放生的五十只巨鼋（打劫了卖鼋者）前来报答他的。一家为此大为感慨，觉得这是非常吉利的兆头，于是父子再去扬州，建起了别墅，专门抄写《法华经》。再后来他们就举家迁往扬州，在扬州成了富翁，大造房舍，建立写经室，抄写《法华经》，积德行善。在整个扬州城，他们受到了僧侣和平民的尊敬，称他们为"严法华"。在这段时间里，陈严恭碰到了好几件"异事"：一、有个亲戚借钱一万，中途落水，结果陈严恭在自己的钱库里发现了一万湿漉漉的钱；二、有个商人在官亭湖祭神，梦见神把财物交还给他说，请代我送去交给严法华，作为写经之费用；三、有一次陈严恭去市场买经纸，钱不够，突然有一个人出现，递给他三千钱说，给您买经纸用。这样神奇的事情，就发生在为人善良、不杀生而勤勉抄经的陈严恭身上。并且，因为他的虔敬，连横行扬州附近的贼盗，都相约不进"严法华"里。

这篇传奇带有浓重的弘扬佛法的意味，体现了行善、放生得好报的经典逻辑。不过，如果看看这个故事发生的历史背景，会发现还是一个教人如何在乱世中"善生"的故事。

鼋是一种鳖科、鼋属动物，为鼋属中最大、最长寿的一类。有记载最长寿的一只在苏州西园寺，从明代到2007年，活到了四百多岁，因此和龟一样常常被视作长寿的象征；最大的鼋可以达到一百多公斤——而传说中的巨鼋可以长到像小山一样大，有几千岁那么长的寿命，例如《西游记》里背负唐僧师徒渡过通天河的巨鼋。鼋长得很像鳖（甲鱼），然而并不是甲鱼。一般人很难分辨两者的差别。陈严恭因为善心而救下了五十只巨鼋，可谓善莫大焉，后来得到鼋族的回报，这也是"善有善报"的案例。

再看看故事发生的时间，可以发现，陈严恭弱冠时第一次出门远行，带着五万钱去扬州并最终在扬州居住的这段时间，正是中国南北朝乱世征战的非常时期。那时南朝已经到了最后一个朝代陈代，北朝中，强盛的拓跋北魏分成了东魏、西魏，继而东魏被高洋的北齐替代，西魏被宇文泰的北周替代。这是陈宣帝太建年间。太建五年（公元573年），南朝陈宣帝派大将吴明彻率兵北伐，在江苏北部、安徽北部自古以来的百战之野，开始了对北齐的战事。吴明彻有谋有勇，初战时取得了几次大捷，大破北齐军，占领合肥、秦郡、寿阳等几座关键大城，后攻战数年，公元578年战死，陈军撤退，败于北周。公元581年，北周权臣杨坚夺得政权，建立隋朝，年号开皇。开皇九年，隋文帝杨坚派杨广担任兵马大元帅，以上将贺若弼、韩擒虎为大将军，率领百万大军分三路攻入陈境，一统南北。这个时候，有"严法华"之美称的陈严恭在扬州去世，其后人和里人，都因为他的行善而在乱世中得到了保全。然而，不久之后，扬州开出了妖艳的琼花，隋炀帝开始了自己作为奢华、文艺、荒唐而短促的皇二代最奢靡、最败家的时期——为了到南方游玩，派大将麻叔谋发几十万民夫开掘大运河，从黄河直通长江，然后带领数万人舳舻绵延百里，浩浩荡荡游逛到江都。他的奢侈淫逸，挥霍无度，最终激发了全国范围的民乱，形成"十八路反王，六十四路烟尘"的局面，最终逐鹿中原，被宏才大略的大唐秦王李世民率领虎狼之师一统江山。

扬州地处南北分野的要冲之地，自古以来就是一个超级水陆交会的大郡。古代九州或十二州里的"扬州"，其管辖范围十分广大，大概包括现在的江、浙、沪，并有安徽部分地区。作为交通要冲，水路都会，扬州不仅连接南北，交通物资，而且也很不幸地常常是战争胶着地带。每次南北冲突，战火都可能波及扬州。然而，这个地理上极其特别的大城，总会在战火中不断被毁灭，又在战争平息后不断重生。

发生在扬州的生生灭灭的各种故事，也总是如此反反复复，令人感慨。

圆观[①]

圆观者，大历末，洛阳惠林寺僧。能事田园，富有粟帛。梵学之外，音律贯通。时人以"富僧"为名，而莫知所自也。李谏议源，公卿之子。当天宝之际，以游宴歌酒为务。父憕（chéng）居守，陷于贼中。乃脱粟布衣，止于惠林寺，悉将家业为寺公财。寺人日给一器食一杯饮而已。不置仆使，绝其知闻。唯与圆观为忘言交。促膝静话，自旦及昏。时人以清浊不伦，颇招讥诮。如此三十年。

二公一旦约游蜀州，抵青城峨嵋，同访道求药。圆观欲游长安，出斜谷。李公欲上荆州，出三峡。争此两途，半年未决。李公曰："吾已绝世事，岂取途两京？"圆观曰："行固不由人，请出从三峡而去。"遂自荆江上峡。行次南㳕（jì），维舟山下。见妇女数人，儵（tiáo）达锦裆，负甕而汲。圆观望而泣下曰："某不欲至此，恐见其妇人也。"李公惊问曰："自此峡来，此徒不少，何独泣此数人？"圆观曰："其中孕妇姓王者，是某托身之所。逾三载，尚未娩怀，以某未来之故也。今既见矣，即命有所归。释氏所谓循环也。"谓公曰："请假以符咒，遣某速生。少驻行舟，葬某山下。浴儿三日，亦访临。若相顾一笑，即其认公也。更后十二年，中秋月夜，杭州天竺寺外，与公相见之期也。"李公遂悔此行，为之一恸。遂召妇人，告以方书。其妇人喜跃还家。顷之，亲族毕至，以枯鱼酒献于水滨。李公往为授朱字。圆观具汤沐，新其衣装。是夕，圆观亡而孕妇产矣。李公三日往观新儿，襁褓就明，果致一笑。李公泣下，具告于王。王乃多出家财，厚葬圆观。明日，李公回棹，言归惠林。询问观家，方知已有理命。

后十二年秋八月，直诣余杭，赴其所约。时天竺寺，山雨初晴，月色满川，

[①]《太平广记》卷三百八十七·悟前生一，注出袁郊《甘泽谣》。本文据中华书局《太平广记》校录。

无处寻访。忽闻葛洪川畔,有牧竖歌《竹枝词》者,乘牛叩角,双髻短衣,俄至寺前,乃圆观也。李公就谒曰:"观公健否?"却问李公曰:"真信士矣。与公殊途,慎勿相近。俗缘未尽,但愿勤修。勤修不坠,即遂相见。"李公以无由叙话,望之潸然。圆观又唱《竹枝》,步步前去,山长水远,尚闻歌声,词切韵高,莫知所谓。初到寺前歌曰:"三生石上旧精魂,赏月吟风不要论。惭愧情人远相访,此身虽异性长存。"又歌曰:"身前身后事茫茫,欲话因缘恐断肠。吴越溪山寻已遍,却回烟棹上瞿塘。"后三年,李公拜谏议大夫。二年亡。

三生石上旧精魂,葛洪川畔待秋深

袁郊《甘泽谣》里的《圆观》是唐传奇的名篇。其中"三生石"和"圆观"的故事,流传至今。而最早源自佛家的"三生石"的传说,因这篇传奇里写到的唐代处士李源与洛阳惠林寺名僧圆观长达三十年的"忘言交",以及相约来生、十二年后在杭州天竺寺葛洪川畔相见的凄美故事而广为传播。

在惠林寺住了三十年后,圆观和李源结伴去四川远游,拜访了青城山、峨眉山,在这两座名山——一道一佛的仙佛之地"访道问药"。事毕,圆观想从斜谷去长安,李源则打算过三峡去荆州。双方讨论了半年,圆观同意了过三峡。而在三峡中的一座山下的南浥渡头,圆观遇见了命中注定的事情:他将圆寂于此,投胎到山中王姓人家里。这种预知未来的能力,是高僧圆观的独特修养,然而,命中注定的事情,竟然无法避免。因此,圆观不得不说出了"未来",交代给李源,并约定十二年后在杭州天竺寺相见。李源虽然悲痛,然而无可奈何。他依约在十二年后寻访杭州天竺寺,遇见一个十二岁的牧童,唱着直入心脾的《竹枝词》而来。李源定睛一看,原来真是圆观。遂有一段经典对话:

李公就谒曰:"观公健否?"却问李公曰:"真信士矣。与公殊途,慎勿相近。俗缘未尽，但愿勤修。勤修不坠，即遂相见。"

见是见到了，然而类似"天人相隔"，无法亲近，"无由叙话，望之潸然"。

写景写人，生动而自然。故事停止在这里，可谓戛然而止，但余味悠长，令人掩卷而幽思不已。

宋代大文豪苏轼据此作《僧圆泽传》，言更简，事更略，然"三生石"的故事，又被进一步阐发了。

苏轼又有著名诗作《过永乐文长老已卒》，其中引用了"三生石"的典故："初惊鹤瘦不可识，旋觉云归无处寻。三过门间老病死，一弹指顷去来今。存亡惯见浑无泪，乡井难忘尚有心。欲向钱塘访圆泽，葛洪川畔待秋深。"

这里"葛洪川"的典故，又被南宋诗人韩淲沿用，写成一首《葛洪川》："葛洪川畔试寻诗，圆泽精魂世孰知。但见野僧相指点，独怜游子转伤悲。湍流涧水侵苔藓，磊落山岩拂树枝。我亦赏吟风月尔，人间今古信如斯。"

这两首诗，再加上李源十二年后到天竺寺葛洪川畔寻访圆观的"新生"时，遇见十二岁的牧童所唱的两首《竹枝词》韵格的民歌，构成了一个较完整的歌赋流传的文化脉络。其一："三生石上旧精魂，赏月吟风不要论。惭愧情人远相访，此身虽异性长存。"其二："身前身后事茫茫，欲话因缘恐断肠。吴越溪山寻已遍，却回烟棹上瞿塘。"

《竹枝词》是江南流传的吴越民歌，曲调清新自然，可能后来沿着长江流播，一直入楚进川，到了巴蜀东部夔州一带，也用这个曲调来唱民歌。唐代大诗人刘禹锡担任夔州刺史时，以此民歌韵节，作了数首《竹枝词》，其中第二首最有名："杨柳青青江水平，闻郎江上唱歌声。东边日出西边雨，道是无晴却有晴。"联想起牧童远去而唱的"吴越溪山寻已遍，却回烟棹上瞿塘"，倍觉情绵绵、思悠悠。

李源处士历史上实有其人，《旧唐书》卷一百八十七·列传第一百三十七·忠义下里简略地记载了他的事迹。其父李憕为盛唐大臣，曾官至吏部尚书、京兆尹。"安史之乱"爆发初期，李憕任东都留守，缺兵少将且无军事经验，却矢志坚守洛阳。后因河南尹达奚珣投贼，洛阳缺少有效的防卫而陷落。李憕先遣散家属，自己官服齐整坐于官署中，为安禄山俘获，泰然就戮。李源时年八岁，遭逢"安史之乱"，随家人仓皇出逃时被贼人所俘。在敌军以及流寇中，他辗转流离七八年，受尽了苦难，其中不为人道之处想必也有不少。后史朝义战败北逃，李憕洛阳旧属感激于他的忠义，而把李源赎回，安置在一所民居里。唐代宗知道之后，敕封他为河南府参军，并转司农寺主簿。因遭逢乱世，父亲惨死，李源生于富贵而幼年失怙。人生在巅峰状态时落入深渊，可谓跌宕。他"以父死祸难，无心禄仕，誓不婚妻，不食酒肉"，而把家族财物捐赠给了惠林寺——"乃脱粟布衣，止于惠林寺，悉将家业为寺公财"，所求甚微而少，"寺人日给一器食一杯饮而已。不置仆使，绝其知闻"，因此不曾正式为官。他在惠林寺里有一个至交好友圆观，"唯与圆观为忘言交。促膝静话，自旦及昏"。

三十年来，日日如此，李源和圆观这对"忘言交"之间"促膝静话，自旦及昏"，可谓惊人的沉静自得，日光就这样如流水般过去了。

苏轼在《僧圆泽传》里用了《旧唐书》里的资料，这样写李源的人生——他又回到了洛阳惠林寺，继续住在那里——"后三年，李德裕奏源忠臣子，笃孝。拜谏议大夫，不就。竟死寺中，年八十"。

编末后记

古人云："人生如梦，梦如人生。"

梦幻、梦境与现实的关系，是文学作品里的一个核心话题。本编选入的唐传奇名作如《枕中记》《南柯太守传》，都是写梦的，写梦与现实的关系，写因梦而顿悟人生的哲理。而这些梦被写下来之后，就变成了千年之梦，在中国文化史中，绵延出了一个丰富有趣的"梦幻世界"，并且成为后世文学如元代、明代、清代的小说及戏曲的绵绵不绝的创作源泉。

宋人去唐不远，对唐人小说十分熟悉。事实上，今天我们还能看到唐传奇，就是因为宋代李昉等人编纂的大型类书《太平广记》而保存下来的。而没有被选入的，大多数就丢失了。

宋代大文豪苏轼对诗、词、文、书法，无所不精，唯不及于"传奇"，他所撰写的《僧圆泽传》，缺乏袁郊《甘泽谣》中的原版《圆观》那种特殊的文学气息。不过，这二度创作，却对《圆观》以及"三生石"的传播，有着积极的意义。

苏轼是一个对世界兴致勃勃、精力无穷的大诗人，他自己对"梦"的世界，一直饶有兴趣，他在所作的杂文集《东坡志林》里写了十个梦，其中还有几个是在梦中作诗，一醒过来就记下来的。他在被贬官黄州、极其穷困潦倒而苦中作乐时，又曾做梦，梦见自己回到了杭州，跟熟悉的人特别是一些高僧好友如辩才、海月等一一见面："予在黄州，梦至西湖上，梦中亦知其为梦也。湖上有大殿三重，其东一殿题其额云'弥勒下生'。梦中云：'是仆昔年所书。'众僧往来行道，太半相识，辨才、海月皆在，相见惊异。仆散衫策杖，谢诸人曰：'梦中来游，不及冠带。'既觉，亡之。明日得芝上人信，乃复理前梦，因书以寄之。"这都被他写在"卷一·记梦"这一节里。

宽泛点儿说,《东坡志林》也算得上是"小说",然而属于六朝志人小说的小品文,而不是唐代作家那种气势磅礴的传奇。

虚构类创造型写作,实际上也有些像是做梦,创造了一个特殊的梦境。这个梦境不是自然生成的,而是人类独特的创造型思维所独有的。

变形

第五编

编首语
板桥三娘子
胡媚儿
元无有
来君绰
滕庭俊
周静帝
申屠澄
虎妇
张逢
稽胡
编末后记

编首语

"变形"是文学的核心母题

"变形"是文学的重要母题之一。

中国传统小说中有大量有关"变形"的精彩作品。唐传奇以及《山海经》《搜神记》《聊斋志异》等文言文小说中,有大量的"变形"故事;《西游记》《封神演义》等长篇白话文章回小说中,也有大量的"变形"故事。这些故事都广为人知,是华夏文化的想象力源泉。

在西方文学作品中,"变形"类型的作品数量和类型更多。

古希腊两大史诗之一《奥德修纪》(又译《奥德赛》)里有女巫把人变成猪的故事,古罗马大诗人奥维德的《变形记》则讲述各种变形主题的神话故事,公元2世纪的古罗马诗人阿普列乌斯的《金驴记》(又译《变形记》)是关于"人变驴"的长篇故事。

这些西方的变形故事流传很广,历史也很悠久,很可能通过各种方式,从陆路或者海路传播到了大唐。唐朝国力兴盛,文化发达,中西往来密切,商贸远达大秦(古罗马)、大食(阿拉伯),海路陆路的船队、骆驼队和马队络绎不绝,都城长安居住着大量外国人,各国文化交流频繁,极有可能相互产生影响。之前分析过的唐传奇名作《杜子春》,可能受到玄奘《大唐西域记》"烈士池"的影响;而《补江总白猿传》里的白猿形象,也有学者认为可能受到印度神话中天神哈努曼的影响。

著名翻译家杨宪益先生在《译余偶拾》里提到本编第一篇、著名的唐传奇作品《板桥三娘子》时说:"这段人变驴的故事来源大概是近东一带。古希腊荷马史诗《奥德修纪》卷十里记载，有一个埃雅岛（Aeaea）的巫女竭吉（Circe）能把人变成猪，当时奥德修的一群伙伴路过那里，竭吉也是用麦面烧饼款待他们，他们吃完，就都变了猪。公元二世纪又有一部阿蒲留斯（Apuleius）所写的小说《变形记》^①，其中讲一个巫女能把人变成驴。阿蒲留斯是北非地方的人，他的将人变驴的故事应该是非洲东岸一带流行的传说。唐宋时代的板桥是海舶商贾所聚的要镇，北宋时曾设市舶司。所以这段故事大概是外国商人带过来的，加上我们的人名，便成为中国故事了。"

《板桥三娘子》是唐传奇中最有名的作品之一，其中三娘子用自己栽种的速生麦子做的烧饼来当早餐给旅店的客人们吃，把他们变成了驴子，这里的情节确实很像杨宪益先生提到的《奥德修纪》里巫女竭吉把人变成猪的情节。有意思的是，巫女竭吉用的也是"麦面烧饼"。有学者认为，那个把人变成驴子的"板桥店"所在地"板桥"，属现今山东胶州市。但这与传奇中"汴州西"的描述不符，过于臆测了。

故事发生在汴州西，汴州是后来北宋的首都汴梁，即今天的开封。汴州往西，是今天的郑州；郑州往西，是唐代东都洛阳。这些都是黄河南岸的重要交通枢纽，分割南北的战略要地，也是物流和人流中心。今天的河南省会郑州，夹在东开封、西洛阳之间，是媲美武汉的交通枢纽。在古代，这里也是从东方齐鲁、东北幽燕、东南淮扬通往长安的必经之地。以汴州为故事发生的地点，有其合理性。

隋唐两代，洛阳与长安是齐名的大邑，地处黄河流域的关节点与华北平原的中心地带，是南北东西交通之枢纽。要从南方的荆楚、东南的吴越、东方的齐鲁、东北的幽燕去都城长安，大多要经过汴州、洛阳、阌县、潼关这条线路。洛阳不仅是战略要地，也是物资汇集的中心，更是文化中心之一。那时的洛阳，是唐代除长安之外的大都市，也称"东都"，"东都留守"一职跟京兆尹一样是重要

---

① 此处指的就是上文提到的阿普列乌斯写的《金驴记》。——编者注

职务，也是权倾一时的高官。第四编《圆观》里主人公李源的父亲李憕曾任东都留守，并在"安史之乱"时殉职。另外，《昆仑奴》里那个一飞冲天的绝顶轻功高手磨勒，"一品"派了几十个弓箭手前来围捕，箭如雨下都奈何不得他。轻松逃脱之后，磨勒也是来到了洛阳继续生活。

在"变形"的故事中，有各种不同的人格处理方式。有些是变形了还保留着人性和人格，例如《板桥三娘子》里的"人驴"。有些变形了就失去了人性，例如《张逢》里的主人公，他是一个不得志的小官，一天在山野里突然变成了老虎，之后就莫名其妙地拥有了老虎的野性，要吃掉某个看不惯的官员。还有不改变属性，而只是自如地变大变小的胡媚儿，她可以轻松地进入自己设下的一个小琉璃瓶里，通过类似穿越的模式，迅速地逃离作案现场。另外还有各种奇特的生物、非生物变成人类，甚至会吟诗作赋的故事，如《来君绰》里的大蚯蚓，《元无有》里的一些农家简陋用具，在特定的情况下，它们都能变成人类。这是"成精"了。

西方现代派文学中关于"变形"的作品也非常多。奥匈帝国时期捷克的文学大师卡夫卡的名作《变形记》，写推销员格里高利一天早上起来发现自己变成甲虫之后，还保留着原来的浓重的人性。他的人性非常活泼敏捷，以为自己还能像往常一样驱使身体早早起床去赶火车，到其他城镇去做推销。但是，甲虫的身体刚刚形成，还不习惯，不能有效地"驱使"。格里高利这只新甲虫对自己的变形非常疑惑，人性还很鲜明，一时还不适应这种甲虫的身体。后来，他发现自己变成了甲虫之后，成了家人的累赘。本来依靠他工作来赡养的父母、依靠他赚钱可以去上音乐学院的妹妹，都渐渐地对他生出了厌恶之心。格里高利甲虫慢慢地适应了自己的甲虫形态，人性渐渐地磨灭了，他开始变得迟钝起来，渐渐地接受了自己是一只甲虫，最后郁郁而终。

另外，法国现代派小说家埃梅有一部名作《变貌记》，写一个人突然改变了自己的样貌变成了帅哥之后，性格渐渐地也变了。

神话消失之后，玄幻、魔幻和科幻逐渐兴起，在这些作品中，能够变形的人物也非常多。英国魔幻小说名家J. K.罗琳在《哈利·波特》系列里，巧妙地创造出一种能变形的魔法师形象，并把这种魔法师称为"阿尼马格斯"。科幻小说里的变形模式，则依托未来科技的想象，让未来人或外星人具有变形能力。

  文学总在发展之中，而想象力永不枯竭。

板桥三娘子①

唐汴州西有板桥店。店娃②三娘子者,不知何从来。寡居,年三十余,无男女③,亦无亲属。有舍数间,以鬻餐为业。然而家甚富贵,多有驴畜,往来公私车乘,有不逮(dài)者④,辄贱其估以济之⑤。人皆谓之有道,故远近行旅⑥多归之。

元和中,许州客赵季和,将诣东都⑦,过是宿焉。客有先至者六七人,皆据便榻,季和后至,最得深处一榻。榻邻比⑧主人房壁,既而三娘子供给诸客甚厚,夜深致酒,与诸客会饮极欢。季和素不饮酒,亦预言笑。

至二更许,诸客醉倦,各就寝。三娘子归室,闭关息烛。人皆熟睡,独季和转展不寐。隔壁闻三娘子悉窣,若动物⑨之声。偶于隙中窥之,即见三娘子向覆器下,取烛挑明之,后于巾厢中,取一副耒(lěi)耜(sì)⑩,并一木牛,一木偶人,各大六七寸,置于灶前,含水噀之。二物便行走,小人则牵牛驾耒耜,遂耕床前一席地,来去数出。又于厢中,取出一裹(guǒ)⑪荞麦子,受于小人种之。

---

① 《太平广记》卷二百八十六·幻术三,同题,注出薛渔思《河东记》。本文据中华书局《太平广记》校录。
② 店娃:老板娘。
③ 无男女:没有子女。男女:子女。
④ 不逮者:手头紧,没有足够的钱付账的人。逮:及,赶上,达到。
⑤ 辄贱其估以济之:以物品抵账。贱:便宜。估:估算,指估算一下抵押物品的价值。济:帮助。
⑥ 行旅:旅途中的人,旅客。
⑦ 东都:洛阳。
⑧ 邻比:挨着。
⑨ 动物:搬动物品。
⑩ 耒耜:耕田用的农具,木制的犁,用于犁田、挖土。
⑪ 裹:量词,包。

须臾生,花发麦熟,令小人收割持跋①,可得七八升。又安置小磨子,硙成面讫,却②收木人子于厢中,即取面作烧饼数枚。有顷鸡鸣,诸客欲发。三娘子先起点灯,置新作烧饼于食床上,与客点心。季和心动遽辞,开门而去,即潜于户外窥之。乃见诸客围床,食烧饼未尽,忽一时踣(bó)③地,作驴鸣,须臾皆变驴矣。三娘子尽驱入店后,而尽没其货财。季和亦不告于人,私有慕其术者。

后月余日,季和自东都回,将至板桥店,预作荞麦烧饼,大小如前。既至,复寓宿焉。三娘子欢悦如初,其夕更无他客,主人供待愈厚。夜深,殷勤问所欲。

季和曰:"明晨发,请随事点心。"

三娘子曰:"此事无疑,但请稳睡。"

半夜后,季和窥见之,一依前所为。天明,三娘子具盘食,果实烧饼数枚于盘中讫。更取他物,季和乘间走下,以先有者易其一枚,彼不知觉也。季和将发,就食,谓三娘子曰:"适会某自有烧饼,请撤去主人者,留待他宾。"即取己者食之。

方饮次,三娘子送茶出来。季和曰:"请主人尝客一片烧饼。"乃拣所易者与啖之。才入口,三娘子据地作驴声,即立变为驴,甚壮健。季和即乘之发,兼尽收木人木牛子等。然不得其术,试之不成。

季和乘策所变驴,周游他处,未尝阻失,日行百里。

后四年,乘入关,至华岳庙东五六里。路傍忽见一老人,拍手大笑曰:"板桥三娘子,何得作此形骸?"因捉驴谓季和曰:"彼虽有过,然遭君亦甚矣。可怜许,请从此放之。"

老人乃从驴口鼻边,以两手擘④开,三娘子自皮中跳出,宛复旧身。向老人拜讫,走去,更不知所之。

---

① 跋:铁铲。
② 却:再。
③ 踣:跌倒。
④ 擘:分开。

速生速长速熟的秘密魔法

《板桥三娘子》是一个好故事，包含着值得继承和学习的宽容思想。

文言作品的优点是语言简练，意味隽永。在短小的篇幅里，所述故事情节曲折，人物有趣。《板桥三娘子》也一样，这篇小说不到千字，却讲述了一个极曲折的故事。其梗概如下：

在唐代的汴州城西边，一个来历不明、单身独居、没有亲朋儿女的三十多岁女子，开了一个板桥店，客栈兼供餐饮。女掌柜三娘子很富有，后院蓄养了很多驴子。她为人豪爽大方，因此远近往来的旅客都喜欢到她店里住。

元和中，一位来自许州的客人赵季和要去东都洛阳，经过汴州来投宿。他来晚了，只好睡在最靠里面的铺子上。铺子隔壁是主人三娘子的卧室。当晚，三娘子热情地招待客人饮食后，客人都睡觉了，赵季和却辗转反侧睡不着。他半夜听到隔壁有细微的声响，于是从墙壁缝隙中偷窥。只见三娘子从箱里拿出了一副犁耙、一头木牛、一个木人，都六七寸大，摆在地上。三娘子含水一喷，木人木牛就活了，木人驾着木牛在榻前用犁耙耕地。耕地毕，三娘子取一把种子撒在地上。瞬间，种子就发芽，开花，麦熟。小人收割，脱粒，收了七八升麦子。三娘子用这些速生的麦子磨了面，做了一堆烧饼。第二天早晨，三娘子拿这些烧饼来给客人吃。偷窥到三娘子神奇魔法的赵季和借口有事先告辞，出门后悄悄返回，在窗户外偷窥。他的第二次偷窥，发现几个客人烧饼还没吃完，就变成驴子了。三娘子把驴子赶入后院，并把这些人的财物据为己有。

这件巧妙的魔法打劫案，赵季和看在眼里记在心里，没有跟别人说，也没有去官府处告发。他内心很羡慕三娘子有此魔法，很想得到这种神奇的法术，于是做了一番盘算，决定来个李代桃僵，以其人之道还治其人之身的"调包计"。一个多月后，赵季和再次来到三娘子的店里投宿。他先做好了几个荞麦烧饼，在吃饭时换下了三娘子的一个烧饼，然后谎称是自己带来的烧饼请三娘子吃；一直设套坑害别人的三娘子不疑有诈，尝了一口自己做的魔法烧饼，刚入口就感受到了魔法的威力，就地一滚，也变成了一头壮硕的驴子。

赵季和骑着三娘子变成的这头驴子溜了，还顺便偷走了三娘子的魔法箱和里面的犁耙、木牛和木人。然而因为不会咒语，他无法让木牛和木人变活，所以不能用这法子播种速生麦子，也不能用魔法烧饼来把其他人变成驴子。

赵季和骑着这头可以日行百里的驴子云游天下，东游西逛了四年，去了很多地方。有一次他路过华山华岳庙，有一个老仙人见到这头驴子，立即拍手大笑着说："这不是板桥三娘子吗？你怎么变成这副模样了？"接着，他又对赵季和说："她虽然做了点儿坏事，但也被你折磨得够呛。你可怜可怜她，就在这里把她放了吧。"说完，也不等赵季和点头，老仙人就伸手在驴子的口鼻处一撕，裂开驴皮。已经被囚禁了四年的三娘子从裂缝里跳出来，变回原来的模样。她拜谢了老仙人后离开，从此不见踪影。

这篇传奇的有趣之处很多，第一个是三娘子午夜作法，拿出一个木人和一头木牛，喷一口水，它们就活了。三娘子到底是怎么让木牛和木人具有生命的，这我们弄不明白，作者也没有说，总之是魔法，要懂口诀才行。看起来很像是机器人，动了个开关，就活动开了，在三娘子房间里的床前犁田耕地。古代的房间不像现在这么讲究，墙可能是泥和草秆糊的，床前的地就是泥地。

第二个有趣之处是庄稼生长迅速——"须臾生，花发，麦熟"。这里，现代的专家点断为"须臾生，花发麦熟"。知道"相对论"这个概念的读者，可能会会心一笑，认为这符合现代的物理学概念。但古代人又不知道现代物理学，他们怎么会为迎合"相对论"而编造呢？时间有快慢这个概念，在中国古代文学里所见皆是，《西游记》里就有孙悟空上天当弼马温才半个月，花果山的一些猴子就已经老了。"山中方七日，世上已千年"的故事，也是很经典的结构。在本篇故事里出现了奇特的魔幻，即赵季和窥到了不现实的事件发生在板桥三娘子的房间里。这种事情不符合现实逻辑，赵季和知道肯定有问题。他也足够机智，灵机一动,第二天就先找个借口溜了。其他客人吃了板桥三娘子用这种"速生麦子"做的烧饼,都变成了驴子。

这个魔法烧饼的故事,让现实生活中吃了很多速生蔬菜、水果和肉类的我们难免有所触动:速生食物恐怕免不了有安全隐患,正常生长的果蔬、肉食对人类才是安全的。

第三个有趣之处是这篇传奇的结尾:云游四年后,赵季和骑着变成驴子的板桥三娘子来到华岳庙东五六里,碰见一个老仙人。他以慧眼一看,就明白了,拍手大笑:"这不是板桥三娘子吗?怎么变成这副模样了?"这个细节表明老仙人的眼睛具备透视功能,可以穿过驴皮见到真相。还暗示了老仙人认识板桥三娘子,并且知道她所做过的坏事情。说不定就是自己修仙圈里的晚辈,隔壁师弟的女弟子下山作法什么的。

名山大川、茂林深崖等地方,总会有些深藏不露的高人。这位老仙人也是典型的"高人"。不知道他是谁,从哪里来的,会什么法术。但他能直接看透真相,并且知道如何解决问题,肯定不是一般人。老仙人认为,板桥三娘子虽然做了坏事,但也受到了四年的惩罚,因此可以"刑满释放"了。在这个细节中,读者可以看到作者表达的宽容心。作恶者付出了一定的代价、赎罪之后,还是可以得到宽恕的。

在这个故事里,三娘子把各地商旅客人变成驴子的过程,是年轻旅客赵季和以"偷窥"的视角看见的:三娘子在午夜取出私藏的三件宝贝,在自己的床前就耕地播种收割,带着欢快气氛,非常奇特。三娘子快速地收了几升麦子,磨成面粉,做成饼后满意地上床睡觉了。"偷窥者"赵季和发现了这个秘密,一大早就捏造了一个借口离开,转身又溜回客栈来偷窥。他看到,那些客人吃了魔法烧饼后就地一滚,就变成了驴子。三娘子把这些"人驴"赶到后院里去,然后又等待下一次施行魔法。她把人变成了驴子,使自家"富贵"起来,还可以顺便"行善",看什么人比较贫穷雇不起骡马交通,就便宜地半卖半送给他们。

三娘子之所以能播种速生速长速熟的小麦,是因为她会某种魔法口诀,喷一口水之后念咒语,木人和木牛就活了,给她耕地以便播种那种"转基因小麦"。这种魔法口诀是一种可以通过学习获得的知识,而不是一种修炼来的能力。由此可见三娘子还是一个学艺不精的低级修仙人,缺乏华岳庙老仙人那种更高级的能力。从修仙的角度来说,到老仙人那种修为,就算是吃了魔法烧饼,大概也不会变成驴子吧。

从这里可以看到,知道一点儿知识和经过长期的修炼获得某种能力并不是一回事。三娘子的问题在于,她只懂得一点儿魔法口诀,但是缺乏真正的整体修炼,所以,最终只能被赵季和欺负。

魔法口诀是不认主人的,如果赵季和懂这个口诀,他也能做出魔法烧饼。

我们可以想象一下:如果这种危险的知识不加以限制,不封闭起来,被放在互联网上随意传播,再被不怀好意的人学会,会发生什么可怕的事情呢?魔法师不能随便运用"超能力",同时,科学家也不能随意突破人类的道德伦理底线,去研究某些危险的知识。

这是一篇非常杰出的作品。作者自然而然地把神奇之事跟日常生活联系在一起,其中并没有任何的不合适之处。唐代商旅生活,路中旅店情状,在这篇作品里都写得生动有趣。其中并没有大奸大恶,没有剧烈悲情,也没有跌宕起伏、令人震惊的情节,而只是一个奇特的变形故事而已。

有三四种改编自《板桥三娘子》的图画书,全都把后面老仙人"擘开"驴皮,让板桥三娘子"宛复旧身"这段故事删掉了,只到板桥三娘子吃了赵季和用计调换的自己做的魔法烧饼变成驴子,就结束了。故事变成了一种简单的"恶有恶报"的模式。这种"恶有恶报"的模式,仅仅继承了我们中国文化中"善报""恶报"的简单逻辑,却把"宽恕"这种伟大的精神给删除了,成了简单粗暴的"以牙还牙,以眼还眼",成了"血债要用血来还"。这样的改编,可以说是"买椟还珠",也可以说是"捡了芝麻丢了西瓜"。

这篇传奇文在写赵季和调换烧饼的情节时,采用了极其细腻的表现方式,前后各方面都写得很详细,以显示这件事情在讲故事上的合理性。写故事就是这样，需要简略时要简略，需要详细时要详细。速度快时，一下子就交代过去了，例如"后四年，乘入关"。这四年中在关外都经历了什么事情，全都略过不提。速度慢时，就是描写细节，如"含水噀之"等描写。所以，详略的处理，就体现了作者的写作能力。并不是什么都一股脑儿倒出来，像俗话说的"竹筒倒豆子"，就一定能写出好的作品。

  阅读和写作就像修仙，需要慢慢积累阅读经验，要不断写作，悟到其中的奥妙，才能成为真正有能力的人。而不能追求什么"作文速成法"，什么"量子阅读法"。不然，"须臾生，花发麦熟"，那么着急，做出来的烧饼吃了不仅对身体无益，还会变成驴子被人骑着到处跑。

胡媚儿①

唐贞元中,扬州坊市间,忽有一妓术丐乞者,不知所从来,自称姓胡,名媚儿,所为颇甚怪异。旬日之后,观者稍稍云集,其所丐求,日获千万。

一旦怀中出一琉璃瓶子②,可受半升,表里烘明,如不隔物。遂置于席上,初谓观者曰:"有人施与满此瓶子,则足矣。"瓶口刚如苇③管大。有人与之百钱,投之,琤(chēng)然有声,则见瓶间大如粟粒。众皆异之。复有人与之千钱,投之如前。又有与万钱者,亦如之。俄有好事人,与之十万二十万,皆如之。或有以马驴入之瓶中,见人马皆如蝇大,动行如故。

须臾,有度支两税④纲⑤,自扬子院,部⑥轻货数十车至,驻观之。以其一时入,或终不能致将他物往,且谓官物不足疑者,乃谓媚儿曰:"尔能令诸车皆入此中乎?"媚儿曰:"许之则可。"纲曰:"且试之。"媚儿乃微侧瓶口,大喝,诸车辂辂⑦相继,悉入瓶,瓶中历历如行蚁然。有顷,渐不见。媚儿即跳身入瓶中。纲乃大惊,遽取扑破,求之一无所有。从此失媚儿所在。

---

① 《太平广记》卷二百八十六·幻术三,同题,注出薛渔思《河东记》。本文据中华书局《太平广记》校录。
② 琉璃瓶子:玻璃瓶,在唐代是极其贵重的珍宝。
③ 苇:芦苇。
④ 税:国家税收。
⑤ 纲:从唐代起转运大批货物所行的办法。把货物分批运行,每批车辆船只的计数编号,为一纲。如《水浒传》里的"生辰纲"。
⑥ 部:装载。
⑦ 辂辂:指诸车相继。辂:古代车辕上用来挽车的横木。

后月余日,有人于清河北,逢媚儿,部领车乘,趋东平而去。是时李师道①为东平帅也。

装得下整个世界的琉璃瓶

我们看过很多电影,读过很多小说,对很多打劫情节都不陌生。然而本文中的美女大盗,打劫"生辰纲"的过程如此具有艺术性,如此优美,却是前无古人,后无来者的。

这位胡媚儿乍一看不知何许人也。姓胡,叫媚儿,听起来很像是一个神秘的魔法师。不过以该文的结尾线索考证起来,却发现她是"一桩事先张扬的大劫案"的"主犯"。这个案件采用了一个非常巧妙的"妖术"模式,由美女胡媚儿在扬州某坊市间卖艺,吸引吃瓜群众围观。这位神秘的卖艺者胡媚儿拿出了一个细口琉璃瓶,瓶子里外通透,历历可见。这样的琉璃瓶,是古代烧制的一种玻璃。因为工艺的原因,在当时极其贵重。她拿着这个大概能装半升水的小琉璃瓶来乞讨,说:"有人施与满此瓶子,则足矣。"好事者以为这么一个小瓶子,仨子儿俩子儿就塞满了,于是纷纷投钱。这些钱进去了,都变得很小如粟粒,让人十分惊讶。不过根据大小的对比,可能说是小米粒更合适。好事者见此,投以千钱、万钱的都有,甚至还有投以十万钱、二十万钱的(可能是胡媚儿的托儿),"俄有好事人,与之十万二十万,皆如之"。后来甚至"或有以马驴入之瓶中,见人马皆如蝇大,动行如故"(如此大的动静,百分之百是托儿了)。下了大本钱,就是为了钓大鱼。终于,大鱼上钩了——当时朝廷在扬子院征收

---

① 李师道:平卢淄青节度使李纳次子。元和元年继任平卢淄青节度使,元和十年发动叛乱,刺杀宰相武元衡,刺伤裴度。后被迫归顺朝廷。史称李师道不谙政事,政事都由群婢决定,"婢有号蒲大姊、袁七娘者"。胡媚儿也可能是李师道群婢中的一位有法术的,帮助李师道敛财。

的税物，编排成"纲"，几十车财物浩浩荡荡，正派人押送到京师。这些押送者身负重任，押送国库财物，本来应该低调隐忍才对，不料竟然也前来围观胡媚儿卖艺。看到有趣关头，这些押送官兵凑趣说：你能不能把我们这几十辆大车也装进去呢？胡媚儿说：你们如果允许，我就能装。官兵以为，就算她装进去了，这是一个密封的琉璃瓶，也不会跑到哪里去，于是答应了。只见胡媚儿侧下瓶口，大喝一声，那些装满了大唐国库财物的大车，"辘辘相继，悉入瓶，瓶中历历如行蚁然"。

这一段怎么看都是里应外合打劫国家税物的套路。那些官兵，看来是配合演戏的。把这几十车财物丢了，没法儿交代，就说是被一个妖女设法以一个琉璃瓶装去了。胡媚儿这个能容天下财物的宝瓶，后来在《西游记》里大放异彩，那又是后话了。如果打个比方，这就是人心之瓶——人心不足蛇吞象，有多少车财物装不下的呢？这个琉璃瓶是一个平行宇宙空间，看似很小，其实是一个通往某个隐蔽空间的装置，里面有一个超级巨大的空间，如同《张佐》里从耳朵里进去的"兜玄国"。

这些财物都到哪里去了？作者在结尾做了暗示："后月余日，有人于清河北，逢媚儿，部领车乘，趋东平而去。是时李师道为东平帅也。"这一句，解释了胡媚儿的归属，她这次巧妙打劫的指使者，可能是当时担任平卢淄青节度使的李师道。

扬子院，是唐代盐铁转运使扬子巡院的简称，是个财赋机构。《新唐书》卷五十四·志第四十四·食货四中列举十三所巡院所在地，扬州居其首。扬州巡院设在扬州之南的扬子镇，今江苏省邗江南。这里的财物要运送到都城长安，必经之地是平卢淄青节度使的辖地，这里是跟朝廷翻脸了的李师道打劫财货的最佳地点。一般来说，这些税物如果顺利前行，大概在临清、徐州这一带转向西，沿着汴州、洛阳这条古道，一路向西入潼关。

李师道是唐宪宗元和年间的强藩，一度搅得朝廷天翻地覆。然而，他很不幸，碰到了实现"元和中兴"的唐宪宗，最后被后者以一番眼花缭乱的"以毒攻毒"，挑动藩镇打藩镇的离间手法灭掉了。

唐宪宗元和元年（公元806年），李师古病逝，李师道继任平卢淄青节度使。元和十年（公元815年）六月三日拂晓，李师道派刺客杀宰相武元衡于靖安坊东门，继而又袭杀御史中丞裴度，裴度因堕入沟中而幸存。李师道因此而跋扈于朝廷。

然而，唐宪宗却是一个有宏才大略的中唐之主，他施行的"以毒攻毒"计策，让藩镇各方相互攻伐、彼此削弱，从而把更多的权力收归朝廷，短暂地打造了一个"元和中兴"的时期。

唐宪宗元和十三年（公元818年）秋，"下制罪状李师道，令宣武、魏博、义成、武宁、横海兵共讨之"。这时唐宪宗挟讨平淮西之声威，发五道兵讨淄青，势在必得。韩弘"自将兵击李师道，围曹州（今山东菏泽）"，郑权破淄青兵于齐州，田弘正破淄青兵于东河。在这大兵压境的危急情况下，李师道大将刘悟在潭赵驻营，李师道多次催其出战。元和十四年（公元819年）二月，刘悟深夜发动兵变，率兵趋至郓城西门，士兵砍下李师道父子首级，传首京师。

"安史之乱"后，大唐陷入了"藩镇割据"的乱局中，中央朝廷虽然仍维持统治地位，但是对各个割据的藩镇，已经缺乏有效的节制，事实上属于半独立的自治状态。唐传奇里很多著名的作品都写到了不同藩镇之间明争暗斗的故事，《聂隐娘》里写的是武林高手刺杀，《红线》里写的是止暴。这里看似是一个有趣的妖术打劫故事，背后却可能藏着历史上的重大事件。不过，单纯看成一个奇妙的打劫案，也很有趣。

《水浒传》中有一个著名的章节——第十六回"杨志押送金银担，吴用智取生辰纲"，因被选入语文教材，而广为学生所知。那时尚未落草的庄主晁盖，是远近知名的义士，是急公好义、劫富济贫的好汉，远近有难之人都来投奔他，其中也不乏一些胸怀大志而无处可用的智谋之士。后来水浒梁山上最能用计的著名军师、智多星吴用，在晁盖府上"撞见"晁盖和道人公孙胜密议打劫生辰纲的要事，嚷嚷着进来号称要告发他们。当下经晁盖介绍，发现都是怀才不遇的江湖豪杰，另有刘唐、阮氏三杰，依年龄大小坐了，号称"七人聚义举事"。吴用足智多谋，他设下一个周密的圈套，针对大名府梁中书派遣武艺高强的杨志押送的十万生辰纲，进行了缜密的部署：

> 晁盖道："吴先生，我等还是软取，却是硬取？"吴用笑道："我已安排定了圈套，只看他来的光景，力则力取，智则智取。我有一条计策，不知中你们意否？如此如此。"晁盖听了大喜，撅着脚道："好妙计！不枉了称你做智多星，果然赛过诸葛亮。好计策！"吴用道："休得再提。常言道：隔墙须有耳，窗外岂无人。只可你知我知。"

一句"力则力取，智则智取"，透露出智多星吴用采用了随机应变的两套方案。因为，这押送"生辰纲"的杨志，可不是平凡之辈。他是北宋著名的杨家将之后，号称"青面兽"，擅使一把大刀，曾与八十万禁军教头林冲遭遇，双方大战五十多回合不分胜负。算起来，"智取生辰纲"这伙人中，要靠蛮力硬抢，是有很大风险的。所以，最终还是"智取"。顺应炎热的天时，智多星吴用设下了一条天衣无缝的计策，一行大盗安闲地等在黄泥冈的松林下，在老都管和两个虞候的"神助攻"中，以闲汉白日鼠白胜挑的一担解渴水酒下麻药麻翻：

> 只见那七个贩枣子的客人，立在松树旁边，指着这一十五人说道："倒也，倒也！"只见这十五个人，头重脚轻，一个个面面厮觑，都软倒了。那七个客人从松树林里推出这七辆江州车儿，把车子上枣子都丢在地上，将这十一担金珠宝贝，却装在车子内，叫声："聒噪！"一直望黄泥冈下推了去。

胡媚儿的琉璃瓶子看似极细极小，却是极其珍贵的宝瓶。无论多少钱、多少东西装进去，都占一点点空间，甚至把装满货品的整个车队都装进去了。人类需要一只宝瓶，可以装进需要的一切，可以拿去需要的一切。

可见，这是一只装得下世界的魔瓶，也是人类永不餍足的贪欲象征。

元无有[①]

宝应[②]中，有元无有，常以仲春末，独行维扬[③]郊野。值日晚，风雨大至。时兵荒后，人户多逃，遂入路旁空庄。须臾霁（jì）[④]止。斜月方出。无有坐北窗，忽闻西廊有行人声。未几，见月中有四人，衣冠皆异，相与谈谐，吟咏甚畅，乃云："今夕如秋，风月若此，吾辈岂不为一言，以展平生之事也。"其一人即曰云云。吟咏既朗，无有听之具悉。其一衣冠长人即先吟曰："齐纨鲁缟如霜雪，寥亮高声予所发。"其二黑衣冠短陋人诗曰："嘉宾良会清夜时，煌煌灯烛我能持。"其三故弊黄衣冠人亦短陋，诗曰："清冷之泉候朝汲，桑绠相牵常出入。"其四故黑衣冠人诗曰："爨（cuàn）[⑤]薪贮泉相煎熬，充他口腹我为劳。"无有亦不以四人为异，四人亦不虞无有之在堂隍也，递相褒赏，羡其自负，则虽阮嗣宗[⑥]《咏怀》，亦若不能加矣。四人迟明方归旧所，无有就寻之，堂中惟有故杵、灯台、水桶、破铛，乃知四人，即此物所为也。

---

① 《太平广记》卷三百六十九·精怪二，同题，注出牛僧孺《玄怪录》。本文据中华书局《太平广记》校录。
② 宝应：唐代宗年号，公元762—763年。此时"安史之乱"刚刚平息。
③ 维扬：扬州一带。此时战乱刚刚结束，郊野荒废。
④ 霁：雨后天晴。
⑤ 爨：以火烧煮食物。
⑥ 阮嗣宗：阮籍。

万物有灵的异世界

《元无有》这个短篇，写的是器物变人形。

淮扬一带，自古是兵家必争之地，各路英雄流寇逐鹿中原、贯通南北的百战之野。在"安史之乱"之后，这里大兵过境，黎民百姓惨遭屠戮，屋舍颓圮、百物凋敝。所以，当元无有来到淮扬地区旅行时，他看到的就是千里无人的荒凉景象："时兵荒后，人户多逃，遂入路旁空庄。"而这些"空庄"在人丁繁盛时，必定是老少咸集，用具繁多的。然而，兵荒马乱，人户逃亡，只剩下被遗弃的"故杵、灯台、水桶、破铛"，这些日常用具，因年复一年日晒雨淋，已经锈迹斑斑，而且还成精了。虽然兵荒马乱，但是它们自然生灭，不受人类的控制。雨散云收，在"须臾霁止，斜月方出"之夜，西方民间传说中一般会有女巫骑着扫帚飞来聚会，比如德国大文豪歌德在《浮士德》里写到的"瓦卜吉司之夜"在一座哈茨山中的盛大聚集。而在兵荒马乱、百物凋零之时，也不妨碍几个家庭用具成精作怪，吟诗作赋。不过，他们毕竟是俗物，缺乏真正的才华，所以凑不成诗句，只能憋出两句，就草草收场了。而且，他们吟出的还都是表达自己身份状况的两句话。例如破铛化作"故黑衣冠人"作诗曰："爨薪贮泉相煎熬，充他口腹我为劳。"

文中他们的自述，很像魏晋时期的大诗人阮籍的《咏怀八十二首》，然而，无论是语言运用还是意境，都相差太远了。语文教材选用了"其一"：

夜中不能寐，起坐弹鸣琴。薄帷鉴明月，清风吹我襟。孤鸿号外野，翔鸟鸣北林。徘徊将何见？忧思独伤心。

不过，《咏怀八十二首》中的"七十九"的自我写照，更为人称道：

> 林中有奇鸟，自言是凤凰。清朝饮醴泉，日夕栖山冈。高鸣彻九州，延颈望八荒。适逢商风起，羽翼自摧藏。一去昆仑西，何时复回翔。但恨处非位，怆悢使心伤。

作为"竹林七贤"中最有诗才的酒中豪杰，以酒为名避世的阮籍，为保存名节，躲避司马氏的结亲和拉拢，动辄把自己喝个大醉。然而，他却自视为"清朝饮醴泉，日夕栖山冈"的凤凰。那些破铜烂铁，灯台、水桶之类，只能以职业自况，也是很正常的。

"宝应"是唐代宗年号，仅仅是公元762年四月至763年六月这段时间。唐代宗是唐德宗之子，曾亲率大军收复洛阳和长安，是个带兵行伍的帝王。到宝应二年，延续了八年的"安史之乱"结束了，"宝应"年号也改为"广德"。这个故事，放在宝应年间，本身是有意指战乱导致民不聊生、赤地千里的。人是没有了，只剩下空空的村庄，只有几个家用器具在吟诗作赋。

元无有这个人在兵荒马乱之后，在战争比较惨烈的淮扬郊野，碰上的就是这四样东西，而没有一个人。这是很诡异的世界吧？但作者并不直接描写战乱之后的可怕，而是写战乱之后的荒凉，到了水桶和灯台成精，跟故杵、破铛在月白风清无人夜吟诗作赋的程度。这是文学作品的独辟蹊径，也是艺术感染力的来源。

而晚唐诗人曹松的名诗《己亥岁》直接描写了战乱：

> 泽国江山入战图，生民何计乐樵苏。凭君莫话封侯事，一将功成万骨枯。传闻一战百神愁，两岸强兵过未休。谁道沧江总无事，近来长共血争流。

其中"一将功成万骨枯"是传诵至今的佳句。

来君绰①

隋炀帝征辽，十二军尽没。总管来护②坐法受戮③，炀帝尽欲诛其诸子。君绰忧惧，连日与秀才罗巡、罗逖、李万进，结为奔友，共亡命至海州④。夜黑迷路，路旁有灯火，因与共顿之。扣门数下，有一苍头迎拜。君绰因问："此是谁家？"答曰："科斗郎君姓威，即当府秀才也。"遂启门，门又自闭，敲中门曰："蜗儿今有四五个客。"蜗儿耶又一苍头也。遂开门，秉烛引客，就馆客位，床榻茵褥甚备。俄有一小童持烛自中出门，曰："六郎子出来。"君绰等降阶见主人。主人辞彩朗然，文辩纷错，自通姓名曰"威污蠖（huò）"。叙寒温讫，揖客由阼（zuò）⑤阶，坐曰："污蠖忝以本州乡赋，得与足下同声。青宵良会，殊是忻愿。"即命酒洽坐。渐至酣畅，谈谑交至，众所不能对。君绰颇不能平，欲以理挫之。无计，因举觞曰："君绰请起一令⑥，以坐中姓名双声者，犯罚如律。"君绰曰："威污蠖。"实讥其姓。众皆抚手大笑，以为得言。及至污蠖，改令曰："以坐中

---

① 《太平广记》卷四百七十四·昆虫二，同题，注出牛僧孺《玄怪录》。明代传奇集《广艳异编》题名《科斗郎君》。本文据中华书局《太平广记》校录。
② 来护：全名来护儿，隋朝著名将军。大业年间以行军总管之职三次征讨高句丽，后随隋炀帝巡幸江都，封荣国公。大业十四年，与隋炀帝一起在江都被杀。
③ 坐法受戮：来护儿死于大业十四年宇文化及发动的江都兵变，文中所言因征高句丽失败而被隋炀帝斩杀，乃"小说家语"。
④ 海州：今隶属于江苏连云港。东魏武定七年（公元549年），始置海州。隋文帝开皇三年（公元583年）废东海郡，隋炀帝大业三年（公元607年），海州改为东海郡。
⑤ 阼：厅堂前东面的台阶，一般用于迎接客人。
⑥ 令：酒令。

人姓为歌声，自二字至三字。"令曰："罗李，罗来李。"众皆惭其辩捷。① 罗巡又问："君风雅之士，足得自比云龙，何玉名之自贬耶？"污蠦曰："仆久从宾兴，多为主司见屈。以仆后于群士，何异尺蠖于污池乎？"巡又问："公华宗，氏族何为不载？"污蠦曰："我本田氏，出于齐威王，亦犹桓丁之类，何足下之不学耶？"既而蜗儿举方丈盘至，珍羞水陆，充溢其间。君绰及仆，无不饱饫。夜阖② 彻烛，连榻而寝。迟明叙别，恨怅俱不自胜。君绰等行数里，犹念污蠦。复来，见昨所会之处，了无人居。唯污池边有大螾（yǐn）③，长数尺。又有螺蟟丁子④，皆大常有数倍。方知污蠦及二竖，皆此物也。遂共恶昨宵所食，各吐出青泥及污水数升。

一条才思敏捷的大蚯蚓

人可以变驴，水桶可以成精，蚂蚁可以行军打仗，一盘象棋可以掀起战争风云，在唐传奇的世界里，似乎一切都可以拥有灵性。因此，《来君绰》这里，一条大蚯蚓在夜里变成了饱学之士威污蠦，也是很自然的。威污蠦自称是秀才，甚至自称是帝王之后（"我本田氏，出于齐威王"），令人咂舌。他满腹经纶，出口成章，反应敏捷，而来君绰等人自愧弗如。

这也算是"蚯蚓传奇"了吧？确实，后来也有人改编成连环画，名曰《蝌蚪郎君》。

本文主人公来君绰是名门之后，和几个饱读诗书的朋友逃难到海州，荒僻无

---

① 程毅中校辑的《玄怪录·续玄怪录》文本为："自二字至五字。令曰：'罗李，罗来李，罗李罗来，罗李罗李来。'众皆惭其辩捷。"五字似乎更有趣味。
② 阖：边门，大门旁的小门。这里指夜深关门。
③ 螾：蚯蚓。
④ 螺蟟丁子：水沟里的蜗牛螺蛳之类。

人之地，居然深夜碰到了一个由大蚯蚓变成的翩翩佳公子，其学问高深，跟他们谈天说地，吟诗作赋，大吃大喝。威污蠖才思敏捷，学问渊博，把几个秀才说得哑口无言。其中有一段，是他们边喝酒边玩高雅的行酒令游戏，结果大蚯蚓威污蠖张嘴就来了一句"罗李，罗来李"，这是拿名字开涮，虽然没有实际的意思，但是对词语音节、结构的研究，有特殊的趣味。这也是研究隋、唐时期士绅人家文化娱乐生活的珍贵材料。

威污蠖公子如此有风度，如此有智才，真是令人留恋。第二天早上告别后，来君绰等人还恋恋不舍，走了十几里还念想着威污蠖，折回去打算来个"第二次握手"。没想到，却发现自己住过的大房子原来是一个污水池，翩翩佳公子威污蠖是一条大蚯蚓，他们晚上吃的山珍海味……一想，他们深感恶心，翻江倒海地吐出了肚子里的隔夜饭菜。

《来君绰》里，能诗善诵的威污蠖还算是"生物"——虽然只是一条大蚯蚓；《元无有》里变成诗人的，就是"非生物"了，故杵、灯台、水桶、破铛，还都是陈旧、破败的。

这既可以说是年久成精，也可以说是表现当时生民之艰辛。一般来说，普通人家也就是这些"家具"最重要了。

滕庭俊①

文明元年②，毗陵③滕庭俊患热病积年。每发，身如火烧，数日方定。名医不能治。后之洛调选④，行至荥水西十四五里，天向暮，未达前所。遂投一道傍庄家。主人暂出，未至。庭俊心无聊赖，因叹息曰："为客多苦辛，日暮无主人。"

即有老父，鬓发疏秃，衣服亦弊，自堂西出，拜曰："老父虽无所解，而性好文章。适不知郎君来，止与和且耶连句次，闻郎君吟'为客多苦辛，日暮无主人'，虽曹丕门客、子常畏人⑤，不能过也。老父与和且耶，同作浑家门客，虽贫亦有斗酒，接郎君清话耳。"

庭俊甚异之，问曰："老父住止何所？"

老父怒曰："仆忝浑家扫门之客，姓麻名来和，行一，君何不呼为麻大。"

庭俊即谢不敏，与之偕行。绕堂西隅，遇见二门。门启，华堂复阁甚奇秀，馆中有樽酒盘核。麻大揖让庭俊同坐。

良久，中门又有一客出。麻大曰："和至矣。"

即降阶揖让坐。且耶谓麻大曰："适与君欲连句，君诗题成未？"

麻大乃书题目曰："同在浑家平原门馆连句一首，予已为四句矣。"

麻大诗曰："'自与浑家邻，馨香遂满身。无心好清静，人用去灰尘。'仆作

---

① 《太平广记》卷四百七十四·昆虫二，同题，注出牛僧孺《玄怪录》。本文据中华书局《太平广记》校录。
② 文明元年：唐睿宗李旦年号，公元684年2月至10月。
③ 毗陵：今江苏省常州市。
④ 调选：选官调职。
⑤ 曹丕门客、子常畏人：三国时魏文帝曹丕《杂诗二首》："弃置勿复陈，客子常畏人。"

四句成矣。"

且耶曰:"仆是七言,韵又不同,如何?"

麻大曰:"但自为一章,亦不恶。"

且耶良久吟曰:"冬朝每去依烟火,春至还归养子孙。曾向符王笔端坐,尔来求食浑家门。"

庭俊犹不悟,见门馆华盛,因有淹留歇为之计。诗曰:"田文①称好客,凡养几多人。如欠冯谖(xuān)②在,今希厕下宾。"

且耶、麻大相顾笑曰:"何得相讥?向使君③在浑家门,一日当厌饫矣。"

于是餐膳肴馔,引满数十巡。主人至,觅庭俊不见,使人叫唤之,庭俊应曰:"唯。"而馆宇并麻、和二人,一时不见,乃坐厕屋下,傍有大苍蝇秃扫帚而已。庭俊先有热疾,自此已后顿愈,更不复发矣。

和苍蝇谈诗,与扫帚论道

这篇作品里的毗陵人滕庭俊是一个典型的唐代文人,他在旅途中眼看着天就要黑了也没走到目的地,在发着烧的情况下,不得已投宿于路旁的一个庄家。适逢主人外出,他在等待主人回来时,富有诗意地抱怨道:"为客多苦辛,日暮无主人。"

你们看,这大唐朝真是一个诗意的国度。这里随处都是诗,人人都能吟诗。随口抱怨,都是诗。滕庭俊能到洛阳去调选,看来是已经做过小官,或者正要做小官了。

---

① 田文:著名的"战国四公子"之一,齐国孟尝君。
② 冯谖:齐国孟尝君田文门下食客。
③ 使君:尊称,如"您"。

能吟诗作赋，不是一种后来被视为酸腐的无能，而是真正能帮助到困窘中的人，带来吃喝和睡眠的机会。本来静悄悄四下无人的庄家，忽然冒出一个"鬓发疏秃，衣服亦弊"的老头，不是什么高级人士，却喜爱诗赋，而且懂诗。他听到滕庭俊吟诗，立即于己心有戚戚焉地出现了，认为这两句不下于魏文帝曹丕《杂诗二首》里的佳句"弃置勿复陈，客子常畏人"。可见，这位麻来和老者，是饱读诗书之辈。以此看来，他所服侍的主人，看似平凡，说不定是一个隐士。他的诗友和且耶的名字也颇为不俗。

这两位"隐士"的连句诗，各自陈述了自己的"一生"状态，与《元无有》那些家用器具成精时一样自况。只是，这两位更加隐晦，而被滕庭俊无心和诗时揭破："如欠冯谖在，今希厕下宾。"这里引用战国时期著名门客冯谖的典故，来优雅地吐露自己想"打个秋风"，弄点儿吃喝并能得到投宿的愿望。这类"投刺""干谒"的诗，一般都是有所求而向主人或达官贵人求助时写的。写得好，得到赞赏，就会得到帮助；写得不巧，即使如孟浩然那样的高才，照样会遭到贬抑。这要看时机和心情的微妙综合判断。不过，一般来说，巧妙"用典"都是比较安全而高效的。所以，那时候的读书人，都精通《左传》这些史书，其中典故随手拈来是最佳的表达。只是，滕庭俊也不曾料到，自己的无心之句，竟然戳中了麻大、和且耶的"笑点"。

这个故事中，滕庭俊作为一个前途未明还多年都发着烧（很可能是肺炎）的病人，虽然有点儿文学才华，但是也不是那么乐观。他的病让他在黑夜的旅途中投宿时出现了幻觉，幻想出一家庄院，还有一位吟诗连句的老翁和另一客人——现实则是厕所和厕所里的苍蝇、扫帚。在这孤寂的夜里，和一个"扫帚精"麻大、一个"苍蝇精"和且耶吟诗作赋，吃喝玩乐，长夜漫漫，竟然过得热闹且文艺。一觉醒来，才发现自己是在庄家的厕所里，多年未愈的热病也吓好了。

这里，作者把"生物"和且耶和"非生物"麻大混合在一起写了。这些事物一旦有了灵性，就会成精，能变成人类，以人类模样吟诗作赋。人类与非人类的区别就是有没有灵魂。人是有灵魂的，所以变成人是其他物类修行的目标。

周静帝①

周静帝②初，居延③部落主勃都骨低，凌暴，奢逸好乐，居处甚盛。忽有人数十至门，一人先投刺曰："省名部落主成多受。"因趋入，骨低问曰："何为省名部落？"多受曰："某等数人各殊，名字皆不别造。有姓马者，姓皮者，姓鹿者，姓熊者，姓獐者，姓卫者，姓班者，然皆名受，唯某帅名多受耳。"骨低曰："君等悉似伶官，有何所解？"多受曰："晓弄碗珠，性不爱俗，言皆经义。"骨低大喜曰："目所未睹。"有一优即前曰："某等肚饥，腾腾怡怡，皮漫绕身三匝，主人食若不充，开口终当不舍。"骨低悦，更命加食。一人曰："某请弄大小相成，终始相生。"于是长人吞短人，肥人吞瘦人，相吞残两人。长者又曰："请作终始相生耳。"于是吐下一人，吐者又吐一人，递相吐出，人数复足。骨低甚惊，因重赐赉遣之。明日又至，戏弄如初。连翩半月，骨低颇烦，不能设食。诸伶皆怒曰："主人当以某等为幻术，请借郎君娘子试之。"于是持骨低儿女弟妹甥侄妻妾等，吞之于腹中。腹中皆啼呼请命，骨低惶怖，降阶顿首，哀乞亲属。伶者皆笑曰："此无伤，不足忧。"即吐出之，亲属完全如初。骨低深怒，欲用衅（xìn）④杀之。因令密访之，见至一古宅基而灭。骨低令掘之，深数尺，于瓦砾下得一大

---

① 《太平广记》卷三百六十八·精怪一，题《居延部落主》，注出牛僧孺《玄怪录》。明代辑录的传奇集《广艳异编》题《省名部落主》。程毅中辑录《玄怪录·续玄怪录》题《周静帝》。本文取程毅中辑录的《玄怪录》为题，据中华书局《太平广记》校录。
② 周静帝：周静帝宇文阐，鲜卑人，北周末代皇帝，公元581年被迫禅位给杨坚，北周亡国，隋立。同年宇文阐死亡，年仅九岁。
③ 居延：汉唐时期中国西北地区的军事重镇，今内蒙古自治区额济纳旗东南十七公里处。
④ 衅：同"衅"，过失、罪过。指居延部落主骨低要找借口杀掉伶人。

木槛，中有皮袋数千，槛旁有谷麦，触即为灰。槛中得竹简书，文字磨灭，不可识。唯隐隐似有三数字，若是"陵"字。骨低知是诸袋为怪，欲举出焚之。诸袋因号呼槛中曰："某等无命，寻合化灭。缘李都尉留水银在此，故得且存。某等即都尉李少卿搬粮袋，屋崩平压，绵历岁月，今已有命，见为居延山神收作伶人。伏乞存情于神，不相残毁，自此不敢复扰高居矣。"骨低利其水银，尽焚诸袋，无不为冤楚声，血流漂洒。焚讫，骨低房廊户牖，悉为冤痛之音，如焚袋时，月余日不止。其年，骨低举家病死。周岁，无复孑遗。水银后亦失所在。

大小相成、终始相生的皮袋精

《周静帝》这篇作品里，有两个被冤的灵魂若隐若现。其一是周静帝，其二是李陵。

"周静帝"为北周"末代皇帝"宇文氏，被权臣杨坚逼迫让出帝位，这样的"禅让"套路自古以来皆如此。既得偿所望夺得天下，又伪装出合乎儒家道德中"君君臣臣"纲常伦理的皮相。这里有很多杨坚的前辈，如三国时魏代汉，其后晋夺魏，尽皆如此。铁打的江山，流水的帝王。这也就罢了，后人看着简单的"禅让"，背后藏着令人震惊的血腥故事。周静帝年幼，才九岁，还是一个孩子。夺了他的江山也就罢了，接着还让他"暴死"。这就是帝王级残忍了。西汉名将之门、飞将军李广之孙李陵，率领五千步兵孤军深入匈奴腹地，于浚稽山遭遇匈奴八万骑兵，在后无援兵的孤立无援情况下力战到最后，不得已投降。汉武帝对这件事唯一的处理方式是：把他留在长安的家人、族人满门抄斩。

《周静帝》这个故事，就是从六百年前李陵、李都尉塞外蒙冤开始：他当年留下的千只运粮皮袋，因为有大量水银的保护，一直没有腐烂，而渐渐地"成精"了。然后，这些成精了的皮袋，大白天找到了居延部落主——"凌暴、奢逸好乐"的勃都骨低居所，表演它们特有的戏法"大小相成，终始相生"给勃都骨低看。这个"大小相成，终始相生"的概念来自《老子》，是一个独特的世界观。皮袋精们的独特性，自然是肚子大，能吃会装。这也罢了，它们成精了却只会这个法术，每天来了就表演互相吞吃，然后不断把"人"吐出来，人家一个部落主什么没见过？这种老大就爱新鲜事情，于是就厌恶了。那些皮袋精也不是好对付的，立即就表演起了"吃人"的游戏，把勃都骨低的妻小一个个全都吞吃了。这下部落主吓坏了，立即跪地磕头求饶，皮袋精们这才把他的妻小亲属们吐出来。不过，这位骨低也是一个狠角色，他受到这个奇耻大辱，不能善罢甘休，于是就计划找个借口，把这些怪人杀了。他派人悄悄跟随皮袋精们，发现它们"至一古宅基而灭"。骨低立即领人前来"深挖"，发现了深藏于古宅地窖里的皮袋精们，也因此发现了一个被埋藏了六百多年的秘密：原来，当年李都尉率领五千步兵出击塞外，是用皮袋子装粮食的。这些皮袋子，在塞外苦寒干旱之地，更有防腐保鲜能力，而且，添加水银还能保护这些皮袋不腐烂。不仅不腐烂，还莫名奇妙地成精了。

为报受辱之仇，骨低下令把这些皮袋子带出去焚烧了。皮袋精们这才发现"死到临头"，不该去人家部落主家里逞能，苦苦哀求说，"今已有命，见为居延山神收作伶人"，只要饶了它们，今后再也不敢来作祟了。然而，骨低哪里是一个肯宽恕别人的部落主？他冷酷地下令烧掉这些皮袋精，"尽焚诸袋"，而这些已经成精的皮袋子，也不仅仅是"非生物"了，它们已经修炼成了"血肉之躯"。因此，在遭到焚毁时，"无不为冤楚声，血流漂洒"。而且，这些冤魂至死不息，"骨低房廊户牖，悉为冤痛之音，如焚袋时，月余日不止"。这样一直到骨低全家、全族患病死绝。

这竟然是一个"复仇"的故事，只不过复仇者是一批成精的皮袋子而已。

皮袋精们虽然大白天来居延部落主家里要吃要喝，还非要表演吃人吐人的戏法，天天来确实很讨厌，但是它们并没有杀人，没有欠下人命。骨低焚毁它们后全家、全族皆患病而死，到底是它们至死纠缠，还是居延山神生气了将灾难降临骨低家，或者仅仅是一个"报应"的寓言？

"居延"是隋、唐两代一个著名的军事重镇。现在亦有一个大泊叫居延海，在内蒙古阿拉善自治州额济纳旗靠近蒙古国边境处。"居延"唐代时大概属于武威郡管辖，而实际距离武威一千多公里，要跨过大沙漠、大戈壁。在古代的条件下，长途旅行和军事作战，其艰苦卓绝是可以想见的。李陵孤军深入的浚稽山，据考证在今蒙古国首都乌兰巴托附近，于居延海北又有一千多公里，快到贝加尔湖了。唐代大诗人王维的名作《使至塞上》有"单车欲问边，属国过居延"之句，其中"大漠孤烟直，长河落日圆"是千古名句，被传颂至今。

　　万物有灵是古人对自然的认识。这个传奇中装粮食的皮袋"绵历岁月"亦能"今已有命"，变化成人形戏乐，还做了居延山神的伶人，确实很奇特。

　　变化存于天地万物，只要存在时间够长，具有了灵性，就能超越自然，拥有变化的能力，甚至可以变化万端。这是唐代小说家的大胆想象和自由书写带给今天的人们的文明记忆。

申屠澄①

　　申屠澄者，贞元九年，自布衣调补濮州什邠（bīn）尉。之官，至真符县东十里许遇风雪大寒，马不能进。路旁茅舍中有烟火甚温煦，澄往就之，有老父妪及处女环火而坐。其女年方十四五，虽蓬发垢衣，而雪肤花脸，举止妍媚。父妪见澄来，遽起曰："客冲雪寒甚，请前就火。"澄坐良久，天色已晚，风雪不止。澄曰："西去县尚远，请宿于此。"父妪曰："苟不以蓬室为陋，敢不承命。"澄遂解鞍，施衾帱（chóu）②焉。其女见客，更修容靓饰，自帷箔间复出，而闲丽之态，尤倍昔时。有顷，妪自外挈酒壶至，于火前暖饮。谓澄曰："以君冒寒，且进一杯，以御凝冽。"因揖让曰："始自主人。"翁即巡行，澄当婪尾③。澄因曰："座上尚欠小娘子。"父妪皆笑曰："田舍家所育，岂可备宾主？"女子即回眸斜睨曰："酒岂足贵？谓人不宜预饮也。"母即牵裙，使坐于侧。澄始欲探其所能，乃举令以观其意。澄执盏曰："请徵书语，意属目前事。"澄曰："厌厌夜饮，不醉无归。"女低鬟微笑曰："天色如此，归亦何往哉？"俄然巡至女，女复令曰："风雨如晦，鸡鸣不已。"澄愕然叹曰："小娘子明慧若此，某幸未昏，敢请自媒如何？"翁曰："某虽寒贱，亦尝娇保之。颇有过客，以金帛为问。某先不忍别，未许。不期贵客又欲援拾，岂敢惜？"即以为托。澄遂修子婿之礼，祛囊以遗之。妪悉无所取。曰："但不弃寒贱，焉事资货？"明日，又谓澄曰："此孤远无邻，又复湫溢④，不

---

① 《太平广记》卷四百二十九·虎四，注出薛渔思《河东记》。本文据中华书局《太平广记》校录。
② 帱：蚊帐。
③ 婪尾：酒巡至末座。
④ 湫溢：形容房屋窄小简陋。

足以久留。女既事人,便可行矣。"又一日,咨嗟而别,澄乃以所乘马载之而行。既至官,俸禄甚薄,妻力以成其家,交结宾客。旬日之内,大获名誉。而夫妻情义益浃(jiá)①。其于厚亲族,抚甥侄,洎僮仆厮养,无不欢心。后秩满将归,已生一男一女,亦甚明慧,澄尤加敬焉。常作《赠内诗》一篇曰:"一官惭梅福②,三年愧孟光③。此情何所喻?川上有鸳鸯。"其妻终日吟讽,似默有和者,然未尝出口。每谓澄曰:"为妇之道,不可不知书。倘更作诗,反似妪妾耳。"澄罢官,即罄室归秦。过利州,至嘉陵江畔,临泉藉草憩息。其妻忽怅然谓澄曰:"前者见赠一篇,寻即有和,初不拟奉示。今遇此景物,不能终默之。"乃吟曰:"琴瑟情虽重,山林志自深。常忧时节变,辜负百年心。"吟罢,潸然良久,若有慕焉。澄曰:"诗则丽矣,然山林非弱质所思,倘忆贤尊,今则至矣,何用悲泣乎?人生因缘业相之事,皆由前定。"后二十余日,复至妻本家,草舍依然,但不复有人矣。澄与其妻即止其舍。妻思慕之深,尽日涕泣,于壁角故衣之下,见一虎皮,尘埃积满。妻见之,忽大笑曰:"不知此物尚在耶!"披之,即变为虎,哮吼拿攫,突门而去。澄惊走避之,携二子寻其路,望林大哭数日,竟不知所之。

温婉少女士人妻,志在山林老虎皮

申屠澄是一个县尉小官,然而亦精于吟诗作赋。

古代的调官、旅行,即便对于一个县尉,都是非常遥远而辛苦的。尤其是遇到天气不好,下大雨,或者下大雪,又是到了夜晚前不着村后不着店,那就更难挨了。前文中的滕庭俊也是选官过程中,夜里碰见喜爱诗赋的"扫帚精"麻大和

---

① 浃:融洽。
② 梅福:汉代名儒,精通《尚书》《穀梁春秋》,弃官归故里后还经常上书谏言。
③ 孟光:东汉梁鸿妻子。梁鸿、孟光举案齐眉的故事传颂千年。

"苍蝇精"和且耶，一番吟诗作赋，吃喝玩乐。到最后，滕庭俊发现自己身处厕所中，吓得连身上多年不愈的热病都好了。

而相比之下，申屠澄的运气要好很多。他在这荒僻的山野里，突然遇见了三只老虎。一般来说，山中遇虎，都是死路一条。武松当年扛着一根哨棒，艺高人胆大，仗着酒意和侥幸，跟那只著名的吊睛白额大虫相遇，都差点儿成了虎口肉食。这申屠澄遇见了一公一母一稚三只大老虎，不仅没有被吃掉，反而在他们的家里得到了好吃好喝好招待，先是烤火暖身，继而喝酒壮胆，宾主相谈甚欢，还玩起了很文雅的作诗游戏。"澄执盏曰：'请徵书语，意属目前事。'"然后，他自己先作两句："厌厌夜饮，不醉无归。"这两句有典故，是《诗经·湛露》里的名句。不仅切题"意属目前事"，即跟现实的情状符合，而且还是引经据典有出处的。这样的对句，要求很高，若不是熟读经籍，又能灵活运用，是断不能轻易接续的。然而，小老虎也是娇生惯养长大，端的不是吃素的，公老虎说了："某虽寒贱，亦尝娇保之。"这小老虎少女果然不是盖的。行盏到她这里，答道："风雨如晦，鸡鸣不已。"这也是《诗经·风雨》里的名句。不仅对答如流，切中当下刮风下雨的情形，而且还埋有一个重大的伏笔，不是申屠澄这样精通经籍的人，不一定能欣然意会。因为，后面还接着没说出来的两句："既见君子，云胡不喜？"其中的微妙情绪，只有当事人才能觉察。所以，申屠澄才会愕然惊叹，情不自禁地说："没想到小娘子如此聪明智慧。我恰好还没有婚配，自己给自己做一个媒好吗？"

公老虎说了一通娇生惯养，也曾有人前来说媒但不舍得之类的话之后，把年方十四五、知书达理、美丽聪慧的小老虎少女嫁给了他。而且，申屠澄打开自己的行囊要拿点儿钱做聘礼，母老虎还一分钱不要。可见老虎一家之洒脱。

到了任上，申屠澄官小俸微，辛辛苦苦过小日子，小老虎却一点儿抱怨都没有，把家里管理得井井有条，待人接物也非常得体，深受街坊邻里的好评。并且，还给申屠澄生了一男一女两个聪明可爱的孩子。但不知为何，虽然是小老虎的后代，却一点儿老虎的基因都没有。也许，脱掉虎皮，正式做人，就不再有虎性了吧。这申屠澄对自己的娇妻十分珍爱，无以回报，只好作《赠内诗》，其中有"举案齐眉"的决心，而精通作诗的小老虎妻子，却没有回赠，这让申屠澄感到不解。等到最终申屠澄罢官，举家返乡，途中经过小老虎的老家，她触景生情，叹息着把自己回赠的诗吟诵了出来。原来，她作为小老虎，本心是热爱自由自在的山林的。这就跟前面分析过的白猿妻子一样，虽然在人世间很久，仍然是不忘自由自在的山野本心。这跟唐代大诗人、名宰相张九龄的名作《感遇》名句"草木有本心"，似乎有着冥冥的契合。然后，一眼看见堆在墙角积满尘埃的虎皮，她欣欣然披上变回老虎模样，恢复山中百兽之王的本性，咆哮跳跃着破门而去。

在这个故事里，"虎皮"是一个关键。

老虎是凶猛的兽类，与温婉聪慧的少女形象相差甚远。然而唐传奇里，老虎也能变化成聪慧温婉的少女。风雪之夜申屠澄在荒野村庄巧遇的一家三口是脱下虎皮的老虎，他们一家脱掉虎皮、去掉虎性，就像普通人一样善良温和。而小老虎少女做了人妻，也与贤淑女性一样，善于操持家务、辅佐丈夫、生儿育女。可见，"虎皮"是小说中老虎真实属性的承载物。脱去虎皮的老虎不仅没有兽性而且充满人性，小老虎甚至温婉聪慧、知书达理。而一旦披上虎皮，恢复老虎本性和身体记忆，那张原本属于自己的虎皮，就又跟自己合而为一了。可见，虎皮即是老虎的本性。而老虎的后代，和白猿、白蛇的后代一样，都是人，而不是其他动物。

古代的旅行与现在不一样，动辄跋山涉水、经年累月。很多人可能会在途中生病，甚至死去。而且在路上还可能会遇见各种各样的人和物，狐狸精、白猿精、老虎精不用说了，还有破锅精、扫帚精、蚯蚓精、苍蝇精，另外，还可能碰到板桥三娘子这种热爱把人变成驴子（可见很蠢）的少妇。古代的旅行，真是非常惊心动魄啊。

唐代早逝的天才大诗人王勃的名作《送杜少府之任蜀州》里，他要送别的杜少府就是一个县尉小官。而从长安离去，翻山越岭，行旅经月，不知道什么时候才能见面了，很有可能再也不能见到，"永诀"了。这才有"海内存知己，天涯若比邻"的感慨。而一旦被贬官离京，例如王勃的父亲被贬官到交趾（今越南河内），那简直就是天涯海角了，翻山越岭不说，还要不断地涉河渡江，即使天天走，一年也到不了。所以，被贬官岭南，都是很重的处罚。

北宋苏轼被贬官到海南儋州，则是真正的天涯海角了。他那时从今江苏省常州市入长江，逆流而上，到江西九江湖口，打算入鄱阳湖到赣南。没想到他曾经栽培过的政敌、当朝宰相章惇心胸狭隘而且恶毒，为了更严厉地惩罚这位大文豪，章惇向朝廷又参了一本，追加了一条新的命令：不能乘船，不能骑马，只能步行。这样，苏轼只能辛辛苦苦步行到赣南，然后翻越大庾岭到达广东惠州。苏轼在惠州住了三年，修筑惠州西湖，也建了一条苏堤，并游览罗浮山，谈古论道，安身立命，还不断写诗。结果他的诗被传到京城让章惇看到了，章惇觉得苏轼日子过得不够苦，于是又设法把他贬到海南儋州。从惠州到儋州，那又是一段漫长、复杂而辛苦的路程。北宋时期的人们似乎不懂得走海路，苏轼先到广州，沿着珠江逆流而上到广西梧州，再南下到北海、合浦，到雷州半岛的雷州府，再渡过琼州海峡。

苏轼在雷州府碰见了弟弟苏辙（字子由），一起盘桓了一月余，然后痛别，自此永诀。三年后，苏轼遇到大赦返回，在雷州府遇见妹夫、大词人秦观（字少游），一起待了十几天，然后痛别。几个月后，秦观逝世；一年后，苏轼逝世。

申屠澄看到自己的爱妻变成老虎回归山林，带着一儿一女迷惘而痛苦地寻找了几天，仍不见踪影，不得不再踏上归程。这大概就是苏轼在名作《水调歌头·明月几时有》里写的"人有悲欢离合，月有阴晴圆缺"的人生常态吧。

虎妇①

唐开元中,有虎取人家女为妻,于深山结室而居。经二载,其妇不之觉,后忽有二客携酒而至,便于室中群饮。戒其妇云:"此客稍异,慎无窥觑。"须臾皆醉眠,妇女往视,悉虎也。心大惊骇,而不敢言。久之,虎复为人形,还谓妇曰:"得无窥乎?"妇言初不敢离此,后忽云思家,愿一归觐。经十日,夫将酒肉与妇偕行,渐到妻家,遇深水,妇人先渡,虎方褰②衣,妇戏云:"卿背后何得有虎尾出!"虎大惭,遂不渡水。因尔疾驰不返。

自惭形秽虎丈夫

关于人与其他动物的婚姻和爱情,在唐传奇里有各种各样的表达。其中的共同点是这些动物修炼成了人形,拥有了人性,从而能够和人类无障碍地沟通并保持良好的关系。在《任氏传》里如此,《孙恪》里如此,《申屠澄》里也如此。当狐狸、白猿、老虎保持着人形、拥有人性时,它们与人的关系是正常的、稳定的。一旦它们恢复动物原形,这种关系就破裂了。狐狸任氏死去,白猿和老虎回归自然。所以,"精"是一种连接这些动物与人类的媒介,是人性和灵魂的体现。当它们成"精"了,就不仅拥有人的外表,而且拥有人的灵魂。

在《虎妇》这篇超短文里,作为丈夫的老虎,要变成人类、以人的形态来跟

---

① 《太平广记》卷四百二十七·虎二,注出戴浮《广异记》。本文据中华书局《太平广记》校录。
② 褰:撩起。

女子结婚、生活，才能保持稳定关系。两年多过去了，女子一直都不知道丈夫是一只老虎。一次，老虎丈夫的两个朋友携酒前来拜访，他提前跟妻子说，这两个朋友有点儿特别，他们喝酒时千万别来窥探。然后，两个朋友跟老虎丈夫躲在一个房间里一顿狂欢，烂醉后，现出老虎的原形。而抑制不住好奇心的妻子忍不住去偷看，看到了丈夫的真实面目，心里大惊，却也不敢说出来。老虎丈夫酒醒，又变成人形后，问妻子有没有偷看。妻子矢口否认。过了一段时间，妻子说思念娘家，要回去看看。老虎丈夫也没有反对，带着酒肉（礼物）和妻子一起回家。快到家时，遇到一条河。妻子先蹚水过河，老虎丈夫正要牵起衣裳跟随过河，妻子故意说，你的背后怎么有一条老虎尾巴呢？老虎大感惭愧，于是没有渡河，而是一溜烟跑了，再也没有回来。

　　这个故事充满了令人忍俊不禁的谐趣，甚至可以看成一个童话。在这个"童话"里，老虎丈夫没有任何凶恶之处，反而是温文有礼。但是，他不敢把自己的真实身份暴露出来，担心妻子不理自己。本来老虎是一种猛兽，一种令人敬畏的力量的象征。在这里，为了维护自己的珍贵的人性，老虎丈夫一直小心谨慎地掩藏自己的本形（而不是本性）。人类妻子跟人形老虎丈夫结婚过日子没问题，然而如果知道对方是一只老虎，这种关系就结束了。在《补江总白猿传》里，那个力大无穷、修炼千年的白猿，虽然对那些被他掳来的妇女很好，但是因为他并没有变成人形，而是保留了白猿的原形，以至于那些妇女跟他的关系无法亲密到产生情感，只是一种屈辱的、被暴力欺凌的关系。所以，她们对白猿并没有情感，一旦有外人和外力介入，她们就毫不怜悯、毫不手软地对这位"假丈夫"下手，把他捆绑起来，让欧阳纥杀死他。

　　唐传奇里，强调的是动物、器皿的人性和人形问题。当它们具有了人形和人性时，它们的基因都会改变，所以生下的孩子都是人类，而不是兽类。而相比起来，法国博蒙夫人创作的童话《美女与野兽》里，却是真正的"人兽之爱"。要注意的是，小姐并不是因为事先知道野兽原来是一个王子而爱上他的，小姐爱的就是作为狮子的野兽——狮子是以狮子的形态被小姐爱上的。因为老巫婆的魔法太强大，他无法也从未显示出自己曾经是一个人的形态。但外形不是难以超越的鸿沟，只要有真正的爱情。

野兽先生是一头狮子，小姐是人类美女，他们之间是跨物种之爱，可以类比为社会学上的跨种族、跨门第、跨越仇恨之爱。他们之间深挚的爱情，打破了狮子的魔咒，狮子变回了帅气的小伙子。王子和公主结婚了，从此他们过上了幸福的生活。他们的障碍不是不同类，而是有没有爱。

《虎妇》的故事里，老虎的原形一直被丈夫作为一种耻辱而小心地隐藏着，丈夫与妻子之间的障碍是不同类，有没有爱并没有成为一个被作者意识到的问题。

一旦丈夫的老虎原形暴露，老虎作为动物而自感低人一等的羞耻之心，就使他无法维持与人类的婚姻。物种之间的区别，成了婚姻的障碍。

张逢①

　　南阳张逢，贞元末，薄游②岭表③。行次福州福唐县横山店。时初霁，日将暮，山色鲜媚，烟岚霭然。策杖寻胜，不觉极远。忽有一段细草，纵广百余步，碧蔼可爱。其旁有一小树，遂脱衣挂树，以杖倚之，投身草上，左右翻转。既而酣睡，若兽蹍（niǎn）④然。意足而起，其身已成虎也，文彩烂然。自视其爪牙之利，胸膊之力，天下无敌。遂腾跃而起，越山超壑，其疾如电。夜久颇饥，因傍村落徐行，犬彘驹犊之辈，悉无可取。意中恍惚，自谓当得福州郑录事，乃旁道潜伏。

　　未几，有人自南行，乃候吏迎郑者。见人问曰："福州郑录事名璠（fán），计程当宿前店，见说何时发？"来人曰："吾之主人也。闻其饰装，到亦非久。"候吏曰："只一人来，且复有同行，吾当迎拜时，虑其误也。"曰："三人之中，衫绿者⑤是。"其时逢方伺之，而彼详问，若为逢而问者。逢既知之，攒（zǎn）身⑥以俟之。俄而郑到，导从甚众，衣衫绿，甚肥，昂昂而来。适到，逢衔之，走而上山。时天未曙，人虽多，莫敢逐。得恣食之。唯余肠发。既而行于山林，孑然无侣。乃忽思曰："我本人也，何乐为虎？自困于深山，盍求初化之地而复焉？"乃步步寻求，日暮方到其所。衣服犹挂，杖亦在，细草依然。翻复转身于其上，意足而起，即复人形矣。于是衣衣策杖而归。昨往今来，一复时矣。初其

---

① 《太平广记》卷四百二十九·虎四，注出李复言《续玄怪录》。本文据中华书局《太平广记》校录。
② 薄游：唐代士子有宦游的风气，一边游玩，一边寻找仕途机会，旅资不宽裕，相当于今天的"穷游"。
③ 岭表：岭南。
④ 蹍：滚压。
⑤ 衫绿者：穿绿色官服的。唐代六品、七品以上官员的官服是绿色的。
⑥ 攒身：动物收紧身体，准备一跃而出捕捉猎物的样子。

仆夫惊失乎逢也，访之于邻，或云策杖登山。多岐寻之，杳无形迹。及其来，惊喜问其故。逢绐①之曰："偶寻山泉，到一山院，共谈释教。不觉移时。"仆夫曰："今旦侧近有虎，食福州郑录事，求余不得。山林故多猛兽，不易独行，郎之未回，忧负实极。且喜平安无他。"逢遂行。

元和六年，旅次淮阳，舍于公馆。馆吏宴客，坐有为令者曰："巡若到，各言己之奇事，事不奇者罚。"巡到逢，逢言横山之事。末坐有进士郑遐者，乃郑纥②之子也，怒目而起，持刀将杀逢，言复父仇。众共隔之。遐怒不已，遂入白郡将。于是送遐南行，敕津吏勿复渡。使逢西迈，且劝改名以避之。或曰：闻父之仇，不可以不报。然此仇非故杀，若必死杀逢，遐亦当坐。遂遁去而不复其仇焉。吁！亦可谓异矣。

当一个普通人变成猛虎

我们前面探讨了两个跟老虎有关的故事。《申屠澄》里，小老虎是一个知书达理、擅长辞赋的少女；而《虎妇》里的老虎丈夫，是一个缺乏自信心而不敢露出原形的胆小虎。本文《张逢》里探讨的，是人性的突变问题。

河南省南阳士子张逢，是一个典型的文艺男青年。他在往南方穷游时，经过福建省福州市福唐县（今福清市）的一个路边小旅馆横山店时，就在这里住下了。他看到这里景色极其美好："时初霁，日将暮，山色鲜媚，烟岚霭然。"于是内心的诗情画意被激发出来，"策杖寻胜，不觉极远"。拄着一根木杖到处走，不知不觉走到了很远的地方："忽有一段细草，纵广百余步，碧藓可爱。"看到了一片草地，十分可爱，就想打个滚，撒个野。这样，内心被禁锢的"野性"被激发了。

---

① 绐：欺骗。
② 纥：原文如此，当名璠，字纥。

继而发现草地"其旁有一小树，遂脱衣挂树，以杖倚之，投身草上，左右翻转"。简直就是一幅"傻小子脱光了就地打滚"的欢脱傻乐图。就这么脱掉了"衣冠"，于是取消了作为一个读书人的社会属性，打破了道德约束，在深山野岭里也不用顾忌有什么人发现而害羞，光溜溜地在草地上打滚，精神十分放纵。这是一种承受过太多约束、负担，内心过于郁闷后的自我释放。在一通无拘无束的狂欢之后酣睡过去，如同山中野兽，他醒过来后就发现自己变成了一只"文彩烂然"的猛虎，"自视其爪牙之利，胸膊之力，天下无敌"。这是一种心想事成的变身，从一个普通平民变成了睥睨天下、所向无敌的猛虎，于是狂喜之后又是一番欢脱的撒野狂奔："遂腾跃而起，越山超壑，其疾如电。"奔完了，感到饥饿，想吃东西，"傍村落徐行"，对那些狗、猪、马、牛之类的传统食物都没什么兴趣。不知道怎么的，觉得自己就应该把一个叫作郑璠的福州府录事吃掉。

故事到这里，开始进入了高潮段落。本来是无拘无束、自由快乐的，为何饿了，却对多数老虎都爱扑杀的村人牲畜都不感兴趣，非要吃某个特定的人呢？这一定是之前有什么过节，有什么仇恨吧。

作为一个穷游岭表的读书人，张逢一开始也是知书达理、循规蹈矩的，为各种道德所约束的青年。他并不知道自己身上有什么野性，或许就是想打破人生中那些循规蹈矩，或许就是曾经在路途中遇到过什么郁闷之事。比如，作为一个穷书生，曾经不幸碰见过那个"甚肥"的福州地方官郑录事。他不知道怎么忤逆了地方官，受到过难以忍受的侮辱。"强龙不压地头蛇"，更何况是一个穷游岭表的书生呢？从生存技巧来看，只能是忍耐——"忍"字头上一把刀。普通人没别的能力，在一个并非法治的权力社会里，主要的生存之道就是"忍"。

相比之下，郑录事作为福州府主簿，从七品或六品，比县太爷官品高。虽然跟朝廷命官不能比，在地方却不小了，用来欺凌黎民百姓，权力足够大了。作为一个录事、参军、主簿，本应是瘦瘦的、文绉绉的模样，郑录事却"甚肥"，且"导从甚众"，很多人前呼后拥，趾高气扬地"昂昂而来"，一副习惯了鱼肉百姓的经典贪官样子，带着一种"我很喜欢你那看不惯我却又无可奈何的表情"。确实,从在路边窥视的老虎的视野看来,这个肥肥的目标,非常讨厌,只能吃掉,别无选择。于是张逢猛虎一跃而出,扑倒肥录事,叼上山从容吃掉。吃完之后,忽然醒悟过来,自己原来是一个人,怎么可以一直做老虎在山上闲逛呢?于是又回到那片草地上,变回了人形,穿好自己的衣服,下山回到了旅店。那些因为他失踪而一通寻找的仆人又惊又喜,告诉他老虎吃人的奇事。张逢没有承认那只老虎是自己变的,只是撒了一个谎,说自己一个人去寻访山泉,碰到了一个寺庙,在那里跟老和尚闲谈了很久。

后来,张逢回到河南,在淮阳这个地方的"公馆"里住下来。这种公馆是政府修建管理的,专门招待有一定官职和身份的往来之人,看来张逢这时候也已经考中了进士,或者选官调任途中了。公馆中闲来无事,当时人们热爱讲些奇谈怪事,越怪异越荒诞越好。张逢于是讲了自己在福建福州横山店变成老虎吃人的事。淮阳距离福州三千里以上,谁知道会如此之凑巧,被张逢老虎吃掉的郑录事的儿子郑遐进士正好也在这里。一听之下,冤有头债有主,拔刀就要杀张逢为父亲报仇。这突起的冲突事件,证实了张逢故事的真实性。众人拦住,但郑遐气愤未平,又去告官。然而,一个人变成老虎吃了人,这样的无稽之谈,如何能够判案呢?为了不出人命,化解纠纷,官府和众人就把郑遐送到南边过河,而催促张逢赶紧往西走,隐姓埋名,别再让郑遐知道。

看起来是一个极其偶然的事故,一个平凡的青年偶然化身为猛虎,吃掉了一个肥胖的地方官,这算是为民除害了。这跟武侠小说里突然学成了绝顶武艺,剑行天下,行侠仗义的梦想是一致的。

贞元末年为公元805年,元和六年为公元811年。此时正是唐宪宗即位,发挥文韬武略,削弱各地藩镇,而实现"元和中兴"之时。

稽胡[①]

慈州稽胡[②]者以弋猎为业。唐开元末，逐鹿深山。鹿急走投一室，室中有道士，朱衣凭案而坐。见胡惊愕，问其来由。胡具言姓名，云："适逐一鹿，不觉深入。"辞谢冲突。道士谓胡曰："我是虎王，天帝令我主施诸虎之食。一切兽各有对，无枉也。适闻汝称姓名，合为吾食。"案头有朱笔及杯兼簿籍，因开簿以示胡。胡战惧良久，固求释放。道士云："吾不惜放汝，天命如此，为之奈何？若放汝，便失我一食。汝既相遇，必为取免。"久之乃云："明日可作草人，以己衣服之，及猪血三斗，绢一匹，持与俱来，或当得免。"胡迟回未去，见群虎来朝，道士处分所食，遂各散去。胡寻再拜而还。

翌日，乃持物以诣。道士笑曰："尔能有信，故为佳士。"因令胡立草人庭中，置猪血于其侧。然后令胡上树，以下望之高十余丈。云："止此得矣。可以绢缚身着树，不尔，恐有损落。"寻还房中，变作一虎，出庭仰视胡，大噑吼数四，向树跳跃，知胡不可得，乃攫草人，掷高数丈，往食猪血尽。入房复为道士。谓胡曰："可速下来。"

胡下再拜，便以朱笔勾胡名，于是免难。

---

① 《太平广记》卷四百二十七·虎二，注出戴浮《广异记》。本文据中华书局《太平广记》校录。
② 稽胡：又称山胡、步落稽，是南匈奴留居山西山区的部落，没有随前赵等政权汉化，一直保持到南北朝时期。

老虎道士菩萨心，猎者免死食草人

唐传奇爱写老虎和人的关系，内容十分丰富。前面有与小老虎少女缔结婚姻的《申屠澄》，有结婚两年多才发现丈夫是一只胆小老虎的《虎妇》，有穷游南方在景色优美的山野草地上变成猛虎把地方官吃掉的《张逢》，各有异趣。然而这篇《稽胡》又独出心裁，写出了更奇特的角度，令人称奇。

"稽胡"是一个长期居住在山西山区地带的匈奴小部落，后来慢慢发展，成为一股很大的地方少数民族势力，在魏、晋、南北朝、隋、唐间，对北方不断生灭的政治集团形成了不小的威胁，不过在唐朝建立的早期，就基本被攻伐平息了。

《稽胡》这篇短文写的唐开元年间，已经是到了盛唐时代，边疆地带只有西边与吐蕃、西南与南诏有冲突，北方暂时平息了。这里写的是稽胡的一个猎人，在深山打猎，追踪一只野鹿时，发现这只野鹿闯进了一户人家。他跟着跑进了这户人家的房子里，然后就看见房子里有一个道人，穿着红色道袍，凭案而坐。猎人见到有人，倒非常有礼貌，说自己是猎鹿误闯的。这时，道人说了一句极其吓人的话："我是老虎大王，专门管理猛虎们的肉食。刚才听到你说自己的姓名，正是命中注定要被我吃掉的人。"

不怕你不信，有白纸黑字为证："案头有朱笔及杯兼簿籍，因开簿以示胡。"

这是一个极其杰出的对话模式，带着令人印象深刻的胁迫性。

稽胡猎人，猎杀野鹿以及其他猎物，本来就是杀生的。而老虎捕食，也是杀生的。在那种弱肉强食的环境下，虎王缓缓地说出了这样一句话，一般人听来肯定如雷轰顶，甚至直接吓瘫了。猎人也吓得浑身发抖，不断地哀求饶命。

这里出现了一个令人惊讶的转折：既然是命中注定，为何"道人"却又在猎人的哀求下，同意放过自己这个"猎物"呢？他的态度是可以放，"吾不惜放汝"，但是"天命如此，为之奈何"，如果放了，"便失我一食"。老虎是肉食动物，百兽之王。这样白白地丢了一个猎物，就要饿肚子的。然而，既然见到了，"猎物"又苦苦哀求，老虎大王就慈悲为怀了："汝既相遇，必为取免。"这种慈悲，想必其他猛虎是肯定不会具备的。

老虎大王毕竟已经修炼成人形，拥有了人性，因此在慈悲和理性思维上，超越了其他猛虎。他给其他猛虎处理肉食时，是比较得当的，因此受到拥戴。而他自己的"猎物"都落入了虎口却要放弃，这真是非寻常之虎。

老虎大王思考了一下，让猎人第二天做一个草人，给它穿上猎人自己的衣服，并准备三斗猪血，一匹绢。

这个要求比较怪异，但稽胡猎人被老虎大王放走之后，并没有趁机逃之夭夭，再也不出现，而是信守诺言，第二天如期而至。这也让老虎大王感到意外，"尔能有信，故为佳士"。

然后，老虎大王让稽胡猎人爬到树上，并用带来的一匹绢把自己绑在树上，以免到时候看到老虎大王恢复真身、咆哮腾跃的可怕情形而吓得掉下来。详细交代完，虎王道人回到屋里，出来就变身为猛虎了。变身为猛虎之后的虎王，就是虎性控制下的暴力猛兽了。它冲着树上咆哮四次，腾身跃扑，气势惊人。又回身抓起草人抛向空中，撕个粉碎，发泄了虎性之后，把那三斗猪血吃掉，这样就完成了整个猛虎扑食的仪式。这种具有仪式感的场景，是让人耳目一新的。经过这样一通折腾，虎性减退，虎王又回去变身，成了道人。他出来叫猎人下树，并拿出"生死簿"，把他的名字一笔勾销。看来，假设猎人失信逃走，"生死簿"上的名字还留着，今后还会命中注定碰到虎王的。因此，守信用非常重要，不能随随便便逃走。人可以逃走，名字却无法从"生死簿"上抹去。

这个故事里的虎王，进一步表现了古人对于人形/人性与兽形/兽性的微妙理解——当以人形出现时，体现的是人性；以兽形出现时，体现的是兽性。有时候，则是相反的情形。

这大概也是对人类人性的一种微妙的反讽：有些人徒具人形，却没有人性。这就远不如小老虎少女、大老虎丈夫、猛虎大王了。

编末后记

本编选入了极其有趣的十篇唐传奇。每一篇都涉及"变形"这个主题,又各有侧重,各有独特的想象力。尤其是后四篇都涉及了"虎"的形象,以不同的构思视角,写出了各种变形的可能。就如我们一直分析的那样,唐代作家对"人性"问题大感兴趣。为此,他们以各种独特的故事和奇异的角度来不断地探讨这同一个问题。

《板桥三娘子》里"人变驴"之后,不能实现反向变形——驴变人。这就造成了一个饶有兴味的难题:当好奇的行商赵季和窥探到板桥三娘子的秘密,并巧妙地设计调换魔法烧饼把她变成驴子之后,虽然他获得了魔女的器具,却因缺乏相关的知识(咒语),而无法激活这些木人、木牛。就像我们拥有电脑硬件,如果没有操作系统、开机密码,就无法使用一样。无法开机使用的电脑,就只是一个物品而已。赵季和骑着驴子周游世界,行囊里带着没有被激活的木牛木人,他其实就是一个"没有文化"的行商而已,无法让自己的个人境界得到提升。这里,实际上他没有悟到一个问题:咒语是需要进行专业学习的,缺乏相关的文化知识,面对一堆器具,也毫无用处。如果他有足够的慧心,四年后在华岳庙一带遇见能把三娘子变回来的老仙人时,就应该立即磕头拜师学艺。很可惜,在原文中,我们并没有看到赵季和具有如此的慧心,他也就丧失了一次进修升级、变成"咒语知识分子"的机会。

在万物有灵的观念下,唐人眼中的一切事物——生物、非生物,时机合适,假以时日,都可以变成人。一旦拥有了"人形",就具有了人性。那些故杵、灯台、水桶、旧铛、扫帚等家庭用具,都可以在变成人之后吟诗作赋;而大蚯蚓、苍蝇等"虫族"变成人形,一样具有丰富的文采。

因此，我们可以这么总结："人性"与"人形"密切相关。在四篇与虎相关的传奇文中，无论是少女小老虎、丈夫大老虎、道士老虎王，都体现出了"人形"与"人性"的密切关联；而穷游岭表的文学青年张逢，以自己变成老虎吃人的经历，证实了"兽形"与"兽性"彼此关联这个理论。

唐传奇的价值，不仅仅在于惊悚情节、怪异故事，还在于对"人性"的思考。

第六编 爱情

编首语

莺莺传

长恨歌传

霍小玉传

无双传

柳氏传

离魂记

崔护

编末后记

编首语

以真爱打破道德与阶层的界限

唐代乃至整个中华帝制时代,爱情的最大悲剧,常常是由阶级鸿沟造成的。

在隋末社会崩溃,"十八路反王,六十四路烟尘"的复杂状况下,唐朝凭借关内特殊地理经济形势,以及秦王李世民的宏才大略,短短数年就扫平各地军事势力,一统江山取代了隋朝。虽然帝国朱颜改变,杨氏改姓了李,但从北周、隋代延续下来的政治制度、社会结构,却没有脱胎换骨更新,而是因循旧制,稍加增补,李家皇朝就继续着大一统帝制社会的一切老规矩。皇上改了,朝代更新了,开始时赋税稍加减轻,黎民百姓生活照旧。至于科举制度,也继续老套路,唐太宗欣喜和自豪地说:"天下英雄尽入吾彀中矣!"

魏、晋、南北朝以降形成的门阀势力,在此后的隋唐时期此消彼长,在很大程度上控制着整个社会的政治、军事命脉。曹魏时吏部尚书陈群主持设计的"九品中正制度",隔绝了下层和上层之间的阶层流动,即所谓之"上品无寒门,下品无世族"。这样,高门大族垄断了朝廷重要职官(又闲又空的官职),而做牛做马劳累不堪的官职,才送出几个名额给寒门之士。

东晋时世族势力尤甚,以至于造成"王与马,共天下"或"王与谢,共天下"的政治局面。几百年后,唐代大诗人刘禹锡在想象东晋都城建康的繁华景象时,写了一首《乌衣巷》,对当时权倾一时的两大家族印象深刻:"旧时王谢堂前燕,飞入寻常百姓家。"而在北方,散落于中原各地的巨姓望族,通过家族村落自治,以及坞堡自卫等模式,作为强有力的民间武装组织,在必要时摇身一变,就是一股不容忽视的军事力量。这些巨姓望族,从汉代就开始繁衍和蔓延,在整个中原地区形成了绵延数百年的世族势力。

随着西晋末年汉族政权的崩溃，以及少数民族在北方建立的大大小小、长长短短十六国轮替造成的社会动荡，这些世族虽颠簸于惊涛骇浪之间，却能屹立于风雨而不倒。最著名的清河崔氏、博陵崔氏、范阳卢氏、弘农杨氏、京兆韦氏等，之前我们都曾经列举过。

历史上的风风雨雨、起起伏伏，甚至朝代的更迭，其实很多时候是在这些巨姓望族之间发生的权力更迭而已。

世族势力在南朝时期逐渐腐朽、没落，并不幸于梁武帝末期遭到了叛将侯景叛军的大肆掠杀，从而导致有的世族被整体杀灭。不过，新旧循环，日日以往，帝制社会的整体格局，还是家族门阀势力割据政治，世族联盟拥有极高的权力控制能力和资源分配能力，弱小家族以及普通平民，常常难以逾越这些高门大姓的高墙，而只能"望墙兴叹"。

本编选入的唐传奇名作《莺莺传》里，男主角张生"翻墙"私会崔莺莺的大胆行为，在后世读者眼中被看成是打破阶层壁垒的一种隐喻——在高墙阻隔下，只有努力"翻墙"，才能让"有情人终成眷属"。

《莺莺传》里的张生是一个性格怯懦、热衷于功名而始乱终弃的"渣男"，到了元代，天才戏曲家王实甫把这个故事改编为《西厢记》（全称《崔莺莺待月西厢记》），将人物形象改造为赤诚、有爱的张君瑞，就可爱多了。

初唐阶段，清河崔氏、太原王氏、荥阳郑氏、陇西李氏、范阳卢氏等大家族成为权力的象征。朝廷的主要高级官员，大多出自这些家族之中，京兆韦氏甚至在唐一代出现了二十七位宰相，可见其把控力之强大。因此，寒门士子一旦进士及第，最高愿望就是与这些家族联姻。"娶五姓女"与"进士及第""修国史"一起成为士子的普遍梦想。

武则天执政时期，积极推进科举制度改革，增加诗赋、《老子》等科目，相应减少"经""传"的内容，以打破门第阶层的局限，增加寒门士子进士及第的机会。进士群体中平民增多，人才范围扩大，选官基础也发生了变化，普通士子有更多机会走上仕途。尽管如此，平民出身的士子要想立足仕宦，还是要依靠姻亲家族的势力，士子的婚姻还是首选包括五大家族在内的高门望族。

在这种现实与制度下，一个士子的婚姻与爱情，就产生了"不同轨"的分裂现状。士子们最大的、最隐蔽的内心愿望，就是一边与高门望族结姻，一边享受爱情的滋润。然而，当爱情与婚姻冲突时，被舍弃的通常都是爱情。

唐代爱情传奇，历来都是精粹，千百年来为后世所追随。其中很多篇目都被改编成戏曲、小说，成为后世文学的灵感源头。没有唐传奇，就没有元、明、清的戏曲和小说的繁荣。

唐代爱情传奇之所以那么隽永，那么荡气回肠，那么哀怨凄美，就是因为每一个士子、每一位佳人都不得不面临一个巨大的悲剧：婚姻（现实）和爱情（梦想）分裂。

本编选入的《莺莺传》《霍小玉传》是最著名的悲剧。前者写了书生张生与崔莺莺的爱情故事，后者写了诗人李益与名妓霍小玉的爱情故事。

《柳氏传》写了诗人韩翊与柳氏的爱情故事，也是"才子佳人"的模式，不过是难得的"大团圆"结局。

《长恨歌传》则是世俗爱情的升级版：帝王与妃子的生离死别，让本来高高在上的他们，跟肉体凡胎的凡夫俗子，发生了紧密的共情关系。

唐传奇里儿女情长、生死离别的故事，体现出各种不同的形态：悲剧各有各的悲，喜剧各有各的喜，并不是千篇一律。

莺莺传①

唐贞元中,有张生者,性温茂,美风容,内秉坚孤,非礼不可入。或朋从游宴,扰杂其间,他人皆汹汹拳拳②,若将不及,张生容顺③而已,终不能乱。以是年二十三,未尝近女色。知者诘之,谢而言曰:"登徒子④非好色者,是有凶行。余真好色者,而适不我值。何以言之?大凡物之尤者,未尝不留连于心,是知其非忘情者也。"诘者识之。

无几何,张生游于蒲⑤,蒲之东十余里,有僧舍曰普救寺,张生寓焉。适有崔氏孀妇,将归长安,路出于蒲,亦止兹寺。崔氏妇,郑女也⑥;张出于郑,绪其亲,乃异派之从母⑦。是岁,浑瑊(jiān)⑧薨于蒲,有中人⑨丁文雅,不善于军⑩,军人因丧而扰,大掠蒲人。崔氏之家,财产甚厚,多奴仆,旅寓惶骇,不知所

---

① 《太平广记》卷四百八十八·杂传记五,题《莺莺传》,元稹撰。不注出处,唐代时应为单篇传奇。宋代文人王性之作《传奇辩证》,或在宋代被题为《莺莺传奇》。文中有"张生赋《会真诗》三十韵,后人亦称《会真记》"。本文据中华书局《太平广记》校录。
② 汹汹拳拳:形容宴席间猜拳行令、吵吵嚷嚷、呔三喝四的欢乐、放肆的情景。
③ 容顺:规规矩矩地应付一下,表现出老实人的样子。
④ 登徒子:战国时期楚国宋玉撰《登徒子好色赋》,"登徒子"用来指代"好色之徒"。
⑤ 蒲:蒲州,北周设郡,于今山西省运城市。
⑥ 郑女也:意思是她姓郑。
⑦ 异派之从母:郑氏与张生的母亲同姓郑氏,是表亲关系。从:表亲关系。
⑧ 浑瑊(公元736—800年):唐代著名将军,深受德宗信任,跟随李光弼、郭子仪平定安史之乱。贞元十五年十二月(公元800年1月)病逝。
⑨ 中人:太监。唐代大军常以太监为监军。
⑩ 不善于军:不善于管治军纪。

托。先是张与蒲将之党有善①，请吏护之，遂不及于难。十余日，廉使杜确②将天子命以总戎节③，令于军，军由是戢④。郑厚张之德甚，因饰馔⑤以命张，中堂宴之。复谓张曰："姨之孤嫠（lí）⑥未亡，提携幼稚，不幸属师徒大溃，实不保其身，弱子幼女，犹君之生⑦，岂可比常恩哉？今俾⑧以仁兄礼奉见，冀所以报恩也。"命其子，曰欢郎，可十余岁，容甚温美。次命女："出拜尔兄，尔兄活尔。"久之辞疾⑨，郑怒曰："张兄保尔之命！不然，尔且掳⑩矣，能复远嫌乎？"久之乃至，常服睟（suì）容⑪，不加新饰。垂鬟接黛，双脸销红而已，颜色艳异，光辉动人。张惊为之礼，因坐郑旁。以郑之抑⑫而见也，凝睇怨绝，若不胜其体者。问其年纪，郑曰："今天子甲子岁⑬之七月，终于贞元庚辰⑭，生年十七矣。"张生稍以词导⑮之，不对。终席而罢。张自是惑⑯之，愿致其情，无由得也。

---

① 善：好的交情。
② 杜确（公元733—802年）：唐大历二年（公元767年）贤良方正科授职。贞元中，迁兵部员外郎。贞元十五年（公元799年），迁河中尹、河中观察使。小说中称廉使，应是受命于驻军中整治军纪。
③ 总戎节：奉皇帝命收兵权，整治军纪。戎节：兵权。
④ 戢：收敛。
⑤ 饰馔：设宴。
⑥ 嫠：寡妇。
⑦ 生：再生，重生。
⑧ 俾：使，如。表示使动或假设。
⑨ 辞疾：推脱身体不舒服。
⑩ 掳：被骚乱的军人掳走。
⑪ 常服睟容：穿着平常的衣服，脸色滋润有光泽。睟：滋润，润泽。
⑫ 抑：勉强。指莺莺因母亲严厉要求拜见张生，才不得已而出来拜见的，并非自愿相见。
⑬ 今天子甲子岁：兴元元年，即公元784年。今天子：贞元是德宗年号，故此今天子指德宗。德宗甲子年是兴元元年。
⑭ 贞元庚辰：贞元十六年，即公元800年。莺莺德宗甲子年出生，至今贞元庚辰年，虚岁十七岁。从郑氏介绍莺莺的年纪来看，小说发生时间是贞元十六年一月，此时浑瑊病逝，军队骚乱。而元稹于贞元十五年明经登第，此时正前往长安应策科选官的途中。
⑮ 导：诱导。此处意思是"挑逗"。
⑯ 惑：深陷其中而不能自拔。

崔之婢曰红娘，生私为之礼者数四，乘间遂道其衷。婢果惊沮①，腆然而奔，张生悔之。翼日，婢复至，张生乃羞而谢之，不复云所求矣。婢因谓张曰："郎之言，所不敢言，亦不敢泄。然而崔之姻族，君所详也，何不因其德而求娶焉？"张曰："余始自孩提，性不苟合。或时纨绮间居，曾莫流盼。不为当年，终有所蔽。昨日一席间，几不自持。数日来，行忘止，食忘饱，恐不能逾旦暮。若因媒氏而娶，纳采问名②，则三数月间，索我于枯鱼之肆矣。尔其谓我何？"婢曰："崔之贞慎自保，虽所尊不可以非语犯之，下人之谋，固难入矣。然而善属（zhǔ）文③，往往沉吟章句，怨慕者久之。君试为喻情诗以乱④之，不然则无由也。"张大喜，立缀《春词》二首以授之。

是夕，红娘复至，持彩笺以授张曰："崔所命也。"题其篇曰《明月三五夜》。其词曰："待月西厢下，近风户半开。拂墙花影动，疑是玉人来。"张亦微喻其旨，是夕，岁二月旬有四日矣。崔之东有杏花一株，攀援可逾。既望⑤之夕，张因梯其树而逾焉，达于西厢，则户半开矣。红娘寝于床，生因惊之。红娘骇曰："郎何以至？"张因绐之曰："崔氏之笺召我也。尔为我告之。"无几，红娘复来，连曰："至矣！至矣！"张生且喜且骇，必谓获济。及崔至，则端服严容，大数⑥张曰："兄之恩，活我之家，厚矣。是以慈母以弱子幼女见托。奈何因不令之婢⑦，致淫逸之词。始以护人之乱为义，而终掠乱以求之，是以乱易乱，其去几何？诚欲寝其词，则保人之奸，不义；明之于母，则背人之惠，不祥；将寄与婢

---

① 惊沮：惊慌、沮丧。形容受惊吓的样子。
② 纳采问名：纳采指给女方送聘礼，问名指取女方生辰八字，看是否合婚。古人婚有六礼，纳采、问名、纳吉、纳征、请期、亲迎。这些过程全部做完，至少需要几个月，也有几年后才"亲迎"（举行婚礼）的。
③ 善属文：善于撰写文章。
④ 乱：使之动情。
⑤ 望：每月十五日。
⑥ 数：数落，责备。
⑦ 不令之婢：不守规矩的婢女。令：规矩，女德之道。

仆，又惧不得发其真诚①。是用托短章②，愿自陈启，犹惧兄之见难，是用鄙靡之词，以求其必至。③非礼之动，能不愧心！特愿以礼自持，无及于乱。"言毕，翻然而逝。张自失者久之，复逾而出，于是绝望。

数夕，张生临轩独寝，忽有人觉之④。惊骇而起，则红娘敛衾携枕而至。抚张曰："至矣！至矣！睡何为哉？"并枕重衾而去。张生拭目危坐久之，犹疑梦寐，然而修谨⑤以俟⑥。俄而红娘捧⑦崔氏而至，至则娇羞融冶，力不能运支体，曩⑧时端庄，不复同矣。是夕旬有八日⑨也，斜月晶莹，幽辉半床。张生飘飘然，且疑神仙之徒，不谓从人间至矣。有顷，寺钟鸣，天将晓，红娘促去。崔氏娇啼宛转，红娘又捧之而去，终夕无一言。张生辨色⑩而兴⑪，自疑曰："岂其梦邪？"及明，睹妆在臂，香在衣，泪光荧荧然，犹莹于茵席而已。是后又十余日，杳不复知。张生赋《会真诗》三十韵，未毕，而红娘适至。因授之，以贻崔氏。自是复容⑫之，朝隐而出，暮隐而入⑬，同安⑭于曩所谓西厢者，几一月矣。张生常诘郑氏之

---

① 真诚：真实想法。
② 短章：诗歌。
③ 此句是莺莺解释为何给张生送诗笺：如果按照张生的"喻情诗"去做，难免发生不轨的"奸情"；如果向母亲告发，又辜负了张生对自己一家的恩惠；如果让婢女传话，又怕传错了意思。故而莺莺要用这首看似约会情人的诗约张生见面，以便能够义正词严地当面拒绝张生。
④ 觉之：使之觉。让他惊醒。
⑤ 修谨：小心翼翼地整理衣帽。修：整理衣帽。谨：小心翼翼。
⑥ 俟：等待。
⑦ 捧：搀扶、陪伴。
⑧ 曩：昔，以前。
⑨ 旬有八日：十八日。十五日月亮最圆，十八日月亮也很明亮。
⑩ 辨色：察言观色。指观察莺莺的态度，惊诧前后变化之大。
⑪ 兴：感叹。
⑫ 容：接纳。表示他们再次约会。
⑬ 朝隐而出，暮隐而入：莺莺早上离开，晚上来赴约。朝隐：清早月亮隐没，太阳未出之时。暮隐：傍晚太阳落山，月亮出来之时。
⑭ 安：寝，宿。

情,则曰:"我不可奈何矣。"因欲就成之。无何,张生将之长安,先以情喻之。崔氏宛无难词,然而愁怨之容动人矣。将行之再夕,不可复见,而张生遂西下。

数月,复游于蒲,会于崔氏者又累月。崔氏甚工刀札①,善属文,求索再三,终不可见。往往张生自以文挑②,亦不甚睹览。大略崔之出人者,艺必穷极,而貌若不知;言则敏辩,而寡于酬对。待张之意甚厚,然未尝以词继之。时愁艳幽邃,恒若不识;喜愠之容,亦罕形见。异时独夜操琴,愁弄凄恻,张窃听之,求之,则终不复鼓矣。以是愈惑之。

张生俄以文调及期③,又当西去。当去之夕,不复自言其情,愁叹于崔氏之侧。崔已阴知将诀矣,恭貌怡声④,徐谓张曰:"始乱之,终弃之,固其宜矣,愚不敢恨。必也君乱之,君终之,君之惠也;则殁身之誓,其有终矣,又何必深感于此行?然而君既不怿(yì)⑤,无以奉宁。君常谓我善鼓琴,向时羞颜,所不能及。今且往矣,既君此诚。"因命拂琴,鼓《霓裳羽衣序》,不数声,哀音怨乱,不复知其是曲也。⑥左右皆嘘唏⑦,崔亦遽⑧止⑨之。投琴,泣下流连,趋归郑所⑩,遂不复至。明旦而张行。

明年,文战不胜⑪,张遂止于京,因贻书于崔,以广其意。崔氏缄报之词,粗

---

① 工刀札:文笔好。
② 挑:挑逗。莺莺很有文采,善于写诗文,张生经常给莺莺写文写诗,以求应答,但莺莺回复不多。表明莺莺十分克制,不太愿意向张生展示才华。
③ 文调及期:到了调判授职的时间。文调:科举考试后,调判等第授职,一般初授秘书省校书郎。
④ 恭貌怡声:恭顺和悦。莺莺没有悲伤哭泣,表现出克制的态度。
⑤ 怿:喜悦。
⑥ 此句指之前莺莺一直克制自己的情绪,不把离别的感伤表现出来,但是弹琴时终于克制不住了,连琴都弹乱了。
⑦ 嘘唏:感叹,悲伤。
⑧ 遽:急忙。
⑨ 止:停止。因过于悲伤,不能继续弹琴。
⑩ 趋归郑所:莺莺与张生告别之后,回到母亲住所。
⑪ 文战不胜:考试失利。指没有考中选官的考试。

载于此。曰："捧览来问，抚爱过深，儿女之情，悲喜交集。兼惠①花胜一合，口脂五寸，致耀首膏唇之饰。虽荷殊恩，谁复为容？睹物增怀，但积悲叹耳。伏承使于京中就业，进修之道，固在便安。但恨僻陋之人，永以遐弃。命也如此，知复何言？自去秋已来，常忽忽如有所失，于喧哗之下，或勉为语笑，闲宵自处，无不泪零。乃至梦寐之间，亦多感咽。离忧之思，绸缪缱绻，暂若寻常；幽会未终，惊魂已断。虽半衾如暖，而思之甚遥。一昨拜辞，倐逾旧岁。长安行乐之地，触绪牵情，何幸不忘幽微，眷念无斁（yì）②。鄙薄之志，无以奉酬。至于终始之盟，则固不忒③。鄙昔中表相因，或同宴处，婢仆见诱，遂致私诚，儿女之心，不能自固。君子有援琴之挑④，鄙人无投梭之拒⑤。及荐寝席⑥，义盛意深，愚陋之情，永谓终托。岂期既见君子，而不能定情，致有自献之羞⑦，不复明⑧侍巾帻⑨。没身永恨，含叹何言？倘仁人用心，俯遂幽眇，虽死之日，犹生之年。如或达士略情⑩，舍小从大，以先配为丑行，以要盟⑪为可欺⑫，则当骨化形销，丹诚不泯。因风委露，犹托清尘⑬。存没之诚，言尽于此。临纸呜咽，情不能申。千万珍重！珍重千万！玉环一枚，是儿婴年所弄，寄充君子下体所佩。玉取其坚润不

---

① 惠：惠赠。
② 斁：厌倦。
③ 忒：差错。
④ 君子有援琴之挑：借用司马相如与卓文君的典故。
⑤ 无投梭之拒：没有拒绝。
⑥ 荐寝席：莺莺主动赴约。
⑦ 自献之羞：羞愧于主动献身。莺莺把责任揽在自己身上，是一种谦虚的口气。莺莺处处克制，时时自责，委婉表达出对张生的真情和深情。
⑧ 明：光明正大。
⑨ 侍巾帻：侍奉。意指"做夫人"。
⑩ 达士略情：豁达薄情之人。
⑪ 要盟：盟约，誓言。
⑫ 欺：欺骗，违背。
⑬ 因风委露，犹托清尘：莺莺以清风、露水、清尘表达至死不渝的深情。

渝，环取其终使不绝。兼乱丝一绚（qú）①，文竹茶碾子一枚。此数物不足见珍，意者欲君子如玉之真，弊志如环不解，泪痕在竹，愁绪萦丝，因物达情，永以为好耳。心迩身遐②，拜会无期，幽愤所钟，千里神合。千万珍重！春风多厉，强饭为嘉③。慎言自保，无以鄙为深念。"

张生发④其书于所知⑤，由是时人多闻之。所善⑥杨巨源好属词，因为赋《崔娘诗》一绝云："清润潘郎⑦玉不如，中庭蕙草雪销初。风流才子多春思，肠断萧娘⑧一纸书。"河南元稹，亦续生《会真诗》三十韵。诗曰：

微月透帘栊，萤光度碧空。遥天初缥缈，低树渐葱茏。
龙吹过庭竹，鸾歌拂井桐。罗绡垂薄雾，环珮响轻风。
绛节随金母，云心捧玉童。更深人悄悄，晨会雨濛濛。
珠莹光文履，花明隐绣龙。瑶钗行彩凤，罗帔掩丹虹。
言自瑶华浦，将朝碧玉宫。因游洛城北，偶向宋家东。
戏调初微拒，柔情已暗通。低鬟蝉影动，回步玉尘蒙。
转面流花雪，登床抱绮丛。鸳鸯交颈舞，翡翠合欢笼。
眉黛羞偏聚，唇朱暖更融。气清兰蕊馥，肤润玉肌丰。
无力佣移腕，多娇爱敛躬。汗流珠点点，发乱绿葱葱。

---

① 绚：量词，类似"缕"。
② 心迩身遐：心近而身远。
③ 春风多厉，强饭为嘉：保重身体。概出《古诗十九首·行行重行行》之末句："弃捐勿复道，努力加餐饭。"
④ 发：展示，拿给别人看。
⑤ 所知：相知的朋友。
⑥ 所善：好友。
⑦ 潘郎：西晋潘岳，貌美。后用潘郎指代佳公子。
⑧ 萧娘：南朝梁对女子泛称，后世用萧娘指代男子心爱的女人。杨巨源《崔娘诗》用潘郎指代张生，用萧娘指代莺莺。

方喜千年会，俄闻五夜穷。留连时有恨，缱绻意难终。
慢脸含愁态，芳词誓素衷。赠环明运合，留结表心同。
啼粉流宵镜，残灯远暗虫。华光犹苒苒，旭日渐瞳瞳。
乘鹜还归洛，吹箫亦上嵩。衣香犹染麝，枕腻尚残红。
幂幂临塘草，飘飘思渚蓬。素琴鸣怨鹤，清汉望归鸿。
海阔诚难渡，天高不易冲。行云无处所，萧史①在楼中。

张之友闻之者，莫不耸异之，然而张志亦绝矣。稹特与张厚，因征其词。张曰："大凡天之所命尤物也，不妖其身，必妖于人。使崔氏子遇合富贵，乘宠娇，不为云，不为雨，为蛟②为螭(chī)③，吾不知其所变化矣。昔殷之辛④，周之幽⑤，据百万之国，其势甚厚。然而一女子败之，溃其众，屠其身，至今为天下僇笑。予之德不足以胜妖孽，是用忍情⑥。"于时坐者⑦皆为深叹。

后岁余，崔已委身于人⑧，张亦有所娶。适经所居，乃因其夫言于崔，求以外兄⑨见。夫⑩语之，而崔终不为出。张怨念之诚，动于颜色。崔知之，潜赋一章词曰："自从消瘦减容光，万转千回懒下床。不为旁人羞不起，为郎憔悴却羞

---

① 萧史：春秋时期人物，善吹箫。秦穆公女儿弄玉梦见萧史吹箫后一见倾心，秦穆公找到萧史后把女儿嫁给了他，后夫妇二人升仙而去。诗中借萧史表达张生的惆怅之情。
② 蛟：蛟龙。传说中能发洪水的、像龙一样的动物。
③ 螭：传说中似龙而无角的动物。
④ 辛：殷辛，商纣王。宠幸妲己，以致亡国。
⑤ 幽：周幽王，为了博取宠姬褒姒一笑，"烽火戏诸侯"，导致灭国。
⑥ 忍情：克制情欲。张生说自己的德行不足以抵御莺莺这样的"尤物"对自己的诱惑，因而放弃了莺莺。这是张生为自己离开莺莺找借口。
⑦ 坐者：在座者，指听张生讲述莺莺之事的人。
⑧ 委身于人：出嫁。
⑨ 外兄：表兄。
⑩ 夫：指莺莺的丈夫。

郎。"竟不之见①。后数日,张生将行,又赋一章以谢绝云:"弃置今何道,当时且自亲。还将旧时意,怜取眼前人。"自是绝不复知矣。

时人多许②张为善补过③者。予常与朋会之中,往往及此意者。夫使知者不为,为之者不惑。贞元岁九月,执事李公垂④,宿于予靖安里第,语及于是。公垂卓然称异,遂为《莺莺歌》以传之。崔氏小名莺莺,公垂以命篇⑤。

两情相悦朝朝暮暮,始乱终弃恨归何处

唐传奇名篇《莺莺传》诞生之后,一直深受士子的喜爱,流传深远,改编版本极多。元代戏曲大家王实甫改编为《崔莺莺待月西厢记》,调整了原作的人物定位,重新进行人物性格塑造,对原作进行合理化调整,加上优美而朗朗上口的唱段,让这部戏曲广为流传,到了家喻户晓的程度。

元稹原作《莺莺传》的故事逻辑存在一些不够合理的地方,留白空间很大。这需要更深入地解读,填补其间的空白,才能真正明白其中的奥妙。而读王实甫的《崔莺莺待月西厢记》,是很好的对比阅读方式。

在元稹原作《莺莺传》中,崔莺莺的行事态度变化有点儿突然。她原本性情坚贞,庄重严厉,第一次"私会"见面时严词痛斥张生。那时她收到红娘递送张生的"情诗",回复了一首《明月三五夜》。这是一首情景生动、词语优美的情诗:"待月西厢下,近风户半开。拂墙花影动,疑是玉人来。"

---

① 不之见:不见他。
② 许:称赞。
③ 善补过:善于弥补过错。意指张生离开莺莺,是"悬崖勒马,回头是岸"的行为。张生及时改正了错误,娶了门第相当的女子,纠正了仕途方向,在士子们看来,这是值得称赞的,故称"善补过者"。
④ 李公垂:李绅,与白居易、元稹是好友。
⑤ 公垂以命篇:李公垂让我写此传。

张生有慧心，立即读懂了这是约会。十五月明夜，他就爬杏树，直接翻墙了。没想到，崔莺莺一见到他，就义正词严、长篇大论地训斥一番，直把张生说得目瞪口呆，心灰意冷。这是崔莺莺给人以凛然不可侵犯的形象。可是，过了几晚，张生正在房间里睡得迷迷糊糊间，红娘忽然抱着被子枕头悄悄进来说："来了，来了，还睡什么觉啊？"

于是，完全没有准备，几乎毫无铺垫地，崔莺莺就来了。投怀送抱，一夕欢好，如梦如幻。张生醒过来都觉得不真实。

这一节前后处事态度变化太突然，第一次读，不深入体会很难理解其中的合理性。

不过结合时代背景，可以理解崔莺莺对张生的训斥属于口是心非。崔莺莺的身份使她不能爽快地直接答应张生，否则会破坏自己知书达理、非礼莫视的淑女形象。然而训斥张生后，她明白了张生对自己确实情有独钟，也禁不住少女之思，放开了自我约束，于是突然袭击，来了个深夜私会。情动于中，难以用理智控制。崔莺莺是一个性情女子，又对人与事有一种独到的思考。她对两人的未来思考后，理性判断明白了，张生毕竟是醉心功名之人，难以为爱而割舍。现实中，他不久就要"西下"去长安参加科举。

几个月后，张生从长安回到蒲州，与崔莺莺继续私会几个月。之后得到了选调的机会，张生又要离开，但没有流露出要带走崔莺莺的态度。他思忖再三，各种话儿在心口难开。虽然钟情，虽然贪欲，张生却并没打算娶崔莺莺。作为一个敏感的女孩子，崔莺莺立即就接收到了这种"拒绝"的信息，她知道更加无望了——"张生俄以文调及期，又当西去。当去之夕，不复自言其情，愁叹于崔氏之侧"。

由此可以解释，张生愁叹缠绵，不过是舍不得崔莺莺的情和她的貌，贪图欲望的满足，而不肯以婚姻作为保障，来让双方"两情长久"。而他必须西去，是因为无法放弃功名。

张生在进士及第后，为有更多仕进机会，要跟高门望族结亲。这是现实考量和浪漫憧憬的核心冲突，人生的悲剧与痛苦，大概就是这种现实与梦想的不能两全吧。

作为科场中人,不管文战胜利还是失败,最终目的都是进士及第之后,像孟郊写的那样来个"春风得意马蹄疾,一日看遍长安花"。那个时代科举考试,个人要通过这种方式求取功名,还有一个必须而沉重的负担——"光宗耀祖",整个家族命运都系于这一线。"一荣俱荣,一损俱损"的家族血亲关系,是中华帝制系统最稳固的底层,也是整个帝制时代的核心文化秘密之一。从父父子子到君君臣臣,从乡镇到京都,就是这样一个层层叠叠、一环套一环的网状社会结构,人人都在这个罗网中,无可脱身。

张生最终选择的是现实考量,不能也不敢像王实甫改编之后的《崔莺莺待月西厢记》里的张君瑞那么有勇气,那么光荣地追求爱情。他在下人生这盘大棋时,崔莺莺只能成为一枚"弃子"。

元曲之后,历代戏剧大都走"才子佳人"的"大团圆结局"路线,更能满足普罗大众的趣味。因此结尾改为张君瑞中状元,衣锦还乡迎娶真爱崔莺莺,"有情人终成眷属"。

在唐传奇《莺莺传》中,现实与理想、婚姻与爱情的核心冲突,造成了"有情人终成陌生人"的悲剧结局。虽然不像其他传奇如《霍小玉传》那么悲情,但是,"执手相看泪眼,竟无语凝噎"的分离,是必然的。

崔莺莺深思熟虑,知道张生最终妥协于现实是不可避免的:"崔已阴知将诀矣,恭貌怡声,徐谓张曰:'始乱之,终弃之,固其宜矣,愚不敢恨。必也君乱之,君终之,君之惠也;则殁身之誓,其有终矣,又何必深感于此行?……'"这番应对,包含着复杂的思考,显示出崔莺莺对于现实状况的冷静和理智,也许还有绝望之后的痛定思痛,她并没有让自己陷在儿女私情中不能自拔。"始乱之,终弃之",是对两人关系的悲剧思考,并且勇敢地把一大部分责任揽在自己的身上。虽然她可以把"始乱终弃"的主人公定位为张生,让他成为"薄情汉"和"负心郎"的代表,但这里,崔莺莺并非仅仅谴责张生,而是对自己的命运也有所谴责。

《莺莺传》虽然采取讲述他人故事的结构,但同时代的好友及后世学者,大多认为这是元稹的自传。作为与白居易齐名的大诗人,元稹确实是才高八斗,风流倜傥。他与白居易一生至交而无二心，成为亲密的好朋友。这样一位著名文人，他的人生事迹、一举一动，自然会有很大的影响。而《莺莺传》作为一篇声名远播的唐传奇，人们总是把它跟元稹的人生对应起来细细考证，也有过大量的猜测和结论。这些我们都不再赘述，有兴趣的读者想顺藤摸瓜地拓展知识，可以去读陈寅恪先生的名作《元白诗笺证稿》等论述。

在帝制时代占据主动优势的张生，最终做了"始乱终弃"的选择，令人不齿。而相比之下，崔莺莺的精神品格和人生境界都要高很多。

分开数年之后，张生想跟崔莺莺见面，但遭到后者严词拒绝。她还写了一封信托人带给张生，其中有一段表明了她的格局：

"……君子有援琴之挑，鄙人无投梭之拒。及荐寝席，义盛意深，愚陋之情，永谓终托。岂期既见君子，而不能定情，致有自献之羞，不复明侍巾帻。……"

这里说，当时年轻，经不起情动而委身于你（这是《史记》中司马相如奏《凤求凰》的典故），本以为可以托付终身的。没想到"既见君子"（这里引用了《诗经》的名句，在"变形"编《申屠澄》里已做过解释）之后，你却不肯明媒正娶。我忍羞含辱地主动献身，却不能得到两情长久（不亦悲乎）。

这段话很有歧义，历来理解各有不同。有人认为，这是崔莺莺为自己不顾名节自感羞愧。不过，前面有"愚陋之情，永谓终托"（自以为可以托付终身），后面"致有自献之羞，不复明侍巾帻"（私会献身，却仍没机会在一起）的转折句式就不应是自我谴责。所谓"侍巾帻"，是婢女侍奉主人梳洗打扮，用作夫人、太太对婚姻关系的一种表达。实际上，这就是委婉地谴责张生背信弃义了。

崔莺莺在这封信里其实分析得非常透彻，对张生的谴责也是很明显的，因此她才会决意断绝关系，不复往来。这让张生无言以对，怏怏而归。但是，崔莺莺并不是对张生没有感情，她有感情，有真情，而且坚贞不渝，因此写信时，附赠了礼物：

"……玉环一枚，是儿婴年所弄，寄充君子下体所佩。玉取其坚润不渝，环取其终使不绝。兼乱丝一绚，文竹茶碾子一枚。此数物不足见珍，意者欲君子如玉之真，弊志如环不解，……"

这既是一种美好的寓意，同时也是一种良善的愿望。

张生乃好事之徒，他不仅没有把这件事情隐藏起来，反而把崔莺莺的信拿给杨巨源等朋友看。元稹也直接写了一首《会真诗》，假借张生之手献给那个传奇中的"崔莺莺"（事实上可能是他自己现实中某位不能忘情的女子），顺便显示自己的卓越诗才。

在文学才能上，崔莺莺也非常令人佩服。她思考问题的方式也超越了时代。在张生已娶、崔莺莺亦作他人妇后，张生还想来见面，甚至希望"幽会"。这时崔莺莺坚决拒绝，并一前一后给他写了两首诗。

第一首自况而情深，足以让张生羞愧。

第二首尤见深心诚意，而且有理性思考的光辉，还隐藏着委婉的劝讽："弃置今何道，当时且自亲。还将旧时意，怜取眼前人。"

这里，崔莺莺希望张生明白，过去的就过去了，无法挽回了。既然如此，不如对自己的妻子好一点儿，不要总想着过去，而冷落了自己的妻子。

现实中元稹娶了韦夏卿的女儿。京兆韦氏，是唐代大姓，攀上了关系很重要。然而，元稹运气不够好，韦氏大概是才资中人。虽然是京兆韦氏这样的盛族，但是他的妻族这一支衰微了，元稹没有在官场上实现理想。他的妻子韦氏，也只是不断地生孩子，之后早早去世。

韦夏卿是前辈大诗人李益的朋友，因此元稹算得上是李益的晚辈。关于他们的风流韵事，后面的名篇《霍小玉传》还会讲到。

《莺莺传》广泛流传，除作者元稹名满天下外，其中提出的经典矛盾，也唤起了读者的深刻同情心：婚姻与爱情的冲突，功名与理想的冲突。

这样的经典矛盾，一直贯穿每一个时代。

章回小说杰作《红楼梦》的第二十三回："西厢记妙词通戏语，牡丹亭艳曲警芳心"，元妃娘娘怕大观园荒废，吩咐府里的女孩子搬进去住，又让贾宝玉也去一起读书写字。林黛玉选了潇湘馆，贾宝玉选了怡红院，薛宝钗选了蘅芜苑，李纨选了稻香村，各自住下了。

贾宝玉颇有点儿"歪才"。这一年，他为春夏秋冬四季写了四首"即事诗"，这些诗被一些好事之徒抄了出去传颂。有一天忽然烦闷了，"少年不识愁滋味，为赋新词强说愁"的闲愁上头，一时打发不了。侍童茗烟是个小坏蛋，知道少年心思需要排遣，飞快地跑到外面的书坊，"把那古今小说并那飞燕，合德，武则天，杨贵妃的外传与那传奇角本买了许多来，引宝玉看"。贾宝玉一看就放不下了。茗烟不敢让他带进大观园，说被发现了"吃不了兜着走"。贾宝玉正看到兴头处，哪里舍得放弃？"踟蹰再三，单把那文理细密的拣了几套进去，放在床顶上，无人时自己密看。那粗俗过露的，都藏在外面书房里。"

一天正在偷看《西厢记》，被荷锄担囊前来扫花葬花的林黛玉撞破了。林黛玉要过去，不到一顿饭工夫，就把十六回都看完了。然后，她触景生情，一阵惆怅。

在《红楼梦》这章里可以看到，少年贾宝玉和少女林黛玉从《西厢记》中所朦朦胧胧感受到的爱情，已经让他们心动了。聪明善感的林黛玉在回房路上，听到戏班子在唱《牡丹亭》，于是感慨良深："偶然两句吹到耳内，明明白白，一字不落，唱道是：'原来姹紫嫣红开遍，似这般都付与断井颓垣。'林黛玉听了，倒也十分感慨缠绵，便止住步侧耳细听，又听唱道是：'良辰美景奈何天，赏心乐事谁家院。'听了这两句，不觉点头自叹，心下自思道：'原来戏上也有好文章。可惜世人只知看戏，未必能领略这其中的趣味。'"

可见《西厢记》《牡丹亭》在《红楼梦》诞生的时代，已经风行一时了。

贾宝玉与林黛玉的"宝黛恋"，也因为现实与理想的冲突，以悲剧告终。

长恨歌传①

开元中，泰阶平②，四海无事。玄宗在位岁久，倦于旰（gàn）③食宵衣④，政无大小，始委于右丞相⑤，稍深居游宴，以声色自娱。先是元献皇后、武淑妃皆有宠，相次即世⑥。宫中虽良家子千数，无可悦目者。上心忽忽不乐。时每岁十月，驾幸华清宫，内外命妇，熠耀景从⑦，浴日余波，赐以汤沐，春风灵液，澹荡其间。上心油然，若有所遇，顾左右前后，粉色如土。诏高力士潜搜外宫，得弘农杨玄琰女于寿邸，既笄矣，鬓发腻理，纤秾中度，举止闲冶，如汉武帝李夫人。别疏汤泉，诏赐澡莹。既出水，体弱力微，若不任罗绮。光彩焕发，转动照人。上甚悦。进见之日，奏《霓裳羽衣曲》以导之。定情之夕，授金钗钿合以固之。又命戴步摇⑧，垂金珰⑨。明年，册为贵妃，半后服用⑩。由是冶其容，敏其词，婉娈万态，以中上意⑪。上益

---

① 《太平广记》卷四百八十六·杂传记三，题《长恨传》，陈鸿撰，未注出处。同时期的《文苑英华》卷七百九十四·传，题《长恨歌传》，陈鸿撰。本文据《文苑英华》本校录。
② 泰阶平：国家太平。
③ 旰：晚上。
④ 倦于旰食宵衣：夜夜欢宴以致疲倦，不愿早朝理政。
⑤ 右丞相：指李林甫。
⑥ 即世：去世。
⑦ 熠耀景从：修饰华丽，纷纷跟随。熠：光耀，明亮。熠耀：形容女子修饰得光耀靓丽，光彩夺目。景：同"影"。景从：跟随。
⑧ 步摇：头钗。
⑨ 金珰：耳环。
⑩ 半后服用：享受一半皇后服用待遇。
⑪ 以中上意：使皇上满意。

嬖（bì）①焉。时省风九州，泥金五岳，骊山雪夜，上阳春朝，与上行同辇，止同室，宴专席，寝专房。虽有三夫人、九嫔、二十七世妇、八十一御妻，暨后宫才人、乐府妓女，使天子无顾盼意。自是六宫无复进幸者。非徒②殊艳尤态致是，盖才智明慧，善巧便佞（nìng）③，先意希旨④，有不可形容者。叔父昆弟皆列位清贵，爵为通侯。姊妹封国夫人，富埒（lè）⑤王宫，车服邸第，与大长公主侔（móu）⑥矣，而恩泽势力，则又过之。出入禁门⑦不问，京师长吏为之侧目⑧。故当时谣咏有云："生女勿悲酸，生男勿喜欢。"又曰："男不封侯女作妃，看女却为门上楣⑨。"其为人心羡慕如此。

天宝末，兄国忠盗丞相位，愚弄国柄。及安禄山引兵向阙，以讨杨氏为词⑩。潼关不守，翠华⑪南幸⑫，出咸阳，道次⑬马嵬亭。六军徘徊，持戟不进。从官郎吏伏上马前，请诛晁错⑭以谢天下。国忠奉氂（máo）缨⑮盘水⑯，死于道周。左右之意未快。上问之。当时敢言者，请以贵妃塞⑰天下怨。上知不免，而不忍见

---

① 嬖：宠爱。

② 徒：只有。

③ 佞：善于花言巧语。

④ 先意希旨：能忖度皇帝的心意。

⑤ 埒：相等，均等。

⑥ 侔：相等。

⑦ 禁门：宫门。

⑧ 侧目：不敢正视。

⑨ 门上楣：门楣，正门上方的横梁。显赫家族才可以有门楣。文中指家族靠女子获得显赫地位。

⑩ 词：理由，借口。

⑪ 翠华：天子仪仗。

⑫ 南幸：天子去南边。指玄宗往南出逃。

⑬ 次：临时驻扎，军队暂时休息。

⑭ 诛晁错：诛杀罪人。公元前154年，吴王刘濞会七国，以"诛晁错，清君侧"为名，起兵叛乱。

⑮ 氂缨：以毛做成的帽带。

⑯ 盘水：徒步涉水。氂缨盘水：指杨国忠率军抵抗安禄山叛军，战败落荒而逃时的情景。

⑰ 塞：抵。意指杀贵妃以谢天下。

其死，反袂掩面，使牵之而去。仓皇展转，竟就死于尺组之下①。既而玄宗狩②成都，肃宗受禅灵武③。明年，大赦改元④，大驾还都。尊玄宗为太上皇，就养南宫。自南宫迁于西内。时移事去，乐尽悲来，每至春之日、冬之夜，池莲夏开、宫槐秋落，梨园弟子，玉琯（guǎn）⑤发音，闻《霓裳羽衣》一声，则天颜不怡，左右嘘唏。三载一意，其念不衰。求之梦魂，杳不能得。

适有道士自蜀来，知上皇心念杨妃如是，自言有李少君⑥之术。玄宗大喜，命致其神⑦。方士乃竭其术以索之，不至。又能游神驭气，出天界、没地府以求之，不见。又旁求四虚上下，东极天海，跨蓬壶。见最高仙山，上多楼阙，西厢下有洞户，东向，阖其门，署曰"玉妃太真院"。方士抽簪叩扉，有双鬟童女，出应其门。方士造次⑧未及言，而双鬟复入。俄有碧衣侍女又至，诘其所从。方士因称唐天子使者，且致其命。碧衣云："玉妃方寝，请少待之。"于时云海沉沉，洞天日晓，琼户重闱⑨，悄然无声。方士屏息敛足，拱手门下。久之，而碧衣延入，且曰："玉妃出。"见一人冠金莲，披紫绡，珮红玉，曳凤舄（xì）⑩，左右侍者七八人，揖方士，问："皇帝安否？"次问天宝十四载已还事。言讫，悯然。指碧衣取金钗钿合，各折其半，授使者曰："为我谢太上皇，谨献是物，寻旧好也。"方士受辞与信，将行，色有不足。玉妃固征其意。复前跪致词："请当时一事，不为他人闻者，验于太上皇。不然，

---

① 就死于尺组之下：杨贵妃被吊死。尺组：上吊的丝带。
② 狩：狩猎。指玄宗在成都滞留。
③ 肃宗受禅灵武：肃宗即位。
④ 大赦改元：新皇帝即位，大赦天下，改年号。
⑤ 琯：玉笛。
⑥ 李少君：汉武帝时一名道士，被认为擅长炼丹、使用招魂术等。
⑦ 神：杨贵妃的魂灵。
⑧ 造次：莽撞，打扰。
⑨ 琼户重闱：重重叠叠的庭院楼阁。
⑩ 舄：鞋子。

恐钿合金钗，负①新垣平②之诈也。"玉妃茫然退立，若有所思，徐而言曰："昔天宝十载，侍辇避暑骊山宫。秋七月，牵牛织女相见之夕，秦人风俗，是夜张锦绣，陈饮食，树瓜华，焚香于庭，号为乞巧。宫掖间尤尚之。时夜始半，休侍卫于东西厢，独侍上。上凭肩而立，因仰天感牛女事，密相誓心，愿世世为夫妇。言毕，执手各呜咽。此独君王知之耳。"因自悲曰："由此一念，又不得居此。复堕下界，且结后缘。或为天，或为人，决再相见，好合如旧。"因言："太上皇亦不久人间，幸惟自安，无自苦耳。"使者还奏太上皇，皇心震悼，日日不豫。其年夏四月，南宫宴驾③。

元和元年冬十二月，太原白乐天自校书郎尉于盩（zhōu）厔（zhì）。鸿与琅邪王质夫家于是邑，暇日相携游仙游寺，话及此事，相与感叹。质夫举酒于乐天前曰："夫希代之事，非遇出世之才润色之，则与时消没，不闻于世。乐天深于诗，多于情者也，试为歌之，如何？"乐天因为《长恨歌》。意者不但感其事，亦欲惩尤物、窒乱阶，垂于将来者也。歌既成，使鸿传焉。世所不闻者，予非开元遗民，不得知。世所知者，有《玄宗本纪》在。今但传《长恨歌》云尔：

汉皇重色思倾国，御宇多年求不得。杨家有女初长成，养在深闺人未识。
天生丽质难自弃，一朝选在君王侧。回眸一笑百媚生，六宫粉黛无颜色。
春寒赐浴华清池，温泉水滑洗凝脂。侍儿扶起娇无力，始是新承恩泽时。
云鬓花颜金步摇，芙蓉帐暖度春宵。春宵苦短日高起，从此君王不早朝。
承欢侍宴无闲暇，春从春游夜专夜。后宫佳丽三千人，三千宠爱在一身。
金屋妆成娇侍夜，玉楼宴罢醉和春。姊妹弟兄皆列土，可怜光彩生门户。
遂令天下父母心，不重生男重生女。骊宫高处入青云，仙乐风飘处处闻。

---

① 负：背负，担负。
② 新垣平：汉文帝时人，号称善观测天象，说服汉文帝建庙郊祀，后被举报欺骗皇帝，被下罪处治。
③ 宴驾：同"晏驾"，指帝王去世。

缓歌慢舞凝丝竹，尽日君王看不足。渔阳鼙鼓动地来，惊破霓裳羽衣曲。
九重城阙烟尘生，千乘万骑西南行。翠华摇摇行复止，西出都门百余里。
六军不发无奈何，宛转蛾眉马前死。花钿委地无人收，翠翘金雀玉搔头。
君王掩面救不得，回看血泪相和流。黄埃散漫风萧索，云栈萦纡登剑阁。
峨嵋山下少人行，旌旗无光日色薄。蜀江水碧蜀山青，圣主朝朝暮暮情。
行宫见月伤心色，夜雨闻铃肠断声。天旋地转回龙驭，到此踌躇不能去。
马嵬坡下泥土中，不见玉颜空死处。君臣相顾尽沾衣，东望都门信马归。
归来池苑皆依旧，太液芙蓉未央柳。芙蓉如面柳如眉，对此如何不泪垂！
春风桃李花开夜，秋雨梧桐叶落时。西宫南苑多秋草，落叶满阶红不扫。
梨园弟子白发新，椒房阿监青娥老。夕殿萤飞思悄然，孤灯挑尽未成眠。
迟迟钟鼓初长夜，耿耿星河欲曙天。鸳鸯瓦冷霜华重，翡翠衾寒谁与共？
悠悠生死别经年，魂魄不曾来入梦。临邛道士鸿都客，能以精诚致魂魄。
为感君王辗转思，遂教方士殷勤觅。排空驭气奔如电，升天入地求之遍。
上穷碧落下黄泉，两处茫茫皆不见。忽闻海上有仙山，山在虚无缥缈间。
楼殿玲珑五云起，其中绰约多仙子。中有一人字太真，雪肤花貌参差是。
金阙西厢叩玉扃，转教小玉报双成。闻道汉家天子使，九华帐里梦魂惊。
揽衣推枕起徘徊，珠箔银屏迤逦开。云鬓半偏新睡觉，花冠不整下堂来。
风吹仙袂飘飘举，犹似霓裳羽衣舞。玉容寂寞泪阑干，梨花一枝春带雨。
含情凝睇谢君王，一别音容两渺茫。昭阳殿里恩爱绝，蓬莱宫中日月长。
回头下望人寰处，不见长安见尘雾。惟将旧物表深情，钿合金钗寄将去。
钗留一股合一扇，钗擘黄金合分钿。但令心似金钿坚，天上人间会相见。
临别殷勤重寄词，词中有誓两心知。七月七日长生殿，夜半无人私语时。
在天愿作比翼鸟，在地愿为连理枝。天长地久有时尽，此恨绵绵无绝期！

霓裳羽衣长生殿，马嵬坡下恨绵绵

唐明皇与杨贵妃的悲欢离合，自从白居易在仙游寺写下名作《长恨歌》后传遍天下。

爱情故事古往今来有很多，独明皇李隆基与贵妃杨玉环的故事为后人不断传颂。到清代康熙年间，还有杭州大诗人洪昇十年三易其稿作名剧《长生殿》，不断地细细品吟，低回浅唱，一一叙说。其主要发端，大概是白居易的不朽名作《长恨歌》。

本编选入的白居易的友人陈鸿据其诗创作的传奇《长恨歌传》，是与这首诗相辅相成的著名作品。对比着来读，又别有一番叙说的风味。其内容不出白居易长诗外，只是不及白诗气势磅礴、气韵高妙、词语精美。

《长恨歌》这首诗不仅朗朗上口，而且几乎处处都有令人过目不忘的名句，很多学生都能背诵几段。从"汉皇重色思倾国，御宇多年求不得。杨家有女初长成，养在深闺人未识"开始，整个故事就跟帝王将相、爱恨情仇结合在一起，跟历史的和平与离乱结合在一起，跟忠诚与背叛结合在一起，跟生离死别结合在一起。多重元素层层复沓缠绕，具有足够复杂的流行元素，因而其后改编无数。

戏曲中，以清康熙年间大诗人洪昇所作《长生殿》最为有名。该作与《西厢记》《牡丹亭》《桃花扇》一起被誉为中国古典四大名剧。而这"四大名剧"，都以爱情为主题。

日本当代玄幻作家梦枕貘以"长恨歌"的题材为核心，创作了奇幻小说《沙门空海之大唐鬼宴》四部曲。这部作品把发生在天宝十四年（公元755年）的马嵬坡悲剧用时间胶囊封存起来，时间推到五十年后大唐贞元二十年（公元804年）间，日本僧人空海和尚来到大唐。这时，恰逢一只能说人语的黑猫出没于长安，令人惴惴不安。它先是侵占金吾卫校尉刘云樵的妻子，继而预言唐德宗驾崩，皇太子重病……整个长安城都笼罩在黑猫的邪恶诅咒之中。被莫名卷入的日本僧人空海，与其中国友人一起，发现了马嵬坡发生的惊天秘密，从而把半个世纪前的遣唐使、日本名僧阿倍仲麻吕（中文名晁衡），以及他的中国好友大诗人李白等融入了故事中。出人意料的是，阿倍仲麻吕和杨贵妃之间，竟然也有一段"不得不说的故事"。

梦枕貘这部奇幻小说以新颖角度，以特殊方式，对"长恨歌"的经典结构进行崭新的演绎，奇特的处理方式激活了经典故事。中国导演陈凯歌拍成电影《妖猫传》，经数年筹拍，于2017年底上演。这其中有几个关键角色：唐明皇、杨贵妃为核心二人，高力士和李白为"幕后工作人员"。高力士的忠诚和李白的风流，给这个故事"添油加醋"，滋味才够丰富。

李白少年风流，才满天下，被高力士引荐给唐明皇和杨贵妃，受封为"翰林学士"，一个空有其名的虚职。这个职位并没有让幻想当大将军驰骋沙场的李白满足。天宝二年或天宝三年的春日，玄宗和贵妃于宫中沉香亭附近看牡丹花。游春酒酣中，看花美，看人更美。虽是风流君王，也深通翰墨，唐明皇却总感到词穷，无法写出好诗妙句。此情此景，缺乏名句则美中不足，于是派高力士赶紧把翰林学士李白请来。那时不知道李白在哪个酒楼里买醉，大概也喝得醉醺醺的。不是"斗酒诗百篇"吗？倒也无妨。文曲星李白一到宫中，看着满眼的春色好景，满宫的曼妙美人，触景生情，才思渺渺。于是，援管蘸墨，一挥而就，用古乐府为杨贵妃作了三首《清平调》。李白的书法也是非常高妙的，他蘸墨挥毫，一气呵成的时候，神气飞扬，风华绝代。

这三首赞美诗都很精彩，其一、其三尤其好。

其一直接破题写眼前景，意境最美："云想衣裳花想容，春风拂槛露华浓。若非群玉山头见，会向瑶台月下逢。"全是好词好句，无一词不美，无一字不恰当，其中"露华浓"一词甚至被美国高档化妆品用作品牌的中文译名。

其二以前朝汉武帝美人赵飞燕作喻，让两位"高端定制者"大悦："一枝红艳露凝香，云雨巫山枉断肠。借问汉宫谁得似，可怜飞燕倚新妆。"

其三以景写情，直接赞美杨贵妃倾国倾城的容貌："名花倾国两相欢，常得君王带笑看。解释春风无限恨，沉香亭北倚阑干。"杨贵妃的美貌，可以跟名花时卉媲美，皇上看得喜笑颜开，心情跟春风里的一切美好事物融化在一起。这么生动而美好的词句，简直写到了这对帝王鸳鸯心坎里去了。

这么愉快，这么幸福，只有李白才能恰如其分地表达出来的日子，实在是难以忘怀。而善解人意的杨贵妃，在唐明皇眼中无一处不好，哪能不千依百顺，不让杨氏一族人人都享尽荣华富贵呢？因此，杨贵妃的三个姐姐都被封为国夫人，哥哥杨国忠为当朝宰相。真可谓权倾朝野，令人艳羡，如诗云："姊妹弟兄皆列土，可怜光彩生门户。遂令天下父母心，不重生男重生女。"在一个男权社会里，大诗人白居易巧妙地进行翻转式表达"遂令天下父母心，不重生男重生女"。

然而，美好的事物总是短暂的。唐明皇和杨贵妃的爱情，最终却是一个悲剧结尾。而发生在君王和贵妃身上的悲剧，则更加令人感慨万千。

曾担任三镇节度使的安禄山出身卑微，有胡人血统。他自小就懂得察言观色，在边境复杂环境中艰难生存，心狠手辣且见风使舵，最终爬上了高位。又因为巧言令色，以"蕃人"自称，擅长装傻，深谙自嘲之道，而受到唐明皇和杨贵妃的喜爱，被他们视为手中玩物取乐。安禄山作为一名威震边关、杀人如麻的边镇节度使，是统率数十万雄狮、掌握百万人生死的三军统帅，但在杨贵妃面前表现得跟宠物似的，还拜她为干娘。《安禄山事迹》云："时贵妃太真宠冠六宫，禄山遂请为养儿。每对见，先拜太真，玄宗问之，奏曰：'蕃人先母后父耳。'玄宗大悦。禄山恩宠寖深，上前应对，杂以谐谑，而贵妃常在座，诏杨氏三夫人约为兄弟。"又载："（天宝十载）后三日，召禄山入内，贵妃以绣绷子绷禄山，令内人以彩舆舁之，欢呼动地。玄宗使人问之，报云：'贵妃与禄山作三日洗儿，洗了又绷禄山，是以欢笑。'"

安禄山以肥胖著称，穿衣服都要贴身侍儿李猪儿帮他把肥肚腩抬起来，才能塞进去。他自己走路，则常常要双手托着下垂的肚腩，常常还来个旋转，样子非常喜庆。安禄山太胖而不能随便骑马，寻常劣马他骑一段路就会累死。因此，驿站站长为了他的出行操碎了心，要预先去采购名马，用五麻袋的沙子压上去试验，承受得住，才留下备安禄山出行用。他如此肥胖，走路都气喘吁吁，但在唐明皇和杨贵妃面前还是极尽奉承，努力搞笑，让贵妃娘娘十分开心。唐明皇和杨贵妃去骊山游玩，去华清池洗温泉，都带着安禄山，可见对安禄山之恩宠。然而，唐代名相、大诗人张九龄有识人之能，对他非常不信任，《安禄山事迹》云："开元二十一年，守珪令禄山奏事，中书令张九龄见之，谓侍中裴光庭曰：'乱幽州者，必此胡也。'"又云："二十四年，禄山为平卢将军，讨契丹失利，守珪奏请斩之。九龄批曰：'穰苴出军，必诛庄贾；孙武行令，亦斩宫嫔。守珪军令若行，禄山不宜免死。'玄宗惜其勇锐，但令免官，白衣展效。九龄又执奏，请诛之。玄宗曰：'卿岂以王夷甫识石勒，便臆断禄山难制耶？'竟不诛之。"这里提到的王夷甫是西晋重臣王衍，他是玄学领袖，谈玄论道的高手。《晋书·石勒载记》云："年十四，随邑人行贩洛阳，倚啸上东门，王衍见而异之，顾谓左右曰：'向者胡雏，吾观其声视有奇志，恐将为天下之患。'驰遣收之，会勒已去。"最终于永嘉五年，石勒与族弟、猛将石虎率部攻陷洛阳，俘杀王衍及西晋三万余官民，史称"永嘉之乱"。唐玄宗自然也是接受过严格教育，通史识鉴的。他以王夷甫的例子来说事，背后还可能暗含着对王夷甫空谈误国的严厉谴责，让你住嘴（不然治罪）的意思。更何况从一位皇帝嘴里说出来，张九龄肯定吓出一身冷汗。后"安史之乱"平定，唐玄宗想起早已经去世的张九龄，叹惋不已。

作为曾经最有成就的英主之一，唐玄宗于安禄山的判断上，却屡次失误。这不仅是他本人偏爱，更是帝制时代皇帝独揽大权、各方面有效信息不畅通，而无法更有效地优化制衡带来的致命缺陷。王小波曾作《花剌子模信使问题》，探讨过"报喜不报忧"的帝制致命逻辑，以及对于消息管制而最终导致灭国命运的低级循环。

唐玄宗开元时期朝廷上最有权势的宰相李林甫对安禄山十分偏爱，也是安禄山在朝廷上最大的贵人。而李林甫之后于天宝年间继任宰相的杨国忠则忌惮安禄山，屡次提醒唐玄宗要提防。唐玄宗却莫名喜爱安禄山，甚至要封安禄山为宰相，只是杨国忠进谏说，安禄山不识字，他当宰相会让世界各国嘲笑大唐朝无人，唐玄宗才作罢。

杨国忠有杨贵妃这个靠山，胆大能言，常对唐明皇说安禄山有反骨，要提防他。然而，在唐玄宗和杨贵妃眼中，胖胖的、很滑稽的干儿子安禄山多好玩啊，怎么可能有什么反骨呢？杨贵妃自小入宫，每天都是千恩万宠的，她没有知人识人之明很正常，她只看谁好不好玩，谁能让自己开心，其他真是什么也不管的。因此，贵妃娘娘哪里会听了杨国忠的话，就处分安禄山呢？而唐玄宗是一代英主，两次发动政变登上帝位的，大概是"生于忧患，死于安乐"的经典隐喻吧。安禄山也算是一代枭雄，能屈能伸，是最终颠倒乾坤的大杀器，是专门用来戳穿大唐盛世这个虚幻大泡泡的。至于那两位著名的大唐盛世的广告代理红人，他们的爱情是用来写一出千古悲剧传奇的。

安禄山辞别帝都，唐玄宗还送到码头，赐给他一件披风。安禄山担心皇上反悔，早就暗中安排妥当，一路上不停奔驰，到了河津上船顺流而下，到河曲之处早安排了纤夫接力拉船，每天两三百里飞奔，一口气跑回了范阳，随即，以"清君侧"为名发动了叛乱。安禄山旗下的虎狼之师，久经沙场，能征善战，在河北开始攻城略地，势如破竹，造成人民死伤无数。真可谓"渔阳鼙鼓动地来，惊破霓裳羽衣曲"。又岂止是"惊破霓裳羽衣曲"而已？大唐的花花世界，万里江山，也突然残破不堪了。唐代其时承平已久，天下富贵温柔，刀枪入库，军民不整。等发现叛军杀到，官兵们连忙从军械库里搬出刀枪，然后发现全都锈蚀不堪，完全无法抵挡。

唐玄宗为一代雄主，他二十出头就连续发动两次血腥的政变，最终登上皇帝宝座。第一次，他联合太平公主共同发动政变诛杀韦后集团，把父亲相王李旦扶上宝座，自己被封为太子，史称"唐隆政变"。继而针对咄咄逼人、可能试图效法前辈武则天做女皇的太平公主，又先发制人地发动第二次攻击，在突袭中诛杀与太平公主亲近的大臣，包括左、右羽林军大将军常元楷、李慈，当朝两位宰相岑羲、萧至忠，而尚书右仆射窦怀贞闻讯后自杀身亡。李隆基掌握大权后，不顾父皇的怜悯之心，决意赐死太平公主，从而大权在揽，睥睨天下。继位后，颇有政治才能的唐玄宗意气风发，胸襟开阔，所任用的宰相姚崇、宋璟、张说、张九龄，都是一时之选，从而开创了"开元盛世"新时代。

因此，读《长恨歌传》，诵《长恨歌》时，断不能忘记，在唐玄宗和杨贵妃的凄美爱情背后，还有唐朝三百多年间常见的夫妻反目、骨肉倾轧、兄弟相杀的血腥事件。唐玄宗在形势紧急时，也不能真正做到"在天愿作比翼鸟，在地愿为连理枝"，也没能挺身而出捍卫杨贵妃的生命，而是为了保自己、保李家江山，让人把一个弱女子杨玉环作为替罪羊杀了。后来名诗人李益曾作《过马嵬》："汉将如云不直言，寇来翻罪绮罗恩。托君休洗莲花血，留记千年妾泪痕。"对这个事件，有着真正的反思。唐玄宗自然是心不甘情不愿，但近卫大将军陈玄礼和士兵"群众愿望"和呼声很高，他只能"顺应民意"把倾国倾城的杨贵妃绞杀在马嵬坡下，然后就地挖坑草草地埋葬了。虽然是"群情激昂"，但作为一代雄主唐玄宗，怎么可以没有勇气承担责任，为爱妃出头呢？他如果不是拼命甩锅，而是自己独当责任，下罪己诏，死保杨玉环，又会怎样？一代红颜枉死，在当时的情势下似乎是最优选择，但不能不说唐玄宗也有过错吧？

"马嵬坡下泥土中，不见玉颜空死处。"面对这个惨痛的悲剧，风流时尽风流的老头子唐明皇，对一个年纪轻轻就横尸土坡的美人，还能忧伤地推脱责任吗？他对于杨贵妃的思念，可能是真思念，也可能是被封为太上皇之后的寂寞无奈，因此倍加孤寂，思念加深了吧。李唐皇朝，从一开始的玄武门之变，就奠定了一个"兄弟阋墙"的可怕传统。这大概不是李氏天性好杀所能解释的，而是传统帝制结构的劣根性和险恶性，使得一个人一旦登上皇帝宝座，就掌握了所有人的生杀予夺大权，而缺乏有效的制衡。也因为如此，帝制下的每一个人都面临着"伴君如伴虎"，随时会被无端吞噬的危险。帝王自己更是疑神疑鬼，总担心会有人来推翻自己。

然而，就像历史书写的那样，时间最终决定一切。当唐明皇老去后，一直被他玩弄于股掌之间，一直小心翼翼地活着的太子李亨在马嵬坡事件之后北上朔方，就任天下兵马大元帅，统兵与叛军作战，并在一帮亲近人马的拥戴下登基，是为唐肃宗。当年马嵬坡哗变，也是因为随行将士在宦官李辅国、近卫大将军陈玄礼的纵容下杀了宰相杨国忠之后，担心放过杨贵妃会让自己今后身家性命难保，在那种情势下斩草除根变成了最优选择。

"安史之乱"后，唐玄宗从四川成都返回长安，被尊为太上皇，住在偏僻的冷宫里。这时候，如果他再想起李白当年的名作，会不会千头万绪涌上心头，有千言万语却无法诉说？这时候，再找道士帮忙"上穷碧落下黄泉"地"升天入地求之遍"，为杨贵妃招魂，大概是一种被"安史之乱"这个大动乱、大悲剧彻底伤害之后的自我安慰吧。

在与《长恨歌》有关的故事中，忠心耿耿、被塑造得有点儿敦厚可爱的内侍高力士，也断然不是那些权倾一时的宦官如李辅国、鱼朝恩等人的那种典型形象，高力士忠心得有些可爱。他一直陪伴唐明皇，最后被李辅国设计陷害，赶出长安流放黔中道，在遇赦北还途中，得知唐玄宗驾崩，恸哭吐血而亡。

悲剧总是令人感动的，尤其是发生在帝王、贵妃身上，更令人感伤。然而，帝制时代的悲剧，却一直不断地轮回着发生。最终，为了让这件事情有一个完美的结局，《长恨歌》借助了修真想象，把"天人之隔"打通，让一个邛崃的道士成为传递秘密爱情誓语的信使。从而，让这两个被分割的灵魂，有了一个重合的可能：

"在天愿作比翼鸟，在地愿为连理枝。天长地久有时尽，此恨绵绵无绝期！"

霍小玉传①

大历中，陇西李生名益②，年二十，以进士擢（zhuó）③第。其明年，拔萃④，俟试于天官⑤。夏六月，至长安，舍于新昌里。生门族清华，少有才思，丽词嘉句，时谓无双；先达丈人，翕然推伏。每自矜风调，思得佳偶，博求名妓，久而未谐。长安有媒鲍十一娘者，故薛驸马家青衣⑥也，折券从良⑦，十余年矣。性便辟⑧，巧言语，豪家戚里，无不经过，追风挟策⑨，推为渠帅⑩。常受生诚托厚赂，意颇德之。

---

① 《太平广记》卷四百八十七·杂传记四，题《霍小玉传》，蒋防撰。本文据中华书局《太平广记》校录。
② 李益：字君虞，唐代著名诗人。大历四年进士及第，他创作有著名的边塞诗《夜上受降城闻笛》："回乐峰前沙似雪，受降城外月如霜。不知何处吹芦管，一夜征人尽望乡。"元代辛文房撰《唐才子传》载："益，字君虞，陇西姑臧人。大历四年齐映榜进士，调郑县尉。同辈行稍进达，益久不升，郁郁去游燕、赵间，幽州节度刘济辟为从事，未几，又佐邠宁幕府。风流有词藻，与宗人（李）贺相埒（liè，同等），每一篇就，乐工赂求之，被于雅乐，供奉天子。如《征人》《早行》篇，天下皆施绘画。二十三受策秩，从军十年，运筹决胜，尤其所长。往往鞍马间为文，横槊赋诗，故多抑扬激厉悲离之作，高适、岑参之流也。宪宗雅闻其名，召为秘书少监、集贤殿学士。自负其才，凌轹士众，有不能堪，谏官因暴其诗'不上望京楼'等句，以涉怨望，诏降职。俄复旧，除侍御史，迁礼部尚书致仕。太和初卒。益少有僻疾，多猜忌，防闲妻妾，过为苛酷，有散灰扃户之谈，时称为'妒痴尚书李十郎'。有同姓名者，为太子庶子，皆在朝，人恐莫辨，谓君虞为'文章李益'，庶子为'门户李益'云。有集，今传。"
③ 擢：提拔。进士擢第：进士及第。
④ 拔萃：唐代科举制度。《新唐书》卷四十五·志第三十五·选举志下："选未满而试文三篇，谓之'宏辞'；试判三条，谓之'拔萃'，中者即授官。"拔萃是在进士考试之后举行的，之间相隔一年。
⑤ 俟试于天官：等待皇帝殿试。天官：皇帝。
⑥ 青衣：婢女。一般拥有特殊才能，地位略高于普通侍女，相当于侍妾。
⑦ 折券从良：赎身了，不再做婢女了。
⑧ 便辟：善于逢迎。
⑨ 追风挟策：指撮合男女风流之事。
⑩ 渠帅：魁首。

经数月，李方闲居舍之南亭。申未间①，忽闻扣门甚急，云是鲍十一娘至。摄衣从之，迎问曰："鲍卿，今日何故忽然而来？"鲍笑曰："苏姑子②作好梦也未？有一仙人，谪在下界，不邀财货，但慕风流。如此色目，共十郎相当矣。"生闻之惊跃，神飞体轻，引鲍手且拜且谢曰："一生作奴，死亦不惮。"因问其名居。鲍具说曰："故霍王小女字小玉，王甚爱之。母曰净持，净持即王之宠婢也。王之初薨，诸弟兄以其出自贱庶，不甚收录。因分与资财，遣居于外，易姓为郑氏，人亦不知其王女。资质浓艳，一生未见，高情逸态，事事过人，音乐诗书，无不通解。昨遣某求一好儿郎，格调相称者。某具说十郎。他亦知有李十郎名字，非常欢惬。住在胜业坊古寺曲，甫上车门宅是也。已与他作期约。明日午时，但至曲③头觅桂子，即得矣。"

鲍既去，生便备行计。遂令家僮秋鸿，于从兄京兆参军尚公处，假青骊驹，黄金勒。其夕，生浣衣沐浴，修饰容仪，喜跃交并，通夕不寐。迟明，巾帻④，引镜自照，惟惧不谐也。徘徊之间，至于亭午。遂命驾疾驱，直抵胜业⑤。至约之所，果见青衣立候，迎问曰："莫是李十郎否？"即下马，令牵入屋底，急急锁门。见鲍果从内出来，遥笑曰："何等儿郎造次入此！"生调诮未毕，引入中门。庭间有四樱桃树，西北悬一鹦鹉笼，见生入来，即语曰："有人入来，急下帘者！"生本性雅淡，心犹疑惧，忽见鸟语，愕然不敢进。逡巡，鲍引净持下阶相迎，延入对坐。年可四十余，绰约多姿，谈笑甚媚。因谓生曰："素闻十郎才调风流，今又见容仪雅秀，名下固无虚士。某有一女子，虽拙教训，颜色不至丑陋，得配君子，颇为相宜。频见鲍十一娘说意旨，今亦便令永奉箕帚⑥。"生谢

---

① 申未间：下午一点到五点之间。未时：下午一点到三点。申时：下午三点到五点。
② 苏姑子："书呆子"的戏称。
③ 曲：曲江池。说明霍小玉家住歌伎聚居的曲江池畔。
④ 巾帻：戴上头巾。
⑤ 胜业：胜业坊。
⑥ 永奉箕帚：永远侍候您。

曰:"鄙拙庸愚,不意故盼。倘垂采录,生死为荣。"遂命酒馔,即令小玉自堂东阁子中而出。生即拜迎。但觉一室之中,若琼林玉树,互相照曜,转盼精彩射人。既而遂坐母侧。母谓曰:"汝尝爱念'开帘风动竹,疑是故人来',即此十郎诗也。尔终日吟想,何如一见?"玉乃低鬟微笑,细语曰:"见面不如闻名。才子岂能无貌?"生遂连起拜曰:"小娘子爱才,鄙夫重色。两好相映,才貌相兼。"母女相顾而笑,遂举酒数巡。生起,请玉唱歌。初不肯,母固强之。发声清亮,曲度精奇。酒阑及瞑(míng)①,鲍引生就西院憩息。闲庭邃(suì)②宇,帘幕甚华③。鲍令侍儿桂子、浣沙,与生脱靴解带。须臾玉至,言叙温和,辞气宛媚。解罗衣之际,态有余妍,低帏昵枕,极其欢爱。生自以为巫山洛浦④不过也。

中宵之夜,玉忽流涕观生曰:"妾本倡家⑤,自知非匹⑥。今以色爱,托其仁贤。但虑一旦色衰,恩移情替,使女萝⑦无托,秋扇见捐⑧。极欢之际,不觉悲至。"生闻之,不胜感叹。乃引臂替枕,徐谓玉曰:"平生志愿,今日获从,粉骨碎身,誓不相舍。夫人何发此言?请以素缣,著之盟约。"玉因收泪,命侍儿樱桃,褰幄执烛,授生笔研,玉管弦之暇,雅好诗书,筐箱笔研,皆王家之旧物。遂取绣囊,出越姬乌丝栏素缣三尺以授生。生素多才思,援笔成章,引谕山河,指诚日月,句句恳切,闻之动人。染毕,命藏于宝箧之内。自尔婉娈相得,若翡翠之在云路也。如此二岁,日夜相从。

其后年春,生以书判拔萃登科,授郑县主簿。至四月,将之官,便拜庆于东洛。长安亲戚,多就筵饯。时春物尚余,夏景初丽,酒阑宾散,离恶萦怀。玉谓

---

① 瞑:天黑了。
② 邃:深。
③ 华:华丽。
④ 巫山洛浦:神女。巫山:与楚襄王相会的巫山神女。洛浦:曹植笔下的洛神。
⑤ 倡家:歌伎。
⑥ 匹:相配。
⑦ 女萝:浮萍。
⑧ 秋扇见捐:秋天的扇子被人遗弃。

生曰:"以君才地名声,人多景慕,愿结婚媾,固亦众矣。况堂有严亲,室无家妇,君之此去,必就佳姻。盟约之言,徒虚语耳。然妾有短愿,欲辄指陈。永委君心,复能听否?"生惊怪曰:"有何罪过,忽发此辞?试说所言,必当敬奉。"玉曰:"妾年始十八,君才二十有二。迨君壮室之秋,犹有八岁。一生欢爱,愿毕此期。然后妙选高门,以谐秦晋,亦未为晚。妾便舍弃人事,剪发披缁,夙昔之愿,于此足矣。"生且愧且感,不觉涕流。因谓玉曰:"皎日之誓,死生以之。与卿偕老,犹恐未惬素志,岂敢辄有二三。固请不疑,但端居相待。至八月,必当却到华州,寻使奉迎,相见非远。"更数日,生遂诀别东去。

到任旬日,求假往东都觐亲①。未至家日,太夫人已与商量表妹卢氏②,言约已定。太夫人素严毅,生逡巡不敢辞让,遂就礼谢,便有近期。卢亦甲族也,嫁女于他门,聘财必以百万为约,不满此数,义在不行。生家素贫,事须求贷,便托假故,远投亲知,涉历江淮,自秋及夏。生自以孤负盟约,大愆(qiān)③回期,寂不知闻,欲断其望,遥托亲故,不遗漏言。

玉自生逾期,数访音信。虚词诡说,日日不同。博求师巫,遍询卜筮,怀忧抱恨,周岁有余。羸卧空闺,遂成沈疾。虽生之书题竟绝,而玉之想望不移,赂遗亲知,使通消息。寻求既切,资用屡空,往往私令侍婢潜卖箧中服玩之物,多托于西市寄附铺侯景先家货卖。曾令侍婢浣沙,将紫玉钗一只,诣景先家货之。路逢内作老玉工,见浣沙所执,前来认之曰:"此钗吾所作也。昔岁霍王小女,将欲上鬟,令我作此,酬我万钱。我尝不忘。汝是何人,从何而得?"浣沙曰:"我小娘子即霍王女也。家事破散,失身于人。夫婿昨向东都,更无消息。悒怏

---

① 觐亲:探亲。指探望父母。
② 卢氏:李益聘卢氏女,从小说的角度看,"卢氏"代表名门望族,"范阳卢氏"是士子们梦想聘娶的五姓女之一。据史料记载,诗人李益的确娶妻卢氏。李益诗《赠内兄卢纶》:"世故中年别,余生此会同。却将悲与病,来对朗陵翁。"卢纶和曰:"戚戚一西东,十年今始同。可怜歌酒夜,相对两衰翁。"卢纶是"大历十才子"之一,也是李益的内兄,卢纶的妹妹嫁李益。
③ 愆:耽误,错过。

成疾，今欲二年。令我卖此，赂遗于人，使求音信。"玉工凄然下泣曰："贵人男女，失机落节，一至于此！我残年向尽，见此盛衰，不胜伤感。"遂引至延先公主宅，具言前事，公主亦为之悲叹良久，给钱十二万焉。

时生所定卢氏女在长安，生即毕于聘财，还归郑县①。其年腊月，又请假入城就亲。潜卜静居，不令人知。有明经②崔允明者，生之中表③弟也。性甚长厚④，昔岁常与生同欢于郑氏之室，杯盘笑语，曾不相间。每得生信，必诚告于玉。玉常以薪刍⑤衣服，资⑥给于崔。崔颇感之。生既至，崔具以诚告玉。玉恨叹曰："天下岂有是事乎！"遍请亲朋，多方召致。生自以愆期⑦负约，又知玉疾候沉绵⑧，惭耻忍割，终不肯往。晨出暮归，欲以回避。玉日夜涕泣，都忘寝食，期一相见，竟无因由。冤愤益深，委顿⑨床枕。自是长安中稍有知者。风流之士，共感玉之多情；豪侠之伦⑩，皆怒生之薄⑪行。

时已三月，人多春游。生与同辈五六人诣崇敬寺玩牡丹花，步于西廊，递吟诗句。有京兆韦夏卿⑫者，生之密友，时亦同行。谓生曰："风光甚丽，草木荣华。伤哉郑卿，衔冤空室！足下终能弃置，实是忍人。丈夫之心，不宜如此。足下宜为思之！"叹让之际，忽有一豪士，衣轻黄纻（zhù）⑬衫，挟朱弹，风神俊

---

① 还归郑县：回到任所。郑县：李益进士及第后初授官职"郑县尉"。
② 明经：科举考试分进士科和明经科。进士更难及第，时人更重视进士及第。
③ 中表：父系家族中女性一支的亲戚或母系家族的亲戚。
④ 长厚：忠厚。
⑤ 薪刍：薪柴和牧草。薪：柴。刍：喂牲畜的草。
⑥ 资：资助。
⑦ 愆期：逾期。指超过了双方约定的相会期限。
⑧ 疾候沉绵：病得越来越重。
⑨ 委顿：精神不振。这里指卧床不起。
⑩ 伦：辈。
⑪ 薄：薄情。
⑫ 韦夏卿：京兆万年人，大历中，举"贤良方正"科授官。女儿韦丛嫁《莺莺传》作者元稹为妻。
⑬ 纻：麻。穿黄纻衫的豪客后人称之为"黄衫客"，成为"豪侠"的代名词。

美，衣服轻华，唯有一剪头胡雏①从后，潜②行而听之。俄而前揖生曰："公非李十郎者乎？某族本山东，姻连外戚。虽乏文藻，心尝乐贤。仰公声华，常思觏（gòu）③止。今日幸会，得睹清扬④。某之敝居，去此不远，亦有声乐，足以娱情。妖姬八九人，骏马十数匹，唯公所欲。但愿一过。"生之侪（chái）⑤辈，共聆斯语，更相叹美。因与豪士策马同行。疾转数坊，遂至胜业。生以近郑之所止，意不欲过，便托事故，欲回马首。豪士曰："敝居咫尺，忍相弃乎？"乃挽挟其马，牵引而行。迁延之间，已及郑曲。生神情恍惚，鞭马欲回。豪士遽命奴仆数人，抱持而进。疾走推入车门⑥，便令锁却，报云："李十郎至也！"一家惊喜，声闻于外。

先此一夕，玉梦黄衫丈夫抱生来，至席，使玉脱鞋。惊寤而告母。因自解曰："鞋者谐也，夫妇再合。脱者解也，既合而解，亦当永诀。由此征之，必遂相见。相见之后，当死矣。"凌晨，请母妆梳。母以其久病，心意惑乱，不甚信之。黾（mǐn）勉⑦之间，强为妆梳。妆梳才毕，而生果至。

玉沉绵日久，转侧须人⑧。忽闻生来，欻然自起，更衣而出，恍若有神。遂与生相见，含怒凝视，不复有言。羸质娇姿，如不胜致，时复掩袂，返顾李生。感物伤人，坐皆唏嘘。顷之，有酒肴数十盘，自外而来。一坐惊视，遽问其故，悉是豪士之所致也。因遂陈设，相就而坐。玉乃侧身转面，斜视生良久，遂举杯酒酬地曰："我为女子，薄命如斯！君是丈夫，负心若此！韶颜稚齿，饮恨而终。慈母在堂，不能供养。绮罗弦管，从此永休。征痛黄泉，皆君所致。李君李君，

---

① 胡雏：胡人童仆。唐代能拥有"胡雏"仆人的一定是非富即贵之人。
② 潜：悄悄地。
③ 觏：通"遘""逅"，遇见，遭遇。
④ 清扬：指李益的风采，清扬飘逸。
⑤ 侪：同辈、同类的人。
⑥ 车门：指霍小玉的家门。前文有"住在胜业坊古寺曲，甫上车门宅是也"。
⑦ 黾勉：勉励，努力。
⑧ 转侧须人：需要人照顾、搀扶才能动。

今当永诀！我死之后，必为厉鬼，使君妻妾，终日不安！"乃引左手握生臂，掷杯于地，长恸号哭数声而绝。母乃举尸置于生怀，令唤之，遂不复苏矣。生为之缟素，旦夕哭泣甚哀。将葬之夕，生忽见玉穗帷之中，容貌妍丽，宛若平生。着石榴裙，紫裓（kè）裆（dāng）①，红绿帔子。斜身倚帷，手引绣带，顾谓生曰："愧君相送，尚有余情。幽冥之中，能不感叹。"言毕，遂不复见。明日，葬于长安御宿原。生至墓所，尽哀而返。

后月余，就礼于卢氏。伤情感物，郁郁不乐。夏五月，与卢氏偕行，归于郑县。至县旬日，生方②与卢氏寝，忽帐外叱叱作声。生惊视之，则见一男子，年可二十余，姿状温美，藏身映幔，连招卢氏。生惶遽走起，绕幔数匝，倏然不见。生自此心怀疑恶，猜忌万端，夫妻之间，无聊③生矣。或有亲情，曲相劝喻。生意稍解。后旬日，生复自外归，卢氏方鼓琴④于床⑤，忽见自门抛一斑犀钿花合子，方圆一寸余，中有轻绢，作同心结，坠于卢氏怀中。生开而视之，见相思子二，叩头虫一，发杀觜一，驴驹媚少许。生当时愤怒叫吼，声如豺虎，引琴撞击其妻，诘令实告。卢氏亦终不自明。尔后往往暴加捶楚，备诸毒虐，竟讼于公庭而遣之。卢氏既出，生或侍婢媵⑥妾之属，暂同枕席，便加妒忌。或有因而杀之者。生尝游广陵，得名姬曰营十一娘者，容态润媚，生甚悦之。每相对坐，尝谓营曰："我尝于某处得某姬，犯某事，我以某法杀之。"日日陈说，欲令惧己，以肃清闺门。出则以浴斛复营⑦于床，周回封署，归必详视，然后乃开。又畜一短剑，甚利，顾谓侍婢曰："此信州葛溪铁，唯断作罪过头！"大凡生所见妇人，

---

① 裓裆：古代的一种坎肩、背心。
② 方：刚刚。
③ 无聊：嫌隙。
④ 鼓琴：弹琴。
⑤ 床：低矮的桌子，可放琴，此处指琴架。
⑥ 媵：夫人的陪嫁女。
⑦ 营：放置，布置。

辄加猜忌，至于三娶，率皆如初焉①。

解释春风无限恨，大历才子却无行

　　《霍小玉传》是唐传奇中公认的巅峰之作，其后也受到历代学者的关注，明代大戏曲家汤显祖据此改编为《紫钗记》，作为他的名作"临川四梦"的第一梦。

　　这个作品里的霍小玉，是虚构出来的女主角，史上无载。也有人考证认为，她可能是李益的前妻，李益后来娶了范阳卢氏，为攀结高门而把卢氏定为正妻，而故意隐匿了这个前妻。此可为一说。文中说霍小玉出身于霍王府，"故霍王小女字小玉，王甚爱之"。这是出身于王府，身份高贵的证据之一。"母曰净持。净持即王之宠婢也。"这是出身高贵的证据之二。说这话的媒婆鲍十一娘也不是等闲人，曾是"薛驸马"家的青衣，后来赎身出来，做了专业人士，大概因为人脉广泛，在各大王爷、高官的府里府外认识的朋友众多，而从事着一种特殊的行业——为男女做媒。这还不是简单的做媒，而是类似合法地找情人。而对于出身高门大姓的那些风流倜傥的公子哥儿，鲍十一娘也是专心伺候，专业"拉郎配"，不会随随便便以次充好。李益出身高贵门第，才华横溢，年纪轻轻就以诗才闻名，十分自负，"每自矜风调"，觉得一般人配不上自己，只有精通文墨、诗词歌赋俱佳的美女，才能入自己的法眼，"思得佳偶，博求名妓，久而未谐"。鲍十一娘得了这个令，立即张罗起来，隆重推出了这位霍小玉。前面介绍其出身于霍王

---

① 《旧唐书》卷一百三十七·列传第八十七："李益，肃宗朝宰相揆之族子。登进士第，长为歌诗。贞元末，与宗人李贺齐名。每作一篇，为教坊乐人以赂求取。唱为供奉歌词。其《征人歌》《早行篇》，好事者画为屏障；'回乐峰前沙似雪，受降城外月如霜'之句，天下以为歌词。然少有痴病，而多猜忌，防闲妻妾，过为苛酷，而有散灰扃户之谭闻于时，故时谓妒痴为'李益疾'；以是久之不调，而流辈皆居显位。益不得意，北游河朔，幽州刘济辟为从事，常与济诗而有'不上望京楼'之句。"史书中也记载了李益对妻妾不信任以致做出过分防备的举动。

府，非等闲之辈：

> 王之初薨，诸弟兄以其出自贱庶，不甚收录。因分与资财，遣居于外，易姓为郑氏，人亦不知其王女。

霍王实有其人，为唐高祖李渊的第十四子，母张美人。他出生于公元622年，于公元688年（垂拱四年）因涉及越王李贞兵变，而被坐配发黔州（今重庆黔州区），坐监车路经陈仓（今陕西省宝鸡市陈仓区）而死，死后还被武则天改姓为"虺氏"。太平公主发动政变，唐中宗即位后，为霍王平反，爵复原位，姓复李氏。《旧唐书》卷六十四·列传第十四载：

> 霍王元轨，高祖第十四子也。少多才艺，高祖甚奇之。武德六年，封蜀王。八年，徙封吴王。……因令娶徽女焉。……贞观十年，改封霍王。授绛州刺史，寻转徐州刺史。……至州，唯闭阁读书，吏事责成于长史、司马，谨慎自守，与物无忤，为人不妄。……高宗甚尊重之。……垂拱元年，加位司徒，寻出为襄州刺史，转青州。四年，坐与越王贞连谋起兵，事觉，徙居黔州，仍令载以槛车，行至陈仓而死。有子七人。……仍封绪孙晖为嗣霍王。景龙四年，加银青光禄大夫。开元中，左千牛员外将军。

这个"霍王府"的说法，主要是为了证明霍小玉出身不凡。无论如何，霍小玉确实是"管弦之暇，雅好诗书"的有才华的女子，她饱读诗书，多愁善感，同时对于相聚与分离之事，也十分敏感；又因出身"倡家"，地位低下，与李益的家庭不匹配，总担心欢好日短，离别在即。为此，李益还信誓旦旦，在霍小玉拿出来的三尺素缣上，写了一份言词飞扬的盟誓。然而即便如此，门第之间的巨大鸿沟，也无法保证有情人终成眷属。

所以，与李益交好两年之后，李益获选郑县主簿，即将前去就职时，霍小玉就不再幻想求婚配了，而是退而求其次，与李益约定，从今往后八年彼此珍惜，等李益三十岁之后，就各奔东西。这样，李益就可以"妙选高门"，娶门当户对的高门女子，而她自己就独身孤老一生。这个思考十分超前，也带着极度忧伤在内。在那个时代能如此这般做决定，霍小玉也是女中豪杰了。她说：

"妾年始十八，君才二十有二。迨君壮室之秋，犹有八岁。一生欢爱，愿毕此期。然后妙选高门，以谐秦晋，亦未为晚。妾便舍弃人事，剪发披缁，夙昔之愿，于此足矣。"

在"两情相悦"时，霍小玉仍然敏感地注意到与世族出身的李益之间巨大的门第差异以及身份差异，并能够抽身而出地思考未来，这是非常独特的能力。巨大的门第鸿沟和李益母亲的严厉专制，是几乎不可超越的双重困难。因此，她才退而求其次：八年之好。

这是整篇作品中的第一个关键点，而且语言对白非常简明扼要。接着是"生且愧且感，不觉涕流"，李益不无感动，流泪了，对霍小玉说：

"皎日之誓，死生以之。与卿偕老，犹恐未惬素志，岂敢辄有二三。固请不疑，但端居相待。至八月，必当却到华州，寻使奉迎，相见非远。"

说完，没几天，李益就与霍小玉分手东去。

本文的男主人公李益，是唐代大历年间最著名的诗人之一，与族兄李贺齐名。他和李贺的诗都是教坊热捧的，一写出来就会被教坊、歌院等传抄去，谱曲传唱。像"回乐峰前沙似雪，受降城外月如霜"这样的，真可谓千古名句。不过，从诗才和诗歌境界看，李益与李贺还有不小的差距。

诗人李益很长寿，经历非常丰富，仕途也跌宕起伏。在唐代著名诗人中，丘为九十六岁为最高龄，贺知章八十六岁其次，李益八十一岁其三。相对于大多数都是五六十岁寿命的同代人，这些都是真正的高寿了。到了比他小四十二岁的本文作者蒋防出生并写了严重"中伤"他的这部《霍小玉传》后，李益仍然继续长寿着，直到公元830年才去世。蒋防亦在五年后的835年，年仅四十四岁就去世了。而才高八斗的李贺却天不假年，仅仅二十七岁就早逝了。

那么，蒋防为何要写《霍小玉传》这篇对李益严重不友好的作品呢？到现在我们也查不到他与李益之间曾有过什么过节。而且，蒋防人生不得志而四处游历时，李益还处在官宦时期。太和初年（公元827年）李益从礼部尚书致仕，退休返乡，三年后就去世了。有人认为这跟唐代著名的"牛李党争"有关。不过，"牛李党争"中的那些关键人物牛僧孺、李宗闵、李德裕、李绅等都是李益的晚辈，相关交集并不多。这方面就不展开说了。只能说，蒋防写这篇作品，有些地方是小说家语，但也影响到了李肇《国史补》及《旧唐书》里对李益的评判。综合前后内容判断，或许李益真有"痴病""多猜疑"的传闻，而且因为他的疑神疑鬼，"散灰扃户之谭闻于时"，夫妻之间的生活并不幸福，而成为这部作品中加以发挥的基础。

回到《霍小玉传》中，李益离开霍小玉后，立即发现母亲已经给他安排了一桩"门当户对"的婚事，女方为范阳卢氏，一个典型的高门大姓，妻兄正是"大历十才子"之首卢纶。正如霍小玉说的，是"妙选高门，以谐秦晋"。

小学生都熟悉卢纶的《塞下曲·其二》：

林暗草惊风，将军夜引弓。平明寻白羽，没在石棱中。

而卢纶曾在河中节度使浑瑊麾下担任府判官，那时，正是元稹《莺莺传》里张生向友人请托帮助的情节时间点。再值得一说的是，李益的好友韦夏卿之女韦丛，后来婚配给元稹。他们这些诗人的关系，还真是千丝万缕啊。

在本文中，韦夏卿也曾出现过一次，借以谴责负心郎李益竟然抛弃苦苦寻觅等待他的霍小玉于不顾，而在春三月兴致勃勃地跟朋友们一起春游，吟诗作赋，乐呵得很：

> 时已三月，人多春游。生与同辈五六人诣崇敬寺玩牡丹花，步于西廊，递吟诗句。有京兆韦夏卿者，生之密友，时亦同行。谓生曰："风光甚丽，草木荣华。伤哉郑卿，衔冤空室！足下终能弃置，实是忍人。丈夫之心，不宜如此。足下宜为思之！"

后面的情节出现了转折，一位豪侠之士把李益诱骗到病重的霍小玉家里，让因思念成疾的霍小玉在弥留之际，见到了李益，并伤心欲绝地痛斥："我为女子，薄命如斯！君是丈夫，负心若此！"

这是文中最令人记忆深刻的部分，整体力量都在这里爆发出来了。这部作品的前后对比极其强烈，又是令人叹惋的悲剧结局，因而具有强大的感染力。而霍小玉临终前也绝不宽恕地发出了诅咒，让李益的婚姻埋下了一个深水炸弹，跟卢氏成婚不久，李益就疑虑重重，怀疑对方出轨；最终被一个不知道被谁从门外抛进来的盒子激发了疑心病，夫妻之间出现了无法弥补的裂隙，卢氏被休，李益也因此得罪了势力庞大的整个卢氏家族。

那个盒子，"生开而视之，见相思子二，叩头虫一，发杀觜一，驴驹媚少许"。这里的四样物品，"相思子""叩头虫"好理解，"发杀觜"不知道为何物，而"驴驹媚"则被考证为小驴刚刚生下来时，嘴巴里含着的一块像肉一样的东西。这些，都是古人以为的"催情剂"。

无双传①

唐王仙客者,建中②中朝臣刘震之甥也。初,仙客父亡,与母同归外氏③。震有女曰无双,小仙客数岁,皆幼稚,戏弄相狎④,震之妻常戏呼仙客为王郎子⑤。如是者凡数岁,而震奉孀姊及抚仙客尤至。一旦,王氏姊疾,且重,召震约曰:"我一子,念之可知也,恨不见其婚室。无双端丽聪慧,我深念之,异日无令归他族,我以仙客为托。尔诚许我,瞑目无所恨也。"震曰:"姊宜安静自颐养,无以他事自挠。"其姊竟不痊(quán)⑥。仙客护丧,归葬襄邓。服阕⑦,思念身世,孤子如此,宜求婚娶,以广后嗣。无双长成矣,我舅氏岂以位尊官显而废旧约耶?于是饰装抵京师。

时震为尚书租庸使,门馆赫奕,冠盖填塞。仙客既觐,置于学舍,弟子为伍。舅甥之分,依然如故,但寂然不闻选取⑧之议。又于窗隙间窥见无双,姿质明艳,若神仙中人,仙客发狂,唯恐姻亲之事不谐也。遂鬻囊橐,得钱数百万,舅氏舅母左右给使。达于厮养⑨,皆厚遗之。又因复设酒馔,中门之内,皆得入之矣。诸表同处,悉敬事之。遇舅母生日,市新奇以献,雕镂犀玉,以为首饰。舅

---

① 《太平广记》卷四百八十六·杂传记三,题《无双传》,薛调撰。本文据中华书局《太平广记》校录。
② 建中:唐德宗李适年号,公元780—783年。
③ 外氏:母亲族系的亲戚。刘震是王仙客的舅舅,故称"外氏"。
④ 狎:亲近。大人们常常故意使两个孩子亲近。意指王仙客和无双青梅竹马,两小无猜。
⑤ 王郎子:姓王的女婿。郎子:民间呼女婿为"郎子"。
⑥ 不痊:去世。痊:病愈,康复。
⑦ 服阕:孝服期已满。
⑧ 选取:指婚事。
⑨ 厮养:指无双身边的仆人。

母大喜。又旬日，仙客遣老妪，以求亲之事，闻于舅母。舅母曰："是我所愿也，即当议其事。"又数夕，有青衣①告仙客曰："娘子适以亲情事言于阿郎②，阿郎云：'向前亦未许之。'模样云云，恐是参差③也。"仙客闻之，心气俱丧，达旦不寐，恐舅氏之见弃也，然奉事不敢懈怠。

一日，震趋朝，至日初出，忽然走马入宅，汗流气促。唯言："锁却大门！锁却大门！"一家惶骇，不测其由。良久乃言："泾原兵士反④，姚令言⑤领兵入含元殿，天子出苑北门，百官奔赴行在。我以妻女为念，略归部署。"疾召仙客："与我勾当⑥家事，我嫁与尔无双。"仙客闻命，惊喜拜谢。乃装金银罗锦二十驮，谓仙客曰："汝易衣服，押领此物，出开远门，觅一深隙店安下；我与汝舅母及无双，出启夏门，绕城续至。"仙客依所教。至日落，城外店中待久不至。城门自午后扃锁，南望目断。遂乘骢，秉烛绕城，至启夏门，门亦锁。守门者不一⑦，持白棓，或立或坐。仙客下马徐问曰："城中有何事如此？"又问："今日有何人出此？"门者曰："朱太尉⑧已作天子。午后有一人重戴⑨，领妇人四五辈，欲出此门。街中人皆识，云是租庸使刘尚书。门司不敢放出。近夜追骑至，一时驱向北去矣。"仙客失声恸哭，却归店。三更向尽，城门忽开，见火炬如昼，兵士皆持兵挺刃，传呼斩斫使出城，搜城外朝官。仙客舍辎骑惊走，归襄阳，村居三年。

---

① 青衣：舅舅刘震的侍妾。
② 阿郎：指刘震。这是青衣的口气，称自己的男主人为"阿郎"，称女主人为"娘子"。
③ 参差：不妥，出问题了。
④ 泾原兵士反：唐德宗建中四年（公元783年），淮西李希烈叛乱，泾原镇军发生兵变，攻陷长安，德宗出逃奉天，史称"奉天之难"。太尉朱泚趁机叛乱，亦称"朱泚之乱"。
⑤ 姚令言：泾原节度使。先跟随李希烈兵变，后跟随朱泚叛乱，诛杀皇室成员。
⑥ 勾当：安排，处理。
⑦ 不一：不止一个，意即很多。
⑧ 朱太尉：朱泚。
⑨ 重戴：戴着大帽子。

后知克复①，京师重整，海内无事，乃入京，访舅氏消息。至新昌南街，立马彷徨之际，忽有一人马前拜。熟视之，乃旧使苍头塞鸿也。鸿本王家生，其舅常使得力，遂留之。握手垂涕，仙客谓鸿曰："阿舅舅母安否？"鸿云："并在兴化宅。"仙客喜极云："我便过街去。"鸿曰："某已得从良②，客户有一小宅子，贩缯（zēng）③为业。今日已夜，郎君且就客户一宿，来早同去未晚。"遂引至所居，饮馔甚备。至昏黑，乃闻报曰："尚书受伪命官，与夫人皆处极刑，无双已入掖（yè）庭④矣。"仙客哀冤号绝，感动邻里。谓鸿曰："四海至广，举目无亲戚，未知托身之所。"又问曰："旧家人谁在？"鸿曰："唯无双所使婢采萍者，今在金吾将军王遂中宅。"仙客曰："无双固无见期，得见采萍，死亦足矣。"由是乃刺谒，以从侄礼见遂中，具道本末，愿纳厚价，以赎采萍。遂中深见相知，感其事而许之。仙客税屋，与鸿、萍居。塞鸿每言郎君年渐长，合求官职。悒悒不乐，何以遣时？仙客感其言，以情恳告遂中。遂中荐见仙客于京兆尹李齐运，齐运以仙客前御为富平县尹，知长乐驿。

累月，忽报有中使⑤押领内家三十人往园陵，以备洒扫，宿长乐驿。毡车子十乘下讫。仙客谓塞鸿曰："我闻宫嫔选在掖庭，多是衣冠子女⑥，我恐无双在焉。汝为我一窥，可乎？"鸿曰："宫嫔数千，岂便及无双？"仙客曰："汝但去，人事亦未可定。"因令塞鸿假为驿吏，烹茗于帘外，仍给钱三千。约曰："坚守茗具，无暂舍去，忽有所睹，即疾报来。"塞鸿唯唯而去。宫人悉在帘下，不可得见之，但夜语喧哗而已。至夜深，群动皆息，塞鸿涤器构火，不敢辄寐。忽闻帘下语曰："塞鸿塞鸿，汝争得知我在此耶？郎健否？"言讫呜咽。塞鸿曰："郎

---

① 克复：指"朱泚之乱"被平定。
② 从良：塞鸿已经赎身，不再做奴仆。
③ 缯：丝织品的总称。
④ 掖庭：唐代皇宫的一部分，专门居住宫女和罪臣家属。
⑤ 中使：宫中太监。
⑥ 衣冠子女：官员子女。

君见知此驿,今日疑娘子在此,令塞鸿问候。"又曰:"我不久语,明日我去后,汝于东北舍阁子中紫褥下,取书送郎君。"言讫便去。忽闻帘下极闹,云:"内家①中恶②,中使索汤药甚急。"乃无双也。塞鸿疾告仙客,仙客惊曰:"我何得一见?"塞鸿曰:"今方修渭桥,郎君可假作理桥官,车子过桥时,近车子立,无双若认得,必开帘子,当得瞥见耳。"仙客如其言。至第三车子,果开帘子,窥见,真无双也。仙客悲感怨慕,不胜其情。塞鸿于阁子中褥下得书,送仙客。花笺五幅,皆无双真迹,词理哀切,叙述周尽。仙客览之,茹恨涕下,自此永诀矣。其书后云:"常见敕使说,富平县古押衙③,人间有心人,今能求之否?"仙客遂申府。请解驿务,归本官。

遂寻访古押衙,则居于村墅。仙客造谒,见古生。生所愿,必力致之,缯彩宝玉之赠,不可胜纪。一年未开口。秩满,闲居于县,古生忽来,谓仙客曰:"洪一武夫,年且老,何所用?郎君于某竭分,察郎君之意,将有求于老夫。老夫乃一片有心人也,感郎君之深恩,愿粉身以答效。"仙客泣拜,以实告古生。古生仰天,以手拍脑数四曰:"此事大不易,然与郎君试求,不可朝夕便望。"仙客拜曰:"但生前得见,岂敢以迟晚为限耶?"半岁无消息。一日扣门,乃古生送书。书云:"茅山使者回,且来此。"仙客奔马去,见古生,生乃无一言。又启使者,复云:"杀却也,且吃茶。"夜深,谓仙客曰:"宅中有女家人识无双否?"仙客以采萍对,仙客立取而至。古生端相,且笑且喜云:"借留三五日,郎君且归。"

后累日,忽传说曰:"有高品过,处置园陵宫人。"仙客心甚异之,令塞鸿探所杀者,乃无双也。仙客号哭,乃叹曰:"本望古生,今死矣,为之奈何?"流涕嘘唏,不能自已。是夕更深,闻叩门甚急。及开门,乃古生也,领一篼子入,

---

① 内家:太监。
② 中恶:突发急病。
③ 押衙:原称"押牙",为唐宋代官名,仪仗队护卫。唐李匡乂《资暇集》卷中:"武职令有押衙之名。衙宜作'牙',此职名,非押其衙府也,盖押牙旗者。"

谓仙客曰："此无双也。今死矣，心头微暖，后日当活。微灌汤药，切须静密。"言讫，仙客抱入阁子中，独守之。至明，遍体有暖气。见仙客，哭一声遂绝。救疗至夜方愈。古生又曰："暂借塞鸿，于舍后掘一坑。"坑稍深，抽刀断塞鸿头于坑中。仙客惊怕。古生曰："郎君莫怕。今日报郎君恩足矣。比闻茅山道士有药术，其药服之者立死，三日却活。某使人专求得一丸，昨令采萍假作中使，以无双逆党，赐此药令自尽。至陵下，托以亲故，百缣赎其尸。凡道路邮传，皆厚赂矣，必免漏泄。茅山使者及舁①筦人，在野外处置讫。老夫为郎君，亦自刎。君不得更居此，门外有檐子②一十人，马五匹，绢二百匹，五更挈无双便发，变姓名浪迹以避祸。"言讫，举刀，仙客救之，头已落矣，遂并尸盖覆讫。未明发③，历四蜀下峡，寓居于渚宫。悄不闻京兆之耗，乃挈家归襄邓别业，与无双偕老矣，男女成群。

噫！人生之契阔会合多矣，罕有若斯之比，常谓古今所无。无双遭乱世籍没，而仙客之志，死而不夺，卒遇古生之奇法取之，冤死者十余人。艰难走窜后，得归故乡，为夫妇五十年。何其异哉！

一入侯门深似海，从此萧郎是路人

　　《无双传》是一个非常奇特的侠义爱情传奇，当代小说名家王小波作有《寻找无双》，题目本于唐传奇，而内容情节写到了虚无缥缈处。估计他读完了这篇作品，一时神思缥缈，灵感大发，把书一扔，就开始写自己的作品。至于跟原作内容有没有关系，相关性有多少，这些都不要紧了。王小波写了好几篇与唐传奇

---

① 舁：抬。
② 檐子：肩舆，轿子。
③ 未明发：天不亮就出发。

有关的作品，归入了《青铜时代》里，基本都是借古写今的。

小说家阅读，跟学问家阅读，取向不同，思考方式也不同。

中国著名作家莫言谈他读美国现代文学大师福克纳的作品，说一直没有读完过；他只读了一段，就惊呼原来老农民扛着犁耙，赶着耕牛走在田埂上也可以写！原来农田、原野、荒地，都可以写进小说里，不一定要高大上，不一定要意义深刻。他这么一想，把书一扔，就开始写自己的小说了。被前辈的作品所激发，这是一名作家写作中常有的现象。有些是整体故事激发，有些是个别情节激发，有些是人物形象激发，各有不同。

《无双传》是一个非常特别的爱情传奇。这里面有三个重要人物：对表妹的爱忠贞不渝的王仙客，因父亲做了伪官而籍没宫中的少女无双，为王仙客的无望爱情拔刀相助的古押衙。从主角戏份来说，这篇作品称为《王仙客》可能更合适。或者，就如王小波敏感地发现的那样，这个故事的实质，是《寻找无双》。

而"古押衙"这个身份神秘的角色，则在本来难以推陈出新的爱情传奇中，增加了极其慷慨激昂的悲歌成分，类似"荆轲刺秦"的那种为了达成某件事情，为了报答他人的恩义，而视死如归。其行事手段，非今日所能理解。

古代的交通条件局限很大，人们的旅行能力有限，大部分人一生都没有离开过自己的家乡，基本是生于此、长于此、死于此。只有少数的特殊人群，例如行商、士子和调任的官员，才有难得的机会进行长途旅行。因此，古人的人际交往很难拓展，尤其是异性之间的交往，是经典难题。士子之间游玩喝酒，诗歌唱和，是典型的交友方式。然而，男女之间就很难了。因此，古代很多故事，都发生在"表哥表妹"这个典型结构中。

本文主人公王仙客父亲早逝，孀居母亲带他去投靠官运亨通、后来做到尚书租庸使的舅舅刘震。舅舅家有表妹无双，比王仙客小几岁，一起长大，两小无猜，如同李白名作《长干行》里所云："郎骑竹马来，绕床弄青梅。"又如《红楼梦》里贾宝玉和林黛玉的绝世爱情，都是"青梅竹马"的经典情节。

几年之后，王仙客母亲重病，对自己的兄弟谈起王仙客和无双婚配之事，而王仙客的舅舅并没有明确同意，只含含糊糊地说，别多想，先好好养病。不久，王仙客母亲病逝，他扶送母亲归葬襄阳老家。三年孝满，他想到自己应该结婚了，为王家传宗接代；又想到当年青梅竹马的表妹无双也已经长大，母亲生前与舅舅有婚约，应该去求婚。于是他就打点行装，再度来到都城长安投奔舅舅。这时候，舅舅刘震已经贵为尚书租庸使，宾客盈门了。虽然对他还是很好，但是绝口不提婚配之事。这让王仙客十分郁闷，"又于窗隙间窥见无双，姿质明艳，若神仙中人"，为之内心发狂。不过他也是个心思缜密、不轻易气馁的年轻人。他把自己带来的行囊变卖，得了几百万钱（可见不是穷苦人家），然后在舅舅家里用钱上下打点。于是刘府上下都对他十分亲近友好，各种小道消息奔走相告。他还懂得讨好未来的丈母娘："遇舅母生日，市新奇以献，雕镂犀玉，以为首饰。舅母大喜。"为此，舅母真的去和舅舅商议了，不料却没有了下文。有青衣告诉王仙客，他的舅舅并未允许。王仙客虽然气馁，但并未放弃。

忽然都城兵变，刘尚书在震惊之余，找王仙客商议把无双许配给他，并让他带着二十多车财物离城先找个偏僻的地方躲避，刘震和妻女其后从启夏门出来会合。然而，他们没能逃出来，而是被乱兵抓走。王仙客惊骇之下放弃财物只身逃离京城，回到老家襄阳避乱。在村里住了三年，待长安之乱平息，才又去打探消息。王仙客在长安举目茫茫，偶遇旧仆人塞鸿，从他那里得知，刘尚书因投贼，夫妻被处斩，女儿无双被籍没官中。王仙客为之恸哭，在迷惘无绪时，得到塞鸿的点醒，先去求了一个官，被任命为"富平县尹，知长乐驿"。

县尹在秦汉时期相当于县令，这时可能是县尉，主管长乐驿。

长乐驿看起来是一个驿站，没有什么奇特之处，却是一个交通要地。古长安从通化门出城十五里，就到了第一个驿站长乐驿，长乐驿后第二个驿站是灞桥驿。"灞桥"或"灞陵"这个地名，经常出现在唐诗中。灞水上有灞桥，过灞桥之后，就是出长安，走向遥远而未知的命运了。李白的名作《灞陵行送别》广为人知："送君灞陵亭，灞水流浩浩。上有无花之古树，下有伤心之春草。"

长乐驿是通往潼关、武关、临津关的总道口。古人送友东去洛阳以东，或南下荆湘，概由此出，迎送皆于此。而感情深的送到灞桥驿，一起喝酒吃肉，执手相看泪眼，目送过灞桥，进入看不见的世界——灞桥驿距长安城三十里，一般朋友就送到长乐驿。

唐代诗人祖咏《长乐驿留别卢象裴总》：

朝来已握手，宿别更伤心。灞水行人渡，商山驿路深。故情君且足，谪宦我难任。直道皆如此，谁能泪满襟。

又如白居易《长乐坡送人赋得愁字》：

行人南北分征路，流水东西接御沟。终日坡前恨离别，谩名长乐是长愁。

白居易离开长安，也给送别的友人写诗《长乐亭留别》：

灞浐风烟函谷路，曾经几度别长安。昔时戚促为迁客，今日从容自去官。

可见"知长乐驿"，虽然不是做了高官，却是去了消息灵通之处。要打探进了深宫无处觅，几乎不可能救出来的表妹无双，这是一个合适场所。

作者薛调后面果然运用这个场景，把一个几乎不可能的营救任务接上来："累月，忽报有中使押领内家三十人往园陵，以备洒扫，宿长乐驿。"然后，请知情人塞鸿去假扮驿吏"烹茗于帘外，仍给钱三千"。塞鸿在长乐驿逛来逛去，被无双认出了。两人稍加交谈之后，无双说："我不久语，明日我去后，汝于东北舍阁子中紫褥下，取书送郎君。"

传书细节写得非常细致。塞鸿也是非常能干的人，他知道无双的行程后，建议王仙客在渭桥修缮工程中假扮工人，无双路过可能就看见他了。果然见到了，但因宫规森严，不敢交谈，只能目光流连，无尽相思。

无双在给王仙客的信末，提到富平县的古押衙。他是一位退休的宫廷仪仗队护卫，应该是见多识广、人脉活络的民间高人。王仙客诚意存问一年后，古押衙接受了这个几乎不可能完成的任务：从深宫大院中，把无双救出来。皇宫护卫之森严，数千禁军铁桶般守护，要闯进去打劫是不可能的。前面选入"仙侠"编的名作《昆仑奴》里，当朝一品大官的宅院都有"十重垣"，重重卫兵把守，还有孟海猛犬看护。只有昆仑奴那种来自异域的仙侠高手一飞冲天，才能把美女救出来。而在《无双传》里，没有仙侠和轻功高手，只有民间侠客，他依靠智慧和计策，以半年时间不断筹备，耐心地等待时机。最终，他从茅山道士那里弄到神秘丹药，让无双断了呼吸后假死，两天后活过来。这背后有一连串复杂操作，可以想见是动用了古押衙几乎所有的长期人脉，最终买通了中官，让刘家的旧婢女彩萍假扮中使进宫去假传旨意，"赐死"无双，让她服药自尽，然后一通贿赂之下，把无双的"尸首"赎出来。在整个过程中，无双是不知情者，可以想见她被"赐死"时的不甘和绝望，所以醒过来一眼看见王仙客，又昏死过去了。

古押衙是古代慷慨激昂的烈士典型，他为报答王仙客的好意，而以死回报。并且，营救过程中所有知情者，包括茅山使者、异笔人、塞鸿，都被古押衙在不同地方分别灭口"处置"了。古押衙自己交代了一切后事行动之后，也自杀了。这惨烈的方式，让读者感到十分震惊。为救无双一人，要"处置"一连串的知情者，为之流血死亡的，起码有四人。婢女彩萍虽然没有提到，但估计最早就在野外被古押衙"处置"了。如此，整个"营救"过程变成密不透风、滴水不漏的秘密了。其中不断死去的"路人"，成了故事的牺牲品。为了王仙客寻找无双这个凄美爱情，竟然牺牲了这么多人，实在令人震惊。

《无双传》这个故事，被学者翻出了一个母版，是唐代诗人崔郊的故事。这个故事中"侯门一入深似海，从此萧郎是路人"，是被后世传诵的名句。《太平广记》卷一百七十七·器量二的《于頔》一篇中写道：

又有崔郊秀才者寓居于汉上，蕴积文艺，而物产罄县。无何与姑婢通，每有阮咸之纵①。其婢端丽，饶音伎之能，汉南之最姝也。姑贫，鬻婢于连帅，连帅爱之。以类无双②，给钱四十万，宠盼弥深。郊思慕无已，即强亲府署，愿一见焉。其婢因寒食果出，值郊立于柳阴，马上连泣，誓若山河。崔生赠之以诗曰："公子王孙逐后尘，绿珠垂泪滴罗巾。侯门一入深如海，从此萧郎是路人。"或有嫉郊者，写诗于座。于公睹诗，令召崔生，左右莫之测也。郊甚忧悔而已，无处潜遁也。及见郊，握手曰："'侯门一入深如海，从此萧郎是路人'，便是公制作也？四百千小哉，何惜一书，不早相示。"遂命婢同归。至帏幌奁匣，悉为增饰之，小阜崔生矣。

这里的"连帅"于頔曾做过唐朝宰相，是个风云人物。他于贞元"十四年移镇山南东道（襄阳），俨然专有汉南之地，凌上威下，骄横不法，朝廷姑息，无可如何"。看起来是一个名声不怎么样的藩镇豪强。但他有一个优点，"善待士人，以市声名"，"苻载隐庐山，乞百万钱买山，頔遂与之，仍加纸墨衣服等；韩愈亦曾奉书求其援引"。他对于无名诗人崔郊，也表现得非常大度：虽然有小人进谗言想暗害崔郊，于頔却以极其豪华的方式，不仅慷慨地归还了婢女，不仅没要回买婢女花的四十万钱，还赠了很多金银财宝，让崔郊和婢女"有情人终成眷属"。

本文作者薛调也是一个奇人。他美容姿，有才华，因此受到了嫉恨，可能是被皇帝用毒酒毒死的。宋代王谠作《唐语林》，其中卷四·容止一节有记载：

---

① 阮咸之纵：阮咸为阮籍之侄，"竹林七贤"之一，为人自在，放诞不经。《世说新语》下卷第十·任诞第二十三："阮仲容先幸姑家鲜卑婢，及居母丧，姑当远移。初云当留婢，既发，定将去。仲容借客驴，着重服自追之，累骑而返。曰：'人种不可失。'即遥集之母也。"
② 以类无双：此处可见，薛调的《无双传》其时已经传播闻名。

薛调、季瓒同年进士。调美姿貌，人号为"生菩萨"。瓒俊爽，人号为"剑"。调宽恕而瓒猜忌，论者以时人所称，协其性也。刘元章罢江夏入朝，以风标自任。一日，调谒之，倒屣出迎，爱其风韵，去而复留者数四。既去，谓左右曰："若不见其（下有阙文）也。"调为翰林学士，郭妃悦其貌，谓懿宗曰："驸马盍若薛调乎？"顷之暴卒，时以为中鸩。卒年四十三，常览镜曰："薛调岂止四十三乎？"岂尝有言其寿者耶？

翻阅历史细节，虽然落满尘灰，但总令人感慨万千。

柳氏传①

天宝②中,昌黎③韩翃④有诗名,性颇落托⑤,羁滞贫甚。有李生者,与翃友善,家累千金,负气爱才。其幸姬曰柳氏,艳绝一时,喜谈谑,善讴咏,李生居之别第,与翃为宴歌之地,而馆翃于其侧。翃素知名,其所候问,皆当时之彦⑥。柳氏自门窥之,谓其侍者曰:"韩夫子岂长贫贱者乎!"遂属意⑦焉。李生素重翃,无所吝惜。后知其意,乃具膳请翃饮。酒酣,李生曰:"柳夫人容色非常,韩秀才文章特异。欲以柳荐枕⑧于韩君,可乎?"翃惊栗避席⑨曰:"蒙君之恩,解衣辍食久之,岂宜夺所爱乎?"李坚请之。柳氏知其意诚,乃再拜,引衣接席。李坐翃于客位,引满极欢。李生又以资三十万,佐翃之费。翃仰⑩

---

① 《太平广记》卷四百八十五·杂传记二,题《柳氏传》,许尧佐撰。本文据中华书局《太平广记》校录。
② 天宝:玄宗年号,公元742—756年。
③ 昌黎:古郡名,今隶属河北秦皇岛。北朝时为韩姓郡望,后世韩姓者多以此郡望自称,如韩愈,称韩昌黎。
④ 韩翃:一作韩翃(hóng),字君平,唐代诗人,南阳人,大历十才子之一,天宝十三载进士,有"春城无处不飞花"等名句。元辛文房撰《唐才子传》载:"翃,字君平,南阳人。天宝十三载杨纮榜进士。侯希逸素重其才,至是表佐淄青幕府。罢,闲居十年。及李勉在宣武,复辟之。德宗时,制诰阙人,中书两进除目,御笔不点,再请之,批曰:'与韩翃。'时有同姓名者为江淮刺史,宰相请孰与。上复批曰:'春城无处不飞花韩翃也。'俄以驾部郎中知制诰。终中书舍人。翃工诗,兴致繁富,如芙蓉出水,一篇一咏,朝士珍之。比讽深于文房,筋节成于茂政,当时盛称焉。有诗集五卷,行于世。"
⑤ 落托:落拓不羁。
⑥ 彦:俊才,杰出人物。
⑦ 属意:钟情。
⑧ 荐枕:侍寝。指李生欲将柳氏赠送给韩翃做侍妾。
⑨ 避席:离开座位,表示恭敬。
⑩ 仰:仰慕。

柳氏之色，柳氏慕①翊之才，两情皆获，喜可知也。

明年，礼部侍郎杨度擢翊上第，屏居②间岁。柳氏谓翊曰："荣名及亲，昔人所尚。岂宜以濯浣之贱，稽采兰之美乎？③且用器资物，足以待君之来也。"翊于是省家④于清池。岁余，乏食，鬻妆具⑤以自给。天宝末，盗覆二京，士女奔骇。柳氏以艳独异，且惧不免，乃剪发毁形，寄迹⑥法灵寺。是时侯希逸⑦自平卢节度淄青⑧，素藉翊名，请为书记。洎宣皇帝⑨以神武返正⑩，翊乃遣使间行，求柳氏，以练囊盛麸金⑪，题之曰："章台柳，章台柳！昔日青青今在否？纵使长条似旧垂，亦应攀折他人手。"柳氏捧金呜咽，左右凄悯，答之曰："杨柳枝，芳菲节，所恨年年赠离别。一叶随风忽报秋，纵使君来岂堪折！"

无何，有蕃将沙吒利者，初立功，窃知柳氏之色，劫以归第，宠之专房。及希逸除左仆射入觐⑫，翊得从行。至京师，已失柳氏所止，叹想不已。偶于龙首冈，见苍头以驳⑬牛驾辎（zī）軿（píng）⑭，从两女奴。翊偶随之，自车中问曰：

---

① 慕：倾慕。
② 屏居：闲居，隐居。文中指召之未去。
③ 全句意为："怎能因为我一个女人，耽误了你的前程呢？"濯浣：洗衣之类的家务，代指"妇女"。采兰：比喻皇帝征用贤士。
④ 省家：回家拜见父母，看望家人。
⑤ 妆具：首饰。
⑥ 寄迹：寄居。
⑦ 侯希逸：安禄山旧部。安史之乱爆发，归顺朝廷，授御史大夫、平卢节度使。后迁兵青州，拜平卢淄青节度使，平定史朝义叛军。大历十一年，封上柱国，册封淮阳郡王。
⑧ 自平卢节度淄青：指侯希逸从平卢迁部队到青州，任平卢淄青节度使。
⑨ 宣皇帝：唐肃宗，谥号文明武德大圣大宣孝皇帝。
⑩ 返正：平定叛乱。
⑪ 麸金：碎而薄的金子，状如麦麸。
⑫ 希逸除左仆射入觐：侯希逸任平卢淄青节度使，骄纵怠政，军民怨怒。永泰元年（公元765年），被青州兵马使李正驱逐，侯希逸只好入京，被任命为检校左仆射，知尚书省事。
⑬ 驳：颜色杂乱。
⑭ 辎軿：马车。

"得非韩员外乎？某乃柳氏也。"使女奴窃言失身沙吒利，阻同车者，请诘旦幸相待于道政里门。及期而往，以轻素结玉合，实以香膏，自车中授之，曰："当遂永诀，愿置①诚念。"乃回车，以手挥之，轻袖摇摇，香车辚辚，目断意迷，失于惊尘。翊大不胜情。

会淄青诸将合乐酒楼，使人请翊。翊强应之，然意色皆丧，音韵凄咽。有虞候②许俊者，以材力自负，抚剑言曰："必有故，愿一效用。"翊不得已，具以告之。俊曰："请足下数字，当立致之。"乃衣缦胡③，佩双鞬，从一骑，径造沙吒利之第。候其出行里余，乃被衽执辔，犯关排闼，急趋而呼曰："将军中恶，使召夫人！"仆侍辟易，无敢仰视。遂升堂，出翊札示柳氏，挟之跨鞍马，逸尘断鞅，倏急乃至。引裾而前曰："幸不辱命。"四座惊叹。

柳氏与翊，执手涕泣，相与罢酒。是时沙吒利恩宠殊等，翊、俊惧祸，乃诣希逸。希逸大惊曰："吾平生所为事，俊乃能尔乎？"遂献状曰："检校尚书金部员外郎兼御史韩翊久列参佐，累彰勋效，顷从乡赋。有妾柳氏阻绝凶寇，依止名尼。今文明抚运，遐迩率化。将军沙吒利凶恣挠法，凭恃微功，驱有志之妾，干无为之政。臣部将兼御使中丞许俊，族本幽蓟，雄心勇决，却夺柳氏，归于韩翊。义切中抱，虽昭感激之诚，事不先闻，固乏训齐之令。"寻有诏："柳氏宜还韩翊，沙吒利赐钱二百万。"柳氏归翊，翊后累迁至中书舍人④。

然即柳氏志防闲而不克者，许俊慕感激而不达者也。向使柳氏以色选，则当熊、辞辇⑤之诚可继；许俊以才举，则曹柯、渑池⑥之功可建。夫事由迹彰，功

---

① 置：放弃。
② 虞候：唐代藩镇以亲信武官称为虞候。
③ 衣缦胡：穿军装。缦胡，指武士系帽用的带子。
④ 中书舍人：唐代中书省中为皇帝起草诏书、诰命等文件的官员。
⑤ 当熊、辞辇：冯婕妤、班婕妤典故。当熊：冯婕妤以身挡熊，防其伤帝。辞辇：班婕妤拒与帝同辇，避帝淫邪。
⑥ 曹柯、渑池：曹沫、蔺相如典故。曹柯：春秋时鲁将曹沫在柯地会盟时以匕首指齐桓公与之讲理，使齐归还所占领的鲁地。渑池：地名，秦王与赵王相会渑池，蔺相如当面斥责秦王霸道，使秦王未能羞辱赵王。

待事立。惜郁堙不偶，义勇徒激，皆不入于正。斯岂变之正乎？盖所遇然也。

章台柳青青，秋风岂堪折

"才子佳人"的悲欢离合故事，肇始于唐传奇，繁盛于元、明戏曲与小说，而成为汉文化传统中一个重要母题。

本编选入的《莺莺传》《霍小玉传》《柳氏传》《崔护》，都是唐代著名诗人与美女的恋情故事。前两篇为"离"，后两篇为"合"。不算"才子佳人"的《无双传》是普通平民抗争命运，最终付出惨痛代价才实现了"离"而复"合"。而《长恨歌传》是"才子佳人"高端定制版，现实中"离"，想象中"合"。

本篇的主人公韩翃的名字，一般认为是"大历十才子"中与卢纶、李益、钱起都有名篇选入《唐诗三百首》的名诗人韩翃的另一种写法。或许是为了避嫌，或许是小说家语。

韩翃的《寒食》是千载传颂的名作，在当时即得到人们的欣赏。然而他刚刚进士及第，就不幸地遭逢"安史之乱"。韩翃也因为生逢乱世，颠沛辗转各地任职，曾充任平卢淄青节度侯希逸的幕僚书记官，并随调任尚书左仆射的侯希逸一起返回京城。这样过了十年平平淡淡的日子。这段日子，并没有像柳氏判断的那样，"韩夫子岂长贫贱者乎"。

后来朝廷职缺，因唐德宗一直赏识韩翃的诗，而指定他"春城无处不飞花韩翃"为驾部郎中知制诰，并很快就升为中书舍人。杜佑《通典》卷二十一·职官三："（中书舍人）专掌诏诰，侍从，署敕，宣旨，劳问，授纳诉讼，敷奏文表，分判省事。"可见是皇帝的亲信，而且学识渊博、文章优美、书法雅致者才能担任此职。"自永淳已来，天下文章道盛，台阁髦彦，无不以文章达。故中书舍人为文士之极任，朝廷之盛选，诸官莫比焉。"中书舍人原为四品，大历之后升为三品，是一个重要职务。唐代大诗人白居易曾担任中书舍人，北宋大诗人苏轼也曾担任中书舍人。

不过，《柳氏传》的故事，却开始于韩翊年少诗才横溢却落魄不遇的时代。在那样一个时代，能得到别人的欣赏，并且以自己的美妾相赠，可见韩翊也是非常有人缘的。本文主角韩翊和柳氏两人在故事开始时是"郎才女貌"。一天，韩翊的好友、当地土豪李生邀请他去家里吃喝玩乐，而李生所蓄养的一个美妇柳氏，也住在这个别院里。男人们在一起饮酒作乐时，柳氏看到韩翊，对他一见钟情，认为他日后必将飞黄腾达，不居人下。土豪李生也是一个好汉，知道柳氏心意之后，以"君子成人之美"的古风，再次邀请韩翊来家里吃喝玩乐，并郑重地把柳氏赠给了韩翊，帮助他们"有情人终成眷属"。他们在一起不久，韩翊就得到礼部侍郎杨度的提拔而进士及第。韩翊开始还不舍得离开，但被识大体、顾大局的柳氏劝去任职。然后，不久就爆发了"安史之乱"。

柳氏虽然也算是慧眼识英雄，但并非风尘女侠红拂那样的女豪杰。

红拂在权倾天下的隋朝太师、越国公杨素府中，一眼相中气度不凡的李靖。她并不寄望于主人恩赐，而是自己行动起来，冒着巨大的风险，收拾行囊直奔李靖所住的客栈，敲开他的门，直接跟他说，哥们儿，我看好你，不如我们一起私奔吧！这是何等的霸气侧漏，雷厉风行。"红拂夜奔"经《虬髯客》等的渲染，早已变成了千古传奇。李靖后来辅佐李家父子，建立大唐，一生身经百战，曾亲自指挥三场决定性的大战役，担任过尚书右仆射，被封卫国公，名入凌烟阁功臣录。这辉煌功绩，却不是只能随波逐流的韩翊所能媲美的。而卫国公夫人红拂的行动力，也非被动于李生赏赐的柳氏所能媲美。

这个故事的动人之处在于情节的曲折、紧张，同时有种淡淡的哀愁。

韩翊虽然饱经乱世，却对柳氏一往情深。而柳氏，也为了保全自己而剪发毁容隐居寺院。时局略定之后，韩翊当时尚在淄青，就遣人在京城各地寻找柳氏，并写了一首情深意切的诗《章台柳》：

章台柳，章台柳！昔日青青今在否？纵使长条似旧垂，亦应攀折他人手。

柳氏得到这个消息，为之呜咽，欣喜地答之曰：

> 杨柳枝，芳菲节，所恨年年赠离别。一叶随风忽报秋，纵使君来岂堪折！

这两首诗非常有名，后来都流传千古。可见，赏识韩翃才华的柳氏，并非粗糙女子，而是诗中巾帼。

谁也想不到好事多磨，当时为了平定"安史之乱"，李唐皇族"病急乱投医"引狼入室，邀请了回鹘等番兵前来参战。闻知柳氏艳色而劫掠回府，"宠之专房"的番将沙吒利就是其中一员。

沙吒利作为凶悍的番将，又深受皇帝的恩宠，这样的情形，几乎是无解的。且不说当时的韩翃仅仅是一名五品的检校尚书金部员外郎兼御史，就是后来当上了正三品中书舍人，也不一定能正面夺回柳氏。在这种僵局中，只有一种人突然杀出，才能把不可能转为可能，那就是侯希逸治下的武官、"以材力自负"的虞候许俊。许俊拿到韩翃的手书，单枪匹马直抵沙吒利军营，矫称将军"中恶"要急请夫人，见到柳氏后，出示韩翃手书，"挟之跨鞍马，逸尘断鞅，倏急乃至"。这种豪侠仗义、闯关解难的"孤胆英雄"模式，在我们之前选入"仙侠"编的《聂隐娘》《红线》《昆仑奴》中，都有类似的情节。明末清初的戏曲名家袁于令年轻时也是类似韩翃这样的风流倜傥，当时嘉兴名妓周绮生在苏州因果巷卖艺，深得苏州豪族士子的欢迎，然而最终还是当朝大学士之子沈同禾私藏了美人。袁于令朝思暮想，不得遂愿。一次吃饭时，他的一个死党听到了，候到周绮生逛虎丘正下船的机会，冲过去背起就跑。后来沈同禾告官，袁于令被判处监禁。在狱中无聊，他花了十几天写出了一部后来闻名天下的《西楼记》，时年十九岁。在《西楼记》里，袁于令把自己名字改成于鹃，把周绮生改名为穆素徽，而行侠仗义背起美人就跑的侠士叫作胥长公。这出戏中的《错梦》等，至今还是昆曲名段。可见，"侠士"的情节，一直延续着《史记·游侠列传》里写到的"游侠"文化传统。

《柳氏传》里又有非常强烈的"现实主义"思考，并不是背着就跑一切皆大欢喜，而是要考虑到后果。这个事件最终推出了大帅侯希逸，短短一小段的对话与行动，生动地刻画了这位风云人物、不世枭雄的气概。当韩翃携柳氏去找侯大帅求助时，侯希逸毕竟是平卢淄青节度出身的藩镇大帅，他说："吾平生所为事，俊乃能尔乎？"并不是责怪韩翃，甩锅给许俊，而是非常欣赏部下，旋即上书指责沙吒利仗势欺人，抢夺民女。当时的情势，两方都很强悍，都是皇上不愿意轻易开罪的权臣，于是皇帝在两边和稀泥："柳氏宜还韩翃，沙吒利赐钱二百万。"

韩翃和柳氏的悲欢离合，情节曲折动人。李生见柳氏爱上了韩翃，就促成他们的结合，使"有情人终成眷属"；许俊是一个勇敢而机智的豪侠之士，他不畏艰险，代韩翃夺回柳氏，具有舍己为人的高尚品质。他们都是作者笔下的正面人物。

在《柳氏传》里，柳氏虽然慧眼识英雄，但她毕竟是一个帝制时代的女性，她的人生基本是"被动的"。柳氏一生所涉及的六位男子——李生、韩翃、沙吒利、许俊、侯希逸、皇帝，决定了她的命运走向，她自己没有选择权，因而无法自主。这是她与红拂的差别。

在帝制时代里，女性没有独立人格，也没有基本的人权。土豪李生豪侠仗义，欣赏韩翃而把柳氏当作礼品赠送给了韩翃。而当韩翃要去求取功名时，就把柳氏弃于家乡。在"安史之乱"时，柳氏即便是剪发毁容、寄身寺庙欲求保身，竟然也不得遂愿，被沙吒利强行夺走，最后又被许俊夺回。她就是一个"物"，被武力与权力拥有者抢来抢去。从这里可以看到，"仙侠"编里的女仙侠聂隐娘和红线，是有多么独特了。

晚唐文人孟棨于唐僖宗乾符二年（公元875年）进士及第，曾任司勋员外郎，作有《本事诗》，该书记述了很多唐代诗人的故事。其中《本事诗·情感第一》

里写到了韩翃的故事,其中主题故事基本相似,写到当朝皇上唐代宗御批"两千匹绢"给沙吒利,并写到了韩翃此后的官宦生涯:

> 后罢府闲居,将十年,李相勉镇夷门又署为幕吏。时韩已迟暮,同职皆新进后生。不能知韩,举目为恶诗。韩邑邑殊不得意,多辞疾在家。唯末职韦巡官者,亦知名士,与韩独善。一日,夜将半,韦叩门急。韩出见之,贺曰:"员外除驾部郎中,知制诰。"韩大愕然曰:"必无此事,定误矣。"韦就座,曰:"留邸状报制诰阙人,中书两进名,御笔不点出,又请之,且求圣旨所与,德宗批曰:'与韩翃。'时有与翃同姓名者为江淮刺史,又具二人同进,御笔复批曰:'春城无处不飞花,寒食东风御柳斜。日暮汉宫传蜡烛,轻烟散入五侯家。'又批曰:'与此韩翃。'"韦又贺曰:"此非员外诗耶?"韩曰:"是也。""是知不误矣。"质明而李与僚属皆至,时建中初也。自韩复为汴职以下,开成中,余罢梧州,有大梁夙将赵唯为岭外刺史,年将九十矣,耳目不衰,过梧州。言大梁往事,述之可听,云此皆目击之,故因录于此也。

附录于此,可资比鉴。

离魂记①

天授②三年，清河张镒因官家于衡州。性简静，寡知友。无子，有女二人，其长早亡。幼女倩娘，端妍绝伦。镒外甥太原王宙，幼聪悟，美容范。镒常器重，每曰："他时当以倩娘妻之。"后各长成。宙与倩娘常私感想于寤寐，家人莫知其状。后有宾寮③之选④者求之，镒许焉。女闻而郁抑，宙亦深恚恨。托以当调⑤，请赴京，止之不可，遂厚遣之。

宙阴恨悲恸，决别上船。日暮，至山郭数里。夜方半，宙不寐，忽闻岸上有一人行声甚速，须臾至船。问之，乃倩娘徒行⑥跣（xiǎn）⑦足而至。宙惊喜发狂，执手问其从来。泣曰："君厚意如此，寝梦相感。今将夺我此志，又知君深情不易，思将杀身奉报，是以亡命来奔。"宙非意所望，欣跃特甚。遂匿倩娘于船，连夜遁去。倍道兼行，数月至蜀。

凡五年，生两子，与镒绝信。其妻常思父母，涕泣言曰："吾曩（nǎng）日不能相负，弃大义而来奔君。向今五年，恩慈间阻。覆载之下，胡颜独存也？"宙哀之，曰："将归，无苦。"遂俱归衡州。既至，宙独身先镒家，首谢其事。镒曰："倩娘病在闺中数年，何其诡说也！"宙曰："见在舟中！"镒大惊，促使人

---

① 《太平广记》卷三百五十八·神魂一，题《王宙》，注出《离魂记》。文中有"事出陈玄祐《离魂记》"句，故此得名。本文据汪辟疆《唐人小说》校录。
② 天授：武则天大周年号，公元690—692年。
③ 宾寮：门客。
④ 选：选拔出优秀者。
⑤ 当调：选官。
⑥ 徒行：徒步，步行。
⑦ 跣：光脚，赤脚。

验之。果见倩娘在船中，颜色怡畅，讯使者曰："大人安否？"家人异之，疾走报镒。室中女闻喜而起，饰妆更衣，笑而不语，出与相迎，翕然而合为一体，其衣裳皆重。其家以事不正，秘之。惟亲戚间有潜知之者。后四十年间，夫妻皆丧。二男并孝廉擢第，至丞尉。

事出陈玄祐《离魂记》云。玄祐少常闻此说，而多异同，或谓其虚。大历末，遇莱芜县令张仲覸，因备述其本末。镒则仲覸堂叔，而说极备悉，故记之。

倩女游魂，为爱狂奔

陈玄祐的这篇《离魂记》，可谓短小精悍，耐人回味。

太原公子王宙，与表妹倩娘青梅竹马，两情相悦，情感真挚，有彼此托付终身的爱情梦想。是的，我们都没有看错，又是一个"表哥表妹"的故事，而且加上了"精神恋爱"和"私奔"的特殊情节。

王宙的舅舅张镒，在他们小时候，也常常开玩笑说，你们长大了就结为夫妻吧。大人无心，小人有意，于是，这两位就连做梦都"心有灵犀"了。从传奇原文中看，这大概是两位青年男女长大了虽然肉身要分开，不能像小时候那么自由自在地一起玩耍，但是他们彼此能进入对方的梦境之中。如此缠绵悱恻，难免要谬托终身了。不料，他们的情感过于隐秘，王宙的舅舅并没有察觉。当门人中的俊士前来求亲时，张镒轻易地答应了。王宙似乎缺乏王仙客那样的执着，不仅没有直接当面力争，反而怏怏不乐，托词说要选调他乡做官而打算离开这个"伤心之地"。

没想到，王宙的船开出很远了，"日暮，至山郭数里。夜方半，宙不寐，忽闻岸上有一人行声甚速，须臾至船"。这个距离在古代，基本隔绝了两个人直接再次接触的可能。因此，事有异常必有妖。"问之，乃倩娘徒行跣足而至。"一个娇生惯养的闺阁女子，竟然能够光着脚徒步飞一般地追上来，怎么看都不是正常现象，除非倩娘也是聂隐娘那样的女仙侠。"宙惊喜发狂，执手问其从来。"这少年的迟钝，反证了倩娘的坚决，以及超强的行动力。虽然她本人的肉身无法直接赶来，但是她的精魂借着轻盈的优势，直接来到爱人身边——这是爱情的超能力转化为精神动能的隐喻。

王宙正怏怏不乐，突然天降美人，表妹飞一般赶来，于是他们驾船直奔蜀中，在那里两情相悦地过了五年，还生了两个孩子，这时，倩娘才开始思念家乡和家人了。

他们回到家乡，王宙先去舅舅张镒家报告，表示谢罪。张镒获报十分疑惑，说倩娘"病在闺中数年"，你怎么编得如此离奇呢？王宙说，我没有编故事啊，倩娘现在船上呢。张镒听到这话非常震惊，立即派人去查验，没想到船上真有一个倩娘，还愉快地问老人家是否安好，家人赶紧回到家里禀报。大家震惊之余，久病在闺中的倩娘，"闻喜而起，饰妆更衣，笑而不语，出与相迎，翕然而合为一体，其衣裳皆重"。

这是文中最妙的一个情节。这肉身和灵魂分成两半的"两人"，就这样"人逢喜事精神爽"地合为一体了，连衣服都是一样的贴合。问题在于，"灵魂"的这一半跟王宙生的两个孩子，却是真实的，不是虚幻的，后来还都当上了官。

《离魂记》里，真正主动的是倩娘，她以特殊的"离魂"的方式付诸行动。这比表哥王宙的孱弱，起码从态度上要鲜明很多。在帝制时代，这是非常难得的主动选择。不过，比起《聂隐娘》那种超越一切的超能力和主动性，就逊色得多了。

如此奇幻之事，难以常态述说，但是作者说得自然而然，把"肉身"抛弃的"精神版"倩娘，神情自若地与情郎兼夫君恩恩爱爱地生活在一起，竟然精神飒爽、毫无破绽，真不知道这是怎么做到的。只能说，如此奇事，必须发生在唐代，必须发生在唐传奇里，才能令人信服。

崔护①

博陵崔护资质甚美，而孤洁寡合，举进士第。清明日，独游都城南，得居人庄。一亩之宫，花木丛萃，寂若无人。扣门久之，有女子自门隙窥之，问曰："谁耶？"护以姓字对，曰："寻春独行，酒渴求饮。"女入，以杯水至。开门，设床②命坐。独倚小桃斜柯伫立，而意属殊厚，妖姿媚态，绰有余妍。崔以言挑之，不对。彼此目注者久之。崔辞去，送至门，如不胜情而入。崔亦睠(juàn)盻(xì)③而归，尔后绝不复至。

及来岁清明日，忽思之，情不可抑，径往寻之。门院如故，而已扃锁之。崔因题诗于左扉曰：

"去年今日此门中，人面桃花相映红。人面不知何处去，桃花依旧笑春风。"

后数日，偶至都城南，复往寻之。闻其中有哭声，扣门问之。有老父出曰："君非崔护耶？"曰："是也。"又哭曰："君杀吾女！"崔惊怛④，莫知所答。父曰："吾女笄年知书，未适人。自去年已来，常恍惚若有所失。比日与之出，及归，见在左扉有字。读之，入门而病，遂绝食数日而死。吾老矣，惟此一女，所以不嫁者，将求君子，以托吾身。今不幸而殒⑤，得非君杀之耶？"又持崔大哭。崔亦感恸，请入哭之，尚俨然在床。崔举其首枕其股，哭而祝曰："某在斯！"须臾开目，半日复活。老父大喜，遂以女归之。

---

① 《太平广记》卷二百七十四·情感，题《崔护》，注出孟棨《本事诗》。
② 床：榻，凳。
③ 睠盻：回头看。《诗经·小雅·大东》："睠言顾之，潸焉出涕。"汉郑玄笺："睠，反顾也。"
④ 怛：惧怕。
⑤ 殒：死亡。

世间情为何物，竟一往而深

唐代是诗的世界，诗人偶有感就写诗。

才子们游山玩水，寻花问柳，不是随便空着手，而是带着书童，担着笔墨纸砚，准备好一有灵感就大笔蘸墨，一挥而就。也不都是要写在纸上，而是随时随地写。

唐代的建筑结构适合写诗：照壁白墙可写诗，围墙圆柱可写诗，大门小窗可写诗，急了地上砖、檐上瓦都可写诗。找不到地方，就写在衣襟上。

凡有水井处，皆有人吟诵白乐天的诗。

诗就是深入人心到这种程度。

你向女子表达自己的仰慕，要写一首诗。

你要思念自己的爱人，也要写一首诗。

韩翊和柳氏的一问一答，就是诗。

崔莺莺回复张生的更是好诗："待月西厢下，近风户半开。拂墙花影动，疑是玉人来。"

唐代很多著名的山水诗、田园诗，就是这样触景生情地写出来的。

比如崔护，第一年来到都城南，看到一个庄园，口渴去讨水喝："寻春独行，酒渴求饮。"然后，看到赠饮女孩儿："独倚小桃斜柯伫立，而意属殊厚，妖姿媚态，绰有余妍。"那么好的春天，那么灿烂的桃花，那么美的美人，相互辉映，难以言说。

第二年，崔护又有感来到都城南庄。桃花又开了，但是门户紧闭，美人不在。感叹之余，他在人家门上写了一首诗，开首直截了当写到了时间，第二句写到了情景，第三句写到了茫然若失的心情，第四句再回到现实，有无尽的回味和淡淡的忧伤。自此，"人面桃花"就成了比喻美好女子的经典词汇。

一首好诗，让那个错过了再见面的女孩子读之失魂、思之落魄。一个人错过了，可能一生都错过了，茫茫人海中，何处去寻觅？女孩子也许想到，去年刚刚及笄，还比较羞涩，不敢回复佳公子。没想到，人家真的来了，她又不在，错过了。人生就是这样，错过了可能再也找不回来了，更何况在那个交通困难、通信落后的时代呢。如此思想，确实会让女孩子茶不思饭不想，越想越伤心："读之，入门而病，遂绝食数日而死。"一首诗，如此优美又如此忧伤。

好在不知为何，崔护又来了。

一来，敲门，出来一个老者，知道他就是崔护，立即哭诉，你写了一首诗，杀了我的女儿，我也不活了。

崔护一惊，赶紧要求进去哭拜。崔公子也是风雅性情佳公子，他触景生情，让女孩儿的头枕到自己的腿上，一番倾诉"来迟了"。没想到，这样呼唤之下，女孩子竟然悠悠地活过来了。

爱，竟然有这样的力量，类似魔法般的力量。

孟棨在《本事诗》里写到的这个故事，为《题都城南庄》这首千古绝唱，做了一个非常好的注释。读完这篇传奇，觉得整首诗都充满特殊的气息。

崔护其人生卒年不详，事迹不传。大概知道他是贞元十二年进士及第，晚年做到京兆尹，后出任当时比较荒僻的岭南节度使。他有什么政绩，有什么声闻，都不传于后世。《新唐书》《旧唐书》不载，《唐才子传》不载。他的事迹只见于孟棨的《本事诗》，宋代计有功撰《唐诗纪要》，据《本事诗》的内容照录，只是添了崔护的两首诗，并注释说：崔护，字殷功。因此，现在我们读到这首流传千古的名作《题都城南庄》，其作者崔护几乎所有的事迹，都来自孟棨的《本事诗》。《本事诗》虽说是记录唐代前辈诗人的事迹，其中可能也有传奇的成分。"都城南庄"的美少女死而复生，看起来非常"传奇"，但也可能真是一个奇迹，并在当时为人所知、所传。孟棨生年距离崔护不远，他自己长期在岭南的梧州居住，曾做过司勋员外郎，正五品的朝廷命官，负责对官员进行评级，因此很有可能有机会看到大量的官员档案，对前朝诗人高官的事迹，自然烂熟于心。他在写韩翃的故事时，自己说是亲耳听来的："有大梁夙将赵唯为岭外刺史，年将九十矣，耳目不衰，过梧州。言大梁往事，述之可听，云此皆目击之，故因录于此也。"

崔护属于博陵崔氏一支。博陵崔氏与清河崔氏都是汉魏晋隋唐期间历经数百年不衰的高门大姓，与范阳卢氏、京兆韦氏、弘农杨氏、太原王氏等，都是典型的大姓。崔氏这一族里有大量高官，有唐一朝出过十五位宰相，虽不及京兆韦氏的二十七位宰相，也足够惊人的了。博陵崔氏一族还有著名诗人崔颢。崔颢以一首七律《黄鹤楼》名动天下，以至于写诗跟喝酒一样容易的谪仙李太白都难以超越。据说李白当时在黄鹤楼里与朋友宴乐，可能就是为《黄鹤楼送孟浩然之广陵》做的酒局。然而，当李白要写点儿什么时居然提笔踌躇了，说"眼前有景道不得，崔颢题诗在上头"。后来李太白以《黄鹤楼》的韵格写了千古绝唱《登金陵凤凰台》，"凤凰台上凤凰游，凤去台空江自流"，超级自在悠扬，也是诗坛佳话。"崔生"之名，常出现在唐传奇里，如《昆仑奴》。此外，《莺莺传》里"莺莺"也姓崔。

崔护以《题都城南庄》一时冠绝，流传天下。而且事出偶然，有感而发，可能是真正情景交融，"妙手偶得之"，而不是"作"出来的。他的诗不多，《全唐诗》仅载六首，另外再摘引两首，以增加对他的了解。

其一《晚鸡》：

黯黯严城罢鼓鼙，数声相续出寒栖。
不嫌惊破纱窗梦，却恐为奴半夜啼。

这首诗写鸡鸣与黎明，比喻和写景都不算高明，并没有流传的名句。

其二《山鸡舞石镜》：

庐峰开石镜，人说舞山鸡。

物象纤无隐，禽情只自迷。
景当烟雾歇，心喜锦翎齐。
宛转乌呈彩，婆娑凤欲栖。
何言资羽族，在地得天倪。
应笑翰音者，终朝饮败醯①。

这首诗写庐峰的"舞石镜"，状物生动，比喻有趣，其中"宛转乌呈彩，婆娑凤欲栖"一句，或许可以与岭南名相张九龄的《感遇·其一》"谁知林栖者，闻风坐相悦"相比。然而，"坐相悦"，由外而内，两相悦动，确实比"凤欲栖"的单纯景动要高明。

---

① 醯：醋的别称。

编末后记

中小学语文教材，很少收录关于"爱情"内容的课文。

不知道这个"潜规则"到底是从什么时候，根据什么规则，由什么人提出来而一直墨守到现在的。爱情是人世间多么美好的感情，人从小到大，从青春到成熟，每一个阶段有每一个阶段的特点。青春期，就是要接触和阅读爱情类文学作品，了解人类丰富的情感世界。小学生就罢了，高中生也被隔绝于美好的情感外，不能去阅读古往今来美好的爱情经典，这实在是难以理解的。

几年前，在上海的玛赫咖啡馆里，我与《东方教育时报》徐建华总编辑谈到中小学语文教材"隔绝爱情"的疑问，他觉得十分有探讨价值，于是我们就商量在报纸上开设专栏，邀请一些专家和资深语文教师来探讨这件事情。徐建华总编辑是行动派，他立即就行动起来，不仅组织了好多优秀的文章，还迅速策划了一个大型的研讨会，上海各界的语文名师、中学校长汇聚在上海师范大学附属中学，谈得非常热烈。

这个"爱情不入中学语文教材"的谜，虽然我们研讨很热烈，说得非常多，实际上还没有破，没有解，更没有看到主管方和编辑方解答回应的意愿。

在网络时代，知识光速般流动，中学生在课外能读到的文学作品太多了，多到了恒河沙数的程度。但因为网络文学新兴，水平参差，泥沙俱下，品质难以保证，学生们在缺乏有效的经典阅读积累和沉淀之前，很难有效地判断和鉴别这些娱乐性很强的作品。这里，不仅仅有语文教材编写者们畏之如虎的爱情小说，甚至还有打擦边球的情色小说。那些缺乏有效阅读训练的年轻孩子，在这样广阔的疆野独自驰骋，碰到山就是山，看见水就是水，可以沉迷之处太多，而缺乏判断能力，也缺乏长期有效的经典阅读所积累的审美能力，对语言的独特语感缺乏内在的感受力，因此，大多数孩子都被动地、自然地被粗糙又粗俗的情节所吸引，这不能不说是语文教育的一个缺失。

爱情不是洪水猛兽，那些经典的爱情小说，例如《少年维特的烦恼》等，反而是阳春白雪。我们不必过分假正经，不必担心孩子们一读到《红楼梦》，就会堕落，就像我们不必一看到小说里林黛玉一顿饭工夫就读完了《崔莺莺待月西厢记》，就大惊失色。更不要故意挡着自己的眼睛，就以为这个爱情世界不存在了。

中国传统经典中，有大量的爱情诗、爱情小说。且不说《诗经》里的"诗三百，一言以蔽之，思无邪"的爱情了，无论是"蒹葭苍苍，白露为霜，所谓伊人，在水一方"还是"我住长江头，君住长江尾"，或者"投我以木瓜，报之以琼瑶"，都是三千年以来最美好的诗句。更不用说《古诗十九首》每一首都是隽永持久的爱情诗，不用说《长恨歌》句句都韵味无穷了。我们这里选入的唐传奇中的"爱情编"，每篇也都是千古流传的名篇。不知道这些作品，不读这些作品，或假装这些作品不存在，将会让我们失去跟古代文化的有机联系，也会让我们很偏颇地以为传统经典就只有"四书五经"，而没有六朝小说、唐传奇，更无元明戏曲、明清小说了。

古代四大名剧，都是爱情故事。汤显祖《牡丹亭》里的第七出"闺塾"，写私塾先生讲"六经"，估计大部分人都没有听过，非常有意思：

【掉角儿】（末）论《六经》，《诗经》最葩，闺门内许多风雅：有指证，姜嫄产哇；不嫉妒，后妃贤达。更有那咏鸡鸣，伤燕羽，泣江皋，思汉广，洗净铅华。有风有化，宜室宜家。（旦）这经文偌多？（末）《诗》三百，一言以蔽之，没多些，只"无邪"两字，付与儿家。

于此可见，就是在最"封建"的时代，私塾先生面对青春期的杜丽娘，还是要遣词造句，故作风雅地解释一番。我们现在的先生们，进入了21世纪20年代，难道在思想上还不如这位私塾先生吗？

读了《牡丹亭》才知道，青春期对整个世界，还可以这么优美地表达：

【皂罗袍】原来姹紫嫣红开遍，似这般都付与断井颓垣。良辰美景奈何天，赏心乐事谁家院！

读了唐传奇中的名篇如《莺莺传》，我们才知道，古代美少女不仅美姿容，而且内秀，连传个纸条，都是"待月西厢下，近风户半开"，可以跟欧阳修的名作《生查子·元夕》里的名句"月上柳梢头，人约黄昏后"相媲美。而《诗经》里的《月出》直接就是："月出皎兮，佼人僚兮。"月色与佳人都好。语言之美，在于意境悠远。言有尽，而意无穷。

希望大家都能喜欢这些精选的作品。

后 记

编完《这才是我想要的语文书：唐传奇分册》这部书稿，有一种如释重负之感。

我们在序中提到，唐传奇是文言小说的高峰，体现了文言小说想象力和创造力的极限。在自由开放的环境中，唐传奇的作者突破了种种思维限制，在修仙、仙侠、灵物、幻梦、变形、爱情等方面不断地创造，留下许多杰出的作品。这些作品成为宋元戏曲、明清小说想象力的源头，一直被模仿，一直无法超越。

这些突破性的创造力和想象力，冒犯了宋元以降帝制时代的正统理学思想，使这些文言小说杰作长期被埋没，而少被人知。直到清末一批新知识分子接触到新思想、新观念，掌握了新批评思维之后，对"小说"的价值提出了崭新的认识，才因此确立了虚构叙事的地位。

鲁迅先生是唐传奇整理的先驱。他先后编校了《故小说钩沉》和《唐宋传奇集》，是奠基性作品，汪辟疆先生的《唐人小说》，则采用不同的典籍进行比较梳理。在当代学者中，李时人教授整理的《全唐五代小说》篇目最丰富，先后出版过五卷本和八卷本。李剑国教授整理的《唐五代传奇集》则另有侧重。这些学术成果和专著，都是我们参考和引用的依据。不过，为了体例和引文的统一，在篇目校对中，我们确定了以中华书局出版的《太平广记》为基础，不纠缠于细枝末节。

本书的初衷是向中小学生、语文教师简明扼要地介绍唐传奇，家长和文学爱好者都能兼用。在选编时"主题先行"地分门别类，便于学生和教师学习。中小学语文教学中，文言文的比重虽然一直在增加，但选文局限很大，总把唐传奇等虚构类优秀作品排斥在外。其实，想象力丰富、富有创造力的虚构作品，更能激发学生的阅读兴趣，消除他们对文言文的畏难情绪，更快地培养阅读文言文的语感。在编写这部书稿时，我们把最有趣、最有价值的作品选出来，如《昆仑奴》《聂隐娘》《红线》《杜子春》《板桥三娘子》《补江总白猿传》《任氏传》《霍小玉传》等，这些作品都在不同角度启发和滋润着后来各个时代的经典名作，后世的改写、改编不断。为此，在导读中，我们对这些经典作品的故事内容、叙事结构及后世影响，都做了简要梳理。虽说简要，却因资料繁多，斟酌时相当复杂，因此最终"导读"大多数都比原文更长。一部四十万字左右的书稿，我们的导读内容超过了一半。不敢说有多少创见，但努力是可以看见的。

在导读写作上，最终定下基调也不容易。我们两人都是科班出身，大半生都投入专业的阅读和思考中，一些基本问题在认识上不会有太大偏差。关键在于要兼顾资料的运用，又要面对中小学生读者而稍微简易有趣，语言上的调整和修饰并不容易。

一本书有各种读法，也有各种读书的姿势，不必过于拘泥。

我们一直主张乐学，而不是苦学。乐学的基础是阅读丰富有趣的作品，而不是苦嚼空乏无味的文章。而且，要根据孩子们的生长规律，在不同的时期给他们读更合适的作品。明代大学者王艮是提倡"乐学"的，他为此还写了一首《乐学歌》：

"乐是乐此学，学是学此乐。不乐不是学，不学不是乐。"

我们也希望读者们在阅读时，能带着批判性思维去思考，不能不加思考、全盘接受地读书。

我们可以读古人的文章，但要做一个有趣的现代人。

一切古代文化知识，都应该是丰富我们、拓展我们的，而不应该束缚我们。

读书要自由地读，要学会在阅读中眺望无尽的原野，而不是做磕头虫，不能只看到自己脚底的方寸，更不要让自己的脑袋变成别人的跑马场。

阅读、学习、思考，都应该坚持陈寅恪先生主张的"独立之精神，自由之思想"，最终形成我们自己的独立见解，确立我们的独立人格，做一个富于人道主义思想的现代人。

很少人会为一部选读的书稿花这么多时间，下这么大工夫，我们却乐在其中。编选、探讨、切磋、写作，这些工作中持续而细微的交流，以及其中的获益，也是我们的快乐源泉。

感谢大家的支持。

叶开、王琦于多伦多
二〇二〇年四月八日

图书在版编目（CIP）数据

这才是我想要的语文书.唐传奇分册／叶开，王琦主编.—成都：天地出版社，2020.7
ISBN 978-7-5455-5718-3

Ⅰ.①这… Ⅱ.①叶… ②王… Ⅲ.①幻想小说—小说集—中国—当代 Ⅳ.①I211

中国版本图书馆CIP数据核字（2020）第084453号

ZHE CAISHI WO XIANGYAO DE YUWENSHU：TANGCHUANQI FENCE

这才是我想要的语文书：唐传奇分册

出品人	陈小雨 杨 政
主 编	叶开 王琦
责任编辑	吕 晴
封面设计	今亮后声 HOPESOUND　pankouyugu@163.com
责任印制	董建臣

出版发行	天地出版社 （成都市槐树街2号　邮政编码：610014） （北京市方庄芳群园3区3号　邮政编码：100078）
网　　址	http://www.tiandiph.com
电子邮箱	tianditg@163.com
经　　销	新华文轩出版传媒股份有限公司

印　刷	北京文昌阁彩色印刷有限责任公司
版　次	2020年7月第1版
印　次	2020年7月第1次印刷
开　本	710mm×1000mm 1/16
印　张	26
字　数	405千字
定　价	66.00元
书　号	ISBN 978-7-5455-5718-3

版权所有◆违者必究

咨询电话：（028）87734639（总编室）
购书热线：（010）67693207（营销中心）

本版图书凡印刷、装订错误，可及时向我社营销中心调换